HEYNE <

T. S. ORGEL

DER SKANDAL

BIOTHRILLER

WILHELM HEYNE VERLAG
MÜNCHEN

MIX
Papier | Fördert gute Waldnutzung
FSC® C083411

Penguin Random House Verlagsgruppe FSC® N001967

Originalausgabe 6/2023
Redaktion: Catherine Beck

Umschlaggestaltung: Das Illustrat, München,
unter Verwendung eines Motivs von Elymas/Shutterstock
Satz: Leingärtner, Nabburg
Druck und Bindung: CPI Books GmbH, Leck
Printed in the EU

ISBN: 978-3-453-32210-3

diezukunft.de

»Poor men seek meat for their stomachs,
rich men stomachs for their meat.«
Benjamin Franklin, Poor Richard's Almanack, *1735*

PROLOG

Gebannt starrte Peter auf den Bildschirm seines Laptops. Ihm wurde gleichzeitig heiß und kalt. Ganz langsam dämmerte ihm die Bedeutung der Informationen, die er gerade gefunden hatte, versteckt in einem unzureichend gesicherten Back-up-File. Er schluckte, zögerte einen winzigen Moment und tippte dann einen Befehl ein. Gehorsam startete sein Rechner den Download. Es war viel. Hunderte Dokumente, fein säuberlich in Unterordnern verpackt, von denen das Back-up die meisten in weitere komprimierte Dateien verpackt hatte. Spielte keine Rolle. Es war mehr als genug Zeit, das alles gründlich zu sichten. Das wenige, was er bis jetzt geöffnet hatte, war mehr als genug, um ein deutliches Bild zu zeichnen. Dieses Verzeichnis enthielt Daten, die wie die Schockwelle eines Erdbebens um die ganze Welt gehen würden.

Er lehnte sich in seinem Schreibtischstuhl zurück und atmete langsam, beinahe zögerlich aus. Von diesem Augenblick hatte er geträumt, immer und immer wieder, während er sich über Monate immer tiefer in die Bürokratie dieses sterbenslangweilig hippen Großraumbüros gegraben hatte. Diesen Moment des Triumphs, der die Krönung seiner jungen Journalistenkarriere werden sollte. Bilder von Ehrungen schossen ihm durch den Kopf. Hände, die geschüttelt wurden, Auszeichnungen, die man verlieh, und unzählige Liveberichte und TV-Interviews, die er mit einem geduldigen Lächeln über sich ergehen lassen würde.

Er, der Mann, der dem Bösen eigenhändig die Maske vom Gesicht gerissen hatte.

Im nächsten Augenblick zuckte allerdings schon ein Funken Schuldbewusstsein durch seinen Kopf. Fuck, es ging hier doch nicht um ihn. Das Ding hier war größer als ein paar Ehrungen. Es ging um Menschenleben! Hatte er denn nichts von Lisa gelernt?

Instinktiv sah er sich um und runzelte noch in der Bewegung die Stirn. Natürlich war er allein. Es war seine Wohnung. Klein, kahl, schon viel zu lange temporär. Das würde sich auch ändern, wenn das hier endlich einmal vorbei war. Er seufzte, beugte sich nach vorn und griff nach seinem Handy, das neben dem Rechner auf der Tischplatte lag. Mit dem Daumen entsperrte er das Display und klickte auf das Symbol, das den abgesicherten Messenger öffnete. Gleich an erster Stelle stand Lisas Kennung und daneben als Profilbild ein winziges Anarchiesymbol. Mit zitternden Fingern tippte er eine Nachricht ein. »Ich habe das File gefunden. Es ist alles da. Wir haben die Schweine!«

Keine zehn Sekunden später kam schon die Antwort. Ein Emoji, das große Augen machte. Dann die Worte: »Bin gleich da!«

Schnell flogen seine Finger über das Display: »Bleib! Ich komm zu dir.«

Lisa antwortete prompt mit einem erhobenen Daumen und einer stilisierten Explosion.

»Boom!«, murmelte Peter. »Das kannst du laut sagen.« Schnell klappte er den Laptop zu, steckte ihn in seine Umhängetasche und warf sie sich über die Schulter. Während er die Treppen hinunterstürmte, kam er sich vor wie Jason Bourne mit einer Atombombe in der Tasche, die jeden Augenblick hochgehen konnte. Die alte Frau Nowak aus dem zweiten Stock sah ihm missbilligend hinterher. Ihr Dackel stieß ein kurzes Bellen aus, als er an ihnen vorbeistürmte, immer zwei Treppenstufen auf einmal nehmend. Er warf den beiden ein triumphierendes Grinsen zu. Frau Nowak schüttelte stumm den Kopf.

Peter rannte die Straße hinunter zur S-Bahn-Station. Vorbei an Fast-Food-Restaurants, kleinen Lebensmittelgeschäften und unzähligen Modeläden, in denen sich die Menschen der Leichtigkeit ihres Daseins hingaben, ohne dabei auch nur einen Gedanken an den Preis zu verschwenden, den sie für ihr bisschen Luxus bezahlten. Nicht der offizielle Preis, dachte Peter, der auf dem Preisschild aufgedruckt war, sondern die wirklichen Kosten, die vor den Augen der Öffentlichkeit verborgen blieben. Den weit höheren. Die Kinderarbeit in den Kobaltminen Afrikas, die menschenunwürdigen Lebensverhältnisse in kambodschanischen Nähereien und die tiefen Wunden, die all dieser sinnlose Konsum an jedem Tag aufs Neue in ihre Umwelt schlug. Sein Blick blieb an der vor wenigen Tagen neu eröffneten Filiale von »Light Foods BestBurgers« hängen, vor deren goldfarbenen Türen sich bereits eine lange Schlange gebildet hatte. Hirnlose Zombies, die mit leeren Blicken auf ihre iPhones starrten, während sie geduldig auf einen Platz im angesagtesten Fresstempel der Stadt warteten. Insgeheim freute er sich schon auf ihre entsetzten Blicke, wenn die Bombe endlich hochgehen würde. »Boom!«

Er musste lachen, weil er plötzlich feststellte, dass er sich nun schon selbst wie Lisa anhörte. Aber das war nun mal ihre Art – ihre eigene Art von Magie, mit der sie die Menschen für eine Sache entzünden konnte, die ihr am Herzen lag. Er stürmte die Treppe zur S-Bahn-Station hinunter. In der Zwischenebene ging es wesentlich ruhiger zu als oben auf der Straße, allerdings war es hier auch nicht unbedingt einladend. Schmutzig, schlecht beleuchtet und über allem der allgegenwärtige Gestank von altem Essen und Urin. Einige Jugendliche musterten ihn interessiert, als wollten sie abschätzen, ob sie ihn als Opfer oder als Täter einsortieren sollten. Unbewusst zog er die Kapuze seines Hoodies über den Kopf und beschleunigte erneut seine Schritte. Hinter der nächsten Ecke stand ein Anzugträger und sprach in sein Handy. Als Peter an ihm vorüberhastete, unterbrach er das

Gespräch und wandte sich von ihm ab. Wieder dachte Peter daran, dass er eine Atombombe über der Schulter trug. War er denn von allen guten Geistern verlassen?

In der Gleisebene drückte er sich schnell an eine Säule und sah sich unauffällig um. Ganz in der Nähe stand eine Gruppe Handwerker in Arbeitskleidung, etwas weiter entfernt ein Rentnerpärchen mit Rollkoffern. Am Ende des Bahnsteigs durchwühlte ein Obdachloser systematisch die Mülleimer nach Pfandflaschen, und ganz in der Nähe tauchte erneut der Anzugträger mit dem Handy am Ohr auf. Irritiert fragte sich Peter, wie der Mann so schnell dort hingekommen war. Als sich ihre Blicke kreuzten, wandte sich der Anzugträger erneut von ihm ab. Peter musterte ihn misstrauisch. Auf den ersten Blick machte die Kleidung einen geschäftsmäßigen und gepflegten Eindruck. Bei genauerem Hinsehen schien sie allerdings von der Stange zu sein. Außerdem war sie mindestens eine Nummer zu groß. Auch die dunkelbraunen Lederschuhe schienen schon bessere Tage gesehen zu haben. Peter sah zur Anzeige hoch, die jetzt eine neue Zeit anzeigte. Der Zug verspätete sich um fünf Minuten. Er stieß einen stillen Fluch aus und warf einen nervösen Blick auf sein Handy. Der Anzugträger hatte in der Zwischenzeit seinen Platz verlassen und war hinter den Fahrplan getreten. Nur noch seine Hosenbeine und die abgewetzten Lederschuhe waren zu sehen. Der Bahnsteig füllte sich langsam. Der Obdachlose arbeitete sich langsam bis zu Peter heran und starrte ihn mit blutunterlaufenen Augen an.

»Haste ma' Wechselgeld? Zum Telefonieren?«

Peters Hand fuhr ganz automatisch zur Hosentasche, in der er seinen Geldbeutel aufbewahrte. Er öffnete ihn und fand zu seiner Enttäuschung nur einen Fünfzigeuroschein. Entschuldigend schüttelte er den Kopf.

»Ick nehm auch 'n Fuffziger«, sagte der Obdachlose ohne eine Spur Humor im Blick.

»Sorry.«

»Arschloch«, murmelte der Obdachlose und schlurfte weiter zum nächsten Mülleimer.

Peter fühlte sich trotzdem ein bisschen schuldig. Als er aufsah, stellte er fest, dass der Anzugträger ihn vom anderen Ende des Bahnsteigs her finster taxierte. Er zog die Kapuze tiefer ins Gesicht und ging erneut hinter der Säule in Deckung.

Die S-Bahn war fast voll und furchtbar stickig. Der herbe Geruch zahlreicher müder Menschen hing in der Luft. Nur noch ein, zwei Plätze waren frei. Der Anzugträger stieg ebenfalls ein und presste das Handy wieder ans Ohr. Die Jugendlichen aus der Zwischenebene folgten ihm. Sie blieben an den Türen stehen und begannen, sich gegenseitig herumzuschubsen. Einige Passagiere schauten verärgert, aber niemand brachte den Mut auf, sie zurechtzuweisen. Ein paar Stationen weiter stiegen sie glücklicherweise aus.

Der Zug leerte sich zusehends. Der Anzugträger saß noch immer auf seinem Platz. Jetzt war sich Peter beinahe sicher, dass er ihn verfolgte. An der nächsten Station wartete er bis zum allerletzten Augenblick, um dann kurz vor dem Schließen der Türen aufzuspringen und mit einem Satz nach draußen zu treten, während sich die Türen mit einem düsteren Zischen hinter ihm schlossen. Als der Zug anfuhr, warf er einen Blick über die Schulter. Der Anzugträger erwiderte ihn finster, überrascht und verärgert.

Eilig strebte Peter auf die Treppen zum Ausgang zu. Sein Atem ging stoßweise. Seine Hände zitterten. Draußen hatte es zu regnen begonnen. Menschen hasteten mit eingezogenen Köpfen an ihm vorüber. Scheinwerfer zuckten über Hauswände und Schaufenster hinweg. Er zwang sich, nicht zu rennen. Er lief die Straße hinunter und nahm die Fußgängerbrücke zur anderen Seite des Flusses. Ein Polizeiauto raste mit eingeschaltetem Blaulicht an ihm vorüber. Er wartete, bis es zwischen den Häuserreihen verschwunden war, ehe er die Straßenseite wechselte und auf den Wohnblock zuhielt, in dem Lisa zu Hause war. In ihrer Wohnung im dritten Stock brannte Licht. Erst jetzt wagte er, erleichtert aufzuatmen. Mit immer noch zitternden Händen zog er den Haustürschlüssel aus der Hosentasche. Hinter ihm bog ein Auto in die Straße ein, seine Scheinwerfer streiften ihn kurz und erloschen. Zu spät bemerkte er, dass es nicht angehalten hatte, sondern mit ausgeschaltetem Licht weiter direkt auf ihn zuhielt.

Den Aufprall spürte er seltsamerweise gar nicht. Nur dass er herumgeschleudert wurde und so hart gegen irgendetwas prallte, dass er glaubte, irgendwas zerbrechen zu hören. Glas splitterte, und er flog erneut durch die Luft und landete auf dem Asphalt. Er wartete auf den Schmerz, doch nichts geschah. Er spürte überhaupt nichts, nur einen leichten Druck in der Magengegend. Ihm wurde kurz schwarz vor Augen, doch gleich darauf wurde die Welt in grelles Licht getaucht. Benommen blinzelte er. Jemand beugte sich über ihn, dann wurde es erneut dunkel. Danach wechselten sich die Lichter in schneller Folge ab. Erst weiß, dann rot, dann blau. Eine engelhafte Gestalt beugte sich über ihn. Sie schien etwas zu sagen, allerdings kam kein einziger Laut über ihre Lippen. Dunkelheit kroch von allen Seiten auf die Gestalt zu und hüllte alles ein, bis nur noch ein winziger Fleck übrig blieb, das Blitzen in einem Auge. Dann flackerte es auf und verlosch.

EINS

Gegen Mitternacht erreichte Anna das Krankenhaus im Westen Berlins. Sie war sich nicht sicher, was sie erwartet hatte, aber Menschenleere war es nicht gewesen. Abgesehen von einer übermüdeten Nachtschicht im gläsernen Verschlag des Empfangs schien das Gebäude beinahe verlassen. Der leicht säuerlich-scharfe Geruch nach Desinfektionsmitteln, Krankenhausessen und warm gehaltenem Pfefferminztee hing in der stickigen Luft. Für einige lange Minuten fühlte sie sich an einen schlechten Horrorfilm erinnert, und während die Nachtschicht quälend langsam ihre Daten in ein Besucherformular tippte, erwartete sie beinahe, den ersten Untoten um die ferne Gangbiegung schlurfen zu sehen. Endlich schob ihr die Nachtschicht einen ganzen Stapel Papiere zur Unterzeichnung durch ein Ausgabefach und wies ihr anschließend die Richtung zum nächsten Aufzug, der sie unter leisem Quietschen und Rumpeln bis zu der Station brachte, auf der ihr Bruder lag. Die Stille hier oben wurde durch ferne Pinggeräusche irgendwelcher Überwachungsmonitore hinter geschlossenen Türen unterstrichen. Irgendwo keuchte rhythmisch ein Beatmungsgerät, eine der Leuchtröhren über ihr summte hörbar, und vom anderen Ende des nur schummrig beleuchteten Gangs kam das unablässige, monotone Stöhnen eines Patienten, das ihr schon nach wenigen Augenblicken auf die Nerven ging. Leere Betten standen abgedeckt auf dem Gang, dessen dicker, zerkratzter Linoleumboden die Geräusche ihrer

Schritte aufzusaugen schien. Noch bevor sie das Pflegedienstzimmer am anderen Ende des Gangs erreicht hatte, piepte in einem der Zimmer ein Alarm. Wenige Augenblicke später hastete eine Pflegerin mit tiefen Rändern unter den Augen an ihr vorüber, ohne sie auch nur eines Blickes zu würdigen. Im Glaskasten am Ende des Gangs saß lediglich eine weitere Person, und Anna hoffte im Stillen, dass dies nicht die gesamte Belegschaft während dieser Nachtschicht war. Nach allem, was sie über den Zustand der Berliner Krankenhäuser gehört hatte, konnte das allerdings gut sein.

Sie parkte ihr Gepäck auf einem Stuhl neben dem Teekocher, ließ sich etwas Wasser aus dem Spender in einen Plastikbecher ein und wartete, bis die Pflegerin schließlich die Zeit fand, sie zu Peters Zimmer zu weisen. Das gequälte Stöhnen des Patienten war hier deutlicher zu hören. Ihre Erleichterung war nicht gering, als sie feststellte, dass es nicht aus Peters Zimmer, sondern aus einem der angrenzenden Räume kam.

Leise, zögerlich öffnete sie die Tür. Der Raum lag in tiefem Halbdunkel. Nur eine Nachtbeleuchtung über dem Bett brannte und ließ Peters Gesicht hager, eingefallen und entsetzlich fahl wirken. Oder vielleicht war es das tatsächlich. Schläuche waren auf die Wangen geklebt, schienen in seiner Nase zu verschwinden oder zusammen mit einem Gewirr aus bunten Kabeln unter seinem gepunkteten Krankenhaushemd zu verschwinden. Pflaster und Verbände bedeckten viel von dem, was übrig blieb, und machten es schwer, ihn überhaupt zu erkennen. Eine halb leer gelaufene Infusion verschwand in einer leise piependen Maschine, von der wiederum Schläuche in die Wand und in seinen Arm zu führen schienen, und auf einem Monitor neben dem Kopfende seines Betts flackerten arrhythmisch wechselnde Zahlen. Puls, Blutdruck, Sauerstoffsättigung oder was immer hier überwacht wurde. Immerhin bedeuteten sie wohl, dass irgendwo noch Leben in dieser wächsernen Gestalt war. Erst jetzt wurde ihr klar, dass sie seit dem Betreten des Zimmers die Luft angehalten hatte, und sie atmete tief durch. Die schale Luft in ihrer Mischung aus Medikamentengerüchen, Seife und Urin schnürte ihr sofort die Kehle zu und ließ sie husten.

Ein leises Geräusch ließ sie zusammenfahren. In einem Sessel am Fenster rührte sich mit einem verschlafenen Seufzen eine zierliche Gestalt.

Lisa musste geschlafen haben, aber sie sah nicht aus, als sei es besonders erholsam gewesen. Ihre Augen waren rot unterlaufen und von so tiefen Schatten umgeben, dass sie selbst auf ihrer dunkelbraunen Haut deutlich zu sehen waren. Eigentlich sah sie aus, als hätte sie seit Tagen gar nicht mehr geschlafen, und ihre zu Rastas geflochtenen Haare klebten in wirren Strängen am Kopf.

Die perfekte Lisa. Aus irgendeinem Grund war es ihr Anblick, nicht der ihres Bruders, der Anna die gesamte Tragweite des Unglücks mit einem Schlag bewusst machte. Plötzlich schwankte sie, als hätte sie einen Tritt in den Magen bekommen. Sie griff nach dem Fußende des Betts, um nicht das Gleichgewicht zu verlieren, und versuchte verzweifelt, Luft zu bekommen.

Lisa richtete sich auf. »Anna! Alles in Or…« Sie sprach das Wort nicht fertig, so als wäre ihr im selben Augenblick selbst klar geworden, wie höhnisch es klang. Nichts war in Ordnung.

Stattdessen stemmte sie sich aus ihrem Sessel und manövrierte Anna hinein. Dann holte sie aus der kleinen Nasszelle des Zimmers ein Glas Wasser und drückte es Anna in die zitternde Hand.

Anna stürzte es gierig hinunter.

»Besser?«

Sie nickte, stellte das Glas ab und wischte sich mit der Hand über das Gesicht. »Wie lange bist du schon hier?«, fragte sie dann leise.

Lisa zog sich einen der zwei Krankenhausstühle heran und setzte sich neben sie, wobei sie Peters fahles Gesicht nicht aus den Augen ließ. »Seit sie ihn eingeliefert haben.«

»Seit vorgestern Abend schon?«

Lisa zuckte mit den Schultern. »Ich mein, ich war kurz zu Hause, duschen und frische Klamotten und so, aber …« Sie wiederholte das Schulterzucken, als wüsste sie nicht, was sie sonst tun sollte. »Sie haben gesagt, ich soll nach Hause gehen. Er liegt im Koma, und es sieht nicht so aus, als würde er in den nächsten Stunden aufwachen. Oder Tagen. Oder …«, sie schluckte und ließ den Kopf hängen. »Jedenfalls«, sagte sie dann leiser, »kann es dauern, bis die Schwellung in seinem Kopf und den Nerven zurückgegangen ist, erst dann können sie irgendwas sagen. Aber … aber es ist mir einfach nicht richtig vorgekommen, ihn ganz allein hier liegen zu lassen. Was, wenn er doch aufwacht?«

Anna sah sie an und rieb sich dann über das Gesicht. Das Schwindelgefühl war verschwunden und mit ihm die Enge in ihrer Brust. Lisa war der Inbegriff einer Powerfrau. Die kleine schwarze Frau mit den unglaublich vielen Haaren war geradezu unverschämt sportlich, konnte klettern und surfen und fuhr Snowboard wie eine junge Göttin. Anna hatte das Paar vor einigen Jahren einmal zu einem Skiwochenende begleitet. Während sie selbst damit zu kämpfen hatte, ihre Skier einigermaßen parallel zu halten, war Lisa allen anderen aus der Gruppe davongefahren und hatte sich schließlich ein Rennen mit den einheimischen Skilehrern geliefert. Anna hatte sie dafür gehasst. Damals und auch danach hatte sich immer alles nur um Lisa gedreht. Die schöne Lisa, die herzensgute Lisa, die talentierte, die perfekte Lisa, die selbstlose … Die Frau machte Peter glücklich, soff mit Skilehrern um die Wette, sammelte Sportpokale wie Anna Strafzettel und brachte ihre eigene Mutter dazu, ihr zu sagen, sie solle sich ein Beispiel an Lisa nehmen. Es war der letzte gemeinsame Ausflug gewesen. Ab dann hatte Anna Begegnungen, soweit es ging, vermieden. Mit Ach und Krach hatte sie sich durch ihren Bachelor gekämpft und sich bei jedem Besuch zu Hause anhören dürfen, wie erfolgreich Peter doch geworden war, was für ein bezauberndes Paar die beiden doch seien, in welchen Vereinigungen und Gremien Lisa inzwischen schon wieder saß und wie nobel es doch von ihr war, dass sie sich so der Rettung der Umwelt verschrieben habe, wo sie es doch selbst schon aufgrund ihrer Hautfarbe – wir sehen das ja gar nicht mehr, aber du weißt, wie die Leute sind – so viel schwerer habe als Anna.

Kurz: In Lisas Gegenwart fühlte sich Anna immer ein bisschen minderwertig. Und selbst jetzt schien Lisa stärker zu sein als sie.

Für einen Moment wallte Zorn in ihr auf und trieb ihr Tränen in die Augen. Wieso lag ihr Bruder hier, und seine perfekte …?

In diesem Moment sank Lisa in sich zusammen, nahm einen tiefen, bebenden Atemzug, und plötzlich hatte auch sie Tränen in den Augen. Gleich darauf zog sie Anna an sich und schlang die Arme um ihren Hals, wie eine Ertrinkende, die sich an einem Stück Holz festklammerte. Für eine Weile hielt sie sich an Anna fest, und ihre Schultern bebten in leisem Schluchzen. Anna tätschelte ihr unbeholfen den Rücken und kam sich schäbig vor. Konnte sie nicht einmal jetzt das mit der Eifersucht sein lassen?

Nach einer Weile beruhigte sich Lisa wieder. Sie schniefte und löste sich mit einem schüchternen Lächeln von Anna. »Entschuldige. Du musst dich selbst beschissen genug fühlen, und ich heule dich hier so voll …«

Anna wischte sich mit dem Handballen über die Augen. »Schon okay. Es ist«, sie rang um Worte, »halt beschissen.«

»Was, wenn er nicht mehr aufwacht?« Lisa starrte sie mit blutunterlaufenen Augen an, und Anna kam sich schlagartig um Jahre gealtert vor.

Zögernd zuckte Anna mit den Schultern. »Darüber dürfen wir nicht nachdenken. Was haben die«, sie nickte in Richtung Tür, »gesagt?«

Lisa zuckte müde mit den Schultern und ließ sich in ihrem Stuhl zurücksinken. »Eigentlich gar nichts. Es ist noch zu früh. Er hat Glück gehabt, war die Aussage.« Sie schnaubte abfällig. »Ein gebrochenes Bein, drei Brüche im linken Arm, zwei im rechten und in der Hand, Haarrisse in der Hüfte, ein paar Rippen«, sie deutete auf die Halskrause, die Peters Kopf fixierte, »drei angebrochene Wirbel und eine Schädelfraktur. Aber angeblich keine lebensbedrohlichen Verletzungen oder innere Blutungen. Ob seine Nerven ...« Sie schluckte und beugte sich dann nach vorn, um Peter liebevoll eine Haarsträhne aus dem Gesicht zu streichen. Ihre Hand zitterte. Sie schniefte leise und brachte den Anflug eines Lächelns zustande, das wohl tapfer sein sollte. »Sie wissen es nicht. Es ist noch zu früh«, wiederholte sie. »Aber ich weiß, dass er es schafft.«

Immer noch die gleiche, unverbesserliche Optimistin. Im Gegensatz zu mir. Anna starrte auf Lisas schmale Hand, auf Peters geschwollenes und gleichzeitig eingefallenes Gesicht und auf die Monitore, die mit steigender und fallender Frequenz vor sich hin piepten.

Glück? Wie sollte irgendjemand denn so einen Unfall überleben? Es war doch quasi kein Knochen in Peters Körper heil geblieben. Und dann die Sache mit der Flüssigkeit im Kopf ... Sie hatten ihn ins künstliche Koma versetzen müssen und dann seinen Schädel aufgebohrt. Anna spürte, wie sich allein bei dem Gedanken ihr Magen zusammenzog. Unbeholfen legte sie ihre Hand auf die ihres Bruders. Sie fühlte sich eiskalt, leblos an. »Das will ich ihm geraten haben«, sagte sie leise, nach einer Pause, die ihr viel zu lang vorkam. »Sonst kriegt er Prügel von mir.«

Lisa sah auf, und ein unwillkürliches, verstörtes Auflachen entrang sich ihrer Kehle. Anna zuckte mit den Schultern.

Eine Zeit lang saßen sie schweigend nebeneinander und lauschten den gleichmäßigen Geräuschen der Geräte. Irgendwann betrat eine Krankenschwester das Zimmer, überprüfte die Funktionen, notierte irgendwelche Werte und tauschte eine Infusionsflasche aus.

»Sollen wir uns was zu trinken holen?«, fragte Lisa.

Anna nickte dankbar.

Im Erdgeschoss fanden sie eine Cafeteria, die um diese Nachtzeit natürlich geschlossen war, in einer Ecke davor jedoch einen Automaten, der nicht nur Patientenkarten, sondern auch Kleingeld annahm. Lisa zog sich einen Tee und Anna einen Becher Kaffee. Der Kaffee schmeckte wässrig, gleichzeitig angebrannt, fade und mit einem Nachhall von Brühwürfelsuppe, die der Automat wohl ebenfalls ausspucken konnte. Anna verzog das Gesicht, schluckte den Kaffee jedoch tapfer hinunter. Im Grunde war es ihr egal. Immerhin war er heiß und würde mit viel Glück genügend Koffein enthalten, um ihre Lebensgeister wieder ein bisschen auf Trab zu bringen.

Sie traten vor die Tür, und Anna sog gierig die klare, eisige Nachtluft ein. Lisa ging ein paar Schritte aus dem Eingangsbereich in den Schatten einer Nebentür, holte eine Dose mit selbst gedrehten Zigaretten aus ihrer Hosentasche und zündete sich eine an. Anna konnte hier im Dunkeln kaum das schwarze Gesicht der anderen sehen. Der Geruch ließ erahnen, dass die Zigarette mehr als nur Tabak enthielt. Nach zwei tiefen Zügen hielt sie das Teil Anna hin, doch die lehnte dankend ab.

»Wissen sie eigentlich schon, wer der Fahrer war?«, fragte sie stattdessen.

»Bislang nicht.«

Anna schlang die Arme um sich. »Ich frage mich ... ich meine, warum ist der nicht stehen geblieben? Wie kann man da weiterfahren? So, als wäre nichts ...« Sie brach ab und schüttelte erneut den Kopf. »Ich könnte nicht mit der Gewissheit leben, dass ich einen Menschen ...« Ihre Stimme versagte erneut.

Lisa blies heftig den Rauch aus. Eine süßliche Graswolke hüllte Anna für einen Moment ein und stieg dann in den Nachthimmel hinauf. »Das war kein Unfall«, stieß sie ungehalten hervor.

Anna warf ihr einen verwirrten Blick zu. »Aber die Polizei sagt …«

»Ach, die Bullen. Die haben doch keine Ahnung.« Wütend drückte Lisa die Zigarette gegen die Hauswand, immer und immer wieder, bis alle Glut erloschen war. Dann schob sie den Stummel in ihre Jackentasche, wandte sich abrupt um und stiefelte zurück ins Foyer.

Anna sah ihr sprachlos hinterher. Was zum Teufel war das gerade gewesen?

Da sie nicht wusste, wie sie sich verhalten sollte, entschied sie, Lisa erst mal in Ruhe zu lassen. Sie zog sich noch einen weiteren Brühwürfel-Kaffee aus dem Automaten und setzte sich vor der Cafeteria auf eine Bank. Auch um diese Nachtzeit herrschte in diesem Teil des Krankenhauses, in der Nähe der Notaufnahme, übermüdete Betriebsamkeit. Sie beobachtete die unterschiedlichen Menschen, die durch die Gänge wanderten, und lauschte ihren manchmal bizarren Unterhaltungen. Sie war froh über die Ablenkung, die ihr gestattete, sich für eine Weile nicht mit Peters Schicksal auseinandersetzen zu müssen. Die meisten Gäste hier waren Angehörige von Leuten in der Notaufnahme, mit bangen, müden Gesichtern und Furcht in den Augen, die blicklos in ihre Kaffees starrten oder fieberhaft auf Smartphones herumtippten. Vermutlich, um irgendwem da draußen in der Nacht Neuigkeiten zum Zustand eines Patienten zu übermitteln – oder eben, dass es nichts Neues zu berichten gab. Eine Handvoll Leute aus Rettungswagenbesatzungen holten sich einen Kaffee oder ließen eine Flasche Cola aus dem Automaten poltern, oder ein abgepacktes Sandwich, das sie auf dem Weg nach draußen hastig und mit viel zu großen Bissen hinunterschlangen. Hier und da saßen an den Tischen aber auch Patienten, manche mit fahrbaren Infusionsständern neben sich und Schlaflosigkeit im Blick. Am Nebentisch leerte ein alter Mann mit stoischer Methodik einen Beutel Gummibären nach dem anderen und futterte sie auf, nachdem er sie, sorgfältig nach Farben sortiert, vor sich auf dem Tisch aufgereiht hatte.

Gegen halb drei ging Anna wieder hinauf zur Intensivstation, um nach Peter zu sehen. Lisa lag, vom Schlaf übermannt, zusammengefaltet auf dem Sessel, und ein anwesender Pfleger wechselte gerade die Infusionen und überprüfte irgendwelche Werte. Anna wartete geduldig und kam sich dabei von Minute zu Minute nutzloser vor. Also wandte sie sich schließlich wieder ab und trottete zurück in die Cafeteria.

Der Raum war jetzt beinahe vollständig verlassen. Am Kaffeeautomaten stand ein junger Mann mit schwarzen Haaren und einem kurzen, gepflegten Vollbart. Die Maschine akzeptierte offenbar weder seine Münzen noch seine Geldkarte, also spendierte sie ihm einen Kaffee und holte sich selbst einen dritten. Der Brühwürfelgeschmack war noch immer nicht verschwunden. Vielleicht sollte das Zeug ja auch so schmecken.

Der junge Mann warf ihr einen seltsamen Seitenblick zu, nahm dann einen Schluck von seinem eigenen Getränk und verzog das Gesicht. »Lecker!«, sagte er mit gespielter Begeisterung. »Bohnensuppe. Genau das habe ich jetzt gebraucht.«

»Entschuldigung«, Anna lächelte schmal. »Ich hätte wohl vorwarnen sollen.«

»Ihr Gesichtsausdruck hätte Warnung genug sein sollen«, erwiderte der Mann und nippte erneut an seinem Becher. »Ist mal was anderes.«

»Ich fürchte nur, dass wir um diese Zeit nicht großartig die Wahl haben.«

Er betrachtete den Inhalt seines Bechers, runzelte die Stirn und stellte ihn dann betont vorsichtig auf dem nächsten Tisch ab. »Ich denke eventuell schon. Haben Sie Hunger?«

Anna sah ihn fragend an.

»Auf der anderen Seite der Cafeteria«, er deutete dorthin, wo auf der gegenüberliegenden Seite des kleinen Platzes mit den Tischen ein Gang zu einer anderen Station abzweigte, »gibt es einen nagelneuen Automaten. Kaffee hat der leider keinen, dafür aber ganz anständiges, echtes Essen. Ich glaube, ich brauche etwas Nahrhafteres als das hier, und die Cafeteria macht erst morgen um halb neun wieder auf. Außer am Sonntag.«

Anna sah ihn befremdet an. »Sonntag? Da dürften doch aber die meisten Verwandten ...«

Er zuckte mit den Schultern. »Hat mir vorhin ein Arzt erzählt. Ist wohl schon einige Jahre so. Deswegen gibt's dort wohl auch den neuen Automaten. Also, was ist, kommen Sie? Oh, ich bin übrigens Georg. Eigentlich Georgo, aber die meisten Leute machen dann George draus. Englisch. Und ... Egal. Georg, jedenfalls.«

Anna schnaubte belustigt. »Also gut, Georg jedenfalls, eigentlich Georgo, definitiv nicht George.« Sie stellte ihren Becher neben seinen. »Anna. Und jetzt bitte keine ›Aus dem Schoße der Kolchose‹-Sprüche.«

Georg sah sie verwirrt an, und nach einem Moment winkte sie ein wenig peinlich berührt ab. »Ich dachte ... Sie sehen alt genug aus, um sich an das Lied zu erinnern.«

Georg zuckte mit den Schultern. »Ich bin in Griechenland aufgewachsen. Deswegen auch der Name.«

Jetzt lachte Anna tatsächlich leise. »Gut, das hätte ein Hinweis sein können, ja. Okay, wo ist dieser Wunderautomat?«

Georg lächelte ebenfalls. »Gleich dort hinten, wenn der Herr Doktor mir keinen Unsinn erzählt hat.«

»Also gut. Sie gehen vor.«

»Du. Wenn wir schon bei Geschichten zu unseren Vornamen sind, okay?«

»In Ordnung.«

Tatsächlich stand auf der anderen Seite der Eingangshalle ein geschmackvoll beleuchteter, brandneuer Automat ein wenig hinter einer etwas kränklich aussehenden Topfpalme. Ein großer Bildschirm nahm fast die ganze Vorderseite ein und zeigte eine Auswahl an erstaunlich reichhaltig und verdächtig appetitlich aussehenden heißen Menüs, die eher wie aus einem New-Food-Restaurant aussahen. Ein Navigationsmenü darunter informierte sie über den Bestellvorgang und die diversen Zahlungsmöglichkeiten, wobei diese anscheinend allesamt über eine Handy-App abgewickelt wurden, die sie sich per QR-Code auf ihr Smartphone laden sollten. Ganz unten schließlich gab es einen futuristisch wirkenden Ausgabeschacht, an dem dezent der Name des Herstellers stand: Light Foods.

Anna erstarrte.

»Alles in Ordnung?«

Sie schluckte und riss den Blick los. »Nein. Eigentlich nicht.« Sie lächelte schief. »Das ist so absurd. Dieser Automat. Peter arbeitet in diesem Konzern. Er, der immer gegen Fertigmahlzeiten gewettert hat. Und jetzt liegt er hier in diesem Krankenhaus, und hier steht dieses ... Ding.«

»Peter?«

»Mein Bruder.«

»Oh. Was ist passiert?«

»Autounfall. Er ist operiert worden und liegt im Koma, und ...«

Georg schnaubte mitfühlend. »Okay, Moment. Was hältst du davon, dass wir uns jetzt etwas zu essen nehmen? Auch wenn's nur aus diesem Ding ist. Schlimmer als die Brühe aus dem anderen Automaten kann es nicht sein. Und dann erzählst du. Wenn du magst.«

»Ich ...« Anna stockte und riss sich schließlich zusammen, »Ich weiß nicht, entschuldige. Ich sollte dich nicht damit belästigen. Du wirst deine eigenen Sorgen haben.«

»Habe ich. Meine Großmutter liegt in der Notaufnahme. Sie ist dement und ist heute Nacht gestürzt, als sie aufs Klo wollte. Sie hat sich wohl irgendwas gebrochen. Dauert eine Weile, bis sie sie untersucht haben, und so lange bleibe ich hier. Ich glaube nicht, dass sie weiß, was ihr passiert ist. Sie wollen jemanden schicken, sobald sie mich brauchen. Und deshalb werde ich jetzt was essen. Weil sie mich brauchen wird. Und vermutlich wirst du auch noch gebraucht, also suchst du dir jetzt was aus. Ich lade dich ein.«

»Das kann ich nicht annehmen.«

Georg grinste. »O doch. Die Revanche für diesen Kaffee bist du mir schuldig.«

»Okay. Das ist fair.« Wider Willen musste auch Anna grinsen. Erneut musterte sie den Automaten. »Das ist schon seltsam. Peter ist überzeugter Vegetarier, aber sein Arbeitgeber verkauft hier haufenweise Fleischgerichte.«

Georg scrollte sich durch die appetitanregenden Bilder der verfügbaren Gerichte. »Das ist gar nicht so seltsam. Soweit ich weiß, verkauft Light Foods nur Produkte mit Fleisch, das im Labor gezüchtet wurde. Ist ihr Wahlspruch oder so. Also dass kein Tier für sie stirbt.«

»Labor? Ist das nicht eine eklige Vorstellung?«

Georg zuckte mit den Schultern. »Nicht ekliger als aus dem Großschlachthof. Isst du Fleisch?«

»Schon, aber ...«

Er tippte auf das Display, auf dem jetzt eine Box mit gebackenen Kartoffelhälften, grünen Bohnen, Miniaturkarotten und einem Stück Fleisch zu sehen war. »Dann probier das hier. Hühnchen. Das hatte ich schon mal. Wenn es auch nur ansatzweise so gut ist wie in den Restaurants, dann wirst du es nicht bereuen. Nicht mehr als den Kaffee vorhin zumindest.«

»Ist ja gut. Wie lange willst du darauf noch herumhacken?«

Georg grinste. »Die Nacht ist noch jung.«

Anna verdrehte die Augen und seufzte ergeben. Sie hatte tatsächlich das letzte Mal irgendwann im Bordbistro des Zugs gegessen, aber das war auch schon wieder acht Stunden her, und sie spürte plötzlich, wie ihr Magen knurrte. »Na gut. Was soll schon schiefgehen?«

»Und wenn, dann sind wir hier wenigstens in einem Krankenhaus.« Georg ließ zwei der Hühnchenboxen ausgeben, dazu zwei Colas, und wenige Minuten später setzten sie sich mit ihren dampfenden Mahlzeiten an einen freien Tisch. Zu Annas Verblüffung sah der Inhalt fast so appetitlich aus, wie die Abbildungen versprochen hatten, und der Duft war mit dem fettigen Mief üblicher Fast-Food-Produkte nicht zu vergleichen. Als sie gegessen hatten, fühlte sich Anna tatsächlich etwas besser, und als schließlich jemand kam und Georg zu seiner Großmutter bat, stellte Anna fest, dass sie seit bestimmt einer halben Stunde nicht mehr an Peter oder den Unfall gedacht hatte.

Kurz darauf tauchte Lisa mit ihrem Gepäck auf. »Man hat mich rausgeworfen«, sagte sie tonlos. Bleierne Müdigkeit schien sich über sie gelegt zu haben und jegliche Emotion zu ersticken. »Ich soll mich ausschlafen gehen und morgen wiederkommen. Er wird überwacht, und«, sie zuckte hilflos mit den Schultern, »ich kann ohnehin nichts tun, außer denen im Weg rumzusitzen. Komm, ich fahr dich nach Hause.« Sie drückte Anna ihr Gepäck in die Hand.

ZWEI

Lisa hatte sie vor dem Mietshaus abgesetzt, in dem Peter seine Wohnung hatte, ihr Peters Schlüssel in die Hand gedrückt und war schweigend davongefahren. Eigentlich hatte sie die ganze Fahrt geschwiegen und es Anna damit leicht gemacht, sich in Peters Wohnung absetzen zu lassen. Lisa hatte ohnehin keinen Platz, und Peter hatte diese Wohnung hier eigentlich nur genutzt, wenn er in Ruhe arbeiten wollte. Im Grunde hatte er sowieso die meiste Zeit bei Lisa verbracht, und so hatte Lisa ihr angeboten, die Wohnung vorübergehend als Unterkunft zu nutzen. Sich um Peters Zimmerpflanzen zu kümmern und so. Anna hatte das Angebot nur zu gern angenommen. Die Vorstellung, in der perfekten Wohnung der perfekten Lisa Gast sein zu müssen, dort, wo Peter tatsächlich wohnte, war beinahe zu viel für sie gewesen. Also hatte sie den Schlüssel angenommen und ihr Gepäck durch das sparsam beleuchtete, knarzende Treppenhaus nach oben getragen.

Peters Wohnung war finster und roch abgestanden. Irgendwie unbewohnt. Licht von der Straße fiel durch ein paar Fenster herein, und bis Anna einen funktionierenden Lichtschalter gefunden hatte, wirkten die dunklen, kleinen und geradezu totenstillen Zimmer eher wie ein Mausoleum. Schließlich fand sie den Schalter. Peters Wohnung bestand aus drei kleinen Zimmern und einem geradezu winzigen Bad und war gerade mal mit dem Nötigsten ausgestattet. Ein paar Schränke, Kommoden und ein Haufen Regale von einem schwedischen Möbelhaus. In der kleinen Küche stand ein Esstisch für zwei vor einem altmodischen gusseisernen Rippenheizkörper, der viel zu viel Platz einnahm, und außerdem die winzigste Küchenzeile, die Anna je gesehen hatte. Im eigentlichen Wohnraum stand ein altes Sofa, das Peter vor Jahren ihrer Großmutter abgeschwatzt hatte, vor einem einsamen Smart-TV an der sonst kahlen Wand, und ein aus Sägeböcken und einer Sperrholzplatte zusammengebauter Schreibtisch brach unter Stapeln von Büchern und Ordnern beinahe zusammen. Teppiche gab es überhaupt nirgendwo, die schmucklosen Vorhänge schienen lediglich dazu da zu sein, neugierige Blicke aus dem Haus gegenüber zu verhindern, und die Dielen in den Räumen knarrten bei jedem zweiten Schritt. Pflanzen konnte sie in keinem der Räume entdecken.

Für eine endlos erscheinende Weile stand Anna schließlich im Wohnzimmer, das nur vom Straßenlicht erhellt wurde, das von unten durch die Fenster fiel. Fahrzeuggeräusche drangen dumpf von draußen herein, ein monotones Rauschen, in dem nur ab und an das Beschleunigen eines Fahrzeugs und einmal das Quietschen einer S-Bahn zu erkennen war, doch diese Geräusche untermalten nur die Stille der Wohnung und ließen sie in Annas Ohren dröhnen.

Irgendwann öffnete sie die Hand, ließ Peters Schlüsselbund auf den Couchtisch fallen und sank auf dem alten Sofa zusammen. Und während draußen die ersten Berliner zu ihrer täglichen Arbeit aufbrachen, glitt sie langsam in einen unruhigen Schlaf.

»Ist er ...« *Tot?* Anna wagte es nicht, das Wort auszusprechen, vielleicht aus Angst, dass es allein dadurch Wirklichkeit würde. Sie drückte das Handy so fest gegen ihr Ohr, dass es schmerzte. »Ja. Ich ... ich verstehe. Wo ...?« Wieder lauschte sie angestrengt den Worten auf der anderen Seite der Leitung. Das Herz schlug ihr bis in den Hals. Sie hatte Mühe, alles zu verstehen; zu viele

Informationen prasselten auf sie ein. »Nein, das ist schon in Ordnung. Ich ... ich komme sofort. Also, so schnell wie möglich. Rufen Sie bitte sofort an, wenn sich etwas ändern sollte.«

Sie hatte kaum aufgelegt, als sie schon in ihr Schlafzimmer stürzte und die Schränke aufriss. Kleidung fiel ihr geradezu entgegen und verschwand in Rucksack und Reisetasche, als wüsste sie, dass Anna keine Minute Zeit zu verlieren hatte, und im nächsten Augenblick schob sie sich schon durch einen überfüllten ICE, der seltsamerweise ratterte und quietschte wie eine alte S-Bahn oder einer der Regionalzüge aus ihrer Kindheit, als Sitze noch mit Kunstleder bezogen waren.

Sie war kein Mensch, der sich lange an einem Ort aufhielt. Es fiel ihr nicht besonders schwer, sich schnell auf die Reise zu begeben. Und trotzdem hatte sie diesmal das Gefühl, nicht schnell genug zu sein. Der Zug schien geradezu in die hereinbrechende Nacht zu kriechen, das Licht war seltsam gedämpft, und Anna verbrachte eine Ewigkeit damit, sich von Abteil zu Abteil zu schieben, ohne ihren reservierten Sitzplatz zu finden. Aus irgendeinem Grund schien es allen im Zug so zu gehen, und so war die Menge der Fahrgäste pausenlos in anscheinend zielloser Bewegung. Unruhig bewegte sich Anna mit dem Strom der Leute durch den Waggon, von einem Abteil ins nächste und wieder zurück, dabei immer ein Auge auf ihr Gepäck gerichtet und das andere auf das Display ihres Handys, das sie fest umklammert hielt. Bei jedem Signalton, der das Eintreffen einer neuen Nachricht verkündete, zuckte sie zusammen, doch jedes Mal war es eine andere Nachricht als die befürchtete. Es war erstaunlich, über wie viele belanglose Dinge man jeden Tag informiert wurde, ohne sie richtig wahrzunehmen. Zumindest, bis sie lästig wurden.

Irgendwann übermannte sie schließlich die Müdigkeit. Sie ließ sich auf ihren Platz fallen und schloss die Augen. Sie träumte von einer gemeinsamen Bootsfahrt mit ihrer Familie und von einem Sturm, der sie allesamt in die Tiefe riss. Wäre da nicht die ausgestreckte Hand eines Fremden gewesen, die sie im letzten Augenblick an die Wasseroberfläche hinaufgezerrt hatte, wäre sie mit Sicherheit ertrunken. Als sie von einem weiteren Signalton ihres Handys aus dem unruhigen Halbschlaf gerissen wurde, versuchte sie, sich an das Gesicht des Fremden zu erinnern. Es gelang ihr nicht. Genauso wenig, wie es ihr gelang, die Gesichter der Menschen um sie herum zu erkennen, als sie die Augen wieder aufschlug. Vielleicht hatte sie vor Müdigkeit die Fähigkeit verloren, Details zu erkennen, doch die meisten von ihnen schienen Peter zu ähneln, oder Lisa, ihrer Mutter oder diesem Mann aus der Krankenhaus-Cafeteria.

Auf halber Strecke, mitten im nächtlichen Nirgendwo, mussten sie umsteigen, weil der Zug ein Problem mit der Klimaanlage hatte. Anna hatte den Eindruck, dass ausgerechnet ihr solche Dinge jedes Mal passierten, wenn sie mit der Bahn fuhr. Das war genau einer dieser Gründe, warum sie das Zugfahren mied, auch wenn ihr das schon mehr als einen spitzen Kommentar ihres umweltbewussten Bruders eingebracht hatte.

Der neue Zug war trotz der späten Stunde ziemlich gut gefüllt, überheizt und roch streng nach klammer Kleidung, Staub, Krankenhausfluren, gebratenem Fleisch und Menschen, die den ganzen Tag gearbeitet hatten. Die meisten Fahrgäste schienen Pendler zu sein, und ausnahmslos alle wirkten so müde, wie sie sich fühlte. Irgendwie gelang es dem Bahnpersonal, auch noch die Reisenden aus ihrem Zug unterzubringen, obwohl jetzt an einen Sitzplatz nicht mehr zu denken war. Also stand sie, ihr Gepäck zwischen die Beine geklemmt, neben einer der gläsernen Türen an der Wand und döste. Eine korpulente Dame saß neben ihr auf einem Rollkoffer und sah eine Nachrichtensendung auf ihrem Handy. Sie trug Kopfhörer, weshalb Anna den Ton nicht hören konnte, doch gelegentliche Untertitel verrieten Anna, dass es um irgendeine Krankheit namens TASE in Großbritannien ging. Cutszenen zeigten etwas Unappetitliches mit Mäusegehirnen.

Mit einem »Nee, nee. Was die sich wohl als Nächstes ausdenken«, wechselte die Frau den Film auf die Zusammenfassung einer Datingshow, bei der es wohl darum ging, auf einem seeuntüchtig vor Afrika treibenden Wrack seine große Liebe zu finden. Zufrieden grunzte die Frau und wickelte einen großen Klumpen frisches Mett aus, den sie mit den Fingern in sich hineinzuschaufeln begann, ohne die Augen von ihrem Handydisplay zu nehmen.

Sie sah aus dem nächtlichen Fenster, das sich irgendwann, als sie nicht hingesehen hatte, in einen Monitor verwandelt hatte. Dort lief ein Film über Peter und sie selbst, aus der Zeit, als sie noch Kinder waren und man sie ständig für Zwillinge gehalten hatte, weil Peter nur knapp ein Jahr älter war als sie. Doch als sie dort auf dem Monitor älter wurden, wurden die Unterschiede zwischen ihnen größer und deutlicher, als sie das noch als Kinder empfunden hatten. Im Film gaben sie sich, irgendwann nach dem Tod der Eltern, das letzte Mal die Hand. Das war an dem Tag gewesen, als Anna die letzten Kisten mit ihren Sachen aus Peters Garage geholt hatte. Umzugskartons standen dort, an die sich Anna nicht erinnern konnte. Hatte Peter damals schon für seinen Umzug nach Berlin gepackt, und sie hatte es nur nicht mitbekommen? Sie selbst hatte die Kiste drei Tage später im Müllcontainer vor ihrem Haus entsorgt, ohne auch nur noch einmal hineinzusehen. Vier Stunden später hatte sie ihre Schlüssel in den Briefkasten der Hausverwaltung geworfen und war in ein Uber zum Flughafen gestiegen, um nach Lima zu fliegen. Die nächsten Jahre waren ein zerhacktes Kaleidoskop aus Momentaufnahmen, ziellos, willkürlich. Anna starrte auf den Monitor, während neben ihr Leute missbilligend zu tuscheln begannen. Der Trip durch Chile und Argentinien, fast ein Jahr Burma, eineinhalb in Australien, davor Au-pair in Vancouver und irgendwann eine Saison als Erntehelferin in Südspanien.

Einer der anderen Fahrgäste sagte etwas, das sie nicht verstehen konnte, und Anna brauchte eine Weile, bis ihr klar wurde, dass er ihr eine Frage stellte. Anna sah sich um und entdeckte ihn drei Sitzreihen weiter. Seine Statur und die Lederjacke waren ihr so bekannt, dass es unwichtig war, dass sie sein Gesicht aus irgendeinem Grund nicht erkennen konnte: Kagisho, der Typ, den sie vor einem Dreivierteljahr in Südafrika kennengelernt hatte. Wieder sagte er etwas. Eindringlich und erneut vollkommen unverständlich. Was es auch war – es war unwichtig. Sie hatte mit diesem Kapitel abgeschlossen. Deshalb war sie gerade erst zurückgekommen. Und noch immer wusste sie nicht, was sie eigentlich von ihrem Leben erwartete.

Sie drängte sich zwischen den Leuten hindurch, weg von Kagisho und den Bildern aus ihrem Leben, ins nächste Abteil, in dem auf allen Monitoren Nachrichten liefen. Nachrichten über Krankenhäuser und sterbende Menschen, Autounfälle und dazwischen seltsamerweise immer wieder Peter. Peter als Journalist, der irgendwelche Leute befragte, Peter, der Kinder rettete, und Tiere aus einem brennenden Tiertransporter, Peter, der eine Präsentation zu einem riesigen Klumpen Hackfleisch hielt, Peter, der sich furchtlos einem Lastwagen aus »Soylent Green« entgegenstellte. Nichts davon verwunderte Anna. Peter passte in jedes der Bilder. Peter hatte schon von frühester Kindheit an genau gewusst, was er wollte, nämlich etwas bewegen und die Welt verbessern. Er hatte Journalismus studiert und bei einigen der besten Verlagshäuser volontiert. Kurzzeitig hatte er bei einer Umweltschutzorganisation gearbeitet, und die Stelle in der PR-Abteilung des gigantischen Herstellers für kultiviertes Fleisch passte zu ihm. Dort wurde die Welt von morgen gemacht. Das hatte er gesagt, als sie das letzte Mal telefoniert hatten. Eine Welt ohne Hunger. Eine Welt ... auf jedem der Bildschirme wurde Peter in diesem Moment gleichzeitig von einem lautlosen Elektrofahrzeug überfahren. Anna fuhr zusammen und schrie auf, und alle Gesichter in diesem vollgestopften Zug wandten sich ihr zu. Und jedes gehörte einem Toten. Mit ruckartigen, unkontrolliert wirkenden Bewegungen, Marionetten gleich, drehten sich die Passagiere um und starrten sie aus blicklosen Augen an, bevor sie ihre Münder öffneten und ein schrilles, rhythmisches Hupen ...

Anna schreckte auf, fiel beinahe von der Couch und starrte panisch im abgedunkelten Zimmer umher, während irgendwo draußen auf der Straße ein Fahrzeugalarm misstönend vor sich hin plärrte. Sie sog gierig die kühle Luft in sich hinein und stieß einen halblauten Fluch aus. Es dauerte eine ganze Weile, bis sie ihr Herz nicht mehr im Hals schlagen fühlte, und noch länger, bis sie die Kraft fand, sich zu bewegen. Quälend umständlich streifte sie die Straßenschuhe von den Füßen, schälte sich aus ihrer Jacke und ließ sich wieder auf das Sofa zurücksinken. Das Wiedersehen mit ihrem Bruder hatte sie sich völlig anders vorgestellt. Aber manchmal kamen die Dinge eben nicht so, wie man hoffte. Wobei – taten sie das jemals?

Gegen Mittag saß sie immer noch zusammengekauert auf dem Sofa und starrte mit verquollenen Augen auf das eingerahmte Foto, das vor ihr auf dem Wohnzimmertisch stand. Es zeigte die Familie vor fünfzehn oder sechzehn Jahren beim letzten gemeinsamen Italienurlaub. Damals war ihr Vater noch am Leben gewesen, und Mutter hatte diesen fröhlichen Gesichtsausdruck, der ihr nach seinem Tod von einem Tag auf den anderen abhandengekommen war. Peter war auf dem Bild noch dünn wie eine Spargelstange und hielt einen großen Einkaufsbeutel umklammert, in dem er den ganzen Tag über den Plastikmüll vom Strand eingesammelt hatte. Anna hatte in diesem Alter lieber Eis gegessen oder zusammen mit ihrem Vater Sandburgen gebaut. Ihr Bruder musste an diesem Tag dagegen schon beschlossen haben,

Meeresbiologe oder Umweltingenieur oder vielleicht auch Recyclingverpackungsdesigner zu werden. Und wenn er sich einmal etwas in den Kopf gesetzt hatte, war er nicht mehr so leicht davon abzubringen.

Das war überhaupt schon immer der Unterschied zwischen ihnen gewesen. Anna hatte immer stundenlang über den Dingen gegrübelt und an sich selbst gezweifelt, während Peter einfach die Ärmel hochgekrempelt hatte und zur Tat übergegangen war.

»Verdammt«, sagte Anna und schüttelte den Kopf. »Ich denke über ihn schon, als sei er tot.« Schwerfällig stemmte sie sich vom Sofa hoch und riss das Fenster auf. Eisige Luft strömte ihr entgegen, und sie atmete tief durch, doch selbst das konnte die lähmende Erschöpfung nicht vollständig vertreiben. Also tappte sie in die winzige Küche, öffnete nacheinander alle Schränke und fand schließlich eine Stempelkanne und eine halbe Packung Kaffeepulver.

Sie schaltete das kleine Küchenradio ein und begann, Kaffee in die Stempelkanne zu löffeln. Ein ausgesprochen anstrengend gut gelaunter Moderator wurde von einer Nachrichtensendung abgelöst. Dürre irgendwo, Überschwemmung woanders, Auffahrunfall auf einer Autobahn in Brandenburg, Neues vom Krieg, sie bekam nicht mit, von welchem, ein Kommentar zu den sich häufenden TASE-Fällen, ein Hollywood-Beziehungsdrama, Fußball, das Wetter. Endlich wieder Sonnenschein. Wieder der Moderator, der einen bemühten Zombie-Witz im Zusammenhang mit der Berliner Landespolitik riss. Sie schaltete das Radio wieder aus, füllte den Wasserkocher und ging mit einer angebrochenen Schachtel Zwieback erneut durch die Wohnung. Auch bei Tageslicht betrachtet, war sie nicht wesentlich gemütlicher.

Die Bücherregale im Wohnzimmer waren überladen mit Fachbüchern zu allen möglichen Themen, von Politik über Marketing bis hin zu Abhandlungen über die Herstellung von künstlichen

Fleischprodukten. Dazwischen standen ein paar verlorene Fantasyromane und eine Handvoll Krimis. Einen der Krimis hatte Anna ihrem Bruder vor ein paar Jahren mal zu Weihnachten geschenkt. Er handelte von einer Frau, die nach einem Autounfall im Wachkoma lag und hilflos erfahren musste, dass ihr eigener Ehemann geplant hatte, sie umzubringen. Anna schauderte. Sie dachte an Lisa und deren Worte vor dem Krankenhaus. *Ob sie wohl imstande ist, jemanden zu überfahren?* Eigentlich unvorstellbar, aber unter den richtigen Umständen konnte wohl jeder Mensch einen Mord begehen. Gleich darauf schnaubte sie schuldbewusst. *Das ist jetzt einfach nur paranoid.*

Apropos paranoid. Sie blieb vor Peters improvisiertem Schreibtisch stehen und runzelte die Stirn. Ihr Bruder schien sich wirklich viel Arbeit mit nach Hause zu nehmen. Oder arbeitete er im Homeoffice? Der Schreibtisch war voll mit Stapeln von Papier, auf dem irgendwelche Diagramme abgedruckt waren, Bücher mit Seitenmarkierungen stapelten sich auf der einen Seite, auf der anderen lag eine aufgeschlagene Zeitschrift mit einem Bericht über Shiok Meats, einem Hersteller von künstlichen Meeresfrüchten. Dazwischen stand eine halb ausgetrunkene Teetasse. An der Wand über dem Tisch waren weitere Ausdrucke mit Heftzwecken befestigt, dazwischen Haftnotizzettel, auf denen einzelne Wörter oder Zahlengruppen standen. Das war an sich für Peter nicht ungewöhnlich. Das war schon immer seine Art gewesen, sich Notizen zu machen, selbst als er noch zur Schule ging. Er hatte seine Familie damit wahnsinnig gemacht, da das Zeug außer ihm niemand entziffern konnte. Anna versuchte, aus einigen der Zettel schlau zu werden, doch es gelang ihr nicht. *Ja, hat sich nicht viel geändert.* Eigentlich fehlten nur noch rote Fäden, die sich von Heftzwecke zu Heftzwecke spannten, um das Ganze ein wenig irrsinnig wirken zu lassen. Anna nahm ein Blatt von einem der Stapel und überflog es. *Lieferkettenstatistiken. Wahnsinnig interessant. Eigentlich dachte ich, dein Job wäre irgendwie glamouröser, Brüderchen.* Sie legte den Bogen zurück, sammelte die Tasse ein und ging zurück in die Küche, wo inzwischen der Wasserkocher vor sich hin brodelte.

Als ihr Handy klingelte, zuckte sie zusammen. Auf dem Display leuchtete Lisas Name auf.

»Hi. Gibt es etwas Neues?«

»Ich war gerade dort und habe die Morgenvisite abgepasst«, sagte Lisa, und Anna überkam sofort ihr schlechtes Gewissen. Hier saß sie, tat sich selbst leid und überlegte, ob Lisa fähig war, ihren Freund zu überfahren, während die stets perfekte Lisa bereits im Krankenhaus gewesen war und mit den Ärzten gesprochen hatte. Was eigentlich ihre Aufgabe als nächste Verwandte gewesen wäre. Lisa hatte inzwischen weitergesprochen, und Anna musste sie wohl oder übel unterbrechen.

»Ich sagte, die Ärztin klang vorsichtig zuversichtlich. Seine Werte sind gut, sie können bislang keine Infektionen feststellen, und es scheint keine verborgenen Blutungen zu geben, die ihn akut bedrohen.«

Anna schloss erleichtert die Augen und nahm einen Schluck von ihrem Kaffee. »Das klingt ... gut, oder?«

»Das ist erst mal die beste Nachricht, auf die wir im Moment hoffen konnten«, sagte Lisa. »Wie geht es dir gerade?«

»Jetzt? Erleichtert. Kaputt, aber das muss ich dir ja nicht erzählen, oder?«

»Nicht wirklich. Du sollst heute im Laufe des Tages noch mal ins Krankenhaus kommen. Du musst einiges an Dokumenten unterzeichnen. Du bist seine Schwester. Ich reiche ihnen da nicht. Soll ich dich abholen?«

Anna gähnte und hörte, wie sie Lisa damit ansteckte. »Lass gut sein. Ich nehme mir ein Uber. Musst du nicht arbeiten? Und ... was ist mit Peters Arbeitgeber?«

»Ich hab mir freigenommen.« Lisa schnaubte. »Und Light Foods weiß schon Bescheid. Nicht dass sich dort jemand bedauernd geäußert hätte. Ich glaube, wir können froh sein, dass sie nicht gleich gefragt haben, wann er wieder arbeiten kann.«

»Autsch.«

»Hmhm. Pass auf, ich muss heute trotzdem noch ein paar Sachen erledigen ...«

»Kein Problem«, fiel Anna ihr ins Wort. »Ich bleibe bei Peter. Und ich gebe dir Bescheid, wenn sich doch irgendwas Neues ergibt. Du solltest dich vermutlich mal ausschlafen. Es bringt niemandem was, wenn du zusammenklappst.«

Lisa gähnte erneut. »Vermutlich hast du recht. Falls ich schlafen kann, heißt das.«

Dir fällt schon was ein. Anna musste an die Zigarette in der vergangenen Nacht denken, und Lisas seltsames Verhalten kam ihr wieder in den Sinn. Allerdings schien diese nicht vorzuhaben, irgendein Wort darüber zu verlieren, also beließ Anna es dabei.

»Hör mal«, sagte Lisa stattdessen, »was hältst du davon, wenn wir uns morgen vielleicht zum Frühstück treffen. Dann gehe ich danach zu Peter.«

»Klingt großartig. Und wo?«

»Ich denk mir was aus. Um zehn?«

»Zehn klingt gut, bis dann.«

Sie legten auf, und Anna starrte noch eine Weile gedankenverloren auf das dunkle Display, ehe sie aufstand und erneut in der Küche nach etwas Essbarem suchte.

Das ganze Gerede über Frühstück hatte sie darauf aufmerksam gemacht, dass ihr Magen schon seit einigen Stunden schmerzhaft knurrte. Abgesehen von Kaffee, der angebrochenen Packung Hafermilch, drei Päckchen Teebeutel und dem letzten Zwieback, gab es allerdings keinerlei verwertbare Lebensmittel mehr. Nachdenklich starrte sie in den fast leeren Schrank. Schon seltsam. Peter war derjenige von ihnen beiden, der großen Wert auf Essen legte. Oder zumindest gelegt hatte. Er war ein leidenschaftlicher Koch. Das war er schon immer gewesen. Während sie sich nach der Schule Nudeln mit Ketchup gemacht hatte, hatte Peter mit endloser Geduld und bewaffnet mit Kochbüchern schon mit zwölf Jahren ganze Menüs zubereitet. Eine Zeit lang hatten alle gedacht, er würde irgendwann Koch werden, aber selbst als das nicht eingetreten war, blieb das Kochen eine von Peters großen Leidenschaften. Es war Lisa gewesen, die ihm die Augen für die Probleme der Tierhaltung und für fleischlose Alternativen geöffnet hatte. Und das meiste davon war ausgesprochen schmackhaft. Jedenfalls soweit Anna das beurteilen konnte, als jemand, die sich bis heute für Wochen von Ramen, Burgern, Ketchup-Nudeln oder Currywurst ernähren konnte. Kaffee war vermutlich das Einzige, was sie wirklich einschätzen konnte. Jedenfalls sah diese Küche nicht so aus, als würde sie Peter gehören. Oder als würde er sich auch nur lange hier aufhalten. Es gab, abgesehen von einem Flughafen-Salzstreuer, nicht mal Gewürze hier. Das hieß wohl, dass Peter hier nicht wohnte. Wohnte er bei Lisa? Vermutlich. Aber warum hatte sie nichts davon gesagt?

Anna starrte den Tee an. Dann nahm sie den letzten Zwieback, zog sich ihre Jacke über und verließ die Wohnung, um ein paar Einkäufe zu erledigen, bevor sie sich um das Uber kümmerte.

Im zweiten Stock stand eine der Wohnungstüren einen Spalt offen. Ein leichter Geruch von kochenden Kartoffeln, Sauerkraut und Tosca strömte ins Treppenhaus.

Auf Fußhöhe streckte ihr ein grauhaariger Rauhaardackel schnüffelnd die Nase entgegen, ein kleines Stück darüber lugte das faltige Gesicht einer älteren Frau hervor. Anna schätzte sie auf Anfang bis Mitte siebzig, doch so genau konnte man das nicht sagen. Auf dem Klingelschild stand der Name Nowak.

»Gehören Sie zu dem Herrn Heigen im dritten Stock?«

»Ich bin seine Schwester.«

Frau Nowak musterte sie einen Augenblick lang mit misstrauisch zusammengezogenen Brauen. »Das ist ein sehr hellhöriges

Haus«, sagte sie schließlich in vorwurfsvollem Ton. »Man kann jeden Schritt auf dem Parkett hören.«

Anna nickte müde. »Ich werde mir Mühe geben.«

»Wissen Sie, es ist ja nicht meinetwegen, aber Herr Petracek braucht seinen Schlaf.«

»Ich verstehe. Er muss vermutlich früh raus.«

»Allerdings. Er ist nicht mehr der Jüngste. Manchmal kommt er nicht einmal mehr rechtzeitig bis zu seinem Lieblingsbaum, dann kann es schon mal passieren, dass er mitten in den Hausflur pinkelt.«

Anna sah sie irritiert an. Dann fiel ihr Blick auf den grauhaarigen Dackel, der gerade damit begonnen hatte, konzentriert ihren Schuh abzulecken. Die Augen der alten Frau folgten ihrem Blick. Ächzend beugte sie sich nach unten und zerrte das widerstrebende Tier zurück in ihre Wohnung.

»Herr Petracek ist sehr zurückhaltend. Fremde jagen ihm Angst ein. Schlechte Erfahrungen, wissen Sie?« Sie sah Anna herausfordernd an, so als wartete sie den ganzen Tag schon darauf, endlich von den schlechten Erfahrungen ihres Dackels berichten zu können.

»Ich verstehe«, sagte Anna nur. Sie verspürte eigentlich keine große Lust auf eine längere Unterhaltung.

Frau Nowak schien das nicht aufzufallen, denn sie begann, ungefragt zu berichten. Es waren eine ganze Menge Dinge, die ihrem Dackel im Verlauf seines Lebens widerfahren waren. Das arme Tier konnte einem richtiggehend leidtun. Frau Nowak redete schnell, so als hätte sie Angst, unterbrochen zu werden. Als sie fertig war, wirkte sie beinahe ein bisschen erschöpft.

Anna hatte mehrfach versucht, eine Lücke in ihrem Redeschwall zu finden, und stellte fest, dass sie wohl für eine ganze Weile den Atem angehalten haben musste. »Puh«, sagte sie jetzt schnell und möglichst mitfühlend, »das ist ja wirklich faszinierend. Ich meine, bedauerlich. Faszinierend und bedauerlich. Ich würde liebend gern«, sie bremste sich gerade noch, bevor sie *»mehr hören«* sagen konnte, »noch bleiben, aber ich muss jetzt wirklich los, wissen Sie? Ich muss dringend ins Krankenhaus, zu Peter. Irgendwelche Berichte lesen. Oder unterzeichnen.«

»Schlimme Sache, das mit Ihrem Bruder«, beeilte sich Frau Nowak zu sagen. »Schlimmer Unfall. Es war schrecklich!«

Anna sah sie verwirrt an. »Der Unfall war doch gar nicht hier, oder?«

»Nein, nein!«, beeilte sich die Alte. »und wir sind da sehr froh. Stellen Sie sich das nur mal vor: all die Sirenen und Blinklichter! Herr Petracek hätte vermutlich einen Herzinfarkt bekommen! Da haben wir Glück im Unglück ... Ich meine – wie steht es denn um Herrn Heigen? Er ist ja ein wirklich netter Nachbar, ganz im Gegensatz zu Leuten wie ...«

»Ich weiß es noch nicht, Frau Nowak. Auch deswegen muss ich jetzt wirklich los. Um nach ihm zu sehen.«

»Ja, natürlich, aber ...«

»Bis später, Frau Nowak.« Anna lächelte und ergriff hastig die Flucht.

Erst draußen stellte sie fest, dass sie keine Ahnung hatte, wo sich in der Nähe brauchbare Einkaufsmöglichkeiten befanden. Also betrat sie den erstbesten kleinen asiatischen Supermarkt einige Hundert Meter die Straße hinunter und warf relativ wahllos Nudelsuppen und anderes Fertigessen in ihren Einkaufskorb. Sie ertappte sich dabei, wie sie sich Peters vorwurfsvolle Blicke ausmalte, während er die lange Liste von Konservierungsmitteln und ungesunden Zusatzstoffen vorlas, die in den Speisen enthalten waren. Allein die Art, mit der er das pulverisierte Enten- oder Rindfleisch in den Ramen stumm kritisieren würde, würde anklagend im Raum stehen und versuchen, ihr den Appetit zu verderben.

Die alte Frau hinter der Kasse starrte mit finsterer Miene auf den Bildschirm eines winzigen Röhrenfernsehers, der sich neben der Eingangstür zwischen Kühltruhen und Gewürzregalen versteckte. Eine Nachrichtensprecherin erklärte auf Chinesisch die neuesten Zahlen der TASE-Erkrankungen. Das Bild wechselte zu einem Viehmarkt, auf dem ein Reporter wahllos Passanten sein Mikrofon unter die Nase hielt. Die Kassiererin murmelte etwas, das wie ein Fluch klang, und kassierte dann wortlos ab. Sie benutzte einen alten Taschenrechner und schrieb die Zahlen akkurat mit einem Bleistift auf einen Abreißblock. Als sie mit ihrer umständlichen Abrechnung fertig war, wickelte sie jedes Produkt sorgfältig in Plastiktüten ein und packte alles zusammen in eine weitere Plastiktüte. Anna musste lächeln – wie hätte Peter wohl darauf reagiert? Als die Kassiererin ihren Gesichtsausdruck bemerkte, begann sie ebenfalls zu lächeln und stopfte spontan noch eine Handvoll Bonbons dazu.

Anna wünschte ihr einen schönen Tag und beschloss dann, sich im direkt gegenüberliegenden, offenbar gerade neu eröffneten »Light Foods BestBurgers« ein schnelles Mittagessen zu gönnen. Eins musste man Peters Arbeitgeber lassen: Auch dieser Hähnchenburger aus künstlichem Fleisch war erstaunlich lecker. Um Längen besser als das, was andere Ketten aus echten Hühnern machten. Seufzend rief sie sich ein Uber und machte sich auf den Weg zum Krankenhaus.

Der nächste Tag begann mit dem Anruf einer Großtante, die sich mit tränenerstickter Stimme nach Peters Zustand erkundigte. Anna beruhigte sie mit einer Handvoll freundlicher Lügen, erfuhr nebenbei noch ein paar Neuigkeiten über ihren krebskranken Onkel und versprach, sich wieder zu melden, sobald es Neues zu berichten gab. Sie duschte, zog sich an und googelte nach der Adresse des Cafés, das Lisa ihr als Treffpunkt genannt hatte.

Das Café befand sich in der Nähe des Zoologischen Gartens

direkt am Ufer der Spree. Es bot eine schöne Aussicht über den Fluss und war offenbar ein beliebter Treffpunkt für Studenten und Universitätsmitarbeiter der nahen TU. Um diese Uhrzeit war es schon erstaunlich gut besucht. Lisa erwartete sie bereits und winkte sie zu sich heran. Sie hatte einen Fensterplatz ergattern können und bereits eine Tasse Tee vor sich auf dem Tisch stehen. Dieses Mal hatte sie ihre Rastas zu einem Pferdeschwanz gebunden, dicker als Annas Oberarm. Anna entschied sich für einen Kaffee und den Frühstücksteller mit Rührei.

»Es ist irgendwie seltsam«, sagte Lisa, während sie gedankenverloren aus dem Fenster sah. Anna war ein wenig erschrocken, wie fahlgrau ihre sonst tiefbraune Haut wirkte. Sie sah noch immer völlig übernächtigt aus, und ihre Augen waren leicht verquollen und gerötet, so als hätte sie die ganze Nacht geweint. »Die ganzen banalen Dinge wie spazieren gehen, einkaufen und gemeinsam frühstücken. Man weiß sie erst dann richtig zu schätzen, wenn man sie nicht mehr hat.«

»Immer noch nicht besser?«

»Irgendwie 'ne blöde Frage, oder?«, fragte Lisa nur, und dann schwiegen sie eine ganze Weile. Die Kellnerin kam und brachte Kaffee und Frühstück. Lustlos stocherte Anna in ihrem Rührei herum.

»Sie haben ihn heute Morgen noch mal operiert. Sie mussten seinen Kopf aufbohren«, sagte Lisa mit einem undefinierbaren Blick auf Annas Teller, »um die Flüssigkeit abzulassen. Sie wissen nicht, ob er dauerhafte Schäden davongetragen hat. Selbst wenn ... falls er ...« Ihre Stimme brach.

Anna legte die Gabel beiseite und drückte Lisa ihre Serviette in die Hand. »Was meintest du vorgestern Nacht eigentlich damit, dass es kein Unfall war?«

Lisa wischte sich mit der Serviette die Tränen aus dem Gesicht und knüllte sie zusammen. »Nichts«, murmelte sie. »Das war nur dummes Gerede. Ich war einfach nur wütend.«

»So etwas sagt man doch nicht einfach, weil man sauer ist. Ich meine …« Hilflos zuckte Anna mit den Schultern. Sie dachte an den Krimi über die Frau im Wachkoma. »Ist irgendwas nicht in Ordnung? Gibt es einen Grund, warum … also warum es etwas anderes als ein Unfall gewesen sein sollte?«

Anstatt ihr eine Antwort zu geben, wandte sich Lisa wieder zum Fenster um und starrte schweigend nach draußen. An der Uferpromenade schossen Radfahrer entlang, und auf dem Fluss fuhr ein langer, schwarzer Lastenkahn vorüber. Vorne am Bug war ein Kleinwagen geparkt. Ein kleiner weißer Hund rannte schwanzwedelnd über das Deck. Am Heck flatterte die holländische Flagge.

Irgendwann kam die Kellnerin wieder vorbei und fragte, ob irgendwas mit dem Essen nicht in Ordnung sei. Anna versicherte ihr, dass alles bestens war, und bestellte sich einen weiteren Kaffee. Ein älterer Herr im Rollkragenpullover und mit dem distinguierten Gehabe eines Intellektuellen trat zu ihnen an den Tisch und ließ Peter gute Besserung ausrichten.

»Die Sache spricht sich schnell herum«, sagte Lisa, als er sich wieder entfernt hatte. »Das war mein ehemaliger Juraprofessor.«

»Ganz schön nett von ihm«, sagte Anna.

Lisa schnaufte. »Der wollte sich nur anbiedern. Er weiß, dass Peter bei Light Foods angestellt ist. Beim Superstar der Branche, dem deutschen Elon Musk, wie sie alle immer so schön sagen. Zumindest seine Fanboys an der TU. Alle wollen etwas von seinem Glanz abhaben, vor allem die Unis. Die sind richtig scharf auf die Publicity. Aber in erster Linie auf die Forschungsgelder, die dieser Mann mit beiden Händen austeilt.« Sie nippte an ihrem Tee und verzog angewidert das Gesicht. Anna konnte nicht genau erkennen, ob ihr Ekel dem Getränk, Light Foods oder dem Verhalten der Universitäten galt. »Weißt du eigentlich, was Peter arbeitet?«

»Ja, klar«, sagte Anna irritiert. »Er arbeitet in der PR-Abteilung.

Er schreibt Pressemeldungen und Anzeigentexte. Warum fragst du?«

»Nein, ich meine, was er wirklich macht.«

»Was meinst du?« Anna sah sie verständnislos an.

»Glaubst du im Ernst, dass dein Bruder sich freiwillig an so einen schmierigen Verein verkauft?«

»Light Foods?«

Lisa erwiderte ihren Blick irritiert. »Herrgott, wovon rede ich denn die ganze Zeit?«

»Ich weiß überhaupt nicht, wovon du redest.« Anna breitete die Hände aus. »Klär mich doch mal auf.«

»Ich rede von diesem elenden Hightech-Lebensmittelkonzern, der sich hier überall breitmacht und die Leute mit seinem vergifteten Dreckzeug füttert. Ich rede von Leuten, die Millionen mit dem Leid anderer verdienen. Die sich teure Autos, Villen und Jachten leisten, während die Menschen um sie herum elendig krepieren. Das sind Verbrecher, Anna!«

»Nur zur Sicherheit noch mal: Du redest immer noch von Light Foods, oder?«

Lisa starrte sie nur an, und Anna zog eine Augenbraue in die Höhe. »Übertreibst du da nicht ein wenig? Light Foods ist doch nur ein weiterer New-Food-Konzern. Zugegeben, in der letzten Zeit ziemlich erfolgreich – und was sie machen, ist ja auch gar nicht so schlecht. Ethisch einwandfrei und so.« Anna zuckte mit den Schultern. »Aber sie sind nicht mal die Größten. Und nach allem, was man hört, auch keine von den ganz Bösen. Es ist ja nicht so, als würden sie Waffen verkaufen. Oder was willst du damit andeuten?«

»Nichts«, sagte Lisa und trank einen großen Schluck Tee. Sie stieß ein geringschätziges Schnaufen aus und wandte sich wieder dem Fenster zu. »Ich will überhaupt nichts andeuten. Ich rede nur dummes Zeug, das habe ich dir doch eben schon gesagt.«

Anna verdrehte die Augen. »Komm schon, was soll das? Da steckt doch mehr dahinter.«

»Wie kommst du denn darauf? Es ist alles in Ordnung.«

»Lass das!« Wütend funkelte Anna sie an. »Wenn du etwas sagen willst, dann rück damit raus, oder lass es sein. Aber red bitte nicht um den heißen Brei herum.«

»Du würdest mir ohnehin nicht glauben.«

»Jetzt rück schon raus damit!«

»Light Foods verursacht TASE.«

»Was?«

»Du weißt schon. Diese Nervenkrankheit.«

Anna runzelte die Brauen. »Das Zombie-Alzheimer?«

»Zombie-Alz...?« Lisa schnaubte unwirsch. »Creutzfeldt-Jacob schon eher, eine TSE-Erkrankung. Du weißt, was TSE ist?«

Sie sah Anna fragend an, doch die reagierte nur mit einem verständnislosen Blick und einem Schulterzucken. »Du meinst BSE? Diesen Rinderwahnsinn, damals Anfang der 2000er.«

Lisa verzog das Gesicht. »Nein, ich meine TSE.« Sie zögerte. »Wobei das schon so was Ähnliches wie BSE ist. Bovine Spongiforme Enzephalopathie. Das ist eine Untergruppe von TSE, die halt hauptsächlich bei Rindern vorkommt. TSE steht für *transmissible spongiforme Enzephalopathie*, also übertragbare, degenerative Nervenerkrankung.«

»Ah«, machte Anna, bemüht, sich keine Blöße zu geben. Biologie war nie so ihr Thema gewesen. »Und das ist schlimm?«

Lisa seufzte und beugte sich vor. »Das ist beschissen. Erkrankst du daran, frisst es Löcher in dein Hirn und bringt dich um.«

»Na ja, aber doch nicht jeden.«

»Alle. Es bringt alle um, die damit infiziert werden. Zu einhundert Prozent.«

»Und es gibt noch keine Impfung dagegen?«

»Impfung? Vergiss es. Das ist kein Virus oder so was!« Lisa

starrte düster in ihren Tee. »Im Grunde fangen die Zellen in deinem Hirn an, falsch gefaltete Proteine herzustellen. Der Scheiß lagert sich an den Zellen an und macht sie unbrauchbar. Und außerdem regt er andere Zellen dazu an, ebenfalls Müllproteine zu produzieren, die sich wiederum anlagern – und so fort. Ein paar Jahre später, und dein Hirn sieht aus wie ein Sieb und hat vergessen, wie man geht, spricht, wie deine Mum aussieht und wie man aufs Klo geht. Und dann – stirbt auch der Rest von dir.«

Anna überlief ein Schaudern. »Und TASE ist ...«

»Eine neue Variante davon. Im Grunde dasselbe – nur viel, viel schneller. Das A in TASE steht für ... na, eben aggressiv. Der Mist durchlöchert dein komplettes Nervensystem in wenigen Wochen. Und das war's dann.«

Anna warf Lisa einen Seitenblick zu. »Du weißt ganz schön viel über dieses Zeugs. Und Light Foods verursacht das?«

Der Zweifel schien ihr deutlich im Gesicht zu stehen, denn Lisas Miene wurde trotzig. »Das hab ich gesagt, ja. Wir sind uns sicher. Vor einem Jahr sind die ersten Fälle aufgetreten, und vor einem halben Jahr wurde Peters Abteilung – du weißt schon, Presse und PR – intern und ausschließlich mündlich mitgeteilt, dass sie jede Anfrage dazu, jedes Interviewgesuch, jede Randbemerkung, die Light Foods damit in Verbindung bringt, unbedingt abschmettern sollen – und außerdem sofort Meldung zu dem Vorfall machen sollen. Und du kennst deinen Bruder. Er hat sich gefragt, was diese Anweisung soll. Und sich in dieses Thema verbissen. Ich meine – warum sollte jemand Light Foods zu so etwas befragen?«

»Na ja, das wird Genfood doch schon immer vorgeworfen. Also dass es ungesund ist und Leute krank macht und so.«

»Das stimmt. Das war auch die offizielle Aussage dazu. Und Peters Job, Texte zu schreiben, die der Öffentlichkeit erklären, dass die Produkte des Konzerns eben kein Genfood sind, sondern unverändert nachgezüchtete Zellen und so weiter.«

Anna sah sie abwartend an, doch Lisa starrte nur in ihren Tee. Schließlich hakte sie nach. »Und Peter hat das nicht geglaubt.«

»Natürlich nicht.« Lisa zog mürrisch die Nase hoch. »Und außerdem hat Light Foods versucht, Peter zu ermorden.«

Anna hielt in der Bewegung inne, die Kaffeetasse halb zum Mund geführt, und starrte sie sprachlos an. »Du ... ernsthaft? Das ist doch bescheuert!«, brachte sie schließlich stockend hervor.

»Siehst du? Ich hab es dir doch gleich gesagt.« Lisa zeigte ein freudloses Lächeln und hob ihre Tasse. »Lass uns über etwas anderes reden: Wie war dein Tag?«

»Was soll das?«

»Was denn? Ich versuche doch nur, ganz normale Konversation zu betreiben.«

»Danke, mir ist das Konzept von Ironie durchaus bekannt.«

»Ist das tatsächlich Ironie, oder ist das Sarkasmus? Ich verwechsle die beiden immer.« Lisa zuckte mit den Schultern. »Aber seit dem Mordversuch bin ich halt auch ziemlich neben der Spur.«

»Hör auf damit! Du ... du verrennst dich da in etwas. Das ist doch kein Krimi.«

»Nein, das hier ist das echte Leben.« Zornig warf Lisa ihre Serviette auf den Tisch und sprang auf. »Und davon hast du ganz offensichtlich keinerlei Ahnung!« Sie kramte ihr Portemonnaie aus der Handtasche, zog mit zitternden Händen einen Geldschein daraus hervor und warf ihn neben die Serviette auf den Tisch. Dann stürmte sie ohne ein weiteres Wort aus dem Café.

Anna spürte, wie ihr die Luft wegblieb und sich ihr Magen schmerzhaft zusammenkrampfte. Für einen Augenblick hatte sie das Gefühl, sich übergeben zu müssen. Ein paar der Gäste an den anderen Tischen starrten irritiert zu ihr herüber, aber der Rest versuchte, die Szene geflissentlich zu ignorieren. *Reg dich nicht auf,* sagte sie sich immer wieder. Lisa machte gerade eine verdammt schwere Zeit durch, und da konnte man schon mal den Kopf verlieren. Trotzdem war es schmerzhaft, so abgefertigt zu werden. Sie spürte, wie ihr die Tränen in die Augen stiegen.

Irgendwann trat jemand zu ihr an den Tisch. Zuerst dachte sie, dass Lisa zurückgekommen wäre, aber als sie aufblickte, stellte sie überrascht fest, dass es Georg war, der junge Mann aus dem Krankenhaus. Er stellte eine Tasse Cappuccino vor ihr ab. Sie hatte ein wirklich schönes Muster im Milchschaum.

»Garantiert ohne Gemüsebrühe oder Fettaugen«, sagte er.

»Danke.« Sie lächelte irritiert. »Wo kommst du denn jetzt auf einmal her?« Sie warf einen Blick zur Tür.

»Keine Angst, ich bin dir nicht gefolgt. Ich arbeite hier. Und was ist deine Ausrede?«

Sie grinste. »Ich habe mich hier nur zufällig mit jemandem getroffen.«

»Die mit den Rastas, die da gerade rausgestürmt ist? Sie war mit dir im Krankenhaus, richtig?«

»Das ist die Freundin meines Bruders.«

Georg nickte. »Verstehe. Tut mir leid.«

Anna schnaubte. »Du kannst ja nichts dafür. Das hat er sich selbst eingebrockt.«

»Was?«

»Oder hast du den Unfall gemeint? Dafür kannst du ja auch nichts, oder?«

Georg sah sie ernst an, schien ihr die spitze Bemerkung jedoch nicht übel zu nehmen, und plötzlich tat ihr der Tonfall leid. »Entschuldige, ich ...«

Er winkte ab. »Schon in Ordnung. Manchmal muss es raus. Das ist eine verdammt schlimme Situation für euch beide. Ich möchte so etwas nicht durchmachen müssen. Kann ich vielleicht noch etwas für dich tun?«

Anna sah auf den kunstvoll dekorierten Cappuccino. »Du hast nicht zufällig etwas Stärkeres?«

»Stärker als meinen Kaffee? Jetzt bin ich aber beleidigt.« Er sah Annas erschrockenen Blick und lachte. »Nein, sorry. Ich kann dir ein Craftbier anbieten, aber eigentlich sind wir wirklich nur ein Café.« Er deutete mit dem Daumen über die Schulter, wo neben der Theke ein gläserner Kühlschrank mit diversen Softdrinks stand. Ein großes, ultraschlichtes Markenlogo auf der Tür verkündete, dass er eigentlich mit einem gewissen »Rockhammer IPA« gefüllt sein sollte.

»Nein, lass gut sein«, sagte Anna und fügte schnell hinzu: »Aber trotzdem danke.«

»Okay.« Georg deutete hinüber zur Theke. »Du findest mich direkt dahinter, falls du noch irgendetwas brauchst.«

»Warte«, warf sie schnell ein, als er sich bereits abwandte. »Wie geht's deiner Großmutter?«

»Ist zusammengeflickt und macht im Moment alle auf ihrer Station wahnsinnig. Darin war sie schon immer gut, auch bevor sie die meiste Zeit vergessen hat, warum. Immerhin freut sie sich auf den Besuch ihres zwölfjährigen Enkels.«

»Ah?«

»Ja, sie meint mich.«

»Oh. Tut mir leid.«

Georg zuckte mit den Schultern und grinste wehmütig. »Dafür kannst du ja nichts, oder? Entschuldige mich, ich muss weitermachen. Wir seh'n uns.«

Nachdenklich trank Anna ihren Cappuccino aus und rief dann irgendwann die Kellnerin heran, um zu bezahlen. Als sie ging, war Georg gerade mit der Bearbeitung einer größeren Bestellung beschäftigt. Sie winkte ihm zum Abschied kurz zu, und er lächelte zurück.

Sie lief zum Fluss hinunter und wanderte eine Weile am Ufer entlang, bis sie das Viertel hinter sich gelassen hatte und in eine Gegend gelangte, die von einer Reihe alter Industriegebäude dominiert wurde. Zwischen mit Graffiti überzogenen, marode wirkenden Fabrikhallen schossen hier überall moderne, voll verglaste Wohnblocks in die Höhe, und am gegenüberliegenden Ufer ragten zahlreiche neue Hochhäuser in den winterlichen Himmel hinauf. In der Ferne entdeckte Anna an der Fassade eines der größten und eindrucksvollsten dieser Gebäude das futuristische Logo von Light Foods. Sie stellte sich ihren Bruder vor, wie er irgendwo dort weit oben in einem gläsernen Büro über Berlin thronte und Werbung für eine bessere Welt kreierte, in der Massentierhaltung ein Ende hatte, weil die Menschen Burger, Steaks und Sonntagsbraten nur noch aus künstlichem Fleisch aßen. Das war doch genau das, wovon er immer geträumt hatte, oder etwa nicht? Sie setzte sich auf einen Betonpoller und starrte hinüber zur verspiegelten Fassade hinter den Wohnblöcken. Eigentlich war Peter immer ein Einzelkämpfer gewesen. Jemand, der sich die Hände dreckig machen musste, um sich wohlzufühlen. Jemand, der mit einer Einkaufstüte in der Hand über den Strand lief und Plastikmüll einsammelte. Kein Anzugträger und auch niemand, der sich in so einem gläsernen Ungetüm auf Dauer wohlfühlte. Vor allem nicht als Untergebener eines maßlosen Selbstdarstellers wie Daniel »Dan« Light, dem Gründer und Chief Executive Officer dieses Unternehmens. Was zum Teufel hatte ihn eigentlich geritten, sich so etwas freiwillig anzutun?

DREI

Es war kurz vor vier, und die Sonne ging gerade unter. In der Nachbarschaft arbeitete schon seit Stunden unablässig eine Bohrmaschine. Irgendwo anders versuchte jemand, den Krach mit laut aufgedrehter Schlagermusik zu übertönen. Zwischen Bohrlärm und Vanessa Mai spürte Anna eine leichte Migräne heraufziehen, und sie überlegte, ob sie sicherheitshalber eine Kopfschmerztablette einwerfen sollte. Stattdessen kramte sie jedoch ihre Earbuds aus ihrer Jacke und aktivierte das Noise-Cancelling, bevor sie wahllos eine ihrer zahllosen Playlists aufrief. Irgendetwas von Camila Cabello verdrängte die übrigen Geräusche, und Anna blendete sie beinahe sofort aus.

Sie ging in die Küche und suchte nach einem Kochtopf. Nach längerer Suche fand sie endlich einen, der offenbar noch nie benutzt worden war. Sie kratzte den alten Preisaufkleber ab, füllte den Topf mit Wasser und stellte ihn auf den Herd. Als das Wasser kochte, schüttete sie den Inhalt einer der asiatischen Nudelsuppentüten hinein. Die Suppe war höllisch scharf und schmeckte in erster Linie nach Glutamat und pulverisierter, womöglich künstlicher Ente, wärmte aber zumindest den Magen. Während Anna in den Nudeln herumstocherte, dachte sie erneut daran, wie ihr Bruder schon als kleiner Junge damit begonnen hatte, die Essgewohnheiten der Familie zu kritisieren. Nachdem er circa zwei Dutzend Bücher zu diesem Thema verschlungen hatte, war ihm eines Tages die fixe Idee gekommen, sie allesamt zu einer gesünderen Lebensweise zu bekehren. Ein Vorsatz, mit dem er nicht nur seiner Schwester, sondern auch ihren Eltern die nächsten Wochen und Monate über ganz gehörig auf die Nerven gegangen war. Immerhin – damals hatte seine Kocherei angefangen, und zumindest ihre Mutter hatte sich über seine Begeisterung gefreut. An seinem vierzehnten Geburtstag hatte er schließlich feierlich verkündet, von nun an streng vegetarisch leben zu wollen. Alle hatte ihn damit aufgezogen, und ein Großonkel mütterlicherseits mit psychologischer Grundausbildung hatte im Brustton der Überzeugung erklärt, dass es sich dabei nur um eine »vorübergehende Trotzphase im Rahmen des natürlichen Abnabelungsprozesses vom Elternhaus« handelte – oder wie es ihre Großmutter auszudrücken pflegte: »Das wachst sich aus.« Über zehn Jahre später war Peter immer noch überzeugter Vegetarier und hatte keinerlei Anstalten gemacht, von dieser Haltung auch nur einen Millimeter abzuweichen.

Ein Klappern durchdrang den Geräuschfilter ihrer Ohrhörer. Anna brauchte einen Augenblick, bis ihr klar wurde, dass es direkt aus der Wohnung gekommen sein musste. Alarmiert fuhr sie herum und hatte das Gefühl, dass ihr Herz für einen Moment aussetzte, als sie einen Schatten in der Tür wahrnahm. Beinahe instinktiv setzte sie dazu an, die Suppenschüssel danach zu werfen, doch in diesem Augenblick betätigte der Schatten den Lichtschalter, und ihr gelang es gerade noch, die Schüssel aufzuhalten, was allerdings dafür sorgte, dass sich ihr Inhalt quer über den Tisch ergoss. Lisa starrte sie entgeistert an.

»Herrgott noch mal, hast du mich erschreckt.« Anna fluchte, schüttelte sich die Nudeln von den Händen und zog mit spitzen Fingern einen Earbud aus dem Ohr. »Willst du mich umbringen? Wie zum Teufel kommst du hier …?«

»Schlüssel«, sagte Lisa entschuldigend und hielt den Bund in ihrer Hand in die Höhe. »Ist die Wohnung meines Freunds, vergessen?« Sie zuckte mit den Schultern und sah auf die Sauerei auf dem Tisch. »Zu meiner Verteidigung – ich habe geklingelt und mehrmals nach dir gerufen.« Sie sie ging an Anna vorbei zum Küchenschrank, holte eine Rolle Küchenpapier heraus, warf sie Anna zu und ließ sich dann an der Spüle ein Glas mit kaltem Leitungswasser ein. Dann setzte sie sich auf den freien Stuhl auf der gegenüberliegenden Seite des Tischs und sah Anna dabei zu, wie die sich die Nudelreste von den Armen wischte. »Peter macht ja auch überall das Licht aus, um Strom zu sparen, aber das hier halte ich dann doch für etwas arg übertrieben.«

»Haha.« Anna verzog das Gesicht zu einer Grimasse. Sie wischte den Rest ihrer Nudeln vom Tisch, warf alles in den Müll und entfernte schließlich auch ihren zweiten Ohrhörer. »Macht er das echt immer noch?«

»Was?«

»Das mit dem Licht. Seine ewige Stromsparerei. Gott, ist er uns früher damit auf die Nerven gegangen. Als ich deswegen fast mal die Treppe runtergeflogen wäre, hat ihm Papa beinahe Ohrfeigen verpasst. Und dabei hat er sich immer gerühmt, Pazifist zu sein.«

Sie schob die Schüssel mit der restlichen Suppe über den Tisch. »Hier, möchtest du auch etwas? Schmeckt richtig lecker nach Glutamat. Könnte Mononatrium sein.«

»Nein, danke. Lass mal. Niemand weiß, was da drin ist.«

Anne zuckte mit den Schultern und zog die Schüssel wieder zurück. »Irgendwas Koreanisches. Zumindest nach den Schriftzeichen auf der Packung.«

Lisa brachte ein schmales Lächeln zustande. Sie sah deutlich besser aus als noch am Vormittag und brachte sogar ein schmales Lächeln zustande. »Was ich sagen wollte: Peters Zustand hat sich deutlich verbessert. Anscheinend reagieren seine Füße und Hände auf Reize. Das heißt, er ist schon mal nicht gelähmt. Die

Ärzte sind jetzt vorsichtig optimistisch, wie sie es so schön ausdrücken.«

»Immerhin etwas«, sagte Anna. »Oder?«

»Man muss die Feste feiern, wie sie fallen. Morgen kommen die restlichen Testergebnisse, dann wissen wir mehr.«

»Willst du vielleicht einen Kaffee?«

»Nein, danke. Hör mal, Anna, ich bin eigentlich nur vorbeigekommen, um mich zu entschuldigen. Das heute Vormittag im Café tut mir leid. Ich wollte dich wirklich nicht so von der Seite anmachen.«

»Hm. Ist halt für uns beide eine beschissene Situation.«

»Ich kann das alles einfach immer noch nicht richtig begreifen.«

Anna schnaubte und warf ihre Gabel in die Schüssel. »Da bist du nicht die Einzige.«

»Also, wie gesagt: Entschuldige bitte mein bescheuertes Verhalten.«

»Ich denk drüber nach. Was ist es dir wert?«

Lisa erstarrte. »Wie meinst du ...«

Anna schnaubte und grinste dann schmal. »Ich zieh dich nur auf. Ist schon okay.«

Lisa klappte den Mund zu und schüttelte den Kopf. »Man merkt, dass ihr verwandt seid. Deine Scherze sind genauso schlecht wie Peters.«

»Ja, das ist eine unserer charmantesten Eigenschaften. Hat er dich so rumgekriegt?« Sie runzelte die Stirn. »Du hast mir eigentlich noch nie erzählt, wie ihr euch kennengelernt habt.«

Lisa sah auf. »Hat er das nie erwähnt?«

»Natürlich. Und ich nehm ihm nicht die Hälfte davon ab. Davon abgesehen, dass er für einen Journalisten erstaunlich ungern von sich erzählt.«

»Genau genommen macht ihn das zu einem guten Journalisten, oder? Er soll ja nicht über sich, sondern von anderen erzählen.«

»Hm. Vielleicht. Also komm, ich wüsste gern deine Version der Geschichte.«

»Nur, wenn du mir ein paar Peinlichkeiten aus seiner Kindheit erzählst, die ich bei passender Gelegenheit gegen ihn verwenden kann.«

»Deal. Und du willst wirklich keinen Kaffee?«

Sie saßen lange in der Küche. Lisa erzählte, wie sie dem aufrechten, Polohemd tragenden Erstsemesterstudenten mit den großen Ambitionen das erste Mal begegnet war. Eine Studentenfeier, auf der sich Peter diszipliniert zurückgehalten hatte, während der Rest sich über den Alkohol hergemacht hatte. Statt zu Wodka oder Tabletten zu greifen, hatte er am Rand gestanden und lediglich Kekse geknabbert, die irgendjemand auf der Theke hatte stehen lassen. Lisa und eine Freundin hatten ihm amüsiert dabei zugesehen, sich schließlich erbarmt und ihm das Backwerk weggenommen, als er zu schwanken anfing. Gut, im Nachhinein war ihnen klar geworden, dass sie ihn früher hätten aufhalten sollen, denn der Abend hatte für ihn – und sie – mit einem Besuch in der Notaufnahme geendet, wonach ihn Lisa, halb amüsiert, halb vom schlechten Gewissen gedrängt, in seine Studentenbude gebracht hatte. Den Rest der Nacht hatte sie auf seinem Sessel verbracht und ihm dabei zugesehen, wie er seinen Rausch ausgeschlafen hatte. »Das scheint ja irgendwie unser Ding zu sein.« Lisa hatte an dieser Stelle wehmütig gelächelt, und Anna konnte es nachvollziehen.

Sie tauschten Annas Kaffee gegen eine Flasche Rotwein, deren Inhalt sie in Ermangelung von Weingläsern ebenfalls in ihre Tassen gossen, und schweiften irgendwann zu Annas und zu Peters Kindheit ab, und dann erzählte Lisa das erste Mal mehr von ihrer eigenen Herkunft. Lisa stammte aus einem mächtig verkorksten Elternhaus und war in Baden-Württemberg in der Nähe von Stuttgart aufgewachsen. Der Vater, ein schwarzer GI aus Illinois, war mit ihnen in die USA zurückgekehrt, als sie gerade ein Jahr alt gewesen war. Ihre Mutter, die grellbunte Hippiekleidung trug und irgendwo in einem Flower-Power-Revival der Frühneunziger stecken geblieben war, kam ein Jahr später mit ihr und einem Neugeborenen wieder zurück. Es hatte nicht funktioniert. Wie so vieles bei ihr nicht funktioniert hatte. Immer wieder hatte sie die Kinder für längere Zeit in der Obhut ihrer Großeltern zurückgelassen und war mit wechselnden Partnern durch die Welt gereist. So waren Lisa und ihre Schwester im Grunde bei den urschwäbischen Großeltern aufgewachsen.

Schulische Leistungen waren nie ihr Problem gewesen, auch wenn selbst das nicht von all ihren Lehrern anerkannt wurde. Ihre Hautfarbe und der Zustand ihrer Familie waren für mehr als nur einen Grund genug, ihr ab und an Betrug zu unterstellen oder ihr gleich ihre Berechtigung auf einen Platz am ländlichen Gymnasium abzusprechen. Wobei die aufgesetzte Freundlichkeit anderer, die sie zum Vorzeige-Integrationsprojekt erklären wollten, mindestens genauso unangenehm war. Insgesamt war sie hinter den in dritter Generation türkischstämmigen Kindern ihrer Umgebung oft genug Schwäbin dritter Klasse gewesen, und die Situationen, in denen sie mit betont vereinfachter Sprache belehrt worden war, konnte sie nicht mehr zählen. Was auch für die Male galt, als sie als Einzige zu Fahrkarten- und Polizeikontrollen herausgezogen wurde oder Extrarunden auf Ämtern und Behörden einlegen musste. Lange hatte sie das nur zu exzessivem Perfektionismus getrieben: Solange sie die Beste in dem war, was sie tat, glaubte sie, den Erwartungen an sie gerecht zu werden. Ab einem gewissen Punkt aber hatte sie sich dann nicht mehr alles gefallen lassen – was dazu geführt hatte, dass sie sogar einmal von der Schule geflogen war und für kurze Zeit auf der Straße gelebt hatte. Damals hatte tatsächlich die Gefahr bestanden, dass sie komplett abstürzte, aber stattdessen war sie für ein paar Jahre beim aktiven Arm von Greenpeace gelandet.

»Was genau meinst du mit ›aktiv‹?« Anna leerte ihre Tasse und schenkte sich mehr Wein nach.

Lisa zuckte mit den Schultern und grinste. »Ziemlich aktiv. Ich war ganz gut bei Kletteraktionen, aber vor allem hat sich herausgestellt, dass ich besser fahren konnte als die meisten.«

Anna zog die Brauen hoch. »Also hast du Fahrdienst zu Banner-Aufhängen gemacht?«

»Nein. Die Banner sind gut für die Presse und eine hervorragende Ablenkung. Es gibt andere Gruppen, die weniger Presse und wesentlich bessere Fahrerinnen brauchen.« Sie kicherte. »Na gut, heute gehören die nicht mehr zu Greenpeace. Diese Aktionen überlassen die heute anderen. Aber für eine Zeit war es aufregend. Und befriedigend, etwas zu tun.« Sie leerte die Tasse und hielt sie Anna über den Tisch hin. »Schenk mal nach, ich muss aufs Klo. Hast du noch 'ne Flasche?«

Anna stellte fest, dass sie Lisa auf der einen Seite zwar bewunderte, auf der anderen Seite aber auch ziemlich verstörend fand. Im Inneren dieser Frau brodelte offenbar etwas, das bei passender Gelegenheit ausbrechen konnte. Sie schien eine Menge unterdrückter Gefühle mit sich herumzuschleppen, die Anna nicht ganz geheuer waren.

»Weißt du«, sagte Lisa noch im Flur. »Eigentlich war es Peter, der mich da rausgeholt hat. Er ... er ist so eine Art Anker für mich. Er ist so jemand, der dich glauben lässt, dass vielleicht gar nicht alles so scheiße ist, wie es manchmal aussieht.« Sie schniefte und griff nach ihrer Weintasse. »Mein weißer Retter!« Sie schnaubte spöttisch. »Nein, du kennst ja deinen Bruder. Er ist so ziemlich der aufrichtigste und harmloseste Mensch, den ich kenne. Ganz knapp am völligen Langweiler vorbei.«

»Aber nur ganz knapp!« Anna prustete wider Willen.

»Vorbei ist das, was zählt. Und idealistisch! Niemand von uns war je so idealistisch, glaube ich. Ich mit Sicherheit nicht. Es war seine Idee, die kleinen Sabotageakte zu lassen. Er meinte, wir könnten Größeres tun, richtig etwas bewegen und eine bessere Zukunft für uns schaffen, wenn wir an den wirklich wichtigen Dingen arbeiten. Daran hat er … daran glaubt er wirklich.« Sie leerte die Tasse in einem Zug.

»Und deshalb ist er zu Light Foods gegangen?«

»So ungefähr, ja.«

Bis spät in die Nacht saßen sie auf dem Sofa, tranken Wein, Tee und Kaffee und sahen sich alte Familienbilder an, die Peter liebevoll in Fotoalben eingeklebt hatte. Gegen halb eins machte sich Lisa schließlich auf den Heimweg. Da sie nicht schlafen konnte, lief Anna noch mal hinunter zu dem kleinen asiatischen Supermarkt und kaufte sich einen Pflaumenschnaps und zwei Tüten Krabbenchips. Die Chips schmeckten, aber der Schnaps zog ihr beinahe die Schuhe aus. Sie hatte sich etwas Süßes darunter vorgestellt, so wie die Getränke, die man beim Chinesen immer nach dem Essen serviert bekam. Stattdessen schmeckte das Gesöff nach Nagellack. Nach dem zweiten Schluck stellte sie den Rest der Flasche auf den Kühlschrank und zappte sich durch die Fernsehsender, in der Hoffnung, dass der Schlaf sie einholen würde. Auf einem der Nachrichtenkanäle lief eine nächtliche Sondersendung zu TASE, und dieses eine Mal widerstand Anna ihrem üblichen Reflex, weiterzuschalten. Eine Moderatorin, die sie nicht kannte, befragte drei Experten. Eine Epidemiologin aus Hamburg wies eindringlich darauf hin, dass man die Forschung nach den Hintergründen ernst nehmen und entschieden vorantreiben sollte, denn solange man nicht wisse, woher die Infektionen kämen, sei das Leben Abertausender in Gefahr. Ein Ärztesprecher wies darauf hin, dass man BSE schon früher begegnet sei und man derzeit sinnvollerweise keine Panik schüren sollte, ebenso wenig wie voreilige Schlüsse ziehen und übereilte Maßnahmen treffen. »Essen Sie vielleicht weniger Fleisch als sonst und verzichten Sie auf einige Produkte ganz, dann sollten Sie auf der sicheren Seite sein«, sagte er auf den letzten Kommentar der Epidemiologin hin, ohne sie anzusehen. Anna fand seinen Ton ziemlich herablassend.

»Jetzt für einen ungerechtfertigten Verzicht auf Fleisch zu plädieren halte ich für das falsche Zeichen«, widersprach der dritte Gast. Die Einblendung identifizierte ihn als einen Vertreter der Lebensmittelverbände. »Wir haben, im Gegensatz zu den Briten, nur sehr vereinzelte Fälle in der EU und können wohl davon ausgehen, dass die Importbeschränkungen aus dem Vereinigten Königreich schnell greifen werden. Rigorose Maßnahmen ohne einen begründeten Verdacht könnten die Produzenten bei uns nachhaltig schädigen und Zehntausende Arbeitsplätze gefährden!«

»Arbeitsplätze? Es geht hier um Menschenleben!«

»Natürlich geht es um Menschenleben! Was meinen Sie, was aus den Leuten wird, wenn unsere Fleischindustrie durch überzogene Panikmache zusammenbricht?«

»Ich denke«, riss der Ärztesprecher das Wort wieder an sich, »solange die Konsumenten vorerst nur eher auf andere Produkte wie Geflügel, Schwein und so weiter ausweichen, dürften sie nach derzeitigem Kenntnisstand sicher sein. Alle bisherigen TSE-Fälle sind an Rindern, Schafen, Ziegen und Menschen aufgetreten.«

»Das stimmt so nicht«, widersprach die Expertin. »Wir haben Varianten bei Nerzen gefunden, es gibt eine bei Katzen, eine andere bei Hirschartigen, und ...«

»Zumindest bei uns in Europa isst doch aber niemand Katzen oder Nerze«, unterbrach sie der Verbandsvertreter abfällig. »Sie sagen uns doch, dass diese Erkrankung nur durch den Verzehr von kontaminiertem Fleisch auftritt und bis auf BSE keine der anderen Varianten je bei Menschen nachgewiesen wurde.«

»Keine der bisherigen. Was wir hier haben, ist eine bisher unbekannte Form, und solange wir Herkunft und Übertragungsweg nicht eindeutig identifiziert haben ...«

»… sollten wir die Kirche im Dorf lassen und keine unnötige Panik verbreiten. Ich denke, das war schon bei der vergangenen Pandemie ein Fehler«, fiel ihr jetzt der Arzt ins Wort. »Meiner Ansicht nach haben wir von der Grippewelle, die jetzt gerade anrollt, wesentlich mehr zu befürchten. Lassen Sie die Forschung ihre Arbeit machen. Und wenn Sie in der Zwischenzeit auf Nummer sicher gehen wollen, steigen Sie auf vegetarische Ernährung um.«

»Was halten Sie in diesem Zusammenhang von Fleischersatz aus dem Labor?«, hakte die Moderatorin nach und lehnte sich neugierig vor. »Wäre das eine sichere Alternative?«

Der Verbandsvertreter verdrehte die Augen. »Es ist, wie Sie schon sagen, ein Fleischersatz. Mehr nicht. Und wenn Sie mich fragen, wurde die Marktzulassung 2022 zu früh erteilt. Wir wissen viel zu wenig über die langfristigen Auswirkungen dieses Gen-Fleischs auf den menschlichen Organismus. Meiner Ansicht nach ist dieses Zeug viel zu wenig erforscht.«

»Dieses Zeug, wie Sie es nennen, hat deutlich engere Zulassungsvorschriften und unterliegt weitaus engeren Grenzwerten und Kontrollen, als es konventionelles Fleisch je tat«, warf die Epidemiologin ein. Sie klang gleichermaßen müde und gereizt. Anna konnte ihre Frustration geradezu fühlen.

»Natürlich!«, fiel ihr der Vertreter ins Wort. »Bei tierischem Fleisch ist das auch nicht notwendig. Die Menschheit lebt schon seit Hunderttausenden Jahren von Fleisch. Wir sind darauf eingestellt und angewiesen. Wir wissen exakt, was darin ist und wie wir darauf reagieren.«

Die Epidemiologin starrte ihn an, bis er sich verhaspelte und verstummte. »Tun wir das tatsächlich?«, fragte sie knapp, ließ ihm jedoch keine Zeit zu antworten. »Aus Sicht meines Berufsstands liegt genau da unser Problem. Es sind die Zustände in der Massentierhaltung und Fleischindustrie, die uns wesentlich mehr Sorgen machen. Selbst wenn wir Allergene und die bekannten

Nebenwirkungen von Fleischverzehr – Gicht, Rheumaerkrankungen, Arthritis, Organverfettung, Krebsrisiken und so weiter – beiseitelassen: Antibiotikaresistenzen, weltweite Fleisch-, Tier- und Futtermitteltransporte und die teilweise katastrophalen Zustände in den Schlachtanlagen fördern Zoonosen in nie gekanntem Ausmaß. In Wachstumstanks hergestelltes Fleisch – das im Übrigen genetisch identisch ist mit solchem, das an Tieren gewachsen ist – hat all diese Probleme nicht. Und die hochreinen Produktionsstätten lassen viele der konventionellen Probleme gar nicht erst entstehen.«

»Ich muss da widersprechen«, hakte der Arzt ein. »Aus medizinischer Sicht wissen wir tatsächlich zu wenig über potenzielle Gefahren wie Allergene. Und man muss bedenken, dass künstliches Fleisch kein Immunsystem hat. Es ist also Verunreinigungen schutzlos ausgeliefert und der ideale Nährboden für neue Erkrankungen. Mit den traditionellen Krankheiten von Nutzvieh kommt unser Körper dagegen hervorragend zurecht, und ...«

»Das ist doch Unsinn«, sagte die Epidemiologin scharf. »Das wissen Sie doch selbst! BSE, Vogelgrippe, Coronaviren, neuartige Pockenstämme, Ebola – all das sind Epidemien der jüngeren Vergangenheit. Diverse Herpes-Virenstämme, Hanta- und Zika-Viren, Hepatitis, FSME, Borrelien, Brucellen oder Staphylokokken, Salmonellen, Tuberkulose, all das sind Zoonosen aus konventionellen Quellen, und mit keiner davon kommen wir sonderlich gut klar. Und bisher haben wir da noch Glück gehabt. Wir brauchen nur einen multiresistenten Pestbakterienstamm, und uns steht in unserer dicht vernetzten Welt eine neue Welle des Schwarzen Todes bevor.«

Die Moderatorin blinzelte kurz irritiert, fand dann jedoch schnell zu ihrem professionellen Lächeln zurück. »Also halten Sie Laborfleisch für eine echte Alternative?«

»Wenn die Menschen schon Fleisch essen wollen, dann könnte das die beste Wahl für uns alle sein.«

Der Verbandsvertreter schnaubte abfällig. »Aber Sie können den Menschen doch nicht einfach vorschreiben, dass sie auf ihre gewohnten Lebensmittel zugunsten dieser experimentellen Technologie verzichten …«

Danach erinnerte sich Anna an nichts mehr, auch wenn die Stimmen sie noch bis in ihre Träume hinein verfolgten.

VIER

Noch vier Minuten bis zum Auftritt, Daniel«, sagte Carl, ohne den Blick vom Tablet zu heben.

Der Mann war kleiner als Dan, drahtig und wirkte so angespannt wie eine Bogensehne. Auf den ersten Blick war er der am wenigsten imposante Mann in Dans Entourage von Personenschützern, doch der junge Mann hätte eine Menge Geld darauf gesetzt, dass Carl im Notfall mit allen anderen fertigwürde. Gelegentlich genoss Dan den Gedanken, dass sein gefährlichster Angestellter mit einem Tablet hinter ihm herlief. Falls er überhaupt einen Gedanken daran verschwendete. In der Regel war er mit anderem beschäftigt. So wie jetzt unter den hastigen Händen der Maskenbildnerin, die sein Gesicht ein letztes Mal abpuderte und ihm einen dezenten Lidstrich zog. Er war dazu verdammt, still zu halten und geradeaus in den Spiegel zu starren. Dan Licht, Multimilliardär, Visionär und Wunderkind, starrte zurück. Er wirkte ungeduldig und gelangweilt, aber das war normal. Darüber hinaus vermied er es, sein Spiegelbild eingehender zu betrachten. Dafür, dass er gut aussah, sorgten Personal Trainer, Visagist und Stylistin, und er bezahlte sie gut genug, um sich über sein Aussehen keine Gedanken mehr machen zu müssen. »Also gut, Carl. Stichpunkte. Du wolltest mich abfragen. Jetzt hast du die Gelegenheit dazu, Herr Lehrer.« Demonstrativ blickte er auf die Smartwatch an seinem Handgelenk. »Du hast zwei Minuten – ab jetzt.« Im Spiegel sah er, wie der Mann hinter ihm das

Gesicht verzog. Es amüsierte ihn. Er liebte es, die Leute um sich herum täglich aufs Neue aus der Reserve zu locken. »Think outside the box« – das war nicht nur irgendein leerer Marketingspruch, sondern sein ureigenstes Lebensmotto. Carl dagegen hatte sich seine eigene Box gebastelt, aus der er sich zeit seines Lebens noch keinen einzigen Zentimeter herausgewagt hätte, wenn Dan ihm nicht gelegentlich mal einen Arschtritt verpassen würde. Aber deshalb stand Carl ja auch hinter ihm und nicht an der Spitze eines Weltkonzerns.

»Also gut.« Carl räusperte sich. »Du bist heute wo?«

»Berlin.«

»Genauer bitte.«

»Friedrichshain?«

»Das meine ich nicht. Bitte etwas mehr Ernst.«

Dan seufzte und wandte sich vom Spiegel ab, ohne das Murren der Visagistin zu beachten. »Wir sind auf einer Benefizveranstaltung der Lind-af-Hageby-Stiftung, und vordergründig geht es um einen edlen Zweck. Aber im Grunde brauchen sie nur ganz dringend Geld. Ich könnte die ganze Sache hier also erheblich abkürzen, indem ich sie einfach aufkaufe.« Er grinste schmal.

»Ich rate davon ab«, sagte Carl nüchtern. »Es würde sie aussehen lassen wie eine offenkundige Lobbyorganisation.«

»Es *ist* eine Lobbyorganisation!«

»Aber nicht offenkundig. Motivation der Stiftungsherrin?«

»Ylva Rask?« Dan seufzte. »Na was wohl? Einfluss! Sie möchte Vorsitzende des EU-Agrarrats werden; dazu braucht sie Einfluss und Unterstützung jeder Organisation, die bereit ist, ihr etwas davon zu geben. Und die Unterstützung der Fleischlobby kriegt sie schon mal nicht. Die hat der Spanier in der Tasche.«

»Name?«

»Ist das denn wirklich von Bedeutung? Rodriguez, Sanchez ...« Dan runzelte die Stirn. Es gefiel ihm nicht, dass sein Assistent ihm seine Nachlässigkeit beim Lernen der Fakten so deutlich unter die Nase rieb. Und sei es auch nur in Anwesenheit einer Visagistin.

»Gabriel Moreno«, sagte Carl. »Aber zurück zum Thema.« Sein Zeigefinger wanderte über das Tablet. »Was ist unsere Motivation?«

»Licht in die Welt bringen, Tierleid beenden, ein neues Zeitalter ohne Schlachthäuser und ohne hungernde Kinder einläuten und außerdem gut aussehen und einen Haufen Geld machen.«

»Und das Ganze ohne Sarkasmus, bitte.« Carl sah zum ersten Mal von seinem Tablet auf und warf Dan einen eindringlichen Blick zu. »Das ist das falsche Publikum. Wir sind nicht mehr in Duisburg. Hier in Berlin ist unser Geschäftsmodell immer noch ein verdammt heikles Thema. Hüte dich, ihnen zu sehr auf den Schlips zu treten.«

»Hüte dich ...« Dan verzog das Gesicht, was die Maskenbildnerin zu einem angestrengten Seufzer veranlasste. »Keine Sorge, Carl, ich werde mich hüten. Aber eins kann ich dir sagen: Wer vegane Buletten isst, gehört zur Zielgruppe. Der mag immer noch Würstchen und Steak.«

Carl ging nicht darauf ein. »Schwerpunkte deiner Rede?«

»Die neuen Produktlinien ›China‹ und ›Indien‹, das neue Werk in Brandenburg, ein Seitenhieb auf FutureMeat und die Sache mit den Celebrity-Fleisch-Salamis – wie moralisch verkommen kann man eigentlich sein? Warum ist uns das nicht eingefallen, Carl?«

»Konzentrier dich.«

Dan zog eine Augenbraue in die Höhe. »Übertreib es nicht ...«

»Entschuldige bitte, ich wollte nicht unhöflich sein, aber das ist wirklich eine sehr wichtige Rede.«

»Ja, schon gut.« Dan winkte ab. »Dafür bezahl ich dich ja schließlich. Du musst den Laden für mich zusammenhalten, mein treues Faktotum – sagt man das heutzutage eigentlich noch?«

»Was?«

»Faktotum. Das ist so ein unglaublich altmodisches Wort. Hast du irgendwann schon mal gehört, dass jemand dieses Wort verwendet hat?«

»Nein, ich …«

»Es passt irgendwie zu dir.« Dan grinste und räusperte sich. »Wo waren wir stehen geblieben? Ach ja, Schwerpunkte: Frau af Hageby und Frau Rask elegant verknüpfen. Vergangenheit und Zukunft des Tierschutzes und so weiter.«

Carl nickte knapp. »Zeit dafür?«

»Sieben Minuten.«

Von draußen brandete gedämpft Applaus herein.

»Lass uns sieben Minuten dreißig draus machen, für den Szenenapplaus.« Dan ließ ein strahlend weißes Lächeln aufblitzen und sah auf die Smartwatch. »Deine zwei Minuten sind übrigens um.« Er nahm die brandneuen apfelgrünen Chucks, die exklusiv für ihn entworfen worden waren, vom Tisch und setzte sich auf.

»Herr Lichter!«, stieß die Visagistin erschrocken hervor, »ich bin noch nicht ganz …«

Dan warf einen letzten kurzen Blick in den Spiegel. »Klar bist du das, Marleen. Hervorragend wie immer. Nicht perfekt, aber das ist ja genau der Sinn daran.«

»Sie heißt Vera«, sagte Karl trocken. »Danke, Vera, das ist wirklich in Ordnung so.«

»Echt? Wer war denn dann Marleen?«

»Dafür ist jetzt keine Zeit. Dein Auftritt.«

Carl klemmte das Tablet unter den Arm und öffnete die Tür. Der Applaus verebbte gerade, als Dan hinter einem nur temporär aufgebauten Gerüst zum zentralen Bühneneingang ging. Durch die Lücken zwischen den riesigen Monitorrückseiten konnte er immer wieder einen Blick auf die versammelte Menge erhaschen. Etwa dreihundert Zuschauer füllten den abgedunkelten Saal, gruppiert um runde Tische, deren Besetzung mit Sicherheit von

Spezialisten in wochenlanger Kleinarbeit geplant worden war. An den vordersten Tischen konnte er ein halbes Dutzend Gesichter diverser hochrangiger Politiker erkennen, bunt gemischt mit Lobbyisten und Industriemagnaten samt Lebensabschnittspartnern. Dazwischen verteilt eine Handvoll Journalisten, ein paar Schauspieler und Models, Lifestyleblogger, ein, zwei Wissenschaftlerinnen und, sehr spärlich verteilt, ein paar Leute aus der Aktivistenszene. Letztere allerdings ausnahmslos solche, von denen keine Verbindungen zu Gegnern der Genforschung bestanden. Wer immer dieses Publikum besetzt hatte, war ausgesprochen professionell vorgegangen. »Carl, erkundige dich später nach dem Veranstalterteam«, sagte er leise. »Wir könnten Verwendung für die haben.«

»Schon notiert. Aber nicht die Sicherheit. Die ist schlampig.«

»Dafür habe ich ja dich.« Dan klopfte ihm gönnerhaft auf die Schulter. »So, mein Einsatz.«

»... begrüßt mit mir unseren nächsten Gast. Ich bin mir sicher, dass ich ihn nicht extra vorstellen muss, denn Sie haben alle schon von ihm gehört – oder zumindest von seinen Produkten, die seit einem Jahr auch in unserer Hauptstadt in aller Munde sind – und das buchstäblich. Herzlich willkommen, Dan Light!«

Dan schaltete sein breitestes Lächeln ein und trat hinter der Bühnendekoration ins Licht der wartenden Scheinwerfer. Links und rechts neben ihm wechselten die Bilder der riesigen Monitore auf sein animiertes Firmenlogo, bevor sie sein Gesicht in Großaufnahme in den Saal hinausstrahlten. Neuerlicher Applaus kam auf, höflich, allerdings nicht allzu enthusiastisch. »Und einen wunderschönen Abend für Sie, Frau Rask!« Er nickte der hochgewachsenen Frau im edlen Hosenanzug höflich zu und winkte der Menge im Saal jovial zu, während er über die Bühne schritt. Die Lautsprecheranlage trug seine unbekümmerte Stimme bis in den letzten Winkel des Saals. Laut, klar und eine halbe Oktave tiefer als von Natur aus. »Besten Dank auch für den warmen

Empfang, Friedrichshain. Und da haben mich die Leute noch gewarnt, dass den Leuten in Berlin die Herzlichkeit fehlt. Aber vielleicht habe ich auch einfach Glück gehabt, dass ich nicht im Prenzlberg gelandet bin?«

Zahlreiche Lacher und Pfiffe antworteten ihm – und natürlich ein oder zwei Buhrufe. Dan hob beschwichtigend die Hände. »War nur Spaß, Leute. Ihr wisst, dass ich euch mag. Einige mehr als andere, aber solange ihr nett zu Tieren seid, statt sie zu fressen, könnt ihr von mir aus auch aus Stuttgart kommen.« Er legte ein strategisches Zögern ein, als erneutes Gelächter und Applaus im Saal aufkamen. »Ich hör den Unterschied eh nicht«, schob er dann nach und sah in den Gesichtern der ersten Reihen, dass er ihre Aufmerksamkeit und ihr Wohlwollen hatte. Er schlenderte lässig bis an den vorderen Rand der Bühne, ganz der zerzauste Student von nebenan in einem »Eat the Rich«-Longsleeve, eine Hand in der Tasche seiner Jeans vergraben, die deutlich den Logo-Print eines bekannten Herstellers veganer Mode trug. Mit der anderen grüßte er scheinbar beiläufig eine Schauspielerin, von der er sich ziemlich sicher war, dass sie irgendwann schon einmal gemeinsam versackt waren. »Aber«, sagte er und wandelte den Gruß in eine Geste um, die um Ruhe bat. »Ihr seid nicht hier, um von meiner Unfähigkeit, Dialekte zu unterscheiden, zu hören. Außerdem habe ich die beiden Witze, die ich über Berlin kenne, damit bereits verbraten.« Er ließ erneut sein jungenhaftes Grinsen aufblitzen. »See what I did there? Darum bin ich hier. Weil ich euch etwas übers Braten erzählen soll. Genau. Das ist der Grund, warum man uns beide eingeladen hat.« Er deutete in Richtung der Politikerin und bewirkte damit, dass ein Scheinwerfer zu ihr schwenkte und sie in strahlendes Licht tauchte. »Ylva Rask, die Erbin eines der größten Schlachtereikonzerne Europas, und mich, den Typen, der versprochen hat, der Fleischindustrie unendliche Energie zu liefern. Ausgerechnet wir beide sollen hier vor Leuten sprechen, die Typen wie uns am liebsten den Hals umdrehen würden. Womit wir Glück haben, weil sich genau das ja mit ihrer Ethik nicht vereinbaren lässt.« Er winkte ab, als vereinzelte Rufe gespielter Empörung und ein einsamer Pfiff zu hören waren. »Nein, Spaß beiseite. Die meisten von euch wissen natürlich schon, dass wir eingeladen sind, weil uns genauso wie euch daran gelegen ist, der ganzen Sache mit den sogenannten Nutztieren ein Ende zu bereiten. Aber«, er hielt inne und war sich bestens darüber im Klaren, dass die riesigen Monitore hinter ihm sein zerknirschtes Gesicht bis in die letzte Ecke des Saals übertrugen, »ich bin da realistisch bis pessimistisch. Die Menschen wollen Fleisch. Wir sind – von einigen wenigen abgesehen – im Grunde Allesfresser. Das sagt zumindest unsere Biologie, und gegen die anzukommen und konsequent im Verzicht zu sein, das verlangt eine Disziplin, die lange nicht allen gegeben ist. Deutlich zu wenigen. Ja, und wenn ihr ganz da hinten jetzt murrt – dann bin ich voll bei euch! Ganz ehrlich, ehe ich Hühnchen-Nuggets aus der Massentierhaltung fresse, greife auch ich zur Alternative aus Erbsen. Das ist auf so viele Arten gesünder, dass mich allein der Gedanke an die armen Tiere schüttelt – und an das, was in sie hineingefüllt wurde. Aber trotzdem – ich mag den Geschmack von Fleisch. Ich gebe es zu. Ich bin ein einfacher Mensch, der in einer Fleischesserfamilie aufgewachsen ist. Man könnte sagen, ich bin von der Wiege auf so konditioniert worden. Und Konditionierungen, das wird euch jeder Psychotherapeut sagen, sind wirklich schwer loszuwerden.« Er grinste verschmitzt. »Meiner tut das jedenfalls. Und ich bezahle ihm wirklich einen Haufen Geld, damit er mich geraderückt. Das bedeutet aber nicht, dass mich Tierleid kaltlässt.« Er deutete, ohne die Augen von seinem Publikum zu nehmen, hinter sich, wo jetzt niedliche Ferkel und Kälber in perfekt inszenierten Porträts zu sehen waren. Das konnte er an den Augen der Leute in den ersten Reihen sehen. »Dass mich diese Kreaturen und ihr erbarmungswürdiges Schicksal in unserer Fleischindustrie kaltlässt. Also habe ich vor fünf Jahren ›Nein‹ gesagt. Einfach Nein. Für mich stirbt kein Tier mehr. Kein einziges!« Er machte eine Pause und wurde etwas leiser. Die Tonanlage sorgte ohnehin dafür, dass man ihn kristallklar verstand, selbst wenn er geflüstert hätte. »Was nobel von mir ist, ich weiß, aber leider auch nicht reicht. Das ist kein Vorwurf an euch oder all jene, die den Fleischverzicht als ihren persönlichen Beitrag betrachten. Aber ich war immer der Meinung, dass da mehr möglich sein müsste. Nur dass ich, im Gegensatz zu den meisten von euch, auch die Möglichkeiten hatte, mehr zu tun. Oder nennen wir's beim Namen: das Geld. Meine Familie hat in Solarparks investiert. Nicht nur bei uns – weltweit.« Hinter ihm schwebte jetzt eine Drohne über die Bildschirme und lieferte Luftaufnahmen gleißender Solarfelder, die sich in einer Wüstenregion kilometerweit bis zum Horizont erstreckten. »Und dabei ist in den letzten Jahren die eine oder andere Million hängen geblieben. Und das wiederum gab mir natürlich Gelegenheit, einflussreiche Leute mit Visionen kennenzulernen. Ich gebe zu, ich bin ein Mann mit Privilegien. Aber ich bin fest entschlossen, diese auch zu nutzen. Und zwar für etwas Sinnvolles. Also suchte ich nach Menschen, die meine Vision teilen. Menschen wie Frau Rask, die so wie ich beschlossen hatte, mit ihrem Geld etwas Gutes zu tun: in Tradition jener Frau, die sie wie keine zweite verehrt, Lizzy Lind af Hageby, politische Aktivistin, Medizinerin, Feministin, Autorin, Vegetarierin und, allem voran, Tierrechtlerin.« Applaus brandete auf, und er wartete ein paar Sekunden ab, ehe er beschwichtigend die Hände hob. »Keine Sorge, ich werde euch jetzt nicht mit dem Lebenslauf der Patronin dieser Stiftung hier nerven. Ihr kennt ihn vermutlich besser als ich. Worauf ich hinauswill, ist: Frau Rask meinte – und meint es immer noch – ernst. Ihr Konzern sollte ab diesem Moment keine Tiere mehr töten. Er sollte aus dem Geschäft mit der Massentierhaltung aussteigen. Aussteigen aus der Maschine der

Nutztierhaltung, nicht mehr schlachten. Von ihr sollte keine einzige weitere Kreatur dem Hunger der Menschheit nach Fleisch geopfert werden, dem der Industrie nach Leder, Fett, Knochen, Federn, Fell und all den anderen unappetitlichen Leichenteilen.« Er hielt neuerlich inne und legte nachdenklich den Kopf schief. »Rein geschäftlich eine ziemlich dämliche Idee für einen der größten Fleischlieferanten der Welt, sollte man meinen. Immerhin verdiente sie damals das meiste Geld damit, Schweine- und Rindfleisch sowie Leder nach China zu liefern, wo unsere Vorstellungen von Tierwohl in der breiten Bevölkerung mit Befremden betrachtet werden. Und wenn ich ›Befremden‹ sage, meine ich, dass sich der durchschnittliche Chinese vermutlich fragte: ›Sind diese Europäer jetzt vollkommen verblödet?‹ Und das hat sie, ganz im Vertrauen«, er grinste zu Ylva Rask hinüber, die eine Spur gequält lächelte und den Kopf senkte, »auch ihr eigener Aufsichtsrat gefragt. Also nicht über die Europäer, sondern über sie. Genauso wie mich meiner, als ich ihnen erzählte, dass ich Frau Rask unterstützen würde.

Glücklicherweise halte ich die Aktienmehrheit an meiner Firma. Also konnte mir das egal sein. Musste es auch, denn ich hatte einen Plan: keine Massentierhaltung! Aber: Dass keine Tiere mehr produziert«, er rahmte das Wort mit Anführungszeichen ein, »und geschlachtet werden, soll nicht bedeuten, dass man kein Fleisch mehr herstellt! Die Technologie war schließlich da! Firmen wie Mosa Meat, Upside Foods, FutureMeat oder Protigreen haben seit Jahren den Weg bereitet. Gut, ihre Produkte sind noch nicht ausgereift und reichen gerade mal zu völlig überteuerten und, ehrlich gesagt, eher zweitklassigen Burgerpattys. Ein Steak aus dem 3-D-Drucker kostete sozusagen einen Arm und ein Bein. Aber – das Prinzip stimmte schon! Die sind nur nicht konsequent genug. Ihre Anlagen fressen immer noch viel zu viel Energie, und ein Teil von ihnen arbeitet bis heute mit Wachstumsseren, die wiederum nur mit Tierleid gewonnen werden. Andere betrachten das Thema eher als einen Witz, als Effekthascherei. Statt die Welt zu verändern, bieten sie euch Salamis an, die aus Prominenten-Zellen gezüchtet sind. Mal ehrlich – Kannibalismus? Soylent Green is People?« Er hielt inne und schüttelte missbilligend den Kopf, als ein Raunen durchs Publikum ging. »Leute! Wir machen das nicht zum Spaß! Wir haben eine Welt zu füttern! Mit so wenig Energieaufwand wie möglich. Und das heißt: keine Wälder mehr für Sojaplantagen und Weideflächen abzuholzen!« Er hob die linke Hand, und auf dem Monitor hinter seiner linken Schulter erschien eine Aufnahme einer ausgedehnten Regenwaldrodung. »Keine fossilen Energielieferanten für ineffiziente Fleischfabriken!« Er hob die Rechte, und dort erschien das Bild eines Grubenbaggers, der sich durch die Landschaft fräste. »Keine Tiermorde mehr für Lederschuhe und Autositze. Keine Massentierhaltung!« Er deutete erneut hinter sich, wo jetzt das Bild einer Großmastanlage voll mit Hunderten in qualvoller Enge eingepferchten Schweinen erschien. Die Wirkung war absehbar. Ein Murren ging durchs Publikum. Abgrundtiefer Ekel zeichnete sich auf den Gesichtern der Zuhörer ab. »Keine Tierhaltung mehr! Wir, Light Foods, produzieren Nahrungsmittel aus Sonnenlicht!« Der Schweinestall wich in einem Aufblitzen erneut der riesigen Anlage von in der Sonne blinkenden Solarpaneelen, die sich bis zum Horizont erstreckten. Ein Raunen ging durch das Publikum, und hier und da wurden ungläubige Rufe laut. Dan ließ seine Worte einige Augenblicke wirken und genoss die atemlose Spannung. »Habe ich euch neugierig gemacht?« Er lächelte. »Entschuldigt, aber jetzt folgt leider erst einmal ein kleiner Exkurs«, sagte er mit einer Spur Amüsiertheit in der Stimme. »Auch wenn ihr das vermutlich schon alle wisst – meine PR-Beraterin war der Meinung, ich solle es für die Presse einflechten. Also, liebe Presse, aufgepasst und mitgeschrieben: Fleisch ist ein extrem energiereiches, für uns – rein physiologisch – einfach zu verwertendes

Nahrungsmittel. An das wir für Jahrtausende leider nur kamen, wenn Tiere dafür starben. Weshalb viele von uns, die sich damit beschäftigen, heute keines mehr essen.

Bis vor Kurzem, als es cleveren Leuten gelang, Stammzellen, also die undifferenzierten Superzellen in uns allen, anzuregen, Muskel-, Haut- und Fettzellen in Nährlösungen zu bilden. Ursprünglich hat man diese Technologie tatsächlich hauptsächlich dafür entwickelt, um menschliches Gewebe nachzuzüchten. Haut, Organe ... Körperteile. Transplantate. Sie kennen sicher alle dieses Bild hier, die Maus mit dem menschlichen Ohr auf dem Rücken.« Das entsprechende Foto tauchte hinter ihm auf einem der dunklen Monitore auf. »Oder das da.« Auf dem zweiten Monitor erschienen grün phosphoreszierende Ferkel. »Machte was her für die Presse – aber so richtig funktioniert hat es bisher nicht. Es blieb weitgehend bei Muskelzellen, Haut und Fett. Alles andere ist bislang unglaublich teuer und unglaublich problematisch. Ich schätze, man muss auch jetzt immer noch Multimillionär sein, um sich eine neue eigene Leber wachsen lassen zu können. Ich kann mir nur vielleicht eine leisten, also können wir davon ausgehen, dass es auch von euch eher nur ganz wenige können. Aber irgendwie muss man aus den ganzen Millionen von Forschungsgeldern doch Gewinn machen können!« Er ließ den Satz kurz im Raum stehen, breitete dann in gespielter Resignation die Hände aus und ließ sie wieder fallen.

»Das war mit Sicherheit die am häufigsten gestellte Frage der Investoren. Denen es, das könnt ihr euch alle denken, nicht um neue Lebern geht, sondern um das Geld, das man damit verdienen kann. Das war vermutlich etwa zur selben Zeit, als irgendjemand in einem dieser Labore auf den Fleischbrei in der Petrischale starrte und sagte: ›Hmm. Lucy, ich frage mich, wie das Zeug wohl schmeckt.‹«

Irgendjemand in der Dunkelheit des Saals machte ein angewidertes Geräusch, und Dan sah auf. »Eklige Vorstellung, ich weiß.

Aber ich wette, dass keine Woche später auf einem Gaskocher in der Laborkantine das erste 5-Millionen-Dollar-Burger-Patty der Welt gebraten wurde. Aus rein wissenschaftlichen Gründen, versteht sich. Long story short, die Antwort auf die Frage, wie das Zeug wohl schmeckt, war mit Sicherheit: nicht gut. Diese Pampe der ersten Tage hatte das Potenzial, Leute endgültig vom Fleisch abzubringen. Aber es war, rein technisch gesehen, essbar und damit plötzlich eine Option, tatsächlich Geld zu verdienen. Also war es ein Anfang. Und mit genug Beharrlichkeit, Nährlösung, wissenschaftlicher Zauberei und Unmengen von Energie und Geld gelingt es seit Jahren immer besser, neben rein vegetarischen und veganen Alternativen auch etwas herzustellen, das Sie alle heute unter ›Cultured Meat‹ kennen: synthetisch hergestelltes, ethisch unbedenkliches Fleisch ohne Qual und Tod, aber essbar. Das Problem an diesem Zeug ist bisher nur: Auch wenn seine Umweltbilanz deutlich besser ist als die der Tierhaltung, ist es noch immer keine Alternative zur fleischfreien Ernährung. Und noch viel entscheidender: Es ist immer noch viel zu teuer! Was leider bedeutet, dass all jene, die nicht auf Fleisch verzichten wollen, immer noch auf das viel billigere aus der Tierhaltung zurückgreifen. Es ist barbarisch, aber leider Tatsache. Bis jetzt.«

Wieder legte er eine kunstvolle Pause ein, um den Zuhörern genügend Zeit zu geben, sich an ihre eigenen Erfahrungen beim Essen von Fleischersatzprodukten zu erinnern. »An dieser Stelle kommen wir ins Spiel«, sagte er schließlich. »Ich möchte euch nicht langweilen oder eure wertvolle Zeit stehlen – so wie es meine PR-Abteilung offenbar geplant hatte –, deshalb mache ich es kurz: Wir machen echtes Fleisch aus Licht. Genauer: Algen und Sonnenlicht – und einer kräftigen Prise Technik-Voodoo!« Auf den Bildschirmen tauchte erneut die Solarfarm auf und gleich darauf die Panoramaansicht einer chromblitzenden Laboranlage mit dem ästhetischen Charme einer hochmodernen

Coffeebar. »Ihr habt richtig gehört, Leute: Wir produzieren unsere eigene Energie. Zu hundert Prozent ökologisch, fast zu hundert Prozent aus Sonnenlicht. Und damit stellen wir in geschlossenen Grow-Systemen unsere eigene, auf hochoptimierten Algen basierende Nährlösung her, geben mithilfe spezieller Bakterien erzeugte Enzyme hinzu und erhalten, komplett ohne Medikamentenzusätze, hochreines In-vitro-Fleisch. Völlig ohne Tierleid irgendeiner Art. Denn das gehört der Vergangenheit an. Und das – seien wir einfach so ehrlich – ist für die Fleischkonsumenten das wirklich Entscheidende: Es schmeckt wie Fleisch! Ethische Gesichtspunkte hin oder her, Klimagründe schön und gut, aber die Menschen überzeugt man von Alternativen zu ihrem geliebten Steak, ihrem traditionellen Hackbraten, zu ihrer Bulette nur mit einem: dass sie den Unterschied nicht merken – oder dass es sogar noch besser, noch ›echter‹ schmeckt als das Original. Dass es sich anfühlt wie Fleisch und man damit alles machen kann, was mit Fleisch eben so geht. Das ist es, was uns auf die Großmärkte gebracht hat, zu den Milliarden Menschen in China oder Indien. Milliarden Menschen in China wollen das, was wir im Westen hier schon lange haben: Fleisch. Burger, Hotdogs, Fried Chicken, Entenbrust, Lachs, Steak. Es ist dort, mehr noch als bei uns, ein Statussymbol. Und wir bieten ihnen ein noch besseres: ethisch wie qualitativ einwandfreies Fleisch der Zukunft, ohne chemische Zusätze, klimaneutral und ressourcenschonend.« Er hielt inne und senkte den Kopf, wie um einen Moment nachzudenken. Hinter ihm wechselten die Monitore auf Bilder von glücklichen Bauernhoftieren in der märkischen Heide, gefolgt von traumhaften Momentaufnahmen aus Wäldern, Auen und Flüssen der Seenplatte. Leiser fuhr Dan fort. »Das ist die Zukunft, meine Damen und Herren. Und die Zukunft wird nicht in China oder in Indien gestaltet, oder sonst irgendwo auf der Welt, sondern hier. Hier in unserer Region. Das ist es, wofür ich mich starkmache – für was sich Frau Rask starkmacht.« Er warf einen Blick auf die versammelten Bürgermeister und Landespolitiker im Publikum, denen hoffentlich so langsam dämmerte, was das für sie und die klammen Kassen ihrer Gemeinden bedeuten konnte. »Ein Innovationsvorsprung, der weltweit seinesgleichen sucht, und Zehntausende neue Arbeitsplätze. Allein in Brandenburg und Berlin. Zehntausend Arbeitsplätze!«

Schließlich winkte er ab. »Immer noch zu theoretisch, oder? Um euch ein Gefühl für die Größenordnung zu geben: In den etwas über neun Jahren, die wir jetzt ausliefern, ist durch und für uns nicht ein einziges Tier gestorben! Im Gegenteil: Die Anzahl der Tiere, die dank unserer Produkte nicht sterben mussten, nicht zu einem Leben in qualvoller Gefangenschaft verdammt waren, geht inzwischen bereits in die Hunderte Millionen. Und wir streben die Milliarde an. Also – dieses Jahr noch. Erschwingliche, ethisch einwandfreie Lebensmittel für alle. Schon jetzt haben wir allein in Berlin insgesamt 37 Restaurants unseres Konzerns, in denen wir neue vegane, vegetarische und Cultured-Meat-Produkte anbieten.« Hinter ihm flammten die animierten Logos von drei Restaurantketten des LightFoods-Konzerns auf, hinter denen sich langsam, schattenhaft und über beide Großmonitore verteilt die Weltkugel drehte. »Dabei geht es uns noch nicht einmal darum, so viel wie möglich zu produzieren. Nein, die Zukunft der Lebensmittelproduktion liegt nicht in der Masse, sondern in der Qualität. Umweltschutz, Qualitätsmanagement und Nachhaltigkeit statt ungezügelter Konsum.« Er deutete mit ausgestrecktem Arm auf Ylva Rask. »Frau Rask hat es sich zur Aufgabe gemacht, Ressourcenverschwendung und Tierleid in der gesamten EU zu beenden. Ich weiß, dass das euer Ziel ist, meine Freunde, und es ist auch mein eigenes.« Sein Arm wanderte hinauf zu den sich langsam drehenden Planeten, hinter dem jetzt gleißend die ferne Sonne aufging. Dann verwandelte er die Geste und breitete die Arme aus wie ein Prediger vor der Gemeinde. »Lasst uns gemeinsam die Welt retten«, sagte er mit breitem Lächeln und nickte Ylva Rask zu, bevor er sich wieder dem Publikum zuwandte. »Das ist es doch, was wir eigentlich wollen, nicht wahr?« *Und außerdem zehntausend neue Arbeitsplätze und einen riesigen Berg von Gewerbesteuern. Denn, halleluja, ich bringe euch Wohlstand und ein reines Gewissen.* Sein Lächeln wurde so breit, dass das Weiß seiner Zähne noch im letzten Winkel der Halle zu sehen sein musste. Fröhlich winkte er ins Publikum. »Schönen Abend, Berlin!«

Mit diesem Wort erlosch der auf ihn gerichtete Spot, und die Bühne war in Dunkelheit getaucht. Beifall brandete auf und wuchs zu einem Tosen an. Pfiffe und begeisterte Rufe begleiteten ihn auf seinem Weg hinter die Bühne. Hinter ihm wurden die Bühnenlichter wieder hochgefahren, und Ylva Rask trat erneut ins Scheinwerferlicht. Sie moderierte ihn mit einigen Sätzen ab, denen er schon keine Beachtung mehr schenkte.

Carl erwartete ihn am Ausgang der Bühne.

»Und, wie war ich?«

»Zu ausschweifend. Du hast zu viel improvisiert und das Publikum fast verloren. Die Sache mit der Maus mit dem menschlichen Ohr auf dem Rücken war nicht abgesprochen. Das war eindeutig zu viel für die Leute. Die Hälfte von ihnen hätte beinahe schon den Raum verlassen, bevor du zum Kern gekommen bist.«

Dan zuckte mit den Schultern und griff sich im Vorbeigehen einen Energydrink vom Getränketisch. Das passierte schon mal, wenn man improvisierte. Aber am Ende liebten ihn die Menschen genau dafür. Weil er nicht berechenbar war. Er war sich ziemlich sicher, dass ihn das »bürgernäher« wirken ließ als Leute wie die Rask. Er zuckte mit den Schultern. »Aber eben nur beinahe. Meine Güte, sorg dafür, dass diese Texte noch mal umgeschrieben werden. Viel zu viel technisches Blabla. Das versteht da draußen kein Mensch. Es will auch keiner wissen. Die wollen Emotionen und Drama und vielleicht noch ein paar Anekdoten über süße Tierkinder. Aber doch keine Zungenbrecher und Fachbegriffe.« Er trank die halbe Dose in einem Zug aus, während ihm Carl die Tür aufhielt. »So, was steht heute noch auf dem Plan?«

»Abendessen mit Angermann und Barnett vom Aufsichtsrat im Golvet.«

Dan verdrehte die Augen. Er machte sich nicht die Mühe zu verstecken, dass ihm der Mann auf die Nerven ging. »Angermann? Muss das sein? Können wir das nicht irgendwie ...«

»Verschieben? Nein.« Carl schüttelte den Kopf. »Sie sind in Berlin, du bist in Berlin, du wohnst keinen Kilometer von dort, und ich vermute, dass sie das extra so gewählt haben, damit du keine Ausrede hast.«

»Shit.« Dan verzog das Gesicht. Überfälle dieser Art waren nie gut. Er leerte die Dose und stellte sie achtlos auf einem Putzwagen ab. »Das ist dann also kein Höflichkeitsbesuch?«

»Schätze nicht, nein«, sagte Carl und las irgendetwas auf seinem allgegenwärtigen Tablet. »Angermanns Sekretär hat letzte Woche Unterlagen zum neuen Labor in Brandenburg angefragt, und Barnetts Team hat vor drei Tagen die Quartalszahlen aus Shenzhen abgerufen.«

»Was stimmt mit Shenzhen nicht?«

»Nichts«, Carl sah von seinem Tablet auf, um Dan die Tür zur Garderobe aufzuhalten. »Ich gehe davon aus, dass sie die aktuellen Zahlen in Eigenregie geprüft haben und jetzt mit dir über ihre Anteile reden wollen. Bist du fertig, Vera?«

Die Maskenbildnerin schloss soeben ihren großen Rollkoffer und nickte. »Wie war der Auftritt?«

»Er hat erreicht, was er sollte, denke ich.«

»Erreicht, was er sollte?« Dan schnaubte und nahm seine Lederjacke von einem der Plastikstühle. »Ich habe den Saal gerockt!«

Vera sah auf, und Dan stellte irritiert fest, dass sie nur Carl, nicht ihn ansah. »Hat er?«

»Wenn er das sagt.« Carl zuckte mit den Schultern. »Er hat mehr Erfahrung in solchen Dingen als ich. Deshalb bin ich auch nur der Assistent.«

»Genau das.« Dan grinste breit und musterte Vera. »Sag mal, hättest du Lust, mich noch zu einem Essen zu begleiten? Ich habe noch einen Termin, und danach ... die Nacht ist noch jung, und wir sind in Berlin!«

Vera erwiderte seinen Blick kühl und schnappte das letzte Schloss an ihrem Koffer zu. »Ich weiß. Ich wohne hier«, sagte sie trocken und ließ den letzten Riegel einrasten. »Danke für das Angebot, Herr Lichter, aber ich habe auch noch einen Termin. Mit meinem Sohn. Ich wünsche Ihnen noch einen angenehmen und erfolgreichen Abend.« Sie verbeugte sich knapp, nickte Carl zu und öffnete die Tür.

Draußen stand eine Frau Mitte zwanzig, die ein Smartphone in die Höhe hielt. Bevor Carl es verhindern konnte, hatte sie sich an der Maskenbildnerin vorbeigedrückt und den Raum betreten. »Daniel Lichter, Sie haben gerade eine bewegende und äußerst professionell inszenierte Rede zu Tierschutz und Ihren Willen, mit neuen Lebensmitteln die Welt zu retten, gehalten. Aber eine Frage haben Sie nicht beantwortet.«

Dan musterte sie irritiert. Sie trug einen Hosenanzug, der mit Sicherheit von der Stange war, nicht ganz dazu passende Schuhe, eine Lederjacke voller Buttons und Make-up, das nicht von einer Stylistin aufgetragen worden war. »Ich habe eine Menge Fragen nicht beantwortet«, sagte er und betrachtete unverhohlen ihren Presseausweis. Er bedeutete Carl, die Frau sprechen zu lassen. »Genau genommen gar keine, Frau Stanic vom Secret Science Blog. Eine Bloggerin?«

»Freie Journalistin. Ich hätte gern ein kurzes Interview.«

»Ich fürchte, für ein komplettes Interview haben wir keine Zeit. Ich bin auf dem Weg zu einem wirklich wichtigen Termin.

Aber okay – *eine* Frage. Auf welche der vielen ungestellten Fragen hätten Sie denn am liebsten eine Antwort?«

Die Bloggerin quittierte sein Lächeln mit einem irritierend ausdruckslosen Blick und hob ihr Smartphone, auf dem ein kleines Mikro steckte. »Herr Lichter, es wird seit einiger Zeit vermutet, dass die synthetischen, genetisch modifizierten Fleischprodukte im Zusammenhang mit dem Auftreten von transmissibler aggressiver spongiformer Enzephalopathie, einer neuen, aggressiveren Variante von Creutzfeldt-Jakob, auch bekannt als TASE, im Zusammenhang stehen. Können Sie das bestätigen oder ausschließen, und welche Vorkehrungen trifft Ihr Konzern, um eine Gefahr für die Konsumenten auszuschließen?«

Die Frau musste diesen Satz auswendig gelernt haben, denn er kam so schnell und flüssig über Ihre Lippen, dass Dan keine Gelegenheit hatte, sie zu unterbrechen. Bevor er die komplette Frage überhaupt verarbeitet hatte, hielt sie ihm die Kamera vors Gesicht. Er blinzelte und war sich zugleich schmerzlich bewusst, dass sein Zögern bereits auf der Aufnahme war. »Wow«, sagte er schließlich, fuhr sich durch die Haare und setzte ein breites Lächeln auf. »Sie halten sich nicht mit den üblichen Celebrity-Fragen auf. Tatsächlich erwischen Sie mich hier unvorbereitet. Ich denke, Sie sollten diese Frage an unsere Presseabteilung richten. Ich bin mir sicher, die können Ihnen einen Termin mit einem der Spezialisten unseres Unternehmens machen, der Ihnen diese doch sehr spezielle Frage mit mehr Fachwissen beantworten kann, als ich es mir anmaßen würde. Ich bin immerhin nur der Solar-Junge!«

Die Miene der Frau veränderte sich nicht, doch trotzdem hatte Dan das Gefühl, dass ihr Blick noch um einige Grad kälter wurde. »Ihre Presseabteilung hat meine Anfrage bereits mehrfach abgelehnt und verweigert, mir einen Termin einzuräumen.«

»Trotz Presseakkreditierung? Das halte ich für sehr unwahrscheinlich.« Dan zog sich die Jacke über.

»Darum geht es mir im Moment allerdings auch nicht.« Das Handy wich nicht aus seinem Gesicht, und für einen kurzen Moment spielte Dan mit der Versuchung, Carl zu erlauben, ihr das Gerät abzunehmen. Andererseits war sie vielleicht clever genug, das Ganze ohnehin in eine Cloud zu schieben oder gar live zu streamen, oder aber sie hatte eine zweite, verborgene Kamera in einem der Pins an ihrer Lederjacke. Und dann sähe das auf jeden Fall dumm aus. Also seufzte er stattdessen theatralisch und kehrte zu seinem Lächeln zurück. »Coole Jacke übrigens. Also gut. Sie möchten ein Statement? Gern. Ich bin mir sicher, dass die Wissenschaftler aller InVi-Fleischlabore diesen Verdacht bereits auf das Genaueste untersuchen und, wenn auch nur der geringste Anhaltspunkt auftauchen sollten, sofort geeignete Maßnahmen ergreifen werden, um eine Gefährdung der Konsumenten auszuschließen. Hier steht immerhin mehr auf dem Spiel als nur der Ruf eines einzelnen Unternehmens. Es geht um die gesamte noch junge Branche, und wir können uns einen Skandal, egal, wie groß, überhaupt nicht leisten. Immerhin wollen wir den Weg zu einer besseren Welt ebnen. Und das geht nur, wenn wir selbst und unsere Produkte über jeden Zweifel erhaben sind.«

»Verzeihen Sie, aber das klang nach einer auswendig gelernten Broschüre für Lobbyarbeit ...«

Dan lächelte noch etwas breiter. »So gut? Damn. Lassen Sie mir bitte eine Aufnahme zukommen. Ich leite das an unsere Marketingabteilung weiter. Aber jetzt müssen Sie mich wirklich entschuldigen. Ich sagte ja: dringender Termin. Carl, bring die Dame bitte nach vorn zur Pressestelle von Frau Rask. Ich gehe schon mal vor. Ich wünsche Ihnen und Ihren Zuschauer*innen noch einen angenehmen Abend.« Er deutete eine Verbeugung in Richtung Kamera an und verschwand mit einem letzten Winken aus der Tür.

Erst unten in der Parkebene hielt er an. Was zum Teufel war das gerade gewesen? Wollte die allen Ernstes eine Verbindung zwischen ihm und Creutzfeldt-Jacob stricken? Was hatte das mit InVi-Fleisch zu tun? Er schnaubte und nickte den zwei Sicherheitsleuten zu, die hier den Eingang überwachten. Sie standen vermutlich wegen der Rask hier. Creutzfeldt-Jakob. Natürlich kannte er diese Erkrankung und auch die Sache mit dem Skandal Mitte bis Ende der 1990er rund um BSE und kontaminiertes Rindfleisch. Damals war die Erkrankung von Rindern, die mit Fleischabfällen gefüttert wurden, auf den Menschen übergesprungen. Nicht von allein, natürlich, sondern durch den Verzehr des Fleischs erkrankter Tiere. Damals wurden umfassende Überwachungs- und Eindämmungsprotokolle ins Leben gerufen, die bis heute für die gesamte Fleischindustrie galten. Absolut jeder, der in diesem Sektor arbeitete, wusste darüber Bescheid. Aber was sollte plötzlich diese Frage? Er zog sein Smartphone aus der Tasche und versuchte, im Netz danach zu suchen. »Fuck«, murmelte er gleich darauf frustriert. Tiefgarage. Und er hatte sich natürlich nicht das Passwort des lokalen WLANs geben lassen. Das war Carls Sache. Wie die Sache mit dem Autoschlüssel. Für einen Moment war er versucht, die beiden Sicherheitsleute anzusprechen. Vielleicht hatten die ja das WLAN … nein. Das sah am Ende nur aus, als hätte er nicht alles unter Kontrolle. Also starrte er weiter auf sein Handy. Konnte so etwas wie BSE in den Produkten von Light Foods landen? Eigentlich nicht. Oder? Wenn er sich recht erinnerte, wurde diese Hirnerkrankung nicht durch ein Virus, durch Bakterien oder andere Parasiten hervorgerufen, sondern durch falsch gefaltete Proteine. Durch sogenannte Prionen. Und Proteine, also Eiweiße, waren nun mal ein Hauptbestandteil von Fleisch. Er massierte sich die Nasenwurzel. Andererseits – sie arbeiteten seit fast acht Jahren mit hochreinen, strengstens überprüften Stammzellen, und im Gegensatz zum Wettbewerb verzichteten sie auf jegliche äußeren

Zusätze wie Rinderserum. Jede Ausgangszelle war genetisch kartografiert, erfasst und optimiert. Und das wurde eigentlich andauernd überprüft. Gut, aber nicht alle Wettbewerber gingen so weit. Das war richtig. Konnte einem von denen etwas schiefgegangen sein? Den Briten möglicherweise. Immerhin hatten die damals auch das BSE-Problem in den 80ern ausgelöst. Und seit sie nicht mehr von den Regularien der EU erfasst waren ...

Frust machte sich in Dan breit. Wenn er etwas hasste, dann, nicht über Dinge informiert worden zu sein.

Hinter ihm glitten die Türen des Aufzugs auf. »Entschuldige«, sagte Carl, den Autoschlüssel in der Hand. »Es hat einen Moment gedauert, diese Person loszuwerden.«

Dans Wangenmuskel zuckte. »Schon in Ordnung.« Er folgte Carl zu ihrem Auto. »Finde alles über Frau Stanic heraus, was du auftreiben kannst. Ich will wissen, was das für ein Blog ist, welche Reichweite es hat, welche Verbindungen. Welche Verbindungen sie selbst hat. Ich will wissen, ob sie Schaden anrichten kann.«

Carl nickte und öffnete ihm die Wagentür. »Das dachte ich mir schon. Du hast die Informationen morgen auf dem Tisch.«

»Das ist nicht das Einzige, was da morgen liegt. Ich will wissen, wovon sie da geredet hat. Was für eine Creutzfeldt-Jakob-Variante? Was für Gerüchte? Und warum zum Teufel weiß ich davon nichts?«

»Ich weiß es nicht, Dan.« Carl ließ das Fahrzeug an und verließ die Tiefgarage. »Aber ich werde dafür sorgen, dass du so schnell wie möglich einen Bericht bekommst.«

»Ich bitte darum.« Dan fuhr sich durch die Haare. »Mann, wenn es stimmt, dass es ein Problem mit InVi-Fleisch gibt, dann sollten wir besser hundert Prozent sicher sein, dass wir nichts damit zu tun haben.«

»Haben wir nicht«, murmelte Carl.

»Haben wir nicht? Ich dachte, du weißt es nicht! Entscheid

dich mal. Ich wüsste nämlich zu gern, warum die damit ausgerechnet zu mir gekommen ist. Find es raus. Und – kein Wort zu Angermann und Barnett. Das bleibt vorerst schön unter uns.«

»Versteht sich.«

FÜNF

Frau Nowak stand in einer geblümten Kittelschürze mitten im Treppenhaus und hatte die Hände in die Hüften gestützt. Neben ihr stand ein wahres Ungetüm von einem Paket, das wirkungsvoll fast den gesamten Durchgang versperrte. Frau Nowak wirkte, als habe sie extra auf Anna gewartet.

»Können Sie sich das vorstellen? Dieser unhöfliche Bursche hat sich geweigert, das Paket in meine Wohnung hinaufzuschaffen. Hat sich einfach umgedreht und ist gegangen. Haben Sie so etwas schon einmal gehört? Können Sie sich das vorstellen? Das ist doch unerhört! Ich habe doch dafür bezahlt.«

Anna nahm den Lieferschein entgegen, den Frau Nowak ihr vorwurfsvoll entgegenstreckte, und warf einen Blick darauf. »Hier steht es: Lieferung an die Haustür. Es tut mir leid, Frau Nowak, aber die sind tatsächlich nicht verpflichtet, es bis zu Ihnen hinaufzubringen.«

»Die Höflichkeit verpflichtet sie dazu! Der Respekt vor dem Alter. Aber diese Leute...«, sie zog das »i« ungewöhnlich in die Länge, »wissen ja gar nicht mehr, was Respekt bedeutet.« Wieder sah sie auf das Paket und schüttelte den Kopf. »Sie hätten nicht zufällig Zeit, mir ein wenig zur Hand zu gehen, Frau Heigen?«

Anna sah zweifelnd auf das Paket und warf dann einen Blick die schmale, steile Treppe hinauf. »Ich weiß nicht. Ich kann es ja mal versuchen. Das ist aber kein Sofa, oder?«

Frau Nowak sah sie fragend an. »Sieht das aus wie ein Sofa?«

»Nicht wirklich«, gab Anna zu. »Ich musste nur gerade an die Geschichte von dem Sofa denken, das unverrückbar in so einem Treppenhaus stecken geblieben ist.«

Frau Nowak beäugte kritisch das Treppenhaus und danach ihr Paket. »Und was wurde aus dem Sofa?«

»Ich glaube, man hat es zersägt.«

»Ich hoffe doch, dass das nicht nötig sein wird, Frau Heigen.«

Das Paket musste beinahe eine Tonne wiegen, und Frau Nowak war keine große Hilfe. Zu Anfang legte sie zwar noch ein bisschen mit Hand an, doch schon ab dem ersten Stock verlegte sie sich nur noch darauf, Anna Anweisungen und kluge Ratschläge zu geben. »Wissen Sie«, sagte sie fast entschuldigend und stützte sich dramatisch auf das Geländer. »Eigentlich hat mein Arzt mir ja verboten, schwer zu tragen. Ich hab's ja im Rücken. Ich bin nicht mehr so 'n junges Ding wie Sie. Es gab Zeiten, da hätte ich so ein Paket leicht allein getragen.« Sie taxierte Anna, die das Paket gerade auf einer der Stufen über sich abstellte und sich schnaufend dagegen lehnte, damit es nicht wieder die Treppe hinunterpolterte. »Ich war damals vielleicht ein wenig kräftiger als Sie. Ich bin ja auf dem Dorf aufgewachsen, und damals mussten wir ja noch immer richtig mit anpacken.«

Anna schnaufte tief durch. »Ich kann mir Sie eigentlich gar nicht so auf einem Feld vorstellen«, keuchte sie. »Sie sind eine so«, sie ächzte, als die Kiste ihr beinahe entglitt, »zarte Person.«

»Wir hatten sogar einen Traktor. Na gut, der war alt und rostig, und die Hälfte der Zeit stand er halb auseinandergebaut nur in der Scheune. Aber wir hatten einen. Wissen Sie, Frau Heigen, ich habe mich noch nie vor ehrlicher Arbeit gescheut. Aber die jungen Leute heutzutage wissen gar nicht mehr, was Arbeit ist. Die sollten ein einziges Mal im Leben draußen auf dem Feld stehen und sich den Buckel krumm schuften, das wäre sicher eine lehrreiche Lektion.«

»Oder ein Paket für Sie in den zweiten Stock hinaufbringen«, stöhnte Anna. »Ich denke, das kommt in etwa auf das Gleiche heraus.«

Frau Nowaks kleine Küche hatte schon mindestens vierzig oder fünfzig Jahre auf dem Buckel, und der Kühlschrank brummte, als würde er jeden Augenblick den Geist aufgeben. Als Gegenleistung für Annas tatkräftige Hilfe bot Frau Nowak ihr einen Kaffee und ein Stück Streuselkuchen an. Sie setzten sich an den Küchentisch, und Frau Nowak zündete sich eine Zigarette an. Der Kaffee schmeckte dünn und fade, und der Kuchen war sicherlich schon einige Tage alt.

»Sie müssen ihn in den Kaffee tunken«, sagte Frau Nowak, »dann schmeckt er am besten.«

Herr Petracek bekam ebenfalls ein Stück vom Streuselkuchen ab, an dem er eine Weile lustlos herumkaute, ehe er es angewidert wieder auswürgte und sich dann seufzend zu Annas Füßen niederließ.

»Lecker«, sagte Anna und schob den Rest ihres Kuchens ebenfalls von sich. »Aber ich bin wirklich pappsatt. Ich habe vorhin erst gegessen.«

»Ich kann Ihnen etwas einpacken, wenn Sie möchten.«

»Ach, das ist doch nicht nötig.«

»Ich bestehe darauf!« Frau Nowak legte ihre Zigarette auf dem Rand des Aschenbechers ab und sprang auf, um eine Rolle Aluminiumfolie aus der Schublade zu holen. Mit einem Küchenmesser schnitt sie ein großes Stück Kuchen vom Blech und wickelte es ausgesprochen großzügig mit der Alufolie ein.

Unwillkürlich musste Anna wieder an ihren Bruder denken. Sie konnte sich das Lachen kaum verkneifen, aber zum Glück fiel das Frau Nowak nicht auf.

»Sie sind also die Schwester von dem Herrn Heigen«, sagte sie und griff wieder nach ihrer Zigarette. »Ein wirklich höflicher junger Mann, Ihr Bruder. Sie sind übrigens auch sehr gut erzogen, wie ich finde. So etwas mag ich.« Mit einem Blick auf den alten Dackel, der seinen Kopf auf Annas Schuhe gebettet hatte und leise vor sich hin schnarchte, fügte sie hinzu: »Und Herr Petracek scheint Sie ebenfalls zu mögen.«

»Was haben Sie da eigentlich bestellt?«, fragte Anna. Sie wandte sich zu dem riesigen Paket um, das wie ein Ungetüm aus der Urzeit den Weg in den Flur verbarrikadierte.

»Ach das«, sagte Frau Nowak und drückte ihre Zigarette im Aschenbecher aus. Sie stand auf und zog aus einer Küchenschublade eine Schere hervor. »Das ist nur mein Grabstein.«

Ihr Grabstein war schwarz und glatt poliert und mit einem grässlichen goldgelben Schriftzug versehen. In der Mitte des Steins prangte der Name und darunter das Geburtsdatum. Darüber befand sich ein goldfarben gerahmtes Schwarz-Weiß-Bild, das eine junge Frau mit Zöpfen und Brille zeigte, die würdevoll in die Kamera blickte. Trotz des Altersunterschieds war das Gesicht unverkennbar das von Frau Nowak.

»Was wollen Sie denn damit?«, fragte Anna entsetzt.

»Na was glauben Sie denn, was ich damit will? Wie Sie sehen können, handelt es sich um einen Grabstein, und ein Grabstein steht normalerweise auf einem Grab.«

»Das weiß ich auch, aber warum haben Sie ihn sich in Ihre Wohnung liefern lassen? Und warum gerade jetzt? Ich meine – Sie sind doch noch gar nicht tot.«

»Ja glauben Sie denn, ich kaufe die Katze einfach so im Sack? Was weiß denn ich, was die mir da andrehen und auf mein Grab stellen, wenn ich einmal nicht mehr bin? Da will ich lieber vorher sichergehen, dass alles so aussieht, wie ich mir das vorstelle. Wissen Sie, diesen jungen Leuten heutzutage kann man ja allen nicht mehr trauen.« Sie zündete sich eine neue Zigarette an und zog daran. »Wie finden Sie ihn?«

»Hübsch?«, sagte Anna, weil sie nicht sicher war, wie man auf so eine Frage überhaupt antworten sollte.

»Nicht wahr?« Frau Nowak lächelte. »Ich frage mich, ob ich Herrn Petracek auch mit draufschreiben lassen soll. Eventuell dort unten links in die Ecke, was meinen Sie? Er wird mich aber vermutlich um einige Jahre überleben, und dann weiß ich nicht, ob er das überhaupt noch will. Aber meinen Sie, ich könnte das irgendwie in meinem Testament hinterlegen, dass er in der gleichen Grabstelle beerdigt wird, falls er das möchte?«

»Ich weiß nicht, aber ich glaube nicht, dass das erlaubt ist.«

»Ja, Sie haben vermutlich recht.« Frau Nowak seufzte. »Aber wir werden schon noch ein passendes Plätzchen für dich finden, nicht wahr?« Sie beugte sich ächzend nach unten und tätschelte ihrem Dackel den Kopf. Herr Petracek stieß ein erfreutes Kläffen aus und wackelte mit dem Schwanz. »Falls Sie übrigens auch mal einen Grabstein brauchen, könnte ich mit dem Steinmetz reden. Ich habe hier irgendwo noch einen Gutschein für ...« Sie hielt inne und schaute plötzlich betreten. »Entschuldigen Sie, Frau Heigen, das war jetzt ziemlich ungeschickt von mir. Ich meine wegen Ihres Bruders und so.«

»Schon gut.«

»Das ist so eine schreckliche Sache. Das muss Sie wirklich mitgenommen haben, und ich unhöflicher Mensch habe bisher noch kein einziges Mal gefragt, wie es ihm geht.«

Anna lächelte. »Unverändert, aber die Ärzte tun ihr Bestes.«

»Mein Mann hat seine letzten Wochen damals auch in diesem Krankenhaus verbracht«, sagte Frau Nowak und erzählte dann noch ein bisschen über ihr gemeinsames Leben. Wie es bei älteren Menschen des Öfteren der Fall war, wollte sie lieber über eigene Erfahrungen sprechen, als anderen zuzuhören. »Er war wirklich ein herzensguter Mensch.« Ihre Augen wurden feucht, und sie sah einen Moment lang traurig aus dem Fenster.

»Da bin ich mir sicher«, sagte Anna betreten.

»Ihr Bruder ist auch ein herzensguter Mensch.« Frau Nowak legte die Zigarette am Rand des Aschenbechers ab und zog umständlich ein Taschentuch hervor, mit dem sie sich die Tränen aus den Augenwinkeln tupfte. Sie lächelte schwach. »Er wird es ganz sicher schaffen. Er hat so nette Freunde. Die haben sich ja gleich um alles gekümmert, und einer hat sogar daran gedacht, seine Sachen abzuholen, um sie ihm ins Krankenhaus zu bringen, und seine Pflanzen zu gießen. Wissen Sie, es ist gut, wenn man Freunde hat, die sich um einen kümmern.« Sie schniefte und schnäuzte sich geräuschvoll die Nase. Anna war versucht, ihr die Hand zu tätscheln, doch im nächsten Moment griff Frau Nowak wieder nach der Zigarette.

»Haben Sie denn keine Verwandten?«, fragte Anna. »Jemanden, der in Ihrer Nähe wohnt?«

»Eine Tochter, aber die lebt in Amerika.«

»Und Sie wollen nicht zu ihr ziehen?«

»In unserem Alter ist das doch nichts mehr, Frau Heigen. Ein fremdes Land mit einer fremden Sprache – außerdem haben die dort drüben Katzen, die werden zwei Meter groß.«

»Meinen Sie Pumas?«

»Ja, kann sein.«

»Die gibt es doch nur in Nationalparks. Die kommen nicht in die Städte.«

»Trotzdem.« Frau Nowak zog an ihrer Zigarette und ließ eine Rauchwolke an die Zimmerdecke hinaufsteigen. »Man weiß ja nie. Und selbst wenn, am Ende schießen diese Amerikaner noch auf Herrn Petracek. Man hört da ja die schlimmsten Sachen.«

SECHS

Für den nächsten Tag hatte sich die Kriminalpolizei bei Anna angekündigt. Zwei Beamte durchstöberten Peters Wohnung, fotografierten, was ihnen interessant erschien, und stellten dabei Fragen. Der männliche Beamte schien bereits an seinen Feierabend zu denken, während seine Kollegin ein bisschen Engagement zeigte und sich Notizen machte.

»Wann hatten Sie denn das letzte Mal Kontakt zu Ihrem Bruder?«

»Am Dienstag.«

»Wirkte er irgendwie anders als sonst? Aufgebracht oder ängstlich?«

»Ich weiß nicht. Er hat mir den Link zu einem Video geschickt.«

»Was für ein Video?«

»Eine singende Kuh.«

Die Polizistin notierte sich diese Information gewissenhaft.

Anna fragte sich, was einen Polizisten in heutigen Zeiten dazu brachte, sich Dinge noch auf einem altmodischen, karierten Notizblock zu notieren. Aber vermutlich lernten sie auf der Polizeischule, dass so eine Handlung die besorgte Bürgerschaft irgendwie beruhigte. Oder sie hatte es in einem Tatort gesehen. »Wer schreibt, der bleibt«, murmelte sie.

»Wie bitte?«

»Nichts. Möchten Sie einen Kaffee?«

»Sehr gern.«

Anna stellte den Wasserkocher an, befüllte die Stempelkanne, nahm zwei Tassen aus dem Regal über der Anrichte und holte die halb leere Milchtüte aus dem Kühlschrank.

»Vielen Dank«, sagte die Polizistin, die ihr die ganze Zeit aufmerksam zugesehen hatte, und nahm ihre Tasse entgegen. Auf der Suche nach weiteren sinnvollen Fragen blätterte sie ihren Notizblock durch. »Hätten Sie vielleicht Hafermilch?«

Anna runzelte die Stirn, holte dann den anderen Karton aus dem Kühlschrank und räusperte sich. »Entschuldigen Sie, aber ... Können Sie sich vorstellen, dass Peter absichtlich überfahren wurde?«

Die Polizistin sah auf. »Wie kommen Sie denn darauf? Haben Sie einen Verdacht?«

Anna zuckte mit den Schultern. »Ich weiß nicht. Ich frage nur, weil der Täter abgehauen ist.«

»Derzeit gehen wir nicht von einem Gewaltverbrechen aus, Frau Heigen. Wir vermuten weiterhin, dass es sich um einen Unfall mit Fahrerflucht handelt. So eine Verhaltensweise ist leider recht häufig, aber die Aufklärungsquote ist glücklicherweise hoch. Häufig stellen sie sich irgendwann auch freiwillig, weil sie ein schlechtes Gewissen haben.«

»Weshalb sind Sie dann hier, wenn es gar kein richtiges Verbrechen war?«

»Der Arbeitgeber Ihres Bruders ist sehr besorgt und hat darauf bestanden, dass wir in alle Richtungen ermitteln und alles Menschenmögliche tun, um diesen Fall schnellstmöglich aufzuklären.«

»Als ob wir das sonst nicht tun würden ...«, murmelte ihr Kollege und fing sich dafür einen tadelnden Blick ein.

»Aber ich sehe hier, wie gesagt, keinen Anlass, sich noch zusätzliche Sorgen zu machen. Der Zustand Ihres Bruders ist allein schon beängstigend genug, da müssen Sie sich nicht auch noch

Gedanken über den Unfallverursacher machen. Das übernehmen gern wir.« Die Polizistin lächelte und nahm einen Schluck aus der Kaffeetasse. »Wie geht es ihm denn eigentlich jetzt?«

»Sein Zustand ist stabil«, sagte Anna. »Die Ärzte kümmern sich wirklich gut um ihn.«

»Und Sie? Haben Sie jemanden, mit dem Sie sich austauschen können?«

»Ich habe gerade genug um die Ohren. Ich komme gar nicht erst dazu, über diese Sache nachzudenken. Außerdem ist ja auch noch Lisa da. Wir unterstützen uns gegenseitig, so gut es geht.«

Die Polizistin nickte verständnisvoll. »Scheuen Sie sich im Zweifelsfall aber nicht, psychologische Hilfe in Anspruch zu nehmen. Manchmal merkt man selbst gar nicht, wie wichtig es ist, sich gründlich auszusprechen.«

»Hat Lisa eigentlich solche Hilfe in Anspruch genommen?«

»Wer?«

»Lisa Dorner. Peters Freundin.«

Die Polizistin sah erneut auf ihren Block. »Ah, Frau Dorner. Die ihn im Krankenhaus besucht? Das kann ich Ihnen leider nicht sagen, aber Sie sollten sie durchaus ermuntern, das zu tun, falls Sie den Eindruck haben, dass ihr professionelle Hilfe guttun würde.«

Anna nickte. »Ich sehe, was sich machen lässt.«

»In Ordnung.« Die Polizistin stellte ihre Tasse auf den Tisch zurück und stand auf. »Vielen Dank für den Kaffee, Frau Heigen. Falls Sie Fragen haben oder Ihnen noch irgendetwas einfallen sollte, scheuen Sie sich bitte nicht, mich zu kontaktieren.« Sie streckte Anna eine Visitenkarte entgegen. »Und machen Sie sich nicht allzu viele Gedanken. Ich bin mir sicher, dass alles gut wird.«

Als die Polizisten gegangen waren, googelte Anna im Internet nach psychologischer Hilfe. Soweit sie das sehen konnte, lag die durchschnittliche Wartezeit für Traumaopfer im Berliner Raum derzeit bei etwa sechs Monaten. Sie schnaubte. Da war zu hoffen, dass die Berliner wirklich hart im Nehmen waren. Sie legte das Handy beiseite, blätterte einige Zeit in den Unterlagen auf Peters Schreibtisch herum und betrachtete erneut seine Notizzettelwand. Dann ging sie ins Schlafzimmer und öffnete die Schränke. Bis auf zwei Anzüge, ein halbes Dutzend Hemden und zwei kleine Stapel mit T-Shirts, Socken und Unterwäsche waren sie leer. Sie ging in die Küche und sah sich dort ebenfalls um. Sie öffnete alle Schränke und zu guter Letzt sogar den Kühlschrank. Dann setzte sie sich erneut auf das Sofa und wählte auf dem Handy Lisas Nummer.

»Wo ist sein Laptop, Lisa?«

Lisa sagte eine Weile nichts, aber Anna konnte sie durch den Hörer atmen hören. »Jetzt stellst du die richtigen Fragen«, sagte sie schließlich.

»Hatte er ihn dabei, als er überfahren wurde?«

»Er hätte ihn dabeihaben müssen, aber er war nicht da.«

»Hast du das der Polizei gesagt?«

»Ja natürlich. Sie haben es aufgenommen, aber erst mal nicht weiter beachtet. Ich konnte ja nicht mit hundertprozentiger Sicherheit sagen, dass er ihn wirklich dabeihatte. Außerdem gehen solche Dinge wohl häufiger bei einem Notarzteinsatz verloren. Die landen irgendwo im Rettungsfahrzeug in einer Plastiktüte, und dann kommen sie in der Hektik schon mal abhanden – oder jemand reißt sie sich unter den Nagel. Die Polizei hat das zwar so nicht gesagt, aber angedeutet.«

Anna dachte darüber nach. »Das wäre aber doch ein Hinweis auf ein mögliches Motiv gewesen, nicht wahr? Ihn zu überfahren, um an den Laptop zu gelangen.«

»Das wäre ein Grund, ja. Aber er ist wieder aufgetaucht.«

»Was meinst du damit?«

»Wie ich es sage: Er ist wieder aufgetaucht. Er wurde in Peters Büro bei Light Foods gefunden. In seiner Umhängetasche, in die er ihn immer hineinsteckt, wenn er ihn irgendwohin mitnehmen will. Und die Umhängetasche hing wie üblich an seiner Stuhllehne. Die Firma hat den Laptop erst mal dortbehalten, weil sie sichergehen wollen, dass er keine Betriebsgeheimnisse enthält. Damit ist der Fall für die Polizei erledigt.«

»Aber für dich nicht.«

Wieder schwieg Lisa einen Augenblick. »Nein. Für mich nicht.«

»Peter hat seine Umhängetasche nicht bei Light Foods vergessen.«

»Ich weiß.«

»Und woher?«

»Weil er damit auf dem Weg zu mir war, um mir etwas zu zeigen.«

Zehn Minuten später saß Anna bereits in der S-Bahn und wusste nicht, wie sie da überhaupt hingekommen war. Die Stadt rauschte am Fenster vorüber. Das Abteil war nur spärlich besetzt. Eine Handvoll grobschlächtiger Arbeiter mit schweren Händen, zwei ältere Frauen, die sich leise mit osteuropäischem Akzent unterhielten, und ein hagerer Anzugträger mit einer abgewetzten Ledertasche auf den Knien. Ein Stück den Gang hinunter starrte eine schwangere Frau mit Tränen in den Augen auf das Display ihres Mobiltelefons. Draußen auf der Straße raste ein Polizeiauto mit eingeschaltetem Blaulicht an ihnen vorüber. Anna zuckte zusammen. Einen Augenblick später schüttelte sie den Kopf über ihre Reaktion. Der Anzugträger musterte sie unter zusammengezogenen Brauen und zog dann die Ledertasche dichter an seinen Körper heran. Als sie den Fluss überquerten, näherte sich die Sonne bereits dem Horizont. Drei Stationen später stieg sie aus.

Lisa erwartete sie schon am Hauseingang. Ihre Augen blitzten voller Tatendrang. Sie umarmte Anna zur Begrüßung kurz, und Anna spürte ihre eiskalte Wange.

»Wie lange stehst du denn schon hier draußen herum?«

»Nicht sehr lange.«

Ganz sicher war das gelogen, aber Anna sparte sich einen Kommentar. Fröstelnd schlang sie sich die Arme um den Oberkörper. »Warum gehen wir nicht rein?«

Lisa nickte die Straße hinunter. »Man muss schon ziemlich Gas geben, um hier mit so hoher Geschwindigkeit anzukommen.«

»Ist es hier gewesen?« Annas Blick folgte Lisas Geste. »Ist er hier direkt vor dem Haus überfahren worden?«

»Mit mindestens fünfzig, würde ich sagen. Was meinst du?«

»Die Polizei geht davon aus, dass der Fahrer die Kontrolle über den Wagen verloren hat. Vielleicht hat er ja Bremse und Gas verwechselt.«

»Und dann fährt er einfach weiter, ohne irgendwelche weiteren Spuren zu hinterlassen? Siehst du die Blumenkästen dort drüben? Da ist er im Slalom durchgefahren und dann direkt in die Hauptstraße eingebogen. Mitten im Feierabendverkehr. Da hat er wohl ganz schönes Glück gehabt, dass er nicht noch viel mehr Unheil angerichtet hat, was?«

Hilflos zuckte Anna mit den Schultern. Sie wusste nicht, was sie dazu sagen sollte.

»Gut«, sagte Lisa und zog den Hausschlüssel aus ihrer Hosentasche. »Jetzt können wir reingehen.«

Lisas Wohnung befand sich im dritten Stock eines in die Jahre gekommenen, aber immer noch recht hübsch anzusehenden Altbaus. Die Treppen waren aus Holz und ächzten leise unter ihren Füßen. Die Wohnung war stilvoll eingerichtet und besaß einen pseudoorientalischen Touch, komplett mit Kolonialstilkommode im Flur und einem Hauch Patchouli, Zeder und Lemongrass in der Luft, der vermutlich von irgendwelchen Räucherstäbchen stammte. Der Geruch von getragenen Schuhen und der Duft von grünem Tee mischten sich darunter, auch wenn Letzterer möglicherweise eher aus der Küche kam. Anna konnte sich ein heimliches Grinsen nicht verkneifen. Bei all ihrer Individualität schien Lisa doch ganz gern das Klischee alternativer Wohngruppen zu pflegen. Und hier wohnte Peter die meiste Zeit? Immerhin schien Lisa auch bei der Einrichtung ihrer Wohnung das perfekte Händchen zu haben. So zusammengewürfelt die Möbel und Dekorationen auch waren, so sehr passte am Ende alles zusammen.

Anna zog ihre Schuhe aus – und stutzte. Eine ganze Reihe Straßenschuhe stand hier aufgereiht, die meisten noch feucht. Hatte Lisa noch weiteren Besuch? Sie sah auf und nickte in Richtung der Schuhe.

»Du hast Besuch? Wenn ich ungelegen komme, musst du das sagen«, sagte sie, doch die wartende Lisa schüttelte energisch den Kopf.

»Nein, das ist schon gut so. Komm, ich will dich jemandem vorstellen.«

»Aber ich dachte ...«

Lisa zuckte mit den Schultern. »Ja, ich wollte dir was erzählen. Aber die anderen gehören dazu.« Sie öffnete die Tür zum Wohnzimmer und trat beiseite. »Leute, das hier ist Anna, Peters Schwester.« Sie deutete der Reihe nach auf vier Leute, die auf einer bunt zusammengewürfelten Sitzgruppe verteilt waren. »Anna, das hier ist Mica. Sie hat mit Peter zusammen studiert, ein paar Semester unter ihm. Sie schreibt für ein paar Zeitungen und bloggt.«

»Hauptsächlich Debunking von Verschwörungsmythen«, sagte Mica.

»Der Typ neben ihr ist Alex. Fachinformatiker.«

»Ein ziemlich guter«, sagte Alex und lächelte sie breit an. »Hi.«

Anna blinzelte. Sein Lächeln passte eher zu einem Schauspieler, und er selbst sah aus wie jemand, der den ganzen Tag im Freien verbrachte. Beim ... Bouldern vielleicht oder Extrem-Biken oder auch im Fitnessstudio. Eigentlich war er so ziemlich das Gegenteil des Bilds, das Anna von Informatikern hatte. *Vielleicht solltest du deine Klischees überdenken.*

Lisa deutete auf die andere Frau: »Das ist Kim. Meeresbiologin.«

»Meeresmikrobiologin«, sagte Kim. Auf Annas verwirrten Blick hin ergänzte sie: »Ich arbeite derzeit bei einem Projekt im Aquarium Berlin.«

»Und der Typ, der schon wieder seine Zigarette an meiner Kerze anzündet, ist Flo. Chemiker. Mach's dir bequem, ich schau nur kurz nach dem Tee.« Damit verschwand Lisa und ließ Anna mit den anderen im Wohnzimmer zurück.

»Ja«, sagte Anna und setzte sich auf einen freien Sessel. »Also. Nett, euch kennenzulernen.« Im Raum machte sich einen Augenblick lang peinliche Stille breit, in die Zaz leise ihr »Je veux« sang. Ihre vier Gegenüber musterten sie kritisch, und Anna hatte plötzlich das unangenehme Gefühl, vor ein Tribunal geführt worden zu sein, ohne die geringste Ahnung zu haben, warum und wofür.

»Du bist also Peters Schwester«, durchbrach Mica schließlich das Schweigen.

»Hm«, sagte Anna. »Und ihr?«

»Wir nicht«, sagte Flo.

Mica rollte mit den Augen. »Flo hält sich für einen Witzbold, aber er hat sich das Gehirn mit zu vielen Drogen zerfressen. Seitdem hapert es ein bisschen mit den Pointen.« Sie gab sich sichtlich einen Ruck und streckte Anna die Hand entgegen. »Freut mich, dass du dich uns anschließen möchtest.«

»Anschließen?« Anna erwiderte verwirrt den Händedruck. »Ich ... ehrlich gesagt, habe ich gerade keine Ahnung, worum es geht. Oder warum ich hier bin.« Die vier sahen sich an, als würden sie stumm beratschlagen. »Aber ich vermute, dass ihr es mir gleich sagen werdet. Oder?«

»Erst wenn du das Todesritual überstehst.« Flos Gesicht verzog sich plötzlich zu einem diabolischen Grinsen.

Anna starrte ihn an, doch nach einer winzigen Pause schnauften Alex und Kim beinahe synchron und verdrehten die Augen.

»Wie gesagt: Es hapert bei ihm mit den Pointen«, sagte Mica.

»Schon okay«, sagte Anna und sah Flo an. »Wen soll ich umbringen?«

Flo blinzelte. Dann lachte er und lehnte sich in seinem Sessel zurück. »Die ist in Ordnung.«

»Klar. Als ob du so etwas beurteilen könntest«, stellte Alex fest. »Du hast auch Antonov für ›okay‹ gehalten.«

»Na und?« Flo zuckte mit den Schultern. »Ist er doch auch.«

»Sieht man davon ab, dass er versucht hat, dir den Laborschlüssel zu klauen.«

»Komm, der Versuch ist nicht strafbar.«

»Was? Doch! Das ist er!«

Mica sah Anna entschuldigend an. »Beachte die zwei am besten gar nicht.« Sie hielt Annas Blick für einen Moment und zuckte dann mit den Schultern. »Lisa hat dich eingeladen, also schätze ich, das heißt, du bist in Ordnung. Und wenn du Peters Schwester bist«, sie suchte kurz nach Worten, »tut mir leid, was da passiert ist. Wirklich. Du hast mein Mitgefühl. Na jedenfalls, eigentlich habe ich hier ja nicht so viel zu sagen, aber ich kann es vielleicht mal kurz anreißen, bis Lisa zurück ist. Wir sind eine Aktivistengruppe. Umweltaktivisten, um genau zu sein.«

»Ich hasse den Ausdruck«, warf Flo fröhlich ein. »Ich bin immer noch dafür, dass wir was Cooleres finden. ›Food Fighters‹ oder so was.«

Mica ignorierte ihn. »Wir haben uns zum Teil während des Studiums kennengelernt und zum Teil über die Arbeit. Alex und Flo haben zum Beispiel an der Uni die gleichen Informatikmodule belegt, Peter war ein Jahr mein Tutor, bevor er von der Uni gegangen ist, und Kim war mir letztes Jahr bei einer Recherche über Mikroplastik in Gewässern behilflich. Irgendwann haben wir jedenfalls festgestellt, dass wir im letzten Jahr über dasselbe Thema gestolpert sind. Und zwar über TASE.«

»Wer ist das nicht?«, fragte Anna. »Da kommt irgendwie keiner dran vorbei. Es läuft ja in Dauerschleife in den Nachrichten.«

»Das schon, aber bisher nie in dem Zusammenhang, den wir gefunden haben. Und zwar ...«, sie holte bedeutsam Luft.

»Light Foods«, sagte Flo.

Anna sah ihn verblüfft an.

Mica atmete entnervt aus und warf ihm einen bösen Seitenblick zu. »Wirklich, Flo? Musst du mir unbedingt die Pointe versauen? Dir fehlt echt jeder Sinn für Dramatik.« Sie seufzte. »Aber er hat recht. Wir sind tatsächlich allesamt unabhängig voneinander darüber gestolpert, dass, wo immer diese Krankheit auftritt, gleichzeitig irgendwo der Name Light Foods auftaucht. Oft genug, dass es einfach kein Zufall mehr sein kann.«

»Lisa sagte schon so was. Also dass Light Foods etwas mit dieser Erkrankung zu tun haben könnte.«

»Könnte?« Flo stieß ein amüsiertes Schnauben aus. »Die haben nicht nur etwas damit zu tun, die sind sogar die Verursacher. Oder Hauptverbreiter.«

»Was? Aber wie?«

»Das ist eine ziemlich lange Geschichte.«

»Um ehrlich zu sein, kennen wir die ganze Geschichte bisher noch nicht. Sonst wären wir damit schon an die Öffentlichkeit gegangen«, warf Alex ein.

»Aber wir waren ihnen ganz dicht auf der Spur«, sagte Mica bestimmt. »Peter sagte noch, er hätte endlich die entscheidenden Beweise gefunden. Er war absolut sicher, dass wir sie damit drankriegen würden, bis ...«

»Bis zu dem Unfall?«

»Moment.« Anna runzelte die Stirn. »Soll das heißen, dass ihr bis jetzt nicht wisst, was sein Beweis ist?«

»Na ja …«, entgegnete Mica zögerlich und sah sich Hilfe suchend nach Alex um.

»Er wollte es uns allen zusammen sagen. Deswegen hat er Lisa angerufen, und die hat uns informiert, und …«

»Nö«, warf Flo ein. »Um's kurz zu machen: Wir wissen es nicht. Deswegen sind dramatische Enthüllungen Mist. Er hätte es einfach sagen können. Oder die Datei an uns alle schicken.«

»Was er nicht getan hat«, stellte Anna fest.

Mica schüttelte den Kopf. »Nein. Er wollte es uns direkt zeigen. Heißt: Das entscheidende Puzzlestück befindet sich auf Peters Laptop.«

»Und der liegt nun bei Light Foods.«

»Bingo«, sagte Lisa, die in diesem Augenblick ein großes Silbertablett mit sechs winzigen, vermutlich handgemachten Tontassen und einer dampfenden Teekanne ins Zimmer balancierte. Unter dem Arm trug sie eine schwarze abgegriffene Arbeitsmappe, die sie Anna im Vorbeigehen in den Schoß fallen ließ. Sie stellte das Tablett auf dem Tisch ab und füllte die sechs Tassen mit Tee. »Du kannst dir denken, dass Peter diesen Laptop mit Argusaugen bewacht hat. Er hätte ihn unter keinen Umständen irgendwo liegen gelassen. Und schon gleich gar nicht im Büro.«

»Sieht ihm ähnlich«, sagte Anna. Ihre Gedanken rasten. »Das heißt, irgendwer hat ihn nur deshalb überfahren, um den Laptop zu bekommen?« Sie zögerte. »Seid ihr sicher, dass die Daten nur dort drauf sind? Vielleicht hat er eine Sicherheitskopie …« Als sie die Gesichter der anderen sah, stockte sie. »Okay, in Ordnung, hat er natürlich nicht.«

Flo nickte. »Jeder vernünftige Mensch wäre paranoid genug, ein halbes Dutzend USB-Sticks anzufertigen und zu verstecken, aber Peter …«

»War … ist immer noch Peter«, unterbrach ihn Lisa. »Ich habe nicht daran gedacht, es ihm ausdrücklich zu sagen, also hat er es mit Sicherheit nicht gemacht. Du kennst ihn doch. Alex hat allein innerhalb des letzten Jahres zweimal seine Festplatte retten müssen, weil er einfach keine Back-ups anlegt.« Sie massierte sich die Stirn und griff dann nach einer der Tassen. Sie nahm einen Schluck und räusperte sich. »Und dann haben sie ihn überfahren, und jetzt ist er …«, sie räusperte sich erneut. »Und wir stehen mit leeren Händen da.« Sie ließ die Schultern hängen und drehte das dampfende Glas zwischen den Fingern.

»Es sei denn, natürlich, er hat dir was geschickt«, sagte Alex nach einer Weile und sah Anna an.

»Mir?« Sie erwiderte seinen Blick ratlos. »Nein. Warum sollte er?«

»Na ja, du bist seine Schwester, und …«

»Nein. Ich glaube, es ist eine Weile her, dass er mir auch nur eine Kurznachricht zum Geburtstag geschickt hat. Wir waren in den letzten Jahren nicht so nah. Ich meine«, fügte sie ein wenig hilflos hinzu, »ich hätte sonst vielleicht auch gewusst, dass er sich einer … einer Umweltaktivistengruppe angeschlossen hat.«

»Na, genau genommen hat er sich ihr gar nicht angeschlossen«, warf Flo ein.

»Er hat sie gegründet«, sagte Kim leise.

»Lisa und er haben sie gegründet. Das war ihre Idee. Peter war es, der uns alle überzeugt hat mitzumachen«, sagte Mica. »Er sagte, das wäre unsere große Chance, an die Story des Jahrzehnts zu kommen. Wenn wir das aufdecken würden, hätten wir den größten Lebensmittelskandal überhaupt in den Händen.«

»Und wir würden Leben retten«, ergänzte Lisa. »Kein Mensch da draußen scheint zu wissen, woher TASE kommt beziehungsweise wie es sich ausbreitet. Wenn wir das nachweisen, kann man endlich etwas dagegen unternehmen.«

»Kein Mensch ja nu nicht.« Als die Übrigen ihn ansahen, zuckte Flo mit den Schultern. »Wenn es niemand sonst wüsste, hätte ihn doch auch keiner überfahren, oder?«

Für einen Moment schwiegen alle. Schließlich zog Alex die Brauen hoch und nickte. »Shaggy hat recht.«

»Ey!«

»Das ist tatsächlich der Beweis dafür, dass Peter wirklich das gefunden hat, wonach wir gesucht haben. Niemand hätte sich die Mühe gemacht, ihn umbringen zu wollen, wenn er nichts wirklich Wichtiges in die Finger bekommen hätte.«

»Wow.« Anna blinzelte. »Okay. Das muss ich erst mal sacken lassen.«

»Hör mal«, sagte Lisa nach einigen Augenblicken des Schweigens, »ich weiß, wir klingen wie eine Gruppe verrückter Verschwörungsmythenfreaks, aber der einzige Verrückte hier im Raum ist Flo. Die anderen sind eigentlich ganz normal. Wir mussten das alle erst mal sacken lassen. Möglicherweise«, Anna entging nicht, dass sie einen schnellen Blick mit Mica wechselte, »hilft es dir, das da anzuschauen.« Sie deutete auf die Arbeitsmappe, die sie Anna im Vorbeigehen in den Schoß geworfen hatte. »Das ist eine Mappe, die wir zusammengestellt haben. Sie fasst alles, was wir bisher haben, in leicht verdaulichen Happen zusammen. Mit Quellen, Belegen und allem. Sobald wir die letzten Daten auch noch bekommen haben, wollen wir das alles an die Presse geben. Das war zumindest Peters Plan.«

Mica nickte. »Lies es dir einfach in aller Ruhe durch, und wenn du dann Fragen hast, werden wir sie dir gern beantworten.«

»Und danach kannst du immer noch entscheiden, ob du bereit bist, die rote Pille zu schlucken«, sagte Flo.

Anna brauchte etwas über eine Stunde, um die Mappe von vorne bis hinten durchzuarbeiten. Während sich die anderen im Wohnzimmer unterhielten, hatte sie sich in die Küche zurückgezogen, und nur gelegentlich sah eine der Frauen nach ihr oder holte irgendwelche Getränke für die Übrigen.

Je tiefer sie in die Unterlagen eintauchte, desto mehr war sie beeindruckt, mit welcher Sorgfalt und Akribie Peters Gruppe vorgegangen war, um Beweise für Light Foods' Verbindungen zum Ausbruch von TASE zusammenzutragen. Sie mussten Monate darauf verwendet haben. Es war eigentlich erstaunlich, dass sie nach all diesen Vorbereitungen jetzt, so kurz vor dem Ziel, das Risiko eingingen, Anna in alles einzuweihen.

Schließlich klappte Anna die Mappe zu und ging zurück ins Wohnzimmer, wo die Gespräche sofort zum Erliegen kamen. Alle sahen sie erwartungsvoll an.

»Warum«, fragte Anna und hielt die Unterlagen hoch. »Warum erzählt ihr mir das alles? Das hier ist so umfangreich und – na ja, soweit ich das sehen kann – brisant ... Warum geht ihr damit nicht einfach zur Staatsanwaltschaft oder direkt an die Presse?«

»Weil uns niemand glauben würde«, sagte Lisa schlicht. »Und weil die Beweise einfach noch immer nicht ausreichen.«

»Aber hier steht doch alles drin, ich meine ...«

»Wenn du einen Supermarkt überfällst«, sagte Flo, »kommst du in den Knast. Wenn du aber eine mehrstellige Millionensumme veruntreust oder wie in diesem Fall sogar die halbe Welt vergiftest, verleihen sie dir einen Orden.«

»Und was soll das heißen?«

»Ich vermute, er will uns damit sagen, dass Light Foods einfach zu groß ist«, sagte Mica. »All das, was wir hier zusammengetragen haben, reicht vielleicht aus, um ein paar Aluhüte auf Reddit zu überzeugen, aber wirklich belastbare Beweise sind das nicht. Jedenfalls nicht, wenn wir vorhaben, uns mit diesem Goliath anzulegen. Ohne die Informationen auf Peters Laptop wird uns jede Anwaltskanzlei abblitzen lassen. Niemand ist so dumm, sich die Finger an Light Foods zu verbrennen. Sagt dir der Ludwigsburger Fluch etwas?«

»Ludwigsburger Fluch?«

»Ludwigsburger Fleischwarenfabriken gegen Light. Im Jahr

2016 wurde Light Foods von einer Großmetzgerei in Baden-Württemberg verklagt, weil sie angeblich ein patentiertes Verfahren zur Haltbarmachung von Lebensmitteln gestohlen haben. Als das Verfahren nach drei Jahren schließlich eingestellt wurde, war die Metzgerei pleite. Aber nicht nur die LFF hatten kein Geld mehr, sondern auch die zwei von ihnen beauftragten Anwaltskanzleien. Dan Light hatte sich damals so sehr über die Klage aufgeregt, dass er alle Hebel in Bewegung gesetzt hat, um alle Beteiligten daran zu bestrafen. Er hat sie regelrecht dem Erdboden gleichgemacht und nichts als verbrannte Erde hinterlassen. Seitdem traut sich kein klar denkender Anwalt mehr, etwas gegen diesen Konzern zu unternehmen. Und das war noch, bevor sie zum weltweiten New-Food-Wunder wurden! Jetzt? Vergiss es.«

Anna starrte sie an. »Und das heißt jetzt?«, fragte sie schließlich, als klar wurde, dass niemand der anderen noch etwas hinzufügen wollte.

Lisa wechselte erneut einen Blick mit den Übrigen, bevor sie seufzte und die Schultern hängen ließ. »Wir hatten gehofft, dass du eine Idee hast. An diesem Punkt war das bisher immer Peters Aufgabe. Also, einen neuen Winkel zu sehen.«

»Wir können ihnen das nicht durchgehen lassen«, sagte Kim leise, aber bestimmt.

Mica und Flo nickten.

»Vielleicht fällt dir ein Weg ein, an die Daten zu kommen, den wir übersehen haben«, fügte Mica hinzu. »Wir müssen einfach weitermachen. Sonst war Peters Unf... also das Risiko, das er eingegangen ist, umsonst. Sonst kommen die damit davon.«

»Und vorzugsweise irgendetwas, das nicht dazu führt, dass wir alle auch Unfälle haben«, murmelte Alex düster. »Das sind nämlich die Sachen, die Flo einfallen.«

Anna sah einen nach dem anderen an, und plötzlich fand sie den Geruch nach Tee, Patchouli und gestressten Menschen erdrückend. Sie schluckte. »Entschuldigt, aber ... Das ist ganz schön viel.« Zögerlich ließ sie die Mappe auf den niedrigen Wohnzimmertisch fallen. »Ich glaube, ich brauche jetzt erst mal was zu trinken. Etwas, das kein Tee ist. Ihr habt nicht zufällig ein Bier im Haus?«

Wie sich herausstellte, gab es tatsächlich kein Bier – und auch keinen anderen Alkohol. Also ging Anna zurück in die Küche, um nach irgendetwas anderem zu suchen. Lisas Kühlschrank war das Gegenteil zu dem in Peters Wohnung. Randvoll mit gesunden Zutaten, die darauf hindeuteten, dass sich Lisa und Peter tatsächlich oft die Zeit nahmen, selbst zu kochen. Allerdings, wie sie feststellte, kein Fleisch und keine Wurstwaren. Was zu erwarten gewesen war. Aber sie fand hier nicht einmal Eier, Butter oder Milch. Stattdessen zahlreiche Ersatzprodukte und ein ganzes Schubfach voller Hafermilchkartons. Eine Weile starrte sie in den offenen Kühlschrank. Erst jetzt wurde ihr bewusst, wie wenig sie inzwischen über ihren Bruder wusste. Seit wann ernährte er sich eigentlich vegan?

Sie ließ die Kühlschranktür zufallen und fand nach einiger Suche zwischen Dutzenden verschiedenen Teedosen dann doch noch ein angestaubtes Glas mit Instant-Espresso. Sie konnte sich noch an Zeiten erinnern, in denen Peter bis zu zwei Kannen Kaffee am Tag vernichtet hatte. Das schien nun offenbar schon eine ganze Weile vorüber zu sein. Sie schaltete den Wasserkocher ein und wartete. Dann kippte sie zwei Löffel Espresso in eine Tasse und goss das Wasser dazu.

»Du hast Kaffee gefunden? Ernsthaft?« Anna zuckte zusammen, als Kim plötzlich neben ihr stand und genussvoll schnupperte. »Ich wusste nicht, dass die beiden so was überhaupt im Haus haben.«

Anna grinste. »Ich glaube, das wussten die selbst nicht«, sagte sie leise. »Stand ganz hinten im Schrank. Oder Peter hat ihn versteckt. Willst du auch einen?«

»Absolut!«

»Zucker? Milch? Wobei ich, glaube ich, nur Hafermilch gesehen habe.«

»Ist prima, ja. Beides bitte«, sagte Kim. »Einen Löffel Zucker.«

Kim schien so etwas wie Lisas schüchterne kleine Schwester zu sein. Sie sah zu ihr auf und machte anscheinend Überstunden, um sich vor ihr und der Gruppe zu beweisen. Wirklich in ihrem Element war sie aber, als sie schließlich auf ihren eigentlichen Beruf zu sprechen kam. Wasser schien ihr Ein und Alles zu sein. Sie liebte Schildkröten und bekam leuchtende Augen, als sie ihren letztjährigen Besuch auf Hawaii und den Galapagosinseln erzählte. Wäre sie nicht Teil der Aktivistengruppe, würde sie in diesem Moment sicherlich irgendwo am Ende der Welt Korallen katalogisieren. Sie studierte im neunten Semester Meeresbiologie und schrieb bereits an ihrer Doktorarbeit. Sie war Anna auf Anhieb sympathisch. Auch, weil sie Kaffee liebte.

»Und wie hast du meinen Bruder und die Leute hier kennengelernt?«, fragte Anna schließlich. »Ich meine, du studierst noch, hast du gesagt. Aber Berlin hätte ich für Meeresbiologie nicht auf dem Schirm gehabt. Kam mir bisher nicht gerade vor wie eine Küstenstadt.«

»Na ja, wenn die Polkappen weiter abschmelzen, wird Berlin irgendwann das neue Hamburg sein.« Kim grinste schief. »Aber im Moment noch nicht, nein. Ich studiere eigentlich in Rostock und bin im Rahmen meiner Dissertation am Aquarium Berlin gelandet. Ich untersuche die Auswirkungen von Mikroplastik auf Korallen. Na ja, und kurz nachdem ich hier ankam, hat Mica für einen Artikel eine Expertin auf diesem Gebiet gesucht.« Sie zuckte mit den Schultern. »Und ich war die Einzige, die Zeit hatte. Außerdem kannte ich eh niemanden in der Stadt, also hat sie mich einigen Freunden vorgestellt. Das war etwa zu der Zeit, als Peter bei Light Foods anfing, und dann sind wir alle irgendwie so reingerutscht. Am Anfang war es tatsächlich mehr so ein

›Wäre doch ziemlich schräg, wenn sich herausstellen würde, wenn‹-Ding. Aber seltsamerweise passte irgendwie immer alles zusammen. Irgendwann haben wir einen Schlussstrich ziehen wollen, als wir selbst merkten, dass unser Spaß-Verschwörungsmythos langsam etwas unheimlich wurde. Also haben wir mal die puren Fakten zusammengetragen und dabei festgestellt, dass aus dem Mythos vielleicht mehr geworden ist.«

»Ihr alle hier?«

Kim warf einen Blick zur Küchentür hinaus in Richtung Wohnzimmer und zuckte mit den Schultern. »Am Anfang war Peters und Lisas Clique noch größer. Ein paar mehr von den Journalismusleuten, einige aus Lisas Greenpeace-Kreisen. Zu denen gehört auch Flo. Sieht man ihm nicht an, aber er ist wohl einige der spektakulärsten Aktionen von Lisas Gruppe damals geklettert. War wohl 'ne Weile in Südamerika in so ziemlich jeder Steilwand, die's dort gibt.«

Anna war beeindruckt. »Okay – ich hatte eher erwartet, dass er sich hauptsächlich fürs Chillen und ... na ja, für Konsumchemikalien interessiert.«

Kim grinste. »Damit liegst du gar nicht falsch. Das ist seine zweite große Leidenschaft. Scheint aber seinem Gedächtnis nicht zu schaden. Zumindest kennt er vermutlich jede deutschsprachige Punkband in- und auswendig. Und wenn du jetzt noch weißt, dass er auf schlechte Witze und App-Programmierung spezialisiert ist, dann weißt du alles, was ich über Flo weiß. Ich glaube, in seinem Kopf geht noch 'ne ganze Menge mehr vor, aber er erzählt nicht viel über sich selbst.«

»Und Alex?« Anna begann, sich eine zweite Tasse Kaffee aufzubrühen.

Kim schob ihr kommentarlos auch ihre Tasse hin.

»Wie passt der zu euch? Ich meine, bei dir und Flo und den anderen versteh ich es ja, aber er wirkt nicht gerade wie ein Umweltaktivist auf mich.«

»Ist er auch nicht. Oder war er zumindest vor dem hier nicht. Flo hat ihn mitgebracht. Sie haben zusammen studiert.« Kim senkte die Stimme. »Ich glaube, Flo hat Alex' Studienpartys mit Drogen versorgt.«

»Ist das nicht ein bisschen viel Klischee?«

Kim zuckte mit den Schultern. »Ist 'ne komische Freundschaft, ich weiß, aber irgendwie scheint sie zu funktionieren. Flo hat die Drogen und die Ideen, Alex hat das Geld, das Aussehen und den Charme.« Auf Annas fragenden Blick hob sie erneut die Schultern. »Alex' Familie ist wohl echt reich. Also so richtig. Eigentlich hat er ein ›von‹ im Namen. Mica weiß da mehr. Sie hat mal nachgeforscht. Soweit wir wissen, hatten die schon vor über hundert Jahren richtig viel Geld. Und ich glaube, früher war Dan Light mal Alex' großes Idol. Ich meine, Alex selbst hätte genauso das Geld und die Beziehungen wie Light. Nur das mit den Ideen ... ist nicht so seins. Ich denke, er hat hauptsächlich deswegen Informatik studiert. Weil ihm nichts Besseres eingefallen ist. Dafür ist er vermutlich der einzige Programmierer auf der Welt, der freiwillig ausschließlich Anzüge trägt und regelmäßig ins Fitnessstudio geht.«

»Warte mal – ihr habt es für eine gute Idee gehalten, einen Drogen kaufenden Fanboy des Firmengründers ins Team zu holen, um euch bei denen einzuschleichen?«

Kim lächelte. »Ja, klingt bescheuert, wenn man es so sagt. Aber es hat sich herausgestellt, dass Alex' Fan-Phase schon eine Weile hinter ihm liegt. Inzwischen ist Light wohl eher sein liebstes Hassobjekt. Alex' kann – und ich zitiere – diesen aufgeblasenen Pseudo-Selfmade-Angeber nicht ausstehen, der mit allem durchkommt, was er selbst nicht hinbekommen hat. Und seine Eltern halten ihm das wohl vor. Für die ist Dan das Idealbild von Alex. Und Alex selbst ... na ja, inzwischen ist es sein persönlicher Feldzug, Light Foods dranzukriegen und zu beweisen, dass der große Dan Light nicht so gut ist, wie Alex' Eltern ihn sehen.

Schaffen wir das hier, hat er's seinen Eltern bewiesen. Oder so was in der Art. Mica war zwar am Anfang strikt dagegen – sie hat mir mal erzählt, dass Alex sie furchtbar angebaggert hat und sie dann vor allen Leuten bloßstellen wollte, als sie nicht drauf angesprungen ist. Aber Lisa hat sie wohl überredet, ihren Ärger runterzuschlucken. Flo hat gesagt, dass Alex der Einzige wäre, den er kennt, der tatsächlich gut genug ist, um uns Zugang zu den Daten von Light-Foods-Systemen zu verschaffen. Und das ist im Moment wichtiger. Tja, und Peter hat inzwischen ja auch bestätigt, dass er ohne Alex nie so weit gekommen wäre. Im Grunde war's Alex, der die Daten beschafft hat, die Peter haben wollte. Nur von außen ging das nicht. Das war Peters Part. Er war …« Sie stockte und war plötzlich peinlich berührt. »Ist! Peter ist. Er … entschuldige bitte«, stammelte sie und wurde dabei immer leiser, »ich wollt' das nicht so sagen. Peter hat uns immer zusammengehalten, und jetzt … er liegt im Koma. Und … sorry.« Sie verstummte. »Für dich muss das alles noch viel schlimmer sein«, murmelte sie dann und stellte ihre Tasse ab.

Anna entgegnete nichts. Schon weil sie plötzlich nicht sicher war, dass ihr die Stimme nicht versagen würde. Stattdessen trank sie ihren inzwischen lauen Kaffee mit zwei großen Schlucken aus und stellte die Tasse in die Spüle.

»Das ist alles ziemlich verrückt«, sagte sie schließlich, als sie ihre Stimme wieder im Griff hatte. »Ich meine, dass Light Foods etwas mit TASE zu tun haben soll. Ich kann es irgendwie immer noch nicht glauben.«

»Die Mappe ist ja nur die Kurzzusammenfassung. Wir wissen, dass es so ist. Ihre Produkte sind, allen Prüfungen und allen Beteuerungen zum Trotz, verseucht. Wir wissen nur noch nicht, an welcher Stelle in der Produktion das Problem auftritt, aber wir sind sicher, dass *die* es wissen – und vertuschen. Das ist das letzte Puzzlestück, das Peter gesucht hat. Lies dir die ganzen Akten durch, dann siehst du klarer.«

»Hm.« Anna nickte. »Vermutlich sollte ich das tun, ja.« Sie griff erneut nach ihrer Tasse, nur um festzustellen, dass sie sie bereits entsorgt hatte, und schob stattdessen die Hände in die Hosentaschen. »Wie bist du eigentlich in die Gruppe geraten? Also, warum machst du hier mit?«

»Meine Tante«, sagte Kim. »Sie war Model und hat vor zwei Jahren in der alten Light-Foods-Kampagne mitgespielt. Vielleicht kennst du sie sogar aus dem Fernsehen. Sie war diese verrückte Lehrerin.«

Anna sah sie an. »Eine gewisse Ähnlichkeit ist nicht zu verleugnen – optisch, meine ich.«

Kim grinste traurig. »Na, jedenfalls war sie ihr Leben lang immer kerngesund. Sportlich, ernährungsbewusst und überzeugte Vegetarierin. Letzteres war übrigens eine zwingende Voraussetzung, um überhaupt an die Rolle zu kommen. Die haben das sogar nachgeprüft. Etwa drei Monate nachdem sie bei Light Foods in Barcelona angefangen hatte, begannen dann ihre Krankheitssymptome. Sechs Wochen später war sie tot.«

Als Anna den Raum betrat, stockten die Gespräche im Wohnzimmer.

Sie setzte sich auf die Lehne eines der Sessel und sah die Anwesenden der Reihe nach an. »Okay. Erklärt mir jetzt mal jemand, warum ihr mir das alles hier«, sie winkte zur Unterstreichung mit der Mappe, »erzählt? Das ist ja schon ziemlich riskant.«

Alex und Flo wechselten einen unbehaglichen Blick, doch Lisa ergriff als Erste das Wort. »Weil wir wollten, dass du Bescheid weißt. Damit du weißt, warum dein Bruder überfahren wurde. Warum wir alle – auch du – in Gefahr schweben.«

»Na ja, was das angeht, sind wir uns da nicht alle einig«, warf Alex ein. »Die Polizei sagt, dass es ein Unfall war.«

»Na klar!«, fuhr Lisa auf. »Ein Unfall, bei dem Peters Tasche zufällig verschwunden ist!«

»Wirklich genau wissen wir das nicht«, sagte Flo vorsichtig. »Dass er sie dabeihatte.«

»Nein, im Ernst, Lisa«, sagte Alex, »es ist eine echt schreckliche Sache, aber – Mordanschlag? Du meinst echt, dass Light Foods so weit gehen würde, das ... was immer es ist, durch einen Mord zu vertuschen?«

Mica verdrehte die Augen. »Sagt mal, ist euch das nicht klar, oder was?«, fragte sie scharf. »Wenn wir recht haben – und wir haben recht! –, dann geht es um Hunderte, wenn nicht Tausende tödlicher Erkrankungen! Und ihr meint wirklich, dass sie da ein weiterer Toter interessiert?«

»Ach komm, ich glaube, ihr verwechselt da wirklich das echte Leben mit Hollywood. Peter ist kein Jason Bourne.«

»Nein«, schnappte Lisa zurück. »Dann würde er jetzt nicht im Koma liegen.« Sie drehte sich zu Anna um. »Nehmen wir mal an, ich habe recht. Dann ist es eine Frage der Zeit, bis Light Foods auf die Idee kommt, dass du und ich genauso ein Risiko darstellen könnten wie Peter. Und das gilt auch für alle anderen, die sich hier treffen.«

»Ach komm!«

Sie hob eine Hand, ohne Alex anzusehen. »Wenn wir annehmen, dass ich unrecht habe und Peter wirklich nur einen äußerst zufälligen Unfall hatte – dann hat Light Foods immer noch seinen Laptop. Sie werden ihn untersuchen und finden, was er gefunden hat.«

Anna runzelte die Stirn. »Alles?« Sie betrachtete die Akte in ihrer Hand. »Peter hatte das alles hier auf seinem ...«

»Nein. Natürlich nicht. Solche Anfänger sind wir jetzt auch wieder nicht. Peter hat im Grunde nichts von unseren Ermittlungen auf seinem Firmen-Laptop gehabt. Er hat ihn mit hergebracht, und Alex hat alles, was er gefunden hat, hier auf unseren

Server überspielt, auf Peters Laptop gelöscht und dafür gesorgt, dass niemand merkt, dass es überhaupt je drauf war. Das gilt auch für alle Suchprogramme, die Alex darauf installiert hat.«

»Suchprogramme?«

»Light Foods Cybersecurity ist hervorragend«, warf Peter ein, »auf den größten Teil des Netzes habe ich von außen keinen Zugriff bekommen. Also haben wir, Flo und ich, auf Peters Laptop Hilfssoftware installiert, die über seinen internen Zugang das hausinterne Netz durchsuchen kann. Normalerweise kein Problem – aber wenn die den Laptop haben, dann finden die die Software. Und alles, was Peter damit entdeckt hat.«

Mica seufzte und ließ die Schultern hängen. »Und wenn es der Jackpot war, dann wissen die genau, wonach wir gesucht haben.«

»Was uns immer noch in Gefahr bringt. Egal, ob sie versuchen, uns wegen Industriespionage einzulochen oder uns zu überfahren«, sagte Lisa düster. »Vor allem aber: Wenn sie es jetzt wissen, dann ist es nur eine Frage der Zeit, bis sie die Beweise beseitigen, und dann stehen wir wieder mit nichts da, und die Schweine kommen davon. So oder so – uns läuft die Zeit davon.«

SIEBEN

Die Terrasse des Hauses bot einen malerischen Ausblick auf den Walchensee und die Bayrischen Alpen, komplett mit strahlend blauem Himmel und Schäfchenwolken. Von hier aus bot sich die sorgfältig angelegte Illusion, dass zwischen diesem Grundstück und den weiß überzuckerten Gipfeln im Hintergrund nichts als unberührte Wildnis läge. Was natürlich Unsinn war. Auch in diesem Teil der Alpen gab es nichts Unberührtes mehr. Nicht einmal den Himmel, wie schnurgerade Kondensstreifen bewiesen, die sich wie zwei Kratzer über die ansonsten perfekte Postkartenidylle zogen und sich im spiegelglatten Wasser des Glaspools wiederfanden.

Dan hatte für nichts davon einen Blick. Er lag, nur mit einem Bademantel bekleidet, unter einem der Terrassenschirme im Liegestuhl und studierte die Daten in seiner Brille. Carls Team hatte in der letzten Nacht vermutlich nicht viel geschlafen, denn es war wirklich eine ganze Menge geworden. Und einiges davon klang alarmierend. In Gedanken versunken, griff er nach seinem Macchiato-Glas und verzog das Gesicht.

»Du kannst es stehen lassen. Ich habe dir einen frischen mitgebracht«, sagte Carl hinter ihm.

Dan sah auf, und sein Assistent zuckte mit den Schultern.

»Du sitzt seit einer halben Stunde hier draußen, ohne ihn anzurühren. Ich dachte, du würdest einen neuen bevorzugen.« Er stellte das Glas auf den Tisch neben Dan und setzte sich ihm mit einem eigenen Kaffee gegenüber. »Es ist neun Uhr dreißig«, fügte er hinzu und legte einen Stapel Papier und sein Tablet neben die Tassen. »Zeit fürs Briefing.«

»Hm.« Dan nahm einen Schluck, bevor er endgültig seine Brille abnahm. »Ich habe deine Mail gerade gelesen. Mica Stanic, geboren und aufgewachsen in Gera, Journalismusstudentin in Berlin, arbeitet freiberuflich für mehrere Berliner Zeitungen, ein studentisches Magazin und betreibt tatsächlich einen Blog namens SecretScience. Hat sich anscheinend auf Themen eingeschossen, die den Bereich der Verschwörungstheorie zumindest streifen. Manchmal auch durch deren Vorgarten fahren. Vertuschung von Wirkungsnachweisen bei Akupunktur? Informationen zur Existenz von Pockenproben in Hamburger Labor? Illegale Preisabsprachen bei Schlafmitteln? Ist jetzt nicht gerade eine, der ich gern noch mal ein Interview geben wollen würde.«

»Zumindest bei Letzterem lag sie aber als eine der Ersten richtig.« Carl nippte an seinem Kaffee. »Sie wird professioneller in ihren Recherchen, und ihre Arbeit findet mittlerweile einige Beachtung. Vor allem hat sie eine recht beachtliche Fangemeinde für ihren Blog gesammelt. Einige Tausend Stammleser.«

»Ist das viel?«

»Für ihre Art von Blog schon. Aber man muss es ihr lassen: Sie schreibt unterhaltsam, ohne auf Boulevardniveau zu sinken. Noch ein Jahr, und sie hat ihren Abschluss und einige wirklich gute Referenzen zusammen.«

»Hm.« Dan rieb sich den Hinterkopf und gähnte. Die letzte Nacht war kurz gewesen und der Tag bisher nicht geeignet, seine Stimmung zu heben. »Das heißt, schlechte Presse durch sie wäre tatsächlich eine lästige Sache.«

»Nicht wirklich dramatisch. Dazu hat sie vermutlich zu wenig in der Hand. Aber es wäre schlechte Presse. Nicht so schlecht wie gar keine ...«

»... aber ich würde es trotzdem gern vermeiden. Ich frage mich, warum sie ausgerechnet auf uns kommt, auf Light Foods. Es gibt wirklich eine große Auswahl von Kandidaten, und eine ganze Reihe davon steckt noch in der Rinder-Serum-Phase oder hängt am Glukoseproblem fest. Warum wir?«

»Kann ich dir noch nicht beantworten.« Carl seufzte, und Dan wurde klar, dass sein Assistent ziemlich frustriert sein musste. Normalerweise ließ er sich nie etwas anmerken. »Ich kann nicht ausschließen, dass sie jemand auf uns angesetzt hat, um dich mit Dreck zu bewerfen. Ich behalte das im Auge.«

»Hmhm. Was ich aber gerade noch viel lieber wüsste: Wieso hat mir niemand etwas von dieser Creutzfeldt-Jakob-Sache erzählt?«

»Nun, wir dachten ...«

»Ihr dachtet?« Dan schnaubte. »Ich bezahle euch nicht fürs Denken!« Er mahlte mit den Zähnen. Dann ergänzte er schneidend: »Doch, eigentlich bezahle ich dich genau dafür. Und das schließt ein, dass du wissen solltest, dass ich über so etwas immer, sofort und umfassend informiert werden will! Bezahle ich dir zu viel? Oder hast du einfach keine Lust mehr auf deinen Job?«

Carl nahm einen kleinen Schluck aus seiner Tasse. Ganz offensichtlich legte er sich seine nächsten Worte genau zurecht, was Dan aus irgendeinem Grund sauer machte. »Es gab bis zu dieser Anschuldigung keinen nennenswerten Hinweis darauf, dass uns das TASE-Problem auch nur im Entferntesten berühren könnte«, sagte er schließlich. »Und darüber hinaus ist es in den vergangenen Wochen wiederholt in den Nachrichten erwähnt worden. Es gibt Spekulationen zu einer neuen TSE-Variante bei Rindern und Ziegen auf den Britischen Inseln ...«

»Die Stanic hat diese Worte auch schon benutzt. Geht das auch nicht nerdig? Was für Zeug?«

»Transmissible spongiforme Enzephalopathie, eine neurodegenerative Krankheitsform, zu der neben BSE auch Scrapie, Creutzfeldt-Jakob oder Kuru gehören. Der neuen Variante haben sie das vorläufige Label aggressiv verpasst, weil sie wesentlich schneller verläuft als die anderen. Und irgendwie hat die Presse gerade das Akronym TASE aufgegriffen. Denen gefällt die Idee der Schüttelkrämpfe wie von einem Taser wohl.« Er hob entschuldigend die Schultern.

»Das verdirbt einem regelrecht den Appetit.« Dan schüttelte angewidert den Kopf. »Apropos: Hattest du schon Frühstück?«

»Ich esse nicht vor zwölf.«

»Ach ja, ich erinnere mich. Dieses Intervallfastending. Das hat mir mein Ernährungsberater auch empfohlen, aber wenn du mich fragst, ist das die reinste Folter.«

»Man gewöhnt sich recht schnell daran.«

»Wenn man sich daran gewöhnen will. Ich könnte jetzt jedenfalls einen ordentlichen Happen vertragen.« Dan stellte die Tasse auf den Tisch, schwang die Beine vom Liegestuhl und stand auf. Er stemmte die Hände in die Seiten und drückte den Rücken durch. Irgendwo knackte es hörbar. »Proteine sind das Beste, was du deinem Körper am Morgen antun kannst. Würdest du frühstücken, dann würdest du nicht immer so blass aussehen.« Er zog den Gürtel seines Bademantels zu und spazierte zurück ins Haus. Sein Assistent raffte den Papierstapel zusammen, klemmte sich das Tablet unter den Arm und folgte ihm auf dem Fuß.

Das Haus war Teil eines denkmalgeschützten Bauernhofensembles, das Dan sich nach seinen eigenen Vorstellungen hatte umbauen lassen. Es war zum größten Teil entkernt, und die Südseite war beinahe vollständig verglast. Es hatte einige Überredungskünste und etliche Zuwendungen an die örtlichen Gemeinden und Ämter gebraucht, um die dafür notwendigen Sondergenehmigungen zu erhalten, aber das Ergebnis war es allemal wert gewesen. Der Ausblick aus dem Inneren der großzügig angelegten Küche auf das Alpenpanorama hatte selbst den Emir von Dubai beeindruckt. Dan öffnete den gut gefüllten Kühlschrank und begutachtete die darin eingelagerten Lebensmittel. Er entschied sich für ein Steak aus dem Light-Foods-Premium-Sortiment. »Schau dir das an, Carl. Könntest du noch erkennen, ob es sich hierbei um ein echtes Stück Fleisch handelt oder um ein künstliches?«

»Das Briefing«, sagte Carl nur und deutete auf das Tablet.

Dan rollte mit den Augen. »Okay. Weiter.«

Carl räusperte sich. »Jedenfalls: Die Briten mauern, was die Informationen über TASE angeht. Das Problem mit dieser Erkrankung gibt es schon seit einigen Jahren, aber bislang so vereinzelt, dass es immer unter dem Radar lief. Bis vor einigen Monaten. Die EU wird nach meinen Informanten noch diese Woche endgültig ein neuerliches komplettes Importverbot von Rindfleisch von überall außerhalb der Mitgliedsstaaten diskutieren.«

»Und das berührt uns nicht?« Dan angelte von einem der Haken über dem Herd eine gusseiserne Bratpfanne herunter, stellte sie auf den Herd und schaltete ihn ein. Er nahm ein Messer zur Hand, schnitt einen Teil des Fettrands vom Steak und warf ihn in die Pfanne. Dann schälte er eine Handvoll Schalotten und begann damit, sie kunstvoll in kleine Stücke zu schneiden. »So ein Importverbot dürfte die Preise auf dem Markt ordentlich durcheinanderbringen.«

»Das ist richtig«, gab Carl zu. »Weshalb es schon auf der Agenda für die nächste Sitzung steht. Ich habe es dir vor drei Tagen zum Gegenlesen rübergeschickt.«

Dan hielt in seiner Arbeit inne und starrte Carl an. Dann knurrte er unwirsch und wischte die Bemerkung beiseite. »Das heißt also, ein paar Briten knallen wieder durch, wie in den Neunzigern. Mehr nicht?«

Wieder das kurze Zögern. »Nicht ganz. Es gibt Erkrankungen bei Menschen, die den bis vor einigen Monaten sehr sporadischen Fällen von TASE ähneln, auch außerhalb der Inseln. Die Leute entwickeln deliriöse Zustände mit aggressiven Episoden, begleitet von extremen Muskelspasmen.«

Dan zog eine Braue hoch. »Also ... Zombies?« Er hob das Steak auf und warf es in das heiße Fett, das daraufhin ein widerwilliges Zischen von sich gab.

»So ähnlich.« Carl schnaubte. »Nein, natürlich nicht. Obwohl es bereits Leute gibt, die das so nennen. Aber es wird natürlich nicht übertragen, indem man Leute beißt. Zumindest nicht, soweit man bisher weiß. Aber die Vermutung liegt nahe, dass es wieder aufgetaucht ist, weil Leute in Fleisch beißen.« Er warf einen kurzen Blick auf sein Tablet, tippte etwas, dann sah er wieder auf. »Es gibt bereits ein Ausfuhr-Embargo von britischem Fleisch. Nur hilft das dieses Mal nicht. Die gemeldeten Fälle treten seit Wochen weit verstreut und nach keinem bekannten Muster auf. Nicht nur in London, auch in Spanien, in Schweden, Dubai, Singapur, Kyoto, Mumbai, gestern wurde einer in New York bestätigt, Kalifornien hat bereits zwei Dutzend, Brasilien ebenfalls, zwei hier bei uns in Berlin und insgesamt schon achtzehn weitere allein in Deutschland. Wie hoch die Dunkelziffer ist, weiß niemand, aber wenn die Pressemeldungen jetzt ins Rollen kommen, dann könnten es sehr schnell mehr werden.«

»London, Kyoto, Dubai, Mumbai, New York«, murmelte Dan vor sich hin. Nachdenklich beobachtete er das brutzelnde Stück Fleisch in der Pfanne. »Wo genau ist da der Zusammenhang?«

»Wir haben dort überall Restaurants«, sagte Carl trocken.

Dan stutzte. Dann runzelte er die Stirn. »Zugegeben. Aber das haben alle anderen auch. Von den klassischen Burgerketten ganz abgesehen.«

»Natürlich.« Carl nickte, doch Dan konnte dieses Mal deutlich sehen, dass sein Assistent nicht alles sagte.

»Okay«, sagte er gepresst, »jetzt spuck es schon aus, bevor ich die Geduld verliere. Du hast ein Aber. Aber was ...?«

»Aber wie es aussieht, hat irgendwer vor vier oder fünf Tagen das Gerücht in die Welt gesetzt, dass die Erkrankung eine Folge von gentechnisch modifiziertem Fleisch sein könnte.«

»O Gott. Echt jetzt?«, stöhnte Dan gedehnt. Er warf das Messer auf die Arbeitsplatte und rieb sich die Schläfen, hinter denen sich der Druck plötzlich zu verstärken schien. »Sagen sie das nicht immer, wenn irgendwas ist? Böse Gentechnik! Genfleisch macht Zombie-Mutationen! Wir werden alle sterben!« Er grunzte abfällig. »Es gibt unzählige Krankheiten, die von Tieren auf Menschen überspringen können. Quasi stündlich mutiert irgendein Virus ganz von allein zu etwas Hässlicherem, aber jedes verfluchte Mal ist das Erste, was ihnen einfällt, eine Genlabor-Verschwörung. Es ist so lächerlich. Als ob wir nichts Besseres zu tun hätten, als unsere Kunden zu vergiften!« Er schwenkte aufgebracht die Pfanne, die daraufhin Fettspritzer über seinen Bademantel und das vintage Black-Sabbath-T-Shirt verteilte. »Mann! Da haben wir endlich einen Weg gefunden, die Ernährungs- und Umweltprobleme der Welt auf einen Schlag zu lösen, und die schieben uns wieder die Arschkarte zu! Was soll das? Warum schauen die nicht mal auf die ganzen Fleischproduzenten, die immer noch auf konventionelle Tierhaltung setzen? Wer weiß, was die in ihren Antibiotika-Ställen alles heraufbeschwören?«

»Bessere Lobbyarbeit, schätze ich«, sagte Carl. »Die Ermittlungen gehen in alle Richtungen. Die Gerüchte auch.«

»Ich will verdammt noch mal überhaupt nicht, dass irgendwelche Ermittlungen oder Gerüchte in unsere Richtung gehen! Und es ist dein Scheiß-Job, dafür zu sorgen, dass sie das nicht tun! Es sei denn, sie sagen, dass alle anderen schuld sind, außer uns!« Für einen Moment war er versucht, die Pfanne nach seinem Assistenten zu schleudern. Dann beschränkte er sich jedoch darauf, das Stück herauszunehmen und stattdessen die Schalotten hineinzugeben. »Okay. Können wir die Untersuchungen irgendwie unterstützen? Mit einem Spendenfonds oder so?«

»Ich fürchte, das würde im Moment die falschen Signale setzen. Aber das ist ein weiterer Punkt auf der Liste für die nächste Aufsichtsratssitzung.«

Dan stöhnte. »In Ordnung. Sag mir noch mal – wann genau ist die?«

Carl sah auf. »Donnerstag Vormittag. Im neuen Bürogebäude in der Westhavel, direkt nach der Begehung.«

»Begehung? Das ist neu, oder?«

»Die Mail kam heute Morgen von Angermann.«

»Der konnte heute Morgen schon Mails schreiben? Ich dachte, wir hätten ihn gut genug abgefüllt.«

»Ich fürchte, du hast ihm den Mund wässrig gemacht, und jetzt möchte er dein neues Wunder allen vorführen.«

»Habe ich?«

»Das, und du hast möglicherweise auch die Bloggerin erwähnt.«

Dan massierte sich die Nasenwurzel, während er eine Flasche 1985er Old Tawny Portwein aus dem Schrank über der Anrichte nahm und den Inhalt großzügig über die Schalotten in die Pfanne goss. »Mir bleibt auch nichts erspart.«

»Apropos – in fünf Stunden hast du ein Treffen mit deinem Anwalt und dem deiner Ex. Du musst noch die Dokumente für die Übertragung der Immobilien unterzeichnen.«

»Ich dachte, das wäre alles erledigt?«

»Alles bis auf deine Unterschriften.«

»Da opfert man jemandem zwei der besten Jahre seines Lebens, und schon will sie einem das Hemd ausziehen.«

»Ich glaube, so ähnlich hat sie es auch formuliert. Nur, dass sie anmerkte, dass sie es war, die das Hemd ausgezogen hat.«

»Auch wieder wahr.« Dan seufzte ergeben. »Ich kann nicht behaupten, dass sie es nicht wert war. Und mal ehrlich – dieser Bunker an der Müritz war sowieso ihre Idee. Kein Mensch fährt doch freiwillig dorthin, wenn er das hier haben kann.« Er machte eine Geste, die das gesamte Bergpanorama umfasste. »Dann lass uns das hinter uns bringen. Was haben wir noch?«

»Lieferschwierigkeiten. InVi-Chicken und Truthahn in Deutschland, Polen und Frankreich, Rind in den UK, der halben EU und Indien, Schwein …«

Dan sah ihn verwirrt an. »Moment. Stopp mal kurz. Rind in Indien?«

Carl lächelte schmal. »Ja, wir haben, ehrlich gesagt, nicht damit gerechnet, dass wir für diesen Markt überhaupt Rindfleisch brauchen. Heilige Kühe und so. Aber wie's aussieht, gibt es, ganz abgesehen von den Muslimen, eine ganze Reihe von Indern, die Rind als Delikatesse ansieht, solange es kein indisches Rind ist. Oder überhaupt von einer Kuh. Irgendeiner ihrer Heiligen hat unser Rindfleisch wohl für Hindus als ›nicht echt‹ deklariert, und jetzt rennen sie uns die Restaurants ein. Der Verkauf hat einen Teil der europäischen Produktion umgeleitet, um auch nur ansatzweise liefern zu können, aber mit dem Aufkommen von TASE steigt die Nachfrage auch bei uns plötzlich enorm. Und jetzt haben wir hier Engpässe.«

»Womit du sagst, dass unser Absatz so gut ist, wie er nur sein kann, und wir mehr verkaufen könnten, wenn wir nur mehr hätten. Wenn man's genau nimmt, ist das eine gute Nachricht, finde ich.«

»Ich wäre damit vorsichtig. Wir haben die Produktion aufs Maximum hochgefahren – aber wenn sich diese Gerüchte weiter herumsprechen, dann könnte die Stimmung jederzeit kippen. Und damit das klar ist: Du hattest mich beauftragt herauszufinden, ob es tatsächlich sein kann, dass InVi-Fleisch etwas mit diesem TASE zu tun hat. Und die vorläufige Antwort lautet«, Carl warf einen Blick auf sein Tablet, obwohl er sicherlich alle notwendigen Informationen in seinem Kopf gespeichert hatte, »wir können es nicht ausschließen. Ich habe heute Morgen zwei Stunden mit den Leitern unserer Entwicklungsabteilung gesprochen. Die Kurzfassung ist: Bei der Herstellung und Anordnung der Zellmasse arbeiten wir mit einer Menge Eiweiß, das in einer Vielzahl von Prozessen manipuliert wird. Möglicherweise könnte dabei tatsächlich etwas schiefgehen.«

»Möglicherweise? Herrgott noch mal, Carl, ich will keine Vermutungen, ich will Fakten! Ist das nicht geprüft worden? Fuck!« Dan kippte die glasierten Schalotten so schwungvoll auf einen bereitstehenden Teller aus, dass dieser mit dem Rand der gusseisernen Pfanne kollidierte und klirrend zu Bruch ging. Hitze breitete sich auf seinem Gesicht aus und schnürte ihm den Hals zu. Er rang nach Luft und widerstand nur mit Mühe dem Drang, die Pfanne durch die Fensterfront nach draußen zu schleudern. »Fuck!«, wiederholte er lauter. »Alle Welt erzählt mir seit drei Jahren, dass die Technologie und das Zeug absolut sicher sind. Niemand gibt den geringsten Hinweis auf irgendetwas dieser Art, und dann werft ihr mir einfach so eine Bombe zu? Und noch schlimmer – irgendwelche Scheiß-Bloggerinnen aus Gera wissen vor mir davon? Was stimmt mit euch nicht?«

»Unsere Labore arbeiten daran, Hinweise darauf zu finden. Sind es wieder Prionen, die es früher schon waren, dann müssten die Laborratten sie finden können.«

»Und warum haben sie das nicht schon längst?«

»Im besten Fall, weil sie nicht da sind und das Ganze andere Ursachen hat, die überhaupt nicht bei uns liegen. Aber wir sind gründlich, und Gründlichkeit braucht Zeit.«

Dan schnaubte und starrte durch das Fenster nach draußen auf den Pool. Widersinnigerweise machte ihn die spiegelglatte Fläche des Wassers noch wütender und weckte in ihm den Drang, ihre Ruhe mit irgendetwas zu stören. Nichts sollte so ruhig sein, wenn er selbst es nicht war. Schließlich atmete er tief durch und zwang sich, die Pfanne behutsam wieder auf der Herdplatte abzustellen. Er hob das Steak auf und warf es hinein. Der täuschend echte Duft von gebratenem Fleisch zog in seine Nase. »Lass mich raten – die Laborleute wollen mehr Geld.«

»Ich glaube, dieses Mal wäre ihnen auch damit nicht geholfen. Nicht jedes Problem lässt sich mit Geld lösen.«

»Wenn nicht, dann hat man nur nicht genug davon verwendet. Aber bitte, mach ihnen auf andre Weise Druck. Der Aufsichtsrat wird Antworten wollen, und die lassen sich nicht mit ›Wissen wir nicht‹ abspeisen. Was weiß ich – feuere jemanden, lass den Rest Überstunden schieben, bis irgendjemand auf eine Antwort kommt, mit der der Rat und die Presse zufrieden sind.«

Carl sah ihn mit ausdrucksloser Miene an. »Du willst, dass ich jemanden feuere. Wofür? Ich meine – was haben wir davon?«

Dan zuckte mit den Schultern. »Es wird die anderen motivieren, härter zu arbeiten. Und außerdem schafft es uns im Zweifelsfall einen Sündenbock. Der nicht reden wird, weil sie alle eine Verschwiegenheitsklausel unterzeichnet haben, die sie alle bis in alle Ewigkeit arm machen würde. Warum muss ich eigentlich schon wieder deinen Job machen?«

Carl senkte den Blick auf sein Tablet, runzelte die Stirn und nickte schließlich. »Ich denke, ich finde eine Lösung.«

»Da bin ich mir sogar sicher«, sagte Dan trocken. Er zog die Pfanne wieder von der Flamme und griff nach Salz und Pfeffer. »Und kümmere dich darum, dass ich bis zur Sitzung eine passende Stichwortliste für meinen Vortrag habe. Schwerpunkt: das neue Werk in den Himmel loben, irgendwas Beschwichtigendes und vor allem Ermutigendes zur Forschung und die positivsten Absatzzahlen, die du kriegen kannst. Die dürfen gar nicht erst auf den Gedanken kommen, dass wir irgendein ernsthaftes Problem haben könnten.«

ACHT

Anna benötigte beinahe zwei volle Tage, um alle Unterlagen zu sichten, die Lisa ihr mitgegeben hatte. Und ja, inzwischen verstand sie, was Peters Freunde bewegte. Light Foods war nicht anders. Nicht anders als die übrigen Großkonzerne, die Lebensmittelgiganten und Energiekartelle. Oh, nach außen hin wirkten sie wie der große Gegenentwurf zu den Branchengiganten des Fast Food, die trotz milliardenschwerer Werbefeldzüge und verbissenen Greenwashings jährlich an Boden verloren. Sie waren der Underdog in einer Welt aus Firmen, die Dürreregionen das Wasser abpumpten, um es, in Plastik abgefüllt, an die Erste Welt zu verkaufen – oder auch an die Leute, deren Brunnen sie selbst trockenlegten. In den Augen der Welt wirkten sie wie die Rettung aus dem Labor, die sich die Science-Fiction der 70er-Jahre immer erträumt hatte. In Hochglanzbroschüren und Imagefilmen, in endlosen Fluten von Interviews, Pressestunts und Charity-Aktionen weltweit wurde eines immer wieder klar: Light Foods war nicht nur die Antwort auf das Problem mit dem ungestillten Hunger der Menschheit auf Fleisch, sie waren auch die Antwort auf jegliches ethische sowie technische Problem der Fleischindustrie. Stimmten die Trends auch nur ansatzweise, würden sie binnen weniger Jahre sämtliche Wettbewerber nicht nur alt aussehen lassen, sondern vermutlich vom Markt gefegt haben. Und selbst die Konkurrenz erkannte neidlos an, dass Light Foods die Eier legende Wollmilchsau der New-Food-Branche war. Allein, was ihren puren Produktionsausstoß anging, konnte niemand mit ihnen mithalten. Die anderen produzierten tonnenweise – Light Foods in derselben Zeit jedoch Kilotonnen. Besser, schneller und qualitativ hochwertiger als alle anderen, und das auch noch vollkommen autark und klimaneutral. Es war fast wie im Märchen.

Nach einigen Stunden Lesen kam auch Anna zur Überzeugung, dass es tatsächlich ein Märchen war. Das war es, was Peter, Lisa und ihre Gruppe entdeckt hatten: Light Foods schien eine Fassade für eine knallharte Maschinerie zu sein, die lange nicht so altruistisch war, wie sie sich nach außen hin gab.

Gut, das verwunderte Anna nicht wirklich. Jeder, der so etwas für bare Münze nahm, war vermutlich komplett weltfremd. Noch bevor sie die Akten aufgeschlagen hatte, war sie sich bewusst gewesen, dass es auch diesem Konzern am Ende des Tages nur um Geld gehen konnte. Doch mit jeder Seite war sie mehr beeindruckt.

Diese Menschen kannten wirklich jeden Winkelzug, um sich auf den Märkten breitzumachen und unliebsame Konkurrenz auszuschalten. Je mehr Anna las, desto mehr gewann sie den Eindruck, dass sie es hier nicht nur mit einem Lebensmittelkonzern zu tun hatte, sondern mit einer besonders heimtückischen Marketingmafia mit angeschlossener Anwaltskanzlei. Diese Menschen beließen es nicht einfach dabei, ihre großen und ebenbürtigen Gegner auszubooten, sondern knöpften sich jeden noch so kleinen Wettbewerber einzeln vor, um ihn unter einem Berg von Klagen und Rechtsstreitigkeiten zu ersticken. Das allein hätte sicherlich schon ausgereicht, um einen Hass auf den Konzern zu entwickeln, doch der Großteil der Unterlagen beschäftigte sich mit dem Thema, das den Stein des Anstoßes überhaupt erst ins Rollen gebracht hatte. Und an dieser Stelle wurde es unheimlich. Offiziell gab es natürlich keine Verbindung von Light Foods und TASE. Light-Foods-Produkte waren hochrein und so streng überwacht, wie es sonst nur für Medikamente galt. Lab Grown Meats standen seit ihrer Erstzulassung im Jahr 2022 ohnehin unter strengster Beobachtung der Öffentlichkeit und konnten sich noch weniger Skandale leisten als sonstige Lebensmittel. Immer war da der Verdacht der »Unnatürlichkeit«, der sie in die Nähe der GMO-Nahrungsmittel rückte. Und denen traute noch immer niemand so richtig. Also tat Light Foods alles in seiner Macht Stehende, um jeden erdenklichen Verdacht zu zerstreuen. Offiziell.

Was Peter hier zusammengetragen hatte, erzählte eine andere Geschichte. Und Lisa hatte recht: Die war hochexplosiv.

Von den Zahlen in diesen Unterlagen wurde ihr beinahe schwindelig. Sie konnte kaum glauben, was sie da las, und bemühte immer wieder ihr Handy, um zu googeln. Es kostete sie nicht viel Mühe, die Informationen online zu finden. Alles stand groß und breit im Internet. Es musste nur jemand sammeln und wie Puzzleteile aneinanderfügen. Und das Bild, das dabei entstand, war nichts weniger als der größte Lebensmittelskandal der Neuzeit. Wer Light-Foods-Produkte aß, erkrankte an TASE.

Nicht jeder natürlich. Immerhin wurden Light-Foods-Produkte von Millionen weltweit gegessen. Aber sie waren überall das verbindende Element, wo immer es nachweisbar war. Was dummerweise nicht immer der Fall war, auch wenn es genügend Indizien gab. Aber Indizien reichten nicht, Indizien waren keine eindeutigen Beweise. Das war es, was Peter und seiner Gruppe klar geworden war. Bloße Indizien würden Light Foods' Anwälte in der Luft zerreißen – und sie gleich mit dazu.

Noch erkrankten – so pervers das auch klang – zu wenige Light-Foods-Konsumenten, und die konnten ihre Erkrankung ja theoretisch auch irgendwo anders herhaben. Light Foods würde im Fall einer Anklage genauso vorgehen wie immer. Sie würden sich jeden dieser Fälle einzeln vornehmen und sie genüsslich auseinanderpflücken. Zeitgleich würden sie die Ankläger ihrerseits mit Klagen überziehen, bis ihnen Hören und Sehen verging und sie schließlich pleite und geschlagen das Feld räumen mussten. Das würde ewig so weitergehen, solange Daniel Lichter, der große Dan Light, der Liebling der Medien blieb. Sein Charisma und sein Geld würden dafür Sorge tragen, dass auf absehbare Zeit kein Schatten auf sein Lebenswerk fiel. In der Zwischenzeit starben immer mehr Menschen. Still und leise und jeder für sich, weil niemand es für notwendig erachtete oder den Mut aufbrachte, seine Stimme für sie zu erheben.

Anna atmete durch, flach nur, weil Übelkeit in ihr aufgestiegen war und ihr den Hals zuschnürte. Sie stand auf und rieb sich das Gesicht, bevor sie wütend die Papiere vor sich vom Tisch wischte. Dann stemmte sie sich frustriert vom Küchenstuhl hoch, ließ sich an der Spüle ein Glas Wasser ein und stürzte es in langen, gierigen Zügen hinunter. Für einen Moment kämpfte sie gegen den Drang an, das Glas den Papieren hinterherzuwerfen, doch am Ende war sie es selbst, die das beseitigen musste. Mühsam beherrscht stellte sie es also stattdessen auf der Anrichte ab und starrte auf die verstreut liegenden Papiere. Vielleicht musste das wirklich jemand beseitigen. Das ... Ganze hier.

Ein Klingeln an der Wohnungstür riss Anna aus ihrer Erstarrung. Mit einem Stirnrunzeln stieg sie über die verstreuten Akten, ging in den Flur und sah durch den Türspion. Draußen stand Frau Nowak. Anna seufzte und öffnete.

»Sie! Frau Heigen!« Die Alte trat einen Schritt zurück, als Anna plötzlich nur in Yoga-Pants und T-Shirt vor ihr stand. Es war bemerkenswert, wie viel Entrüstung sie in diese vier Silben legen konnte.

»Ja, Frau Nowak?« Anna sah zu ihrem Dackel hinunter, der interessiert an ihrem Stricksocken zu schnüffeln begann. Sie ging in die Hocke und kraulte ihn hinter den Ohren. Herr Petracek grunzte zufrieden.

»Frau Heigen.« Frau Nowak riss sich zusammen und stemmte

die Hände in die Hüften. »Ich sage es ungern, aber es gibt so etwas wie eine Hausordnung hier.«

»Das ist gut zu hören. Hausordnungen sind wichtig für die Ordnung im Haus.«

Frau Nowak runzelte die Stirn, fasste sich aber gleich wieder. »Allerdings! Und wissen Sie, was die Hausordnung besagt?«

»Sie werden es mir gleich verraten, nicht wahr?«

»Die Hausordnung besagt, dass die Bewohner sich zwischen zehn und sieben Uhr möglichst leise zu verhalten haben. Gestern Abend sind Sie wieder so laut über den Parkettboden getrampelt, dass Herr Petracek aus dem Schlaf aufgeschreckt ist.«

Anna sah verwirrt auf. »Gestern Abend war ich gar nicht da.«

»Nicht?« Frau Nowak runzelte die Stirn. Sie warf einen Blick an Anna vorbei in den Flur, und es war deutlich zu sehen, dass ihr das Chaos dort nicht zusagte. »Sind Sie sicher?«

»Ganz sicher.«

»Aber ...« Die Alte zögerte und wirkte plötzlich verunsichert. »Ja dann ... dann habe ich das wohl mit Herrn Kaiser verwechselt, der nebenan wohnt.« Sie räusperte sich etwas betreten. »Aber wo ich Sie schon mal antreffe ... Sie sind doch eine kräftige junge Frau ...«

Anna tätschelte den Dackel und stand auf. »Lassen Sie mich raten, Frau Nowak: Sie haben da wieder ein Paket.«

»Was? Nein! Natürlich nicht! Es ist nur so ...« Sie zögerte, straffte dann jedoch die dürren Schultern. »Ich hatte beschlossen, meine Zimmerpflanzen umzusortieren. Einige müssen umgetopft werden, und da ist dann noch der Orangenbaum im Flur. Der leidet und braucht einen besseren Platz. Ihr Bruder hatte mir versprochen, mir dabei zu helfen. Er ist ja so ein netter junger Mann, und ich bin ja nun nicht mehr die Jüngste, und diese Keramiktöpfe – wissen Sie, ich lehne ja Plastiktöpfe ab. Die sind vielleicht ein wenig leichter, aber ich denke, dass das ganze Plastik den Pflanzen nicht guttut. Man hört ja so einiges.« Sie stockte, als sie Annas Blick sah. »Jedenfalls, jetzt, wo Ihr Bruder … unpässlich ist, habe ich mich gefragt …«

Anna seufzte erneut und warf einen Blick auf die Unterlagen, die im Flur und im Durchgang zum Wohnzimmer zu sehen waren. Dann gab sie sich einen Ruck. »Wissen Sie was, Frau Nowak, ich denke, ich kann eine Pause hier gut gebrauchen. Und wenn Ihnen Peter das versprochen hat … Warten Sie einen Moment. Ich ziehe mir nur noch schnell etwas über.«

Tatsächlich war Anna froh über die Unterbrechung. Noch ein wenig mehr, und sie hätte sich vermutlich übergeben oder die Nerven verloren und diese Polizistin angerufen. Stattdessen ertrug sie für eine gute Stunde gelassen die im Kommandoton vorgetragenen Anweisungen der alten Dame und konnte sich voll und ganz auf die körperliche Schwerstarbeit konzentrieren.

Während sich Anna unter Frau Nowaks scharfem Blick mit Olivenbäumen, Monstera und überalterten Yucca in riesigen Tontöpfen abplagte, geriet die alte Dame ins Plaudern. Sie berichtete von dem jungen Mann, der gelegentlich bei Peter zu Besuch und ihr geflissentlich aus dem Weg gegangen war, nachdem sie ihn darauf hingewiesen hatte, dass man seine Schritte lautstark auf dem knarzigen Dielenboden hören konnte. Anna vermutete im Stillen, dass er nicht der Einzige war, und Frau Nowak bestätigte gleich darauf ihre Vermutung, indem sie begann, die Verfehlungen sämtlicher Hausparteien aufzuzählen, die, wenn es nach ihr gegangen wäre, allesamt für das eine oder andere Vergehen schon mit einem Bein im Knast stehen müssten. Irgendwann schließlich war auch noch der letzte Gummibaum auf einem angeblich vorteilhafteren Platz angekommen.

»Sie sind wirklich eine tüchtige junge Dame«, sagte Frau Nowak und zündete sich mit einem so zufriedenen Seufzen eine Zigarette an, als hätte sie selbst den Großteil der Arbeit erledigt. »Ihr Freund kann sich glücklich schätzen. Findet man heute ja auch nicht mehr so oft, Frauen, die sich nicht zu schade sind, sich die Hände schmutzig zu machen.«

Anna starrte auf ihre Hände, die tatsächlich inzwischen fast schwarz waren, und wischte sich dann mit dem Handrücken eine Strähne aus dem Gesicht. »Ich glaube, da unterschätzen Sie die Frauen heute ein wenig, Frau Nowak«, wandte sie ein. »Sie lassen sich nur nicht mehr von Männern vorschreiben, was sie zu tun haben.«

»Ist das so?« Die Alte zog an ihrer Zigarette. »Wissen Sie, im Grunde haben wir das zu meiner Zeit auch nicht. Wir haben es ihnen nur nicht gesagt. Ich meine – was wissen die schon, richtig? Darf ich Ihnen noch ein Stück Streuselkuchen anbieten?«

»Was?«

»Sie müssen doch hungrig sein. Eine kräftige Frau wie Sie muss ordentlich essen, und nachdem Ihnen mein Streusel so gut geschmeckt hat – ich habe noch ein ganzes Blech davon da.«

»Ja, danke«, warf Anna eilig ein und deutete auf die Wanduhr, die an der Wohnzimmerwand unerbittlich vor sich hin tickte. »Aber nein. Ich muss mich jetzt auch beeilen. Das hat jetzt doch etwas länger gedauert, und ich sollte jetzt dringend duschen und mich auf den Weg ins Krankenhaus machen. Da steht heute eine Besprechung an. Wegen Peter«, fügte sie überflüssigerweise hinzu.

»Ah. Natürlich«, Frau Nowak wirkte ein wenig enttäuscht, als sie ein letztes Mal an ihrer Zigarette zog, bevor sie sie sorgfältig auf ihrer Untertasse ausdrückte. Dann jedoch hellte sich ihre Miene auf. »Wissen Sie was: Dann pack ich Ihnen wieder welchen ein.«

»O bitte, das kann ich wirklich nicht annehmen!«

»Unsinn!« Frau Nowak verschwand geschäftig in der Küche, und gleich darauf hörte Anna das Reißen von Alufolie. »Das ist das Mindeste, was ich für Sie tun kann!«, rief sie ins Wohnzimmer hinüber.

Anna schnaufte und sah auf den Dackel hinunter. Herr Petracek sah mit triefenden Augen zu ihr hinauf. Er wirkte beinahe ein wenig mitleidig.

Anna duschte, zog sich frische Kleidung an und verließ mit einem Stapel Unterlagen unter dem Arm das Haus. Sie fuhr mit der S-Bahn in das Studentencafé an der Spree und bestellte einen Cappuccino und ein Glas Wasser. Georg ließ sie in einer versteckten Ecke des Cafés mit ihren Unterlagen allein. Es war viel los, und sie fiel nicht weiter auf. Sie zückte ihr Handy und googelte nach TASE. Wie man es drehte und wendete, war die Krankheit eine unheimliche Seuche, die sich langsam, aber sicher zum weltweiten Problem entwickelte. Eine Pandemie. Schon wieder eine, und wie es aussah, schon wieder eine Zoonose, also eine Krankheit, die von Tieren auf den Menschen übergesprungen war. Wie damals BSE, das als Creutzfeldt-Jakob auf Menschen übergesprungen war, wie SARS, MERS, Covid-19 – wie die verdammte Pest. Die meisten Leute hatten Ebola als nächste Pandemie auf dem Schirm gehabt. Nun, wie es aussah, kam die nächste geradewegs aus dem Labor. Nur nicht aus einem für Biowaffen oder Medizinforschung, sondern für Lebensmittel, die angeblich die Welt retten sollten.

Natürlich war das nicht die offizielle Ansicht. Nein, im Gegenteil – offiziell vermarktete Light Foods seine Produkte sogar als sichere Alternative zu Produkten aus der Massentierhaltung, gerade weil angeblich dadurch keine Zoonosen auftreten konnten. Und die Zahlen zeigten: Sie hatten Erfolg damit! Während sich die TASE-Fälle häuften und allmählich ins öffentliche Bewusstsein rückten, gingen die Absatzzahlen herkömmlicher Fleischproduzenten tatsächlich deutlich zurück. Auslöser dieses Trends war die Entdeckung von TASE-Erregern in einer britischen Steakhouse-Kette gewesen, auch wenn diese nicht weltweit agierte. Das war egal – die Nachfrage nach den Produkten von Firmen wie FutureMeat und Light Foods schoss in astronomische Höhen, besonders, da es bislang noch kein Heilmittel gegen Prioneninfektionen gab. Natürlich. Die Leute wollten nicht sterben – aber auf ihre Burger und Braten wollten sie auch nicht verzichten. Also boomten Light Foods BestBurger-Restaurants, eine der beiden weltweit führenden Fast-Food-Ketten hatte gerade verkündet, dass sie ihre Fleischprodukte exklusiv bei FutureMeat beziehen würden, und die großen traditionellen Fleischproduzenten und Schlachtbetriebe verzeichneten Rekordeinbußen, weil sie auf ihren Produkten sitzen blieben. Und in jeder Fernsehshow, auf jedem Hochglanzmagazin prangte das Gesicht von Dan Light. Es war das perfekte Rezept für eine Katastrophe – und niemand schien es zu sehen.

Schon wieder stieg Übelkeit in Anna auf – und mit ihr ein seltsames Gefühl der Paranoia. Was, wenn Lisa recht hatte? Was, wenn Light Foods Peter tatsächlich hatte überfahren lassen? Waren sie dann nicht alle, war sie dann nicht selbst in unmittelbarer Gefahr? Würde ein Konzern, der nicht davor zurückschreckte, einen seiner eigenen Angestellten töten zu lassen, zögern, auch die übrigen Mitwissenden ... Unfälle haben zu lassen? Sie erwischte sich schon wieder dabei, tief durchzuatmen, und zwang sich, damit aufzuhören.

Nein, vermutlich würde man ihnen nicht sofort etwas tun. Nicht, wenn sie annahmen, dass nur Peter im Besitz von Beweisen war. Aber vermutlich würde man sie beobachten. Das wäre zumindest das, was Anna tun würde. Sie ertappte sich dabei, instinktiv den Kopf einzuziehen, als sich ein finster dreinblickender Mann im Anzug in ihrer Nähe einen Tisch nahm. Für einen Augenblick war sie ernstlich versucht, ihre Unterlagen zusammenzuraffen und fluchtartig das Café zu verlassen. Aber wäre das nicht auffälliger? Sie zwang sich, sitzen zu bleiben und unauffällig zu tun. Und fragte sich dabei gleichzeitig, ob sie tatsächlich so tun musste. War sie das nicht ohnehin? Unauffällig? War das schon echte Paranoia oder angebrachte Vorsicht? Wie war das noch in diesem alten Science-Fiction-Film gewesen? *Die Frage ist nicht, ob du paranoid bist. Schau dir den Scheiß doch an. Die Frage ist: Bist du paranoid genug?* Angespannt scrollte sie durch ihr Handy. »Strange Days.« Das war's. Das war der Film gewesen. Sie erinnerte sich nicht an viel davon, aber Peter hatte ihn geliebt.

Der Mann verschwand allerdings schon nach relativ kurzer Zeit wieder, ohne sich noch einmal nach ihr umzusehen, und das Café leerte sich nach und nach, ohne dass noch jemand von ihr Notiz zu nehmen schien. Also entspannte sich Anna langsam wieder. Vielleicht war dystopische Science-Fiction nicht unbedingt das, womit sie sich jetzt gerade beschäftigen sollte.

Sie bestellte einen neuen Kaffee und suchte im Internet nach dem Wikipedia-Eintrag über Daniel Lichter, der sich selbst »Dan Light« nannte. Das Bild in seinem Eintrag zeigte ihn in Lederjacke, T-Shirt und Sneakers, umringt von Pressefotografen auf einer Preisverleihung. Er trug das selbstgefällige Grinsen eines Popstars, dem die Welt zu Füßen lag. Sein Lebenslauf war die klassische Legende vom Tellerwäscher, der es mit harter Arbeit zum Millionär geschafft hatte. Die Anfänge seiner Firma in einer heruntergekommenen Lagerhalle im Hamburger Hafen, entbehrungsreiche Jahre zwischen Bangen und Hoffen, und dann der Durchbruch mit seinem ersten veganen Burger.

Anna schnaubte unwillkürlich belustigt. Sie zögerte kurz, dann startete sie eine neue Suche. Es gab immer ein paar Leute, die Prominenten nachstellten und ihre Erkenntnisse dann ins Internet packten. Und das sah dann oft genug ganz anders aus als die offiziellen Erzählungen. Wikipedia war, was das anging, nicht gerade die glaubwürdigste Quelle. Sie hatte für einige Zeit mal für ein Headhunterbüro gearbeitet, das die Lebensläufe von Leuten überprüfte. So gut wie jeder da draußen schönte. Je prominenter, desto mehr. Gut, zum Teil verständlich. Wer wollte schon seine echte Adresse für jeden durchgeknallten Fan im Internet wissen?

Eine Stunde und eine Handvoll Kurznachrichten später grinste sie humorlos vor sich hin. So ziemlich nichts an Lichters Lebenslauf stimmte wirklich. Natürlich war er kein Selfmade-Genie, das aus dem Nichts angefangen hatte. Das hatte sie auch nicht erwartet, aber das Ausmaß an Beschönigungen, von dem in der breiten Öffentlichkeit niemand wusste, war doch beeindruckend. Und dabei hatte sie in der kurzen Zeit nicht einmal echte Skandale gefunden. Nur Dinge, die die Berichterstattung wegließ, weil sie wohl zu langweilig waren. Aufgewachsen war Lichter in einem wohlhabenden Vorort von Hamburg, Vorstadtgymnasium mit mäßigem Abschluss. Fürs Studium war er in die USA gegangen und mit zwei Bachelors zurückgekommen, von denen sie nicht so genau herausfand, woher und wofür er sie überhaupt hatte. Aber das hatte er ja mit anderen Leuten, wie seinem früheren Idol Elon Musk, gemeinsam. Der einzige nachweisliche Ausbildungsabschluss war eine Lehre als Elektriker, und die hatte er im Betrieb seiner Eltern abgeschlossen. Die wiederum waren zu einem Haufen Geld gekommen, als die deutsche Solarwirtschaft nach 2012 zusammengebrochen war. Sein Vater hatte damals wohl den richtigen Riecher gehabt, rechtzeitig Kontakte zu China geknüpft, eine Handvoll der Wettbewerber in der Krise aufgekauft und Millionen damit gemacht, die sie allerdings in typisch norddeutschem Understatement nicht an die große Glocke hängten. Wohl auch, weil sie sich damit in der Branche nicht gerade beliebt gemacht hatten. Der frischgebackene zweifache Bachelor Daniel kam aus den USA zurück und stieg in Daddys Betrieb ein. Und mit besagten Millionen und dem florierenden Fotovoltaikhandel im Rücken gelang es ihm, ein kleines, dänisches Start-up im Bereich In-vitro-Fleischzucht zu einer Kooperation zu überreden. Anfangs ging es dabei wohl nur um die Lösung des immensen Energiebedarfs – und natürlich um ein wenig cooles

Investment in Zukunftstechnologien. Tesla-Aktien waren wohl gerade aus gewesen. Anna hatte auf die Schnelle nicht herausgefunden, warum die Firma kurz nach Lichters Einstieg auch angefangen hatte, sich in ein niederländisches Pharmaunternehmen einzukaufen, das auf genetisch modifizierte Bakterien und Stammzellen spezialisiert war. Diese hatten an Alternativen zur Insulinherstellung geforscht und waren ein paar Millionen an Forschungsinvestition auch nicht abgeneigt gewesen.

Jedenfalls hatten sich die Gründer beider Firmen, der Stammzellenfleisch-Leute und des Pharmaunternehmens, innerhalb von nur zwei Jahren vom neuen Unternehmen zurückgezogen, und Daniel Lichter war jetzt alleiniger Besitzer – und auf dem Papier Gründer – beider. Er fusionierte sie mit einer Tochter des elterlichen Solarunternehmens, und so entstand in einer gemieteten Lagerhalle – auf dem Gelände der elterlichen Firma – das Unternehmen »Light Foods«. Die beiden Labore in Dänemark und den Niederlanden verschwiegen die Berichte darüber geflissentlich. Da hatte die PR-Abteilung von Light Foods ganze Arbeit geleistet. Immerhin, sie hatten sich wenigstens gegen das noch viel schlimmere Klischee einer Garage entschieden. Ein halbes Jahr später nannte sich Daniel Lichter Dan Light und überraschte die Welt mit den ersten europäischen Filets mignons aus der Petrischale.

Anna überflog den Rest. In den kommenden Jahren folgte dann der steile Aufstieg zum Liebling des Boulevards. Affären mit diversen Schauspielerinnen und Sängerinnen, die Hochzeit mit einem Popsternchen, dem er zur Verlobung ein Haus an einem See in der Mecklenburgischen Seenplatte geschenkt hatte, und im Anschluss das rauschende Hochzeitsfest, das zeitgleich in mehrere Dutzend Länder zur Primetime übertragen wurde. Anna klickte sich zu Dans Twitter-Account durch, der vor Provokationen und Beleidigungen nur so strotzte. Trotzdem konnte jeder dieser Tweets mit mindestens fünfstelligen Likes aufwarten, weil berühmte Leute wie er eben sagen konnten, was sie wollten, und dafür meistens auch noch beklatscht wurden. »So ein Drecksack«, knurrte Anna, während sie sich die brennenden Augen rieb. Spielte sich als der Retter der Welt auf, während ihr Bruder im Koma lag und vielleicht nie wieder aufwachte. Allein der Gedanke daran machte sie so wütend, dass sie am liebsten ihr Handy gegen die Wand geschleudert hätte. Stattdessen schickte sie Lisa eine Kurznachricht ins Krankenhaus. Die Antwort kam umgehend. Es gab keine Neuigkeiten. Peter war stabil, die Ärzte erwarteten vorerst keine Änderungen.

Gegen Abend hatte sich das Café weitgehend geleert. Georg hatte Pause, saß mit einem Espresso draußen an einem Tisch und telefonierte. Die Kälte schien ihm nichts auszumachen. Einmal schaute er auf, und ihre Blicke begegneten sich. Er lächelte, und Anna sah schnell weg – und kam sich im nächsten Moment ziemlich albern vor. Das Blut schoss ihr in den Kopf, und sie spürte, wie ihre Ohren zu glühen begannen. Was es nicht besser machte. Ehrlich – wie alt war sie? Sie schüttelte den Kopf und beugte sich wieder über ihr Handy. Wenig später hatte sie die Welt um sich herum vergessen. Das Ganze war wie der Anblick eines furchtbaren Verkehrsunfalls. Man wusste, dass man nicht glotzen sollte, aber man tat es trotzdem. Der Unterschied war nur, dass Anna vielleicht die Möglichkeit besaß, zukünftige Verkehrsunfälle dieser Art zu verhindern. Sie mussten nur herausfinden, was Peter gefunden hatte.

Am nächsten Tag hatte Anna tatsächlich einen Termin. Sie war mit Dr. Wiesner verabredet, dem Chefarzt der Komastation, der sie über Peters aktuellen Zustand aufklären sollte. Sie kam pünktlich, aber Dr. Wiesner war nirgendwo aufzutreiben. Irgendwann erbarmte sich eine junge Assistenzärztin mit syrischem Namen, die sehr kompetent wirkte. Sie machte Anna keine großen Hoffnungen, versicherte ihr aber, dass alles Menschenmögliche getan werde, um Peter zu helfen. Im Anschluss an das Gespräch stattete Anna ihrem Bruder noch einen kurzen Besuch ab. Das zweite Bett im Zimmer war mit einem etwa vierzigjährigen Mann belegt und von einem Schwarm Menschen umringt. Es sah ganz so aus, als hätte sich die gesamte Familie des Mannes versammelt, was ein ungutes Gefühl in Anna heraufbeschwor. Gab es nicht eine maximale Anzahl von Besuchern? Dass das Krankenhaus hier eine Ausnahme machte, konnte nichts Gutes heißen. Die in Tränen aufgelöste Frau des Patienten saß neben ihm und klammerte sich an seine bleiche Hand, als könne sie ihn dadurch am Leben halten, während der Großvater die drei kleinen Kinder, zu jung, um zu verstehen, was um sie vorging, mit albernen Spielchen ablenkte. Die Schwester des Mannes drehte unablässig eine E-Zigarette zwischen den Fingern und konnte schließlich nicht anders, als Anna leise raunend vom Unglück zu erzählen, das ihre Familie heimgesucht hatte. Eine Hirnblutung, einfach so, am Küchentisch aus heiterem Himmel und ziemlich heftig. Unwillkürlich fragte sich Anna, ob das irgendwie mit Light Foods in Verbindung stehen konnte. Allerdings gab es ja auch noch andere Schicksalsschläge, die einen treffen konnten. Die Ärzte, sagte die Schwester, schätzten seine Chancen gering ein. Anna bezweifelte das, sagte jedoch nichts. Es war klar, dass die Frau das ohnehin wusste: Man hatte sie alle hier nur deshalb gleichzeitig eingelassen, um Abschied nehmen zu können. Wenn Anna das nächste Mal zu Besuch kam, würde das Bett wieder leer sein.

NEUN

Der Boden von Lisas Wohnzimmer war mit Papier übersät. Die Spur der ausgelegten Akten und Notizen zog sich bis hinaus auf den Flur, auch wenn sich Anna einige der so dargestellten Zusammenhänge noch immer nicht ganz erschlossen. Selbst auf dem Küchentisch war es schwierig, noch einen freien Fleck für eine Kaffeetasse zu finden. Anna hatte die Unterlagen wieder und wieder überflogen und sich von Lisa und Kim erklären lassen, so lange, bis ihre Augen tränten und sie das Gefühl hatte, dass ihr der viele Kaffee Löcher in die Magenwände fraß. Die Indizien gegen Light Foods schienen eigentlich erdrückend zu sein, aber wie sie es drehten und wendeten: Es sah aus, als sei das, was sie hatten, noch immer nicht ausreichend, um dem Konzern wirklich etwas anhaben zu können. Nicht ohne das entscheidende Etwas, nach dem Peter gegraben hatte. Mica und Lisa hatten sich in den vergangenen Monaten in erster Linie mit der juristischen Seite des Falls befasst. Sie hatten Analysen studiert, Gerichtsurteile durchforstet und Experten befragt. Lisa hatte sogar unter irgendeinem Vorwand erneut Kontakt zu ihrem Juraprofessor aufgenommen, um an zusätzliche Rechtstexte heranzukommen. Es half nichts: Nach ihrer Überzeugung war eine Klage wohl so gut wie aussichtslos. Alex hatte die Hoffnung bereits aufgegeben und hatte sich zwei Tage lang nicht blicken lassen. Angeblich hatte er Sicherheitssoftware in irgendeinem Firmennetzwerk einzurichten. *Irgendwann muss ich ja auch mal wieder Geld verdienen,* hatte er Lisa am Telefon erklärt.

Flo tauchte zwar auf, sortierte allerdings die meiste Zeit irgendwelche Musikfiles auf seinem Laptop und gab gelegentlich Kommentare von sich, die nur bedingt hilfreich waren. Mica, Kim und Lisa hingegen brannten darauf, etwas zu unternehmen. Sie hatten sich an Light Foods festgebissen, und Anna war schnell klar geworden, dass die drei niemals lockerlassen würden. Was ihr allerdings erst langsam bewusst wurde: Es ging ihr genauso.

Also tranken sie Unmengen Jasmintee und wühlten sich zum vermutlich zwanzigsten Mal durch sämtliche Unterlagen. Sie hatten ein paar Ungenauigkeiten in den Steuererklärungen gefunden und eine Zeit lang überlegt, ob sie Light Foods mithilfe des Finanzamts zur Strecke bringen konnten, so wie man es damals mit Al Capone gemacht hatte. Allerdings war nicht mal Lisa versiert genug im Steuerrecht, und das Risiko, eine Steuerkanzlei einzuschalten, war zu hoch. Wenn das aufflog, ohne dass sie etwas erreichten, waren sie erledigt. Und dafür, einfach damit an die Presse zu gehen und auf einen handfesten Skandal zu hoffen, wie Flo vorschlug, waren die Abweichungen zu unbedeutend. Kein Presseportal würde sich freiwillig diesem Shitstorm aussetzen, der unweigerlich folgen würde, wenn jemand dem Liebling der Massen ans Bein pinkelte. Light Foods hatte sich allem Anschein nach unangreifbar gemacht. Und doch war es aus ihrer Sicht völlig unbestreitbar, dass sie an den Ausbrüchen von TASE beteiligt waren und Hunderte, vielleicht schon Tausende Menschenleben auf dem Gewissen hatten. Sie durften einfach nicht ungeschoren davonkommen.

Anna starrte auf das Blatt vor ihr. »Wisst ihr«, sagte sie, ohne aufzusehen, »was ich wirklich interessant finde, ist, dass sämtliche Lebensmittelaufsichtsbehörden ausgesprochen sanft mit ihnen umgehen. Hier: Kontrollen, Kontrollen, Kontrollen. Alle regelmäßigen und auch diverse unangekündigte Kontrollen. Aber wenn man die Daten vergleicht, ist die Firmenleitung grundsätzlich vorher davon informiert. Deutlich im Voraus. Sogar von den Überraschungskontrollen.« Sie betonte das letzte Wort abfällig.

Mica, die im Schneidersitz neben ihr saß, nickte. »Wir gehen davon aus, dass großzügige Mengen an Spendengeldern an die entscheidenden Stellen geflossen sind. Beziehungsweise fließen.«

»Bestechung also? Könnte man nicht daraus ...«

Mia seufzte und winkte ab. »Darüber haben wir auch schon nachgedacht, aber nein. Wir haben nicht einen Beweis dafür gefunden. Eine Weile haben wir tatsächlich versucht, irgendwas dazu herauszufinden, aber diese Spur führt uns zu nichts.«

Kim nickte. »Light Foods spendet so viel an so viele Organisationen, dass wir einfach nicht rausbekommen haben, was davon eventuell eine Gegenleistung für diese Vorwarnungen sein könnte. Also 'ne Sackgasse.«

»Wir hatten bis dahin darüber nachgedacht, den Behörden einen anonymen Tipp zukommen zu lassen«, sagte Lisa. »Allerdings wissen wir inzwischen halt, dass eine unangekündigte Lebensmittelkontrolle nichts bringen würde – weil sie eben nicht unangekündigt wäre.«

Mica warf ihren Kugelschreiber auf den Teppich und streckte sich. »So wie's aussieht, ist Light Foods jederzeit in der Lage, alle Spuren irgendwelcher Schweinereien rechtzeitig zu beseitigen, bevor die Kontrolleure bei ihnen eintreffen.«

Anna sah sie zweifelnd an. »Habt ihr's denn überhaupt versucht?«

Lisa grinste schief. »Natürlich! Vor drei Monaten. Soweit wir das nachvollziehen können, wurde daraufhin nicht einmal jemand geschickt, um Proben zu nehmen.«

Mica seufzte und nahm Anna das Blatt aus der Hand. Sie überflog es flüchtig und seufzte erneut. »Sehen wir's ein. Wir haben verloren. Wir haben nichts in der Hand. Peter hatte etwas, und deshalb haben sie ihn ausgeschaltet. Aber wir? Wir haben nichts. Vermutlich sind wir deswegen überhaupt noch am Leben.« Sie zerknüllte das Blatt und warf es wütend durch den Raum.

»Ernsthaft?« Anna sah sie entgeistert an. »Aber wir müssen doch irgendwas tun können! Ich meine, ihr macht das seit Monaten, ihr habt Berge an Material, ihr wisst, dass die Beweise existieren. Existieren müssen, sonst wäre Peter nicht ... da, wo er gerade ist. Wie kannst du da an Aufgeben denken?«

Mica schnaubte. »Glaub mir, wir haben dir einfach mehr als ein Jahr an Rückschlägen voraus. Langsam glaube ich, dass uns dieser Goliath einfach zertritt, wenn wir mit unserer Schleuder auf ihn schießen.« Sie stand auf und griff nach ihrer Jacke. »Nichts für ungut. Ich brauch jetzt ein Bier. Oder drei.« Mit einem müden Winken verschwand sie im Flur, und einen Moment später hörte Anna die Wohnungstür klappen.

Etwas stieg heiß in ihr auf, und sie war sich nicht sicher, ob es Wut oder Verzweiflung war. Möglicherweise beides. »Okay, noch mal zum Beweis, den Peter anscheinend gefunden hat. Der, der angeblich alles verändert.«

»Wenn wir nur wüssten, was es ist«, murmelte Flo. Er lag in einem Sitzsack vor einem der Bücherregale, und Anna hatte beinahe vergessen, dass er überhaupt da war.

»Peter hatte ihn auf seinem Laptop. Das heißt, dass er als Datei vorliegt, oder?«

»Höchstwahrscheinlich. Ja.« Flo zuckte mit den Schultern. Er blätterte in einem Jemisin-Roman aus Lisas Sammlung. »Light Foods hat nahezu papierlose Büros. So gut wie alles landet in Dateien, bis hin zu Kassenzetteln.«

»Und ihr habt erzählt, dass im Grunde Alex derjenige ist, der Light Foods' Systeme gehackt und es Peter ermöglicht hat, die Daten zu finden.«

»Das stimmt.« Flo klappte das Buch zu und legte es neben sich auf den Boden, um nach dem nächsten zu angeln. »Was übrigens hochkriminell ist. Wenn sie ihn erwischen, wandert er allein dafür in den Bau. Aber so richtig. Wegen Industriespionage und so.«

»Auch wenn er illegale Machenschaften aufdeckt?«

Flo gluckste. »Schon mal was von Edward Snowden gehört?«

»Komm, das ist doch was völlig anderes!«

Flo zuckte nur mit den Schultern, und Anna schnaufte. »Okay,«, sagte sie beherrscht. »Wenn wir mal davon absehen, wie illegal das alles ist – kann sich Alex nicht noch mal in deren System hacken? Vielleicht finden wir raus, was Peter entdeckt hat.«

»So einfach ist das nicht. Das ist kein billiger Agentenfilm hier. Zuerst mal: Alex hat sich nicht ›in das System‹ gehackt.« Flo verdrehte die Augen und machte mit den Fingern Gänsefüßchen in der Luft. »Er ist nur in einen Teilbereich gekommen. Hauptsächlich, weil der nicht ganz so stark gesichert ist wie der Rest – und ich wette, sie haben die Schwachstelle inzwischen gefunden und gefixt. Um es mal laienhaft auszudrücken: Er ist zwar in die Bank eingestiegen, aber die Tresortüren waren alle noch zu.«

Kim sah ihn tadelnd an. »Komm, jetzt mach Alex mal nicht runter! Im Grunde ist seine Leistung brillant. Das hat du selbst gesagt. Mehrfach. Ich vermute, dass nicht mal die Chinesen mit ihren Tausenden von Hackern jemals so weit in die Systeme vorgedrungen sind.«

»Die hatten aber auch niemanden direkt im Unternehmen sitzen. Das war nämlich unser eigentliches großes Ass im Ärmel.«

»Peter«, vermutete Anna.

»Ganz genau«, Flo nickte traurig und legte das nachste Buch beiseite. »Dein Bruder war unser Generalschlüssel. Er war der Einzige, der einen Laptop in die Firma schmuggeln konnte, und nur mit dessen Hilfe waren wir in der Lage, die Firewall zu umgehen. Und das ist auch der Grund, warum wir die Sache nicht wiederholen können.« Er sah Anna bedauernd an. »Ohne deinen Bruder können wir dieses Spiel nicht noch einmal spielen.«

»Und wenn wir warten, bis er wieder gesund ist?«

»Selbst wenn …«, begann Flo und fing sich sogleich einen bösen Blick von Lisa ein. »Ich meine, sobald er wieder gesund ist, wird es zu spät sein. Wir müssen ja jetzt davon ausgehen, dass sie unsere Pläne kennen. Die werden nicht einfach nur dumm rumsitzen, sondern in der Zwischenzeit alle Spuren gründlich vernichten. Und wenn sie uns nicht zurückverfolgen können, haben wir das nur Alex' Paranoia zu verdanken. Der hat den Rechner deines Bruders geradezu besessen sauber gehalten, damit ihn bloß keiner drankriegt.«

»Flo hat recht«, sagte Lisa. »Sie werden uns kaum die Möglichkeit geben, noch mal einen Rechner hineinzuschmuggeln. Dieser Zugang ist uns verbaut.«

Flo nickte und wedelte mit einem weiteren Buch aus Lisas Regal, einem dünnen Bildband, auf dem ein Maulwurf mit einem Kothaufen auf dem Kopf abgebildet war »So geht's uns. Sie haben uns einfach mächtig angeschissen.«

Frustriert knallte Anna ihre Tasse auf den Tisch. Kalter Kaffee schwappte heraus und verteilte sich über die Holzplatte.

Lisa warf ihr einen vorwurfsvollen Blick zu und wischte eilig die Tropfen weg. »Kannst du das bitte lassen? Ist jetzt nicht nötig, dass du deinen Frust an meiner Wohnung auslässt.«

Anna erwiderte den Blick düster und stand auf. Plötzlich konnte sie einfach nicht mehr sitzen bleiben. »Irgendwas müssen wir doch tun können! Es kann doch nicht sein, dass die einfach so auf alles scheißen und damit durchkommen!«

Flo, der interessiert durch das schmale Bilderbüchlein geblättert hatte, sah auf und grinste. »Na ja, der Maulwurf hier gibt nicht auf«, stellte er fest. »Er sucht so lange, bis er rausfindet, wer's war. Und dann kackt er ihm auf den Kopf.«

Anna drehte sich irritiert um. »Was? Wem?«

»Hans-Heinerich. Dem Metzgershund.«

Anna starrte ihn an. Dann blinzelte sie. »Okay. Das ist seltsam.

Und widerlich. Hauptsächlich seltsam. Und du willst damit sagen …«

Lisa verdrehte die Augen. »Er will gar nichts damit sagen.«

»Hey. Ich meine damit, dass das Buch cool ist.«

Anna beachtete ihn nicht. Ein Gefühl der Hoffnung machte sich in ihrem Magen breit. Sie sah Lisa an. »Können wir das?«

»Was?«

»Denen auf den Kopf scheißen?«

Lisa strich sich die Rastas aus dem Gesicht und starrte zurück. »Du meinst«, sie zögerte, bevor sie vorsichtig fortfuhr, »dass wir uns selbst die Finger schmutzig machen?«

»Na ja …« Anna sah von ihr zu Kim, dann zu Flo und wieder zurück. »Ihr seid – oder wart – bei Greenpeace, und ihr habt einige nicht ganz legale Sachen gemacht …«

»Echt jetzt?« Lisas Miene verdunkelte sich. »Weil wir bei Greenpeace waren, neigen wir sowieso zur Kriminalität? Was als Nächstes? Meine Herkunft?«

»Ich … nein, so hab ich das nicht gemeint!« Anna rang nach Worten und sah Hilfe suchend zu Kim, die jedoch nur den Kopf schief legte. »Ich meinte nur, dass wir in einer Sackgasse stecken! Und vielleicht ist der einzige Weg, die tatsächlich dranzukriegen …«

»Was? Uns auf ihr Niveau zu begeben? Ich bin Juristin, Anna. Mica ist Journalistin, Kim Wissenschaftlerin. Das einzige Kapital, das wir haben, ist unsere Glaubwürdigkeit!«

»Na, zumindest das Problem hab ich nicht«, sagte Flo ungerührt.

»Bitte sei mal einen Moment ruhig, Flo.« Kim funkelte ihn an. »Lisa hat recht, das ist keine gute Idee. Selbst wenn wir einen Plan hätten. Den wir nicht haben! Ob wir Light Foods drankriegen, hängt davon ab, dass unsere Beweise wasserdicht sind. Wenn wir selbst Mist bauen, machen sie uns vor Gericht – und in der Presse – so fertig, dass du nicht mal in den Supermarkt gehen kannst, ohne dass die Leute mit dem Finger auf dich zeigen.«

»Außerdem ist das nicht Peters Weg«, fügte Lisa hinzu. »Wir waren uns einig, dass wir es auf seine Weise versuchen.«

Anna schnaubte düster. »Hat ja auch hervorragend geklappt.« Sie sah die anderen trotzig an. »Ich bin nicht Peter. Aber wenn niemand von euch eine zündende Idee hat, dann ist es vielleicht 'ne gute Idee, mal einen anderen Weg zu probieren!«, sagte sie scharf. »Oder aber wir können diesen Haufen hier noch ein zwanzigstes Mal lesen und feststellen, dass die uns nur auslachen würden!«

Für einen Moment schwiegen alle. Dann hob Flo die Hand. »Also, wenn du 'ne gute Idee hast – ich bin dabei.«

Anna sah Lisa triumphierend an, doch die schüttelte nur den Kopf. »Vergiss es. Wir müssen einen anderen Weg finden.«

»Wisst ihr was? Ihr könnt mich mal. Wegen eurem Kinderkram liegt Peter im Koma, und ihr habt nicht mal die Eier, die dafür dranzukriegen, die daran schuld sind! Das ist erbärmlich.«

»Anna ...«

»Anna mich hier nicht voll!«, blaffte sie. »Ihr ... ach, was soll's. Ich muss hier raus.« Mit zusammengepressten Zähnen marschierte sie hinaus in den Flur. Niemand folgte ihr, als sie die Wohnungstür hinter sich zuschlug.

ZEHN

Ylva Rask saß an einem der zahlreichen Tische der Coffiship-Filiale in der Fußgängerzone einer verschlafenen Stadt einige Kilometer nördlich von Flensburg. Ihre Fahrt von Hamburg aus hatte länger gedauert als geplant, weshalb sie dieses Mal schon hier, im Nirgendwo, einen Zwischenstopp eingelegt hatten. Ylva nutzte die Zeit, die ihr Tesla zum Laden brauchte, für einen Kaffee.

Zwischen den weiß, hellblau und hellgelb gestrichenen Häusern an der kopfsteingepflasterten Straße waren nur wenige Menschen unterwegs, und aus den tief ziehenden Wolken fielen immer wieder einige Tropfen, bevor die nächsten Sonnenstrahlen sie aufsogen. Der riesige braun-blaue Schirm mit dem Coffiship-Logo schützte sie vor den kurzen Schauern, und Ylva genoss nach den Stunden im klimatisierten Fahrzeug den Geruch, der von den feuchten Steinen aufstieg. Beinahe noch mehr als den Duft aus ihrem vom Barista mit einer kunstvollen Schaumkrone verzierten Becher. Die Schreie der Möwen erinnerten sie daran, dass das Meer nicht allzu weit weg lag. Sie war schon lange nicht mehr am Wasser gewesen, und vielleicht sollte sie das nachholen, wenn alles vorbei war. Immerhin besaß sie ein schönes, ruhig gelegenes Strandhaus in der Nähe von Kalundborg, das sie schon viel zu lange nicht mehr gesehen hatte. Sie seufzte. Im Moment war daran allerdings nicht zu denken. Ihre Wahlwerbekampagne befand sich in einer heiklen Phase, und wenn sie ihren momentanen Vorsprung auf ihre Mitanwärter auf den Vorsitz des EU-Agrarrats behalten wollte, konnte sie es sich nicht leisten, sich ablenken zu lassen. Sie nippte nochmals an ihrem Kaffee und öffnete dann mit einem leisen Schnaufen den neuesten Bericht, den ihr Team ihr vor wenigen Minuten zugeschickt hatte. Die Umfragewerte sahen wie erwartet aus. Ihre Assistentin in Berlin hatte ihr die ersten Pressestimmen von der Stiftungsveranstaltung angehängt. Sie klickte nacheinander eine Handvoll Links an, überflog sie und verzog das Gesicht. Ja, sie hatte erneut zugelegt, und die Reaktionen einiger der wichtigeren Leute in der kommenden Phase des Auswahlprozesses fielen positiv aus. Das war auch der Sinn des Ganzen gewesen. Auf der anderen Seite beschäftigten sich die Artikel vor allem mit der Bühnenshow des Light-Foods-CEO. Und auch wenn selbst das Teil des Plans war, versetzte es ihr einen leisen Stich, lesen zu müssen, dass seine charismatische Bühnenpräsenz ihr eher graues Auftreten überschattet und dem sonst drögen Abend Glanz verliehen habe. Light, beziehungsweise Lichter, war ein Aufschneider. Unbestritten ein Showtalent, das allerdings ihrer Ansicht nach von seinem eigentlichen Geschäft, dem Fleisch, erschreckend wenig verstand. Hätte man sie nach ihrer ehrlichen Meinung gefragt, dann ... hätte sie diese natürlich hinter einer Maske der höflichen Unverbindlichkeit und einigen ausgesuchten, lobenden Worten verborgen. So lief dieses Spiel schließlich. Aber im Stillen war sich Ylva sicher, dass es Lichter nicht darum ging, die Welt zu retten. Am Ende wollte das niemand, der stattdessen stinkreich werden konnte. Und mit der Idee, dass die Welt gerettet wurde, indem man nur ethisch einwandfrei genug konsumierte und die richtigen Produkte kaufte, konnte man schließlich wirklich viel Geld machen. Leuten die bittere Wahrheit nahezubringen, dass sie unweigerlich weniger konsumieren mussten, wollten sie eine Chance haben, war deutlich unpopulärer und brachte nichts ein. Lichters Geschäft war die Illusion einer besseren Welt. Aber die verkaufte er außerordentlich gut, und solange er damit auch für sie nützlich war, war er ... immer noch nicht angenehm, aber tolerierbar. Ylva Rask konnte eine Menge tolerieren, wenn es ihr nützte. Direkt nach ihrem offenen Bruch mit den Geschäftstraditionen ihres Familienkonzerns war sie in die Politik gegangen. Zuerst hatte sie sich bei den dänischen Freien Grünen engagiert, war dann für einige Zeit für die Sozialistische Volkspartei angetreten und hatte sich schließlich Venstre, den Rechtsliberalen Dänemarks, angeschlossen, um in deren Auftrag für eine starke Agrarpolitik zu sorgen. Letztlich aber hatte sie sich auch von denen mit einem öffentlichkeitswirksamen Auftritt getrennt und war als parteiloses Mitglied ins Europaparlament eingezogen. Wichtigste Konstante und Markenzeichen ihrer Karriere war und blieb ihr Engagement für eine moderne, leistungsfähige und dabei umwelt- und tierwohlverträgliche Landwirtschaft. Und das kam an. Die Umweltbewussten, denen schmerzhaft klar war, dass sich ein Klimakollaps nur durch radikales Umdenken vermeiden lassen würde, unterstützten sie, weil sie für klimaneutrale Nahrungsmittelproduktion eintrat. Die Konservativen stimmten für sie, weil sie moderne, lukrative Wege nicht ablehnte; die ethisch Motivierten, weil sie sich dem Tierwohl verschrieben hatte. Ein Schaumschläger wie Lichter, der all das mit großspurigen Bildern und Starrummel verkaufen konnte, war unter diesen Umständen ein vertretbares Übel.

Ylva schloss die Presselinks und nahm sich die nächste E-Mail vor. Nach einigen Augenblicken runzelte sie die Stirn. Sie sah auf und die Straße entlang, doch abgesehen von zwei alten Frauen, die einige Dutzend Meter weiter in ein Gespräch vertieft waren, und einem jungen Kerl war die Fußgängerzone verlassen. Sie sah in die andere Richtung. Ein dunkelhäutiges Mädchen räumte irgendwelche Dinge in einen Verkaufsständer vor einem der Läden ein und nickte dabei rhythmisch zu unhörbarer Musik auf ihren Kopfhörern. Der einzige andere Gast im Außenbereich des Coffeeshops war ein alter Mann, der in einen zerfledderten grau-gelben Thriller vertieft war, der irgendwas mit Raubtier und Stadt im Titel trug. Schließlich gab sie sich einen Ruck, setzte ihre Brille auf und ließ sie eine Nummer wählen. »Ylva hier. Was genau ist das Problem?«, fragte sie gedämpft.

»Die Krankheit«, sagte die Männerstimme in ihrem Ohr. »Die ist das Problem. Sie haben davon gehört. Nervenzittern, extreme Stimmungsschwankungen, Paranoia, Wahnvorstellungen.«

»Ich weiß, wie sich das auswirkt«, zischte sie, »ich sehe Nachrichten. Ich verstehe nur nicht, was das mich angeht.«

»Light Foods geht Sie etwas an. 7,3 Prozent Aktienanteil.«

»Gerade mal 0,4 Prozent«, widersprach sie fast automatisch.

»Sie müssen sich nicht dumm stellen«, sagte der Mann trocken. »7,3 Prozent. Das sind rund 1,2 Milliarden Euro Marktwert. Fast halb so viel, wie das Unternehmen Ihrer Familie letztes Jahr wert war. Nur dass Sie an dem weniger besitzen und Ihre Aktien kontinuierlich schwächer werden, seit die Kommission das Schlachtverbot durchgesetzt hat. Fast eine Million Rinder in der Notschlachtung, und bis letzten Monat galt die Krankheit endlich als eingedämmt, aber kein Schwein will mehr echte Kuh essen, wenn es Alternativen gibt. Also haben Sie Aktien der Alternative gekauft. Natürlich. Sie sind Geschäftsfrau.«

Ylva Rask schnaubte. »Auf Ihren Tipp hin, wenn ich mich recht erinnere. Worauf wollen Sie ...«

»Vor allem aber sind Sie Politikerin, die hoch hinauswill. Das Letzte, was Sie brauchen können, ist ein Skandal, richtig?«

Ylva schloss die Augen. Sie wusste, worauf ihr Gesprächspartner hinauswollte, aber sie hatte keine Lust, es ausgesprochen zu hören. Sie nahm ihre Tasse und trank langsam einen Schluck. Sie spürte eine feinsüße Note auf der Zungenspitze und gleich dahinter, etwas seitlich versetzt, das dezent Bittere, Melasseartige, das diesen Kaffee zu einer Besonderheit machte.

Auf die richtige Mischung kam es an. Man konnte eine noch so gute Kaffeebohne finden, aber die besten Kaffees waren immer Mischungen. Verschiedene Sorten, verschiedene Varietäten. Die richtige Mischung konnte einen mittelmäßigen Kaffee in eine Spezialität verwandeln. Wer würde es dem Barista verübeln, wenn er dafür eine schlechte Bohne nahm?

»Richtig?«, fragte der Mann mit Ungeduld in der Stimme.

»Was für ein Skandal?« Sie war ganz ruhig.

»Irgendjemand hat Light Foods mit der Krankheit in Verbindung gebracht.«

Ylva schnaubte. »Schon wieder? Diesen Leuten wird aber auch nie langweilig. Und weshalb belästigen Sie mich damit?«

»Raten Sie.«

»Wieso sollte ich ...« Ihre Miene fror ein, und der Mann schien es durch das Telefon hören zu können, als ihre Stimme stockte.

»Ja, ich fürchte, dass es dieses Mal Beweise gibt, die die Lieferkette einschließen.«

»Wer?«

»Weiß ich noch nicht genau. Aber leider sind die Informationen, die die haben, bestätigt.«

»Wie das?«

»Weil wir jedem Gerücht nachgehen, was denken Sie denn? Die einzige Gemeinsamkeit, die diese Fälle haben, mehr als vierhundertzwanzig bisher, sind Light-Foods-Produkte. Es ist nur eine Frage der Zeit, bis andere darauf kommen und anfangen, Verbindungen zu ziehen. Und Sie wissen, was das bedeutet.«

Ylva sah hinauf in den Himmel zu zwei Möwen, die mit schrillen Rufen unter den schnell ziehenden, tiefen Wolken kreisten. »Ich weiß es. Und was gedenken Sie, dagegen zu tun?«

»Wie kommen Sie darauf, dass ich etwas dagegen tun kann?«

»Sonst hätten Sie mich nicht kontaktiert.«

»Hm«, machte der Mann. Nach einer kurzen Pause sagte er:

»Sehen Sie, ich will vor allem nicht dafür hängen. Und wenn Sie durch diese ... Panne untergehen, nehmen Sie mich mit.«

»Da haben Sie allerdings recht.« Ylva riss die Augen von den Möwen los und hob erneut ihre Tasse an die Lippen, nur um festzustellen, dass sie leer war.

»Also wollte ich Ihnen die Gelegenheit geben, sich zurückzuziehen und Ihr Gesicht zu wahren und Ihre Vision und Einlagen zu retten«, ergänzte der Mann.

»Wie selbstlos. Aber Sie wissen so gut wie ich, dass ich Letzteres nicht kann, ohne den Verdacht auf mich zu lenken.«

»Na gut, dann Ihr Gesicht und Ihre Vision *oder* Ihre Einlagen zu retten. Immer noch kein schlechter Deal. 1,2 Milliarden, sagten Sie? Das sollte für den Ruhestand reichen.«

Ylva stellte die Tasse ab. »Sie verschwenden meine Zeit. Ich frage noch mal: Was gedenken Sie, dagegen zu tun?«

Der Mann seufzte. »Also gut. Wir haben einen Plan. Wir werden den Skandal kaum vermeiden können, aber wir können wahrscheinlich dafür sorgen, dass andere im Rampenlicht stehen.«

»Und was wird mich das kosten?«

»Einen Haufen Geld, wenn die Kurse fallen. Ziemlich sicher. Und Ihre volle Mitarbeit bei der Aufklärung. Aber wenn Sie Ihre Karten gut spielen, können Sie die Lorbeeren dafür einstreichen, und das könnte am Ende sogar der entscheidende Anstoß für Ihre Karriere sein. Denken Sie darüber nach: Ylva Rask, die Bewerberin um den Vorsitz der EU-Agrarkommission, deckt einen der größten Lebensmittelskandale aller Zeiten auf, noch bevor sie im Amt ist. Auch wenn es sie Unmengen von Geld gekostet hat. *Das* ist Integrität und Kompetenz.«

»Eine schöne Ansprache«, sagte Ylva trocken. »Das haben Sie sicher vor dem Spiegel geübt. Und was haben Sie davon?«

»Im Jet«, gab der Mann ungerührt zurück. »Und was Ihre Frage betrifft: Wir retten den Konzern. Und nach wie vor die Welt. So steht es schließlich auf unserer Webseite. Also?«

Ylva starrte auf das Tablet auf dem Tisch vor ihr. Mit einem Tippen zog sie die Presseartikel wieder in den Vordergrund. »Die Frau der Zukunft«, stand in fetten Lettern über einem Artikel, der sie auf der Bühne in Berlin zeigte. Es war ein vorteilhaftes Foto, ließ sie stark und selbstbewusst aussehen. Der Fotograf mochte sie offensichtlich. Sie gab sich einen Ruck. »Also gut. Ich kümmere mich darum, auf meiner Seite aufzuräumen, und Sie – machen Sie Ihr Ding. Aber denken Sie daran: Wenn aus irgendeinem Grund doch ich dran bin, sind Sie es auch.«

»Ich weiß. Das gilt andersherum auch. Ich melde mich wieder.« Mit einem leisen Signalton unterbrach die Verbindung.

Nach einer Weile nahm Ylva die Brille ab und massierte sich die Nasenwurzel. Nur mit Mühe gelang es ihr, das Zittern ihrer Hand zu unterdrücken. Erst als sie sich weit genug im Griff hatte, stand sie auf, zahlte und ging langsam die Straße hinunter, ohne auf die Auslagen der kleinen Geschäfte zu achten.

Verdammt. Light Foods hatte die Lösung ihrer Probleme werden sollen, nicht ein weiteres. Es war ja nun wirklich nicht so, als hätte sie sonst nichts zu tun. Aber sie war von diesem Konzern abhängig, von seinem Geld und seinem guten Ruf. Also musste sie aufräumen. Und sie würde den Teufel tun und sich auf andere verlassen. Und wie hieß es so schön? In jeder Finanzkrise steckte auch eine Chance.

Ja, sie hatte ein Problem, groß genug, um ihre Karriere zu zerstören und ihre Ambitionen in Staub zu verwandeln. Aber wenn diese Leute erwarteten, dass sie sich feige zurückzog und ihre Anteile abwarf, dann würde sie sie enttäuschen.

Sie straffte die Schultern, tippte ihre Brille an und wählte eine weitere Nummer. »Rask hier. Es geht um mein Portfolio, besonders den Light-Foods-Anteil. Halten Sie sich bereit, um so viele Aktien zu besorgen, wie Sie können.« Sie blieb kurz stehen, als der Widerspruch auf der anderen Seite der Verbindung so laut war, dass ihn Passanten hätten hören können. Es gab allerdings keine. »Bitte überlassen Sie das mir, ja? Machen Sie's unauffällig, und verteilen Sie es auf die üblichen Kanäle, aber kaufen Sie, was immer Sie kriegen. Alles, verstanden? – Ja, egal, wie tief der Kurs fällt. Oh, und kaufen Sie jetzt gleich noch ein paar Light-Foods-Aktien offiziell. Genau. Ganz offiziell. Runden Sie den Teil auf 0,5 Prozent. Ja, ich weiß, was ich tue. Machen Sie Ihren Job – ich mache meinen. Danke.«

Manche Gelegenheiten musste man einfach ergreifen. Feigheit zahlte sich nicht aus.

ELF

Für die nächsten zwei Tage vergrub sich Anna in Peters Wohnung. Sie besuchte weder ihren Bruder im Krankenhaus, noch ging sie in das Café an der Spree. Sie reagierte noch nicht einmal auf Frau Nowaks Klingeln an der Wohnungstür.

Zuerst hatte sie begonnen, Peters Pinnwand nach irgendetwas Verwertbarem durchzusehen, nach etwas, aus dem sie so etwas wie einen Angriffsplan hätte entwickeln können. Doch schließlich musste sie einsehen, dass das absurd war. Egal, wie sehr sie sich hineinsteigern würde – sie allein würde gegen einen Weltkonzern absolut gar nichts ausrichten. Also ließ sie sich irgendwann auf das Sofa fallen, blieb einfach sitzen, überwältigt vom Gefühl, immer tiefer in schwarzem Schlamm zu versinken, der sich schwer auf ihre Brust legte und sie lähmte, bis sie beinahe das Gefühl hatte, zu ersticken. Und trotzdem gelang es ihr nicht, sich zu bewegen. Sie unternahm nicht einmal einen ernsthaften Versuch. Wozu auch? Peter vegetierte vor sich hin, draußen hing winterlicher Hochnebel wie eine schwere Bleidecke über Berlin, ganz so, als wollte das Wetter ihrer Stimmung Gesellschaft leisten, und überall auf der Welt starben Leute einen qualvollen Tod an TASE, und es gab nichts, was sie dagegen unternehmen konnte.

Die Benachrichtigung ihrer Mailbox ließ kurz ihr Handy vibrieren. Sie hatte es stummgeschaltet und warf nur hin und wieder einen Blick auf das Display, wenn sie über einen vergeblichen

Anruf informiert wurde. Irgendeine Tante, die es an diesem Tag bereits das dritte Mal versuchte. Die Nachrichten ihrer Verwandtschaft auf der Mailbox häuften sich, und die WhatsApps wurden immer drängender, doch mehr als Scrollen brachte sie nicht fertig. *Gebt einfach Ruhe. Wenn es etwas Neues gibt, erfahrt ihr's. Oder auch nicht. Spart euch euer geheucheltes Mitleid.*

Sie wusste noch nicht einmal genau, warum sie überhaupt so niedergeschlagen war. Vielleicht war es lediglich das Gefühl, dass sie beinahe etwas hätte erreichen können. Dass sie wirklich knapp davor gewesen waren – und der nagende Gedanke, dass sie das Peter schuldig war. Irgendwie. Stattdessen saß sie nun auf dem Sofa herum und kam sich unglaublich nutzlos vor.

Gut möglich, dass sie auch die nächsten Tage so verbracht hätte, wenn sie nicht am Dienstag das Geräusch eines Schlüssels in der Wohnungstür aufgeschreckt hätte. Als sie aufblickte, stand Lisa in der Tür und sah sie mit einer Mischung aus Mitleid und Verärgerung an.

Na vielen Dank auch. Das hat mir jetzt gerade noch gefehlt. Mitleid von Miss Perfect. »Was willst du?«

»Dir auch einen guten Morgen.«

»Was soll daran gut sein?« Anna schnaubte.

»Frühstück.« Lisa stellte eine Tüte Croissants und einen gefühlt zwei Liter Kaffee fassenden Plastikbecher auf dem Couchtisch ab. »Frühstück ist immer gut.« Sie musterte Anna und schüttelte den Kopf. »Gott, siehst du aus. Wann hast du das letzte Mal geduscht?«

Anna starrte sie an, bevor sie an sich hinuntersah. »Was geht dich das an«, sagte sie, doch selbst in ihren eigenen Ohren klang das geradezu kindisch trotzig.

»Ich muss mit dir in einem Raum sein. Du solltest wirklich etwas mehr Rücksicht auf deine Mitmenschen nehmen.« Mit einer Miene, die keinen Widerspruch duldete, packte sie Anna am sprichwörtlichen Kragen und zerrte sie mit erstaunlicher Kraft hinter sich her ins Badezimmer. »Los, duschen.«

»Du kannst mich mal.«

»Nicht so, wie du riechst.« Sie drehte die Dusche auf. »Bis du ausgezogen bist, dürfte das zumindest lauwarm sein.«

»Schön wär's.« Anna schob ihre Hand beiseite und funkelte die Dusche wütend an, um Lisa nicht ins Gesicht sehen zu müssen. »Der Durchlauferhitzer ist kaputt. Die geht nur kalt.«

»Na, dann bist du schneller fertig. Und vermutlich dann wach. Mach hin, wir müssen reden.«

»Reden? Worüber?«

»Wenn du geduscht hast«, sagte Lisa nur und schob sich an ihr vorbei aus dem Bad. »Ich hol dir ein Handtuch.«

Erst als Anna, in ein großes Duschhandtuch eingewickelt, bibbernd auf der Couch saß und unter Lisas Aufsicht Croissants und den zum Glück immer noch heißen Kaffee vertilgte, verwandelte sich deren strenge Miene nach und nach in ein schmales Lächeln.

»Glaub mir, Anna, ich habe das alles auch schon durchgemacht.«

Anna schnaubte und schluckte. »Ach. Aber du hattest natürlich nicht das Bedürfnis nach einer ordentlichen Runde Selbstmitleid?«

»Klar.«

Nehm ich dir nicht ab. »Und warum gönnst du's dann mir nicht?«

»Weil das nichts bringt. Und wir keine Zeit für diesen Scheiß haben.«

»Das ist aber nicht die feine Art. Ich wette, so etwas hast du nicht in deinen Psychologieseminaren gelernt.«

»Nein, die waren für solche Fälle komplett nutzlos. Aber manchmal muss man eben ein Risiko eingehen. Außerdem gibt es nichts Besseres als eine kalte Dusche und frische Croissants, um die Lebensgeister zu wecken.«

»Geh mir weg mit deiner Küchenphilosophie.«

»Ist ein Wandtattoo in meiner Bäckerei.« Lisa zuckte mit den Schultern und grinste.

Anna verzog das Gesicht zu einem schwachen Lächeln und hob den Becher. »Und du hast sogar Kaffee für mich gekauft – in einem Plastikbecher!«

»Ist biologisch abbaubarer Kunststoff, aber ja – nicht meine erste Wahl. Besondere Umstände erfordern eben besondere Maßnahmen. Und jetzt trink aus, wir müssen los.«

»Warum? Wohin?«

»Wart's ab. Mach schon.«

»Jetzt mach's nicht so spannend. Ich hasse Überraschungen.«

»Ist keine Überraschung. Ich muss dir was zeigen.«

»Kannst du mir das nicht einfach erzählen?«

»Kann ich nicht. Außerdem wär's dann ja keine Überraschung mehr.«

»Du hast doch gerade gesagt, dass ...«

»Jetzt mach einfach!«

Anna verdrehte die Augen, trank den Becher leer und ging nach nebenan, um sich anzuziehen. Lisa holte inzwischen Jacke, Mütze und Schal aus der Garderobe. Sie drückte Anna die Sachen wortlos in die Hände und schob sie auf den Flur hinaus. Frau Nowak stand unten im zweiten Stock vor ihrer Wohnungstür, aber Lisas entschlossener Gesichtsausdruck hielt sie davon ab, sie anzusprechen.

Anna nickte der alten Dame entschuldigend zu. »Wir haben's eilig. Peter besuchen, Sie verstehen?«

»Natürlich. Richten sie ihm einen Gruß von mir aus.«

»Machen wir.« Anna spürte ihren Puls im Hals, während sie weiter die Treppe hinunterhastete, und für einen kurzen Moment war sie sich nicht sicher, ob sie nicht vielleicht doch träumte. Dann riss Lisa die Haustür auf, und ein Schwall eisiger Luft schlug Anna entgegen.

Lisa hatte ihren bunt bemalten VW-Bus direkt vor der Haustür halb auf dem Bürgersteig geparkt. Das Fahrzeug war vermutlich noch älter, als es aussah, keines von den neuen, auf Retro getrimmten Modellen für die gehobene Mittelklasse, sondern ein echter Oldtimer, wie ihn früher die Hippies gefahren hatten und wie sie heute noch von Surfern gern verwendet wurden. Lisa hatte sie zwar in der Nacht ihrer Ankunft vom Krankenhaus nach Hause gefahren, doch aus irgendeinem Grund konnte sie sich nicht mehr so richtig an dieses Fahrzeug erinnern. Von innen war der Bus sogar noch ein ganzes Stück bunter als außen. Fahrzeughimmel und Armaturen waren mit strahlend bunten Mustern und Ornamenten bemalt. Auf dem Armaturenbrett klebte die Wackelfigur eines Hula-Mädchens. Es war das reinste Klischee, aber irgendwie passte es auf eine charmante Art zu Lisa.

»Interessante Fahrzeugwahl.« Anna versuchte, die altmodische Heizung einzustellen, die neben dem Modus »Aus« nur die zwei Gebläseeinstellungen »Polarluft« und »Toast« zu haben schien. »Ich dachte eher, du würdest etwas Elektrisches fahren.«

Lisa zuckte mit den Schultern, ohne den Blick von der Straße zu nehmen. »Ein Auto zu haben lohnt sich hier in der Stadt ohnehin nicht. Peter besteht darauf, dass wir für längere Fahrten nach außerhalb irgendwo was mieten. Und ja, dann elektrisch. Das hier ist ein Erbstück von meiner Mum. Ich konnte dich ja schlecht mit dem Fahrrad abholen.«

Anna stutzte. »Der sparsame Peter besteht darauf? Ich bin mir ziemlich sicher, dass im Flur in der Wohnung ein Autoschlüssel herumliegt. Zu Peters altem Seat.«

Lisa zuckte mit den Schultern. »Ich kann dir nicht mal sagen, wann er den das letzte Mal bewegt hat. Eigentlich redet er davon, ihn zu verkaufen. Ganz ehrlich – ich glaube, das hat er bisher nur nicht gemacht, weil er die Papiere verschlampt hat und es nicht zugeben will.«

Anna sah sie zweifelnd an. »Als ob!«

Die andere grinste schmal. »Gerade deswegen. Kannst du dir vorstellen, wie ihn das wurmen muss? Lieber zahlt er noch ein Jahr den Anwohnerparkausweis.«

Dunkelgrauer Schneematsch lag an den Straßenrändern, und aus dem antiken Kassettendeck leierten leise Creedence Clearwater Revival. Der richtige Winter hatte Berlin in diesem Jahr noch nicht erreicht. Jedenfalls nicht die schöne Art von Winter, die an Weihnachtsmärkte und Schlittenfahrten denken ließ. Anna nahm sich vor, mit Lisa und Peter zusammen einen richtigen Weihnachtsmarkt zu besuchen, wenn er wieder aufwachte. Falls er wieder aufwachte.

»Hast du heute schon was von ihm gehört?«, fragte sie nach einer Weile.

»Hm.« Lisa sah erneut in den Rückspiegel. »Hat sich nicht viel verändert«, sagte sie dann. »Sein Koma ist stabil, die Blutwerte sehen gut aus, und die Entzündungswerte sind wohl zurückgegangen. Der Chefarzt lässt sich verleugnen, solange ich mit ihm sprechen will, und die Ärztin sagt, dass sie mit der Entwicklung zufrieden sind. Was auch immer das heißt.«

»Irgendwas Neues von der Polizei?«

»Meinst du die Frage ernst?« Lisas Lippen wurden zu einem dunklen Strich. Dann seufzte sie. »Sie ermitteln. Sie hatten irgendwelche Fragen dazu, ob sich Peter irgendwelche Feinde im ›alternativen Milieu‹ oder unter ›Migranten‹ gemacht hat.« Sie betonte den Ausdruck spöttisch. »Klar. Er hat 'ne schwarze Freundin. Natürlich hat er Ärger mit kriminellen Clans. Oder so.« Lisa verdrehte die Augen und seufzte leise. »Jedenfalls sind sie wohl noch dabei, irgendwelche Verkehrskameras auszuwerten. Wirklich zuversichtlich klingen sie dabei aber nicht. Ich glaube, die wollen das einfach so schnell wie möglich vom Tisch haben.

Vielleicht machen sie mehr, wenn du dich noch mal meldest. Die blonde deutsche Frau zieht vielleicht besser als die schwarze Öko-Rasta.«

Anna starrte aus dem Fenster. *Möglich. Oder aber es interessiert sich wirklich niemand dafür.*

Als sie in Lisas Wohnung ankamen, saßen Alex und Mica am langen Esstisch und sahen sich irgendetwas auf Micas Laptop an, während Flo und Kim gerade damit beschäftigt waren, Essen aus der Küche hereinzutragen.

»Ihr habt ein echt gutes Timing. Ich bin gerade fertig!« Kim stellte ihre dampfende Platte in der Mitte des Tisches ab und grinste Anna schmal an.

Anna musterte den Tisch. »Schnitzel?« Sie warf Kim einen argwöhnischen Blick zu. »Das ist ein Test, oder?«

»Nö. Hab ich schon getestet. Die sind echt gut.« Flo zuckte mit den Schultern und schob Gläser und Teetassen beiseite, um eine riesige Schüssel goldgelben Reis abstellen zu können.

»Ich meine – ich dachte, ihr esst kein Fleisch?«

»Alex und ich schon«, gab Flo zurück. »Ich nur keins von Säugetieren. Oder Vögeln. Der da frisst ja eh alles. Sogar Heuschrecken.«

Alex gähnte herzhaft und zuckte mit den Schultern. »Insekten sind eine hervorragende Proteinquelle. Außerdem schmecken sie erstaunlich gut. Und Heuschrecken lassen sich hervorragend auf Lebensmittelabfällen züchten, die sonst keiner verwertet. Also, wenn man gegen Schweinehaltung ist.«

»Dabei müssten wir uns eins halten, wenn wir dich nicht hätten«, gab Flo zurück.

»Mann, Flo. Den Spruch hast du schon mindestens dreißig Mal gemacht.« Mica sah nicht einmal von ihrem Tablet auf.

»Aber wenn's doch stimmt!«

Anna betrachtete die Fleischstücke argwöhnisch. Sie hatte bereits Heuschrecken gegessen und sie kaum schmackhafter gefunden als die Vogelspinnen damals in Thailand. »Und die sind aus ... Insekten?«

»Na ja, wir dachten, dass wir mit dem Light-Foods-Retortenfleisch ein wenig kürzertreten«, sagte Alex ungerührt und begann, sich Essen auf seinen Teller zu häufen. »Wegen dieser Sache. Du weißt schon.«

Flo streckte die Hände aus und stöhnte theatralisch »Brains!«.

»Ihr seid echt peinlich.« Mica sah jetzt doch endlich von ihrem Tablet auf und legte es beiseite. Dann zog sie den Stuhl neben sich einladend zurück und nickte Anna zu. »Beachte die zwei Möchtegern-Komiker nicht. Die Schnitzel sind Pseudofleisch. Aus Erbsenprotein. Und anderen Sachen, über die ich gar nicht so genau nachdenken will, aber auf jeden Fall vegan. Wenn du mich fragst – zu ähnlich.«

»Gerade richtig!«, widersprach Flo. »Ich mein, nur weil ich keine Tiere esse, muss ich ja nicht auf den Geschmack verzichten, oder?«

»Der Geschmack ist das Problem«, widersprach Mica. »Wenn ich schon kein Tier esse, warum dann irgendwas, was nach totem Tier schmeckt?«

»Du hast doch keine Ahnung.«

Lisa schüttelte stumm den Kopf und bedeutete Anna, sich zu setzen, während sie Jasmintee ausschenkte.

»Ich dachte, du wolltest mir was zeigen?«, fragte Anna verwirrt. »Das waren aber nicht die Schnitzel, oder?«

»Geduld. Einen kleinen Moment noch. Wir brauchen alle was Ordentliches zu essen. Ganz besonders Alex. Der hat 'ne lange Nacht hinter sich.«

»Wenn's nur die eine Nacht wäre«, sagte Alex mit vollem Mund.

Erst jetzt wurde Anna wirklich bewusst, wie fertig der Programmierer aussah. Seine Augen waren rot umrandet, und die Haare standen ihm nach allen Seiten vom Kopf ab. Er sah wirklich aus, als habe er seit mindestens achtundvierzig Stunden nicht mehr geschlafen.

»Okay«, sagte Anna vorsichtig, während ihr Kim Reis auf den Teller schaufelte. »Ich kann nicht sagen, dass ich jetzt große Lust auf Essen habe, solange ich das Gefühl habe, dass ich die Einzige bin, die nicht weiß, was gerade los ist, aber bitte.«

Lisa zuckte mit den Schultern. »Du weißt doch, wie das ist: Man soll keine Entscheidungen treffen, wenn man Hunger hat.«

»Oder einkaufen gehen«, fügte Flo mit vollem Mund hinzu. »Ganz großer Fehler.«

Anna sog den Duft in sich ein und stellte fest, dass sie möglicherweise doch hungriger war, als sie gedacht hatte. Aber vermutlich war ein Croissant pro Tag tatsächlich nicht genug Nahrungsaufnahme. Sie seufzte und griff nach einem der Schnitzel. »Kein Ketchup?«

»Siehst du?« Flo deutete mit seiner Gabel anklagend auf Kim. »Das hab ich auch schon gefragt!«

Kim verdrehte die Augen. »Ihr seid Barbaren.«

»Ihr wisst nur nicht, was gut ist«, erwiderte Flo. Er schnaufte und kramte in der Tasche seiner Lederjacke, die über seinem Stuhl hing, aus der er schließlich zwei reichlich zerknautschte Päckchen Ketchup hervorkramte, die er anscheinend irgendwann aus einem Fast-Food-Restaurant mitgenommen hatte. »Ich wusste doch, dass da noch was ist!«, stellte er triumphierend fest und warf eines davon über den Tisch Anna zu.

»Echt jetzt?« Lisa sah in ungläubig an. »Du bringst diesen Müll mit hierher?«

»Du darfst mir gern welchen in 'ner Glasflasche kaufen.« Er fing Lisas Blick auf. »Komm, immerhin ist es kein Light-Foods-Müll. Ich bin ein einfacher Mensch. Ich brauche vertraute Geschmacksrichtungen.«

»Schmeckt übrigens gut«, warf Anna beschwichtigend ein, »auch ohne Ketchup.«

»Schon okay. Du kannst ruhig nachwürzen.« Kim lächelte. »Macht mir nichts aus. Weißt du, im Grunde ist es nur ein Beweis dafür, was Light Foods und ihre ganze Industrie so erfolgreich macht. Die meisten von uns sind auf einige ganz bestimmte Geschmäcker geprägt. Wir mögen das Brot, das wir als Kind gegessen haben, die Art von Schokolade, die Art von Kuchen, die Getränke – das Fleisch. Aus Sicht der Biologin: Das ist ganz natürlich. Wir mögen saure und bittere Nahrungsmittel nicht – weil das in der Natur auf unreife Früchte hinweist – oder auf giftige. Wir mögen kein saures Fleisch, weil es eigentlich ein Hinweis darauf ist, dass es verdorben ist. Süß und ... lecker, also *umami*, ist dagegen ein Hinweis auf Energie und auf Bekömmlichkeit. Also lieben wir es. Ein Grund, warum viele Fertignahrungsmittel wie Suppen mit Mononatriumglutamat versetzt sind: Der Stoff ruft das *umami*-Gefühl hervor, und das macht jede noch so langweilige Tütensuppe appetitlich.«

»Aber ich mag den Geschmack von saurem Fleisch, eingelegt oder auch süßsauer«, stellte Anna fest und ignorierte den Seitenblick von Lisa.

»Klar.« Kim häufte sich Hummus auf den Teller und deutete dann darauf. »Das ist eine Frage der Gewohnheit. Acquired Taste, sozusagen. Das macht uns Menschen, im Gegensatz zu vielen anderen Tieren, so erfolgreich. Ähnlich wie Schweine essen wir letztendlich so ziemlich alles. Aber wir bevorzugen bestimmte Geschmacksnuancen, an die wir von Kind auf gewöhnt sind, was wiederum zum Teil kulturell bedingt ist. Und das geht darüber hinaus. Das Gesamtpaket muss stimmen. Fleisch zum Beispiel hat nicht nur einen bestimmten Geschmack, sondern auch einen charakteristischen Geruch.«

»Ich dachte ohnehin, dass Geruch und Geschmack dasselbe sind, oder?«, warf Alex ein.

Kim schüttelte den Kopf. »Nicht ganz, aber ja, ohne Geruchssinn bleibt vom Geschmack nicht viel übrig. Unser Mund kann nur eine sehr begrenzte Palette von Hauptgeschmacksrichtungen wahrnehmen. Die Feinheiten finden in der Nase statt. Stimmt der Geruch nicht, ist alles Foodengineering umsonst. Auch das hilft uns letztendlich einfach dabei, nichts in den Mund zu stecken, das uns potenziell schadet. Weitere Komponenten sind Farbe und Textur. Rot«, sie deutete auf den Ketchupfleck auf Flos Teller, »signalisiert im Zusammenhang mit Früchten wie mit Fleisch Frische und Reife.«

Alex sah sie zweifelnd an. »Ich dachte, rot deutet auf Giftigkeit hin?«

»Kann es – deswegen sag ich ja: Es sind viele Faktoren beteiligt.«

Anna sah auf ihren Teller, dann zu Kim. »Und was hat das mit Light Foods zu tun?«

»Light Foods produziert Fleisch, das in allen Belangen wie Fleisch schmeckt. Und mehr noch: wie Fleisch aussieht, riecht und in der Textur nicht zu unterscheiden ist. Es *ist* Fleisch – und damit erfüllt es alle Anforderungen, die die meisten Leute an Fleisch stellen, besser als jedes noch so gut gemachte Surrogat.« Sie zögerte und betrachtete das Stück Schnitzel auf ihrer Gabel. »Das ist so ein biologisches Ding«, sagte sie dann fast entschuldigend.

»Aber es ist eine Programmierung«, sagte Mica bestimmt. »Und wir können sie überschreiben! Ich kann den Geruch und den Geschmack von Fleisch nicht mal mehr ausstehen – und ich bin in einer Fleischesserfamilie aufgewachsen! Der Grill ist quasi das Zentrum der serbischen Küche, und ich kann mich an keinen Tag erinnern, an dem es bei meinen Eltern oder Großeltern komplett ohne Fleisch ging. Ihr könnt euch gar nicht vorstellen, wie sich Familienfeiern anfühlen. Ich vermeid die schon deswegen.«

Anna musste an Peter denken und schwieg nachdenklich.

»Eine Programmierung überschreibst du nicht einfach«, widersprach Alex. »Meistens patcht man sie nur, setzt auf die Basis auf und ändert Teile, bis in etwa das herauskommt, was man will. Aber man wird die alte Programmierung nur durch radikale Neuprogrammierung von Grund auf los.«

»Was, wenn ich das richtig verstanden habe, das ist, was Light Foods macht, richtig?«, fragte Anna und kaute auf ihrem Fast-Schnitzel herum.

»Und was soll das sein?«

Sie sah Lisa an und zuckte mit den Schultern. »Sie versuchen nicht, Leute davon zu überzeugen, dass vegan besser ist. Sie bauen auf der alten Programmierung der Fleischesser auf und überschreiben quasi nur den Teil, dass im Gefühl der Leute tote Tiere keine Grundbedingung für Fleischgenuss mehr sind.«

Lisa blinzelte. »Verteidigst du Light Foods gerade?«

»Was? Nein! Ich sage nur, dass ich verstehe, was sie tun. Das ist es, was sie so erfolgreich und beliebt macht. Und das ist es, wogegen radikalere Ansätze wie vegane Lebensweise schwer ankommen. Weil sie eine radikalere, grundlegendere Änderung der«, sie nickte Mica zu, »Programmierung benötigen – und instinktiv verteidigen die Leute dann den leichteren Weg. Mit rationalen Argumenten kommt ihr da nicht weit.«

»Aber sie töten Menschen!«, fuhr Lisa auf.

»Ja, und das ist scheiße! Das weiß ich doch selbst!« Sie warf ihre Gabel auf den Teller, heftiger als beabsichtigt. »Aber mit Zahlen allein überzeugst du keine Leute! Würde das reichen, wären wir alle seit den 80ern mindestens Vegetarier!«

»Dann ist es ja gut, dass wir 'ne bessere Idee haben«, sagte Flo beiläufig, doch das reichte, um Anna innehalten zu lassen.

»Was?«

Flo zuckte mit den Schultern, tunkte ein weiteres Schnitzel in den Rest der Ketchuppfütze auf seinem Teller und deutete dann auf das noch immer ungeöffnete Päckchen neben Annas Teller. »Brauchst du das doch nicht?«

Anna starrte verwirrt auf das Päckchen, schob es dann unwirsch über den Tisch und wiederholte ihre Frage.

»Wie gesagt: wir haben ’ne bessere Idee. Alex ...«

»Flo, wir wollten das bis nach dem Essen verschieben«, unterbrach ihn Lisa, doch Anna schnaubte. »Ich glaube, ich hatte genug. Was geht hier eigentlich vor?«

Sie sah sich um. Die anderen vier sahen Lisa an, und Mica und Kim zuckten kaum merklich mit den Schultern. Schließlich seufzte Lisa. Sie schob sich einen verirrten Zopf aus dem Gesicht, band ihn umständlich mit den anderen zusammen und seufzte schließlich. »Also gut«, sagte sie. »Folgendes: Zuerst mal – wir wollen uns bei dir entschuldigen. Du hast recht gehabt. Wir haben es auf Peters, auf unserem Weg probiert, und es hat nicht funktioniert. Und wird es vermutlich auch nicht. Uns bleibt nicht viel anderes, als es anders zu probieren.«

»Akzeptiert«, sagte Anna vorsichtig. »Und das heißt jetzt genau?«

»Das heißt, dass Alex die letzten zwei Tage hart gearbeitet hat.«

»Ihr macht euch keine Vorstellungen«, murmelte Alex mit vollem Mund.

Dieses Mal ließ sich Lisa nicht unterbrechen. »Um es kurz zu machen: Es ist ihm heute Morgen gelungen, sich in die Sicherheitssysteme von Light Foods einzuhacken.«

Anna blinzelte. »Was?«

»Sie werden von einem externen Dienstleister betreut«, sagte Alex ungerührt. »Das ist ihre Schwachstelle.«

»Okay. Und das bringt uns was? Sind wir das nicht schon durchgegangen? Die werden schon längst alle Spuren beseitigt haben.«

»Schon. Aber darum geht es hier aber auch nicht. Nicht mehr.«

»Worum dann?«

Alex sah zu Lisa.

Lisa nickte. »Alles, was wir dir jetzt sagen, werden wir vor Gericht bestreiten. Noch mehr: Wenn du irgendetwas davon ausplauderst, werden wir alle behaupten, dass du uns anstiften wolltest.«

»Vielleicht müssen wir dich sogar töten«, sagte Flo und fing sich dafür Micas Ellenbogen ein. »Sorry, das war 'n Scherz. Ein geschmackloser. Also wegen deinem Bruder und so. Ich ... sorry.« Er verstummte betreten.

Anna sah ihn mit gerunzelter Stirn an. »Geht's auch etwas weniger kryptisch, oder braucht ihr noch 'ne Weile, bis ihr genug unnötige Spannung aufgebaut habt?«, fragte sie.

»Wie Flo schon gesagt hat: Wir haben eine Idee. Oder besser: einen Plan«, sagte Alex. »Wir wissen jetzt, wie wir Light Foods endlich drankriegen können. Es ist allerdings nicht ganz legal.«

»Und wir brauchen dafür deine Hilfe«, fügte Lisa hinzu.

»Okay«, sagte Anna. Tief in ihrem Inneren machte sich eine unbestimmte Aufregung breit. Sie beugte sich vor. »Ich bin ganz Ohr.«

»Es geht im Grunde darum, dass wir Light Foods ein Kuckucksei unterschieben wollen. Wir haben vor, einen chemischen Cocktail in ihre Werkshallen einzuschmuggeln und danach die Gesundheitsbehörden zu informieren. Wenn sie diesmal zum Testen vorbeikommen, werden sie etwas finden, und Light Foods ist nicht darauf vorbereitet, es unter den Teppich zu kehren. Weil sie nichts vertuschen können, von dem sie nichts wissen.«

Anna blinzelte. »Was ...«, sie räusperte gegen den plötzlichen Kloß in ihrem Hals an, »von was für einem Cocktail redet ihr gerade?«

Flo grinste vielsagend und öffnete den Mund, doch Lisa kam ihm zuvor. »Nichts Tödliches. Aber die Inhaltsstoffe dieses Cocktails werden toxisch genug sein, damit sie das Werk umgehend schließen müssen. Sie haben dann keine andere Wahl, als eine sofortige Untersuchung anzuordnen, und dem Management wird keine Zeit mehr bleiben, ihre Spuren zu verwischen. Dann haben wir sie endlich im Sack, dann fällt ihr ganzes Kartenhaus in sich zusammen.«

»Das ist doch total bescheuert!«, sagte Anna. Sie starrte die anderen sprachlos an. Ihr Gehirn raste. Sie musste keine Juristin sein, um zu verstehen, dass dieser Plan hochkriminell war. Also wusste das Lisa noch viel besser als sie. Wenn man sie dabei erwischte, würden sie nicht mit einer einfachen Verwarnung davonkommen, sondern für Jahre, wenn nicht Jahrzehnte ins Gefängnis wandern. Allein so ein Vorhaben zu planen würde sie vermutlich schon mit einem Fuß in den Knast schicken. Sie musste schwer schlucken. Ihre Kehle war mit einem Mal wie ausgetrocknet.

»Ich meine ... ich weiß nicht. Ist das Flos Idee?«, fragte sie, um Zeit zu gewinnen.

»Hey!«

»Ist doch wahr. Das ist eine Schnapsidee! Wie wollt ihr denn überhaupt dort reinkommen? Ich denke mal nicht, dass irgendeiner von euch besonders geschickt im Einbrechen ist.«

Lisa sah sie ungerührt an. »Wer hat denn irgendwas von Einbrechen gesagt? Wir laufen einfach direkt hinein.«

Mica grinste. »Genauer gesagt: Du läufst einfach direkt hinein.«

»Ich? Warum denn ausgerechnet ich?«

»Weil man uns bei Light Foods bereits kennt. Wenn wir uns da blicken lassen, haben wir deren Sicherheitsdienst auf dem Hals, sobald wir an der ersten Sicherheitskontrolle sind.«

»Ach.« Anna sah sie immer noch entgeistert an. »Und bei mir ist das anders? Ich bin Peters Schwester!«

»Genau. Du dagegen bist nur die kleine Schwester des armen, verunglückten PR-Mitarbeiters, die ein paar Sachen von ihm abholen will. Die haben ja selbst bei der Polizei zu Protokoll gegeben, dass seine Tasche noch im Büro liegt. Du wirst dich einfach bei der Rezeption anmelden, weil du sie abholen willst, und Alex wird dafür sorgen, dass dir die notwendige Berechtigung erteilt wird. Über die Sicherheitssysteme kann er die nämlich mit

Leichtigkeit manipulieren. Sobald du erst mal hereingelassen wurdest, begibst du dich auf direktem Weg in die Produktionshallen und wirst dort den Chemiecocktail in einen der Speichertanks hineingießen. Die ganze Angelegenheit wird keine zehn Minuten dauern, dann bist du wieder draußen.«

»Sie werden mich doch erwischen. Ich meine: Dort sind doch sicherlich überall Kameras.«

»Auch die kann ich über die Sicherheitssysteme manipulieren«, sagte Alex. »Ich werde dir den genauen Weg vorgeben. Überall, wo du langgehst, schalte ich sie vorher einfach ab, und wenn du wieder draußen bist, schalte ich sie an. Es wird sein, als wärst du nie dort gewesen. Der einzige Hinweis auf deine Anwesenheit wird das Zugangsprotokoll der Rezeption sein, und dort schaut ohnehin nie jemand rein.«

»Was ist mit dem Chemiecocktail?«

»Eine einfache Thermo-Trinkflasche, wie sie heutzutage jeder in Berlin mit sich herumschleppt«, meldete sich Flo zu Wort. »Sie können sie an der Rezeption sogar aufschrauben und davon kosten, wenn es ihnen Spaß macht. Seine toxische Wirkung entfaltet er erst, wenn er mit den Komponenten in dem Tank in Berührung kommt.«

»Wir wählen extra einen Tank aus, der nicht direkt in die Produktion geht«, meldete Kim sich jetzt erstmals zu Wort, »sodass keine Gefahr besteht, jemanden versehentlich zu vergiften. Wir sind ja nicht bescheuert. Wir wollen ja nur, dass die Lebensmittelaufsicht darauf aufmerksam wird und das Werk schließt.«

»Siehst du?«, sagte Lisa. »Wir haben an alles gedacht.«

Anna war sprachlos und versuchte zu verdauen, was ihr da alles an den Kopf geknallt wurde. Sie war sich ganz sicher, dass sie für so eine Tat nicht nur ins Gefängnis, sondern auf direktem Weg in die Hölle kommen würde. Man würde sie aller Wahrscheinlichkeit nach auf frischer Tat ertappen und vor den nächsten Haftrichter zerren. Dort würden sie kurzen Prozess mit ihr machen, und Light Foods würde sich damit brüsten, einen terroristischen Anschlag vereitelt zu haben. Sie würde vermutlich sogar einen eigenen Wikipedia-Eintrag bekommen, und der wäre alles andere als vorteilhaft. Vielleicht würde man ihren Fall auch irgendwann in juristischen Fachseminaren durchnehmen. Bilder von düsteren Gefängniszellen stiegen unwillkürlich in ihr auf. Und dann das Bild von Peter in seinem Intensivbett.

»In Ordnung. Vielleicht habt ihr recht.« Sie straffte die Schultern. »Zeigen wir es den Drecksäcken.«

»Ich wusste, dass du mitmachst«, sagte Kim.

Flo hob seine Teetasse. »Willkommen bei der Rebellion, Prinzessin Organa!«

Lisa lächelte.

ZWÖLF

Ich hasse diesen Anzug«, murmelte Dan und zog an seinem Hemdkragen. »Das Ding ist unbequem.«

»Es ist ein maßgeschneiderter Thom Browne«, sagte Carl, ohne von seinem Tablet aufzusehen. »Und er sitzt hervorragend.«

»Ach? Und wieso ist er dann unbequem?«

»Er ist nicht unbequem. Du fühlst dich nur nicht wohl darin. Aber wir hatten dieses Gespräch schon. Mehrfach. Es ist nicht sinnvoll, den Aufsichtsrat erneut zu brüskieren, indem du in einem ›Notorious P.I.G.‹-T-Shirt dort aufläufst.«

»Das war ironisch gemeint.«

Carl seufzte. »Diese Leute haben keinen Sinn für Ironie. Die verstehen Gewinne. Und die drückst du mit einem vernünftigen Anzug aus. Für die ist es provokant genug, keine Krawatte zu tragen. Überfordere sie nicht.«

»Steve Jobs hat auch keine Anzüge getragen.«

»Aber auch keine ironischen Shirts. Bist du bereit?«

»Mein Leben besteht anscheinend nur noch aus Meetings und Vorträgen«, murrte Dan. Es klang sogar für ihn selbst ein wenig weinerlich. Außerdem stimmte es nicht. Die Party in der vergangenen Nacht war nicht schlecht gewesen. Er seufzte. »Bereit, natürlich.« Er schaltete sein gewinnendstes Lächeln ein, als Carl die schwere Doppeltür zum Konferenzraum aufschob.

Der großzügig geschnittene Raum war brandneu. So neu, dass die Möbel noch nach Raumausstatter rochen, was auch der Duft nach frischem Kaffee, Ledersesseln und sündhaft teuren Duftskulpturen nicht überdecken konnte. Soweit Dan wusste, hatte auf einem Großteil der Stühle noch nie jemand gesessen. Der gewaltige Konferenztisch aus grünlichem Milchglas bot Platz für vierzig Personen – oder ein halbwegs anständiges Frühstücksbuffet, wie Dan feststellte, als er das Ding zum ersten Mal zu Gesicht bekommen hatte –, und hinter dem Fußende nahm eine Multimediainstallation die gesamte Wand ein. Hinter dem Kopfende der Tafel dagegen gab ein Panoramafenster den Blick auf einen scheinbar malerisch-unberührten Teil der von Raureif überzogenen Westhavel-Landschaft fünf Stockwerke unter ihnen frei. Eine der Längswände schien komplett aus sanft weiß schimmerndem Glas zu bestehen. Die elektrochrome Verglasung bot normalerweise eine ungehinderte Aussicht auf die hypermoderne Produktionsanlage von Light Foods, doch jetzt waren die Scheiben undurchsichtig, um den Aufsichtsrat vor neugierigen Blicken zu schützen. Tatsächlich waren nur sieben der neun Aufsichtsräte anwesend, als Dan und Carl den Raum betraten. Angermann natürlich und die Chinesin Liu, die erst im letzten Jahr berufen worden war. Die endlos lange und stets versteinert wirkende Vestergaard und der Nigerianer, Lawal, dessen breites Lächeln nie seine Augen erreichte, während er sich leise mit seinem Nebensitzer unterhielt. Das Lächeln des Briten, Ward, war mindestens genauso unecht und erinnerte Dan ein klein wenig an das entspannt geöffnete Maul eines Hais. Die Argentinierin, die jüngste Aufsichtsrätin und einzige Bioingenieurin im Raum, sah übermüdet aus. Dan wunderte das nicht. Peréz Garcia war erst heute Morgen per Flugzeug aus Argentinien eingetroffen, und der Jetlag machte ihr jedes Mal zu schaffen. Immerhin brannte sie für die technische und die ethische Seite des Konzerns, was man weder von Vestergaard noch Angermann oder Ward sagen konnte. Kumar schließlich stand am Fenster und telefonierte eindringlich in einer Sprache, die Dan nicht geläufig war. Tamil vermutlich, da er ganz aus dem Süden Indiens stammte, wenn sich Dan richtig erinnerte. Barnett und Navid schließlich hatten sich entschuldigen lassen. Was einerseits bedauerlich war, da er in Berlin das Gefühl gehabt hatte, dass Barnett ihm den Rücken stärken würde, andererseits hätte Navid das sicherlich wieder aufgehoben.

Dan straffte die Schultern und schaltete sein Lächeln ein. »Guten Morgen, die Damen und Herren. Ich freue mich, dass Sie es alle einrichten konnten, uns hier in der neuen deutschen Zentrale unseres Unternehmens zu besuchen.«

Die Anwesenden wandten sich ihm zu – mit Ausnahme von Kumar, der lediglich einen Finger hob und sich dem Fenster zuwandte, um sein Telefonat abzuschließen.

»Daniel!« Auch Angermann schaltete sein Lächeln ein. Der Vorsitzende machte sich allerdings nicht einmal die Mühe, es natürlich wirken zu lassen. »Schön, dass Sie kommen konnten. Ich dachte schon, Ihr Flug hätte sich verspätet.«

»Keine Sorge, Philip«, gab Dan auf Englisch zurück. Nicht jeder im Aufsichtsrat verstand Deutsch. »Ich bin schon seit heute Morgen um sieben hier. Mein Büro hatte noch einen Haufen Arbeit für mich.« Mit Genugtuung sah er Angermanns Lächeln flackern. »Tut mir leid, dass ich euch habe warten lassen, aber die Informationen aus Madurai haben keinen Aufschub geduldet. Habe ich recht, Mr. Kumar?« Er nickte in Richtung des Inders, der jetzt alarmiert aufsah. Es war ihm vermutlich selbst nicht bewusst, aber Dan entging durchaus nicht, dass er instinktiv das Mikro seines Handys zuhielt. Die anderen sahen Kumar fragend an.

»TASE«, sagte Dan. Kumar warf ihm einen vernichtenden Blick zu, und Dan wandte sich wieder dem übrigen Aufsichtsrat zu. »Sie wissen schon, diese Nervenkrankheit, von der zu erzählen man versäumt hat. In Indien wurden heute Nacht offiziell die ersten Fälle gemeldet. Mehrere Hundert, um etwas genauer zu sein. Die Geschäftsleitung unserer indischen Werke rudert gerade ein wenig hilflos mit den Armen, weil sie bereits jetzt um Statements gebeten wird und sich gezwungen sieht, eine Pressemeldung rauszugeben. Ich habe unsere Leute hier vorhin gerade veranlasst, ihnen die notwendigen Hilfestellungen zu geben.«

»Ich habe Sie nicht darum gebeten«, sagte Kumar düster.

»Ich weiß. Und ich habe Ihnen die Verlegenheit erspart, das tun zu müssen. Also gut, setzen wir uns.«

Dan war bei den letzten Sätzen an das Kopfende des Besprechungstischs gelaufen, ließ sein Mobiltelefon und das Tablet auf den Tisch und sich selbst in den Sessel dort fallen, ohne auf Kumar zu achten, der damit hinter seinem Rücken stand. »Ich denke, Mr. Kumar wird uns später noch einen ausführlichen Bericht zur aktuellen Lage in Indien und den angrenzenden Märkten geben, aber wir haben erst mal grundlegende Fragen zu klären. Philip, ist unsere Besprechung eröffnet?«

Das Gesicht des Aufsichtsratsvorsitzenden wirkte kurz wie eine geballte Faust. Doch wie immer dauerte dieser Moment nur kurz, dann hatte sich der Ältere wieder im Griff. Dan bewunderte ihn ehrlich dafür.

»Ja, ich denke, wir können uns heute das übliche Vorgeplänkel sparen«, sagte Angermann stattdessen. »Lassen Sie uns zur Sache kommen, meine Damen und Herren. Wir haben unerwarteten Besuch, der vor wenigen Minuten eingetroffen ist. Ich habe bereits unsere volle Kooperation zugesagt.«

Dans Lächeln gefror. Er schluckte und verfluchte sich dafür gleich darauf im Stillen. »Besuch, der Kooperation benötigt? Die Polizei?«

»Polizei? Gäbe es einen Grund dafür?«, fragte Angermann zurück, und Dan war sich sicher, dass es da einen süffisanten Unterton gab. »Nein, zwei Herren des Gesundheitsamts sind hier.«

Die erstaunten Äußerungen der Übrigen zeigten Dan, dass er mit seiner Verblüffung nicht allein war.

»Sie möchten noch heute mit einer ersten Begehung beginnen, sich aber vorher nochmals von uns darüber informieren lassen, was genau wir hier tun. In unseren Worten, quasi. Ich denke das fällt in Ihren Aufgabenbereich, Daniel.«

»Moment mal.« Dan hob die Hände und hoffte, dass seine Wangen nicht so rot waren, wie sie sich anfühlten. »Ich dachte, die Herrschaften seien erst in zwei Wochen dran, wenn die letzte unserer Produktionsanlagen bereit ist, in Betrieb genommen zu werden? Im Moment sind wir hier nicht darauf eingestellt.«

»Ja, ich denke, das ist der Sinn einer überraschenden Inspektion«, stellte Angermann fest, und in Dan stieg widersinniger Zorn über den schulmeisterlichen Ton des Vorsitzenden auf.

»Ich denke, wir hatten eine Absprache?«, warf Ward düster ein. Er klang so, wie Dan sich in diesem Augenblick fühlte.

»Umstände ändern sich, Mr. Ward, und deutsche Behörden nehmen diese Dinge immer sehr genau«, gab Angermann ungerührt zurück. »Gibt es irgendetwas, das die Anwesenden hier wissen sollten, bevor ich die Herren hereinbitte, Daniel?«

Dan biss die Zähne aufeinander. »Ich finde, Sie sollten wissen, dass ich es überhaupt nicht schätze, so überfahren zu werden, Herr Angermann.«

Angermann nickte. »Zur Kenntnis genommen. Allerdings waren Sie ja nicht eher zu erreichen.« Er zog sein Jackett gerade und betätigte einen dezent in der Tischplatte verborgenen Buzzer. »Laura, bringen Sie bitte die Herren herein.«

Die beiden Männer, die Angermanns persönliche Sekretärin gleich darauf hereinführte, entsprachen verblüffenderweise genau dem Bild, das sich Dan bei ihrer Ankündigung vorgestellt hatte. Der ältere der beiden war ein Buchhaltertyp in einem billigen Anzug von der Stange und schütterem Haar, das er durch seine sorgfältig zurechtgekämmte Frisur nur unzulänglich verbergen konnte. Die Sorte Mensch, dem Dan instinktiv misstraute. *Korinthenscheißer*. Der Jüngere trug einen besser sitzenden Anzug, vermutlich aber ebenfalls von der Stange, ein Tablet und ein gieriges Glitzern in den Augen. Er hatte wahrscheinlich weniger Ahnung als sein Kollege, dafür war er frisch von irgendeiner Uni und begierig darauf, sich die ersten Lorbeeren zu verdienen. *Gefährlich*. Er schaltete sein gewinnendstes Lächeln ein und ging den beiden Männern entgegen. »Dan Light«, sagte er und gab den Männern die Hand. Schlaffer beziehungsweise übertrieben kräftiger Händedruck. Auch das war nicht unerwartet. »Willkommen bei Light Foods. Ich bin ehrlich, ich hatte noch nicht mit Ihnen gerechnet. Kann ich Ihnen eine kleine Erfrischung anbieten? Kaffee vielleicht? Oder einen Happen zu essen? Unsere neue Kantine durfte sich vergangenes Jahr über eine lobende Erwähnung im Gault&Millau erfreuen. Wir stellen die Rillettes aus unseren eigenen Produkten her.«

»Nein, danke«, sagte der Ältere trocken. »Und in unserem Beruf ist es manchmal ganz nützlich, wenn nicht mit uns gerechnet wird. Aber in diesem Fall war Herr Angermann so freundlich und hat uns zur Sitzung Ihres Aufsichtsrats eingeladen. Born mein Name, und das hier ist mein Kollege Wernitz.«

Dan gelang es, seine Miene unbewegt zu halten. »Das ist sehr zuvorkommend von Herrn Angermann«, stellte er fest. »Macht es Ihnen etwas aus, wenn wir uns auf Englisch unterhalten? Light Foods ist ein internationaler Konzern, und ich fürchte, einige Mitglieder unseres Aufsichtsrats beherrschen kein Deutsch.«

Die beiden Inspektoren sahen sich an und nickten.

»Großartig. Also, Herrn Angermann kennen Sie ja schon. Diese Dame hier ist Frau Vestergaard, der Herr neben ihr …«

Als Dan die Vorstellung schließlich beendet hatte, wiederholte er seine Frage: »Wie gesagt: Wie können wir helfen?«

Der jüngere der Inspektoren ergriff das Wort. »Herr Lichter, meine Damen und Herren, unsere – Herrn Borns und meine – Aufgabe in den kommenden Tagen ist es, diese Anlage mit unserem Team auf Herz und Nieren zu prüfen. Und seien Sie versichert, wir werden dabei so gründlich wie menschenmöglich vorgehen.«

Dan lächelte erneut. »Ich erwarte nicht weniger.«

Wernitz musterte ihn mit kühlem Blick. »Ist das so? Wir werden sehen. Um zu verstehen, was wir hier eigentlich genau kontrollieren, hatten wir Herrn Angermann gebeten, uns zu erklären, was es mit Ihrem Unternehmen und Ihren Produkten auf sich hat.«

Dan runzelte unwillkürlich die Stirn. »Ich bin mir sicher, dass man Ihrer Behörde alle erforderlichen Unterlagen hat zukommen lassen.«

Born machte eine wegwerfende Geste. »Natürlich, und wir haben jede Seite Ihrer Hochglanzbroschüren gelesen, jeden Ihrer Imagefilme gesehen und einen ansehnlichen Stapel Fachliteratur gelesen. Wir machen diese Arbeit ja nicht erst seit gestern.«

»Aber nehmen Sie einfach an«, übernahm Wernitz das Wort erneut, und Dan wurde das Gefühl nicht los, dass die beiden ein eingespieltes Team waren, »dass wir überhaupt nichts wissen. Sehen Sie, Herr Lichter, normalerweise begutachtet unsere Abteilung hier in der Region Schlachtanlagen. Großschlachtereien, in denen lebende Tiere angeliefert, getötet, zerlegt, verarbeitet, verpackt und wieder verschickt werden. Das ist ein uraltes Gewerbe mit feststehenden Regeln, die jeder Fleischhauer, Metzger und Schlachter beherrschen sollte und die natürlich auch wir bis ins Detail kennen. Wir kennen alle Punkte, auf die man achten muss, alle Fehlerquellen und auch die Schlupflöcher jener Kandidaten, die es mit den gesetzlichen Anforderungen nicht ganz so genau nehmen wollen.«

»Hier dagegen«, warf Born ein, »begeben wir uns quasi auf Neuland. Das liest sich auf Papier natürlich alles schön. Aber schöne Worte sind eines der gern genutzten Schlupflöcher, die mein Kollege gerade erwähnte. Hinter Worten kann man genauso gut unangenehme Dinge verbergen wie in Geheimräumen hinter verschiebbaren Edelstahlwänden.«

»Verschiebbare ... was?«, platzte Peréz Garcia heraus.

Born schenkte ihr ein humorloses Lächeln. »Glauben Sie mir, es gibt nichts, was es nicht gibt. Aber bisher haben wir noch alles gefunden.«

»Was mich daran erinnert, dass wir immer noch auf die Bauzeichnungen der Anlage warten, Herr Angermann«, stellte Wernitz fest.

Der Vorsitzende nickte unbewegt. »Ich bin mir sicher, Herr Lichters Leute werden so schnell wie möglich dafür sorgen, dass Sie sie erhalten. Richtig, Dan?«

»Auf jeden Fall.« Dan bemühte sich, so kooperativ wie möglich zu wirken. Angermann gelang es heute besser als sonst, ihm auf die Nerven zu gehen. Vermutlich hatte er das jedoch nach der Nacht in Berlin verdient. »Aber ich vermute, heute sind die Herren eher der Worte wegen hier und nicht wegen der Geheimtüren.«

Borns dünnes Lächeln machte deutlich, was er von seiner Art von Humor hielt, und Dan seufzte innerlich.

»Also gut, an welcher Stelle dürfen wir Ihnen denn weiterhelfen?«

»Wie schon gesagt. Gehen Sie einfach mal davon aus, dass wir gar nichts wissen, außer, dass Sie hier Fleisch produzieren, aber Tiere weder halten noch töten. Was unterscheidet Sie von dem, was wir sonst prüfen?«

»Das ist doch schon eine ganze Menge, nicht?«, warf Vestergaard trocken ein.

Die Prüfer ignorierten sie, doch Dan griff den Einwurf dankbar auf. »Es ist tatsächlich schon eine ganze Menge, dafür, dass wir alles daransetzen, dass sich unser Produkt nur in einem von dem unterscheidet, was Sie sonst an der Fleischtheke finden. Es soll besser sein. Das ist der Kern unserer Philosophie. Aber es gibt bei der ganzen Sache mit dem Fleisch natürlich noch eine Reihe anderer wichtiger Faktoren, die wir alle berücksichtigen müssen, um nicht nur ein konkurrenzfähiges Produkt herzustellen, sondern gleichzeitig den Ansprüchen einer sich rapide verändernden Welt gerecht zu werden. Wenn Sie etwas Zeit haben, kann ich Ihnen das gern aufzählen.«

Born lehnte sich zurück und verschränkte die Arme. Sein Anzug saß tatsächlich ziemlich schlecht. »Genau deshalb sind wir hier, Herr Lichter, und wir haben alle Zeit der Welt. Fangen Sie an mit Ihren Faktoren.«

Dan sah sich nach dem Aufsichtsrat um, doch auf dieser Seite schien niemand gewillt, Angermanns Vorstoß Einhalt zu gebieten. Tatsächlich sah er in mehr als einem Gesicht lauernde Erwartung. Das hier war also ein Kräftemessen. Und es ging nicht um die beiden Prüfer. Dan knipste erneut sein Lächeln an, stand auf und dimmte mit einem Wischen über die Tischplatte das Licht. »Also gut. Ich lasse den üblichen Vortrag für die Geldgeber jetzt mal weg. Konzentrieren wir uns auf das Wesentliche: Die Probleme, die jedes Unternehmen in unserer Branche angehen muss, um Aussicht auf Erfolg zu haben.«

Er tippte etwas auf dem in der Platte verborgenen Touchscreen, und am anderen Ende des Tischs wechselte die Multimediainstallation auf eine alternative Version der Präsentation von neulich. Mit einer weiteren Geste sprang der Vortrag bis zu einem langsam rotierenden, dramatisch appetitlich ausgeleuchteten Stück Fleisch, das fast die gesamte Fläche der ansonsten schwarzen Mediawand einnahm.

»Neben allen technischen Herausforderungen der Lebensmittelherstellung haben wir fünf Hauptfaktoren ermittelt, die wir bewältigen müssen. Jeder ist ein Problem. Problem Nummer eins«, Dan hob einen Zeigefinger, »Energie. Fleischproduktion braucht Unmengen von Energie, auch die konventionelle. Das ist nichts Neues. Eine Kuh muss versorgt werden. Mit energiereicher Nahrung, mit Wärme, dazu Energie für den Transport, die Schlachtung und die Weiterverarbeitung – Sie wissen das mit Sicherheit sogar besser als ich. Dieser immense Aufwand an Energie ist es, was die Umweltbilanz der Fleischindustrie so erschreckend katastrophal macht. Wir können uns diese Kosten schlicht nicht leisten.«

»Wenn ich das alles hier sehe, habe ich nicht das Gefühl, dass Sie sich das nicht leisten können«, sagte Wernitz trocken.

Dan blinzelte. »Ich spreche nicht von uns, der Firma«, sagte er mit wohlkalkulierter Empörung in der Stimme. »Ich spreche von uns, der Menschheit.« Er hob erneut die Hand, ehe Wernitz etwas darauf erwidern konnte. »Zweitens«, ein weiterer Finger kam hinzu, »Wasser. Tiere trinken, Tierfutter braucht Wasser, die notwendige Hygiene – wieder Wasser. Und große Nährlösungstanks verbrauchen nicht wesentlich weniger. Trinkwasser ist aber eine Ressource, die immer knapper wird. Das gilt für die gesamte Welt. Selbst in Deutschland, hier an dieser Stelle, mit den vielen Seen und dem Havelland quasi direkt vor dem Fenster.« Dan deutete über die Schulter nach draußen. »Sie haben mit Sicherheit sofort Musk und seine Teslafabrik im Hinterkopf, wenn wir hier von Wasserverbrauch reden. Das Teil war erst ein paar Wochen in Betrieb, und schon klagten die ersten Gemeinden wegen Wasserknappheit, obwohl er hoch und heilig versprochen hatte, dass das kein Problem sein würde. Überraschung – war es doch. Ist es noch immer, und alles Geld der Welt kann dieses Problem nicht beseitigen. Sie können also sicher sein, dass wir uns sehr wohl bewusst darüber waren, als wir dieses Projekt hier begannen. Das betrifft übrigens jede einzelne unserer Anlagen auf der gesamten Welt. Auch dazu gleich mehr.«

Ein weiterer Finger kam dazu. »Das dritte Problem: Medikamente. Abermillionen Nutztiere, oft auf engstem Raum und unter stressigsten Bedingungen, gesund zu halten … Sie vor allen anderen haben sicherlich eine sehr genaue Vorstellung davon, was da benötigt wird und welche Probleme das mit sich bringt. Und einigen der Herrschaften im Aufsichtsrat sei versichert: Sie machen sich keine Vorstellungen! Heftig jedenfalls. Unser Problem dabei ist: Bottiche mit künstlichem Fleisch sind da nicht besser! Ich sage nur eines: komplett fehlendes Immunsystem! Das ist ein Problem, das wir wirklich, wirklich lösen mussten. Und reden wir gar nicht erst von den Problemen der Umwandlung von Rohmaterialien in hoch spezialisierte Nährlösungen und dem Abtransport von Abfallstoffen aus der Zellverdauung. Das sind unsere bestgehüteten Firmenpatente! So, und jetzt das vierte große Problem der Fleischproduktion: Platz. Tiere, selbst in Massentierhaltung und auf unethisch engem Raum zusammengepfercht, brauchen Unmengen Platz. Und nicht nur sie – vor allem die Produktion von Nahrungsmitteln für diese Tiere, für die bis heute noch immer jährlich riesige Waldflächen fallen und ganze Regionen veröden, weil Ökosysteme aus dem Gleichgewicht geraten und die Böden die Hochleistungsfutterproduktion trotz des Einsatzes von Düngemitteln nicht lange durchhalten. Und schließlich fünftens«, er hatte jetzt die ganze Hand offen emporgereckt, »die Emissionen nicht zu vergessen. All das, die Tierhaltung selbst, der Nahrungsmittelanbau, die Düngemittelproduktion und so weiter – all das verursacht schlicht unglaubliche Mengen an Emissionen, die auch bei der Herstellung von künstlichem Fleisch bislang nicht so reduziert sind, wie es unser erklärtes Ziel für Light Foods ist.«

Dan führte nacheinander drei seiner Finger zur Handfläche hinunter, sodass nur noch sein ausgestreckter Zeigefinger in die Höhe ragte. »Die meisten unserer Wettbewerber haben ein, zwei oder auch drei dieser Punkte halbwegs geklärt. Wir dagegen«, sagte er, und sein ausgestreckter Zeigefinger schoss theatralisch zu dem großen Monitor hinüber, »wir haben sie alle gelöst!« Auf dem Bildschirm tauchte die Drohnenluftaufnahme der Brandenburger Solarfarm auf, die er schon in seinem Vortrag in Berlin genutzt hatte.

»Gehen wir unsere Punkte also noch mal durch. Energie liefert uns die Sonne. Das ist mein persönliches Spezialgebiet.« Die Drohne senkte sich jetzt auf die Solarplatten und schwebte schließlich zwischen ihnen nach unten. Im Schatten der Felder kamen jetzt endlose Reihen von Gewächshäusern in Sicht, prallvoll mit grünem Leben. »Wir nutzen den Platz – und die Solarfarmen benötigen nur einen Bruchteil von dem, was zum Beispiel Sojafelder belegen – effektiv. Hier bauen wir Bohnen, Mais und andere nährstoffreiche Pflanzen an, die wir selbst in den weiteren Prozessen verwenden.«

»Im Schatten?«, fragte Wernitz misstrauisch.

Dan schnaufte amüsiert. »Wir reden hier nicht von den klobigen Fotovoltaikplatten, die seit den Achtzigern mehr und mehr Hausdächer besiedeln. Wir setzen hier die neueste Generation der Module ein. Hocheffektiv – und da sie halb transparent sind, lassen sie noch immer genug Sonnenlicht für die darunterliegenden Gewächshäuser hindurch. Das schützt die Pflanzen sogar vor Verbrennungen. Den Rest erledigen hoch spezialisierte Pflanzlichtanlagen. Natürlich solarstrombetrieben. Und nebenbei ist noch genug Platz für unsere eigene Linie von streng biologischen, veganen Nahrungsmitteln aus heimischer Produktion. Tomaten, Gurken, Erbsen und so weiter.

Apropos weiter.« Auf der anderen Seite des Raums senkte sich die Drohne weiter, und als sie im Boden zu versinken schien, wurde klar, dass die Aufnahmen jetzt computergeneriert sein mussten. Für einen Moment war es komplett dunkel. Dann durchbrach die virtuelle Drohne eine Betonecke und befand sich in einer unterirdischen Anlage aus Chrom, Glas, Edelstahl und Keramikfliesen, hoch wie ein dreistöckiges Gebäude. »Wir nutzen den Platz, den wir in Anspruch nehmen, noch weiter, dieses Mal unterirdisch. Hier befinden sich, mehr als zehn Meter unter der Erde, unsere Zuchtanlagen für Nährlösung. Auch die machen wir nämlich selbst – aus Algen. Hoch spezialisierte Algen mit fantastischen Wachstumsraten, denen wir Nährstoffe aus unseren Pflanzungen und Energie aus unseren Solarfarmen weiter oben zuführen. Sie wachsen allerdings in einem vollkommen kontrollierten Umfeld auf, das so rein ist, dass wir auf Antibiotika und Medikamente vollkommen verzichten können. Noch etwas technisches Voodoo später – dafür müssen Sie dann wirklich mit unseren zuständigen Labortechnikern sprechen – und wir haben das hier.« Die Kamera schwenkte und zeigte riesige Mengen an Tanks und Glasröhren, in denen eine zartgrüne nahezu transparente Flüssigkeit floss. »Nährlösung, so reichhaltig und optimal abgestimmt, dass Sie sich allein davon ernähren könnten.« Er zuckte mit den Schultern und wandte sich seinem Publikum zu. »Sie ist nur nicht sehr schmackhaft«, sagte er mit einem schiefen Grinsen. »Ehrlich. Wir haben versucht, sie einzufärben, mit Aroma zu versetzen und als Smoothies zu verkaufen. Mrs. Peréz Garcia kann Ihnen eine ganze Menge mehr dazu erzählen. Kurzfassung jedoch: Das kam bisher nicht so an.« Er schüttelte sich bei der Erinnerung. »Weiter geht's. Unsere Nährlösung läuft direkt weiter in einen Bereich, der vom vorherigen vollkommen abgeschottet ist. Hier wird sie versetzt mit Enzymen, die wir aus eigens gezüchteten Bakterienstämmen gewinnen – all den Enzymen, die der Körper seinen Muskeln zuführt. Wir haben eine Menge Patente in diesem Bereich. Wirklich eine Menge! Und dieses fertige Gelee schließlich speist von hier aus unsere InVi-Anlagen, die Vats. Hier speisen sie – im wahrsten Sinne des Wortes – unsere Zellen. Nur dass die nicht, wie bei unserem Wettbewerb, einfach in der Brühe schwimmen und beständig mehr werden. Wir züchten das Gewebe auf speziellen Gittern.« In diesem Moment fror das Bild hinter ihm ein. »An dieser Stelle kommen wir in den Bereich des Betriebsgeheimnisses. Sie können selbstverständlich Ihrer Pflicht nachkommen und das vor Ort überprüfen, aber aus patentrechtlichen Gründen haben wir diesen Teil natürlich nicht in unsere Präsentationen eingebunden. Sorry. Jedenfalls brauchen wir im nächsten Schritt jede Menge Energie, die wir dank unserer Solarfarmen aber reichlich haben. So gesehen, machen wir am Ende eben doch aus Licht Nahrung. Und die besteht aus Fleisch, das von echtem beinahe nicht zu unterscheiden ist. Beinahe.« Er hob erneut eine Hand. »Denn es ist besser. Kein Tier litt oder starb dafür! Kein einziges. Keine Medikamente oder mehr als nur die absolut notwendigsten Konservierungsstoffe sind auch nur in die Nähe der Produkte gelangt. Es ist nährstoffreicher und ausgewogener als jedes echte Fleisch, perfekt trainiert – und in seiner kompletten Herstellungskette vollkommen klimaneutral. Die gesamte Anlage – diese hier in der Simulation, Anlage Nummer zwei, steht übrigens in Südspanien – ist quasi autark. Sogar ihre Abfälle werden vor Ort recycelt, die Abwässer geklärt, die Klimatisierung erfolgt über Tiefenwasser-Geothermie, und unsere gesamte Lieferflotte läuft mit Strom. Wir beliefern bereits ganz Europa mit Hühnerfleisch, Schweinefleisch, Rind und Ente. Und ich wiederhole es gern erneut: In den zwei Jahren, die wir jetzt schon weltweit ausliefern, ist durch und für uns kein einziges Tier gestorben. Im Gegenteil: Die Anzahl der Tiere, die dank unserer Produkte nicht sterben mussten, nicht zu einem Leben in qualvoller Gefangenschaft verdammt waren, geht in hohe dreistellige Millionenbereiche. Im Moment arbeiten wir an der ersten Milliarde. Wenn unsere Planungen aufgehen, brauchen wir zur zweiten Milliarde nur noch ein weiteres Jahr.«

Born sah auf den Monitor, dann über den Aufsichtsrat und schließlich zu Dan. »Das klingt wirklich beeindruckend«, sagte er, die Arme immer noch verschränkt.

»Fast zu schön, um wahr zu sein«, sagte Wernitz halblaut, aber Dan war sich sicher, dass der Mann durchaus von allen Anwesenden gehört werden wollte.

»Da ist allerdings auch eine Menge zu prüfen. Das kann dauern.« Born klang, als würde ihn die Aussicht darauf ganz und gar nicht erfreuen. »Ist es richtig, dass sich Ihre Anlage über zwei Quadratkilometer erstreckt?«

»Zwei Komma vier, ziemlich genau«, gab Dan lächelnd zurück. »Wobei das vor allem Solarflächen und die dazugehörigen Pflanzungen sind, bis dort hinten, wo Sie die acht Windräder sehen. Die gehören auch dazu, stehen aber quasi an der Grenze. Die eigentliche Produktionsanlage hat eine Grundfläche von einem halben Quadratkilometer, allerdings auf bis zu sieben Ebenen nach unten.«

»Also ... fast sechs Quadratkilometer?«, hakte Wernitz nach.

Dan hob die Schultern. »Eher fünf. Aber vermutlich muss man es so sehen, ja.«

»Das kann dauern«, wiederholte Born, noch ein wenig düsterer. »Sie wissen, dass wir Zutritt zu allen Bereichen benötigen?«

Dan verkniff sich ein Seufzen und lächelte stattdessen noch ein Stück breiter. »Natürlich. Das ist nicht unsere erste Abnahme hier. Zwei Drittel der Anlage sind schließlich bereits geprüft und in Betrieb.«

»Ich würde vorschlagen«, warf Angermann ein, »dass uns Herr Lichter eine spontane Führung durch eine der bereits laufenden

Anlagen organisiert, damit Sie sich ein Bild davon machen können, wie das Ganze aussieht, wenn es in Betrieb gegangen ist. Das ist doch möglich, Daniel?«

Es ist auch möglich, dass ich dich in einem Fass Nährlösung entsorge, du schmieriges Arschloch. Aber am Ende wirst du Witzbold nur zum Joker. Dan schenkte Angermann einen langen Blick, in den er wirklich alles legte, was ihm gerade durch den Kopf ging, und nickte. »Aber sicher, Philip.« Er wandte sich an seinen Assistenten, der neben der Tür bereitstand. »Carl, kümmere dich darum, dass den Damen und Herren Zugangspässe für Anlage B zur Verfügung stehen. Allen hier Anwesenden. Ach, und schick jemanden rein, der für Kaffee sorgt, während die Dinger ausgestellt werden.« Er fing den fragenden Blick der beiden Prüfer auf. »Sicherheitsmaßnahmen. Mit Ausnahme von mir, der für diese Anlage hier zuständig ist, muss jeder einen aktuellen elektronischen Zugangspass haben, sonst lässt sie keine der Türen hier irgendwo hin. Stattdessen bekommen sie Besuch von unserer Security. Wir nehmen die Werkssicherheit hier wirklich ernst.«

Born sah ihn skeptisch an. »Das finden Sie notwendig?«

Dan lächelte schmal. »Abgesehen von der sehr realen Gefahr der Betriebsspionage, meinen Sie, Herr Born? Sie würden sich wundern, wer alles versucht, sich hier Zugang zu verschaffen. Reporter auf der Suche nach der Story ihres Lebens, fehlgeleitete Tierschützer, Verschwörungsfreunde, die glauben, wir würden hier aus Kindern Adrenochrom gewinnen, Fans, die glauben, sie könnten eine Besichtigungstour und Gratisproben bekommen ... Ja, ich bin mir sicher, dass das notwendig ist.«

»Und?«, fragte Wernitz.

Dan runzelte die Stirn. »Was – und? Sie meinen, ob man Gratisproben bekommt? Natürlich nicht. Wir haben hier keinen Souvenirshop – obwohl das durchaus eine Idee wäre.«

»Nein, ich meine die Sache mit dem Adrenochrom.«

»Bitte was?«

»Das war ein Scherz«, sagte Wernitz, ohne im Geringsten die Miene zu verziehen. »Aber selbst wenn es wahr wäre, würden wir das herausfinden. Da dürfen Sie sicher sein.«

»Wie lange wird das mit den Sicherheitsausweisen dauern?«, warf Born ein.

»Nicht lange.« Angermann lächelte gönnerhaft. »Für einen Kaffee ist noch Zeit, und dann geht es auch schon los. Nicht wahr, Daniel?«

»Sicher.« Dan hob die Schultern, dann einen Finger. »Wenn Sie mich kurz entschuldigen würden. Philip, kümmerst du dich bitte kurz um deine Gäste?« Er warf dem süffisant grinsenden Angermann einen bösen Blick zu, zückte sein Handy und ging lässig tippend vor die Tür. Sobald sie hinter ihm zugefallen war, stieß er zischend die Luft aus und steckte das Telefon wieder weg. »Carl!«

Sein Assistent stand einige Schritte weiter am Schreibtisch der Vorstandssekretärin und telefonierte. Sofort sah er auf, nickte Dan zu und beendete das Gespräch.

Dan kochte innerlich. Er ballte die Hände zu Fäusten, öffnete sie wieder und warf dann der Sekretärin einen düsteren Blick zu. »Kümmern Sie sich drinnen um Kaffee, Lisa. Angermann besteht darauf.«

Die Frau sah ihn verwirrt an. »Ich denke, ich bin dafür nicht zuständig, Herr ...«

»Ist mir scheißegal! Angermann will, dass Sie ihm seinen Scheiß-Kaffee bringen, und zwar sofort!«

Die Assistentin holte brüskiert Luft. Dann entschied sie sich jedoch, besser nichts zu erwidern, setzte stattdessen ein schmales Lächeln auf und verschwand eilig im Konferenzraum.

»Fuck!«, brach es aus Dan heraus. »Wie zum Teufel konnte das passieren? Wie konnten diese zwei Kasper hier auftauchen, ohne dass ich davon wusste? Schon wieder so ein Ding! Ist dir dein Job etwa zu viel?«

»Angermann muss das an uns vorbei gedreht haben«, gab Carl betreten zurück.

»Tatsächlich? Und wie, bitte, ist ihm das gelungen?«

»Er ist der Vorstandsvorsitzende ...«

»Das ist mir scheißegal, Carl! Und wenn er der verdammte Papst ist – das ist meine Firma! Der kann hier nicht machen, was er will!«

»Genau genommen ...«

Mit einem schnellen Schritt stand Dan dicht vor seinem Assistenten und starrte auf ihn hinunter. »Genau genommen bezahle ich dich dafür, dass du so einen Scheiß verhinderst, und das ist jetzt schon das zweite Mal in dieser Woche, dass dir so was passiert.« So etwas wie Genugtuung flackerte in ihm auf, als sein Gegenüber einen halben Schritt zurücktrat und nach kurzem Zögern den Kopf senkte.

»Entschuldige, Dan. Ich löse das.«

Dan starrte ihn einen Moment lang an, bevor er nickte. »In Ordnung. Mach das. Kümmere dich um die Ausweise ...«

»Schon erledigt. Liegen in zehn Minuten unten am Empfang.«

»... und dann geh vor und sieh zu, dass ihnen niemand, wirklich niemand begegnet, dem sie dumme Fragen stellen können. Ich will die Kontrolle über alles, was sie sehen und hören. Und solange wir das nicht garantieren können, will ich, dass sie wirklich nur die Laientour bekommen, verstanden?«

»Verstanden.«

»Keine weiteren Überraschungen mehr!«

Carl nickte. »Verstanden«, wiederholte er, eine Spur fester. »Ich kümmere mich darum. Oh, aber ehe ich es vergesse: Oben auf deinem Schreibtisch liegen Unterlagen, die du unbedingt heute noch unterzeichnen solltest.«

»Unterlagen?«

»Eine Versicherungssache. Das muss heute noch raus, weil irgendjemand hier beinahe eine Frist verschlafen hat.«

Dan verdrehte die Augen. »Am Ende bleibt immer alles an mir hängen.«

Carl lächelte schmal und steckte sich einen silbernen Kommunikator ins linke Ohr. »Ich fürchte, so sieht's aus. Ich treffe dich dann unten.«

Mit einem Seufzen straffte Dan die Schultern, setzte sein falschestes Lächeln auf und betrat erneut den Konferenzsaal.

DREIZEHN

Am Donnerstag waren sie bereit loszuschlagen. Immer und immer wieder hatten sie die Details ihres Plans durchgekaut, und immer wieder waren neue Fragen aufgetaucht, die dringend noch beantwortet werden mussten. Sie grübelten und überlegten, bis ihnen allen die Ohren klingelten. Und immer wieder kamen bei Anna die Zweifel zurück. War es das wirklich wert? Hatten sie sich das alle genau überlegt? Ihre Gedanken rasten. Das war einfach nur verrückt, verrückt, verrückt. Ein seltsamer Traum – nur dass sie einfach nicht daraus aufwachen wollte. Stattdessen brachte Lisa eine weitere Runde Jasmintee aus der Küche mit, und Alex überhäufte sie mit neuen Informationen.

Er hatte einen Gebäudeplan ausgedruckt, und Anna hatte sich in stundenlangen Sitzungen ihren Weg durch das Labyrinth aus Gängen und Produktionshallen genau eingeprägt. Es gab zwar eine firmeneigene S-Bahn-Haltestelle, aber sie würden mit dem Auto fahren.

»Parkkarten sind wesentlich einfacher zu bekommen als deren Sicherheitsfahrkarten«, hatte Alex gesagt. »Mann, ist das kompliziert. Ihr wollt gar nicht wissen, was die da alles abfragen. Das hinterlässt Spuren. Irgendwas fürs Auto zu kriegen ist dagegen immer noch lächerlich einfach.«

Lisa hatte sie dann am frühen Donnerstagmorgen von einer vereinbarten S-Bahn-Haltestelle im Süden Berlins eingesammelt.

Nicht mit ihrem VW-Bus, wie Anna feststellte, sondern mit einem kleinen, vermutlich gemieteten Elektroauto.

Anna schob sich auf den Beifahrersitz. »Das hier wäre schon eher in Peters Sinn, oder?«, fragte sie mit einem schiefen Grinsen.

»Ich dachte eher daran, dass es deutlich unauffälliger als mein Bus ist, aber ja, das auch.« Lisa parkte aus und deutete auf einen Rucksack auf der Rücksitzbank. »Parkausweis von Alex, wie besprochen. Und die Isolierkanne. Ich musste sie bei Flo holen. Er hat die Zeit verpennt.«

»Dann sind wir mal froh, dass es alles ist, was er zu tun hatte?«, murmelte Anna. »Du bist sicher, dass das die richtige ist und nicht sein Morgenkaffee?«

Dieses Mal grinste Lisa doch. »Ich bin mir ziemlich sicher, dass das, was der sich in seinen Morgenkaffee tut, genauso verheerend und illegal ist wie das, was er mischen sollte.«

»Okay. Gutes Argument.«

Es war ein klarer Wintermorgen, und die Luft war schneidend kalt. Laut Wetterbericht sollte es später ein sonniger Tag werden.

Die Fahrt verlief in völligem Schweigen. Jede hing ihren eigenen Gedanken nach. Das untere Havelland lag noch tief im Winterschlaf, aber man sah ihm selbst jetzt an, dass in ihm eine eigentümliche Schönheit schlummerte, die nur darauf wartete, eines fernen Frühlingstags neu zu erwachen. Sie fuhren an winzigen Dörfern vorüber, die zum großen Teil verlassen waren. Hier und da waren die alten Häuser liebevoll restauriert worden, dazwischen sah man aber immer wieder halb verfallene Gebäude, an denen der Zahn der Zeit schon viel zu lange genagt hatte. Im Autoradio lief »Season of the Witch« von Donovan. Das Lied klang wie eine Vorahnung. Ein vages Gefühl, dass etwas im Garten Eden nicht in Ordnung war.

Langsam wurde die Gegend wieder dichter besiedelt. Etliche neue Häuser säumten die Straßenränder. Sie waren modern und gleichzeitig furchtbar hässlich. Anna hatte in irgendeinem

Magazin einmal gelesen, dass dieser Architekturstil aus Frankfurt am Main stammte. Plattenbauten für Wohlhabende hatte sie der Autor damals genannt. In den Einfahrten parkten blitzblank geputzte Elektroautos, in erster Linie Audis und Teslas. Die akkurat gestutzten Gärten vor den Häusern waren vermutlich alle vom selben Landschaftsarchitekten gestaltet.

Sie fuhren an einem nagelneuen Bahnhof vorüber, der mitten im Niemandsland stand. Eine riesige Reklametafel direkt an den Gleisen machte Werbung für eine englische Privatschule, die hier in Kürze eine Niederlassung eröffnen würde. Dahinter schloss sich ein Parkplatz an, der so groß war, dass man sein Ende nicht sehen konnte. Irgendwann bogen sie von der Hauptstraße ab und reihten sich in eine lange Autoschlange ein, die auf einen gewaltigen Gebäudekomplex zuhielt. Ein einfaches Schild mit dem Light-Foods-Logo darauf war der einzige Hinweis, dass hier eine der modernsten und größten Produktionsanlagen Europas stand.

Wenn sie an Light Foods dachte, hatte Anna immer den leuchtenden Turm an der Spree vor Augen gehabt. Die Gebäude hinter der Schranke dagegen wirkten auf den ersten Blick beinahe unscheinbar. Endlos lange, flache Hallen mit Fassaden aus weißem Architekturbeton und geradezu penetrant dezenten Beschriftungen, für deren Gestaltung vermutlich eigens eine Agentur für Leitsysteme beauftragt worden war. Nirgendwo waren Fenster zu sehen, nirgendwo der Prunk und Protz, den Anna eigentlich erwartet hatte. Das Ganze wirkte ein wenig wie ein übergroßer Haufen von Apple-Produktverpackungen. Das einzig höhere Bauwerk der Anlage am Ende des riesigen Parkareals, das komplett von Fotovoltaikflächen beschattet war, war das Hauptgebäude. Aber auch das war im Vergleich zu Berlins Hochhäusern eher unscheinbar und fugenlos mit undurchsichtigem Glas verkleidet, sodass nicht genau auszumachen war, ob es drei oder doch vier Stockwerke hoch war.

Sie hatten beschlossen, dass Anna das Gebäude kurz vor acht Uhr betreten sollte, da um diese Uhrzeit nicht nur Schichtwechsel in der Produktion war, sondern auch die zahlreichen Verwaltungsbüros ihre Arbeit aufnahmen, wodurch der Andrang besonders groß sein und die Rezeption kaum Zeit haben würde, Besucher genauer unter die Lupe zu nehmen. Die vorderen Parkplätze waren bereits jetzt schon zum größeren Teil belegt.

Der Parkausweis, den Alex ihnen erstellt hatte, öffnete die Schranke zum Glück ohne Probleme. Lisa fuhr in das Parkareal hinter dem Osttor und fuhr die Reihen ab, bis sie etwas abseits einen Stellplatz fand, der nicht reserviert war. Dann gingen sie noch ein letztes Mal den genauen Ablauf durch. Kurz vor acht Uhr füllte sich der Parkplatz in rasantem Tempo. Immer größere Massen an Angestellten stiegen aus ihren Fahrzeugen aus und reihten sich in die Menschenschlange ein, die fast im Gleichschritt auf den Haupteingang zustrebte, während durch andere Tore die Mitarbeiter der Nachtschicht zu ihren Fahrzeugen strömten. Lisa warf einen Blick auf ihre Uhr und nickte. Anna zog sich krampfhaft der Magen zusammen.

»Es geht los«, sagte Lisa. »Bist du bereit?«

»Überhaupt nicht«, sagte Anna mit einem schwachen Grinsen. »Ich habe eine Heidenangst.«

»Du schaffst das.« Lisa drückte Anna kurz den Arm und angelte den Rucksack von der Rückbank.

Anna prüfte ein letztes Mal den Sitz ihrer Kleidung. Sie hatte sich für ein schlichtes Outfit entschieden, irgendwo zwischen leger und geschäftsmäßig, mit dem sie in der Masse der Angestellten problemlos untertauchen konnte. »Und falls nicht«, sagte sie und stieg aus, »mach, dass du wegkommst, und sieh nach Peter.«

»Ich werde genau hier warten«, gab Lisa zurück.

»Dann wünsch uns beiden Glück.« Anna hängte sich den Rucksack über die Schulter und atmete tief durch.

Auch aus der Nähe deutete nichts an diesem gewaltigen Gebäude darauf hin, dass sie es hier mit einem Nahrungsmittelhersteller zu tun hatte. Nirgendwo waren Lieferfahrzeuge, Waren oder Förderbänder zu sehen. Stattdessen edelster Architekturbeton, Glas und dezent verbauter Stahl, so weit das Auge reichte. Jede geeignete Fläche war mit Solarfeldern und Folien bedeckt. So musste es im Silicon Valley aussehen. Das Hauptgebäude allerdings hatte aus der Ferne weit beeindruckender gewirkt. Es war vollständig gläsern, doch aus der Nähe stellte Anna fest, dass auch diese riesigen, halb transparenten Flächen aus Fotovoltaikfeldern bestanden. In der Mitte konnte man einen Schacht oder Innenhof erkennen, der sich bis hinauf ins oberste Stockwerk zog und über und über mit tropischen Pflanzen bewachsen war. Ein steter Strom aus schick gekleideten Angestellten ergoss sich in das Foyer im Erdgeschoss, dessen Mitte ein großer Teich einnahm, der aus einem Wasserfall aus einem der darüberliegenden Stockwerke gespeist wurde. Hinter einer Reihe von Sicherheitsschleusen teilte sich der Strom der Angestellten auf und reihte sich auf futuristisch aussehenden Rolltreppen ein, die in den Untergrund fuhren, oder stiegen in einen von acht gläsernen Fahrstühlen, die an dem Wasserfall entlang in die Höhe schossen und gleich darauf wieder zurück in die Tiefe glitten, um weitere Angestellte aufzunehmen. Sprachlos ließ Anna das Spektakel einige Minuten auf sich wirken, bis sie einen Anzugträger mit einem Knopf im Ohr bemerkte, der sie aufmerksam musterte. Siedend heiß wurde ihr klar, dass sie die einzige Person war, die an dieser Stelle des Foyers stehen blieb, und dass dieses Verhalten einem Sicherheitsmann mehr als auffällig erscheinen musste. Schnell orientierte sie sich und steuerte auf die Reihe gläserner Empfangstresen zu, die die rechte Seite des Eingangsbereichs einnahmen.

Sie sah auf ihr Handy. Es war acht Uhr fünfzehn. Die Rezeption war gut besucht, und die Rezeptionisten hatten alle Hände voll zu tun, um die zahlreichen Besucher abzufertigen. In einer großen Sitzgruppe saßen Männer und Frauen in Geschäftskleidung und warteten auf ihre Termine. Ein konservativ gekleideter Mann mit dicken Schweißperlen auf der Stirn hatte einen Koffer voller Werbemittel vor sich aufgeklappt und sortierte Kugelschreiber und bedruckte Trinkbecher.

Anna trat vor den nächsten freien Tresen und stellte sich vor. Der junge Mann, der ihr mit einem elegant designten Headset auf dem Kopf entgegenlächelte, schien geradewegs einer Modezeitschrift entsprungen zu sein. Braun gebrannt, gut aussehend und mit einem hochprofessionellen Lächeln im Gesicht.

»Herzlich willkommen bei Light Foods, Frau Heigen. Wie kann ich Ihnen behilflich sein?«

Anna nannte ihr Anliegen, und der Rezeptionist tippte etwas in seine Tastatur.

»Würden Sie mir bitte noch Ihren Vornamen nennen?«

»Anna, ich müsste angemeldet sein.«

»Einen Augenblick bitte.« Wieder tippte der Rezeptionist auf seiner Tastatur herum. »Ich kann Sie nur momentan nicht finden, Frau Heigen. Wenn Sie mir noch kurz verraten, wer Ihre Einladung ausgestellt hat?«

Anna spürte, wie ihre Hände feucht wurden. Sie strich sich nervös über die Haare. »Ich hatte angerufen, und Ihr Kollege hatte mir bestätigt, dass das in Ordnung gehen würde. Ich soll ja nur die Tasche meines Bruders abholen – Peter Heigen, wie gesagt. Er arbeitet in der PR-Abteilung.«

Wieder wanderten die Finger des Rezeptionisten in schnellem Takt über die Tastatur. Man sah ihm an, dass auch diese Suche erfolglos war. Dennoch blieb das Lächeln hartnäckig auf seinem Gesicht. »Ich muss Sie noch um einen kurzen Moment Geduld bitten, Frau Heigen.« Er wandte sich leicht von ihr ab und sprach in sein Headset.

Anna spürte, wie ihr Gesicht heiß wurde. Für einen kurzen

Moment überlegte sie, wie es wäre, wenn sie jetzt einfach umdrehen und gehen würde. Vermutlich käme sie aus dem Gebäude, bevor ...

Noch ehe sie den Gedanken beenden konnte, wurde ihr die Entscheidung abgenommen, denn neben ihr stand plötzlich ein Mann in einem dunklen Anzug. Er war nicht sehr groß, wirkte drahtig und irgendwie auf dem Sprung. Wie ein Raubtier. Er hatte einen Knopf im Ohr, und im Gegensatz zu dem Rezeptionisten lächelte er nicht. Er sah auch nicht so aus, als würde er diese Art von Gefühlsregung überhaupt beherrschen.

»Gibt es ein Problem?«

Der junge Empfangsmitarbeiter erläuterte ihm kurz die Lage. Der Mann mit dem Knopf im Ohr warf einen Blick auf den Bildschirm und dann auf Anna. Er runzelte die Stirn.

»Vielleicht hat man nur vergessen, mich anzumelden«, bereitete sie ihren diplomatischen Rückzug vor. Sie warf einen gewichtigen Blick auf ihr Handy und wandte sich halb zum Gehen. »Ich werde noch mal in meinen Terminkalender schauen und vielleicht ein andermal wiederkommen.«

»Einen Moment!«

Anna erstarrte. Der Mann mit dem Knopf im Ohr beugte sich über die Tastatur, rief ein zusätzliches Fenster auf und tippte Annas Namen und eine Nummer ein. Einen Augenblick später schien sich die Nachricht auf dem Bildschirm zu verändern, denn die Miene des Rezeptionisten wirkte für einen Moment verwirrt, hellte sich dann aber auf. »Oh, das ... vielen Dank, Herr Dubois.« Er sah auf und strahlte Anna an, als habe sie soeben den Hauptpreis in der Firmentombola gewonnen. »Entschuldigen Sie bitte die Verzögerung, Frau Heigen«, sagte er, nun wieder der perfekte Gastgeber, »jetzt haben wir Sie gefunden. Es dauert nur noch einen kleinen Moment.« Seine Finger flogen über die Tastatur. Dann glitt mit leisem Surren ein silbernes, visitenkartengroßes Chipkärtchen mit dem Light-Foods-Logo aus einem Ausgabeschlitz im Tresen vor ihm. Feierlich steckte er es in eine passende Hülle, die mit einem winzigen Karabinerhaken an einem Band befestigt war, das man sich um den Hals hängen konnte. »Das hier benötigen Sie, um durch die Sicherheitsschleuse zu gelangen. Außerdem ermöglicht es Ihnen den Zutritt zu den Bereichen A bis E. Bitte tragen Sie es immer deutlich sichtbar um den Hals. Die Bereiche A bis E erreichen Sie über die Aufzüge dort drüben auf der linken Seite. Wenn Sie zu einer verschlossenen Tür kommen, finden Sie jeweils rechts davon ein kleines gläsernes Scanfeld. Halten Sie die Chipkarte einfach nur davor. Sollten Sie zu dem entsprechenden Bereich keine Zutrittsberechtigung haben, werden Sie darüber informiert. Also eigentlich ganz einfach.« Er lächelte. »Wenn Sie Fragen haben, sind wir jederzeit gern für Sie da.«

»Vielen Dank.« Anna umklammerte ihr Kärtchen mit beiden Händen, aus Angst, dass er es sich noch einmal anders überlegen könnte. Sie wollte sich schon umwenden und davonstürmen, als der Mann mit dem Knopf im Ohr sie erneut zurückhielt.

»Warten Sie, Frau Heigen, ich muss ohnehin nach oben. Folgen Sie mir. Ich bringe Sie gleich hin.«

Annas Herz schien einen Schlag auszusetzen. Fieberhaft überlegte sie sich eine Ausrede, mit der sie ihn von seinem Vorhaben abbringen konnte, aber ihr fiel auf die Schnelle nichts ein.

»Kommen Sie«, sagte der Mann mit dem Knopf im Ohr. »Dort hinüber.«

Anna spürte, wie ihr der kalte Schweiß ausbrach. »Ich möchte wirklich keine Umstände machen, Herr ...?«

»Dubois. Carl Dubois. Und Sie machen keine Umstände. Um ehrlich zu sein, hatten wir Sie schon vor einigen Tagen erwartet.« Seine Stimme war angenehm und sein Ton professionell unverbindlich. »Was Ihrem Bruder passiert ist, tut mir aufrichtig leid. Wir waren sehr bestürzt, davon zu hören.«

Annas Schultern verspannten sich, und sie musterte den kleinen Mann. In seiner Miene fand sie jedoch nichts als aufrichtiges Bedauern. »Sie kennen meinen Bruder?«

»Nicht persönlich, nein.« Mit einer Geste bot er Anna den Vortritt in Richtung der Fahrstühle. »Aber nach allem, was mir berichtet wurde, ist er in seiner Abteilung sehr beliebt. Und das Team in der PR leistet einen immens wichtigen Beitrag zum Erfolg unserer Arbeit.«

Notgedrungen folgte Anna ihm.

»Sehen Sie, Light Foods sorgt sich um alle seine Angestellten. Es mag wie ein Klischee klingen, doch wir sehen uns hier als große Familie.«

»Hoffentlich nicht so dysfunktional wie die meisten«, murmelte Anna, bevor sie es sich verkneifen konnte.

So etwas Ähnliches wie ein Lächeln zuckte in Carls Mundwinkeln. »Ich denke, es gibt deutlich schlechtere Familien. Wir halten hier zusammen.«

Anna fiel keine passende Entgegnung sein, und so warteten sie schweigend zusammen mit einer Gruppe weiterer Neuankömmlinge auf den nächsten Fahrstuhl. Ein kleines Infofilmchen auf dem Bildschirm neben den Türen informierte sie darüber, dass im gesamten Gebäude eine neue Art von Aufzügen zum Einsatz kam, die auf magnetischen Schienen fuhren und sogar in der Lage waren, sich horizontal zu bewegen. Die Aufzüge waren irgendwo im Süden von Baden-Württemberg in einem eigens für solche Zwecke errichteten, futuristischen Testturm auf Herz und Nieren geprüft worden. Dan Lichter hatte keine Kosten und Mühen gescheut, um sie in seinem eigenen Unternehmen erstmals der Weltöffentlichkeit präsentieren zu können.

Nach einer kurzen und ausgesprochen sanften Fahrt verließen sie zusammen mit einem Großteil der Passagier den Aufzug und traten in einen breiten Flur hinaus, von dem rechts und links unzählige Bürotüren abgingen. Es herrschte eine Atmosphäre wie in einem Bienenstock. Überall hasteten Angestellte herum, wurden Rollwagen mit Aktenstapeln geschoben oder lautstark in Telefone geplärrt. Sie liefen an einer schweren Holztür vorüber, die aus einem ägyptischen Tempel gestohlen zu sein schien. Die Tür stand halb offen, und Anna erhaschte einen Blick auf einen gewaltigen Mahagoniholztisch, über dem das Hologramm einer sich drehenden Weltkugel schwebte.

Am Ende des Flurs betraten sie einen weiteren Aufzug, und Carl Dubois drückte einen Knopf. Kurz bevor sich die Türen schlossen, drückte er allerdings auf einen anderen, und die Türen öffneten sich wieder. Eine Gruppe Anzugträger strömte hinter ihnen in den Fahrstuhl und zwang Anna, sich an die Wand zu drücken. Genauer gesagt, waren es Männer im mittleren Alter mit grau melierten Haaren und handgefertigten Schuhen, die mit Sicherheit den Wert mittlerer Kleinwagen besaßen, und Frauen in Kostümen oder Hosenanzügen, die sie genauso uniformiert wirken ließen wie die Herren. Anna hatte irgendwo mal gelesen, dass man bei dieser Art von Männern auf die Manschettenknöpfe achten musste, um den Status zu bestimmen. Diese Manschettenknöpfe hier schrien geradezu nach Wichtigkeit. Der Einzige, der nicht so recht in das Bild passen wollte, war ein Mann, der allein dadurch aus der Gruppe herausstach, dass er keine Krawatte trug und sich das Jackett über den Arm gehängt hatte. Außerdem trug er weiße Converse, nachlässig zerzauste Haare und das selbstgefällige Grinsen eines Popstars. Mit einem Mal wünschte sich Anna ans andere Ende der Welt.

»Da sind Sie ja, Carl«, sagte Dan, ohne Anna zu beachten. »Haben Sie unseren Elf-Uhr-Termin im Blick?«

Carl nickte, Dan warf einen Blick auf das Smartphone und ließ es wieder verschwinden. »Zeit ist Geld, meine Herren«, sagte er, an die Anzugträger gerichtet.

Die Anzugträger lachten pflichtschuldigst. Als der Aufzug im nächsten Stockwerk hielt, stiegen sie geschlossen aus, und Anna war urplötzlich mit dem Mann mit dem Knopf im Ohr und Mister Evil allein. Hatte sie sich noch kurz zuvor ans andere Ende der Welt gewünscht, so hätte sie in diesem Augenblick am liebsten den Planeten verlassen. Und als sei das noch nicht genug, entschied Carl ausgerechnet in diesem Augenblick aus irgendeinem unerfindlichen Grund, sie einander vorzustellen.

»Wunderbar«, sagte Dan. Sein unverbindliches Lächeln drückte deutlich aus, dass er keinen blassen Schimmer hatte, wer da gerade vor ihm stand.

»Die Schwester von Peter Heigen«, half Carl Dubois freundlicherweise aus. »Dem Mitarbeiter aus Ihrer PR-Abteilung, der von einem Auto überfahren wurde.«

»O ja, natürlich.« Dans Miene wurde schlagartig ernst. Er ergriff mit der Rechten Annas Hand und legte seine Linke darüber. »Mein aufrichtiges Beileid, Frau Heigen.«

»Er liegt auf der Intensivstation«, ergänzte Carl.

»Oh«, sagte Dan, während sich seine betrübte Miene innerhalb von Sekundenbruchteilen aufhellte. Aufmunternd tätschelte er Anna die Hand. »Ihr Bruder ist ja so ein willensstarker Mensch. Ich bin sicher, dass er schon bald wieder aufwacht.«

»Herr Lichter tut alles in seiner Macht Stehende, um Ihren Bruder zu unterstützen«, sagte Carl, an Anna gewandt. Wenn überhaupt, so klang er jetzt noch aufrichtiger. »Wir haben weder Kosten und Mühen gescheut, um ihm die bestmögliche Behandlung zuteilwerden zu lassen.«

»Dafür bin ich Ihnen wirklich dankbar.« Anna brachte ein schmallippiges Lächeln zustande.

Einen unangenehmen Augenblick lang standen sich Anna und Dan Light weiterhin händeschüttelnd gegenüber, bis der Fahrstuhl endlich anhielt und der Konzernchef ihn fluchtartig verließ. Anna und Carl stiegen im nächsten Stockwerk aus, wo die Marketing- und PR-Abteilung untergebracht war. Sie liefen einen Gang hinunter, und Carl öffnete die Glastür zu einem kleinen, momentan leeren Büro, bei dem es sich um Peters Arbeitsplatz handelte. Der Raum enthielt nicht viel mehr als zwei einander gegenüberstehende Designerschreibtische, jeweils mit einem Rechner darauf, ein Regal voller Aktenordner und ein mobiles Flipchart, auf das eine Handvoll Notizen gekritzelt waren. Hinter einem der Schreibtische hing eine Pinnwand aus Kork, an die Peter Postkarten aus verschiedenen exotischen Reiseländern gepinnt hatte. Für einen Augenblick verkrampfte sich etwas in Annas Brust, als ihr bewusst wurde, dass die meisten davon von ihr selbst stammten. Seine Umhängetasche hatte jemand auf dem Schreibtisch abgestellt. Anna öffnete sie und sah hinein, während sie fieberhaft überlegte, wie sie den Mann mit dem Knopf im Ohr irgendwie loswerden konnte. Als sie schon entnervt aufgeben wollte, kam ihr der Zufall zu Hilfe. Das Smartphone des Mannes klingelte, und er zog es aus der Tasche. Einen Moment lang hielt er es ans Ohr, lauschte aufmerksam, brummte dann etwas Unverständliches und wandte sich zu Anna um.

»Entschuldigen Sie mich einen Augenblick, ich bin gleich wieder zurück.« Er steckte das Handy zurück in die Tasche und verließ eiligen Schritts das Büro.

Im gleichen Augenblick vibrierte Annas Handy in ihrer Hosentasche. Auf dem Display erschien eine Nachricht von Lisa: »Du hast fünfzehn Minuten.« Ihr Herz setzte kurz aus. »Fünfzehn Minuten«, murmelte sie und atmete tief durch.

Sie warf einen Blick durch die Glastür. Als sie sicher war, von niemandem beobachtet zu werden, schnappte sie sich zur Tarnung einen Aktenordner aus dem Regal, klemmte ihn sich unter den Arm und verließ das Büro. Sie wandte sich nach links, genau in die entgegengesetzte Richtung zu der, in die Carl verschwunden war. Sie zwang sich, langsam zu gehen, obwohl sie am liebsten gerannt wäre. Sie kam an einem kleinen Aufenthaltsbereich vorüber, in dem sich ein junger Mann Anfang zwanzig an einem chromblitzenden Espressoautomaten zu schaffen machte. Hinter ihm saßen zwei Anzugträger in eleganten Ledersesseln und beugten sich interessiert über einen Laptop. Während die Anzugträger sie ignorierten, warf ihr der junge Mann ein schüchternes Lächeln zu. Sie erwiderte das Lächeln und tat dann schnell so, als würde ihr Handy klingeln. Sie zog es aus der Tasche und hielt es sich so lange gegen das Ohr, bis sie um die nächste Ecke gebogen war.

Laut Gebäudeplan sollte sie den dritten Fahrstuhl am Ende des Gangs nehmen. Es handelte sich um einen Lastenaufzug, der deutlich breiter als die üblichen Fahrstühle war. Sie wartete, bis sie sich allein im Gang befand, ehe sie den Knopf drückte. Zu ihrer Überraschung öffnete sich die Tür sofort. Schnell stieg sie ein und hielt ihr Kärtchen vor den Sensor. Nach einem bangen Augenblick des Wartens leuchtete ein grünes Licht auf. Schnell drückte sie den Knopf für das fünfte Kellergeschoss, und der Fahrstuhl setzte sich mit einem Ruck in Bewegung. Während er summend in die Tiefe schoss, wurde ihr plötzlich flau im Magen. Sie spürte, wie ihr schwindelig wurde, und sie musste sich für einen Moment an der Wand festhalten. Während sie auf dem winzigen Display neben der Tür die Stockwerke zählte, versuchte sie verzweifelt, ihren Atem zu beruhigen. Endlich blieb der Fahrstuhl stehen, und die Türen öffneten sich.

Der kahle Gang, in den sie hinaustrat, strahlte nüchterne Zweckmäßigkeit aus. Von dem vielen Glas und Chrom in den oberen Stockwerken war hier unten nichts mehr zu sehen. Stattdessen überall nur grauer Beton, offene Kabelkanäle und kaltes, unfreundliches Neonlicht. An der gegenüberliegenden Wand stand ein Rollwagen mit einem halben Dutzend großformatiger Flachbildschirme. Direkt darüber befand sich eine große Hinweistafel mit verschiedenfarbigen Pfeilen, die rechts und links den Gang hinunterzeigten. Sie stellte den geliehenen Aktenordner zu den Flachbildschirmen auf den Rollwagen und wandte sich nach rechts in die Richtung, in die auch der blaue Pfeil mit der Aufschrift »Produktion 3 und 4 – Verbindungstunnel« wies.

Sie kam an einer Handvoll Türen und Seitengängen vorüber und erreichte schließlich eine schwere Feuerschutztür. Mit zitternden Händen hielt sie ihre Chipkarte vor den Sensor und wartete, bis die Tür aufsprang und den Blick auf einen langen dunklen Gang freigab, der noch viel verlassener wirkte als der, durch den sie soeben gelaufen war. Der Eindruck wurde noch dadurch verstärkt, dass erst durch ihr Betreten die Neonlichter an der Decke knackend zum Leben erwachten. Ihre Schritte hallten dumpf auf dem kahlen, hochglänzenden Boden. Sie fühlte sich an einen Horrorfilm erinnert. Für einen Augenblick schnürte ihr die Angst die Kehle zu. Sie warf einen Blick auf ihr Handy. Sie war gerade einmal vier Minuten unterwegs, aber es kam ihr schon wie eine Ewigkeit vor. Als sie endlich das Ende des düsteren Gangs erreicht hatte und über eine weitere Feuerschutztür wieder einen etwas freundlicher wirkenden Bereich betrat, atmete sie erleichtert auf. Die Hinweistafel an der Wand informierte sie darüber, dass die Produktionshallen von Light Foods nur noch ein paar Türen entfernt waren.

Zwei Männer in weißen Schutzoveralls und mit gelben Schutzhelmen liefen an ihr vorüber und blieben vor dem Getränkeautomaten stehen. Der eine hielt sein Kärtchen vor einen Sensor und drückte eine Taste. Es rumpelte, und der Automat spuckte eine Flasche Cola aus. Der Overallträger öffnete die Flasche und sagte etwas, das Anna nicht verstand, aber den anderen zum Lachen brachte. Die beiden Männer liefen weiter und bogen am anderen Ende des Gangs um die Ecke. Anna wartete, bis sie außer Hörweite waren, ehe sie sich wieder aus ihrem Versteck wagte und durch die Tür mit der Aufschrift »Umkleide 17« schlüpfte. Sie betrat einen Raum mit einer Reihe verschlossener Spinde und einer langen Sitzbank, die sich durch die komplette Länge des

Raums zog. Rechts von ihr zweigten zwei Türen mit den Aufschriften »Toiletten« und »Duschen« ab, links führte ein Gang in die Produktion. Direkt neben dem Gang war ein Regal befestigt, in dem Dutzende Päckchen von eingeschweißten Hygieneoveralls warteten. Darüber lagerten auf einem langen Regalbrett die gleichen gelben Schutzhelme, die auch die beiden Männer auf dem Flur getragen hatten. Anna nahm einen der Overalls, packte ihn aus und stieg hinein, bevor sie die dazugehörigen Überschuhfolien anzog, einen Mundschutz aufsetzte und einen der Helme vom Regal nahm. Sie betrat den Gang, der zur Produktion hinführte, und erreichte eine Tür mit der Aufschrift »Schleuse«. Sie öffnete die Tür mit ihrer Chipkarte und trat hindurch. Als die Tür hinter ihr wieder ins Schloss fiel, ertönte ein lang gezogenes lautes Zischen. Sie spürte einen kalten Luftzug, der ihr die Härchen auf den Armen aufstehen ließ, und bemerkte einen Druck auf den Ohren, der aber einen Augenblick später schon wieder nachließ. Dann öffnete sich auf der anderen Seite des Raums eine weitere Tür und gab den Blick auf eine gewaltige Halle frei.

Ihr stockte der Atem. Die Halle war so hoch, dass sie kaum die Decke ausmachen konnte, die sich etliche Stockwerke über ihr im Dämmerlicht verlor. Sie starrte. Wenn das nur eines der Stockwerke war, dann war es kein Wunder, dass der Lift so lange hier hinunter gebraucht hatte. Lange Reihen riesiger Behälter, so groß wie Getreidesilos, füllten sie beinahe vollständig aus. Die Behälter waren durch unzählige Rohre, Kabel, Stahlgerüste und Laufstege miteinander verbunden, und überall blinkten und glühten grüne, rote, blaue und gelbe Lichter.

In der Halle herrschte eine gespenstisch summende Stille. Anna fiel auf, dass nirgendwo eine Menschenseele zu erblicken war. Alles schien hier vollautomatisch zu laufen. Sie warf einen Blick auf ihr Handy. Sie hatte noch sieben Minuten. Sie vergegenwärtigte sich die eingeprägten Gebäudepläne und orientierte sich dann anhand einer großen Hinweistafel. Ihr Ziel war der Behälter mit der Nummer fünfundzwanzig. Sie suchte die Decke nach Überwachungskameras ab und entdeckte schließlich eine in etwa fünf Metern Höhe, die an einer Stahlstrebe angebracht worden war. Nichts deutete darauf hin, dass sie aktiv war, andererseits – wer konnte das schon so genau sagen? Anna hoffte, dass Alex keinen Fehler gemacht hatte. Schnell, aber ohne zu auffällig zu rennen, lief sie die Reihen der Behälter ab. Der gesuchte Behälter unterschied sich in nichts von den Hunderten anderer in diesem Raum. Nur eine kleine Plakette mit der Nummer fünfundzwanzig zeigte ihr an, dass sie an ihrem Ziel angelangt war. An der Seite des Behälters führte eine steile Metalltreppe hinauf. Sie warf einen vorsichtigen Blick in die Runde und kletterte dann los. Ihre Schritte hallten unnatürlich laut auf den Stufen wider, und sie zwang sich, die nächsten Stufen langsamer zu erklimmen. Als sie etwa auf halber Höhe angekommen war, hörte sie in der Ferne ein leises Surren, das schnell näher kam. Einige Augenblicke später bog ein golfwagenartiges Gefährt um die Ecke. Sie erstarrte.

Der Wagenlenker war ein Mann in einem schwarzen Overall, der hektisch in sein Handy sprach. Panisch sah sich Anna nach einem Versteck um, doch auf der kahlen Treppe fand sie nirgendwo etwas, hinter dem sie sich hätte verbergen können. Das Fahrzeug rauschte mit hoher Geschwindigkeit näher und raste, ohne das Tempo zu verringern, unter ihr vorbei. Anna schloss für einen Moment die Augen und atmete erleichtert auf. Mit schlotternden Knien setzte sie ihren Aufstieg fort.

Als sie endlich ganz oben angekommen war, atmete sie erneut tief durch und wartete einen Augenblick ab, bis sich ihr Herzschlag beruhigt hatte. Dann sah sie sich vorsichtig um. Ihr Blick fiel auf ein Netz aus Stegen und Gängen, die sich in Dutzenden Metern Höhe kreuz und quer durch die Halle von einem Behälter zum nächsten zogen. Beinahe ganz am gegenüberliegenden Ende der Halle entdeckte sie eine weitere maskierte Gestalt in einem weißen Hygieneoverall, mit einem gelben Schutzhelm auf dem Kopf. Die Gestalt war dort offenbar an einem der anderen Behälter zugange und schien sie nicht zu bemerken.

Sie warf einen letzten prüfenden Blick zurück in die Tiefe und setzte dann ihren Rucksack ab. Dann hielt sie einen Augenblick inne, um sich zu vergegenwärtigten, was die anderen ihr eingebläut hatten. Wenn sie oben am Behälter angekommen war, musste sie mittels eines simplen Drehrads einfach nur einen des halben Dutzends Deckel oben auf dem Behälter öffnen. Sie musste lediglich darauf achten, dass es der richtige war. Der gesuchte Deckel hatte einen Durchmesser von weniger als einer Radkappe und trug eine eingestanzte, achtstellige Nummer. Flo hatte ihr erklärt, zu welchem Zweck er diente, aber sie hatte ihn schon wieder vergessen. Es war für ihr Vorhaben aber auch nicht weiter von Belang. Sie sah noch einmal zu der Gestalt am anderen Ende der Halle hinüber, und als die ihr den Rücken zuwandte, beugte sie sich schnell über das Rad und drehte es mit ein paar kräftigen Handbewegungen auf. Glücklicherweise ließ es sich ohne viel Kraftaufwand bewegen. Irgendeine versteckte Hydraulik schien sie dabei zu unterstützen. Einige Umdrehungen später ertönte ein leises Zischen, und ihr schlug ein schwacher, süßlicher Geruch entgegen. Vorsichtig zog sie den Deckel auf und warf einen Blick ins Innere. Es war aus spiegelblankem Edelstahl, weiter unten allerdings so dunkel, dass sie nichts erkennen konnte. Schnell zog sie ihren Rucksack vom Rücken, nahm die Isolierflasche heraus und öffnete sie. Sie atmete noch einmal tief durch und schüttete den Inhalt der Flasche schwungvoll in die Öffnung. Als die Flasche leer war, steckte sie sie zurück in den Rucksack und setzte ihn wieder auf. Dann stemmte sie den Deckel des Behälters zu und drehte das Rad zurück in die Ausgangsposition.

Als sie sich soeben wieder an den Abstieg machen wollte, hörte sie plötzlich erneut das Surren des sich nähernden Golfwagens.

Diesmal hielt er direkt unter ihrem Behälter an, und der Fahrer stieg aus und beugte sich nach unten. Anna stieß einen stillen Fluch aus und wich zurück. Panisch fragte sie sich, ob sie dort unten Spuren hinterlassen oder irgendetwas hatte fallen lassen.

Der Fahrer sah sich um, zog sein Handy aus der Tasche und tippte eine Nummer. »Du hast versucht, mich zu erreichen? Was? Nein. Ich habe die Milch nicht getrunken. Sie steht dort, wo sie immer steht. Nein, verdammt noch mal, nicht im Keller. Auf dem Balkon! Was sie auf dem Balkon macht? Das Gleiche wie der Bierkasten. Himmel, was soll denn schon großartig passieren? Es ist Winter!« Nervös lief der Fahrer vor der Treppe auf und ab. »Ja, dann stell sie doch in den Keller, wenn du das unbedingt willst. Ich kann mich doch nicht immer um alles kümmern!« Er zog eine Zigarettenpackung aus der Tasche und zog eine Zigarette heraus. Er steckte sie in den Mund, zögerte und schob sie dann zurück in die Packung. »Nein, das habe ich nicht so gemeint. Wenn ich ... wenn ich zurück bin, räume ich sie um. Ja ... Ich ...« Er steckte die Zigarettenpackung zurück in die Tasche und stieg in den Wagen. »Klopapier? Du hast nicht gesagt, dass ich ... Ja, nein. Ich werde nicht laut. Du wirst laut!« Er startete den Wagen. »Ich muss jetzt ...«

Seine nächsten Worte, bevor er um die Kurve bog, konnte Anna schon nicht mehr verstehen. Stöhnend rieb sie sich über das Gesicht. Sie warf einen Blick auf die Uhr und erstarrte. Verdammt, sie hatte nur noch drei Minuten! Eilig machte sie sich wieder an den Abstieg.

Sie lief die Gänge so schnell zurück, wie es ging, ohne dabei aufzufallen. Zum Glück begegnete sie diesmal niemandem, und so kam sie ohne größere Verzögerungen wieder bei den Fahrstühlen an. Als der Fahrstuhl surrend anfuhr, stellte sie erschrocken fest, dass sie immer noch Maske, Overall und den gelben Schutzhelm trug. Schnell zog sie die Schutzausrüstung aus und wickelte den Helm hinein. Als der Fahrstuhl im Stockwerk der

Marketingabteilung hielt, ließ sie das Paket im nächsten Mülleimer verschwinden. Sie warf einen Blick auf ihr Handy und stellte fest, dass sie bereits fünf Minuten über der Zeit war. Panisch hastete sie den Gang hinunter. Bei dem kleinen Aufenthaltsbereich, wo der junge Mann gerade damit beschäftigt war, mehrere Tassen mit Kaffee zu füllen, blieb sie kurz stehen. Mit einem verschwörerischen Augenzwinkern stahl sie zwei der Tassen vom Tablett und lief weiter. Der Mann mit dem Knopf im Ohr erwartete sie bereits ungeduldig.

Als er sie erblickte, zog er misstrauisch die Augenbrauen zusammen. »Frau Heigen. Na endlich. Ich war kurz davor, Sie suchen zu lassen. Wo waren Sie?«

»Konfirmandenblase«, sagte Anna mit einem entschuldigenden Lächeln. »Und dann war der junge Mann dort hinten im Aufenthaltsbereich so freundlich, mir einen Kaffee zuzubereiten.« Sie streckte Carl Dubois eine der Tassen entgegen. »Hier, für Sie. Der ist echt gut.«

VIERZEHN

Die darauffolgenden Tage verstrichen wie in Zeitlupe. Die »Verschwörer« trauten sich nicht, sich zu treffen oder Kontakt zueinander aufzunehmen, und so blieb jeder mit sich und seinen Gedanken allein und wartete ungeduldig darauf, dass die Bombe platzte oder die Polizei durch die Wohnungstür brach, um sie zu verhaften. Stundenlang scrollte Anna auf ihrem Handy durch die Nachrichten und suchte nach der erlösenden Meldung: »Skandal in Lebensmittelkonzern. Staatsanwaltschaft ermittelt.« Irgend so etwas in der Art.

Um sich abzulenken, besuchte sie ein winziges Arthouse-Kino, das sie ein Stück die Straße hinunter entdeckt hatte. Die Plätze in dem stickigen Saal waren kaum zu einem Viertel belegt. Sie zeigten einen Film über einen Biologen, der irgendwo in Afrika Bäume rettete. Das Publikum applaudierte begeistert, während es Popcorn und Cola aus Pappbechern in sich hineinkippte. Schon kurz nach der Hälfte des Films hatte Anna genug und verließ angewidert den Saal. Der eine oder andere verhinderte Weltenretter warf ihr einen verärgerten Blick hinterher, als sie sich an ihnen vorbeischob. Vor dem Eingang des Kinos blieb sie stehen und sog die kalte Luft ein. Auf der anderen Straßenseite fiel ihr ein Auto mit verdunkelten Scheiben auf. Sie konnte den Fahrer nicht erkennen, hatte aber das vage Gefühl, beobachtet zu werden. Vielleicht war sie aber auch nur paranoid geworden. In den Nachrichten war immer noch nichts von einem Lebensmittelskandal zu lesen, und auch auf den Titelblättern der Zeitungen am Kiosk einige Schritte die Straße hinunter war der Name Light Foods nicht zu finden.

Dr. Wiesner war einer dieser Ärzte, die ohne Weiteres die Hauptrolle in einem Remake der Schwarzwaldklinik bekommen würden, wenn sie es darauf angelegt hätten. Weißer Kittel, grau meliertes Haar und eine mitfühlend in Falten gezogene Stirn. Er besaß eine angenehm volltönende Stimme, die etwas unglaublich Beruhigendes ausstrahlte. Anna hatte den Eindruck, dass er sich gern selbst reden hörte. Light Foods hatte dafür Sorge getragen, dass sich der Chefarzt höchstpersönlich Peters Schicksal annahm, doch beim Anblick seiner sorgfältig manikürten Fingernägel fragte sich Anna, wann er das letzte Mal einen Operationssaal von innen gesehen hatte und ob die Assistenzärztin, die sie bei ihrem letzten Besuch beraten hatte, nicht die bessere Wahl für ihren Bruder war. Während Dr. Wiesner sie mit seinem schier unerschöpflichen Repertoire an Fachwörtern zu beeindrucken suchte, schweiften ihre Gedanken ab. Erst der Begriff »bleibende Schäden« schreckte sie auf.

»Was meinen Sie damit?«

»Dass wir es nicht wissen können, solange die Schwellung im Kopf nicht vollständig abgeklungen ist.«

»Aber er wird doch wieder gesund?«

»Wie ich bereits sagte«, Dr. Wiesner lehnte sich in seinem schweren ledernen Sessel zurück und legte die Fingerspitzen gegeneinander, »es liegt an diversen Faktoren. Aber Sie können versichert sein, dass Ihr Bruder sich hier in den allerbesten Händen befindet. Unsere Klinik ist auf Behandlungen dieser Art spezialisiert.«

»Und was meinen Sie, wann die Schwellung abgeklungen ist?«

»Das kommt darauf an.«

»Reden wir hier von Tagen oder von Wochen?«

Dr. Wiesner lächelte nichtssagend. »Wir geben unser Bestes.«

Anna spürte, wie kalte Wut in ihr aufstieg. Langsam bekam sie den Eindruck, dass er über Peters tatsächlichen Zustand überhaupt nichts wusste, das aber unter gar keinen Umständen zugeben wollte.

Dr. Wiesner beugte sich wieder nach vorn und blätterte in der Akte. »Die Prognosen sind auf alle Fälle nicht schlecht. Sein Zustand ist stabil und die Werte im Großen und Ganzen bemerkenswert gut. Er ist jung und in bester körperlicher Verfassung, und seine restlichen Verletzungen heilen den Umständen entsprechend gut und bieten keinen Anlass zur Sorge.« Seine Stimme wurde noch eine halbe Oktave tiefer, sein Blick väterlich beruhigend. Es fehlte nicht mehr viel, und er würde aufstehen und ihr gönnerhaft die Hand auf die Schulter legen. Anna war sich ganz und gar nicht sicher, dass sie ihm in diesem Fall nicht die Finger brechen würde. »Alles wird gut, Frau Heigen.« Das Telefon auf seinem Schreibtisch klingelte, und er lächelte ihr entschuldigend zu und nahm den Hörer auf. »Ja, Doris? Natürlich, verstehe. Ich komme sofort.« Er legte auf, erhob sich aus seinem Sessel und reichte Anna die Hand. Er hatte einen festen Händedruck. »Entschuldigen Sie mich, Frau Heigen, ein Notfall. Ich werde dringend erwartet. Ich verspreche Ihnen aber, dass ich Sie umgehend informiere, sobald sich am Zustand Ihres Bruders etwas ändert.«

»Normalerweise ist er um diese Zeit immer auf dem Golfplatz«, sagte Georg, während er eine dampfende Kaffeetasse vor Anna auf dem Tisch abstellte. »Dein Bruder kann sich etwas darauf einbilden, dass er dich heute empfangen hat.«

»Das liegt wohl weniger an Peter als an diesem Dan Light«, knurrte Anna.

»Klingt, als würdest du diesen Mann nicht besonders mögen.«

»Dan Light?« Anna zuckte mit den Schultern. *Wenn du wüsstest.*

»Er hilft ja nicht nur deinem Bruder, sondern spendet eine ganze Menge Geld an die Klinik. Da haben doch alle etwas davon.«

»Vermutlich macht er das nur, um sein schlechtes Gewissen zu beruhigen.«

»Wie meinst du das?«

»Ach nur so.«

»Ich habe seine Burger mal probiert. Schmecken gar nicht mal so übel.«

»Ich weiß«, gab Anna zu. »Allerdings bin ich mir gar nicht so sicher, was die Unbedenklichkeit von Light Foods' Retortenfleisch angeht. Ich an deiner Stelle würde wirklich die Finger von diesem Zeug lassen.«

»Ach, es gibt so viele Dinge, von denen man die Inhaltsstoffe nicht kennt. Wenn wir auf alle davon verzichten würden, müssten wir glatt verhungern.« Georg trat einen Schritt zurück, um eine Kollegin vorbeizulassen, die ein Tablett an den Nachbartisch balancierte. »Aber im Grunde ist mir dieses Light-Foods-Zeug ohnehin zu teuer. Eigentlich verrückt, dass in diesem Land Fast Food teurer ist als das Essen in einem guten Restaurant.«

»Ich würde das Restaurant jederzeit vorziehen.«

Georg lächelte und sah zurück zur Theke. Eine Gruppe älterer Damen hatte sich gerade dort eingefunden und sah sich suchend um. »War schön, dich wiederzusehen, aber der Dienst ruft. Vielleicht hast du später noch Zeit?«

Anna sah ihm hinterher, wie er zwischen den Tischen hindurchlief und hinter der Theke verschwand. Dann kniff sie die Lippen zusammen und sammelte ihre Tasche ein. Vermutlich war es besser, Georg in nichts hineinzuziehen.

»Herr Petracek scheint Sie wirklich sehr zu mögen«, sagte Frau Nowak beinahe widerstrebend. Man hörte ihr an, dass es ihr schwerfiel, diese Worte auszusprechen.

Herr Petracek hatte weniger Hemmungen. Schnaufend warf er sich auf den Rücken und forderte Anna mit vorwurfsvollen Blicken auf, endlich mit der Arbeit zu beginnen. Anna grinste und begann ihm den Bauch zu kraulen.

»Wissen Sie, er hat schlechte Erfahrungen mit den Menschen gemacht«, sagte Frau Nowak. »Vor allem die jungen Leute haben keinen Respekt mehr vor den Tieren. Bei uns war das damals anders, aber hier in dieser Stadt …«

»Ich könnte niemals einem so charmanten Kerl wie Herrn Petracek etwas zuleide tun«, sagte Anna.

Frau Nowak seufzte und rang sich ein schmales Lächeln ab. »Wie geht es denn Ihrem Bruder, Frau Heigen?«

»Leider unverändert. Er liegt immer noch im Koma. Aber seine Werte sind stabil.«

»Das tut mir leid. Das ist alles so schrecklich. Mein Mann lag zum Schluss auch in diesem Krankenhaus. Ich hätte ihn gern in der Wohnung behalten, aber es ging einfach nicht. Das verstehen Sie doch, nicht wahr?«

Anna nickte. Sie fragte, woran er gestorben war, und Frau Nowak berichtete, dass es sich um eine seltene Erkrankung des Gehirns gehandelt hatte. Sie wäre so ähnlich wie Creutzfeld-Jakob verlaufen, nur war alles so erschreckend schnell gegangen. Nach der Diagnose hatte er nur noch wenige Wochen zu leben gehabt, und sein Ende war für alle Beteiligten eine Erlösung gewesen.

Anna schluckte und spürte Übelkeit in sich aufsteigen.

FÜNFZEHN

Dan betrat das Loft, ohne das Licht anzumachen. Im bläulichen Dämmerlicht der weitläufigen Wohnung fand er sich auch ohne zusätzliche Beleuchtung zurecht. Aus irgendeinem Grund war ihm nach diesem Tag Licht zuwider. Nein, nicht aus irgendeinem Grund. Es war das Licht in der Anlage, dieses ganz spezielle Licht in den Zuchtbereichen, das Algen und Bakterien besonders gut wachsen ließ, das UV-Licht, das wiederum Wachstum von Keimen hemmte, das speziell abgemischte Licht der Gänge, das Sonnenlicht imitieren und besonders angenehm für die Arbeiter wirken sollte. Vermutlich stimmte das sogar. Er beschäftigte nachweislich die besten Lichtdesigner der Welt. Das änderte aber nichts daran, dass es ihm mit der Zeit Kopfschmerzen verursachte. Wobei es vielleicht auch einfach nur die Arbeit an sich war. Was auch immer schuld war, jetzt schlurfte er im Dunkeln hinüber in die Designerküche, von der er im überwiegenden Teil nicht wusste, was ihre Schränke überhaupt enthielten, fand nach zwei Versuchen ein Wasserglas und ließ es in der Spüle volllaufen, während er sich auf die Suche nach der angefangenen Schachtel Ibuprofen machte, die hier irgendwo herumliegen musste.

Nein, entschied er unterwegs, es war mit Sicherheit nicht nur die Arbeit. Vermutlich sollte er das zeitnah untersuchen lassen. Wenn es den Leuten, die dort arbeiteten, genauso ging, sollte das jemand beheben, bevor es sich auf die Produktivität und

Qualität seiner Produkte auswirkte. Er fand die Ibuprofen, nahm eine der letzten beiden und entschloss sich spontan gegen das Wasser. Stattdessen holte er ein Bier hervor, öffnete es achtlos an der Kante der Arbeitsplatte und spülte die Tablette mit gierigen Zügen hinunter.

Die beiden Gesundheitsamtsprüfer und ihr Stab von ungehobelten Handlangern hatten ihn ordentlich auf Trab gehalten. Sie hatten ihre Drohung wahr gemacht und Zutritt auch noch zum unzugänglichsten Wartungsschacht verlangt. Er verfluchte Angermann, leerte die Flasche und griff sich eine zweite aus dem Kühlschrank. Nachdenklich schlurfte er zur endlosen Sofalandschaft aus InVi-Leder im Wert eines Eigenheims im Berliner Speckgürtel und ließ sich hineinfallen.

Irgendetwas wurmte ihn, etwas nagte an ihm, rumorte in seinem Hinterkopf, ohne dass er es in Worte fassen konnte. Er tippte seine Brille an, rief das Menü des Großbildschirms an der gegenüberliegenden, sonst kahlen Architekturbetonwand auf und scrollte lustlos durch die aktuellen Angebote von zwei Dutzend Streamingdiensten. Die Prüfer waren geradezu unheimlich gut. Nicht dass sie bisher irgendetwas Nennenswertes zu beanstanden gefunden hatten, doch sie nahmen sich zuverlässig all jene kleinen Geheimnisse der Anlage vor, an denen man garantiert etwas finden würde, wenn es etwas gäbe. Dan wurde das Gefühl nicht los, dass sie die Anlage schon jetzt besser kannten als einige seiner Ingenieure. Und Schweigepflichtabkommen hin oder her – in diesem Business ließ sich jeder kaufen. Es war nur eine Frage des Preises, doch Geld war bei seinen Wettbewerbern wirklich das geringste Problem.

Ein Anrufsymbol blinkte im Rand seiner Brille. Dan biss die Zähne zusammen. Angermann schon wieder. Vermutlich. Sicherlich. Der versuchte es jetzt schon mindestens zum fünfzehnten Mal, seit er das Werk heute Abend verlassen hatte. Dan hatte die Schnauze voll. Sollte sich der Kerl doch gepflegt ins Knie ... Er runzelte die Stirn. Diesmal war es nicht Angermann. Das war Carls Kennung. Er tippte den Brillenrahmen erneut an, und Carls Stimme kam aus den Lautsprechern des Surround Systems. »Dan, ich störe dich nur ungern ...«

Dan seufzte. »Das will ich hoffen.«

»... aber ich habe gerade einen Anruf aus dem Werk bekommen. Sie machen da gerade alles dicht.«

Ein eisiger Schauer kroch Dan über den Rücken. »Was? Wer?«

»Das Gesundheitsamt. Mit Verstärkung und einem rechtsgültigen Beschluss.«

»Was?«, wiederholte Dan fassungslos. »Aber warum?«

»Keine Ahnung. Sie haben irgendetwas gefunden, aber man wollte mir am Telefon nichts sagen. Nachrichtensperre. Ich bin schon auf dem Rückweg dorthin, und ...«

Angermann. Dan biss die Zähne zusammen. »Verdammt! Wie kann es sein, dass du schon wieder keine Ahnung hast?« Er atmete tief durch und bemerkte, dass er die Faust um die Flasche verkrampft hatte. »Vergiss es, ich kümmere mich selbst darum. Gib mir Bescheid, wenn du dort bist und mehr weißt.« Er drückte Carl weg, ohne auf eine Antwort zu warten, und wählte Angermanns Nummer. Der Aufsichtsratsvorsitzende ließ sich quälend viel Zeit, bevor er das Gespräch annahm. »Was ist da los?«, blaffte Dan. »Warum machen die mein Werk dicht?«

»Wenn du meine Anrufe annehmen würdest, hätte ich dir das bereits sagen können«, stellte Philip kühl fest. »In den Proben von heute sind Verunreinigungen aufgetaucht.«

»Verunreinigungen?«

»Prionen, Daniel. Eine Probe aus einem der bereits laufenden Kessel ist positiv ausgefallen.«

Plötzlich rauschte es in Dans Ohren, und für einen Moment hatte er das Gefühl, rückwärtszufallen, obwohl er in den Polstern seiner Couch saß. »Das meinst du nicht ernst? Wo sollten denn Prionen ... Philip, du weißt genauso gut wie ich, dass das nicht möglich ist. Da muss ein Fehler beim Test vorliegen!«

»Ich weiß gar nichts, Daniel. Ich habe keine Ahnung von diesem Biochemie-Ding. Dafür beschäftigen wir Leute. Ich weiß nur, dass uns das einen Haufen Geld kostet – und dass wir das Problem in deinem Werk haben und es lösen müssen, bevor das nach außen dringt. Dann sind wir nämlich tot. Dann ist Light Foods tot.«

Dan raufte sich die Haare. Er atmete tief durch und versuchte, das Zittern in seiner Stimme in den Griff zu bekommen. »Ich ... ich fahre sofort rüber und rede mit den zuständigen Leuten. Ich werde ...«

»Du wirst gar nichts, Daniel«, fiel ihm Angermann brüsk ins Wort. »Die sperren dort alles ab. Die Anlagen werden gerade alle stillgelegt.«

»Still...?«

Er hörte das Seufzen Angermanns deutlich. »Temporär. Sie prüfen jede Charge, jede Leitung, jede Kamera, jeden Sensor, sämtliche Papiere. Schon zum zweiten Mal. Wir können nur hoffen, dass sie das Problem finden. Oder besser, dass es sich als nichts herausstellt.«

Dan biss die Zähne zusammen. »Und wie lange soll das dauern?«

»Wer weiß es? Dir ist doch klar, wie groß deine Anlage ist. Wochen? Ich glaube, sie werden dich solange nicht in die Nähe lassen.«

»Wie meinst du das?«

Dieses Mal schnaubte Philip. »Du bist der Chef. Wenn irgendetwas faul ist, dann bleibt das an dir kleben, an wem sonst? Du kannst dir sicher sein, dass ich den Aufsichtsrat davon distanzieren werde.«

Dan blinzelte. »Du bist ein Arschloch, Philip.«

»Damit kennst du dich ja aus.« Angermann klang ungerührt. »Wenn es irgendeine Verbindung zu dieser Krankheit gibt, dann fällst du, bevor ich es tue. Und jetzt solltest du dringend ein paar Stunden schlafen. Ich bin mir sicher, dass morgen einige Leute mit dir reden wollen.« Angermann unterbrach die Verbindung, bevor Dan etwas erwidern konnte. Für einen langen Augenblick starrte er in die Dunkelheit des Apartments. Dann biss er die Zähne zusammen und schleuderte die Bierflasche quer durch den Raum an die gegenüberliegende Wand, wo sie an einem Banksy zerschellte. »Fick dich, Philip!«, brüllte er und schickte einen ganzen Strom stummer Flüche hinterher. Schließlich ließ er sich müde in den Polstern zurücksinken und rieb sich die Augen. »Scheiße.«

Erneut blinkte Carls Anrufkennung. Dan war sich nicht sicher, ob er in diesem Moment mehr Nachrichten ertragen konnte. Andererseits – aufschieben änderte auch nichts daran. »Carl?«

»Ja.« Den Geräuschen nach zu urteilen, war sein Assistent noch immer im Auto unterwegs. »Mach den Fernseher an. Kanal 26.«

»Regionalsender?«

»Noch.«

»Was genau meinst du damit?«

»Schalt ein!« Carl schwieg, und mit einem erneuten Seufzen schob Dan seine Brille zurecht und aktivierte den Lokalsender.

Es war eines der kleinen Berliner Programme, die nicht genug Geld und Leute hatten, um ein Rundumangebot bereitzustellen, also brachten sie neben lokalen Nachrichten nur Werbesendungen und alte deutsche Kunstfilme, die niemand sehen wollte. Ein mäßig talentierter Sprecher mit schütterem Haar erzählte gerade etwas über einen Club im Prenzlauer Berg. »Und was sehe ich?«

»Den Live-Ticker.«

Dan riss den Blick vom Sprecher los und las den Ticker. +++ BREAKING +++ *Deutsches Gen-Food-Unternehmen in Verbindung mit Ausbruch von TASE. Gesundheitsamt ordnet Schließung an.*

»Carl, was zum Teufel …?«

»Seien wir ehrlich, Dan. Dass das Gesundheitsamt das Werk dichtgemacht hat, ließ sich nicht geheim halten. Wir haben über dreitausend Arbeiter in jeder Schicht.«

»Das ist mir auch klar, aber woher wissen die das mit TASE? Wir haben doch Verschwiegenheitsverpflichtungen, oder etwa nicht?«

»Die Presse bietet sicherlich gutes Geld und Informantenschutz«, gab Carl gereizt zurück, bevor er durchatmete. »Vor allem aber haben wir keine irgendwie gearteten Verträge mit den Typen vom Gesundheitsamt. Wer weiß, wem die was erzählt haben. Die Scheiße ist schon auf dem Weg Richtung Ventilator.«

In Dans Gesicht zuckte es, und es gelang ihm nicht, das zu unterdrücken. Erneut rieb er sich das Gesicht und fuhr sich durch die Haare. »Sieh zu, dass du ihn in eine andere Richtung drehst, bevor die ersten großen Sender darauf kommen. Bevor da unser Name steht. Vielleicht … Sorg gefälligst dafür, dass sie wenigstens auch unsere Wettbewerber ansehen. Und überprüf die Lieferketten. Vielleicht kannst du dort ja was …«

»Unwahrscheinlich«, warf Carl ein. »Du hast doch gerade erst damit geworben, dass wir vollkommen autark sind.«

»Du weißt selbst, dass das nicht stimmt«, schnappte Dan. »Verdammt! Vielleicht ist doch irgendwas in der Nährlösung.«

»Ich schau's mir an.«

»Das hättest du schon viel früher tun können.« Dan starrte auf den immer wiederkehrenden Lauftext, der ihn höhnisch anzublinken schien. Der Mann auf dem Monitor war verschwunden und durch eine Frau ersetzt, die irgendetwas über explodierenden sibirischen Permafrostboden erzählte. Der Ton war so leise, dass er so gut wie nichts verstand. Es war ihm auch egal. Hier in Berlin explodierte schon genug.

»Möglicherweise geht's ja auch um Industriespionage. Oder Ökoterrorismus. Irgend so was. Du weißt, was ich meine, Carl.

Himmel – Gen-Food-Unternehmen! Wenn sie noch nicht mal das richtig hinbekommen, dann sollte es doch kein Problem sein, ihnen den Floh von irgendwelchen Radikalen ins Ohr zu setzen, die uns ans Bein pissen wollen.«

»Hm«, machte Carl. »Ich denke, dass mir etwas einfällt, bis ich dort bin.«

»Das ist das Mindeste. Und dann finde gefälligst heraus, was tatsächlich an der Sache dran ist. Du weißt so gut wie ich, dass es unmöglich ist – zumindest unmöglich sein sollte. Bestell alle ein, die du brauchst. Ich will verdammt noch mal wissen, was da schiefgelaufen ist. Oder wer.«

»Hm«, wiederholte Carl. »Ich melde mich.«

»Mach das. Dafür bezahle ich dich schließlich.« Dan trennte die Verbindung und starrte weiter auf den Monitor. Ein Gefühl drohenden Grauens verkrampfte ihm die Innereien.

»+++ Deutsches Gen-Food-Unternehmen in Verbindung mit Ausbruch von TASE +++«, verkündete das Laufband unentwegt. Um diese Nachtzeit sahen das nur ein paar Tausend unwichtige Berliner, die nicht einschlafen konnten. Niemand schaltete diesen Mist freiwillig ein. Aber das Gerücht war in der Welt, und irgendwer würde es ins Internet stellen. Spätestens morgen wusste es dann die ganze Welt.

Dan saß noch eine Weile im Halbdunkel des Lofts und starrte blicklos auf den Fernseher. Schließlich holte er mit einem leisen Rasseln Luft und schlurfte zum Medikamentenschrank in der Küche. Der Schlaf würde heute Nacht auch bei ihm nicht von allein kommen.

Tatsächlich hatte er trotz der zwei Tabletten kaum geschlafen. Das war der Nachteil, wenn man Aufputschmittel nahm. Also war er um halb sechs Uhr morgens unter die Dusche gekrochen und hatte sich dann einen sündhaft teuren Revitalizing-Smoothie mit zwei Energydrinks und ein paar weiteren Tabletten in den Blender geworfen, bevor er sein Tablet eingeschaltet hatte. Ein vorsichtiger Blick in seinen E-Mail-Eingang zeigte noch nichts, doch Dan machte sich keine Illusionen. Das war lediglich die Ruhe vor dem Sturm.

Er erstellte eine neue E-Mail an die Chefin der Pressestelle, schon allein, um seine Gedanken zu ordnen. Er ging davon aus, dass Carl die gesamte Nacht an einem mehrstufigen Krisenplan gesessen hatte, doch das reichte nicht. Er war Dan Light. Er musste selbst auf eine Lösung kommen. Carl war nur sein Handlanger. Er war für die Details zuständig.

Option 1: Irgendwie hatte sich das Material in einer der Produktionsstrecken selbst kontaminiert. Es war extrem unwahrscheinlich, aber soweit er wusste, nicht vollständig auszuschließen. Man wusste noch immer nicht genau, was Proteinketten in tierischen Zellen dazu anregte, sich falsch zu falten und damit in Prionen zu verwandeln, aber in den gesamten Jahren der Forschung und Produktion von Light Foods war das noch kein einziges Mal vorgekommen. Auch nicht in der des Wettbewerbs – soweit er wusste. Warum also gerade jetzt, wo das Gesundheitsamt im Werk war? Er machte sich eine Notiz.

Zweite Möglichkeit: Irgendwie war die Produktionskette durch eine Zulieferung verunreinigt worden. Wobei das im Grunde genauso unwahrscheinlich war, nicht zuletzt, weil sie keinerlei tierische Proteine zuführten. Überhaupt keine, weder in der Nährlösung noch als Starter noch sonst wie. Es war, soweit Dan wusste, nicht mal möglich, dass eine Ratte in den Hochrein-Produktionsprozess geriet. Das war ja der Witz daran: Nicht einmal Bakterien und Viren durften hineingeraten, wenn man auf Antibiotika verzichten wollte. Es gab so viele Kontrollmechanismen auf dem Weg von der Anmischung der Nährlösung zur Ernte des künstlichen Fleischs, dass Dan manchmal selbst nicht genau wusste, wie überhaupt irgendetwas am Ende herauskam. Wäre das Problem in den Endprodukten aufgetaucht ... Dan hätte eine

Verunreinigung in der Auslieferkette zu den Restaurants zumindest nicht komplett ausgeschlossen. Aber innerhalb?

Also Option Nummer 3: Sabotage. Das war nicht auszuschließen, genauso wenig, wie sich Terroranschläge verhindern ließen. Mit genügend krimineller Energie ließ sich immer ein Weg finden. Auch die besten Kontrollmechanismen konnten das nicht komplett verhindern. Doch selbst dafür hatte er ein Team von Spezialisten, die nichts anderes taten, als Möglichkeiten zur Spionage oder Sabotage zu finden und auszuschließen. Sie betrieben ein Milliardengeschäft, und Light Foods gehörte zu den besten darin. Natürlich gab es die Versuche. Und so unwahrscheinlich es sein mochte – es war nicht unmöglich.

Dan notierte auch diese Option und kreiste sie nach einem Moment des Zögerns ein. Dann starrte er das Wort an. Aber warum? Ein Wettbewerber? Zögerlich schüttelte er den Kopf. Kaum. Welcher Wettbewerber hatte irgendetwas davon, wenn er bewies, dass die Technologie anfällig für Sabotage und Manipulation war? Klar, zuerst erwischte es Light Foods – aber das warf einen Schatten auf die komplette Industrie, ein Vertrauensverlust, unter dem jeder Wettbewerber dieses Spiels leiden würde. *Leiden wird*, verbesserte er sich grimmig.

Also Sabotage durch Gen-Food-Gegner? Natürlich war Light-Foods-Technologie keine Gentechnologie im eigentlichen Sinne. Sah man von den modifizierten, streng patentierten Bakterien ab, die ganze Heerscharen unverzichtbarer Enzyme für die Herstellung der Nährlösung produzierten, und natürlich einer ganzen Reihe Algen, Getreide und Früchte, die die einzelnen Bestandteile der Lösung lieferten. Das Fleisch selbst war gentechnikfrei, einzig das Produkt eines komplizierten Klonprozesses. Das war ziemlich wichtig, um es verkaufen zu können. Aber … es war wirklich nicht auszuschließen, dass irgendwelche Spinner mit Halbwissen einen Weg gefunden hatten. *Verdammt.* Er unterstrich die Notiz mehrmals dick und trank seinen Shake mit großen

Schlucken leer. Dann runzelte er die Stirn. Es gab eine vierte Möglichkeit. *Was, wenn ... was, wenn das Ganze fingiert ist? Was, wenn meine Anlage so sicher ist, wie ich es glaube? Was würde ich dann tun, wenn ich mir wirklich, wirklich schaden wollte?* Er sah auf sein Tablet. »Gerüchte«, sagte er halblaut. »Ich würde Gerüchte in die Welt setzen, die keiner wirklich entkräften kann. Gerüchte, die das Gesundheitsamt auf den Plan rufen – und dann Gerüchte, dass es einen Grund hat, dass das Gesundheitsamt bei uns ist.« *Aber warum?* Er zerwühlte sich gedankenverloren das Haar. Wettbewerb? Nein, das hatte er schon. Alles, was den Ruf seiner Produktion schädigte, beschädigte unweigerlich auch den Ruf aller seiner direkten Konkurrenten. Und die ernst zu nehmenden unter ihnen waren zwar rücksichtslos, aber nicht dämlich. Die anderen dagegen waren Idealisten. Nein. Jemand, der ihm auf diese Weise schaden wollte, wollte der gesamten Branche ans Bein pissen. Das – oder es ging um Geld. Und wer verdiente daran, wenn Aktienkurse ins Bodenlose stürzten? Spekulanten. Dan unterstrich auch dieses Wort. Er rieb sich die Augen, setzte seine Brille auf und aktivierte den Kaffeeautomaten, bevor er Angermanns Nummer wählte. Es klingelte, doch nach nur wenigen Tönen sprang eine Abwesenheitsnachricht an. Jede Wette – das Arschloch hatte beschlossen, ihn zu ghosten. Dan fluchte stumm. Dann rief er Carl an. »Ich brauche eine Liste«, knurrte er, ohne sich mit unnötigen Grußfloskeln aufzuhalten. »Und zwar sofort! Von allen Aktionären und allen Leuten, die Optionen auf unsere Aktien halten. Und krieg raus, wer auf unsere Kurse wettet. Ich will wissen, wer daran verdient, wenn die Light-Foods-Aktien in den Keller gehen – und wer dazukaufen will.«

»Ich kümmere mich darum.« Carl klang zerschlagen, als hätte er schon länger nicht mehr geschlafen. Aus unerfindlichen Gründen bereitete das Dan stille Genugtuung.

»Und dann sorg dafür, dass Angermann mich anruft! Wir haben zu reden.«

»Das wird er nicht tun.«

»Was?«

»Das kann er nicht tun«, korrigierte sich Carl und schien ein Gähnen zu unterdrücken. »Es ist der Verdacht aufgekommen, dass es sich um Sabotage handeln könnte.«

Dan runzelte die Stirn. »Das ist genau das, was ich mit ihm besprechen wollte …«

»Und wenn ich es richtig verstanden habe, umfasst der Verdacht auch dich.«

»Ich?« Dan verschluckte sich und hustete. »Was?«, würgte er mühsam hervor.

»Entschuldige, ich versuche noch, an die Details zu kommen, aber wie es scheint, gibt es ein Überwachungsvideo, das dich zusammen mit dem mutmaßlichen Saboteur zeigt. In vertraulicher Situation. Zumindest ist es das, was Angermann erzählt.«

»Er tut … Ich dreh diesem Arschloch den Hals um!«

»Hör zu, Dan. Ich versuche, herauszubekommen, was da läuft, aber du musst dich ein wenig gedulden!«

»Oh, klar. Als ob das so einfach wäre!« Dan lachte trocken auf. »Was soll ich deiner geschätzten Meinung nach denn machen? Hier dumm herumsitzen und fernsehen?«

Carl zögerte mit seiner Antwort einen Moment zu lange. »Davon würde ich im Moment abraten.«

»Was meinst du damit?«

»Glaub mir einfach, ich …«

»Sind wir hier in der Kirche? Ich brauche keinen Glauben, sondern Fakten!«

»Pass auf, ich bin in fünf Minuten im Werk, dann werde ich mit Angermann reden. Die haben für heute Morgen eine außerordentliche Aufsichtsratssitzung anberaumt. Ich denke, danach weiß ich mehr.«

Dan holte tief Luft. Er starrte den ruinierten Banksy an und atmete dann ganz langsam aus. Fahrig strich er sich über den

Kopf. »Halt mich auf dem Laufenden, klar?« Er drückte das Gespräch weg.

Eine ganze Weile saß er schweigend im Halbdunkel. Der Smoothie brodelte in seinem Magen und ließ seine Haut jucken; trotzdem bewegte er sich nicht. So lange, bis das Gefühl der Untätigkeit unerträglich wurde. Wütend fuhr er sich durch die Haare und murmelte »Fick dich«. Ein Tippen an seine Brille, eine Geste, und der riesige Wandmonitor flammte auf. Ein unerträglich grinsender Fitnessguru mit viel zu weißen Zähnen wollte ihm einen Bauchmuskeltrainer verkaufen. Er blinzelte, und der Kanal wechselte. Eine Doku über gefakte Mondlandungen und Neuschwabenland. Blinzeln. Ein Film aus den 70ern über einen schnauzbärtigen Melonenfarmer auf Rachefeldzug. Blinzeln. Eine Werbung für ein brandneues Augmented-Reality-Spiel namens Beyond. Er blinzelte erneut. Eine junge, dunkelhaarige Frau, die oder deren Klone er schon öfter gesehen hatte, erzählte etwas über die anhaltende Dürre in Sachsen-Anhalt und Brandenburg und um die ebenso anhaltenden Gerichtsprozesse gegen das Teslawerk und dessen unbändigen Wasserverbrauch. Er wollte schon weiterschalten, als der Greenscreen hinter der Dunkelhaarigen wechselte und eine Außenansicht des Light Towers zeigte. Mit einer Geste stellte er den Ton lauter. »... unbestätigten Berichten zufolge die Räume eines der größten New-Food-Konzerne Europas durchsucht. Unseren Informationen nach ist die Arbeit in den Produktionsanlagen heute Morgen auf Anordnung des Gesundheitsamts komplett eingestellt worden. Tausende Arbeiter wurden ohne Begründung wieder nach Hause geschickt. Grund für diese Maßnahmen ist, wie Insiderquellen berichten, eine nachgewiesene Kontamination einiger Proben der als InVi-Fleisch bezeichneten Produkte mit Erregern von TASE. Diese Produkte werden von diesem Standort aus nach ganz Europa und darüber hinaus geliefert und in den zum Konzern gehörenden

Restaurantketten und zahlreichen Supermärkten vertrieben. Welche Produkte genau betroffen sind, ist im Moment noch unklar, doch es wird angenommen, dass es in den kommenden Stunden zu Restaurantschließungen und weiträumigen Rückrufaktionen kommen wird. Bis jetzt standen weder Aufsichtsrat noch Geschäftsleitung des Konzerns für eine offizielle Stellungnahme zur Verfügung, was auch für den Firmengründer Daniel Lichter selbst gilt. Allerdings ist für heute Morgen, zehn Uhr, eine Pressekonferenz …«

Dan schaltete die Frau stumm und starrte blicklos auf den Monitor, auf dem sich jetzt hinter der Sprecherin groß das Logo seiner Firma drehte. Ein Zucken durchlief sein Gesicht und setzte sich in seiner rechten Wange fest.

»Verdammte Scheiße!« So viel zu erfolgreicher Eindämmung und Diskretion. Was immer da gerade lief, eines stand fest: Die Public-Relations-Abteilung war jetzt schon gefeuert. Er warf einen Blick auf die Uhr. Kurz vor halb sieben. *Geduld, my ass!* Wenn das schon um diese Zeit der Stand der Dinge war, dann brannte zur Pressekonferenz um zehn bereits der gesamte Light Tower.

Wie auf Stichwort meldete sich in diesem Moment die Hauskommunikationsanlage mit der Kennung des Empfangs. Dan fluchte und rief den Nachrichtentext ab. Irgendwer wollte ihn sprechen. Um diese Zeit. Er aktivierte die Lobbykamera und sah über die Schulter des Rezeptionisten in die Lobby. Eine Frau Mitte zwanzig im perfekt geschnittenen Hosenanzug und ein etwas älterer Kerl mit einem schwarzen Koffer redeten gerade auf den Mann am Empfang ein. Immerhin hatte der Rezeptionist genug Geistesgegenwart besessen, ihm nur eine Nachricht zu schicken, statt oben anzurufen. So ließen sich Besucher leichter abschütteln. Besonders, wenn sie zur Lokalredaktion einer der auflagenstärksten Zeitungen des Landes gehörten. Hosenanzug war ihm im Gedächtnis geblieben. In Ordnung, vielleicht nicht ihr Name, aber vor drei Wochen hatte sie versucht, sich an ihn heranzuwerfen, als er nach einer Gala an der Bar gesessen hatte. Ihm war damals nicht nach Fragen gewesen, ihr nicht nach etwas anderem. Daran hatte sich vermutlich nichts geändert.

Presse, tippte er in die Anlage. *Werd sie los. Ich bin nicht im Haus. Für niemanden. Außer Carl,* fügte er noch hinzu. Er beobachtete, wie der Rezeptionist gehorsam seine Information weitergab. Hosenanzug war deutlich anzusehen, dass sie ihm kein Wort glaubte. Aber was sollte sie schon tun?

Aber natürlich war ihre Anwesenheit hier ein gutes Indiz dafür, dass die Informationen ihre Kreise zogen. Und die Geier taten dasselbe. Es war nur eine Frage von Stunden – wenn überhaupt –, bis erste Presseschnüffler und selbst ernannte Investigativjournalisten mit mehr krimineller Energie als Hosenanzug und ihr Kofferträger versuchen würden, mit Gewalt, Bestechung oder irgendwelchen Tricks ins Gebäude einzudringen, um sich Informationen zu sichern, die beste Aussichten auf die Story des Jahres versprachen.

Angewidert verzog Dan das Gesicht. Er schnappte sich ein Mobiltelefon von der Ladestation auf der Küchenzeile, scrollte durch ein paar Fotos, bis er eine Ansicht der Zugspitze im Morgenlicht fand, und tippte irgendeinen belanglosen Motivationsmist ein, dem er eine Handvoll automatisierter Hashtags hinzufügte. Dieses spezielle Mobilgerät schickte seinen Upload über eine Handvoll speziell eingerichteter Knotenpunkte direkt aus dem WLAN seines Hauses am Walchensee an seine diversen Social-Media-Accounts. Vermutlich würde das reichen, einen größeren Teil der Hyänen auf eine Schnitzeljagd durch das Oberallgäu zu jagen. Aber er machte sich keine Illusionen. Wenigstens ein paar würden clever genug sein, um sich zusammenzureimen, dass das reichlich unwahrscheinlich war. Einige würden vermutlich auch einfach auf gut Glück weiter hier lauern, in der

Hoffnung, auf irgendwas Erzählbares zu stoßen. Und mit Sicherheit würde irgendjemandem etwas einfallen, mit dem sich der Kerl unten an der Rezeption bestechen lassen würde.

Dazu gehörte nicht viel. Der Typ hatte sich schon mit Pizza kaufen lassen. Was Dan bisher reichlich egal gewesen war – rückblickend vermutlich ein Fehler. Er rieb sich die Augen und gab dann der Umweltkontrolle seines Lofts den Befehl, die verdunkelten Fensterfronten aufzuhellen. Tief unter ihm lag das erwachende Berlin, dessen höher gelegene Solardächer bereits gleißend die Sonne reflektierten. Genau genommen schlief Berlin nie. Es ruhte nur gelegentlich unter einer Dunstglocke aus Fast-Food-Gerüchen, Schwarzmarktparfum-Imitaten und Fritteusenfett, dem säuerlich-süßen Dunst verschütteter Cocktails, Craftbiere, Gras, Spreewasser und Pisse. Nicht dass das im voll klimatisierten Tower jemals zu bemerken war. Doch trotz der weiten Aussicht über die scheinbar ruhige Stadt kam sich Dan plötzlich eingesperrt vor. So als würden alle Blicke auf ihm ruhen, selbst wenn niemand durch die verspiegelten Glasfronten Hunderte Meter über der Stadt zu ihm hineinsehen konnte. Erneut fuhr er sich durch die Haare. Er fröstelte und war sich nicht sicher, ob das an der Klimaanlage, den Tabletten oder der Aussicht lag. Der Aussicht, plötzlich der gefragteste Mann der Stadt geworden zu sein. Nur aus den falschen Gründen. Verdammt, er musste sofort hier raus. Vielleicht konnte er den Heli … eine Bewegung draußen stoppte ihn, noch bevor er den Gedanken fertiggebracht hatte. Ein Hubschrauber kam aus Richtung Alex direkt auf den Light Tower zugeflogen. Presse. Sie machten sich nicht einmal die Mühe, unauffällig zu tun. *Okay, vergessen wir den Heli.* Tiefgarage wäre eine Option, wenn von seinen Fahrzeugen nicht gerade nur der limonengrüne BMW i4 Special dort stehen würde. Normalerweise wollte er schließlich gesehen werden. Erneut fluchte er. Dann konnte er genauso gut zur Vordertür rausgehen und sich unter den Augen der versammelten Reporter ein Uber rufen. Die Firmenlimousinen waren dasselbe Problem. Jeder der Schreiberlinge, der sein Geld auch nur einigermaßen wert war, würde sie keine Sekunde aus den Augen lassen, wenn sie jetzt das Gebäude verließen.

… was eigentlich gar keine so schlechte Idee war. Er wählte den Leiter des hauseigenen Fahrdiensts an. »Enrico, richtig? – Ja, Dan Light. Wer sonst ruft von diesem Anschluss aus an? Wie viele Limousinen haben wir gerade im Haus? – Gut. Ich brauche alle vier. Schicken Sie eine zum Flughafen. BER. In vierzig Minuten kommt eine Miss Miller aus Brüssel an. Lassen Sie sie abholen. Eine Limo schicken Sie ins Werk. Herr Kumar vom Aufsichtsrat hat darum gebeten. Eine brauche ich in Frankfurt. Was? – Ja, Oder. Was dachten sie? Kelly, also Frau Verne, meine Ex-Frau, sitzt dort im Bahnhof fest. Irgendein ICE-Problem, keine Ahnung. Lassen Sie sie abholen. Und die vierte …« Er zögerte. Seine Gedanken rasten. »Schicken Sie die nach Leipzig. Ich habe im Steigenberger meinen Koffer liegen lassen. Lassen Sie den auf schnellstem Weg holen. – Nein, wenn ich einem Lieferdienst vertrauen würde, hätte ich einen angefragt. Schicken Sie einen Mann vom Sicherheitsdienst mit. Ich verlass mich drauf. – Nein, Carl wird sich bei Ihnen melden. Danke.« Er legte auf. So weit, so gut. Blieb immer noch die Frage, wie er das Gebäude verlassen sollte.

Er sammelte seine Geldbörse und das Handy ein und zog einen frischen Hoodie aus dem Schrank, um danach einen anderen zu nehmen. Es war vielleicht keine so gute Idee, wenn er mit seinem eigenen Firmenlogo auf Brust und Rücken herumlief. Schließlich nahm er eine Baseballkappe vom Kleiderregal neben der Tür und musterte sie nachdenklich. Es war fast vier Jahre her, dass er sie das letzte Mal getragen hatte. Seine Frau hatte sie ihm als Witz bei einem Straßenhändler gekauft, als sie in London vor Paparazzi geflüchtet waren. Nachdenklich rief er den Penthouse-Lift und stieg ein. Während sich die Türen schlossen und »Yoruba

Road« aus den verborgenen Lautsprechern sickerte, formte sich eine Idee. *Carpool.* Im zehnten Stock gab es eine Rezeption für die Angestellten. Carl lieh sich dort gelegentlich einen Firmenwagen, soweit Dan wusste. Er tippte sich an die Brille und rief die Nummer der Rezeption auf. »Ich brauche ein Fahrzeug auf Carl Dubois. Für Carl Dubois. Seinen üblichen. – Nein, ich hole den Schlüssel ab. – Daniel Lichter. – Ja, natürlich *der* Daniel Lichter. Was glauben Sie, wie viele wir davon im Haus haben? – Danke.« Er legte auf, verdrehte die Augen und fuhr sich nervös durch die Haare, als der Lift stoppte und die Türen aufgingen. Das Licht auf dieser Etage war noch gedämpft, die Gänge leer. Soweit er wusste, begannen die ersten Leute hier offiziell um sieben. Der Geruch von frischem Kaffee und harmonisierendem Lufterfrischer strich durch den Flur, und der graue Teppich schluckte jedes Schrittgeräusch.

Er zog die Kappe tiefer ins Gesicht und kam sich sofort entsetzlich albern vor. Aber besser albern, als von jemandem erkannt zu werden, der vielleicht schon die Morgennachrichten gesehen hatte. Die Rezeption lag eine Kreuzung weiter bei den offiziellen Personallifts, und die junge Frau, die hinter dem überdimensionierten Tisch saß, sah aus, als hätte sie eine langweilige Nachtschicht hinter sich. Er trat an den Tresen und konnte einen Roman sehen, der neben ihrer Tastatur lag. Irgendetwas mit perlmuttpinkem Cover und einem von hier schwer lesbaren Schreibschrifttitel. Unwillkürlich schnaubte er. Wer zum Teufel las heutzutage denn noch Papierbücher? Immerhin, die Chance stand gut, dass sie tatsächlich noch keine Nachrichten mitbekommen hatte. Die Rezeptionistin sah auf sein Schnauben hin auf.

»Ja, bitt…« Sie stockte, fing sich jedoch sofort wieder und setzte ein natürlich wirkendes Lächeln auf, etwas, was am Ende einer Nachtschicht gar nicht so einfach war. Dan bewunderte ihre Professionalität. »Herr Lichter. Das war jetzt aber schnell. Einen kleinen Moment noch, bitte.«

»Guten Morgen, Bahar«, den Namen las er von ihrem Schild ab, »ich hoffe, Sie hatten eine ruhige Nacht? Nur die Ruhe, ich laufe Ihnen schon nicht davon.«

Bahar lächelte ein wenig verlegen und zeigte dabei die weißesten Zähne, die Dan je gesehen hatte. »Schlüssel und Papiere habe ich hier, Herr Lichter. Sie müssten mir nur hier unterzeichnen ...« Sie hielt ihm ein Tablet entgegen.

Er nahm es ihr aus der Hand und sah zögerlich auf das offene Formular. »Ist das notwendig?«

Bahar sah ihn fragend an. »Das sind die Regeln, ja.«

»Ich meine – mir gehört der Wagen im Grunde ja. So wie eigentlich der ganze Turm hier.«

»Das mag sein«, gab die Rezeptionistin zurück. »Aber mir gehört der Job an diesem Tisch. Und ich würde ihn gern noch eine Weile behalten.«

Dan sah sie an, und sie hielt seinem Blick tapfer stand. Schließlich blinzelte er zuerst und lächelte. »In Ordnung. Test bestanden.« Er setzte einen Schnörkel auf das Unterschriftenfeld und reichte es zurück.

»Test. Hm«, stellte Bahar vollkommen neutral fest. Sie reichte Dan eine Mappe mit Papieren und einem Schlüssel. Es ist der Tesla 3. Schwarz. Steht auf Platz 428.« Sie fing seinen fragenden Blick auf. »Das ist das vierte Parkhaus-Untergeschoss.«

»Danke.«

Er wandte sich schon ab, als sich Bahar räusperte. »Richten Sie bitte Carl einen Gruß von mir aus?«

»Natürlich.« Dan runzelte die Stirn. Erst in diesem Augenblick fiel ihm auf, dass er sich eigentlich nie fragte, ob Carl so etwas wie ein Privatleben hatte. »Mach ich.«

»Und ... Herr Lichter?«

»Hm?«

»Stimmt es, was die Nachrichten sagen?«

Dan hielt inne. Zögerlich drehte er sich um. »Tut es das je?«

Sie hob eine Braue, und er seufzte. »Ich ... weiß es nicht, Bahar. Aber ich kann es mir nicht vorstellen. Wir haben jede erdenkliche Vorkehrung getroffen, um so etwas zu verhindern. Und ich habe fest vor, dem auf den Grund zu gehen.«

»Vielleicht wären vegane Produkte einfacher?«

Dan schnaubte. »Wir haben drei komplett vegane Produktlinien und ...« Er geriet ins Stocken. »Ich glaube, das ist jetzt nicht der richtige Zeitpunkt für diese Diskussion.«

Bahar hob die Schultern. »Das stimmt vermutlich. Sie wissen, was Sie tun?«

»Ich weiß immer, was ich tue.« Dan sah den Schlüssel in seiner Hand an. »Nur muss ich dafür erst den Teil der Presse loswerden, dessen Meinung schon feststeht.«

Die Rezeptionistin sah ihn an. »Ich hoffe es. Ich mag meine Stelle hier wirklich. Aber dazu muss ich sie ethisch vor mir vertreten können.«

Dan hielt einen Moment lang ihrem Blick stand. Dann schniefte er. »Fair. Kann das hier unter uns bleiben?«

Bahar zuckte mit den Schultern. »Dafür habe ich eine Schweigepflichtklausel unterschrieben, oder?«

Dan setzte zu einer Erwiderung an, stellte dann jedoch fest, dass ihm nichts Cleveres einfiel, und wandte sich mit einem Nicken wieder den Fahrstühlen zu.

Auch im vierten Untergeschoss der Tiefgarage war kaum jemand unterwegs. Kein Wunder – hier waren auch keine Stellplätze für Privatfahrzeuge. Der größte Teil des Decks wurde von Fahrzeugen des firmeneigenen Carpools eingenommen, ausschließlich Elektrofahrzeuge, zu denen auch eine ganze Handvoll Teslas für das gehobene Management gehörten. Dan drückte die Fernbedienung, und eines der Fahrzeuge weiter vorn meldete sich. Schon ironisch – er konnte Tesla wirklich nicht ausstehen. Gut, die Autos mochten ganz okay sein, aber Musks selbstgefällige Weltrettermasche ging ihm wirklich auf den Sack. Und jetzt musste er ausgerechnet einen Tesla nehmen.

Er sah sich in der Tiefgarage um, doch die zwei einzigen anderen Leute hier unten, zwei Arbeiter, die gerade ihr eigenes Fahrzeug am anderen Ende der Halle parkten, schenkten ihm keine Beachtung. Er fuhr sich über den Nacken und ließ sich in den Ledersitz gleiten, warf den Schlüssel auf die Mittelkonsole und ließ den Motor an. »Scheiben verdunkeln.« Gehorsam tönten sich die Fenster des Autos tiefer. Dieses Feature war noch nicht serienmäßig, doch Carl hatte darauf bestanden. Die Entwicklungskooperation seiner Solarfirma mit dem Brandenburger Werk des Fahrzeugherstellers hatte auch seine Vorteile. »Ausparken«, wies er das Fahrzeug an. Ein Kontrolllicht leuchtete gehorsam auf, und das Innenraumlicht erlosch, um ihn in tiefe Schatten zu tauchen. Fast lautlos glitt das Auto durch die Tiefgarage, die Auffahrt hinauf und durch den Eingang des Parkhauses. Und hier drückten sich, wie er erwartet hatte, noch immer einige Presseleute herum, die prompt versuchten, einen Blick ins Innere des Autos zu werfen. Einige von denen waren vermutlich kleine Blogger, die es sich nicht leisten konnten, Firmenlimousinen hinterherzufahren und die hier einfach auf einen Zufallstreffer hofften. Mindestens zwei jedoch kannte er, Profis, die sich nicht von einer einfachen Finte wie den Limousinen täuschen ließen. Oder die, was wahrscheinlicher war, über einen Kontakt im Gebäude verfügten, der ihnen gesagt hatte, dass die offiziellen Fahrzeuge leer fuhren. Eine davon – sie gehörte zum BBC-Stab hier in Berlin – sah aufmerksam auf, als der Tesla langsam an ihr vorbeiglitt und kurz warten musste, bis er sich in den Verkehr einfädeln konnte. Ihr Blick schien sich durch die getönten Scheiben zu bohren, und obwohl das unmöglich war, hatte Dan für einige lange Sekunden das Gefühl, von ihrem stechenden Blick seziert zu werden. Dann fand der Tesla endlich eine Lücke im Verkehr, scherte ein und schwamm in der Menge davon.

Dan schaltete die Heckkamera ein. Die Reporterin sah ihm immer noch hinterher, machte jedoch keine Anstalten, ihm zu folgen, und wandte sich schließlich ab, ohne nach ihrem Telefon zu greifen. Er ließ sich zurücksinken und atmete erleichtert auf.

So weit, so gut. Und jetzt? Erst in diesem Moment wurde ihm klar, dass er bisher keinen Gedanken darauf verschwendet hatte, was er tun wollte, wenn er dem Turm entkommen war. Ins Werk zu fahren war ausgeschlossen. Nicht nur, dass ihn dort niemand sehen wollte – das war ihm im Grunde herzlich egal. Doch das Areal stand garantiert unter Dauerbeobachtung der gesamten Presse. Dort wäre es praktisch unmöglich, denen auszuweichen. Vielleicht sollte er in ein Hotel einchecken. Andererseits gab es vermutlich in der ganzen Stadt keinen Hotelier, der sein Gesicht nicht kannte. Und die wenigsten verdienten gut genug, um nicht bei einer der lokalen Redaktionen anzurufen und sich ein paar Scheine extra zu verdienen.

»Autopilot.«

Bitte wählen Sie ein Ziel, sagte die freundliche, ein wenig seelenlose, jedoch dienstbeflissene Frauenstimme des Fahrzeugs.

Ein Ziel. Das war Teil des Problems. Er brauchte Zeit, um nachzudenken. »Spielt keine Rolle.«

Ich habe Sie nicht verstanden, stellte die Stimme fest. *Bitte wählen Sie ein Ziel.*

»Weltfrieden?« Dan zog einen Streifen Tabletten aus der Tasche seines Hoodies und holte eine Flasche Wasser aus dem gekühlten Handschuhfach des Autos.

Ich habe keine Koordinaten zu diesem Ziel. Bitte wählen Sie ein Ziel.

Dan prustete, selbst für ihn unerwartet. Zu jedem anderen Zeitpunkt hätte er sich auf der Stelle ein halbes Dutzend anderer Antworten ausgedacht, nur um zu sehen, wie die Fahrzeug-KI darauf reagieren würde. Stattdessen schob er sich zwei Tabletten in den Mund, spülte sie hinunter, verzog das Gesicht und sagte dann das Erste, was ihm einfiel. Es spielte tatsächlich keine Rolle.

Route berechnet. Das Fahrzeug ordnete sich gehorsam in die passende Spur ein, um sich durch den Morgenverkehr weiter vom Light Tower zu entfernen.

SECHZEHN

Der Tesla hatte mehrere Stunden damit zugebracht, kreuz und quer durch Berlin zu fahren, mal mit Dan am Steuer, dann weitgehend auf sich allein gestellt. In den letzten Stunden vor allem auf sich allein gestellt. Dans Tablettenvorrat war aufgebraucht, und er hatte sich an einer Tankstelle mit Alkohol und einem völlig überteuerten Käsesandwich eingedeckt. Anfangs war er sich nicht sicher gewesen, ob er angetrunken fahren sollte; inzwischen war er sich nicht sicher, ob er überhaupt noch fahren konnte. Er war weit genug hinausgefahren, um die Stadt nicht mehr sehen zu können, und hatte schließlich an einer kleinen Landtankstelle kurz hinter der Grenze zu Brandenburg gehalten, um den Tesla aufzuladen. Gegenüber hatte er einen uralten Gasthof gefunden, der irgendetwas mit Linden im Namen hatte und von einem Mann betrieben wurde, der aussah, als könnte er das Haus gebaut haben. Die einzig fleischlosen Gerichte auf der Karte waren trockene Semmeln, Beilagensalat, Eier in Senfsoße und ein Pilzragout, von dem Dan selbst in betrunkenem Zustand dankend Abstand nahm. Aber immerhin war er sich halbwegs sicher, dass der Alte keine Ahnung hatte, wen er da vor sich hatte. Notgedrungen bestellte er die Eier und ein Bier und zog sich in eine düstere Ecke der völlig überheizten Gaststube zurück. Es war leise hier. Außer ihm saßen keine anderen Gäste im Raum, und nirgendwo lief ein Bildschirm oder auch nur ein Radio. Tatsächlich war es still genug, um das blecherne Ticken der orangen Wanduhr zu hören, die seit den Siebzigern schon neben dem Eingang zur Küche hängen musste. Dan rieb sich den Kopf und wischte dann fahrig mit den Händen über die zerkratzte Sprelacart-Tischplatte, von der Zeit und unzählige Scheuerschwämme beinahe das komplette Muster getilgt hatten. Der Alte tauchte schnaufend neben ihm auf, legte ein blindes Besteckset auf einer Papierserviette vor ihm ab und verschwand wieder in der Küche. Dan lehnte sich zurück und setzte seine Datenbrille auf, die bereits seit einigen Minuten hektisch blinkte. Carl. Fünf Anrufe in Abwesenheit. Es wurde auch verdammt noch mal Zeit. Im zweiten Versuch gelang es ihm, den Rückruf zu aktivieren. »Verdammt, wieso brauchst du so lang? Was hast du für mich?«

»Dan! Wo bist du?«

»Nicht in Berlin. Ich ... die Stadt ist etwas zu laut heute für meinen Geschmack.«

»Hatte ich dir nicht gesagt, du sollst im Turm bleiben?«

Dan runzelte überrascht die Stirn. »Ach? Sind wir schon an dem Punkt, an dem du mir sagst, was ich zu tun habe?«

Er konnte hören, wie Carl durchatmete. »Du hast mich angestellt, um für deine Sicherheit zu sorgen. Das kann ich schlecht, wenn ich nicht weiß, wo du bist, und ich die Umgebung nicht kontrollieren kann.«

»Lass das mal meine Sorge sein. Ich musste dort raus. Was hast du inzwischen für mich? Was ist mit dem Video?«

»Ja.« Selbst durch den Alkohol-Weichzeichner in seinem Kopf bemerkte Dan deutlich das Zögern seines Assistenten. »Deshalb rufe ich an. Du solltest dir das hier ansehen.«

»Was?«

»Bist du ungestört?«

Dan sah sich um. Der Alte war immer noch in der Küche zugange. »Geht.«

»Ich schicke dir einen Link.«

»Jetzt mach's nicht so spannend …«

»Tut mir leid, aber du solltest dir das jetzt wirklich ansehen.«

Die Eindringlichkeit in Carls Stimme ließ Dan einen Schauer über den Rücken laufen. »Also gut, dann mach.« Er aktivierte die Bildschirmfunktion seiner Brille und öffnete den Link, der in diesem Moment einging. Es war ein Video, oder eher ein Videoclip, zusammengeschnitten aus mehreren unterschiedlichen Quellen. Light Foods war zu sehen, zuerst der Tower in Berlin, dann Weitwinkelaufnahmen des neuen Geländes in der Westhavel, augenscheinlich aufgenommen aus dem Hochgeschwindigkeitszug zwischen Berlin und Hamburg. Dan runzelte die Stirn. Das war jetzt nichts Ungewöhnliches. Beide Anlagen waren Sehenswürdigkeiten. Schnitt. Die nächste Einstellung zeigte eingepferchte, schmutzige Kühe in irgendeiner Anlage, die Dan erst nach einem Augenblick als Teil eines Großschlachthofs erkannte. Dann dramatisch spritzendes Blut, inszeniert als Jumpscare, der ihn zusammenzucken ließ, gefolgt von einer toten Kuh und diese wiederum abgelöst von einem Raum voller Rinderhälften, die aufgehängt an chromblitzenden Haken an der Kamera vorbeiglitten. Mit einem Winken ließ Dan das Bild einfrieren. »Carl«, sagte er langsam in die leere Gaststube hinein, »was soll das? Warum sehe ich mir das an?«

»Das sind unsere eigenen Aufnahmen«, sagte sein Assistent.

»Das weiß ich«, knurrte Dan gereizt. »Ich war dagegen, sie zu verwenden. Zu drastisch. Die Leute sollen essen, nicht kotzen.«

»Dieses Reel ist aber nicht von uns. Das ist vor einer halben Stunde im Netz aufgetaucht. Schau weiter.«

»Was?« Dan starrte mit gerunzelter Stirn auf das Bild in seinem Brillenglas. Dann ließ er die Aufnahme weiterlaufen. Eine Petrischale löste die Rinderhälften ab, eine Aufnahme, die er nur zu gut kannte. Sie gehörte zu den ikonischen Publicity-Shots, die Light Foods in jeder Präsentation verwendete. Light Foods' InVi-Fleisch, von den besten Werbeleuten in Szene gesetzt. Er setzte erneut dazu an, etwas zu sagen, als sich eine Frauenstimme über die Bilder legte. Angenehm, ernst und beinahe menschlich. Eine KI-Stimme, wie sie neuerdings gern genutzt wurden, um einer selbst gebastelten Reportage in den sozialen Medien einen professionellen Anstrich zu geben – und den Urheber oder die Urheberin zu verschleiern: »Light Foods beendet Tierleid, beendet den Welthunger, rettet die Menschheit, einhundertprozentig sauber, sicher und appetitlich. Weltweit. Natürlich. Klingt gut, nicht wahr? Außer …«, die Frau machte eine dramatische Pause.

»Carl! Was zum Teufel ist das?«

»Außer …«, wiederholte die Frau, und in diesem Augenblick sprang das Bild um auf die Aufnahme eines Mannes, dessen Hände zitterten und durch dessen Gesicht heftige Zuckungen liefen, als stünde eine Hälfte davon unter Strom. Dan fühlte sich, als hätte ihm jemand einen Eimer voll Eiswasser über den Kopf geschüttet. »… einem winzig kleinen Problem. Unsere Quellen bestätigen neuerliche weltweite Ausbrüche von TASE, einer aggressiveren Variante der Creutzfeldt-Jakob-Krankheit, die Anfang des Jahrtausends auch als ›Rinderwahnsinn‹ bekannt wurde. Nur dass man sie dieses Mal besser als Laborfleischwahnsinn bezeichnen sollte. Bisher hat man die wohl schon seit Monaten auftretenden Fälle weitgehend unter Verschluss gehalten, doch mit Dutzenden neuer Fälle in Europa und beinahe tausend allein in Indien lässt sich die Katastrophe nicht mehr verheimlichen.«

Der zitternde Mann brach in einen heftigen Wutanfall aus, der von zwei Menschen in Krankenpflegerkleidung nur mit Mühe gebremst werden konnte. »Und mit ihr«, sprach die Frau weiter, »die Erkenntnis, dass das alles unmittelbar mit den Produkten jenes Konzerns in Verbindung steht, der von den Medien als universeller Heilsbringer gefeiert wird. Light Foods!«

Eine animierte Weltkarte hatte bei ihren Worten den Wütenden abgelöst, und jetzt erschienen auf ihr in schneller Folge rote Flecken, die laut Beschriftung Krankheitsausbrüche anzeigten. Und mitten in ihnen, in aggressivem Violett, Markierungen. Die Light-Foods-Filialen.

Dan hielt sich nur mit Mühe davon ab, laut zu werden. »Carl«, fauchte er, »was soll dieser Mist? Das hatten wir doch schon. An jedem dieser Orte findet sich garantiert auch eine Fast-Food-Kette oder ein Steakhouse!«

Carl antwortete immer noch nicht, doch bevor Dan dazu kam, mehr zu sagen, ließ die unbekannte Frau eine Bombe platzen: »Wir haben jetzt den Beweis, dass Light Foods darüber Bescheid wusste. Mehr noch: dass der Heilsbringer selbst, Dan Light höchstpersönlich, daran beteiligt ist, Light Foods' Verschulden zu vertuschen.«

Dan blinzelte. »What the fuck?«

»Sie haben die Aufnahmen, von denen ich geredet habe, Dan«, sagte Carl in seinem Ohr.

In diesem Augenblick wechselte das Video abermals und zeigte jetzt das Bild einer Überwachungskamera.

»Das ist Anlage B«, erklärte Carl, »Hochsicherheitsbereich, bei den Wachstumstanks.«

Die Aufnahme wirkte für einen Moment wie ein Standbild. Sie zeigte einen der zahlreichen Laufstege der oberen Kesselbereiche, die zu den Entnahmestellen für Qualitätsproben und den Steuerungsanlagen für die oberen Nährlösungseinspeisungen führten. Normalerweise hielt sich hier außer den Prüfern nie jemand auf, da die Anlagen vollautomatisch und zentral gesteuert und befüttert wurden. Jetzt jedoch lief eine Frau in einem der verpflichtenden Hygieneoveralls von Light Foods ins Bild. Sie sah sich um, schien irgendwas außerhalb des Kamerabereichs zu hören und verharrte einen Moment still, bis das, was auch immer da gewesen war, verschwunden war. Dann zog sie einen

Zylinder aus einer Tasche und schloss ihn an die Probenentnahmeschleuse an.

»Carl? Wer ist das? Was tut sie da?«

Statt Carl antwortete die KI-Frauenstimme im Video. »Was Sie hier sehen, sind Aufnahmen aus dem Hochsicherheitsbereich von Light Foods. Laut Aussagen des Konzerns ist es vollkommen unmöglich, dass unbefugtes Personal bis dorthin vordringen kann. Und selbst wenn, ist eine versehentliche oder sogar absichtliche Verunreinigung der Lebensmittel ausgeschlossen. Das zumindest behauptete Light Foods bisher. Was Sie hier sehen, ist der Moment, in dem kontaminiertes Material in die Produktionsanlagen eingespeist wird.« Das Bild wechselte erneut, und irgendein Diagramm zeigte mit roten Balken irgendwelche angeblich toxischen Werte.

»Heute Morgen sind Mitarbeiter von Gesundheitsamt und Ermittlungsbehörden auf einen anonymen Hinweis hin auf diese Aufnahmen gestoßen, und eine sofort erfolgte Probenentnahme bestätigt, dass das künstlich erzeugte Fleisch in der Light-Foods-Anlage im Westhavelland in der Tat mit den krankheitsverursachenden Prionen verunreinigt ist, die für den Ausbruch von TASE verantwortlich gemacht werden. Light Foods spricht von einem terroristischen Akt und hat sich vor wenigen Minuten in einer Pressekonferenz an die Öffentlichkeit gewandt und ihre volle Unterstützung bei Aufklärung und Aufarbeitung dieses beispiellosen Verbrechens zugesichert.« Das Video bestand jetzt aus in schneller Folge wechselnden Sicherheitskameraeinstellungen, die immer dieselbe Frau zeigten, die sich durch die Anlage bewegte. »Im Moment gibt es noch keine offiziellen Aussagen zur Identität der tatverdächtigen Person, doch die Spekulationen reichen von Öko-Terrorismus bis zu einem Sabotageakt aus den Reihen der Konkurrenz.«

»Irgendjemand hat einen Haufen Sicherheitsaufnahmen nach draußen an die Presse geleakt«, sagte Carl. Er klang nur mühsam beherrscht. »Und die Geier stürzen sich natürlich darauf. Bis vor einer Stunde gab es nur dieses Material. Der Aufsichtsrat versucht einzudämmen – aber es kommt noch schlimmer.«

Dan schnappte nach Luft. »Wie zum Teufel kann das da noch schlimmer werden?«

Die Frauenstimme wies jetzt hörbar eine Spur von Genugtuung auf – was einer KI eigentlich gar nicht möglich war. »Oder ist es etwas völlig anderes? Was, wenn dieser angebliche Sabotageakt in Wirklichkeit fingiert ist – um die schon vorhandene Kontamination des künstlich erzeugten Fleischs zu verschleiern? Was, wenn dieser Leak Absicht ist? Wir wissen, dass die Anlage von Light Foods seit Tagen vom Gesundheitsamt durchkämmt wird. Und jetzt tauchen diese Aufnahmen eines Anschlags auf? Kann es sein, dass man bei Light Foods versucht, die Ermittlungsbehörden und die Öffentlichkeit für dumm zu verkaufen?«

Die Frau machte eine dramatische Pause, und Dan hätte am liebsten geschrien.

»Nun«, fuhr sie fort, »wissen Sie eigentlich, dass moderne Videoaufzeichnungen so gut wie immer einen codierten Zeitstempel haben? Vor allem die Aufnahmen von Überwachungsanlagen? Uns ist es gelungen, an diese Daten zu kommen. Raten Sie, wann diese Bilder entstanden sind. Gestern. Sie hören richtig. Der angebliche Terroranschlag fand gestern statt. Und wie wir wissen, häufen sich die TASE-Fälle weltweit schon seit Wochen. Das hier«, das Bild fror erneut ein und zeigte die Unbekannte abermals bei der Einspeisung ihres Kanisters in die Probenschleuse, »kann also unmöglich die Ursache für den Ausbruch der Krankheit sein! Light Foods lügt!«

»Fuck!« Dieses Mal brüllte Dan aus vollem Hals, sodass der Alte alarmiert aus der Küche gewieselt kam. Dan winkte ihn unwirsch fort und deutete auf sein Smartphone.

»Das hier sind Aufnahmen, die seltsamerweise nicht an die

Öffentlichkeit geleakt worden sind«, sagte die Sprecherin unterdessen mit mehr als deutlicher Genugtuung in der Stimme. »Aufnahmen, die nur Minuten vor dem sogenannten Sabotageakt gemacht wurden.«

Dan starrte die Bilder an.

»Hey«, murmelte er tonlos, »ist das ... das ist aus unserem Lift?«

In der Aufnahme war er selbst zu sehen. Unzweifelhaft. Er wechselte einige Worte mit einer jungen Frau, bevor er ihr die Hand schüttelte und den Lift verließ.

»Was ... was soll das darstellen? Wer ist das? Was beweist das?«

Statt Carl antwortete die Frauenstimme im Video, während die Frau in der Aufnahme sich umdrehte, sodass ihr Gesicht deutlich zu erkennen war. »Die Person, der Dan Light oder, wie er tatsächlich heißt, Daniel Lichter, CEO von Light Foods, hier so vertraulich die Hand schüttelte, ist dieselbe, die wir auf den späteren Aufnahmen im Inneren der Produktionsanlage sehen. Im Moment ist noch nicht klar, um wen es sich handelt, doch eins ist sicher: Dan Light, der Heilsbringer des InVi-Fleischs, ist mit der angeblichen Saboteurin bekannt. Und mehr noch: Er steht für ein öffentliches Statement nicht zur Verfügung. Warum? Weil er nicht auffindbar ist. Unseren Informationen nach hat er seine Berliner Residenz, den Light Tower, heimlich verlassen und ist« – dramatische Pause – »untergetaucht!«

»Wollt ihr mich verarschen?« Dan sprang auf, und nur die Tatsache, dass in diesem Augenblick der Alte aus der Küche kam und einen Teller Senfeier und ein Glas Bier durch den Raum balancierte, hielt ihn davon ab, sein Smartphone gegen die orange Wanduhr zu schleudern. Er setzte sich wieder zurück auf den Stuhl, bedankte sich mit einem Nicken und einer Grimasse, von der er hoffte, sie würde ansatzweise freundlich wirken, und deutete erneut auf sein Smartphone. Der Alte schenkte ihm einen verständnislosen Blick, zuckte mit den Schultern und watschelte zurück in seine Küche.

»Carl! Sag mir nicht, dass ich bereits gesucht werde«, zischte er in die Verbindung.

»Noch nicht«, antwortete Carl. »Wobei die Polizei bereits hat durchblicken lassen, dass sie mit dir reden will.«

»Was?«

»Natürlich. Du bist immerhin der CEO von Light Foods! Ich habe gesagt, dass du dich so bald wie möglich melden wirst. Wo *bist* du?«

Dan ignorierte die Frage. »Dieser Film – woher ist der?«

Carl zögerte kurz. »Aus dem Netz.«

»Das ist bereits im Netz unterwegs?«

»Schon. Aber bisher haben wir das Ding jedes Mal binnen Minuten abfangen können, wenn es aufgetaucht ist. Mein halbes Team sitzt dran, um herauszufinden, wer es ständig wieder hochlädt. Die andere Hälfte versucht herauszufinden, wer die Aufnahmen überhaupt nach außen gegeben hat – und wie diese Person in die Sicherheitsbereiche vordringen konnte.«

»Wer immer das war – er hat jemanden in unserer verdammten Firma. In meiner verdammten Firma!«

»Ja, davon gehen wir auch aus. Dan, wir arbeiten, so schnell wir können, aber du solltest jetzt wirklich nirgendwo auffallen. Wenn dich die Presse in die Finger bekommt, kreuzigen sie dich. Und wir tun unser Bestes, dieses Video aus dem Netz zu halten. Aber du weißt, wie es ist – ich kann wirklich nichts versprechen. Du musst von der Bildfläche verschwinden, bis wir das hier sortiert haben. Wir werden die Stellung halten und die Presse beschäftigen.«

»Das ist meine Firma, und ich bin der CEO! Es ist meine Aufgabe, diese ...«

»Dan, das Beste, was du im Moment für diese Firma tun kannst, ist, den Kopf unten zu halten! Seit diese Sache mit der Verseuchung raus ist, schreien die Leute nach deinem Kopf. Niemand wird dir zuhören. Lass Angermann seinen Kopf hinhalten. Das ist in seinem Gehalt drin. Am besten, du fährst an den Walchensee. Sag mir, wenn du dort bist, dann gebe ich der Polizei Bescheid, damit ihr einen Termin ausmachen könnt. Tu dir nur selbst den Gefallen und versuch nicht, das Land zu verlassen. In Ordnung?«

Das Land verlassen? Dan starrte auf das Essen vor ihm, und der Geruch verursachte ihm plötzlich einen Anflug von Übelkeit. Vielleicht war es aber auch nur der Gedanke, dass sein gesamtes Lebenswerk soeben den Bach hinunterzugehen schien. Er schluckte, doch der Kloß in seinem Hals löste sich nicht. Er schluckte erneut, griff nach dem Bier und leerte es in einem langen, verzweifelten Zug. Im nächsten Moment wallte die Übelkeit mit aller Macht auf. Hastig schob er den Tisch beiseite und rannte an der Küche vorbei in den düsteren Gang unter dem alten Toilettenzeichen, stieß die Tür zu der winzigen, nach Urin und Klostein stinkenden Kammer auf und übergab sich heftig in die Schüssel. Es dauerte einige Minuten, bis er sich halbwegs wieder unter Kontrolle hatte und der Würgereiz und das Brennen in seinem Hals nachgelassen hatten. »Fuck«, murmelte er und stemmte sich mühsam hoch. »Fuck, fuck, fuck.« Er spülte, taumelte aus der schmalen Kabine heraus und wusch sich an dem winzigen, abgenutzten Waschbecken gründlich den Mund aus und das Gesicht ab, bevor er zurück in den Gastraum wankte. Der Alte stand hinter dem Tresen und sah ihn besorgt und ein wenig argwöhnisch an.

Dan winkte ab. »Schlechte Nachrichten«, murmelte er. »Hat nichts mit dem Essen zu tun. Haben Sie eventuell einen Gin oder so was?«

»Ich könnte ihnen einen Kümmel anbieten. Gut für den Magen und die Nerven.«

»Das hat Alkohol?«

Der Alte sah auf die Flasche hinter dem Tresen. »38 Prozent.«

Dan rieb sich durch die Haare. »Geben Sie mir einen Doppelten.«

Der Kümmelschnaps des Alten war auf faszinierende Art ekelhaft gewesen, aber er hatte Dans Inneres tatsächlich ein wenig beruhigt. Jetzt saß er auf der Bank vor dem Gasthaus, die Brillengläser verdunkelt und die Baseballkappe tief ins Gesicht gezogen. Eine weitere Flasche Kümmel stand neben seinem Fuß. Sein Trinkgeld war wirklich großzügig gewesen.

Plan. Er brauchte einen Plan. Er würde sicher nicht den ganzen Weg in die Alpen fahren, nur um dann dort von Journalisten belagert zu werden. Oder von der Polizei eingesammelt, falls dieser Film an die Öffentlichkeit gelangte. *Sobald* dieser Film an die Öffentlichkeit gelangte. Er machte sich da keine Illusionen. Nichts, absolut nichts ließ sich aus dem Netz fernhalten, wenn die postende Person auch nur ein klein wenig Ahnung von ihrem Job hatte. Das zu wissen hatte ihm in der Vergangenheit schon mehrfach gute Dienste geleistet, während seine Wettbewerber noch Faxe eingescannt hatten. Schon ironisch, dass ihm ausgerechnet das jetzt das Genick zu brechen drohte. Und alles nur, weil er irgendeiner Wildfremden im Fahrstuhl die Hand ...

Dan stockte. Er nahm die Brille ab, kniff die Augen zusammen und massierte sie für einen Moment mit den Handballen, während er versuchte, den Gedanken wiederzufinden, der gerade durch sein sirupzähes Hirn gehuscht war. Wildfremd. Irgendetwas stimmte daran nicht. Warum hatte er ihr die Hand geschüttelt? Er setzte die Brille wieder auf, öffnete erneut das Video und suchte ein wenig herum, bis er die betreffende Stelle gefunden hatte. Wieder sah er die Szene im Lift. Er war klar zu sehen, die Fremde und ein Stück von Carl. Natürlich. Er hatte sie ja bekannt gemacht. Er hielt den Film an. Warum zum Teufel war hier eigentlich nur der halbe Lift zu sehen? Er war sich ganz sicher, dass neben ihnen auch noch fast der gesamte Aufsichtsrat mit im Aufzug gestanden hatte – aber diese Hälfte des Raums war nicht zu sehen. Welcher Idiot hatte diese Kamera angebracht? Oder waren sie zu diesem Zeitpunkt schon ausgestiegen?

Er erinnerte sich nicht mehr. Nachdenklich musterte er das Gesicht der Frau. Was hatte Carl gesagt? Sie war die Schwester von … irgend so ’nem Typen aus der Verwaltung. Oder dem Marketing. Paul?

Er angelte nach dem Kümmelschnaps, schraubte den Deckel ab und setzte die Flasche an den Mund. Er hatte ihr die Hand gegeben, weil … PR. Der Mann arbeitete in der PR-Abteilung. Oder hatte gearbeitet. Weil er … tot war? Nein, im Krankenhaus, wegen irgendeines Unfalls. Das war’s. Deshalb hatte er ihr die Hand gegeben. Aber wenn es stimmte, dass sie eine Saboteurin war und er sie nicht angeheuert hatte, wer dann? Und warum? Er nahm einen tiefen Schluck und verzog angewidert das Gesicht. Es ergab keinen Sinn. Wenn die Verseuchung schon davor da gewesen war, warum dann die Mühe, noch mal kontaminiertes Material in die Produktion zu schleusen? Er raufte sich die Haare am Hinterkopf. Es sei denn, das war nicht das erste Mal gewesen. Er hielt inne. Was, wenn der Bruder schon früher sabotiert hatte? Er schraubte die Flasche wieder zu und rief seinen Firmenzugang auf. Wer arbeitete alles in der PR-Abteilung?

Er brauchte beinahe eine halbe Stunde und den Rest der Kümmelflasche, doch schließlich hatte er einen Namen. Peter. Nicht Paul. Peter Heigen, dazu seine Adresse aus den Datensätzen der Personalabteilung und eine Notiz mit der Telefonnummer seiner Schwester und deren Kontaktadresse, für den Fall, dass es irgendwelche Nachfragen gäbe, solange Peter im Krankenhaus lag. Seltsamerweise dieselbe Adresse wie Peter selbst. Vielleicht wohnte der Kerl ja noch bei seinen Eltern. Dan speicherte die Adresse in seinen Kontakten. Was hatten diese Arschlochgeschwister davon, seine Firma zu sabotieren? Ihn zu ruinieren? Was für kranke Leute waren das eigentlich? Vielleicht sollte er ihnen einen Besuch abstatten, so wie sie seiner Firma einen Besuch abgestattet hatten? Wie wäre das? Er schwenkte die Flasche Kümmel, stellte fest, dass sie aus irgendeinem Grund bereits fast leer war, und trank dann achselzuckend den Rest. Ja, vielleicht sollte er sie einfach fragen. Gut, möglicherweise nicht den Bruder. Selbst mit einer Menge Alkohol im Kopf hatte er das Gefühl, dass es keine gute Idee sein könnte, sich im Moment in einem öffentlichen Krankenhaus blicken zu lassen. Irgendwer würde ihn mit Sicherheit erkennen. Aber die Schwester. Er stemmte sich von der Bank hoch, schwankte einen Moment und marschierte dann langsam zurück zum Tesla. Der Fernseher im Inneren der Tankstelle zeigte sein Gesicht über einem roten Laufschriftband. Der Name von Light Foods tauchte dort unten auf, und irgendwer hatte die grandiose Idee gehabt, sein Gesicht jetzt mit einer Petrischale voll fauligem Hackfleisch auszutauschen. Überaus clever. Es war egal, ob die Gerüchte irgendetwas mit der Wirklichkeit zu tun hatten. Eine Woche diese Art Berichterstattung, und Light Foods war erledigt.

Er zog die Kappe tiefer in die Stirn, stieg in sein Fahrzeug und schloss die Augen. Was würde er jetzt nicht für ein paar Tabletten geben.

SIEBZEHN

Als der Tesla anzeigte, dass er die Zieladresse erreicht hatte, wurde es bereits dunkel. Dan ließ ihn in eine wundersam freie Parklücke wenige Dutzend Meter weiter einschwenken und stellte den Motor ab. Dann starrte er eine Weile aus dem Seitenfenster, bis sich ein Kichern aus seinem Hals schlich. Von hier aus konnte er den Light Tower sehen, zumindest die oberen Stockwerke mit seinem Loft, die sich auf der anderen Seite der Spree hoch über Berlin erhoben und die alten Backsteinhallen auf dieser Seite im Vergleich winzig wirken ließen. So nahe. Es war ein Hohn, ein absurder Zufall, der in jeder Serie für einen Aufschrei der Kritiker gesorgt hätte. Der Grund für seine Probleme wohnte so nahe, dass er ihm quasi in die Fenster sehen konnte. Oder? War es überhaupt Zufall? Wohnten der Kerl und seine Schwester vielleicht hier, weil sie irgendein Problem mit Light Foods hatten, eine persönliche Vendetta, von der Dan nichts wusste? Es gab nur eine Möglichkeit, herauszufinden, wieso irgendwelche Arschlöcher alles daransetzten, sein Lebenswerk, sein Leben zu ruinieren.

Er verzog das Gesicht, kämpfte sich aus dem Auto und fischte die dicke Mappe mit den Fahrzeugunterlagen vom Beifahrersitz, bevor er durch die matschigen Schneereste über die Straße stapfte. Wut hatte einen feinen roten Schleier über seine Wahrnehmung gelegt und rauschte in seinen Ohren. Möglicherweise auch der Alkohol. Er hätte es nicht sagen können. Es war ihm auch egal.

Er studierte das Klingelbrett. Acht oder auch zehn Wohnungen und vielleicht ein Laden oder so etwas. Nicht alle der Knöpfe waren beschriftet. Vielleicht war einer davon auch ein Lichtschalter, aber aus irgendeinem Grund fiel es Dan schwer, die Aufschriften zu entziffern. Dort. Heigen. Er zog sich die Kappe erneut tiefer in die Stirn, drückte den Knopf und wartete. Und klingelte erneut. Was eigentlich, wenn niemand da war? Wenn die sich abgesetzt hatte? Das wäre schließlich die normale Reaktion nach einem Sabotageakt, oder? Wobei es natürlich auch erst recht verdächtig sein konnte. Wusste die Saboteurin, dass es Aufnahmen gab? Oder ...

Es knackte in der Gegensprechanlage. »Ja?«

Dan zuckte zusammen und wusste nicht mal genau, warum. »Ähm«, stammelte er. »Lieferdienst.«

»Für mich?« Die Frau klang argwöhnisch. Durch den blechernen Lautsprecherklang konnte Dan nicht einmal ihr Alter schätzen.

»Für, äh«, er schielte auf die Klingelbeschriftungen. »Nowak.«

»Da sind Sie hier falsch.«

»Ich weiß«, nuschelte er, wobei er versuchte, einen unbestimmten Akzent nachzuahmen. Seine schwere Zunge machte es ihm erstaunlich einfach. »Meldet sich niemand. Aber hier hängt ein Zettel, ich soll bei dir klingeln, Chefin. Ich brauch Unterschrift.«

Als die Frau schwieg, zog sich alles in seinem Inneren zusammen. Vermutlich hatte er es gerade übertrieben.

Dann ein resigniertes Seufzen. »Na gut. Ausnahmsweise. Kommen Sie hoch. Dritter Stock, links.«

»Danke.« Die Tür summte, und Dan schob sie erleichtert auf. Das Innere des Hausflurs war irgendwann in den letzten zehn Jahren modernisiert worden und eine dieser seltsamen Berliner Mischungen aus Jugendstilwandbemalungen, Stuckdecken und Stahltreppe mit rohen Holzbohlenstufen. Es roch nach Holzpolitur, Kohlrouladen und Patschuli oder irgendwas in der Art, jedenfalls eine Mischung, die Dan auf den ohnehin strapazierten Magen schlug. Schnaufend stapfte er die Treppe hinauf, die Mappe fest an die Brust gedrückt. Der Weg nach oben war nicht gerade dazu geeignet, seine Stimmung abzukühlen, besonders, da man hier wohl der Ansicht war, dass es ausreichte, wenn das Flurlicht gerade lang genug brannte, um ein Stockwerk zu bewältigen. Auf dem Treppenabsatz des dritten Stocks stand im Halbdunkel eine junge Frau. »Eine Lieferung für Frau Nowak, sagen Sie?«

Dan zuckte mit den Schultern, schon um die Anspannung zu lockern. Das war sie, die Frau aus dem Fahrstuhl, oder? »Weiß nicht«, sagte er und hob die Mappe. Hier steht nur Nowak. Sie sind – Frau Heigen, richtig? Können Sie unterschreiben?«

»Ja. Frau Nowak wohnt einen Stock unter mir. Wo?«

»Was?«

»Wo soll ich unterschreiben?« Sie sah ihn fragend an.

»Oh, gleich hier auf dem Umschlag.«

»Kein Lesegerät?«

»Nein, das passt schon. Ich scann das ein.« Er hob wie zur Erklärung sein Mobile.

»Und ... womit?«

»Womit?« Dan runzelte die Stirn. »Oh, verdammt. Ich habe meinen Kuli unten im Auto vergessen. Ich ...«

Die junge Frau seufzte. »Schon gut, kleinen Moment.« Sie trat einen Schritt beiseite, um einen Kugelschreiber von einem Tisch im Flur zu nehmen. Dan war so verblüfft, dass er um ein Haar stehen geblieben wäre. Erst als sich die Heigen mit einem Kugelschreiber in der Hand wieder umdrehte, machte er einen Schritt in die Wohnung und schob die Tür hinter sich zu.

»Was, zum Teufel, soll das werden?« Die Frau riss den Kugelschreiber hoch, als wäre er eine Waffe.

Dan starrte auf das Schreibgerät und schnaubte abfällig.

»Warum?«, knurrte er. Oder war sich zumindest sicher, geknurrt zu haben. »Warum hast du das gemacht?« Er wurde lauter. »Warum ruinierst du meine Scheiß-Firma? Warum ...« Als die Frau den kleinen Tisch packte und nach ihm schleuderte, stolperte er beiseite, rempelte in eine Garderobe und stürzte beinahe zu Boden. »Fuck!«

Die Heigen fuhr herum und stürmte durch die nächste Tür davon. Dan hechtete hinterher und rammte die Tür mit der Schulter auf, noch bevor sie ins Schloss fallen konnte. Ein stechender Schmerz durchfuhr seine Schulter, und er verlor den Halt, stürzte in den Raum hinein und rammte mit dem Gesicht die Kante eines Esstischs, bevor er hart am Boden aufschlug und ihm die Luft aus der Lunge gepresst wurde. Er nuschelte einen Fluch durch die tanzenden Lichtfunken, fühlte etwas Warmes, Beißendes in sein linkes Auge rinnen, dann traf ihn etwas am Hinterkopf, und es wurde dunkel.

Irgendjemand stöhnte.

Dan hatte das Gefühl, nachsehen zu müssen, doch da sich der Boden unter ihm zu bewegen schien, war er sich nicht sicher, ob er die Augen tatsächlich öffnen wollte. Erneut das rasselnde Stöhnen, und dieses Mal wurde ihm klar, dass es von ihm selbst kam. Er hustete und versuchte, sich hochzustemmen, doch irgendetwas hielt seine Hände fest. Mühsam zwang er die Augen auf. Das linke war verklebt und brannte, das rechte sah für einige Augenblicke nur verschwommen, doch immerhin war sein Kopf nur von einem dumpfen Pochen erfüllt. Er war ziemlich sicher, dass er mehr Schmerzen haben sollte. Er blinzelte erneut und kämpfte mit seinem linken Auge. Ah ja. Alkohol. Da war ja etwas. Erneut versuchte er, sich hochzukämpfen, und wieder hielt ihn etwas fest, doch dieses Mal wurde ihm klar, dass seine Hände irgendwo hinter ihm festgebunden waren. Er bewegte die Schultern und spürte kaltes, unnachgiebiges Metall im Rücken. Eine

Welle der Panik überrollte ihn. Er wollte fluchen, doch nur ein genuscheltes »Wss« drang über seine Lippen, die, wie er jetzt bemerkte, auch noch aufgesprungen und geschwollen waren. Zumindest die untere. Also gab er das Fluchen vorerst auf und beschränkte sich auf ein lang gezogenes Stöhnen.

»Sie leben also noch.« Bodendielen knarrten unter Schritten, dann kratzte Holz über Holz, als ein Stuhl verschoben wurde. »Freut mich«, sagte die Heigen.

Und mich erst, wollte er sagen, doch wieder kam nur Unverständliches aus seinem Mund. Hauptsächlich weiteres Stöhnen.

»Ernsthaft. Ich hätte nicht gewusst, wie ich erklären soll, dass Dan Light tot in meiner Küche liegt. Oder wem.«

Dan zerrte erneut an seinen fixierten Händen, dann tastete er herum. Er schien an einen Heizkörper gefesselt zu sein.

»Machen Sie sich keine Mühe. Kabelbinder. Man kann auch aus schlechten Fernsehserien was lernen.«

»Und wenn ich schreie?« Seine Stimme war eher ein Krächzen, und Dan war sich ganz und gar nicht sicher, ob er überhaupt schreien konnte.

»Tun sie sich keinen Zwang an.« Sie klang ungerührt. »Eigentlich sollte ich ohnehin bereits die Polizei angerufen haben.«

»Und warum hast du nicht?«

»Weil ich wirklich, wirklich gern wüsste, warum sich der Milliardär Dan Light als Paketbote ausgibt, um in meine Wohnung einzubrechen.«

Dan schnaubte abfällig, und selbst das tat weh. »Oder weil du eine gesuchte Terroristin bist.« *Die mich jederzeit umbringen kann.* Dieser Teil wurde ihm erst in diesem Augenblick bewusst.

»Was?«

Dan hustete, räusperte sich und zwang seine Augen erneut auf. Dieses Mal war es ein wenig besser. Er sah zwar immer noch ein wenig unscharf, doch das Stechen im linken Auge ließ nach und wurde zu einem unangenehmen Jucken. Dafür begann das

Pochen in seiner Stirn schmerzhaft zu werden. »Du bist aufgeflogen. Es gibt Aufnahmen von dir. Sicherheitskameras.«

»Was?«, wiederholte die Heigen alarmiert.

Dan schnaubte erneut. »Was hast du denn gedacht? Dass eine Hochsicherheitsanlage wie unsere nicht an jeder Ecke überwacht wird? Du machst so was nicht oft, hm?«

»Das hätte nicht passieren dürfen«, sagte sie, mehr zu sich selbst.

»Eine Menge hätte nicht passieren dürfen.« Er blinzelte erneut und sah zu ihr hoch. Inzwischen war sie genauer zu erkennen. Sie saß vor ihm, gerade außerhalb der Reichweite seiner Füße, auf einem Küchenstuhl, leicht nach vorn gebeugt, ein großes Küchenmesser in ihrer Hand. Blut trocknete auf ihrem T-Shirt. Da er sich nicht erinnern konnte, sie verletzt zu haben, war es wahrscheinlich seins. Er sah auf seine Beine hinab und entdeckte Blutflecke auf seiner Hose. Mehr als nur ein paar Spritzer. »Fuck.«

»Platzwunde«, sagte die Heigen abwesend und wippte nachdenklich mit dem Messer. »Sie haben alles vollgesaut. Verdammt! Es sollte keine Aufnahmen geben!«

»Es sollte auch kein verschissenes Prionenfleisch in meiner Anlage geben, und trotzdem ist es da!«

Sie sah ihm direkt ins Gesicht, und Dan erschrak über die kalte Wut in ihrem Blick. »Ja, aber es ist da. Und jetzt stellt man endlich euren ganzen Laden auf den Kopf und wird all den Dreck finden, den ihr seit Jahren vertuscht. Jetzt schützt euch niemand mehr. Jetzt bringt es auch nichts mehr, jemanden zu überfahren, damit nichts öffentlich wird. Ihr seid dran!«

»Ich versteh das nicht. Was hab ich dir denn getan?«

»Mir? Ach, nichts weiter. Es liegt ja auch nur mein Bruder im Koma, weil er dich auffliegen lassen wollte. Und ihr habt alles schön unter den Teppich gekehrt. Unfall. Dass ich nicht lache!« Sie schnaubte erneut verächtlich.

»Moment … au …« Dan tastete mit der Zunge durch seinen Mund und fand mindestens einen lockeren Zahn. »Du denkst, ich hätte deinen Bruder … das ist doch bescheuert! Ich kenn den doch nicht mal!«

»Ach?« Die Heigen hörte auf, mit dem Messer zu wippen, und starrte ihn an. Dann deutete sie mit der Spitze auf ihn. »Dann verraten Sie mir doch mal, warum Sie jetzt hier in meiner Küche an den Heizkörper gefesselt sitzen, statt ich in einer Arrestzelle? Warum kommt Dan Light persönlich im Dunkeln vorbei, um mich zu überfallen? Das ist bescheuert, ja! Fragt sich nur«, sie zögerte, rang nach Worten, »warum?«

»Weil du mich in deine Scheiße mit reingezogen hast!«, krächzte Dan. »Weil sie glauben, dass du und ich … dass ich dich angeheuert habe.«

Die Heigen starrte ihn verständnislos an. Dann ließ sie sich auf dem Stuhl zurücksinken. »Sie – mich angeheuert? Wozu? Um Ihre eigene Firma zu ruinieren? Wer kommt denn auf so was?« Sie blinzelte. »Und warum?«

»Weil ich dir die Hand geschüttelt habe! Kurz bevor du … als du auf dem Weg warst, um diese Scheiße da abzuziehen.«

»Ich …« Die Frau sah ehrlich verblüfft aus. Sie schloss den Mund und schien um Worte zu ringen. Schließlich schüttelte sie den Kopf. »Das ist doch Schwachsinn!«

»Erzähl mir was Neues«, knurrte Dan bitter. »Aber es gibt ein Video im Netz, und egal, was du sagst – du bist am Arsch. Und ich mit!«

»Im Netz?«

»Vielleicht noch nicht jetzt«, räumte Dan ein, »meine Leute arbeiten fieberhaft daran, das zu entfernen. Aber es ist nur eine Frage der Zeit.«

Die Heigen runzelte die Stirn. »Ich glaube Ihnen nicht.«

»Sagte die Frau, die Lebensmittel mit tödlichen Seuchenerregern versetzt. Ein Muster an Vertrauenswürdigkeit.«

Die Verwirrung in ihrem Blick wuchs. »Moment mal – Ich habe keine Seuchenerreger in eure Produktion geschleust. Toxine, okay. Damit das Gesundheitsamt etwas findet, aber mit Sicherheit keine TASE-Erreger. Ich bin doch nicht wahnsinnig!«

»Warum sollte ich lügen, hä? Schau's dir an! Auf meiner Brille ist ... wo ist eigentlich meine verdammte Brille?«

Sie seufzte, lehnte sich zurück und griff das Gerät vom Küchentisch. Nachdenklich sah sie es an.

»Ist biometrisch gesichert«, sagte Dan. »Sie funktioniert nur, wenn ich reinsehe. Hast du einen Smartmonitor hier?«

Die Heigen zögerte, dann nickte sie und deutete durch einen Durchgang ins nächste Zimmer, wo ein Fernseher stand, kleiner als der, der in Dans Apartment in der Gästetoilette hing. »Der dort, glaub ich.«

»In Ordnung. Mach ihn an und setz mir die Brille auf.«

Sie schnaubte. »Sicher. Damit Sie einen Notruf absetzen.«

Dan grinste und bereute es sofort, als er spürte, wie seine Lippe erneut aufplatzte. Er verzog das Gesicht und tastete mit der Zungenspitze über die Verletzung. »Dafür bräuchte ich sie nicht aufsetzen. Das geht auch per Sprachkommando. Jetzt mach schon, sieh's dir an.«

Die Heigen zögerte noch einen Moment und musterte ihn forschend. Schließlich schien sie jedoch zu dem Schluss zu kommen, ihm zu glauben. Vielleicht war aber auch einfach nur ihre Neugier zu groß. Dan wusste, dass es bei ihm selbst definitiv die zweite Option gewesen wäre. Jedenfalls gab sie sich einen Ruck und stand auf. Sie lief ins Nebenzimmer, schaltete den Fernseher ein und kam mit einer Fernbedienung wieder. Sie legte die Fernbedienung auf den Tisch, beugte sich zu Dan hinunter und schob ihm die Brille auf die Nase.

»Danke.« Dan aktivierte per Sprachbefehl das letzte gesehene Video und verschob es auf den Bildschirm. Im nächsten Augenblick startete im Nebenzimmer der Film.

Die Frau sah das komplette Machwerk an, ohne sich ein einziges Mal zu rühren. Selbst als es durchgelaufen war und beim letzten Standbild stehen blieb, rührte sie sich nicht, bis Dan schließlich die Geduld verlor. »Und? Was hast du dazu zu sagen?«

Ein Zittern durchlief die Frau und war zu hören, als sie Luft holte. »Das ...«, murmelte sie, und ihre Stimme versagte für einen Augenblick. »Das war so nicht beabsichtigt.«

»So weit waren wir schon.«

»Halten Sie den Mund.« Sie starrte noch einen Moment vor sich hin. »Ich bin reingelegt worden. Wir beide.«

»Tatsache.« Dan konnte sich ein Augenrollen nicht verkneifen. Hinter seiner Stirn hämmerte es dumpf. Er fragte sich, ob er eventuell gerade an einer Hirnblutung starb. Wie fühlte sich so etwas eigentlich an?

Die Heigen sah auf. »Wer hat diesen Film gemacht? Wer kann an diese Aufnahmen gekommen sein? Es hieß, dass es keine Aufnahmen geben wird. Und selbst wenn – warum sollte jemand Aufnahmen mit Ihnen darauf leaken? Das ergibt doch absolut keinen Sinn.«

Dan öffnete den Mund, brachte jedoch keine vernünftige Antwort darauf zustande. Schließlich dämmerte ihm, dass er gerade einen seltsamen Anblick abgeben musste, schloss den Mund wieder und blinzelte. »Das ist gar keine so dumme Frage«, gab er lahm zu. »Es ist also nicht von dir?«

Sie starrte ihn an. »Für wie dämlich halten Sie mich? Warum sollte ich mich selbst ans Messer liefern – *und* dann noch hier warten, bis man mich abholen kommt?«

»Ich habe keine Ahnung!« Dan lachte auf und fand selbst, dass er beinahe hysterisch klang. Andererseits – irgendwie hatte er ja ein Anrecht darauf, oder? »Ich kenn dich ja nicht. Aber ich kann also davon ausgehen, dass das keine Selbstmordmission war?«

Sie erwiderte seinen Blick, bis ihr aufzugehen schien, dass das keine rhetorische Frage war. »Nein? Ich meine: War es nicht.«

»Fuck.« Dan ließ den Kopf hängen. »Dann ist also nicht nur 'ne bescheuerte Ökoterroristin hinter mir her.«

»Hey!«

»Stimmt doch. Irgendwer benutzt dich als Sockenpuppe und will dich gleichzeitig mit mir loswerden. Ich fühl mich gleich viel besser. Du hast nicht zufällig irgendwelche Auftraggeber, die dich abservieren wollen? FutureMeat zum Beispiel?«

Die Heigen würdigte ihn keines Blickes. Stattdessen holte sie ein Handy aus der Tasche und tippte irgendetwas darauf herum.

»Ich würd's denen zutrauen«, stellte Dan fest. »Übrigens würde ich an deiner Stelle jetzt nicht bei deinen Auftraggebern nachfragen. Scheint so, als könntest du ihnen nicht trauen.«

Sie antwortete immer noch nicht. Stattdessen stellte sie den Fernseher an. Irgendein regionaler Nachrichtensender. Eine Weile ging es nur um irgendeine Flutkatastrophe in Pakistan, eine Dürrekatastrophe in Kanada, Waldbrände in Finnland, während sie weiter auf ihr Mobile eintippte.

»Könntest du mich dann mal losmachen? Ich glaube, ich hab 'nen Krampf in der Schulter.«

Sie fluchte, aber da sie immer noch ins Mobile starrte, schien sich das nicht auf ihn zu beziehen. Vielleicht lag es noch immer am Alkohol oder auch an einer Gehirnerschütterung, doch aus irgendeinem Grund schien Dans Wut zu verfliegen und einer Mischung aus Müdigkeit, Resignation und Weltschmerz Platz zu machen. In den Nachrichten ging es inzwischen um die Scheidungsquerelen eines Promipärchens, das wohl schon zum dritten Mal verheiratet war. Miteinander. Dan war sich sicher, dass er die Blondine kannte. Dann wechselte das Thema zu einem neuen Vertrag, den Elon Musk für den Bau einer Mondorbitalstation geschlossen hatte, und sein Versprechen, für lückenloses Internet auf dem Mond zu sorgen. Und dann war da sein Gesicht, ein Pressefoto, das er bisher immer gemocht hatte, schon weil der Light Tower darauf ein wenig wie der Stark-Tower aus diesen Marvel-Verfilmungen wirkte. Allerdings hatte ihn jetzt jemand rot gefärbt, und plötzlich wirkte er eher wie Saurons Turm in Mordor. Er verzog das Gesicht. »Sieh an, da ist es«, stellte er bitter fest. »Magst du dein Werk bewundern?«

Sie griff nach der Fernbedienung und stellte den Ton ein, »... jüngsten Informationen zufolge an einem unbekannten Aufenthaltsort. Light Foods steht im Moment zu keiner weiteren Stellungnahme in Bezug auf Firmengründer und CEO Daniel Lichter zur Verfügung. Die Ermittlungsbehörden gehen derzeit Hinweisen auf eine Verbindung zwischen Lichter und dem Sabotageakt im brandenburgischen Werk nach. Bei diesem sind in die Produkte von Light Foods größere Mengen kontaminierten Materials eingeschleust worden, die im dringenden Verdacht stehen, Auslöser einer weltweiten Epidemie rasant auftretender, akuter TASE-Erkrankungen zu sein. Aktuell ist von mindestens einer Täterin die Rede; weitere Informationen stehen uns aus ermittlungstechnischen Gründen momentan nicht zur Verfügung. In der Zwischenzeit sind sämtliche Filialen der Restaurants und Ketten, die Light-Foods-InVi-Produkte vertreiben, vorübergehend geschlossen und alle entsprechenden Produkte zurückgerufen worden. Weitere Informationen dazu erhalten Verbraucher unter ...« Der Sprecher verkündete Internetadresse und Hotline einer Rückrufaktion seines Unternehmens, die erst in den letzten Stunden eingerichtet worden sein konnten, weil Dan bisher nichts von ihrer Existenz gewusst hatte. »Die Börsen reagierten inzwischen weltweit auf die Nachrichten mit massiven Kurseinbußen der Aktien des Light-Foods-Konzerns, und auch die Wertpapiere der übrigen börsennotierten Unternehmen des Sektors verzeichnen heute eine deutliche Negativentwicklung. Aus Indien, wo erst gestern mehrere Hundert Fälle von Neuerkrankungen bekannt geworden sind, werden soeben vereinzelte Unruhen und Angriffe auf lokale Light-Foods-Filialen gemeldet. Sehen Sie im Anschluss eine Sondersendung zur Frage ›Wie sicher sind unsere Lebensmittel vor gentechnischer Verseuchung?‹«

»Ihr blöden Wichser!«, stieß Dan aufgebracht aus. »Das hat rein gar nichts mit Gentechnik zu tun!«

Die Heigen stellte den Ton aus und warf die Fernbedienung zurück auf den Tisch. »Sicher ist es trotzdem nicht«, sagte sie kalt.

»Nicht gegen Sabotage, nein.«

Sie starrte ihn düster an. »Sie haben das immer noch nicht verstanden, oder? Die Verseuchung war schon vorher da. Die Leute sterben seit Monaten! Das hat nichts mit mir zu tun. Durch mich sind jetzt nur alle auf Ihre Sauerei aufmerksam geworden. Mein Bruder hat Beweise zusammengetragen, aber ...«

»Ja, klar. Dein Bruder. Vermutlich hat er uns schon seit Monaten sabotiert! Das würde ja passen. Liegt in der Familie, was? Was seid ihr – Biotech-Ludditen, oder was?«

Die Frau schnaubte verächtlich. »Ihnen ist schon klar, dass die Ludditen kein Problem mit der Technik hatten, oder? Sie waren nur gegen die Fabrikbetreiber, die an der neuen Technologie verdienten, während alle anderen darunter leiden durften. Ironisch, dass Sie das vergleichen. Sabotage der Technologie war ein Akt der Befreiung des Volks von den Kapitalisten, nicht von der Technologie. Den Ludditen ist das damals nicht gelungen.« Sie zuckte mit den Schultern und lächelte humorlos. »Aber so, wie sich Ihre Börsenkurse entwickeln, sieht das dieses Mal anders aus.«

»Du hältst dich wohl für besonders schlau, was? Aber glaubst du ernsthaft, dass das jetzt wirklich so großartig für dich lief? Ja, das ist ein katastrophaler Rückschlag für die InVi-Produkte weltweit. Für die komplette Industrie. Aber glaubst du ernsthaft, dass die Leute deswegen auch nur ein Kilogramm Fleisch weniger fressen werden? Vergiss es! Fleischesser werden Fleisch essen.

Und woher, wenn nicht von uns? Wer wird billiges Fleisch liefern? Weißt du was, ich verrat's dir: Die weltweite Viehwirtschaft, mit all ihren Methan furzenden Rindern, ihren Mastställen, Antibiotika, ihrer Abholzung und ihrer Futtermittelverschwendung! Du darfst stolz auf dich sein! – Was den Fleischmoguln dieser Welt nicht gelungen ist, haben du und dein Bruder im Alleingang geschafft: deren wichtigste Konkurrenz zu zerstören. Glückwunsch.«

»Wichtigste Konkurrenz? Und was ist mit den ganzen fleischlosen Alternativen?«

Dan sah nach rechts und links auf seine an die Heizung gefesselten Hände und seufzte. »Ich hätte die Nutzlosigkeit des Versuchs, den Großteil der Fleischesser davon zu überzeugen, stattdessen lieber auf Tofu umzusteigen, wirklich sehr gern auf einer Bühne deiner Wahl mit dir diskutiert, aber jetzt sind mir da irgendwie die Hände gebunden.«

»Sie finden sich allen Ernstes immer noch so witzig und überlegen, oder?«

Dan runzelte die Stirn, dann zuckte er mit den Schultern. »Könnte auch der Alkohol sein, aber ja. Was willst du jetzt tun, Heigen? Mich umbringen?«

»Sie verstehen das immer noch nicht«, knurrte sie und überprüfte erneut ihr Handy. »Wir haben nur den Blick der Öffentlichkeit auf ein Problem Ihrer Firma gerichtet, das Sie selbst seit Monaten unter den Teppich kehren. Weltweit sterben Menschen daran! Tausende! Und niemanden hat das interessiert – mehr noch: Mein Bruder hatte endlich Beweise gefunden, und Sie haben versucht, ihn umzubringen! Himmel, am Ende lebt er vielleicht nur noch, weil er nicht mehr aus dem Koma aufwacht.«

Dan lachte unwillkürlich auf. »Na klar doch. Dein Bruder ist James Bond, und ich bin das kriminelle Mastermind hinter der Seuche, die das Ende der Menschheit einleitet.«

Sie starrte ihn an, und die Verächtlichkeit, die in ihrem Blick lag, verblüffte ihn. Und beleidigte ihn zugleich tatsächlich ein wenig. Langsam schüttelte sie den Kopf. »Wissen Sie was? Ich glaube es tatsächlich nicht. Nicht mehr. Sie sind ein selbstverliebter Idiot mit völlig überzogenem Ego, aber vermutlich haben Sie keine Ahnung, was Ihr Konzern tatsächlich macht. Sie, Dan Light«, sie sprach seinen Markennamen wie etwas ausgesprochen Lächerliches aus, »sind hier die Sockenpuppe. Und irgendwer hat jetzt beschlossen, dass Sie das Bauernopfer sein sollen.«

»Bauern…? Ich bin der König in diesem Spiel!« Er betastete seine gerissene Lippe mit der Zunge.

Sie schnaubte. »Sie wissen schon, dass der König so ziemlich die nutzloseste Figur im Schach ist, oder?«

Dan blinzelte. »Ist er?« Tatsächlich hatte er sich nie großartig mit dem Spiel beschäftigt.

Die Heigen würdigte ihn keiner Antwort. Stattdessen schob sie ihr Handy in die Hosentasche und begann damit, eilig einige Dinge zusammenzuraffen und in eine Reisetasche zu stopfen, die sie aus einem Nebenzimmer holte.

»Und was hast du jetzt vor?«

»Wonach sieht's denn aus? Ich verschwinde von hier.«

»Klingt nach einem wirklich cleveren Plan. Die Polizei wird auch gar nicht nach dir suchen. Und dein Bruder?«

Sie hielt inne. Dann ließ sie die Tasche fallen und anschließend sich selbst auf den Stuhl. Ihre Schultern sackten nach vorn. »Fuck.«

»Meine Rede.« Dan bohrte mit der Zunge an seinem lockeren Zahn herum und verzog das Gesicht. »Möglicherweise bin ich ein selbstverliebter Idiot, ja. Ich bin schon Schlimmeres genannt worden, und auch das wahrscheinlich zu Recht. Aber wenn du recht hast, stecken wir beide drin. Dann führt uns beide jemand an der Nase herum wie Schlachtvieh. Ich für meinen Teil wüsste wirklich gern, wer. Ich denke, ich könnte dabei deine Hilfe gebrauchen.«

Sie sah auf. »Sie. Meine Hilfe. Bei Nachforschungen.«

Er machte eine wegwerfende Handbewegung. »Dabei auch. Komm schon, Heigen – du bist doch nicht allein darauf gekommen. Und auch dein Bruder nicht. Du hast gesagt, dass es eigentlich keine Kameraaufnahmen geben dürfte. Also hast du jemanden, der das eigentlich verhindern sollte. Und zwar in meiner Firma, denn von außen ist das unmöglich. Das versichert mir zumindest seit Jahren meine Sicherheitsabteilung. Außerdem wirst du nicht umsonst andauernd auf dein Telefon starren. Du wartest auf die Rückmeldung von jemandem, und ziemlich sicher ist das nicht dein Bruder.«

Dan überkam ein Gefühl der Genugtuung, als sie sofort nach ihrem Handy tastete, noch bevor sie sich selbst darüber klar wurde.

Zögerlich nickte sie. »Das ist ... möglich. Also ... ich kenne niemanden, aber ich kenne jemanden, der vielleicht jemanden kennt.«

»Echt jetzt? Du kannst in dieser Situation noch schlechte Agentenfilmklischees zitieren?«

Sie sah ihn an. »Wer braucht gleich noch mal Hilfe?«, fragte sie trocken.

Der Anflug des Grinsens wich aus Dans Gesicht. »Okay, sorry. Aber ich denke, wir können uns wirklich gegenseitig helfen. Sollten wir. Selbst wenn du der Meinung bist, dass meine Produkte des Teufels sind und meine Firma zerschlagen gehört – du kannst deinen Namen nur reinwaschen und deinem Bruder helfen, wenn du rausfindest, wer dich verarscht hat. Und ich wette ziemlich viel, dass das derselbe ist, der mich aus dem Konzern haben will. Wenn es stimmt, dass in meinen Produkten schon länger Kontaminationen vorhanden sind, dann muss das jemand so geschickt vertuscht haben, dass ich nichts davon mitbekommen habe. Aber das kann nur jemand von ganz oben. Und ich bin mir fast sicher, dass ich sogar weiß, wer das sein könnte. Aber dazu muss ich in mein Firmennetzwerk. Kann mir der Jemand, den du kennst, dabei helfen?«

»Netter Versuch. Aber vergiss es. Ich liefere niemanden ans Messer.« Der Blick der Frau war noch immer unlesbar, doch jetzt war sich Dan sicher, dass sie gerade intensiv über ihre Optionen nachdachte. Und das würde wohl nicht sonderlich lange dauern, allzu viele konnten es nicht sein.

»Komm schon! Jede Minute könnte ein Polizeiwagen hier aufkreuzen, das ist dir doch klar, oder? Oder auch ein Kamerateam. Wer immer das Zeug geleakt hat, wollte, dass man dich erkennt. Wie lange kann das dauern? Ob es dir passt oder nicht, aber du hast ab heute meinen Promistatus. Und das heißt: weltweit. Ich bin mir bei der Berliner Polizei nicht ganz sicher, aber jeder halbwegs gute Investigativjournalist dürfte bald dein Gesicht identifiziert haben. Und denk dran – irgendjemand will, dass man dich kennt. Der Terror muss ein Gesicht haben. Ich bin nur der skrupellose Großkapitalist.« Er zuckte mit den Schultern. So ziemlich die einzige Geste, die ihm im Moment blieb.

Ohne zu antworten, stand sie auf und wandte sich dem Fenster zu.

»Würde ich lassen«, gab Dan zu bedenken. »Wenn dort draußen jemand ist, würde ich mich nicht sehen lassen und bestätigen, dass jemand zu Hause ist.«

Sie warf ihm einen Seitenblick zu, ging dann aber ins dunkle Nebenzimmer. Einen Augenblick später hörte er sie leise fluchen.

»Was ist es – Polizei oder Presse?«

»Ich weiß es nicht«, sagte sie. »Vielleicht ist es gar nichts. Aber dort unten stehen zwei Typen und sehen in diese Richtung.«

Dan seufzte. »Dann haben wir nicht mehr viel Zeit. Wenn wir Glück haben, sind das nur Presseleute.«

»Nur?«

»Ja, dann warten sie vermutlich, bis wir rauskommen oder die Polizei uns abholt. So oder so werden das gute Fotos für das erste Team. Glaub mir, damit hab ich Erfahrung.«

Sie kam zurück in die Küche. Plötzlich wirkte sie unsicher. »Und jetzt?«

»Jetzt sollten wir raus hier. Haben wir einen Deal?«

»Einen Deal?«

»Waffenstillstand. Wir verschwinden von hier und finden heraus, für wen wir das Bauernopfer sein sollen. Oder das Königsopfer, in meinem Fall. Und dann sorgen wir dafür, dass deine Beweise veröffentlicht werden. Diese Aufnahmen von dir? Wer weiß schon, was du dort wirklich gemacht hast, richtig?«

»Warum das auf einmal?«

Dan verdrehte die Augen. »Aus reiner Menschenfreundlichkeit.« Er schnaubte. »Oder weil damit die Anschuldigungen gegen mich vom Tisch sind. Such's dir aus. Oder diskutier mit der Polizei, warum du mich entführt und an deine Heizung gekettet hast. Deine Wahl.«

»Was?« Sie starrte ihn mit glühendem Blick an.

»Komm schon. Meine Finger werden taub.«

Ein Augenblick verstrich, dann ein weiterer, während sie sichtlich mit sich rang. Dann hob sie das Messer. »Ich werde es bereuen«, murmelte sie.

Dan schluckte. »Das kommt jetzt ganz drauf an, was.« Er klang selbst in seinen eigenen Ohren nicht so locker, wie er beabsichtigt hatte, doch die Heigen schob die Klinge nur an seinem Handgelenk vorbei unter den Kabelbinder und durchtrennte ihn mit einer schnellen Bewegung. Sein zweiter Arm war frei, noch bevor er hätte reagieren können. Mit einem Stöhnen rieb sich Dan die wunden Gelenke und massierte ein wenig Gefühl zurück in seine bläulichen Finger. Die Frau war inzwischen wieder eilig aus seiner Reichweite getreten und sah ihn misstrauisch an, das große Messer abwartend erhoben.

»Waffenstillstand, okay? Nicht vergessen.« Er versuchte, auf die Füße zu kommen, was ihm erst beim dritten Versuch und unter viel Ächzen gelang. Entweder hatte er tatsächlich eine

Gehirnerschütterung, oder aber es herrschte aus irgendeinem Grund Seegang in dieser Küche. Eilig hielt er sich am Tisch fest. »Verdammt. Du hast nicht zufällig irgendwelche Ibuprofen im Haus? Oder vielleicht 'ne halbe Flasche Wodka? Idealerweise beides?«

»Ich dachte, man soll nicht beides zusammen einnehmen?«

»Könntest du's bitte mir überlassen, womit ich meine Gesundheit ruiniere? Was ist das da?« Er deutete auf die chinesisch beschriftete Flasche auf dem Kühlschrank.

Annas Blick folgte seinem Fingerzeig. »Das würde ich lassen. Das Zeug ist ungenießbar.«

»Ah. Also der gute Stoff.« Dan zuckte mit den Schultern, öffnete die Flasche und nahm einen Schluck. »Verdammt!« Er schüttelte sich, schlurfte an Anna vorbei zum Fenster und schielte zwischen Vorhang und Wand hindurch auf die Straße. Viel konnte er nicht erkennen, aber tatsächlich waren da zumindest zwei Typen neben einem Auto mit brennenden Lichtern, die aufmerksam die Häuserfronten auf ihrer Straßenseite zu mustern schienen. Ab und an schob sich ein anderes Fahrzeug langsam an ihrem vorbei, doch die beiden ignorierten das einfach. Unauffällig ging anders. Allerdings konnte er auch keinerlei Kameras entdecken, und das machte ihn stutzig. Gut, man konnte auch mit Handys passable Fotos schießen, aber nicht einmal das hatte einer der beiden in der Hand. Er schob den Vorhangspalt eine Winzigkeit weiter auf und versuchte, die Straße hinunterzusehen. Tatsächlich stand der Tesla gerade so in seinem Blickfeld, und dort entdeckte er einen dritten Mann, der gerade interessiert durch die Scheiben ins Innere des Fahrzeugs starrte. »Das«, sagte er langsam, »sind keine Presseheinis. Ich weiß nicht, wer sie sind, aber Polizisten offenbar auch nicht.« Abwesend tastete er seine Kleidung ab und runzelte die Stirn. »Wo ist mein Autoschlüssel?«

»Den habe ich.«

»Natürlich.« Dan ließ den Kerl an seinem Auto nicht aus den Augen. »Tu mir einen Gefallen und drück auf die Verriegelung.«

»Was?«

»Ich will was ausprobieren. Mach einfach.«

Er hörte die Heigen für einen Moment herumkramen, dann blinkten unten am Wagen die Lichter. Der Mann neben dem Fahrzeug sprang zurück, und Dan war sich sicher, dass er fluchte, auch wenn er hier oben natürlich nichts hören konnte. Seine Hand fuhr unwillkürlich zu seiner Jacke, und auch die anderen beiden sahen sich alarmiert um und griffen sich unter ihre offenen Jackenaufschläge. Jetzt, im Licht der Straßenlaterne, konnte man deutlich die reflektierende Aufschrift auf dem Rücken der Männer erkennen. Light Foods Security. Er stieß einen derben Fluch aus und trat eilig vom Fenster zurück. »Das ist schlimmer als Presse.«

Die Heigen sah ihn verständnislos an, den Schlüssel des Tesla noch immer in der einen, das Messer in der anderen Hand.

»Das ist meine eigene Konzernsicherheit. Nervös und mit Waffen.« Er schluckte. Irgendetwas steckte plötzlich in seinem Hals. »Wenn ich auch nur ansatzweise recht habe, ist das deutlich schlechter als Polizei.«

»Bodyguards?«

»Auf keinen Fall meine!« Dan schüttelte den Kopf. »Keiner von meinen Personenschützern trägt diese hässlichen Jacken! Das macht mir ja gerade Sorgen. Das dort sind Leute vom werkseigenen Objektschutz. Die sind nur dazu da, unsere Firmengelände zu schützen, oder sonstiges Firmeneigentum. Die sollen Leute wie dich davon abhalten, Sachen in meine Produktion zu schütten. Und zwar mit allen Mitteln. Ich bin mir gerade nicht sicher, wo ihre Prioritäten liegen.«

»Die sind also nicht mit Ihnen hier?«

»Bitte! Hätte ich daran gedacht, mit Rückendeckung hier aufzutauchen, dann nicht mit denen.«

Sie sah ihn verwirrt an. Aber wieso sind die dann hier?«

»Ich habe keine ...« Dan unterbrach sich selbst. »Fuck.« Er griff sich an die Stirn, nur um erneut zu fluchen, als ihm ein stechender Schmerz hindurchfuhr. »Der Scheiß-Tesla«, presste er zwischen zusammengebissenen Zähnen hervor. »Natürlich. Der ist aus dem Firmenpool. Die können das Ding garantiert jederzeit überall orten. Vermutlich auch sein Fahrtenbuch auslesen!« Er schloss die Augen und grunzte. »Das heißt, die wussten also jederzeit, wo ich bin.«

»Und dass Sie zu mir gefahren sind«, sagte die Heigen düster. »Und wenn Sie recht haben und jemand in Ihrem Laden eine Verbindung zwischen Ihnen und mir konstruieren will, dann ...«

»Dann habe ich Idiot ihm genau das geliefert, was er wollte«, beendete Dan grimmig ihren Satz. »Ja. Du hast nicht zufällig noch ein Auto, Heigen?«

»Könnten Sie vielleicht mal aufhören, mich so zu nennen? Nein, ich ...« Sie stockte. »Na ja, doch. Es gehört meinem Bruder. Der benutzt es so gut wie nie, aber es steht unten vor der Tür. Seit ... schon mindestens seit seinem Unfall. Ich hab's bisher nie benutzt. Wissen Sie eigentlich, wie schwer es ist, in Berlin einen Parkplatz vor der Tür zu kriegen?«

»Dann gratuliere ich. Und wie soll ich dich dann nennen? Wir wurden uns noch nicht vorgestellt.« Dan schielte erneut hinter dem Vorhang vorbei. Einer der Männer leuchtete mit einer Taschenlampe in den Tesla, einer der anderen war zum gegenüberliegenden Hauseingang gelaufen und sah sich die Briefkästen an, während der dritte weiter die Straße beobachtete. »Sie fangen jetzt an, die Hauseingänge abzuklappern. Das ist 'ne Frage von Minuten, bis sie die richtige Klingel finden. Wie kommen wir hier raus?«

»Moment.« Sie stopfte noch ein paar Dinge in ihre Tasche und schloss dann den Reißverschluss. »Wir wurden uns übrigens doch vorgestellt. Von Ihrem ... Assistenten? Anna.« Sie musterte ihn von oben bis unten. Dann seufzte sie und deutete auf eine Tür über den Flur. »Sie schauen besser, ob Ihnen was von den Klamotten meines Bruders passt. Sie sehen aus wie angestochen. Ich bin gleich wieder da.«

Dan sah an sich hinunter und musste zugeben, dass sie recht hatte. Hoodie und T-Shirt waren völlig durchgeblutet, und auch die Jeans wies dunkle Flecken auf. »Woher weiß ich, dass du nicht verschwindest ... Anna?«

»Wer hat mir gerade lang und breit erklärt, dass wir aufeinander angewiesen sind?« Sie ging zurück in den Flur, ließ ihre Tasche neben der Wohnungstür fallen und griff sich ein Schlüsselbund. »Ich bin sofort wieder da. Seien Sie fertig.«

Dan nickte nur und wankte etwas unsicher in das Schlafzimmer des Bruders. Es war kleiner als die Abstellkammer neben seiner Küche, mit einem schmalen, nachlässig gemachten Doppelbett, einem Fenster, das auf einen dunklen Hinterhof führte, billigen Regalen voller Kram und einem schlichten Kleiderschrank. Dan wühlte ein wenig darin herum, fand ein Larkin-Poe-Band-Shirt, das verwaschen genug aussah, um stylish zu wirken, und verzog unwillkürlich das Gesicht, als er einen Light-Foods-Mitarbeiter-Hoodie entdeckte. Selbst im Halbdunkel wirkte er billiger als sein eigener. Für einen Moment ging ihm der Gedanke durch den Kopf, deshalb bei Gelegenheit mal mit der Marketingabteilung reden zu müssen, bevor ihm aufging, wie absurd diese Idee gerade war. Er zog sich eilig um, ließ seine blutigen Kleider einfach auf dem Boden liegen, strich sich die struppigen und jetzt zum Teil verklebten Haare aus dem Gesicht und wankte Richtung Tür.

»Ja, Frau Nowak, das hab ich auch gedacht«, hörte er Annas Stimme irgendwo im Haus. Irgendein kleiner Hund bellte mit Eifer. »Das kann ja nicht angehen. Und am Ende spähen die nicht nur Autos aus, sondern auch Wohnungen? Und was ist, wenn Sie nicht zu Hause sind? Herr Petracek ...« Die Stimme einer ältlichen Frau antwortete etwas, das Dan nicht verstand, bevor er Anna wieder hörte: »Natürlich. Aber wer weiß das schon? Vielleicht stehlen die sogar Hunde.« Wieder sagte die Alte etwas, und dieses Mal konnte Dan zumindest einen abfälligen Ton identifizieren und einige Wörter, die sich um die Fähigkeiten der Polizei heutzutage und ihren Schutz gegen Rowdies und Randalierer drehten. »Vielleicht sollten Sie mal den ...« Anna wurde erneut unterbrochen. »Ja, gut, oder die Motorradleute. Rufen Sie am besten gleich an. Man traut sich ja nicht mehr auf die Straße. Genau. Nichts zu danken. Schönen Abend.« Eine Wohnungstür fiel geräuschvoll ins Schloss, und das Kläffen des Köters verstummte, bevor Anna wieder die Treppe heraufkam. »Frau Nowak ruft gerade vorn in der Eckkneipe an. Da gibt's wohl ein paar Motorradfahrer, die dort immer zum Fußballschauen sitzen. Die kümmern sich, laut Frau Nowak, um ›so was‹.«

Was »so was« war, ließ Anna im Raum stehen. Sie schob sich an ihm vorbei zurück in die Wohnung und löschte alle Lichter. Dann trat sie vorsichtig ans Küchenfenster und sah auf die Straße hinunter. Dan schaute über ihre Schulter. Die Männer unten standen inzwischen im Hauseingang gegenüber, doch es dauerte keine Minute, bis es laut wurde. Irgendeine Männerstimme bellte etwas quer durch die Straße, und gleich darauf kamen sechs oder sieben Kerle, verteilt von Gehsteig zu Gehsteig, ins Blickfeld. Dan konnte zwar keinerlei Waffen sehen, dafür machten die Typen genug Lärm, damit sich gleich darauf in den umliegenden Häuserfronten einige Vorhänge bewegten und Fenster öffneten. Für einen kurzen Moment sah es aus, als würden es die drei Security-Leute auf einen Streit anlegen, doch dann gab der Mann am beleuchteten Fahrzeug ein scharfes Kommando, und die anderen beiden zogen sich zögerlich vor den anrückenden Fußballfans zurück. Aus irgendwelchen Fenstern kamen Rufe der Begeisterung.

Anna schüttelte den Kopf. »Berliner. Fast so territorial wie die Klischee-New-Yorker aus den Filmen. Kommen Sie.« Sie lief zurück zur Haustür, hob ihre Tasche auf und ging hinaus auf den Flur. Dan folgte ihr das Treppenhaus hinunter und hinaus, wo das Auto der Securityleute unter dem Johlen der Fußballer und einiger Anwohner soeben den Rückzug antrat, beschleunigte und die Straße hinunter verschwand. Anna und er nutzten die Gelegenheit und stiegen unbeachtet in den kleinen Seat auf der anderen Straßenseite. Wenige Augenblicke später fuhren sie in die Gegenrichtung davon.

»So, wohin jetzt?«, brach Anna nach drei Ampeln schließlich das Schweigen.

»Ihre unbekannten Kontakte sind immer noch keine Option?«, fragte Dan leichthin. Auf ihren Seitenblick hin zuckte er mit den Schultern und nippte an der chinesischen Flasche. »Okay, okay. Fahr einfach erst mal. Ich denke nach.«

Sie hatten den Stadtbezirk beinahe schon verlassen, als sie erneut an einer Ampel hielten. Nur wenige Schritte entfernt stand ein Kiosk, und auf zweien der Abendausgaben konnte Dan sein eigenes Gesicht erkennen. Zwei weitere hatten sich für Variationen des Fleisch-in-Petrischale-Motivs entschieden: das eine mit plakativem Biohazard-Zeichen, das andere in Form einer mehr oder minder kreativen Fotomontage von Gehirn und Schweizer Käse. Dan war ehrlich überrascht, dass noch niemand eine eindeutige Zombie-Gestaltung gewählt hatte. Er zog seine Kappe tiefer in die Stirn. »Wir müssen wirklich, wirklich dringend in mein Firmennetzwerk«, sagte er dann.

»Ich denke, das ist von außen unmöglich?«, fragte Anna. Auch ihre Augen klebten an den Titelseiten.

Dan richtete sich in seinem Sitz auf. Ein Gedanke kroch durch seinen Kopf, vertrieb für einen Moment den dumpfen Schmerz und hinterließ ein warmes Gefühl. Möglicherweise war es aber auch nur der chinesische Reisschnaps. »Nicht, wenn man einen offiziellen Zugang und die passenden Codes hat«, sagte er langsam. »Und ich weiß, wo wir die finden. Und das Beste: Dort wird uns für eine Weile niemand suchen. Und es gibt eine gut ausgestattete Bar.«

»Und das ist wo?«, fragte Anna. Sie fuhr los und ließ den grell beleuchteten Kiosk hinter sich.

»Fahr nach Norden, Richtung Müritz.« Dan tippte eine Adresse in das Navi des Fahrzeugs und lehnte sich zurück.

ACHTZEHN

Das Haus war ein wahres Monstrum. Ein schwarzer Cluster aus Stein, Edelhölzern, Beton und Stahl. Wie ein Geschwür lag es zwischen moosbewachsenen Steinen und uralten Eichen am Ufer der Müritz. Es hätte sich um ein Alienraumschiff handeln können oder auch um den Tempel einer Todessekte. Es passte wie die Faust aufs Auge zu einem Mann wie Dan Light.

Der Zugang war gesichert wie ein Hochsicherheitsgefängnis. Dan musste seine Retina scannen lassen und danach noch einen Chip, den er unter der Haut trug. Ein Schlüssel hätte es sicherlich auch getan, aber wer das nötige Kleingeld besaß, konnte sich solche Spielereien eben leisten.

Sie traten durch die Eingangstür direkt in einen riesigen Wohnraum hinein, mit Kamin, Bar und einer breiten Glasfront, die einen atemberaubenden Ausblick über den See bot. Dan klatschte in die Hände, und der Kamin erwachte knisternd zum Leben.

»Einen Drink?«

»Was haben Sie denn?«

»Alles.«

»Dann nehme ich eine Apfelsaftschorle.«

Dan stutzte kurz, ehe er achselzuckend einen wandschrankgroßen Kühlschrank öffnete und sich selbst erst mal einen ziemlich verwegenen Drink aus mindestens einem halben Dutzend verschiedener Alkoholika mixte. Anna setzte sich derweil auf die Liegelandschaft, die halbkreisförmig mit Blick auf den See ausgerichtet war. An dem hölzernen Anlegesteg neben dem Bootshaus dümpelte ein schmales Ruderboot unter einer Plane vor sich hin. In Ufernähe standen zwei Graureiher und stocherten mit ihren langen Schnäbeln im Morast. Es dauerte eine Weile, bis Anna feststellte, dass es sich dabei nur um Metallskulpturen handelte, die aufgestellt worden waren, um die Idylle zu vervollkommnen.

Auf den zweiten Blick wirkte das Innere des Hauses irgendwie gesichtslos und steril. Die Möbel waren verschnörkelt, und der Boden bestand aus einem Meer von polierten schwarzen Marmorfliesen, auf dem die Sitzgruppe auf einer Insel aus weißem Flokati gestrandet schien. Der Wohnzimmertisch besaß eine Glasplatte, die Sofalandschaft war mit weißem Leder bezogen. In einer Ecke des Raums stand ein riesiges Ungetüm von einer Hundeskulptur. Sie war knallrot und schien keinem anderen Zweck zu dienen, als einfach nur Platz zu verschwenden und hässlich zu sein.

Dan bemerkte Annas Blicke und schwenkte den Arm. »Meine Ex-Frau hat es eingerichtet.« Er seufzte schwer. »Sie hat ein Händchen für solche Dinge. Findest du nicht?«

Annas Blick wanderte zurück zu dem Plastikhund. »Es ist ... interessant.«

»Im Gegensatz zu ihr habe ich keine Ahnung von Inneneinrichtung. Ich weiß nicht, wie man sich ein Zuhause gemütlich einrichtet.« Dan drückte Anna ein Glas Apfelschorle in die Hand und ließ sich neben ihr auf die Liegelandschaft fallen. »Auf das Haus und auf die Familie!« Er hob das Glas und prostete Anna zu, dann trank er es in einem Zug halb leer. Mit glasigem Blick starrte er nach draußen auf den perfekten Bootssteg und die perfekten Graureiher aus Edelstahl. »Es ist schön, eine Familie zu haben. Dieses Glück besitzt nicht jeder.«

»Haben Sie denn keine Geschwister?«

Dan runzelte die Stirn. »Sag bloß, du hast meinen Wikipediaeintrag nicht gelesen? Natürlich habe ich Geschwister. Einen Bruder und zwei Schwestern. Mein Bruder arbeitet als Lehrer in Afrika und gibt am laufenden Band Interviews, in denen er betont, wie wichtig sein Berufsstand ist und was für ein böser Mensch ich geworden bin. Dabei hat er in seinem ganzen Leben als Lehrer vielleicht drei oder vier Dutzend Kindern das Lesen beigebracht, während meine Fabriken dort unten Tausende ernähren. Ich habe Dörfer und Straßen gebaut und so viele Schulen errichtet, dass jedes Kind eine eigene für sich haben kann. Aber ich bin natürlich der Böse – so ein Idiot.« Mit einem geringschätzigen Schnaufer kippte er die zweite Hälfte des Glases hinunter. »Noch einen?«

»Ich hab noch«, sagte Anna und hob ihr volles Glas.

Dan zuckte mit den Schultern und stemmte sich in die Höhe und ging zurück an den Tresen. »Die eine Schwester hat einen Zahnarzt geheiratet und langweilt sich in ihrem Strandhaus auf Sylt zu Tode, die andere verklagt mich wegen einer Sache, die inzwischen zwanzig Jahre zurückliegt. Wenn die beiden Grazien nicht gerade dabei sind, sich in irgendwelchen Talkshows über mich zu beklagen, betteln sie mich um Geld an. Es geht immer nur um Geld in dieser beschissenen Familie. Und um Drogen. Wusstest du, dass wir ein Drogenproblem haben?«

»Ich hätte es ja nicht geglaubt«, sagte Anna mit Blick auf das Glas in Dans Hand, »wenn ich es nicht in Ihrem Wikipediaeintrag gelesen hätte.«

Dan sah einen Augenblick lang stirnrunzelnd zu ihr herüber. Dann stieß er einen Ton aus, der sowohl Belustigung als auch Geringschätzung ausdrücken konnte. »Mein Urgroßvater hat sein Vermögen mit dem Handel von Opium gemacht. Damals, als es gerade eben erst verboten worden war. Alle Prominenten haben zu dieser Zeit noch Opium geraucht, und er hatte die passenden Kontakte. Seitdem werden wir diese verdammte Sucht nicht mehr los. Das ist der Fluch, der auf der Familie Lichter liegt. Mein Vater hat Zigarre geraucht wie ein Schlot und ist irgendwann an Magenkrebs krepiert, meine Mutter lebt seit fünfzehn Jahren in einer Entzugsklinik in Kalifornien, und ich bin süchtig nach dem Applaus der Massen.«

»Es gibt Schlimmeres.«

»Natürlich gibt es das! Ich könnte arm sein oder krank oder irgend so ein bedauernswerter Krüppel. Aber darum geht es hier nicht. Du hast keine Vorstellung davon, wie groß die Fallhöhe sein kann, wenn man ganz weit oben mitgeschwommen ist. Ich besitze ein Nettovermögen, das es mit dem Bruttosozialprodukt der Hälfte der afrikanischen Staaten aufnehmen kann, in denen mein heiliger Herr Bruder versucht, irgendwelchen dahergelaufenen Kindern das Lesen beizubringen. Ich könnte mir einfach eines dieser Länder kaufen und einen verdammten Freizeitpark darin errichten. Einfach nur, weil ich es kann. Dann müsste mein werter Herr Bruder in einem Mickey-Mouse-Kostüm zur Arbeit gehen!«

Anna sah ihn stirnrunzelnd an. »Sie müssen ihn ja wirklich hassen.«

»Ihn hassen? Wie kommst du denn darauf?« Wahllos riss Dan eine Ginflasche aus dem Regal über der Theke, goss sein Glas mit zitternden Händen voll und trank es in einem Zug leer. »Weißt du, was Mutter zu mir gesagt hat, als ich sie das letzte Mal besuchen war? ›Dein Bruder ist ein guter Mensch. Er bringt den Armen das Lesen bei, so wie ich es ihm damals beigebracht habe, als ich ihm abends immer ›Moby Dick‹ vorgelesen habe.‹« Er schnaubte und öffnete wahllos ein paar Schranktüren. Anscheinend unzufrieden mit dem Inhalt, ging er schließlich zurück zum Kühlschrank. Er starrte in dessen hell erleuchtetes Inneres, schnaufte schließlich und holte einen kleinen Laib Käse und ein riesiges Glas Oliven daraus hervor. »Hätte Carl doch nicht sagen sollen, alle guten Sachen hier rauszuholen«, murmelte er mehr zu sich selbst, während er sich das Glas unter den Arm klemmte und mit der freien Hand nach einem Messer fischte. Er trat die Kühlschranktür zu und schleppte seine Beute zum Couchtisch zurück. »Weißt du, wer meinem Bruder in Wirklichkeit abends immer Bücher vorgelesen hat, weil unsere Mutter mal wieder viel zu betrunken war?« Die Beute landete auf dem Tisch. Grübelnd starrte er auf das Sammelsurium, bevor er Anna ansah. »Und weißt du, wer unsere Mutter in den letzten sieben Jahren als Einziger aus der Familie besucht hat? Weißt du, wer die Rechnungen für ihre völlig überteuerte, nutzlose Suchtklinik bezahlt?« Dans Hände krampften sich um das Glas. »Als sie mir das mit dem Vorlesen erzählt hat, war ich ganz knapp davor, ihr das Kopfkissen ins Gesicht zu drücken.« Er stieß ein trauriges Lachen aus. »Wenn ich an diesem Tag gewusst hätte, wo ich heute stehe, hätte ich es mit Sicherheit getan. Das hätte die Sache erst so richtig abgerundet. Dann würden sie einen Film darüber drehen.«

»Das ist alles, an was Sie gerade denken? Dass man einen Film darüber drehen könnte?«

»Warum denn nicht?« Dan zuckte mit den Schultern und deutete auf den Käse. »Bedien dich. Cacio di bufala. Echter. So was Gutes wirst du vielleicht nie wieder essen. Wir haben versucht, ihn nachzumachen, aber bisher war das 'ne Katastrophe. Wir kriegen das Aroma einfach nicht hin. Keine Ahnung – hat vielleicht was mit der Vulkanerde da bei Salerno zu tun. Wir arbeiten noch dran. Oder haben dran gearbeitet.« Er schnaubte belustigt und ging mit leicht unsicheren Schritten zurück zur Küchenzeile, wo er eine eingeschweißte Packung Schüttelbrot aus einem der offenen Schränke angelte. »Ich überlege nur noch, wer meine Rolle übernimmt. Also in dem Film. Ich hatte an George Clooney gedacht, der besitzt die nötige Klasse. Allerdings ist er schon ein bisschen zu alt. Oder was meinst du?«

»Ich hatte eher Jim Carrey vor Augen.«

»Haha«, machte Dan. Die Vorstellung schien ihn allerdings zu amüsieren. Er öffnete den Kühlschrank und zog eine Sektflasche daraus hervor. »Ich glaube aber, Carrey ist sogar noch älter als Clooney.« Prüfend musterte er das Etikett. »Ich bin übrigens lange nicht so alt, wie ich aussehe. Die Schläfen lasse ich mir färben, weil mein Imageberater meint, dass ein leichter Silberschimmer meinen seriösen Charakter unterstreicht.« Mit einem leisen Ploppen zog er den Korken aus der Flasche und warf nebenbei einen Blick in den Spiegel, der hinter der Bar angebracht worden war. »Himmel, seh ich scheiße aus. Warum hast du mir das nicht gesagt?«

»Sie meinen, abgesehen vom Blut?«

Dan beachtete sie nicht. »Ich denke, ich brauch erst mal eine Dusche. Du weißt ja, wo die Bar ist. Bedien dich einfach, wenn du was willst.« Er schnappte sich sein Glas und die Flasche und verließ den Raum. Kurz darauf hörte Anna Wasser rauschen, und einige Augenblicke später fing Dan lautstark an zu singen. Sie stieß einen leisen Seufzer aus und nippte an ihrem Apfelsaft.

Sie sah hinaus auf den See. Der Mond kam gerade hinter den Wolken hervor und tauchte die Müritz in ein magisches Licht. Zu einem anderen Zeitpunkt wäre sie von diesem Anblick verzaubert gewesen, doch stattdessen fragte sie sich nur, wie zum Teufel sie an diesen seltsamen Ort geraten konnte. Sie zog ihr Handy aus der Tasche und checkte ihre Nachrichten. Lisa hatte mehrmals gefragt, wo sie sei. Sie wollte schnell eine Antwort tippen, doch ihr Finger verharrte einen Millimeter über dem Display. Nach einer Weile steckte sie das Handy wieder in die Tasche.

Dan kam etwa zwanzig Minuten später zurück. Er hatte eine frische Jeans an, Allbirds-Sneaker und ein schwarzes Vintage-Longsleeve mit dem berühmten »Anarchy in the UK«-Logo der Sex Pistols. Seine Stirn hatte er mit mehreren Pflastern eher schlecht als recht verklebt, aber immerhin war sie jetzt sauber.

Unter dem Arm trug er einen goldfarbenen Laptop, und in seinem Gürtel steckte eine Pistole.

Anna sah ihn entsetzt an. »Ist die echt?«

»Meinst du, ich kauf mir Spielzeugpistolen?«

Sie wich instinktiv zurück. »Aber sonst geht's dir noch gut, ja?«

»Ach komm, die ist nur zur Selbstverteidigung. Falls uns jemand zu sehr auf die Pelle rücken will.«

»Das ist illegal! Sie bringen uns damit noch in den Knast.«

Dan lachte. »Erstens stehen wir ohnehin schon mit einem Bein im Knast, und zweitens habe ich einen Waffenschein. Ich darf so ein Ding ganz offiziell tragen. Das ist der Vorteil, wenn du alle naselang von irgendwelchen Idioten Todesdrohungen erhältst und jeder kleine Gangster scharf darauf ist, dich zu entführen.« Er tauschte die leere Sektflasche an der Theke gegen ein neues Glas Gin und setzte sich neben Anna auf die Couch. »Was hältst du von Ryan Reynolds?«

»Was?«

»Für die Verfilmung. Der würde doch passen. Smart, charmant, witzig.«

»Wieso sollte man Sie mit einem so völlig abweichenden Typ besetzen?«, fragte Anna trocken.

»Haha. Sehr witzig.« Dan klang nicht mal ansatzweise beleidigt. Er klappte den goldenen Laptop auf. Das Logo von Light Foods flammte auf, und Dans Gesicht wurde gescannt. Einen Augenblick später erschien der Satz »Willkommen zurück, Kelly« auf dem Bildschirm.

»Du mich auch«, murmelte Dan und tippte mit dem Zeigefinger auf das winzige Firmensymbol in der linken oberen Ecke des Desktops.

»Kelly?« Anna sah ihn von der Seite an.

»Meine Ex-Frau. Kelly Verne.«

»Sie waren echt mit einer Kelly verheiratet?«

»Eigentlich Karen Werner. Das andere ist ihr Bühnenname. Sie stand nicht so auf Karen. Hat irgendwie einen schlechten Ruf, der Name.«

»Ah.«

Dan zuckte mit den Schultern. »Aber wenn man ehrlich ist – sie ist ’ne echte Kelly.«

»Und da ist irgendwas drauf, das uns helfen kann?«

Dan schüttelte den Kopf, drehte dann den Laptop um und betrachtete einen kleinen Zettel, der auf der Unterseite des Geräts klebte, bevor er missmutig die Augen verdrehte. »So ähnlich. Das hier ist ihr Firmenlaptop. Ihr Zweitlaptop. Ich hatte ihr verboten, die Dinger mitzunehmen, weil sie die Angewohnheit hat, ihre Elektronik in irgendwelchen Cafés, Limousinen oder Spas liegen zu lassen. Also hat sie in jedem Haus eines.«

Anna nahm einen Schluck von ihrem Saft und sagte nichts.

Dan tippte eine Zahlenfolge in ein Eingabefeld. Dann hielt er inne und verdrehte die Augen. »Hey, ich weiß, wie das klingt. Der Superreiche, der sich ein möglichst schlichtes, aber ansehnliches Sternchen als Trophywife sucht und dann über sie lästert. Aber ganz ehrlich, so schlecht ist sie gar nicht. Auch nicht so schlicht. Nur extrem ... unorganisiert. Anscheinend hat sie ADHS oder so was. Sie könnte als Sängerin oder sogar Schauspielerin wesentlich mehr reißen, aber die Hälfte der Zeit vergisst sie einfach, ihre Texte rechtzeitig zu lernen. Sie hat, ich weiß auch nicht«, Dan hob hilflos die Hände, »sie hat einfach andere Prioritäten als ich. Das hat auf Dauer nicht funktioniert.«

»Hmhm«, machte Anna. »Und warum genau hat sie dann ein Firmenlaptop von Light Foods? Oder mehrere davon? In Gold?«

»Weil sie für Light Foods arbeitet. Im Social-Media-Team. Sie wollte echt nicht nur von meinem Geld leben.«

»Weshalb sie für deine Firma arbeitet«, hakte Anna nach.

Dan warf ihr einen trotzigen Seitenblick zu. »Was sie tut, weil sie gut in diesem Job ist. Ihre TikToks sind legendär.«

Anna sah an ihm vorbei auf den Monitor. »Und das hilft uns jetzt wie genau?«

Dan feixte. »Weil ich damit Zugriff zum Firmennetzwerk habe.«

»Und TikTok-Kelly hat Zugang zu den sensitiven Informationen, die wir suchen?« Sie hob skeptisch eine Braue, was Dan jedoch mit einem erneuten Schulterzucken quittierte.

»Das weiß sie aber nicht. Ich hab ihr die Rechner eingerichtet, und vielleicht war ich einfach zu faul und hab die meiste Zeit einfach nur Adminberechtigungen vergeben, weil unser dämliches Zugangsberechtigungssystem dank DSGVO und dem ganzen Scheiß so umständlich ist, dass ich vielleicht, nur vielleicht keinen Bock hatte, das richtig zu machen.« Er hatte jetzt eine andere Maske offen, verlängerte die Adresszeile im Browser um einige Buchstaben und wurde mit einem weiteren Eingabeschirm belohnt, der ganz und gar nicht mehr wie ein offizielles Zugangstool aussah. Dan konsultierte ein 2-Faktoren-Cryptotool auf seinem Mobile, gab etwas ein, grinste dann triumphierend und gab ein weiteres Mal Kellys Passwort von der Unterseite des Rechners ein. »Na bitte.«

War die bisherige Oberfläche eher futuristisch cool und iconlastig gewesen, bestand der Bildschirm jetzt aus nüchternen Ordnerstrukturen, die so gar nicht mehr nach Agentenfilm aussahen, sondern mehr nach gewöhnlicher Officeumgebung. »Also gut. Was wollen wir wissen?«

Anne beugte sich vor. »Sie können das Netzwerk durchsuchen?«

Dan nickte. »So ziemlich nach allem. Das ist ja der Sinn.«

»Dann ... zuerst die Sicherheitskameras. Ich würde gern die Originalaufnahmen sehen.« Sie zog die Brauen zusammen. »Können Sie herausbekommen, wer sich die angesehen hat?«

Dan schnaufte. »Ich bin kein Hacker. Und kein IT-ler. Ich kann dir die Aufnahmen zeigen, die da sind. Und auch nur die, von denen ich weiß, wo sie liegen. Nicht mehr.« Er klickte sich durch einige Verzeichnisse und blies die Wangen auf. »Und das sind schon echt 'ne Menge. Hast du eigentlich eine Ahnung, wie viele Hundert Kameras wir auf dem Gelände haben?«

Grübelnd starrte Anna auf die schier endlosen Filekolonnen. »Ein paar, würde ich jetzt vermuten.« Sie seufzte und schüttelte den Kopf. »Okay, versuchen wir etwas anderes. Peter hat eine ganze Menge zusammengetragen, aber nur sehr begrenzten Zugang. Das heißt aber, ich habe so eine Ahnung, wo wir anknüpfen können. Können Sie zuerst mal nachsehen, wo in euren Files im letzten halben Jahr TASE erwähnt wird? Oder Creutzfeldt-Jakob. Oder BSE. Und von wem. Ich bin wirklich gespannt, wer etwas darüber weiß und seit wann.«

Dan pfiff leise. »Ja, das kann ich.«

»Echt?« Anna sah ihn argwöhnisch an. »Auch in E-Mails und Memos?«

»Wenn du für unseren DSGVO-Verantwortlichen fragst – nein, natürlich nicht. Auf gar keinen Fall. Völlig unmöglich.« Er trank einen Schluck, tippte weiter und fügte hinzu: »Davon abgesehen: Eigentlich ist das immer noch viel zu einfach. Unsere IT sollte das schon lange beheben, aber die Backlist ist viel zu lang. Wichtig ist ja nur, dass das von draußen niemand kann, oder?« Er hielt inne und starrte auf die Menge der Suchergebnisse. Dann fluchte er leise. »Das ist unerwartet.« Er fluchte erneut leise und trank dann sein Glas in einem Zug aus. »Das könnte länger dauern.«

»Hoffen wir's nicht. Suchen wir nach Geschäftsleitung und Aufsichtsräten.«

»Ich mag, wie du denkst.« Dan legte die Finger wieder auf die Tastatur.

Eine Stunde später loggte Dan sich aus und ließ sich auf dem Sofa zurücksinken. Er fluchte erneut, etwas, das die gesamte vergangene Stunde untermalt hatte. »Ich kann nicht mehr. Machen wir eine Pause, ich muss das erst mal verdauen. Aber halten wir fest: Angermann ist ein opportunistischer Arsch mit viel zu viel Ambitionen und noch viel mehr Gier. Die schöpfen mehr ab, als wir offiziell überhaupt einnehmen! Was gar nicht möglich ist.«

»Diesen Teil finden Sie besonders bemerkenswert?« Anna sah ihn düster an. »Nicht dass Ihr Konzern schon seit Monaten von möglichen Verbindungen zu den TASE-Ausbrüchen weiß? Oder dass Großschlachtereien seit mehr als einem Jahr ganze Lkw-Ladungen ... Ware in Ihre Verpackungsanlagen liefern?«

Dan stöhnte und rieb sich über das Gesicht, nur um erneut zu stöhnen, als er seine malträtierte Stirn berührte. »Ich bin immer noch nicht überzeugt. Wir verkaufen Überschüsse unter No Label an andere Unternehmen, wir vermieten sogar Lieferflotte und Verpackungswerke. So wie das unzählige andere Unternehmen auch tun. Das ist immer noch kein Beweis.«

Anna warf die Hände in die Luft und stand auf, einfach nur, um Dan nicht zu erwürgen. »Sie wollen es einfach nicht sehen, oder? Was braucht es? Dass irgendjemand, dieser Angermann vielleicht, laut sagt: Ja, wir haben Prionenscheiß in euren Fraß gerührt und Tausende Menschen zum Tod verdammt?«

Dan öffnete ein Auge. »Das als Aufnahme wäre ziemlich perfekt, ja. Auch wenn ich hoffe, dass er dann nicht ›Fraß‹ sagt.« Er schloss das Auge wieder. »Hör mal«, murmelte er. »Ich will die – wer auch immer die sind – genauso drankriegen wie du. Es geht hier nicht einfach nur um Leute. Die machen mir meinen Multimilliarden-Konzern kaputt, und wenn es stimmt, was die Zahlen sagen, dann aus reiner Gewinnsucht. Es gibt nur einen Weg, warum das Gesundheitsamt das nicht bemängelt hat: Irgendwer schmiert die.« Er ließ sich zur Seite kippen und legte sich auf den Rücken. »Und weißt du, wer die an dem Tag angeschleppt hat, als du ... uns besucht hast? Philip Fucking Angermann.«

Anna starrte auf ihn hinunter. »Sie sind echt ein Arschloch, Lichter.«

»Armlichter«, murmelte Dan. »Haben die in der Schule immer

gesagt.« Er gähnte, tastete nach dem Glas auf dem Boden vor der Couch, stellte fest, dass es leer war, und ließ es über den Teppich davonrollen. »Sorry. Ich bin betrunken, ich bin müde, ich habe wahrscheinlich eine Gehirnerschütterung, und ich hatte insgesamt einen wirklich, wirklich beschissenen Tag. Wenn du nichts dagegen hast, werde ich jetzt schlafen, und wir sehen uns das morgen weiter an. Dann können wir von mir aus auch ethische Fragen diskutieren.« Er gähnte erneut. »Aber wie Marx oder so schon gesagt hat: Erst kommt das Pennen, dann die Moral.«

»Ich ...« Zorn schnürte Anna den Hals zu, und sie schluckte. »Das war Brecht, und ... ach, vergiss es!«

»Okay«, murmelte Dan und winkte träge. »Mach ich. Kannst das Schlafzimmer nehmen. Da hinten am Ende des Flurs, rechts. Ich bleib einfach hier liegen.«

Der Rest des Hauses war noch viel geschmackloser eingerichtet als das Wohnzimmer. Dan hatte seiner Frau offenbar völlig freie Hand bei der Gestaltung gelassen, und die hatte sämtliche Register gezogen. Überall blitzten Glas und Gold und Chrom, und jede verfügbare freie Fläche war mit Marmorplatten gepflastert worden. Selbst das Hundethema schien sich durch das gesamte Haus zu ziehen, denn Anna fand auf ihrem Weg im Flur, im Bad und selbst im Schlafzimmer eine Kopie dieser geschmacklos gestalteten Kreatur. Die Version im Schlafzimmer bestand ganz aus Silber und hockte mit heraushängender Zunge mitten im Raum. Anna musste einen Bogen um das riesige Tier herumschlagen, um die dahinterliegende Tür zu erreichen. Hinter der Tür verbarg sich ein begehbarer Kleiderschrank, beinahe so groß wie ihre gesamte Wohnung. Als sie einen Schritt in den Raum hineinsetze, glimmte weiches Licht auf. Zögerlich lief sie die Reihe an Kleidungsstücken entlang, die alle ein halbes Vermögen gekostet haben mussten. Ein rotes Abendkleid fiel ihr ins Auge. Vorsichtig nahm sie den Bügel aus dem Schrank. Es war wunderschön. Sie stellte sich vor den Spiegel an der Rückseite des Raums und hielt sich das Kleid vor die Brust. Es war ihr sicherlich einige Nummern zu eng und deutlich zu lang. Sie hatte Dans Ex einmal im Fernsehen auf einer Gala gesehen. Sie war mehr Model als Sängerin. Ihre steile Karriere verdankte sie in erster Linie ihrem fantastischen Aussehen und der Bekanntheit ihres Mannes. Anna hängte das Kleid zurück auf den Bügel und verließ den Raum. Erschöpft ließ sie sich auf das Bett fallen und starrte an die Decke, die ein großer Spiegel mit verschnörkeltem Rahmen zierte. Sie fand, dass sie ziemlich müde und mitgenommen aussah – ganz sicher nicht wie jemand, der in ein Haus wie dieses gehörte. Sie dachte darüber nach, wie sie überhaupt in diese verrückte Situation geraten war, und fragte sich, ob sie unbeschadet wieder herauskommen würde.

Irgendwann musste sie eingeschlafen sein, denn als sie durch ein Geräusch aufgeschreckt wurde, zeigte die Anzeige auf ihrem Handy bereits halb zwölf. Sie legte es zurück auf den Nachttisch und rieb sich müde über das Gesicht.

Der Mond schien hell durch das Fenster. Er tauchte den Raum in blausilbernen Widerschein, der den Raum in scherenschnitthafte Bereiche von Hell und Dunkel trennte und Details seltsam klar hervortreten ließ. Die Stille im Haus war so schwer, dass sie ihren eigenen Puls in den Ohren hören konnte. Keine Geräusche drangen von außen herein, und Anna war sich nicht sicher, ob es an der schweren Verglasung lag oder daran, dass hier in der nächtlichen Abgeschiedenheit kein Fahrzeug oder Lebewesen zu hören war. Für eine Weile saß sie auf der Bettkante und lauschte gegen das Singen in ihren Ohren an. Langsam beruhigte sich ihr Puls wieder. Vermutlich war dieser besoffene Idiot im Wohnzimmer nur vom Sofa gefallen. *Meine Fresse, was tu ich eigentlich hier?* Erneut rieb sie sich das Gesicht. *Okay. Ich brauche einen Plan. Einen besseren, als mich mit einem vollgedröhnten Möchtegern-Playboy, der mich vor ein paar Stunden noch umbringen wollte, in einem Monument für geschmacklose Architektur zu verstecken. Lisa. Ich sollte Lisa anrufen. Irgendjemand muss wissen, wo ich bin. Und dann ...*

Sie erstarrte. Erneut war da ein Geräusch. Gedämpft zwar, doch es kam nicht aus dem Wohnzimmer, sondern von ... draußen? Mit angehaltenem Atem stand sie auf und schlich auf Strümpfen zur Fensterfront, die eine der Wände ersetzte. Vor der Fensterfront erstreckte sich unter den Bäumen eine dünne, fast unberührte Schneedecke, wenn man von den dunklen Tupfen einiger Tierspuren absah. Nach links lag die Terrasse, die fast vollständig freigetaut war und von der aus sich ein Fußweg über einen silbrig glänzenden Rasen bis hinab zu einem Anlegesteg samt obligatorischem Bootshaus zog. Dahinter erstreckte sich die schimmernde Fläche einer schmalen Bucht der Müritz, auf deren anderer Seite ein paar vereinzelte Lichter zwischen den Bäumen zu sehen waren. Vermutlich lag dort drüben irgendeine Ortschaft. Sie lauschte erneut. Stille. Wahrscheinlich war es gar nichts. Äste knackten bei Frost, auch in der Nacht. Und vermutlich gab es auch hier irgendwelches Getier, das nachts durchs Unterholz streifte.

Frischluft. Frischluft war das, was sie brauchte, um ihre überreizten Nerven abzukühlen. Sie tastete nach dem Öffner der Fensterfront, nur um festzustellen, dass das Ding wohl mit einem Schloss gesichert war. Im Wohnzimmer war das anders. Dan war im Laufe des Abends zumindest draußen gewesen, um mehr Kaminholz zu holen, und sie konnte sich nicht erinnern, dass er irgendetwas verschlossen hatte. Vermutlich war das Ding zwar alarmgesichert, doch wie ihr jetzt klar wurde, hatte Lichter in seinem Zustand ganz sicher nichts mehr aktiviert. Leise öffnete sie die Tür und tappte auf Socken zurück in den Wohnbereich. Auch der Hauptraum lag in silbernes Mondlicht getaucht und wirkte wie eine seltsame Höhle unter Wasser. Das Feuer im Kamin war inzwischen heruntergebrannt, und nur ein schwaches

Glimmen deutete noch auf Glut in der Asche hin. Der schwache Geruch von Holzfeuer und zu lange leer stehendem Gebäude an einem See mischte sich mit dem säuerlichen Hauch von vergossenen Getränken. Dan lag immer noch ausgestreckt auf der Liegelandschaft und schnarchte leise vor sich hin. Also war er nicht abgestürzt. Schade eigentlich. Sie schlich an ihm vorbei zum Kamin und nahm ihre Stiefel vom Rand, bevor sie weiter zur Terrassentür tappte und sie so leise wie möglich aufschob. Eisige Nachtluft schlug ihr entgegen und trieb eine Gänsehaut über ihren Körper. Dan gab ein leises Grunzen von sich, und Anna erstarrte in der Bewegung. Mit angehaltenem Atem warf sie einen Blick zurück, doch er wälzte sich nur von der einen auf die andere Seite, und einen Augenblick später setzte sich sein Schnarchen bereits ungemindert fort. Anna wartete noch einige Sekunden, bevor sie sich endgültig einen Ruck gab, in ihre Stiefel stieg und nach draußen schlüpfte. Es war kalt, vermutlich knapp unter dem Gefrierpunkt, und dem klaren Sternenhimmel nach zu urteilen, würde es wohl noch kälter werden. Die Arme um sich geschlungen, wanderte sie am Haus entlang und sah durch die Fenster in die restlichen leeren Räume des Seehauses, bis sie im Schatten der Hauswand um die Ecke bog und den Platz auf der Vorderseite des Anwesens einsehen konnte. Auch hier lag alles in nächtlicher Stille. Weitgehend unberührte Schneereste erstreckten sich unter den Büschen der Auffahrt bis an das entfernte Tor des Anwesens, und nur die einsame Fahrspur von Peters Seat unterbrach den fast jungfräulichen Schnee hier und dort. Kurz vor dem überdachten Eingang waren im Halbschatten die kantigen Umrisse des Seat zu erkennen, doch davon abgesehen, wirkte das gesamte Areal, als läge es schon seit dem Herbst in ungestörtem Winterschlaf. Vermutlich hatte Lichters Ex genauso wenig für diese geschmackliche Verirrung von Architekturunfall übrig wie er selbst. Sie grinste und wollte sich schon abwenden, als drüben am Fahrzeug ein rotes Licht aufglimmte und wieder erlosch. Anna runzelte die Stirn. Hatte das Ding eine Alarmanlage? Das Licht leuchtete erneut auf, und jetzt wurde ihr klar, dass es sich außerhalb des Fahrzeugs, direkt neben der Fahrertür befand. Beinahe im selben Moment trug ihr ein kaum merklicher Lufthauch den schwachen Geruch von Zigarettenrauch entgegen. Sie erstarrte. Der Lichtpunkt verglomm wieder, und einen Augenblick später hörte sie, wie sich jemand leise räusperte. Das Display eines Handys leuchtete auf und beschien für einen winzigen Moment das hagere Gesicht eines Mannes, der definitiv nicht Daniel Lichter war. Er hielt das Telefon an sein Ohr und verschwand wieder im Dunkeln. Jetzt, da sie wusste, wo er stand, konnte sie jedoch schwach seinen Umriss erkennen.

»Sie sind drin.« Der Fremde sprach leise, aber machte sich nicht die Mühe, zu flüstern. »Ja, war kein Problem. Wir sind vor etwa dreißig Minuten angekommen. Alles ruhig. Außer denen ist niemand hier.« Ein gedämpftes Lachen. »Ja, wir haben nachgesehen. Natürlich. Nein. Nein, er hat nichts mitbekommen. Wir sind doch keine Anfänger. Nein. Nein. Wobei's schon komisch ist. Der hätte sich eigentlich denken müssen, dass man ihn orten kann, sobald er sich einloggt. Was? Nein, wenn ich's doch sage. Nichts. Vermutlich ist der Kerl einfach völlig zugedröhnt.« Erneut zog der Mann an seiner Zigarette.

Beinahe im Zeitlupentempo ging Anna im Schatten der Wand in die Hocke und machte sich so klein wie möglich.

»Liegt im Wohnzimmer auf der Couch«, sprach der Raucher weiter in sein Handy, »und schläft seinen Rausch aus.« Atmen. »Die liegt im Schlafzimmer seiner Frau. Pennt auch«, fügte er nach einer kurzen Pause hinzu.

Der Gesprächspartner am anderen Ende der Leitung schien jetzt etwas mehr zu sagen. Der Raucher zog währenddessen an seiner Zigarette. Ein weiterer Schwaden Tabakrauchgeruch zog zu Anna herüber.

»Ja klar. Da kommen wir ohne Probleme dran. Haben wir schon gecheckt. Berg, ich meine, Sobotka weiß, wie man das macht. Der hat doch mal Heizungsbauer gelernt – na ja, fast. Die haben ihn nach drei Monaten rausgeworfen, weil er Kupferdraht geklaut hat, und ...« Die letzten Worte wurden langsamer, dann räusperte sich der Raucher. »Ja, sorry. Ich weiß, ich weiß, ich ... ja. Aber wie gesagt, kein Problem.« Wieder schien der Gesprächspartner auf der anderen Seite zu sprechen. »Sind Sie sicher? Nein, sorry. Natürlich. Für mich ist das kein Problem. Für Sobotka auch nicht. Sie oder wir, da haben Sie recht, da fällt die Entscheidung nicht schwer. Sie können sich auf uns verlassen. Ich ... ja, ich melde mich zurück, sobald die Sache erledigt ist.« Der Raucher legte auf und schien einige Augenblicke gedankenverloren auf das leuchtende Handydisplay zu starren, ehe er sich einen Ruck gab und es einsteckte. Anna hatte genug gehört. Sie bemühte sich, sich so leise wie möglich rückwärtszutasten, ohne den Kerl am Auto aus den Augen zu lassen, als es plötzlich auf der anderen Seite der Auffahrt im Gebüsch knackte. Sie erstarrte erneut. Ein zweiter Mann kam zwischen den Büschen hervor, wobei er es sorgfältig vermied, auf die restlichen Schneeflecken zu treten. Für einen Augenblick konnte sie ihn im Mondlicht deutlich erkennen, ein Bodybuildertyp in Bomberjacke und Strickmütze, mit einem struppigen Vollbart und anscheinend ohne Hals.

»Wo warst du so lange?«, knurrte der Raucher.

»Hab mich nur umgeschaut, so wie du gesagt hast.« Der Bodybuilder, vermutlich dieser Sobotka, hatte eine höhere, heisere Stimme. »Außerdem musste ich dringend pissen.«

»Der Boss hat angerufen.«

»Und, was wollte er?«

Der Raucher zuckte mit den Schultern. »Wir sollen das Haus in die Luft jagen.«

Annas Magen zog sich krampfhaft zusammen. Sie spürte, wie

ihr mit einem Mal schlecht wurde. Sie begann unkontrolliert zu zittern und presste sich eine Hand vor den Mund.

»Wow, cool«, sagte Sobotka. »Im Ernst?«

»Sehe ich aus, als würde ich Scherze machen?«

»Nicht direkt, aber bist du sicher? Ich meine, mit den beiden da drin? Das wird ganz schön viel Aufsehen erregen.«

Der Raucher zuckte wieder mit den Schultern. »Das weiß ich selbst. Deswegen sollen wir es ja wie einen Selbstmord aussehen lassen. Gasexplosion.«

»Das glaubt doch kein Mensch.«

»Der Typ ist völlig am Ende. Die Firma hat ihn rausgeschmissen, und die Presse ist hinter ihm her. Das ist genau der richtige Zeitpunkt, um mit einem ordentlichen Knall den Abgang zu machen.« Der Raucher zog an seiner Zigarette. »Außerdem werden die einen Abschiedsbrief finden.«

»In dem abgebrannten Haus?«

»Nein, du Idiot. Leute wie der schreiben ihre Abschiedsbriefe nicht mehr von Hand. Die veröffentlichen das im Internet. Auf Twitter oder so. Keine Ahnung, wie das abläuft.«

»Abschiedsbriefe auf Twitter? Das ist doch krank.«

»Ist nicht wirklich unser Problem, Berg. Wir sollen uns nur um das Haus kümmern, den Rest machen andere.«

Anna musste sich zusammenreißen, um nicht laut loszuschreien. In ihrem Kopf herrschte Chaos. *Das ist doch bescheuert! Das muss ein Irrtum sein. Wozu sollten die mich umbringen?* Ein Gedanke, der allerdings unmittelbar verdrängt wurde. *Natürlich. Wenn sie mich benutzt haben, dann müssen sie mich auch loswerden. Keiner kann es riskieren, dass ich zu einem Anwalt gehe!* Und dann, wie ein Guss Eiswasser: *Die wollen uns umbringen!* Sie fuhr zusammen, verlor das Gleichgewicht und konnte sich gerade noch an der Hauswand abfangen. Der Kies unter ihren Stiefeln knirschte.

»Was war das?«

»Ich finde Abschiedsbriefe im Internet völlig unpersönlich.« Der Bodybuilder schien immer noch an diesem Gedanken zu kauen. »Das ist der Familie gegenüber respektlos.«

»Kannst du mal kurz dein Maul halten? Ich glaub, ich hab was gehört«, zischte der Raucher.

»Ich mein ja nur«, murmelte Sobotka kaum noch hörbar. »Ich würde ja auch nicht mit meiner Freundin per WhatsApp Schluss machen. Das ist eine Frage der Ehre.«

Eine Pause entstand, in der Anna sich vorstellte, wie der Raucher in die Nacht lauschte und mit Blicken versuchte, die Schatten zu durchdringen. Sie hielt den Atem an. Der vereiste Kies unter ihr drückte sich schmerzhaft in ihren Handballen, doch sie wagte nicht, sich auch nur einen Hauch zu bewegen.

»Okay«, sagte der Raucher schließlich. »Hör jetzt einfach mal auf zu quatschen und mach schon mal die Kellertür auf. Und Berg«, schob er nach, »achte bloß drauf, dass kein Alarm aktiv ist.« Er trat vom Auto zurück und das erste Mal ins Mondlicht, wo er sich umdrehte und das Haus erneut prüfend musterte. Dann warf er den Zigarettenstummel auf den Boden, trat ihn sorgfältig aus, hob ihn wieder auf und steckte ihn in die Tasche seines Trainingsanzugs, bevor er sich abwandte.

Erst jetzt wagte Anna, sich wieder zu bewegen. Immerhin – der Schmerz in ihrer Hand hatte sich durch ihre Panik gegraben und ließ sie jetzt wieder klarer denken. *Hilfe. Wir brauchen Hilfe!* Sie schob sich an der Wand hoch und tastete nach ihrem Handy, nur um erschrocken festzustellen, dass sie es neben dem Bett hatte liegen lassen! *Fuck!* Sie hielt den Fluch gerade noch zurück und tastete sich, so schnell sie konnte, um die Hausecke zurück. *Polizei!* Sie stolperte zurück in Richtung Terrasse. *Nein, keine Polizei. Aber der Notruf!* Sie rutschte über die Terrassendielen, hielt sich am Rahmen der Terrassentür fest und stolperte nach innen.

Dan schnarchte noch immer in aller Seelenruhe auf der Sofalandschaft vor sich hin. *Du dämlicher Arsch!*

Sie hastete an ihm vorbei in den Flur – und erstarrte erneut. Ein Lichtstrahl huschte über ihren Kopf hinweg, und dann hörte sie leise Stimmen. Natürlich waren die zwei Typen schon im Haus. Die verdammte Alarmanlage war ja deaktiviert. Die Tür zum Keller stand offen, und Licht fiel hinauf auf den Flur. Und Anna wurde klar, dass sie daran vorbeimusste, um in das Zimmer mit ihren Sachen zu kommen.

Wie lange dauerte es wohl, bis so eine Gasleitung manipuliert war? Musste man das Ding nicht einfach nur abreißen? Wie lange, bis hier alles in die Luft flog? In diesem Moment wurde ihr klar, dass sie keine Chance mehr hatte, rechtzeitig Hilfe zu holen. Oder auch nur an ihr Handy zu kommen. Sie mussten hier raus!

So leise wie möglich hastete sie zurück in den Wohnraum. Für einen kurzen Moment dachte sie daran, Dan die Pistole aus dem Gürtel zu ziehen, um die zwei Kerle im Keller … aber in Filmen reichte ein Querschläger, um das Gas zu entzünden. *Ganz blöde Idee.* Außerdem wusste sie ja noch nicht einmal, wie man so ein Ding bediente. Sie beugte sich über Dan und rüttelte ihn wach.

Dan hob abwehrend die Hände und grunzte verwirrt. »Wa… was?«

Eilig presste sie ihm die Hand auf den Mund. »Still! Du musst still sein!«, zischte sie ihm ins Ohr.

Dan starrte sie verständnislos an und begann, sich zu wehren.

»Es sind Leute hier!« Anna schüttelte verzweifelt den Kopf. »Steh auf, du Idiot! Wir müssen hier weg!«

Dan schob ihre Hände beiseite und rollte von der Couch. Der tiefe Flokati dämpfte seinen Fall. »Lass mich, ich … muss schlafen«, brabbelte er in den Teppich. »Die Vorstandssitzung …«

Verdammter versoffener Idiot. »Los, komm schon!«, sie zerrte an seinem Arm. Für einen so schlanken Mann war er erstaunlich schwer. Anna schluckte einen Fluch hinunter. Sie spürte beinahe schon die Flammen, die aus dem Keller schlugen, den Glutodem des entzündeten Gases, roch …

»Gas. Scheiße!« Tatsächlich war jetzt der säuerliche Geruch von Propangas zu riechen. Das erklärte auch, warum die Stimmen nicht mehr zu hören waren.

»Hast du meinen Anzug gebügelt?«

Hastig kämpfte sich Anna auf die Füße und zerrte Dan mit Gewalt auf die Füße. »Sei endlich still und beweg dich!«

Schwankend starrte er sie an und blinzelte. »Puh«, machte er dann, und der Alkoholgestank in seinem Atem ließ sie beinahe würgen. »Still sein und bewegen. Cool. Cool, cool. Wohin gehen wir?«

Anna biss die Zähne zusammen. »Frische Luft. Sie müssen dringend an die frische Luft.«

»Ich brauch zuerst was zu trinken.«

»Was?« Ohnmächtige Wut verkrampfte ihren Kiefer, und statt eine Antwort hervorzuwürgen, packte sie ihn kurzerhand am Kragen und zerrte ihn in Richtung Terrasse.

»Ey! Warum denn so eilig? Ent...« Er stolperte gegen die halb offene Schiebetür, hart genug, dass es durch den ganzen Raum hallte. »Au! Fuck! Entspann dich mal!«

»Ich habe keine Zeit, mich zu entspannen!« Anna ließ nicht los, und so taumelte er hinter ihr her und hinaus in die Kälte. Anna hörte, wie er nach Luft schnappte, als ihn die Nachtluft traf, aber immerhin schien es ihn ein wenig nüchterner zu machen. Vielleicht war es auch die Kollision mit der Tür gewesen. Es war ihr egal, solange er jetzt ein wenig selbstständiger hinter ihr herstolperte.

»Au«, wiederholte Dan und klang jetzt weinerlich, dafür aber deutlicher. »Du musst dringend an deiner Work...dings ... an deiner Dingsbalance arbeiten.« Er rutschte aus und schlug der Länge nach hin.

Anna verdrehte die Augen und zerrte an ihm, bis er sich wieder hochgekämpft hatte. »Wo willst du eigentlich hin? Hätten wir nicht einfach ein Schlafzimmer ...«

Halt bloß die Fresse. »Erklär ich Ihnen gleich.« Sie legte sich seinen Arm über die Schultern und zerrte ihn auf dem halb vereisten Schotterpfad zum Seeufer hinüber. Das Bootshaus. Wenn sie es erreichen konnten, wäre das vermutlich das beste Versteck … dieses Mal war sie es, die ausglitt und den schwankenden Dan mit sich riss.

»Okay, ist gut jetzt«, maulte er verärgert und versuchte, sie abzuschütteln. »Das ist doch bescheuert.«

Er quittierte das Zischen, mit dem sie ihn dazu bringen wollte, seine Stimme zu dämpfen, mit einem verwirrten Blick. »Sag mal, geht's noch? Schhhh' mich hier nicht an!«

Anna zuckte vor seinem Alkoholatem zurück und kämpfte sich wieder auf die Füße, bevor sie erneut versuchte, ihn hochzuziehen. »Ich lass dich gleich liegen«, knurrte sie gedämpft. »Die Hütte fliegt gleich in die Luft!«

Dan starrte sie verständnislos an. Dann schüttelte er den Kopf. »Der Herd hat 'ne Sicherung. Denk ich. Wieso …«

Anna holte tief Luft. Die Panik schnürte ihr fast die Kehle zu. »Da sind Leute im Haus, und die wollen uns umbringen!«

»Hä?«

Sie schnaufte und ließ Dans Arm los. »Weißt du was? Mach doch, was du willst.« Sie wandte sich um und lief die letzten Schritte bis zum Bootshaus, neben dessen Tür ein großes, vereistes Codeschloss in der malerischen Holzwand eingelassen war. Natürlich. Sie stieß einen unterdrückten Fluch aus und drehte sich zu Dan um, der noch immer versuchte, auf die Füße zu kommen, als sie weiter hinten im Haus etwas aufblitzen sah.

Im nächsten Augenblick leuchteten sämtliche Glasfronten des monströsen Hauses gleißend auf und schienen sich wie in Zeitlupe nach außen zu wölben, zu bersten und sich in glitzernde Wolken aufzulösen, bevor ein glühend heißes Brüllen sie erreichte, sie wie ein Hammer in die Brust traf und von den Füßen riss. Das Nächste, was sie wahrnahm, war, dass sie mit dem Gesicht nach unten auf den Bohlen lag. Eine unterarmlange Glasscherbe steckte nur wenige Zentimeter entfernt im Holz und spiegelte ein loderndes Flammeninferno, das sie über das schrille Pfeifen in ihren Ohren nicht hören konnte. In ihrem Mund schmeckte sie Blut, und das Atmen fiel ihr so schwer, als würde sie von einer gewaltigen Last zu Boden gedrückt. Fühlten sich so kollabierende Lungen an? Sie kämpfte erneut um einen Atemzug. Nur dunkel wurde ihr bewusst, dass sie halb unter etwas Schwerem begraben lag. Erneut wallte Panik in ihr auf, und sie begann, um sich zu treten. Irgendwie gelang es ihr, sich unter der Last hervorzukämpfen, noch bevor ihr bewusst wurde, dass es Dan war, der auf ihr gelandet war. Jetzt rollte er schlaff auf den Rücken und keuchte stoßweise. Sein Atem ging abgehackt, Blut lief ihm aus den Haaren und tropfte auf die Planken des Stegs.

Anna setzte sich auf und sog gierig die eisige Luft ein. Ihr Atem rasselte, doch das spürte sie nur. Ihre Ohren klingelten immer noch und dämpften selbst das Brausen der Flammen, die aus sämtlichen Fensterfronten der Villa schlugen und ihre Hitze bis hierher auf den Steg abstrahlten. Stöhnend ließ sie sich zurück auf die Bohlen sinken, und mit einem Mal kroch eine erneute Schwere über sie und engte langsam ihr Gesichtsfeld ein, bis sie nur noch die Sterne über sich sehen konnte, und zwischen ihnen den großen Wagen, das einzige Sternzeichen, dessen Namen sie sich merken konnte.

Ein Ruf riss sie zurück ins Bewusstsein, und mit ihm kam erneut die Furcht. Sie wälzte sich herum, bis sie das Haus wieder sehen konnte. Die Flammen waren inzwischen weiter in die Höhe gewachsen und tauchten die Büsche und Bäume rund um das Gebäude in tanzenden Feuerschein. Jetzt konnte sie das Tosen der Flammen hören, und der beißende Gestank von brennendem Plastik kroch ihr in die Nase. Funkenwolken stoben aus dem Dach in den Himmel und rissen Ascheflocken und brennende Papierfetzen in die Nacht. Vor dem lodernden Inferno konnte sie die dunklen Umrisse von zwei Menschen ausmachen, die rückwärts von der Hitze der Feuersbrunst wegstolperten und in die Flammen starrten. Sie hatten Taschenlampen in den Händen, oder vielleicht auch Pistolen, und wenn sich auch nur einer zum See umdrehen würde, musste er sie unweigerlich sehen.

»Ich glaube, mein Trommelfell ist geplatzt«, brüllte einer davon über das Tosen der Flammen hinweg.

Anna erkannte die Stimme des Rauchers.

»Ich dachte, du hast gelernt, wie man so was macht.«

»Mann, ich war da gerade mal zwei Monate«, brüllte der Zweite zurück und klopfte hektisch seine glimmende Wollmütze an seiner Hose aus. »Außerdem dachte ich, du weißt, wie das geht. Wer nennt sich denn hier Firestarter? Du oder ich?«

»So eine Scheiße«, grunzte der Raucher. Er massierte sich das Ohr und zückte sein Handy. »Ich geb mal Bescheid. Schau du dich in der Zwischenzeit auf der anderen Seite um. Sicher ist sicher.«

»Alles klar.« Der zweite Mann richtete den Strahl seiner Taschenlampe in die Dunkelheit und folgte ihrem Licht um die linke Seite des brennenden Hauses herum.

Der Raucher tippte auf dem Display seines Handys herum und hielt es sich gegen das Ohr. Dann zuckte er sichtlich zusammen, steckte seine Waffe in den Hosenbund und wechselte das Telefon auf die andere Seite. Während er telefonierte, wandte er sich nach rechts und wurde kurz darauf ebenfalls von der Dunkelheit verschluckt.

Anna wälzte sich herum und stieß Dan an. Dan antwortete mit einem Stöhnen. »Wir müssen hier weg«, krächzte sie ihm ins Ohr und sah sich um. Wenige Schritte entfernt dümpelte das Boot neben dem Steg, nur mit einem dünnen Seil vertäut. Glassplitter glitzerten auf der Abdeckplane im Widerschein des

Feuers und verliehen ihm etwas seltsam Festliches. *Abdeckplane. Vielleicht …* Hastig blickte sie sich erneut um und zog dann kurzerhand die große Scherbe aus der Bohle neben ihr. Sie kroch an den Rand des Stegs, zog das Boot so nahe wie möglich heran und stieß die Scherbe kurzerhand durch die Plane. Mit einem schnellen Schnitt hatte sie ein Loch geschaffen, groß genug, um ins Innere des Boots zu gelangen. Mit zusammengebissenen Zähnen packte sie den noch immer beinahe bewusstlosen Dan am Kragen und zerrte ihn über den Steg, bis er schließlich über den Rand kippte und auf das Boot fiel. Mit einem leisen Poltern verschwand er im Inneren des Risses. *So weit, so gut. Aber was, wenn die auch hier nachsehen? Ich würd's tun! Außer …*

Ohne weiter darüber nachzudenken, klemmte Anna die Scherbe in einen Spalt zwischen den Bohlen und begann fieberhaft, das Halteseil des Boots daran durchzuscheuern, bis es schließlich nach einer gefühlten Ewigkeit nachgab. Gerade noch rechtzeitig. Der Strahl einer Taschenlampe blitzte kurz in einigen der Scherben auf der nahen Wiese auf und ließ Anna zusammenfahren. Sie rollte herum. Einer der Kerle kam wieder über die Wiese. Kurzerhand ließ sie sich über den Rand des Stegs fallen – und verfehlte das Boot um eine Handbreit. Mit einem leisen Platschen tauchte sie in den winterlichen See. Unwillkürlich sog sie scharf die Luft ein, schluckte Eiswasser und unterdrückte mit Mühe einen Aufschrei, als das kalte Nass in Hals und Nase brannte und sie umschloss wie ein Laken aus eisigen Nadeln. Sie keuchte, strampelte und fand schlammigen Grund unter ihren Stiefeln, während sich die Kälte in ihre Haut fraß.

»Was war das?«

So schnell es ging, zog sie sich unter den flachen Steg, gerade noch rechtzeitig, als sich die beiden Männer näherten.

»Nichts. In der Richtung ist nur der See«, maulte der Bodybuilder.

»Und? Hast du da schon nachgeschaut?«, hörte sie den Raucher.

»Was? Im See?«

»In dem Schuppen da.« Durch einen Spalt zwischen den Bohlen konnte Anna den Lichtstrahl der Lampe über den Steg huschen sehen.

»Das is'n Bootshaus.«

»Is mir doch egal. Und?«

»Nee.«

»Dann mach!«

»Muss das sein?«, fragte der Heisere. »Die Feuerwehr wird bald hier sein!«

»Die brauchen bestimmt noch zehn Minuten, so abgelegen, wie das hier ist. Jetzt mach.«

Anna hörte schwere Schritte auf dem Steg, dann ein Rütteln an der Tür des Bootshauses. »Ist abgeschlossen. Die Tür ist komplett vereist. Hier war bestimmt schon seit Wochen keiner mehr.«

»Okay«, stellte der Raucher missmutig fest. Und das da?«

»Was? Das? Das is'n Boot.«

Anna hielt die Luft an. Wieder huschte der Strahl der Taschenlampe über den Steg hinweg.

»Prüf das.«

»Weißt du was, Firestarter, das is'n Boot, verdammt. Auf dem Wasser. Das sind bestimmt zwei Meter bis dorthin!«

Anna riss die Augen auf und drehte sich um. Tatsächlich war das Boot vom Steg abgetrieben und entfernte sich noch immer gemächlich. Sie unterdrückte einen Fluch und presste die Zähne fest zusammen, um ein Klappern zu unterdrücken, als sie jetzt zu zittern begann.

»Mann, dann zieh's halt ran! Das wird doch festgebunden sein!«

»Das ist ... hier!« Sobotka stand jetzt direkt über ihr. »Das Scheiß-

Glas hat das Seil durchtrennt! Mann, wir haben Glück, dass wir noch leben!«

»Nich dein Verdienst«, knurrte der Raucher. »Kommst du da irgendwie ran?«

Sobotka ließ das Seilende los, das direkt vor Annas Gesicht ins Wasser klatschte. »Mach doch selber. Hier ist es scheißglatt. Ich hab keine Lust, bei den Temperaturen ins Wasser zu fallen. Ich hol mir doch nicht den Tod!«

Eine Pause entstand. Das Licht der Taschenlampe huschte ein paarmal über die Wasseroberfläche und kehrte wieder zurück. Anna biss auf den Ärmel ihres Pullovers, um ihre Zähne am Klappern zu hindern, und hoffte, dass Dan sich nicht rührte. Wenn die Typen auf die Idee kamen, auf das Boot zu schießen, würden sie ihn unmöglich verfehlen.

Irgendwo in der Ferne begann eine Sirene zu heulen. Der Mann auf dem Steg über ihr schien sie ebenfalls gehört zu haben. Er murmelte etwas Unverständliches.

»Das hab ich gehört!«, sagte der Raucher düster. Dann fluchte er leise. »In Ordnung. Vergiss es. Komm. Machen wir, dass wir verschwinden. Job erledigt.«

»Wird auch langsam Zeit.«

Sobotka verließ mit vorsichtigen Schritten den Steg, und Anna hörte, wie die beiden eilig den Kiesweg hinaufstapften und zurück in Richtung Haus verschwanden.

Sie wartete eine gefühlte Ewigkeit, bis sie sich endlich traute, ihren Ärmel aus dem Mund zu nehmen. Sofort schlugen ihre Zähne heftig aufeinander. Schnell sah sie sich nach dem Ruderboot um – und musste zu ihrem Entsetzen feststellen, dass es sich noch immer entfernte. Inzwischen dümpelte es bestimmt sechs oder auch sieben Meter entfernt. *Ach komm – das ist jetzt nicht wahr …* Anna spielte kurz mit dem Gedanken, auf den Steg zu klettern und Richtung Feuer zu gehen. Die Hitze des lodernden Infernos erschien ihr unendlich verlockend. Aber konnte sie sicher sein, dass die beiden Typen weg waren? Und wenn die Feuerwehr eintraf – was wurde dann aus ihr? Inzwischen kannte vermutlich fast jeder ihr Gesicht und wusste, dass sie gesucht wurde. Mit einem Fluch watete sie unter dem Steg hervor, bis sie den Grund unter den Füßen verlor und schließlich schwimmen musste. Das eisige Wasser zerrte an ihrer Kleidung ebenso, wie es Kraft aus ihr herauszusaugen schien, und ihre Schwimmzüge trieben das Boot vor ihr her. Als sie es schließlich erreichte, waren ihre Finger bereits so taub, dass sie all ihre verbliebene Kraft aufwenden musste, um sich zum Rand hinaufzuziehen und hineinzurollen. Sie plumpste, einem nassen Sack gleich, durch den Riss in der Plane und auf Dan, der mit einem erschrockenen Schrei auffuhr.

»Was zum …«

Anna legte ihm mühsam einen Finger an die Lippen, obwohl ihre Zähne vermutlich lauter klapperten, als Dan geschrien hatte. »Ruder«, brachte sie mit mühsamem Stottern hervor. »Wo …«

»Rud…«, Dan blinzelte sie verständnislos an. Ganz offensichtlich war ihm immer noch nicht ganz klar, wo er sich befand. Er richtete sich auf und sah durch das Loch in der Abdeckplane nach draußen. »Was zum …«, wiederholte er, und seine Stimme überschlug sich in einem kleinen Quieken. »Was … wo … was ist mit meinem Haus passiert?«, stammelte er schließlich und wurde bei jedem Wort lauter.

»Ich dachte, das gehört jetzt deiner Ex«, murmelte Anna und versuchte, sich wieder Gefühl in die Finger zu massieren.

»Was?«, quiekte Dan erneut. Immerhin wurde seine Stimme jetzt klarer. Kälte und Schock schienen seinen Rausch im Eiltempo zu vertreiben.

»Jemand hat gerade versucht, uns umzubringen«, presste Anna durch klappernde Zähne hervor. »Hab dich rausgeholt. Gern geschehen. Hilf mir. Ruder!«

»Was?«, wiederholte Dan zum dritten Mal.

»Wir müssen weg!«

Dans Blick folgte ihrem zitternden Fingerzeig, und endlich schien er zu begreifen. Umständlich riss er das Loch in der Plane weiter auf und wuchtete die Riemen aus dem Boot und an ihre Plätze. »Und wie ...«

»Vergiss es«, murmelte Anna. Sie setzte sich auf die Ruderbank, zwang ihre Hände, die Riemen zu fassen, und begann, das Boot vom Ufer wegzubewegen, tiefer in die Nacht hinein.

»Kann ich ...«, fragte Dan zögerlich, »ich meine, soll ich irgendwas machen oder so?«

Anna starrte ihn düster an, auch wenn sie sich darüber im Klaren war, dass er das nicht sehen konnte. Sie spürte, wie die Haare auf ihrem Kopf zu gefrieren begannen, und schüttelte den Kopf. »Bin nass«, krächzte sie. »Muss mich bewegen.« Sie nickte hinter sich. »Die Lichter dort. Sag mir, wenn ich genau drauf zufahre.« Sie wagte nicht, daran zu denken, was geschehen würde, wenn die Männer sie in diesem Augenblick entdeckten. Sie konnte nur darauf hoffen, dass sie sich schon abgesetzt hatten – oder wenigstens, dass das Licht der lodernden Flammen ihnen die Sicht nahm.

So leise wie möglich ruderte sie los.

Sie verlor jedes Gefühl für die Zeit. Die Flammen an dem Ufer, von dem sie sich noch immer entfernten, schlugen womöglich noch höher in den Himmel, doch gleichzeitig reichte sein Widerschein längst nicht mehr bis zu ihnen, und der Gestank des Feuers war beinahe verweht. Der Mond beleuchtete den aufsteigenden Qualm und verwandelte ihn in eine unwirklich silbern wabernde Masse, die von unten mit orangem Widerschein erleuchtet wurde, in den sich zwischen den kahlen Bäumen das blaue Blitzen der Lichter der Löschfahrzeuge mischte. Weitere Sirenen ertönten irgendwo in der Ferne. Zwischen den kahlen

Bäumen blitzte Blaulicht auf. Immerhin – auch wenn sie immer noch fror, war durch das Rudern die brutale Kälte aus ihren Knochen gewichen und ließ sie langsam wieder zusammenhängendere Gedanken fassen.

Hätten wir vielleicht doch warten sollen? Das war ein Mordanschlag! Die Polizei müsste doch auf unserer Seite … Anna verzog das Gesicht. *Müsste sie? Offensichtlich bin ich eine gesuchte Terroristin. Vielleicht nehmen die auch einfach an, dass ich die Hütte gesprengt habe, und erschießen mich einfach gleich? Nur zur Sicherheit.* Also sagte sie nichts, sondern ruderte mit schmerzenden Armen einfach weiter, während Dan wort- und regungslos zurückstarrte und sich wahrscheinlich in seinem Elend suhlte.

Nach einer Weile hörte sie irgendwo ganz in der Nähe Hundegebell und steuerte darauf zu. Als der Kiel des Boots über den Kiesboden schrammte, konnte sie ihre Arme und Beine kaum noch spüren. Immerhin war sie noch nicht erfroren, und das war vermutlich auch schon etwas. Mühsam kämpfte sie sich auf die Füße, strauchelte und wäre beinahe kopfüber erneut ins Wasser gestürzt, wenn Dan sie nicht im letzten Moment festgehalten hätte. Sich gegenseitig stützend, kämpften sie sich eine Uferböschung voll von hartem, letztjährigem Riedgras hinauf und landeten auf einer alten, geschotterten Uferstraße in bedauernswertem Zustand. Einige Dutzend Meter weiter begann eine kleine Ortschaft, kaum mehr als ein oder zwei alte Bauernhöfe und eine Handvoll schiefer Häuser, von denen der Putz abblätterte. Die kleinen Gärten, die sie im trüben Schein einiger schon fast antiker Straßenlaternen erkennen konnten, sahen verlottert aus, und die Holzzäune waren schief und krumm. Nur wenige Fenster besaßen noch Gardinen, und mehr als eines der Gebäude sah unbewohnt aus.

Vor einem schäbigen Gasthaus standen ein paar Autos herum. Aus dem Inneren ertönten Musik und raues Gelächter. Wenn die Leute hier etwas vom Feuer am gegenüberliegenden Seeufer mitbekommen hatten, dann hatten sie wohl schon vor einer Weile das Interesse verloren. Anna schaffte es kaum noch, sich auf den Beinen zu halten. Ihre Zähne schlugen jetzt wieder unkontrolliert aufeinander, und als sie versuchte, etwas zu sagen, versagte ihre Stimme den Dienst.

»Besser als nichts, oder?« Dan schleppte sie zum Eingang der Kneipe, und der Schwall warmer, nach Kraut und Bier stinkender Luft war beinahe genug, um sie komplett von den Füßen zu holen. Mühsam bugsierte er sie in den Flur und setzte sie auf einen alten Holzstuhl neben der Garderobe, von der er kurzerhand einen Daunenmantel nahm und um sie wickelte. »Du wartest hier«, entschied er und überging ihren Protest. »Wenn die dich so sehen, stellen sie Fragen.« Nach kurzem Zögern zog er die Pistole aus seinem Hosenbund und musterte sie. »Das könnte allerdings auch Aufsehen erregen. Halt das mal. Ich bin gleich zurück.« Er schob Anna die Waffe unter die Jacke und verschwand schnell im Inneren des Gastraums. Kurze Zeit später kehrte er zurück und hielt triumphierend einen Schlüssel in die Höhe.

Dan half ihr auf die Beine und führte sie den Flur entlang zur Hintertür und über den Hof zu einem niedrigen Nebengebäude, das wie ein umgebauter ehemaliger Stall wirkte. Dan schloss die Haustür auf und half ihr einen dunklen Gang entlang, der nur unzureichend von einer einzelnen trüben Glühbirne beleuchtet wurde. Vor der Tür mit der Nummer neun blieb Dan stehen, fummelte den Schlüssel ins Schloss und schob die klemmende alte Tür auf.

Der muffige Geruch von kaltem Zigarettenrauch und stockigen Tapeten schlug ihnen in einem Schwall überheizter Luft entgegen. Anna hielt angewidert den Atem an. »Einladend«, murmelte sie.

»Immerhin brennt es nicht«, gab Dan zurück und schob die Tür mit dem Fuß zu. Die Behausung war ausgesprochen spärlich eingerichtet. Sie verfügte über ein Doppelbett, ein sichtlich abgesessenes Sofa und eine winzige Küchenzeile, die noch aus DDR-Zeiten zu stammen schien. Das galt vermutlich auch für die gelblichen Tapeten und die orange-braun gemusterten Vorhänge, die sich leicht im Luftzug bewegten, der vom uralten Heizkörper unter dem Fenster aufstieg.

»Könnte aber 'ne Verbesserung darstellen.«

»Du kannst dir gern was Besseres suchen«, maulte Dan.

Anna entgegnete nichts. Mit letzter Kraft schlurfte sie ins Badezimmer und ließ die Tür hinter sich ins Schloss fallen. Der stockige Geruch hier drin war noch intensiver, nur zusätzlich vermischt mit dem Aroma von billiger Seife und Scheuermittel. Der winzige Raum enthielt nicht mehr als eine uralte Toilettenschüssel, eine nicht viel jüngere Duschkabine mit blind gescheuerten Plastikscheiben und ein dunkelgrünes Waschbecken, über dem ein fleckiger Spiegel hing. Sie stellte sich davor und sah hinein. Ihr Gesicht war völlig zerschlagen, und über ihrer linken Schläfe klebte geronnenes Blut. Die Haare klebten ihr in dünnen Strähnen am Kopf, und ihre Augen lagen in so dunklen Höhlen, dass sie beinahe wie eine wandelnde Leiche wirkte. *Fuck*.

Sie ließ den Mantel zu Boden gleiten, und mit ihm polterte Dans alberne Pistole auf den rissigen Fliesenboden. Ihr Zittern verstärkte sich plötzlich unkontrolliert, und noch ehe sie reagieren konnte, stieg bittere Galle in ihrer Kehle auf, und sie übergab sich heftig ins Waschbecken, so lange, bis sich ihr Magen entleert hatte und der Würgreflex nur noch schmerzhafte Krämpfe im Hals verursachte. Keuchend klammerte sie sich am Waschbecken fest und versuchte, langsam und ruhig zu atmen, bis das Zittern irgendwann wieder nachließ. Dann spülte sie das Becken aus, kämpfte sich aus der klatschnassen Kleidung und stieg in die rostige Dusche. Es dauerte eine ganze Weile, bis der Duschkopf röchelnd mehr als kaltes Wasser ausspuckte, doch selbst das brannte schon beinahe unerträglich auf ihrer Haut. Sie griff nach der Flasche mit dem billigen Hotelshampoo, die prompt ihren noch immer froststeifen, prickelnden Fingern entglitt und polternd in der Duschwanne landete. Mühsam versuchte sie für einige Augenblicke, die Flasche aufzufischen, doch ein heftiger Schmerz schoss durch ihren Rücken, trieb ihr erneut die Tränen in die Augen, und sie biss die Zähne zusammen, um nicht laut aufzuschreien. Langsam rutschte sie an der Wand hinab in die Duschwanne, schlang die Arme um die Beine, legte die Stirn auf ihre Knie und ließ das warme Wasser auf ihren Rücken prasseln, bis die Schmerzen und die Tränen irgendwann nachließen. Anna hatte keine Ahnung, wie lange sie schließlich dort gesessen hatte. Kraft zum Aufstehen fand sie erst, als das Wasser bereits wieder kalt zu werden begann. Mühsam stemmte sie sich in die Höhe, wusch sich die Haare und sog dabei zischend die Luft ein, als die Seife in das halbe Dutzend feiner Schnitte kam, die ihr das fliegende Glas zugefügt haben musste, ohne dass sie es mitbekommen hatte. Immerhin war keiner dabei, der ernsthaft blutete. Wenn sie die Menge an Glasfläche des Hauses bedachte, hatte sie vermutlich geradezu unglaubliches Glück gehabt, dass das alles war. Sie trocknete sich mit einem etwas fadenscheinigen Badetuch ab, wickelte sich das einzige andere um den Körper und war schließlich so etwas Ähnliches wie bereit, den winzigen Raum wieder zu verlassen.

Als sie aus dem Bad kam, saß Dan auf dem Sofa und hielt grinsend eine Weinflasche in die Höhe. In diesem Augenblick hätte sie ihm am liebsten den selbstgefälligen Ausdruck aus dem Gesicht geprügelt.

»Das ist in Filmen der Augenblick, in dem die Protagonisten ihre Gefühle füreinander entdecken«, sagte Dan, während er die Flasche entkorkte und den Wein in zwei Gläser verteilte.

Anna schlurfte wortlos an ihm vorbei zum Bett, griff sich

eines der Kopfkissen und eine Decke und warf beides neben Dan auf das Sofa. »Du schläfst hier«, sagte sie und wandte sich wieder um. »Wenn du das Bett auch nur ansiehst, bring ich dich um.« Sie schaffte es gerade noch unter ihre eigene Decke, bevor sie das Bewusstsein verlor.

NEUNZEHN

Ein jämmerliches Röcheln schreckte Anna aus ihrem komatösen Schlaf auf. Sie stolperte durch den Raum und fand Dan im Bad direkt vor der Toilette kniend vor. »Ich dachte, irgendjemand bringt Sie gerade um.«

»Schön wär's«, murmelte Dan. Seine Stimme klang dumpf und verwaschen, da er mit dem Kopf fast in der Schüssel hing. »Alles wäre besser als das hier.«

»Ihr Jammern klingt wie Musik in meinen Ohren.«

Dan drehte den Kopf und sah sie mit rot geränderten Augen traurig an. Der jämmerliche Anblick weckte beinahe so etwas wie Mitleid in ihr. »Du bist mir doch nicht immer noch böse«, fragte er leider. »Oder?«

»Ach was. Wieso denn? Bloß weil Sie mich überfallen und bedroht haben, wir beinahe umgebracht wurden und ich mit einem besoffenen Trottel im Schlepptau mitten in der Nacht durch einen eisigen See schwimmen musste?«

Dan schnaufte. »Es ist ja nicht so, als hätte ich das alles gewollt. Ich war das nicht, der versucht hat, meine Firma zu sabotieren.«

»Jetzt reden Sie sich bloß nicht raus.«

Dan hob den Zeigefinger und übergab sich im nächsten Augenblick ein weiteres Mal in die Toilettenschüssel. »Können wir bitte ein andermal weiterreden?«

Anna grinste. »Lassen Sie sich ruhig Zeit.« Sie ging zurück ins

Zimmer und durchwühlte ihre immer noch feuchten Sachen auf dem Heizkörper nach ihrem Handy. Dann erinnerte sie sich wieder daran, dass sie es in Dans Haus vergessen hatte. Sie stieß einen Fluch aus und sammelte ihre Kleidung zusammen, um sie mithilfe des Föns wieder einigermaßen trocken zu bekommen.

Dan schien eine ausgesprochen robuste Konstitution zu besitzen. Schon kurze Zeit nachdem er sich ausgekotzt und zwei Kopfschmerztabletten eingeworfen hatte, gingen sie hinüber ins Haupthaus zum Frühstück. Sie setzten sich an einen am hinteren Ende des düsteren Raums versteckten Tisch und bestellten Kaffee und Rührei mit Brot und Speck. Oder – in Dans Fall – explizit ohne Speck.

Anna sah ihn fragend an, als die Wirtin ihre riesigen Portionen vor ihnen abstellte und wieder verschwand. »Echt keinen Speck? Ich hätte nicht gedacht, dass der große Dan …«

Dan zischte hastig, und Anna verschluckte den Rest des Satzes und begann erneut, leiser: »… dass Sie allen Ernstes auf Fleisch verzichten. Sie kamen mir bisher nicht wie der Typ vor, der das ernst meint.«

»Nicht? Ich bin ehrlich gekränkt«, sagte Dan ohne einen Funken Gekränktheit in der Stimme. »Ich esse täglich Fleisch. Nur halt das, was Light Foods herstellt.« Er sah ihren Gesichtsausdruck und lachte leise auf. »Jetzt schau nicht so. Es ist einer der Gründe, warum ich mein Unternehmen gegründet habe.«

»Neben dem ganzen Geld, das sich damit verdienen lässt, vermute ich.«

»Exakt!« Dan nahm ein Päckchen Salz aus der Schale auf dem Tisch, riss es auf und begann, den kompletten Inhalt auf seinem Ei zu verteilen. »Geld ist großartig. Ich finde, jeder sollte genug davon haben. Aber ich meine es schon ernst damit, dass ich kein Fleisch von toten Tieren mehr wollte, als ich mit dieser Firma angefangen habe. Weißt du, als ich meine ersten Jobs hatte, waren die natürlich im Familienbetrieb. Installation von Solaranlagen und so. Und wir haben einen Sommer lang Solarpaneele auf den Dächern einer Schweinezucht-Großanlage installiert, keine achtzig Kilometer von hier. So eine Ferkelfabrik, die 'ne Viertelmillion Schweine pro Jahr herstellte.«

Anna verzog das Gesicht. »Das ist eine echt zynische Formulierung.«

Dan zuckte mit den Schultern. »Wie willst du es sonst nennen. Es war genau das. Da gibt's nichts zu beschönigen. Der Gestank war unerträglich, der Ammoniak hat vermutlich bleibende Narben in meiner Lunge hinterlassen, und das ewige Quieken und Schreien – wusstest du, dass Schweine mehr schreien als lustig grunzen? Allein deswegen konnte ich seitdem nie wieder Schweinefleisch anrühren. Gott, mir wird heute noch schlecht, wenn ich daran denke. Und wir haben dort Solarpaneele draufgebaut, damit der Kerl noch billiger produzieren konnte, zweihundertfünfzigtausend eingepferchte Ferkel pro Jahr für die Billigwaren-Tiefkühltruhen der Discounter. Also hab ich beschlossen, dieses Zeug nicht mehr anzufassen. Und was Besseres zu produzieren. Und das ohne die ganze Gülle und diesen Gestank.« Er warf das leere Salztütchen auf den Tisch, griff nach seiner Gabel und deutete dann damit auf den Speck auf Annas Teller. »Du glaubst doch nicht im Ernst, dass die hier ihr Fleisch vom ökologisch wirtschaftenden, frei laufenden Biobauern im Ort beziehen, oder? Danke, aber nein, danke.« Er stach die Gabel in sein Rührei und stopfte sich augenscheinlich heißhungrig den Mund voll. »Davon abgesehen«, fügte er zwischen zwei Bissen hinzu, »konnte ich damals den ganzen Sommer nicht ein Mädchen rumkriegen! Ich war siebzehn und der stinkende Schweine-Danny!«

Anna starrte auf den Speck auf ihrem Teller, bevor sie seufzend selbst eine Gabel voll Ei nahm. Es war heiß und bemerkenswert gut. Einen Moment lang aßen sie schweigend, bis sie sich nicht mehr zurückhalten konnte. »Aber Ei geht in Ordnung, oder wie? Und Butter.« Sie zeigte auf den Teller mit den Brotscheiben, auf dem kleine Butterpäckchen aufgestapelt lagen.

Dan folgte ihrem Blick und schluckte. »Ich mach heut 'ne Ausnahme. Ich hab auf meinem Grundstück in Bayern eigene Hühner. Frei laufend. Glücklicher geht nicht. Das hier«, er deutete auf seinen halb leeren Teller, »das ist echt verdammt gut. Das ist unerwartet, gebe ich zu. Aber normalerweise würde ich das auch nicht anrühren. Aber ja, Eier sind ein Problem. Die sind in allem drin, und nach allem, was ich höre, sind die Produktionsbetriebe auch nicht besser als der Ferkelstall damals. Also arbeiten wir auch daran. Ich mein – wir kriegen Hüftsteaks hin – wie schwer kann es da sein, Eier zu produzieren?«

Anna schnaubte. »Na ja, und so eine neue Vogelgrippe-Zoonose aus dem Labor hat ja auch was.«

Dan sah auf und funkelte sie an. »Das ist nicht witzig. Weißt du eigentlich, was die an Medikamenten gerade in die Geflügelställe pumpen, nur um dort genau das zu unterbinden? Und wie oft wir in den vergangenen vierzig Jahren eigentlich schon haarscharf an einer Katastrophe genau dieser Art vorbeigeschlittert sind? Und auch nur, weil sie dann wieder 'ne halbe Million Viecher gekcult und verbrannt haben? Echt – *wir* sind ganz sicher nicht die Bösen – oder auch nur Gefährlichen in diesem Spiel. Wir haben nur bisher die kleinste Lobby – das ist alles! Ernsthaft, selbst die Anti-GMO-Bewegung hat 'ne größere. Und die haben Auswüchse wie Steinsalz mit ›Genfrei‹-Siegeln auf fucking Steinsalzmühlen zu verantworten!« Er machte eine Pause und schien selbst zu merken, dass er lauter geworden war. Entschuldigend lächelte er in Richtung der Fernfahrerin zwei Tische weiter, die jedoch keine Notiz von ihm nahm. Leiser sagte er: »Ich bin mir übrigens sicher, dass die großen Fleischfabriken uns fast genauso sehr verabscheuen wie die Anti-GMO-Bewegung. Immerhin graben wir ihnen mehr Kundschaft ab, als es die Plant-

Based-Meat-Fraktion je geschafft hat.« Er schaufelte sich den Rest Rührei in den Mund. Dann grinste er. »Die Ferkelfabrik von damals – die ist jedenfalls heute pleite.«

Er sah auf zur Wirtin, die seinen leeren Teller als Zeichen genommen hatte, sich wieder ihrem Tisch zu nähern, und winkte sie heran. »Das«, sagte er mit einem breiten Lächeln, »waren, und das ist mein voller Ernst, die besten Rühreier, die ich in, ach, mindestens drei Jahren gegessen habe. Haben Sie ein Geheimnis? Ein Familienrezept?«

Die Frau sah ihn verwirrt an. »Wir verwenden unsere eigenen Eier«, sagte sie vorsichtig. »Wir haben einen Hühnerstall auf der Wiese hinter dem Haus. Ramelsloher von meiner Großmutter. Sind die besten Eier, sagte sie immer. Und dazu Schnittlauch und Petersilie aus unserem Garten.«

»Dann denke ich, dass Ihre Großmutter recht hatte. Aber das ist es doch nicht allein. Lassen Sie mich raten: Pfeffer. Königspfeffer, richtig? Frisch gemahlen und ... da ist noch was. Ich komme nur nicht drauf.«

»Muskat?«, fragte die Wirtin hilfreich.

»Muskat! Natürlich! Ich habe die ganze Zeit überlegt. Sagen Sie, wäre es zu viel der Mühe, wenn ich ... wenn wir noch einen Nachschlag bekommen könnten?«

Die Wirtin blinzelte ein wenig verlegen, dann schlich sich ein scheues Lächeln auf ihr herbes Gesicht. »Ich werde sehen, was ich tun kann. Wenn's Ihnen so gut schmeckt!«

»Ernsthaft, das wäre fantastisch!«

Die Frau nickte und entfernte sich mit ihren Tellern und, so kam es Anna vor, ein wenig aufrechter.

Dan biss in sein Butterbrot und grinste selbstzufrieden.

»Gehen Sie mit allen Leuten so um?«, fragte Anna nachdenklich.

»Ein wenig Lob zur Motivation hat noch nie geschadet. Und du musst zugeben, die Eier sind wirklich gut. Ich muss mir das merken. Ramelsloher. Vielleicht hilft das der Entwicklungsabteilung.«

Anna sah sich um. »Darf ich daran erinnern, dass wir auf der Flucht vor denen sind?«

Dan zuckte mit den Schultern. »Das werden wir ja nicht immer sein. Und bis dahin genießen wir, was wir kriegen.«

Anna widersprach ihm nicht. Ihr Magen fühlte sich noch immer an, als hätte sie drei Wochen lang nichts mehr zu sich genommen. Während sie warteten, biss sie kleine Stücke von ihrem Brot ab und sah sich um. Außer ihnen und der Fernfahrerin gab es nur noch ein älteres Ehepaar und eine Gruppe polnischer Gastarbeiter, die schweigend auf einen Fernseher in der oberen Zimmerecke starrten.

In einem quietschbunten Fernsehstudio unterhielt sich eine Frau, offenbar die Moderatorin, mit einem stämmigen Brillenträger, der Segelohren hatten und einen grauenhaften karierten Anzug trug. Der Mann fuchtelte mit einem Buch in der Hand herum. Eine Einblendung am unteren Bildschirmrand wies den Zuschauer darauf hin, dass es sich um einen Historienroman mit fantastischem Einschlag handelte, in dem es irgendwie um Goethe ging. Da der Ton ausgeschaltet war, konnte man nicht verstehen, was er sagte, aber das Buch schien ihm ganz und gar nicht zu gefallen. Nach einer Weile schleuderte er es sichtlich angewidert in eine herumstehende Tonne. Das Bild wechselte zu den Nachrichten.

Nach den üblichen Beiträgen über gottvergessene Krisenregionen und das Jahrestreffen hochrangiger Politiker in einem hübschen Kurort wechselte das Bild zu einem brennenden Gebäude, vor dem eine junge Reporterin hektisch ins Mikrofon sprach. Hin und wieder streckte sie es einem verwirrt dreinblickenden älteren Herrn unter die Nase, bei dem es sich offenbar um einen traumatisierten Anwohner handelte. Die Kameraperspektive wechselte, und jetzt war zu erkennen, dass im Erdgeschoss eine Light-Foods-Filiale von BestBurgers war, von der aus der Brand auf das restliche Gebäude übergegriffen zu haben schien. Den nach draußen geworfenen Möbeln nach zu urteilen, hatte das Feuer nicht aus Versehen begonnen. Der Breaking-News-Ticker am unteren Bildrand verkündete, dass es ähnliche Bilder auch aus London, Madrid und Singapur gab.

Anna legt ihre Gabel hin und machte Dan stumm auf den Fernseher aufmerksam. Nach einer Weile wechselte das Bild zurück ins Studio, und plötzlich erschien ein Foto von Dan auf dem Bildschirm. Es musste von einem professionellen Fotografen aufgenommen worden sein, denn er sah darauf aus wie ein Filmstar. Direkt daneben tauchte eine äußerst unvorteilhafte Schwarz-Weiß-Aufnahme von Anna auf, die offenbar von einer der Überwachungskameras in den Produktionshallen von Light Foods stammte. Als Anna die Bildunterschrift las, die erklärte, dass es sich bei den Gezeigten um den skandalumwitterten Millionär Dan Light und seine Geliebte handeln sollte, verschüttete sie fast ihren Kaffee.

»Das passiert gerade nicht wirklich, oder?«, fragte Dan entsetzt.

»O mein Gott«, stöhnte Anna. Einer der Gastarbeiter starrte zu ihnen herüber, und sie senkte schnell den Blick.

Zum Glück wechselte die Szenerie auf dem Bildschirm in diesem Augenblick zu einem Bericht über ein Fußballspiel, das die polnischen Gastarbeiter zu interessieren schien.

»Und dabei bist du gar nicht mein Typ!«, raunte Dan, über seinen Teller gebeugt.

»Was? Da draußen brennen Häuser wegen dieser ganzen Scheiße, und Sie ...«

»Das war Sarkasmus.« Dan warf einen kurzen Blick zurück in Richtung Fernseher und sah Anna dann erneut an. »Ich mag oberflächlich sein, aber so schlimm ist es dann auch wieder nicht. Diese ganze Scheiße, wie du so treffend sagst, fliegt uns um die Ohren – und irgendwer schiebt uns das in die Schuhe. Ich wette«, murmelte er betont, »es ist Angermann.«

Die Wirtin kehrte zurück in den Raum und teilte eine neue Runde Kaffee aus. Dazu gab es Kondensmilch und einzeln eingepackten Würfelzucker.

»Okay, was machen wir jetzt?«, flüsterte Dan, während er abwesend Zuckerwürfel auspackte und in seinen Kaffee fallen ließ.

»Woher soll ich das denn wissen?« Anna sah sich misstrauisch um und senkte dann wieder den Kopf. »Wir brauchen dringend Hilfe. Haben Sie Ihr Handy noch?«

»Es liegt im Haus.«

»Genau wie meins.«

»So eine Scheiße.« Dan nippte an seinem Kaffee und verzog das Gesicht. »Verdammt, ist das süß.« Er sah auf. »Mein Assistent ist der Einzige, der uns jetzt noch helfen kann, ich weiß aber seine Telefonnummer nicht. Ohne meine Datenbrille bin ich echt aufgeschmissen.«

»Schon mal was von Telefonauskunft gehört?«

»So was gibt's noch? Die werden aber Carls Nummer nicht haben. Die steht nicht im Telefonbuch.«

»Lassen Sie mich mal machen.« Anna stand auf, lieh sich von dem älteren Ehepaar drei Tische weiter das Handy und nahm auf dem Rückweg einen Quittungsblock samt Stift vom Tresen mit. Über die Telefonauskunft brachte sie die Nummer der Light-Foods-Zentrale in Berlin heraus und rief dort an. Sie stellte sich als Hauptkommissarin Schneider von der Kriminalpolizei vor, leierte irgendeine Dienstnummer herunter und erbat sich dann dringend die Mobilnummer von Daniel Lichters persönlichem Assistenten.

»Das klappt nie im Leben«, flüsterte Dan neben ihr.

Anna hob den Zeigefinger. »Ja? Sehr gern«, sagte sie in den Hörer. »Vielen Dank. Natürlich, ich schreibe mit.«

Als sie aufgelegt hatte, schüttelte Dan den Kopf. »Ich glaube, es wird ganz dringend Zeit für eine Nachschulung unseres Empfangspersonals.«

Carl Dubois war ziemlich überrascht, als er den Anruf von Dan erhielt. Im ersten Augenblick bestand er darauf, die Polizei zu informieren, doch Dan gelang es, ihm das auszureden. Sie vereinbarten, dass Carl sie so schnell und unauffällig wie möglich abholen würde. In der Zwischenzeit sollten sie aber unter gar keinen Umständen mit jemandem über ihren Aufenthaltsort reden und am besten auch ihr Zimmer nicht verlassen, bis er da wäre. Carl versicherte ihm, alles Weitere zu veranlassen. Er habe schon eine Idee, wie sie vorgehen könnten. Sie müssten jetzt nur die Nerven behalten.

»Die Nerven behalten ...«, sagte Anna, als Dan aufgelegt hatte. »Meine leichteste Übung. Sind ja kaum noch welche übrig.«

Sie gingen zurück ins Zimmer, und Dan verschwand wieder im Bad. Anna machte es sich auf der Couch bequem und schloss die Augen.

Irgendetwas weckte sie. Sie sah auf die schäbige Wanduhr über dem Fernsehgerät. Es war bereits halb zwei. Sie hatte über eine Stunde geschlafen. Aus dem Badezimmer kam kein Ton.

Sie stand auf und klopfte leise an die Tür. Als Dan nicht reagierte, legte sie das Ohr an die Tür und lauschte. Schließlich drückte sie die Klinke nach unten. Das Badezimmer war leer. Sie lief zurück durch den Raum und öffnete die Apartmenttür einen Spalt. Sie lauschte erneut. Irgendwo aus einem der anderen Apartments tönte leise ein Fernseher. Unschlüssig sah sie sich um und entdeckte auf dem Nachttisch Dans Pistole. Ein ungutes Gefühl machte sich in ihrer Magengegend breit. Sie schloss die Tür, ging zum Nachttisch und hob die Pistole auf. Das Metall lag kalt und schwer in ihrer Hand. Viel schwerer, als sie gedacht hätte.

Sie nahm eines der Handtücher von der Stange im Badezimmer

und wickelte es um die Pistole. Dann öffnete sie erneut die Apartmenttür und schlich den Flur hinunter. Es roch nach Scheuermitteln und kalter Zigarettenasche. Vor der Haustür hörte sie Männerstimmen. Annas Herz schien einen Schlag auszusetzen. Im nächsten Moment hörte sie, wie ein Schlüssel ins Schloss der Haustür gesteckt wurde, und das Geräusch riss sie aus ihrer Erstarrung. Eilig schlüpfte sie in die Nische direkt dahinter.

Zuerst kam Dan an ihr vorübergestolpert, dicht hinter ihm folgte ein riesiger, bärtiger Berg von Mann in einer blauen Trainingsjacke, der Dan etwas in den Rücken drückte. Dan sah verängstigt aus, und schon wieder rann Blut seine Schläfe hinunter. Annas Herz schlug so laut, dass sie sich sicher war, dass die beiden es unmöglich überhören konnten. Jeden Augenblick würden sie sich umdrehen, und dann wäre es zu spät. Sie wusste, dass sie nicht den Mut aufbringen würde, zu schießen. Der Berg in der Trainingsjacke sah dagegen aus, als würde er keinerlei Skrupel kennen. Und warum auch? Immerhin hatte er letzte Nacht ein Haus in die Luft gesprengt, nur um sie zu töten. Der Raucher hatte ihn Sobotka genannt, wenn sie sich richtig erinnerte.

Sie musste schnell handeln, sie durfte ihm gar nicht erst Zeit zum Nachdenken lassen. Entschlossen zog sie das Handtuch von der Pistole.

»Keine Bewegung, oder ich schieße!« Sie kam sich vor wie in einem Sonntagabend-Krimi. Kommissarin Anna allein unter Wölfen. Wider Willen grinste sie düster – und vermutlich war es am Ende genau das, was den Mann stoppte.

Er stieß ein überraschtes Grunzen aus, wirbelte jedoch schneller herum, als sie es erwartet hatte – und erstarrte.

»Waffe fallen lassen, Sobotka, sonst knall ich dich ab!« Anna zielte auf sein Gesicht, und zu ihrer Überraschung schwankte der Lauf nicht.

Der Mann gab einen unwirschen Laut von sich, und einen Augenblick später klapperte ein hässliches Messer mit gezackter Klinge auf den Boden. Dan sprang so schnell zur Seite, dass er eine Wand streifte, und taumelte einige Schritte in den Gang hinein.

»Okay«, sagte Anna und wusste plötzlich nicht mehr weiter. Sie leckte sich über ihre Lippen, die plötzlich furchtbar spröde und trocken wirkten. »Okay ...«

Einen Augenblick lang standen sie alle wie versteinert da, bis sich der Mann schließlich räusperte und damit den Bann brach. »Du machst da einen großen Fehler, Mädchen.«

»Was du nicht sagst.« Anna schnaufte. »Das hätte mir echt schon viel früher mal jemand sagen sollen.«

»Ich meine das ernst. Wenn Firestarter dich in die Finger bekommt, macht er dich fertig.«

»Was denn – noch fertiger als in die Luft sprengen?« Anna schnaubte.

»Na gut, wenn du's so sagst ...«

»Warte«, warf Dan vom anderen Ende des Gangs ein. »Ist das der Kerl, der mein Haus gesprengt hat?«

Anna zuckte mit den Schultern. »Einer davon.«

»Du blödes Arschloch!«

Sobotka zuckte zusammen und wirkte seltsamerweise für einen winzigen Augenblick fast entschuldigend.

»Wo ist dein Kumpel?« Anna starrte den Bodybuilder noch immer an. Der rührte keinen Muskel, antwortete allerdings auch nicht. Anna seufzte. »Nennt ihr zwei euch eigentlich echt Berg und Firestarter? Das klingt wie ein schlechter Witz.«

»Das sind Codenamen. Wir sind ja nicht blöd.« Der Bodybuilder grunzte verärgert. »Was ist eigentlich dein Problem, Mädchen?«

»Sorry, hab schlecht geschlafen. Keine Ahnung, wer daran schuld sein könnte«, schnappte sie. Sie warf einen schnellen Blick nach draußen und stieß dann schnell die Haustür zu. »Und jetzt beweg dich.«

»Und wohin?«

»Wirst du schon sehen.«

Sie schubste Sobotka vorwärts bis in ihr Apartment und dort direkt ins Badezimmer. Dann zog sie den Schlüssel innen aus der Tür, steckte ihn außen wieder ins Schloss und verriegelte die Tür.

»Firestarter wird dir den Arsch aufreißen!«, rief der Bodybuilder wütend von drinnen.

»Lass uns abhauen«, sagte Anna zu Dan.

Draußen vor dem Gasthaus stand ein hellgrüner Ford Capri mit Berliner Kennzeichen. Die Vordertüren standen sperrangelweit offen, und der Schlüssel steckte im Schloss. Sie sprangen hinein. Dan übernahm das Steuer.

Dan drehte den Zündschlüssel und drückte dabei kurz aufs Gas. Der Motor des Capri brüllte auf. Dan zog die Augenbrauen hoch. Das Fahrzeug musste deutlich mehr PS haben, als man ihm ansah.

Als Dan den ersten Gang einlegte und gerade losfahren wollten, explodierte plötzlich die Heckscheibe in einem Schauer aus Glassplittern. Der Raucher kam mit einer Pistole im Anschlag hinter dem Haus hervorgestürmt. Anna hob ihre Waffe und drückte den Abzug durch, doch nichts geschah. Sie stieß einen Fluch aus. Im nächsten Augenblick trat Dan das Gaspedal durch, und der Capri schoss mit einem großen Satz auf die Straße hinaus. Im Rückspiegel sah Anna mehrmals hintereinander Mündungsfeuer aufblitzen und zog den Kopf zwischen die Schultern. Gefühlt ein halbes Dutzend Kugeln schlug blechern in ihr Heck ein. Für einen Augenblick geriet der Capri ins Schlingern, beschleunigte dann aber erneut und raste die Straße hinunter. Der Raucher wurde in ihrem Rückspiegel kleiner und kleiner, bis sie schließlich um eine Kurve bogen und er ganz aus ihrem Blickfeld verschwand. Erst jetzt stellte Anna fest, dass das Auto hüpfte und bockte wie ein Pferd beim Rodeo.

»Ich glaube, er hat einen Reifen zerschossen«, sagte Dan. »Und den Tank hat er auch erwischt.«

Anna sah in den Rückspiegel. »Und was machen wir jetzt?«

»Weiterfahren, was sonst?«

Als der Reifen schließlich ganz abgefallen war und sie Funken sprühend auf der Felge weiterhoppelten, hatten sie das Dorf bereits hinter sich gelassen und ein kleines Birkenwäldchen erreicht. Mit letzter Kraft bogen sie in einen schmalen Forstweg ein und ließen den Capri zurück.

Als sie ausgestiegen waren, nahm Dan behutsam die Pistole aus Annas Hand und deutete auf einen kleinen Hebel an der Seite der Waffe. »So entsicherst du sie beim nächsten Mal, bevor du sie auf jemanden richtest.«

»Okay«, sagte Anna und ärgerte sich sofort darüber, dass ihr das aus irgendeinem Grund peinlich war.

»Aber ansonsten keine schlechte Vorstellung. Aus dir wird sicherlich mal eine Top-Terroristin.« Dan grinste.

»Ich habe mir fast in die Hosen gemacht.«

»Und ich erst«, sagte Dan. »Und ich erst.«

Etwa zweihundert Meter den Forstweg hinein waren hinter kahlen Bäumen die Umrisse eines Hauses zu erkennen, vor dem ein rostiger Lada Niva parkte.

Als sie sich dem Maschendrahtzaun näherten, stürmten laut kläffend zwei Schäferhunde heran. Dan und Anna blieben unsicher stehen. »Ich bin mir ziemlich sicher, dass es gastlichere Häuser in der Gegend gibt«, sagte Anna vorsichtig.

»Mit weniger Texas Chainsaw Flair«, stimmte Dan zu.

Einen Augenblick später ertönte ein Pfiff, und die Hunde brachen ihr Wüten ab und trotteten in einem großen Bogen zurück zum Haus. Ein ausgemergelter alter Mann im Unterhemd trat aus der Tür. Seine Hosen steckten in übergroßen Gummistiefeln, in der Hand hielt er ein Beil, und in seinem Mundwinkel steckte ein glühender Zigarettenstummel. Der Alte musterte sie feindselig.

»Entschuldigen Sie«, sagte Dan mit einem ängstlichen Blick auf die aufmerksamen Hunde, die sich direkt hinter dem Mann hingesetzt hatten. »Wir wollten gar nicht stören. Wir sind wirklich nur zufällig hier.«

»Haben Sie ein Telefon?«, fragte Anna.

Der Mann musterte sie noch einen Augenblick länger, ehe er schließlich nickte. Er schlug die Axt in einen Hackklotz neben der Tür und wischte sich die Hände an den Hosenbeinen ab. Dann deutete er stumm über die Schulter ins Haus.

»Bist du sicher?«, murmelte Dan in Annas Richtung.

Anna zuckte mit den Schultern. »Wer nichts wagt, der nichts gewinnt.«

»Genau diese Einstellung hat uns doch erst in diese Situation hineingebracht.«

Sie betraten eine winzige Küche, die Anna so ähnlich schon einmal auf einem Schulausflug in einem Museumsdorf gesehen hatte. Sie musste noch um einige Jahrzehnte älter sein als die Küche von Frau Nowak.

Der Alte wies ihnen stumm zwei Plätze an einem wackeligen Tisch zu, auf dem eine Vinyltischdecke mit Blumenmuster lag. Auf der Anrichte tuckerte leise eine Kaffeemaschine vor sich hin, an der Wand tickte eine alte Kuckucksuhr, und auf dem Tisch lag ein Jagdgewehr mit einem aufmontierten Zielfernrohr. Der Alte nahm das Jagdgewehr vom Tisch und lehnte es gegen den Kühlschrank. Dann öffnete er den Hängeschrank über der Kaffeemaschine, nahm drei Schnapsgläser heraus und stellte sie auf den Tisch. Aus einem Plastikkanister, den er aus der Vorratskammer nebenan holte, goss er eine klare Flüssigkeit in die

Gläser und schob zwei davon über den Tisch. Er nahm den Zigarettenstummel aus dem Mundwinkel und hob das dritte Schnapsglas in die Höhe. »Prost!« In einem Zug kippte er den Inhalt herunter.

Dan tat es ihm nach kurzem Zögern nach. »Der ist gut«, sagte er erstaunt.

»Hm«, sagte der Alte.

Anna nippte vorsichtig an ihrem Glas und verzog angewidert das Gesicht. Das Zeug brannte wie die Hölle.

Der Alte goss nach und starrte eine Weile schweigend auf sein Glas hinunter. Dan und Anna sahen sich unbehaglich an. Einer der beiden Schäferhunde hockte sich vor Anna hin, legte seinen gewaltigen Schädel in ihren Schoß und sah sie mit großen, traurigen Augen an. Zögerlich hob Anna die Hand, und da er nicht hineinbiss, begann sie, ihn vorsichtig hinter den Ohren zu kraulen. Auf der Anrichte muckerte die Kaffeemaschine weiter, und an der Wand tickte die Kuckucksuhr.

»Das Telefon ...«, sagte Dan nach einer Weile vorsichtig.

Der Alte sah ihn mit zusammengekniffenen Augen an. »Ihr seid die zwei aus den Nachrichten – der Kapitalist und seine Geliebte. Der Typ, der hier das ganze Land aufgekauft hat.«

»Na ja. Einen Teil«, gab Dan vorsichtig zu.

Der Blick des Alten gab nichts von seinen Gedanken preis. Dann hob er sein Glas und leerte es. »Sieht ganz so aus, als wärt ihr jetzt auf der Flucht.«

Dan zog die Stirn in Falten. »Wollen Sie Geld?«

Der Alte schnaufte. »Das ist vermutlich Ihre Antwort auf alles.«

»Das ist die Antwort, die die meisten hören wollen.« Dan verzog das Gesicht zu einem dümmlichen Grinsen.

Der Alte schnaufte wieder. Anna konnte nicht umhin zu bemerken, dass das Jagdgewehr in seiner Griffweite stand. »Und jetzt?«, fragte sie.

Der Alte musterte sie aufmerksam. Er schnaufte erneut und sah aus dem Fenster. Draußen wiegten sich die kahlen Birken sanft im Wind. »Wohin wollt ihr?«

»Was?«

»Wohin ihr wollt, frage ich.«

Anna erwiderte seinen stechenden Blick. »Berlin«, sagte sie schließlich.

Der Alte nickte und zog ein Handy aus der Tasche. Es sah überraschend neu aus. Er sah es einen langen Moment an und schnaufte schließlich ein drittes Mal, um dann umständlich nach etwas zu suchen.

»Sie haben hier Internet?«

»Schön wär's«, brummte der Alte, ohne aufzusehen. »Auf der anderen Seeseite, drüben, haben die angeblich alle Internet. Hier muss ich für 'ne E-Mail zweihundert Meter die Straße rauf. Ich hab schon viermal bei denen angerufen. Aber sie sagen, sie können da nichts machen.«

»Sie haben E-Mail?«, fragte Dan ungläubig.

Der Alte hörte auf zu tippen und sah auf. »Seh ich aus wie ein Steinzeitmensch?«

Dan öffnete den Mund, doch Anna kniff ihn so fest in den Oberschenkel, dass er ihn wieder schloss und mit dem Kopf schüttelte.

»Ihr Freund ist kein überzeugender Lügner«, sagte der Alte mit einem Seitenblick auf Anna. »Keine Ahnung, warum der erfolgreich ist.«

»Fragen Sie mich nicht«, sagte Anna trocken. Der Schäferhund grunzte wohlig, als sie ihm den Hals kratzte.

»Hm.« Der Alte begann wieder zu tippen und hielt sich dann das Handy ans Ohr. »Jenni? Ja, ich bin's. Nein, es geht. Wie's halt so geht. Ich ...« Er unterbrach sich und lauschte, wobei er zu nicken begann, stetig und unermüdlich wie ein Metronom. Nach einer Weile fiel Anna auf, dass sich sein Kopf beinahe im Takt der Küchenuhr bewegte. »Hm«, warf er schließlich ein. »Nee. Nicht bei mir. Aber wenn ich ihn das nächste Mal sehe, knall ich ihn ab. Ich lass mir das nicht weiter gefallen. Ich knall ihn ab und verfütter ihn an die Hunde. Hm.«

Wieder eine Pause. Dan neben ihr schluckte. Er zuckte sichtlich zusammen, als der Alte plötzlich in seine Richtung gestikulierte und ihm bedeutete, aus dem Kanister nachzuschenken, ohne das Telefonat dabei zu unterbrechen. Er hatte sein Nicken wieder aufgenommen. »Mach ich. Hör mal, ist Ronny da?« Nicken. »Sag ihm, ich brauch ihn hier. Hier sind Leute, die nach Berlin wollen. Er muss sie fahren.« Nicken. »Schuldet er mir.« Nicken. »Ja. Geb ich ihm mit.« Nicken. »Du auch.« Er legte auf und sah Anna und Dan ausdruckslos an. »Hm«, sagte er schließlich. »Sie zwei bleiben hier sitzen.« Er nickte Anna zu und deutete auf den Hund, »und Sie bleiben hier sitzen und leisten Egon Gesellschaft. Ich bin gleich wieder da.«

»Aber …« Anna sah Dan hilflos an, doch der zuckte nur mit den Schultern. Der Hund öffnete die Augen und sah sie an, ohne sich zu bewegen. Ratlos kraulte Anna weiter, während der Alte aufstand, sein Gewehr nahm und durch eine zweite Tür verschwand. Der zweite Hund trottete hinter ihm her.

Dan ließ einen Moment verstreichen, bevor er sich verstohlen zu Anna beugte. Sofort stieg ein leises, tiefes Grollen in der Kehle des Hunds auf, und er erstarrte. Behutsam lehnte er sich zurück, und das Grollen verstummte. »Na toll«, murmelte er. »Wenn der jetzt irgendwen ruft, Presse, Polizei, einen Lynchmob, sind wir erledigt. Und was jetzt?«

»Ich weiß doch auch nicht.« Anna griff vorsichtig nach dem noch immer vollen Glas vor ihr. Der Hund blieb stumm. Also zog sie es zu sich heran, musterte es einen Augenblick und leerte es dann in einem Zug. Sie sah sich in der düsteren Küche um. An einer Wand neben der Eingangstür hing eine ganze Menge gerahmter Fotos in verschiedensten Größen wild durcheinander.

Sie zeigten den Mann, eine jüngere Version von ihm mit älteren Leuten, die vermutlich seine Eltern waren, ein noch älteres Bild mit Orangestich, auf dem vermutlich wieder der Mann zu sehen war, nur dieses Mal als Jugendlicher in einem blauen FDJ-Hemd. Viele Bilder von einer Frau, von ihm mit einer Frau und einem Mädchen, das vielleicht die Tochter der beiden war. Mehrere Bilder des Mädchens als Erwachsene an verschiedenen Orten der Welt. Sie sah durchtrainiert und lebenshungrig aus, mit einem breiten Lächeln und einem Pferdeschwanz. Anna erkannte den Grand Canyon und auf einem der Bilder einen bekannten Strand in Thailand, an dem sie auch schon übernachtet hatte. Auf einem anderen war sie auf einem Ausflugsdampfer auf der Themse. Es war das jüngste Foto mit der Tochter, das sie erkennen konnte, und das Hochhaus *The Shard* im Hintergrund war noch nicht fertiggestellt. Also musste es vor 2012 aufgenommen worden sein. Anna fragte sich im Stillen, warum keine jüngeren Fotos dort hingen. Sie drehte sich vorsichtig um, darauf bedacht, den Hund nicht zu stören, und entdeckte auf einem Küchenbord hinter ihnen das gerahmte Foto der älteren Frau – mit einer schwarzen Trauerbinde. Es stand so, dass es der Alte von seinem Platz aus direkt im Blick hatte. Das erklärte immerhin, warum auch von ihr keine neueren Fotos mehr da waren. »Ich glaube nicht, dass er uns verraten wird«, sagte sie nachdenklich.

»Und was sagt dir das? Deine großartige Menschenkenntnis?«

Anna überging den beißenden Ton. »Was tun wir, wenn wir in Berlin sind?«

»Ich …« Dan zögerte. »Gute Frage. Ich denke immer noch, dass wir uns von Carl einsammeln lassen sollten und uns in meinem Apartment verschanzen.«

»Wo natürlich niemand nach Ihnen suchen wird. Wegen tausendfacher Vergiftungen, ganz zu schweigen von einem explodierten Seehaus.«

»Touché. Und vermutlich sollten wir auch nirgendwohin, wo

uns Angermanns Killer aufspüren könnten. Damit fällt mein Haus am Walchensee wohl auch flach.«

»Zu bekannt?«

»Auch.« Dan schenkte sich einen weiteren Schnaps ein. »Aber vor allem würde ich das ungern auch abbrennen sehen.«

Anna verdrehte die Augen. »Falls Sie recht haben und jemand aus Ihrer Firma dahintersteckt, können wir aber auch nicht in Peters Wohnung. Dann wissen sie, dass ich derzeit da wohne. Das ist also auch nicht sicher.«

»Und ein Hotel fällt auch flach«, sagte Dan düster. »Es wird keinen Hotelier in Berlin geben, der mein Gesicht nicht kennt – und weiß, dass wir gesucht werden. Die guten Häuser werden mir aus Angst um ihren Ruf kein Zimmer geben – und die anderen geben uns nur eins, weil sie dann in Ruhe Polizei und Presse verständigen können. Verdammt!« Er leerte das Glas. »Hast du noch eine Idee?«

»Ich gehe davon aus, dass Sie nicht viele gute Freunde in Berlin haben?«

Dan lachte auf und warf gleich darauf einen erschrockenen Blick auf den Hund. »Wenn man so viel Geld hat wie ich, hat man keine guten Freunde. Nur Leute, für die man nützlich ist.«

Anna tätschelte dem Hund den Kopf. »Und das ist er im Moment gerade für niemanden, oder was meinst du, Egon? Wobei es nicht nur am vielen Geld liegen wird, dass ihn niemand mag.«

»Also das tat jetzt weh.«

Noch ehe Anna etwas antworten konnte, polterte es vor der Nebentür, dann wurde sie aufgeschoben, und der Alte kehrte mit einer großen Plastiktransportbox zurück. Der zweite Hund trottete hinter ihm her und setzte sich erwartungsvoll neben den Tisch, auf dem der Mann die Kiste jetzt abstellte. Neugierig reckte Anna den Hals, um hineinzuschauen, und riss die Augen auf. In der Kiste lag der gehäutete Körper eines Tiers, von dem ein eigentümlicher Geruch nach Stall und Blut aufstieg.

»Ugh!« Dan stieß einen angewiderten Laut aus. »Ist das 'ne Drohung an uns? So was wie ein Pferdekopf bei der Mafia?«

»Das ist ein Kaninchen«, schnappte der Alte düster. »Und 'ne Bezahlung. Für euch. Also für Ronny.«

»Sie haben das jetzt nicht gerade gekillt?«

Der Alte hob eine buschige Braue. »So kommt man zu einem Braten, ja.«

»Das ist genau der Grund, warum ...«

Anna legte Dan eilig die Hand auf die Schulter und fiel ihm ins Wort. »... warum wir an dieser Stelle den Mund halten, uns bedanken und höchstens sagen, dass das nicht nötig gewesen wäre.«

»Doch«, sagte der Alte. »War nötig. Jenni hätte Ronny sonst nicht fahren lassen.«

Dan öffnete den Mund, und Anna verstärkte ihren Griff um seine Schulter. Stumm sahen sie zu, wie der Alte einen Plastikdeckel aus einem der Küchenschränke holte und die Kiste verschloss.

Draußen näherte sich jetzt rumpelnd und knatternd ein Fahrzeug, und gleich darauf quäkte eine misstönende Hupe.

»Das isser.« Der Alte schob Dan die Kiste über den Tisch. »Nimm das mit. Egon, komm.« Der Schäferhund löste seinen schweren Schädel mit einem Schnaufen, das fast wie ein Seufzen klang, von Annas Oberschenkel und tappte an die Seite des Alten.

»Warum helfen Sie uns?«, fragte Anna den alten Mann, als sie vor die Tür hinaustraten.

Der Alte musterte sie kurz und zuckte dann mit den Schultern. »Weil mein Hund Sie mag«, sagte er schlicht. Ohne ein weiteres Wort zu verlieren, wandte er sich um und verschwand wieder im Haus.

Anna sah ihm ratlos hinterher.

»Das war mal schräg«, sagte Dan. Angewidert trug er die Kiste mit dem abgezogenen Kaninchen vor sich her zu dem ramponierten Van, der jetzt in der Einfahrt stand.

Der Fahrer war ein kettenrauchender Glatzkopf namens Ronny mit einem Adlertattoo auf dem Arm. Aus dem Radio dröhnte ohrenbetäubender Deutschrock. Sein Van war vollgestopft mit Werkzeug und irgendwelchem Baumaterial. Dan durfte die Fahrt über vorn neben Ronny sitzen und die Kiste mit dem toten Tier auf den Knien balancieren. Anna war auf die Rückbank zwischen einen Sack mit alten Kleidern und zwei Kisten Düngemittel verbannt worden. Es roch hier hinten streng nach billigen Zigaretten und Katzenurin. Das hinderte sie allerdings nicht, unter der Dauerberieselung von Ronnys Stimme langsam wegzudämmern.

Ronny hatte vier Kinder von vier verschiedenen Frauen. Während der Fahrt erzählte er ihnen ohne Pause von seiner verzweifelten Jobsuche und den Sprachproblemen seines Zweitjüngsten. »Wenn mir mal jemand gesagt hätte, dass mein eigener Sohn kein ordentliches Deutsch sprechen wird, dann hätt' ich ihm die Fresse poliert. Aber die Logopädin sagt, dass es mit der Scheiß-Drogensucht ihrer Mutter zusammenhängt. Das hat ihn irgendwie blöde gemacht, weeßte? Is halt schon übel, wenn ein Kind nicht in 'nem geordneten Elternhaus aufwächst. Aber wat willste machen? Dafür ist er echt gut in Mathe. Vielleicht arbeitet er mal in 'ner Bank oder so was in der Art. Oder Konzernchef. Kennt ihr Light Foods? Stellt euch mal vor, der Junge sitzt irgendwann mal in diesem fetten Turm da mitten in Berlin, mit Anzug und Krawatte und allem Drum und Dran, und verdient einen Arsch voll Kohle. Das widerliche Zeug, was die da zusammenpanschen, kannste zwar nich fressen, aber das is mir scheißegal, solange er ordentlich Geld für seinen alten Vater mit nach Hause bringt ...«

Anna wachte erst auf, als sie bereits in Berlin angekommen waren. Es war bereits kurz vor neun Uhr abends, und der Stadtverkehr war nervig wie immer. Sie lotsten Ronny in eine Nebenstraße kurz vor Lisas Haus und bedankten sich. Der schnallte die Kiste auf dem Beifahrersitz an, hupte und verschwand im Verkehr.

Vor dem Haus war es still und dunkel. Eine Weile drückten sie sich in den Schatten einer Hausecke herum und beobachteten den Eingang. Oben im dritten Stock brannte Licht. Gegen halb zehn trat jemand an das Fenster und verschwand kurz darauf wieder. Irgendwann ging die Haustür auf, und ein Mann im Trainingsanzug trat auf die Straße. Er hatte einen kläffenden kleinen Hund unter den Arm geklemmt, den er etwas unsanft auf dem Gehweg abwarf. Der Hund schnüffelte eine Weile desinteressiert an einer herumliegenden Mateflasche und setzte dann ein Häufchen daneben. Während der Mann mit einer Hand telefonierte, zog er mit der anderen umständlich eine Plastiktüte aus der Jackentasche. Dann beugte er sich nach unten, sammelte das Häufchen ein und hängte die Tüte sorgsam an den Vorgartenzaun des Nachbargrundstücks. Anschließend schlenderten die beiden in gemächlichem Tempo über die Straße hinweg und in den schräg gegenüberliegenden Park. Dan und Anna warteten noch einige Minuten ab und klingelten dann an der Haustür.

Lisa fiel bei ihrem Anblick buchstäblich aus allen Wolken. »O Gott, du lebst!« Sie fiel Anna um den Hals und drückte sie so fest, dass sie beinahe das Gleichgewicht verlor. »Du ...« Lisas Augen wurden groß, und sie erstarrte. Das Lachen sickerte ihr aus dem Gesicht, als sie den Mann hinter Anna wahrnahm. »Ist das ... das ist ... Scheiße, Anna, du schleppst den fucking Lichter hierher?« Sie stieß sich von Anna ab, und für einen Augenblick wirkte es, als würde sie im nächsten Moment zurückspringen und ihnen die Tür vor der Nase zuschlagen.

»Lisa! Warte!« Anna griff nach ihrem Arm, und Lisa setzte dazu an, ihre Hand beiseitezuschlagen, zögerte jedoch. »Was?«

»Die sind hinter uns beiden her!«

»Hinter ...« Lisa stockte und riss sich zusammen. »Wer sind ›die‹?«

»Irgendwelche Leute, die Angermann angeheuert hat«, warf Dan ein und streckte Lisa mit breitem Lächeln die Hand hin. Lisa sah auf die Hand und starrte Dan dann an, bis er die Hand sinken ließ, bevor sie sich wieder Anna zuwandte. »Mit Angermann meint der den ... warte, den Aufsichtsratsvorsitzenden von Light Foods? Von seiner eigenen Firma?«

Anna zuckte mit den Schultern und sah das Treppenhaus hinab. »Sieht so aus. Aber können wir das vielleicht drinnen besprechen?«

Lisa zögerte und musterte Dan erneut kritisch. Dann zuckte sie mit den Schultern. »Jetzt ist der schon mal hier ... ist dann auch schon egal, oder?« Sie trat beiseite und ließ sie durch die Wohnungstür in den Flur. »Ich glaube, ich brauche jetzt einen Tee.«

»Für mich wäre Kaffee prima«, sagte Dan. »Oder etwas Stärkeres?«

Anna schüttelte nur stumm den Kopf und zog die Stiefel aus.

»Ihr seid jetzt internationale Berühmtheiten«, rief Lisa aus der Küche.

»Sind wir?«

»Na ja, das war ich eigentlich schon vorher«, sagte Dan leise.

»Definitiv. Die Bilder von dieser brennenden Protzbude an der Müritz sind wie ein Lauffeuer um die Welt gegangen!«

Lisa kam mit einem Tablett voller Tassen, Löffel und einer Zuckerdose aus der Küche und stellte sie auf den Esstisch. »Es ist seit gestern auf jedem Sender. Und ich meine: jedem!«, sagte sie. »ARD, ZDF, N24, BBC, CNN, Al Jazeera, alle haben zumindest am Rand drüber berichtet. Und natürlich die Privaten. Mit Sondersendungen. Es sind spektakuläre Aufnahmen. Die Feuerwehrleute waren fleißig mit ihren Handys, und irgendwelche Leute von ’nem Privaten, die für eine Doku an der Müritz waren, haben schnell geschaltet und waren schon da, bevor das erste Löschfahrzeug ankam. Die schwärmen immer noch wie die Geier rund um die Müritz aus, um irgendwelche Bilder vom Unglücksort zu kriegen – und im besten Fall auch gleich noch einen Schnappschuss von den verkohlten Leichen.«

»Den Leichen«, echote Anna.

»Sie meint von uns«, sagte Dan.

»Ja, das habe ich schon verstanden«, sagte sie düster. »Das war kein Unglück, Lisa. Das war ein Mordanschlag.«

»Was?« Lisa hielt inne. In der Küche begann ihr Wasserkessel zu pfeifen, doch sie beachtete ihn nicht. »Bist du sicher?«

»Absolut. Ich habe den Typen nicht nur zugehört, ich hab sie gesehen. Ich bin über den halben See geschwommen, um zu entkommen.«

»Na ja ...«

»Halt die Klappe, Dan. Ich war patschnass. Im Winter! Und dann haben die es heute Mittag noch mal versucht!«

»Killer?«

»Das ist ein echt schräges Wort, wenn's nicht in einem Film fällt. Aber ja. Die wollten uns gezielt umbringen.«

»Du verarschst mich.« Lisa richtete sich auf, doch Anna sah sie nur ernst an und gab ihr die Zeit, sie ausgiebig zu betrachten. Die Schnitte in ihren Kleidern, die Blutflecke und Pflaster sprachen eine deutliche Sprache.

Schließlich blinzelte Lisa, schob sich die Rastas aus dem Gesicht und schüttelte ungläubig den Kopf. »Aber warum?«

»Weil wir sie angepisst haben und weil sie das Dan in die Schuhe schieben wollen.«

»Dan«, sagte Lisa trocken und sah diesen an, der jetzt nur mit den Schultern zuckte. »Okay, und warum sollten sie das tun? Ich mein, warum sie dich dafür drankriegen wollen, ist mir klar. Auch wenn ich nicht verstehe, wie sie auf dich gekommen sind. Aber der da?«

»Könnten wir vielleicht so über mich reden, als wäre ich anwesend?«

»Das ergibt keinen Sinn. Es ist schließlich sein Konzern. Er ist das Aushängeschild dieses Vereins.«

Dan schnaubte freudlos. »Das macht mich ja wohl zum idealen Sündenbock, oder?«

»Wenn Sie das sagen. Auf jeden Fall seid ihr das gefundene Fressen für die Presse. Und alle anderen. Ihre Frau postet seit heute Morgen im Minutentakt irgendwelche Bilder auf Instagram.«

»Kelly? Die ist meine Ex.«

»Scheint sie nicht zu stören. Haufenweise Fotos mit Begleittexten zum Fremdschämen. Sie kann sich noch nicht entscheiden, ob sie jetzt trauernde Witwe oder betrogene Ehefrau ist. Also – mit dir betrogen, Anna. Also ist sie im Moment beides. Scheint ihr Spaß zu machen.« Sie sah Dan spöttisch an. »Twitter, TikTok und Facebook sind ebenfalls gespalten. Berge von Beileidsbekundungen und noch höhere von hämischen Kommentaren. Tut mir leid, Anna.« Sie seufzte, zog ihr Handy heraus und scrollte für einen Moment. »Oh, und nicht zu vergessen: Mordkomplottgerüchte.«

»Ich wusste es!«, sagte Dan düster.

»Konkurrierende Großkonzerne, allen voran FutureMeat, sind im Gespräch. Und diverse Geheimdienste. Zwei davon sind von Flo.«

Dan sah sie verwirrt an. »Moment, was? Geheimdienste? Warum das denn?«

»Das Übliche. Light Foods vergiftet das Volk im Auftrag der Weltregierung. Entvölkerung, Ökodiktatur. Immer derselbe Mist. Oh, und natürlich Politiker, die das Ganze ausschlachten. Hier. Moment.« Sie holte ihr Handy hervor, scrollte einen Moment und drückte es dann Anna in die Hand, bevor sie nachdenklich in die Küche ging, wo der Wasserkessel noch immer pfiff.

Das Video, das Lisa herausgesucht hatte, war ein Nachrichtenzusammenschnitt der letzten Stunden. In einem Interviewausschnitt wurde Dan von der Politikerin Ylva Rask als visionärer Weltverbesserer bezeichnet, der an seinen eigenen hehren Ansprüchen gescheitert war. Irgendjemand hatte mehrere der Vorstände von Light Foods beim Betreten oder Verlassen des Light Tower erwischt. Alle hatten höflich betretene Mienen gezeigt, bis zum bisherigen Zeitpunkt allerdings jeglichen Kommentar verweigert. Dan hatte an dieser Stelle erleichtert aufgeatmet. Eine Regung, die sich in einen deftigen Fluch verwandelte, als das Video auf die Aktienentwicklung von Light Foods einging. Der Kurs war schon am frühen Morgen bei Bekanntwerden des Brands und des vermuteten Tods des Firmengründers um weitere zehn Prozentpunkte eingebrochen, und die Aktien befanden sich, den Worten des Kommentators zufolge, auf dem besten Weg, glorifiziertes Toilettenpapier zu werden.

Lisa kehrte mit einer dampfenden Kanne Jasmintee zurück, als sie gerade das Ende des Videos erreichten. Dan war aufgestanden und tigerte durch den Raum. Seine Kiefermuskeln waren gefährlich angespannt. »Die ruinieren mir die gesamte Firma, alles, was ich aufgebaut habe«, knurrte er mit kaum unterdrückter Wut.

»Eine Firma, die allerdings auch Tausende Menschenleben ruiniert hat«, warf Lisa ein.

»Ich halte das immer noch für ein Gerücht!«

Sie warf Anna einen befremdeten Blick zu. »Ist der Typ wirklich so ahnungslos?«

»Ich fürchte es«, gab Anna zurück und gähnte. »Oder der beste Schauspieler, den ich je gesehen habe. Das Ego dafür hat er jedenfalls.«

Dan warf ihr einen düsteren Blick zu. »Sehen alle Nachrichten so aus?«

»Nur die sachlichen.« Lisa goss den Tee ein und pustete dann über ihre Tasse. »Social Media ist ein Schlachtfeld. Ihre Fanboys da draußen schreien danach, jemanden zu lynchen. Ziemlich egal, wen. Ihre Konkurrenten sind voller geheuchelter Anteilnahme – oder Häme. Elon Musk findet den Verdacht interessant, dass Sie sich umgebracht haben, um von genetischer Umprogrammierung der Rassen durch Gen-Fleisch abzulenken. Und hat ein ›Soylent Green‹-Meme geteilt.« Sie zog die Brauen hoch. »Ich dachte eigentlich, dass Leute wie er und Sie richtig dicke sind.«

Dan verzog das Gesicht. »Was – nur weil wir zufällig beide Geld haben?«

»Oder hatten«, murmelte Anna in ihren Tee.

»Elmo ist ein Arsch. Wenn er nicht der Weltretter sein kann, dann darf es niemand.« Dan grunzte entnervt. »Was sagen die Nachrichtensender?«

Lisa zuckte mit den Schultern, griff nach der Fernbedienung und schaltete einen Nachrichtensender ein. »Schau selbst.«

Gerade lief ein Expertentalk. Im Hintergrund sah man die Kuppel des Reichstags, im Vordergrund beugte sich die Moderatorin vertrauensvoll zu Philip Angermann hinüber, der im maßgeschneiderten Anzug und mit sorgenvoller Miene in die Runde blickte. Aus der Ferne erinnerte er ein bisschen an Dr. Wiesner. Ein vertrauensvoll auftretender Mann mit grau meliertem Haar und wohlklingender Stimme. Vielleicht ein bisschen zu braun für diese Jahreszeit, aber mit sympathischen Lachfältchen um die Augen, die das Herz jeder Schwiegermutter zum Schmelzen brachten. Mit ihm im Studio saßen der gesundheitspolitische Sprecher der Regierung, ein Lebensmittelchemiker und der Schauspieler, der in der aktuellen Light-Foods-Kampagne den Familienvater mimte.

»Wir müssen natürlich erst einmal die Ergebnisse der Ermittlungsarbeiten abwarten«, sagte Angermann mit volltönender Stimme, »aber selbstverständlich haben wir alle Hebel in Bewegung gesetzt, um diese ...«

»Hätten Sie als Vorsitzender des Aufsichtsrats denn nicht bereits im Vorfeld die Alarmglocken läuten hören müssen«, unterbrach die Moderatorin energisch. »Wenn ich das mal so salopp ausdrücken darf?«

»Eine gute Frage«, sagte Angermann. »Und eine berechtigte.« Er lächelte so professionell vertrauenerweckend wie der Chefarzt dieser populären Krankenhausserie, und die Moderatorin strich sich ganz unbewusst mit den Fingerspitzen durch die Haare. Sie war Ende vierzig, immer noch ausgesprochen attraktiv und hatte gerade eine unschöne Scheidung hinter sich, nachdem ihr Gatte, ein Intendant im öffentlich-rechtlichen Fernsehen, mit einer zwanzigjährigen Praktikantin ein Kind gezeugt hatte. Sie hatte im Privaten also quasi das Gleiche durchmachen müssen wie Angermann mit dem abtrünnigen CEO seines Unternehmens. Im Grunde standen sie in dieser Sache also auf derselben Seite.

»Daniel – Dan Light war ein Visionär«, sagte Angermann, ohne weiter auf die Frage der Moderatorin einzugehen. »Ein Mann mit großen Ideen, der allerdings an seinen eigenen hehren Ansprüchen gescheitert ist. Ich sehe in ihm eine äußerst tragische Gestalt.« Er legte eine kunstvolle Pause ein und sah sich im Studio um. »Die eigentliche Frage lautet doch, ob durch sein persönliches Scheitern auch das Unternehmen Light Foods gescheitert ist. Meine Antwort darauf lautet klar und deutlich: Keineswegs! Wir sehen diesen Skandal als Ansporn. Wir wollen endlich damit aufhören, immer größer und schneller zu werden. Wie wir sehen, birgt das unkalkulierbare Risiken durch menschliches Fehlverhalten, durch Profitstreben und unverantwortliche Risikobereitschaft. Stattdessen wollen wir uns auf unsere Wurzeln zurückbesinnen, uns quasi neu aufstellen. Die Zukunft der Lebensmittelproduktion liegt nicht in der Masse, sondern in der Qualität. Umweltschutz, Qualitätsmanagement und Nachhaltigkeit statt ungezügeltem Konsum!«

Die Moderatorin nickte lächelnd. Sollte ihr verdammter Ex-Mann doch sehen, schien sie in diesem Augenblick zu denken, was er an seiner billigen kleinen Schlampe hat. Spätestens nach der Geburt des Kinds ist ihr jugendlicher Körper doch für immer dahin, und dann würde er endlich bemerken, was er für dieses kleine Techtelmechtel alles aufgegeben hatte.

»Menschliches Fehlverhalten und ... So ein verlogener Drecksack!«, rief Dan aufgebracht. Er schien drauf und dran zu sein, den Fernseher aus dem Fenster zu schleudern. »Er war es doch, der die Produktionskapazitäten verdoppeln lassen wollte! Und er wollte unbedingt nach Indien expandieren! Ich habe die ganze Zeit gesagt, dass das noch viel zu früh ist.«

»Jetzt komm mal wieder runter«, sagte Anna. Sie packte ihn am Arm und drückte ihn in den nächststehenden Sessel. »Wir haben ganz andere Probleme.«

»Die neue Light-Foods-Kampagne spiegelt diesen Paradigmenwechsel ja bereits wider«, brachte sich währenddessen der Schauspieler im Studio zurück ins Gespräch, wurde aber im nächsten Augenblick vom gesundheitspolitischen Sprecher abgewürgt, der unbedingt noch loswerden wollte, dass die Regierung alles Menschenmögliche unternehmen würde, um solchen Umweltsündern wie Daniel Lichter zukünftig das Handwerk zu legen. Der Lebensmittelchemiker, der zu Anfang der Sendung ein paar schlaue Worte beitragen durfte, sich aber als so dröge und langweilig herausgestellt hatte, dass ihn die Moderatorin seitdem geflissentlich ignorierte, erweckte den Eindruck, währenddessen langsam einzunicken.

Lisa schaltete den Fernseher aus.

»Habt ihr das gesehen? Das meine ich! Der da«, grollte Dan aufgebracht und deutete auf den schwarzen Bildschirm, »steckt dahinter und schiebt es mir in aller Öffentlichkeit in die Schuhe! Das Schwein hat mich eiskalt ausgebootet!«

»Was nichts an der Tatsache ändert, dass Light Foods zur Verantwortung gezogen werden muss. Und das nicht wegen irgendwelcher Aktien. Es geht immer noch um TASE!«

»Das auch«, gab Dan zähneknirschend zu. »Natürlich ist das schrecklich! Wenn ihr recht habt, haben die eine tödliche Epidemie in die Welt gesetzt und ruinieren Tausende Menschenleben und die Idee hinter meinem Produkt gleich dazu! Light Foods sollte Leben retten, verdammt! Und durch Wichser wie Angermann sterben jetzt noch mehr, und eine ganze Zukunftstechnologie wird dauerhaft zerstört!«

»Eine Technologie, die Menschen tötet«, stellte Lisa richtig.

Dan fuhr herum. »Ach, das ist doch Schwachsinn! Wir haben die gesamten Prozesse wieder und wieder und wieder auf jede Art von Kontamination getestet. Nichts! Es gibt keine Prionen in unseren Produkten!«

»Es sei denn, jemand hat die Testergebnisse bewusst manipuliert.« Lisa nippte an ihrem Tee und starrte ihn an. Wut brodelte in ihren Augen.

»Warum sollte ... Fuck.« Dan wischte sich über das Gesicht. »Ich bring das Arschloch um.«

Anna seufzte. »Jetzt mal im Ernst – was tun wir jetzt?«

Lisa zuckte mit den Schultern. »An die Presse gehen und den Mordversuch öffentlich machen?«

»Na klar. Und erst mal für Wochen in Haft wandern, weil wir die Firma sabotiert haben. Ich dachte, der Plan wäre gewesen, uns nicht erwischen zu lassen.«

»Das ging ja schon mal gründlich schief. Und die kommen damit davon.«

»Und jetzt?«

Dan schnaubte. »Ehrlich, ich kann ihn immer noch erschießen.«

»Etwas Besseres fällt dir nicht ein?«

»Habe ich denn irgendeine Wahl? Ich meine, was bleibt mir denn sonst noch? Er hat mir alles genommen. Meine Karriere, meine Ideen, meine Reputation, meine Firma.« Dan ließ sich dramatisch im Sessel zusammensinken. »Ich erschieße ihn, und danach erschieße ich mich selbst. Das ist doch ein schöner Abgang, oder nicht?«

»Eine tolle Idee.« Anna wechselte einen Blick mit Lisa. »Und dafür habe ich ihm das Leben gerettet?«

»Wir können ihn immer noch selber umbringen.« Lisa zuckte mit den Schultern und schniefte. Dann runzelte sie die Stirn. »Scheiße. Ich hab vergessen, dass die anderen gleich kommen, und jetzt sitzt der Typ hier!« Sie sprang auf und angelte nach ihrem Handy. »Ich muss sie warnen! Ich ...«

Gegen zehn Uhr trafen nach und nach die Übrigen ein. Zu Annas absoluter Verblüffung hatte nach Lisas eiligen Anrufen niemand von ihnen beschlossen wegzubleiben. Wahrscheinlich war die Neugier einfach zu groß. Sie alle hatten Dan Light drankriegen wollen – und sie alle fanden sich jetzt in der Lage, mit einem für tot gehaltenen Milliardär in Lisas Wohnzimmer Tee zu trinken. Vermutlich konnte niemand einer solchen Absurdität widerstehen.

Jetzt saßen Kim und Mica am Esstisch und warfen Dan hasserfüllte Blicke zu, während Anna eine ausführliche Zusammenfassung der vergangenen zwei Tage gab. Lichter versuchte anfangs, die Erzählung an sich zu ziehen und seine Sicht der Lage zu erzählen, doch dieses Mal ließ sich Anna nicht das Wort nehmen. Er würde nur versuchen, sich in besserem Licht darzustellen – und nach allem, was sie in den letzten beiden Tagen über ihn gelernt hatte, würde er alles nur noch verschlimmern.

»Und so sind wir schließlich wieder hier gelandet«, schloss sie und sah sich um. Alex saß Dan gegenüber auf dem Sofa und starrte ihn mit unverhohlener Bewunderung an. Anna runzelte die Stirn. Hatte er nicht immer wieder betont, wie sehr er Lichter verabscheute? Flo dagegen lag mit verschränkten Armen in seinem Lieblings-Sitzsack und starrte Dan schweigend an. Er hatte noch nicht mal seinen mitgebrachten Sixpack angerührt. Für einige lange Augenblicke sprach niemand mehr im Raum, während alle den Fremdkörper unter ihnen musterten.

»Okay«, sagte Dan schließlich. »Das ist jetzt langsam ein wenig awkward. Ich verstehe ja, dass ihr jetzt alle nicht gerade zu meinen ganz großen Fans gehört, aber …«

»Was genau machen wir jetzt mit ihm?«, fragte Mica laut. »Gehen lassen können wir ihn ja schlecht. Bisher glauben alle, dass er tot ist. Und im Moment ist es das Sicherste für uns alle, wenn das so bleibt.«

»Noch sicherer wäre, wenn er wirklich …«

»Halt die Klappe, Flo«, schnappte Lisa, doch es klang halbherzig.

»Schon wieder pietätlos«, fügte Kim leiser hinzu.

»Tatsächlich heißt allein die Tatsache, dass jemand versucht hat, ihn umzubringen, nicht, dass er keinen Dreck am Stecken hat, oder? Klar, vielleicht wollen sie ihn aus dem Weg haben, aber Rivalität unter Arschlöchern ist das Letzte, was mich verwundert.«

Dan runzelte die Stirn. »Moment mal, sind wir uns schon mal begegnet?«

Mica drehte sich in ihrem Stuhl um und starrte ihn an. Dans Gesicht erhellte sich. »Natürlich! Die Lind-af-Hageby-Gala. Du bist diese Bloggerin, die mir hinter der Bühne Fragen zu TASE gestellt hat!«

»Journalistin«, schnappte Mica. »Und Sie sind das aalglatte Arschloch, das mich gönnerhaft abgebügelt hat. Ich kann mich nicht erinnern, Ihnen das ›Du‹ angeboten zu haben, Herr Lichter.«

Dan hob die Hände. »Autsch. Das tut weh. Wissen Sie, Sie sind diejenige, die mich überhaupt auf das Thema gestoßen hat.«

»Wieder etwas, das nicht für Sie spricht.« Mica drehte sich zu Lisa und Anna um. »Und jetzt weiß der Typ auch noch, wer wir sind und wo wir wohnen. Das gefällt mir echt nicht!«

Lisa schnaubte. »Glaubst du, mir?«

»Ich meine, wenn selbst diese Leuchte das rausbekommen hat, ist es nur eine Frage der Zeit, bis die uns alle finden und …«

»Sollten wir dann vielleicht doch zur Polizei gehen? Okay, das wird unangenehm, und wir landen vielleicht im Gefängnis – aber wir sind dann noch am Leben!«

»Wer sagt dir, dass sie uns im Knast nicht kriegen? Die haben vermutlich bessere Verbindungen dorthin, als du dir vorstellen kannst. Und dort weicht es sich wesentlich schlechter aus.« Flo sah Kim an und schüttelte den Kopf. Es war das Erste, was er überhaupt sagte. »Seht's ein – wir haben's verkackt. Wenn wir uns jetzt vom Acker machen und die Klappe halten, solange die zwei da noch als tot gelten, haben wir vielleicht 'ne Chance, dass wir den Aufwand nicht wert sind.«

»Echt?« Mica starrte ihn entsetzt an. »Du willst einfach abhauen und die damit durchkommen lassen?«

Flo verzog das Gesicht und riss eine Flasche aus seinem Sixpack. »Falls es dir nicht aufgefallen ist – die sind bereits damit durchgekommen! Jetzt die Bullen da reinzuziehen macht nichts besser. Nicht für uns. Prost!«

Dan starrte düster vor sich hin. »Ihr könnt machen, was ihr wollt. Ich lass ihm das nicht durchgehen.«

»Wem?«

»Er meint, dass sein Aufsichtsratsvorsitzender, dieser Angermann, hinter allem steckt.«

»Und ihr glaubt ihm?« Mica starrte Lisa an.

Die wirkte unschlüssig und wand sich auf ihrem Stuhl, bevor sie leise sagte: »Keine Ahnung. Der Typ hat auf jeden Fall 'ne Menge Motiv, Gelegenheit und die notwendige Macht. Und wie er klingt, auch die Ambitionen.« Sie deutete auf den Fernseher. »War gerade zu sehen.«

»Und ganz offensichtlich ist er der bessere Hacker als unserer«, sagte Mica mit einem Seitenblick auf Alex. »Immerhin haben die die Feeds der Kameras ausgelesen, obwohl du behauptet hast, alles im Griff zu haben. Und du hast es nicht mal bemerkt.«

»Haha«, machte Alex und verzog das Gesicht. »Habt ihr schon mal darüber nachgedacht, wie viele Leute im Inneren des Konzerns nötig sind, um so was durchzuziehen – und gleichzeitig zu vertuschen?«

Dan sah ihn alarmiert an. »Also Leute im Sicherheitsdienst?«

»Unbedingt. Die Überwachungskameras des Sicherheitsdiensts hatte ich allerdings alle im Blick. Wenn die etwas angezeigt hätten, wäre der Werkschutz sofort informiert gewesen und hätte Anna gleich an Ort und Stelle verhaftet.« Nachdenklich zog Alex die Stirn in Falten. »Aber vielleicht wurde sie ja gar nicht von den normalen Überwachungskameras gefilmt ...«

»Du meinst, es gab ein zweites System, von dem keiner weiß?«, fragte Anna. »Wofür sollte das denn gut sein?«

»Das ist die Frage aller Fragen. Vielleicht hat ja jemand in der Firma kein Vertrauen zu dem regulären Sicherheitssystem gehabt.« Alex zuckte mit den Schultern und sah Dan fragend an. »Oder war es jemand, der sich ein eigenes Bild von der Arbeit der Angestellten machen wollte? Ich meine, ohne dass die das gleich mitbekommen sollten.«

Dan erwiderte seinen forschenden Blick mit versteinerter Miene. »Was natürlich vollkommen unethisch wäre und ein Verstoß gegen alle Persönlichkeitsrechte der Mitarbeiter und allein deshalb schon undenkbar«, sagte er trocken.

Alex starrte ihn verständnislos an. »Was?«

»Was?«

Als klar wurde, dass Dan nicht beabsichtigte, mehr dazu zu sagen, räusperte sich Mica. »Aber wäre das denn theoretisch möglich?«

Dan schnaubte. »Theoretisch ist alles möglich. Technisch ist das kein Problem. Aber ich wüsste wirklich nicht ...« Er stockte mitten im Satz, runzelte die Stirn, und sein Blick wanderte langsam zum Fernseher hinüber.

»Es gibt da also jemanden?«

»Hm«, machte Dan und nickte abwesend. »Und wenn ich genauer darüber nachdenke, wäre sie sogar die ideale Kandidatin dafür ...«

»Sie? Spann uns nicht auf die Folter«, sagte Anna. »Spuck es schon aus.«

»Angermanns Sekretärin.«

»Die Sekretärin von dem Typ?«, fragte Flo verständnislos. »Wieso ausgerechnet die?«

Dan starrte nachdenklich vor sich hin. In seinem Kopf schien es zu rasen. »Sekretärin ist falsch. Laura ist Angermanns Assistentin und die wichtigste Verbindungsperson vom Aufsichtsrat zu den Geschäftsleitungen der europäischen Werke. Was immer die Geschäftsleitung, vor allem aber Angermann, braucht – sie kümmert sich darum. Dafür hat sie einen eigenen Zugriff aufs Firmennetz in ganz Europa, der fast so weitreichend ist wie meiner.« Er sah auf. »Sie ist brillant, spricht fünf Sprachen, und wenn ich mich richtig erinnere, ist sie nicht nur Data-Analystin, sondern auch Informatikerin.«

»Klingt, als sei sie fast schon überqualifiziert für ihren Job«, warf Lisa ein.

Dan nickte. »Und sie macht alles, was Angermann will. Der Typ ist das perfekte Sprungbrett für jemanden wie sie.« Er zuckte mit den Schultern. »Und sie wäre ja nicht die Erste, die es auf diesem Weg geschafft hat. Barnett hat die gleiche Arbeit drüben in Nordamerika gemacht, bevor sie in die Geschäftsleitung berufen wurde.«

Anna hob die Hand. »Moment, ich verliere den Faden. Wer ist das jetzt schon wieder?«

»Andere Aufsichtsrätin, Kanadierin. Eine der wenigen aus diesem Pool von Haien, auf die ich mich jetzt noch verlassen würde. Schon allein, weil sie Angermann genauso wenig ausstehen kann wie ich. Der war von vornherein gegen sie. Das ist typisch für ihn. Er ist ein schmieriger Karrierist. Sieht ziemlich gut aus – nicht ohne Hilfe einer guten Klinik in Florida, nebenbei bemerkt – und ist, das gebe ich zu, hochintelligent und gebildet. Außerdem aus einer Familie mit altem Geld.« Dan sah sie der Reihe nach an. »Denkt an ›Zweiter Weltkrieg‹. Erster. Aus beiden sind sie reicher raus- als reingegangen, und sie haben wirklich einen Haufen Kontakte in der Wirtschaft. Und natürlich in der Politik.«

»Und so was hast du im Aufsichtsrat?«, fragte Flo angewidert.

»An der Stelle hatte ich echt nichts mitzureden – und glaubt mir, wenn's nach mir gegangen wäre, hätte er keinen Fuß in meine Firma gesetzt. Aber so funktioniert das leider nicht. Der Typ hat Verbindungen. Der hat schon als Kind mehr davon gehabt als andere ihr ganzes Leben. Privatschule, in die man nur auf persönliche Empfehlung und mit richtig viel Asche kommt, Jurastudium, Doktortitel an einer US-Eliteuni. Mehrere Firmenleitungen, war einige Jahre in Dubai gewesen und hat dann Aufsichtsratsposten gesammelt wie andere Leute Autos. Der Mann ist die lebende Definition von *White Privilege*, wenn ihr mich fragt.«

Lisa prustete los. Es war ein hartes, zynisches Lachen. »Absolut. Ein mittelalter weißer Milliardär ist wirklich genau der Typ, den ich nach seiner Definition von *White Privilege* fragen würde. Vielen Dank für deine Aufklärung!«

Dan sah sie verwirrt an. »Ich sag's nur, wie es ist. Gegen den Typen sind wir alle unterprivilegiert. Der Witz ist aber: Den richtig großen Wurf hat er nie gemacht. Was er an Bildung und Kontakten vorzuweisen hat, fehlt ihm völlig an Fantasie. Ein Typ wie der ist super dafür geeignet, einen gut laufenden Konzern wie Light Foods am Leben zu erhalten. Aber ein Visionär und Gestalter wird niemals aus ihm werden. Das war mir schon klar, als ich ihn das erste Mal gesehen habe. Der hat einen Stock im Arsch und so viel Vorstellungskraft wie ein Gestalter für Steuerformulare. Dachte ich jedenfalls.«

Er räusperte sich und hob entschuldigend die Schultern. »Ich gebe zu, ich hab ihn wohl unterschätzt. Ihr habt ihn gerade gesehen.« Er deutete auf den noch immer schwarzen Fernseher. »Ich bin mir jetzt hundertprozentig sicher: Angermann will meinen Job. Meine Firma. Er will endlich aus meinem Schatten treten und seinen eigenen Fußabdruck in der Weltgeschichte hinterlassen. Und dafür scheut er ganz offensichtlich nicht mal vor Mord zurück.«

Lisa warf Anna einen Seitenblick zu. »Von sich selbst überzeugt ist der ja mal gar nicht. Die letzten zwei Tage müssen die Hölle gewesen sein.«

Anna verdrehte die Augen. Noch bevor sie allerdings etwas antworten konnte, räusperte sich Alex.

»Er hat recht.«

»Was?«

Alex lehnte sich zu Flo und hielt ihm sein Tablet vor die Nase. Der Punk überflog den Schirm kurz und zog verblüfft die Brauen hoch. »Sieht so aus, ja. Alter!«

Alex holte tief Luft. »Ich hab mir gerade mal diese Laura angesehen. Sie hat tatsächlich Zugriff auf alle Sicherheitsstufen des Konzerns.«

Dan erstarrte. Dann kniff er die Augen zusammen und deutete auf das Tablet. »Du willst uns erzählen, dass du dich gerade eben in mein Firmennetz gehackt hast? Damit?«

»Klar.« Alex blieb einen ganzen Augenblick lang ernst, bevor Flo zu kichern begann. Dann grinste auch er. »War'n Witz. Ich hab mir vor 'ner Weile die entsprechenden Protokolle runtergeladen und ein paar Listen erstellt. Es ist nur eine echt kleine Handvoll Leute, die so viel Zugriffsberechtigungen haben. Aber die steht mit auf der Liste.«

»Runtergeladen«, sagte Dan tonlos.

»Jep. Passt auf, gebt mir vierundzwanzig Stunden, und ich finde heraus, was die in den letzten Tagen getrieben haben und mit wem. Die arbeiten nicht allein. Jeder hinterlässt irgendwo Spuren. Und ich bin sicher, dass ich sie finde.«

Dan schluckte und hakte erneut nach. »Du meinst, du kannst dich in alle Sicherheitsstufen meiner Firma hacken?«

Anna deutete ein Schulterzucken an. »Ich hab doch gesagt, dass er gut ist.«

BÖSER VERDACHT

Anna wachte auf. Sie wusste nicht, weshalb, doch sie war mit einem Schlag hellwach. Sie sah auf die Uhr. Halb vier Uhr morgens, und die Stadt lag noch in tiefem Schlaf. Sie lauschte eine Weile in die Stille des Hauses hinein. Die Heizung gab ein gleichmäßiges Rauschen von sich, und von nebenan aus dem Wohnzimmer tönte Dans leises Schnarchen zu ihr herüber. Aber das war es nicht. Es war kein Geräusch, das sie geweckt hatte, sondern ein Gefühl der inneren Unruhe. Sie spürte, dass etwas nicht in Ordnung war. Nur was? Sie starrte an die nächtliche Zimmerdecke, die vom Licht der Straßenlaternen gedämpft wurde, das durch die Vorhänge drang. Okay, angesichts der Ereignisse der letzten Tage war dieses Gefühl natürlich kein Wunder. Was war schon in Ordnung? *Nichts. Absolut gar nichts.* Sie musterte die Decke. Das einsickernde Licht ließ die normalerweise vermutlich unsichtbaren, winzigen Unebenheiten seltsam deutlich hervortreten. *Aber davon mal abgesehen, dass absolut nichts in Ordnung ist, stimmt noch etwas anderes nicht. Etwas passt nicht zusammen.* Sie betrachtete weiter die Decke. *Wenn man lange genug hinsieht, beginnt man, Dinge zu sehen. Gestalten. Gesichter. Muster. Selbst dort, wo es keine gibt. Das menschliche Gehirn tut so etwas automatisch.* Sie seufzte beinahe lautlos. *Und es hat diese dämliche Angewohnheit, nicht mehr aufzuhören, wenn es einmal ein Muster entdeckt hat. Auch wenn es eine Störung im Muster ist.* An Schlaf war jedenfalls nicht mehr zu denken. Leise stand sie auf und schlich in die Küche. Sie setzte sich an den Küchentisch und nahm das Tablet zur Hand, das Lisa dort liegen gelassen hatte. Eine Weile scrollte sie durch die Nachrichten.

Die Presse zeigte sich immer noch verwundert über das Ausbleiben einer Leiche im Light-Fall. Erste Gerüchte machten die Runde, dass sich »der Popstar der Food-Szene« zusammen mit seiner Geliebten und mehreren Millionen Euro im Handgepäck auf eine Südseeinsel abgesetzt hatte. Auf diversen Portalen wurde dagegen die Theorie diskutiert, nach der die Mafia ihn mit einem Gewicht an den Füßen in der eigenen Bucht in der Müritz versenkt hatte.

Anna legte das Tablet beiseite. Im Kopf ging sie noch einmal die Ereignisse der letzten Tage durch, seit der Anruf aus dem Krankenhaus sie jäh aus ihrem beschaulichen kleinen Leben herausgerissen hatte. Schwimmen lernen im tiefen Wasser nannte man das vermutlich. Entweder man bekam es schnell in den Griff, oder man ging unter und ertrank. Irgendwo im Haus wurde eine Klospülung betätigt. Unten auf der Straße fuhr das erste Auto vorbei. Anna sah auf die Korkwand mit Lisas Fotosammlung. Lisa beim Klettern, Lisa und Peter mit Surfboards unter den Armen am Strand. Eine Postkarte aus Vietnam, ein Foto von tanzenden und trinkenden Menschen, die sich um ein Lagerfeuer versammelt hatten. Das Bild eines ölverschmierten Kormorans, ein Gruppenfoto der Clique auf einem Festival. Sie stand auf, zog vorsichtig die Stecknadel heraus, mit der das Foto an die Wand gepinnt war, und betrachtete es stirnrunzelnd. Nach einer Weile schlich sie zurück in ihr Zimmer, zog sich so leise wie möglich an und verließ die Wohnung.

Die S-Bahnen füllten sich langsam mit Schichtarbeitern und Servicekräften, die übermüdet auf ihre Handys oder Tablets mit Nachrichtenseiten starrten. Hier und da konnte Anna einen Blick auf die Schlagzeile werfen: »Rätsel um Verschwinden des

Betrügermilliardärs«, »Hat er uns alle gelinkt?«, »Was geschah in der Todesvilla?«, »Der Metzger des Todes beißt ins Gras«. Da keiner der Pressevertreter irgendetwas Genaueres wusste, waren der dichterischen Freiheit keine Grenzen gesetzt. Selbst die seriösesten Medien beteiligten sich munter an dem Ratespiel um Dan Lights mysteriöses Verschwinden.

An der nächsten Haltestelle stieg ein freundlicher junger Mann zu, der Anna ein Kärtchen in die Hand drückte, auf dem ein aufgedruckter QR-Code den Weg zum Erlöser wies. Anna ließ das Kärtchen auf ihrem Sitzplatz zurück, als sie ausstieg. Sie hatte bereits die Bekanntschaft mit einem Erlöser gemacht, der sich als eitler Egomane herausgestellt hatte.

Sie wartete einige Minuten vor Peters Wohnhaus ab, bis sie halbwegs sicher war, dass die Luft rein war. An der Treppe im Hauseingang zog sie ihre Schuhe aus und schlich in Socken hinauf bis in den dritten Stock. Die Wohnungstür war von der Polizei versiegelt worden. Anna scherte sich nicht darum und schloss die Tür auf.

Schnell sah sie sich in allen Zimmern um. Die Polizei hatte die Wohnungseinrichtung offenbar noch nicht sehr gründlich in Augenschein genommen. Ein paar Unterlagen schienen verschoben worden zu sein, und die eine oder andere Schublade war geöffnet. Ansonsten war kaum etwas angerührt worden. Anna stellte ihre Schuhe neben der Tür ab und machte sich auf die Suche.

Sie ging strategisch vor und fing mit den offensichtlichen Stellen an. Zuerst die Innenseiten der Lampenschirme, dann die Unterseite von Tischen und Stühlen. Danach tastete sie alle Regalböden ab, und schließlich kroch sie auf allen vieren über den Boden und rüttelte an den Fußleisten herum. Sie suchte über eine Stunde und wollte schon enttäuscht aufgeben, als sie schließlich fündig wurde. Die Wanze war im Rahmen des Fotos von ihrem letzten gemeinsamen Familienurlaub in Italien versteckt gewesen. Sie war so flach und unscheinbar, dass Anna sie beinahe übersehen hätte. Sie hätte nicht gedacht, dass diese Dinger inzwischen schon so winzig sein konnten. Andererseits – was wusste sie schon? Das war kein Spielzeug. Sie dagegen war keine professionelle Spionin. Wenn sie eine finden konnte, dann musste sie davon ausgehen, dass es noch mehr davon gab. Und sie würde sie nie alle finden.

Anna ließ die Wanze, wo sie war, stellte das Familienbild zurück auf den Wohnzimmertisch und holte die Reisetasche mit ihrer frischen Kleidung.

Frau Nowak musste sie bereits bemerkt haben, noch ehe sie den Finger ausstrecken und auf den kleinen runden Klingelknopf neben ihrem vergilbten Namensschild drücken konnte. Sie hörte das erfreute Bellen von Herrn Petracek und im nächsten Augenblick das Schlurfen schwerer Füße. Anna war beeindruckt. Sie hatte nicht erwartet, dass Frau Nowak um diese Tageszeit schon angezogen und frisch frisiert war. Als sie die Tür einen vorsichtigen Spalt öffnete und Anna erblickte, verzog sich ihre mürrische Miene zu einem überraschten Lächeln. Schnell schloss sie die Tür wieder, entfernte die Sicherheitskette und bat Anna herein.

Auf dem Küchentisch stand ein gerahmtes Schwarz-Weiß-Foto, das eine junge, unscheinbare Frau Nowak zeigte, die sich bei einem ebenso unscheinbaren jungen Mann untergehakt hatte. Beide blickten ernst, aber nicht unglücklich in die Kamera. Neben dem Foto lag die Bildzeitung mit Dans grinsender Visage und einem verpixelten Foto von Anna darauf.

»Herr Petracek und ich waren sehr traurig, als wir das da gelesen haben«, sagte Frau Nowak. »Darf ich fragen, was passiert ist?«

»Das ist eine lange Geschichte«, sagte Anna, während sie ihrem aufgeregt hechelnden Dackel den Kopf streichelte. »Ich möchte Sie da auch nicht weiter hineinziehen.«

»Wenn mich mein Leben eines gelehrt hat, dann, dass man sich nicht in irgendwelche Dinge hineinziehen lassen sollte«, sagte Frau Nowak und zog nachdenklich die Stirn in Falten.

Anna spürte, dass in ihr Erinnerungen wach wurden, die lange verschüttet gewesen waren.

»Man muss aber auch Menschen helfen, wenn sie in Not sind. Also machen Sie sich keine Sorgen, Frau Heigen, ich werde keiner Menschenseele verraten, dass Sie hier waren.«

»Ich habe nur eine Frage«, sagte Anna und zog das Foto von Lisas Pinnwand aus ihrer Tasche. »Sie hatten mir erzählt, dass hin und wieder ein fremder Mann in Peters Wohnung gewesen ist. Ich habe das zuerst nicht beachtet, aber jetzt muss ich es unbedingt wissen: Erkennen Sie den Mann auf diesem Foto hier wieder?«

Frau Nowak nahm das Foto entgegen und studierte es eine Weile sehr aufmerksam. Dann legte sie es auf die Tischplatte, stand auf und holte ihre Lesebrille aus dem Wohnzimmer. Sie setzte die Brille auf die Nase und nahm das Foto wieder zur Hand. »Hm.« Sie tippte auf eines der Gesichter. »Das ist er.«

»Sind Sie sicher?«

»Natürlich bin ich sicher.« Frau Nowak schielte Anna über den Rand ihrer Brille vorwurfsvoll an. »Ich habe vielleicht nicht mehr die besten Augen, aber ich kann mir Gesichter gut merken. Das ist er, ganz ohne Zweifel.«

Anna nickte und steckte das Foto zurück in ihre Tasche. »Vielen Dank, Frau Nowak. Sie haben mir wirklich sehr geholfen.«

Gegen halb zehn war sie bereits wieder zurück in Lisas Wohnung. Unterwegs hatte sie noch schnell bei einem Bäcker haltgemacht und frische Croissants zum Frühstück besorgt. Die Vorwürfe der anderen über ihr leichtsinniges Verhalten ignorierte sie geflissentlich.

»Als ob mich jemand erkennen würde, wenn ich ohne den berühmten Dan Light unterwegs bin.«

Um elf Uhr saßen sie alle zusammen im Wohnzimmer um Alex' Laptop herum. Sie waren nun sicher, dass sie Philip Angermann endlich auf die Schliche gekommen waren. Alex war es gelungen, sich erneut in das Firmennetzwerk von Light Foods einzuhacken und ihren Verdacht zu bestätigen. Der Aufsichtsratsvorsitzende des Konzerns hatte nicht nur ein Motiv, sondern darüber hinaus auch noch jede Menge Dreck am Stecken. Es war kein Wunder, dass er versucht hatte, Dan aus dem Weg zu schaffen. Nachdem er ihm alle Schuld für den Skandal um Light Foods in die Schuhe geschoben hatte, musste er ihn nur noch verschwinden lassen, um sämtliche Spuren zu verwischen.

»Sieht so aus, als hätten wir das Arschloch endlich festgenagelt«, sagte Alex und ballte die Hand zur Faust.

»Die Idee mit dem Festnageln gefällt mir«, sagte Dan grimmig. »Vielleicht können wir das wörtlich nehmen?«

»Bisschen drastisch. Aber ich denke, es wird höchste Zeit, ihn auffliegen zu lassen. Ihn und seine Leute«, sagte Anna mit einem Knoten im Bauch.

In einem geeigneten Augenblick nahm sie Lisa zur Seite. »Gehen wir kurz raus«, murmelte sie und deutete auf die Wohnungstür. Draußen auf der Straße warf sie einen misstrauischen Blick in die Runde. Sie liefen ein Stück die Straße hinunter und bogen um die nächste Hausecke, ehe Anna stehen blieb. Lisa sah sie mit gerunzelter Stirn an, sagte aber kein Wort.

Anna erzählte ihr, was sie in Peters Wohnung gefunden und was sie von Frau Nowak erfahren hatte. Lisa schwieg und ließ sie ausreden, doch mit jedem Satz verdunkelte sich ihre Miene mehr. »Und das ist sicher?«, fragte sie leise, als Anna schließlich fertig war.

»So sicher es geht. Nicht dass ich es gut finde. Ich meine – ich bin für alternative Erklärungen offen.«

Lisa starrte vor sich hin und drehte gedankenverloren einen ihrer Zöpfe zwischen den Fingern. Dann schüttelte sie kaum merklich den Kopf. »Ich hab keine. Und das ist richtig kacke, weißt du das?«

»Hmhm.«

Schweigend holte Anna ihre Zigaretten aus der Tasche und zündete sich eine an. Sie inhalierte den Rauch tief und starrte der kleinen Wolke nach, die sie in die kalte Luft aufsteigen ließ. »Und jetzt?«, fragte sie irgendwann.

»Ich habe drüber nachgedacht. Keine Ahnung, ob die Idee gut ist. Sag du's mir.« Anna erzählte ihr von ihrem Plan, und Lisa ließ sich die Sache durch den Kopf gehen.

»Bist du sicher, dass du das tun willst?«

»Überhaupt nicht. Aber haben wir eine Wahl?«

Lisa sah nachdenklich die Straße hinunter. »Okay«, sagte sie schließlich und schnippte den Rest ihrer Zigarette auf die Straße. Fünf Minuten später waren sie wieder in der Wohnung.

ZWANZIG

Anna ließ Lisas VW-Bus mit abgeblendeten Lichtern auf das Nebeneingangstor zurollen. Die Lampen des Perimeterzauns waren hier gedämpft und nur ein Drittel von ihnen eingeschaltet, sodass eine Kette von Lichtinseln in der Nacht entstanden war.

Dan war sich ziemlich sicher, dass das nicht so aussehen sollte. Licht sparen ergab auf einer Light-Foods-Anlage keinen Sinn. Wenn sie etwas hatten, dann genug Strom. Apropos. »Halt hier vorn an. Du willst nicht gegen den Zaun kommen. Nicht nur Kameras an jedem Lichtmast, der Zaun selbst steht auch unter Strom.«

»Sehr weltoffen und menschenfreundlich«, murmelte Anna und verlangsamte das Fahrzeug.

»Man weiß nie, wann irgendwelche Leute kommen wollen, um irgendwas zu sabotieren, oder?« Dan fuhr sich nervös durch die Haare. Eine Nachricht tauchte auf seinem Mobile auf. »Zwei Minuten.«

Anna nickte, ohne zu antworten, und stellte das Fahrzeug und die Lichter aus. Dann wischte sie sich die Hände an der Hose ab. »Und du bist ganz sicher, dass wir nicht einfach verhaftet werden?«

»Keineswegs.«

Keineswegs sicher, dachte Dan, sagte es jedoch nicht laut. Die zwei Minuten verstrichen quälend langsam, und Dan ertappte sich dabei, wie er wieder und wieder auf das Display und den

Messenger starrte. *Alles in Position,* stand dort, *komme euch holen. Allein. 2 Minuten. C.* Nervös zog er an der etwas zu engen, geliehenen Lederjacke herum, fuhr sich erneut durch die Haare und schielte auf das Display. Die Nachricht veränderte sich nicht. Dann tauchten Lichter zwischen den Gewächshäusern auf der anderen Seite des Zauns auf. Ein Elektro-Geländewagen näherte sich in gespenstischer Lautlosigkeit. Dan hielt unwillkürlich den Atem an, bis das Auto zum Stehen gekommen war. Die Scheinwerfer des Fahrzeugs blinkten auf, bevor es neben einem Umspannhäuschen zum Halten kam.

»Dann mal los.« Anna erwiderte das Signal, woraufhin drüben jemand ausstieg und zu dem kleinen Schaltkasten ging, der innerhalb des Zauns in der Nähe des Tors stand.

»Das ist Carl«, bestätigte Dan nach einem langen Augenblick. »Du hast ihn schon mal gesehen.«

Anna sah mit gerunzelter Stirn geradeaus. »Nur sehr flüchtig«, sagte sie leise, und die Anspannung ließ ihre Stimme brüchig klingen. Sie räusperte sich. »Das ist dein Assistent? Du vertraust dem Typen?«

»Vollkommen.«

»Hm.« Sie ließ den Motor anlaufen, und der alte Bus rollte langsam auf das Tor zu, das jetzt zur Seite zu gleiten begann.

Carl winkte sie in den Schatten des Häuschens neben seinem Wagen, und Dan ließ die Scheibe herunter. Sein Assistent musterte ihren fahrbaren Untersatz kritisch. »Es wundert mich, dass ihr es damit bis hierher geschafft habt.«

»Diese alten Busse sind robuster, als sie aussehen«, antwortete Anna knapp.

»Und diese Straße ist für eine Servicezufahrt bemerkenswert gut ausgebaut. Für so was schmeißen wir Geld raus?« Dan zuckte mit den Schultern. »Der Bus ist praktisch. Unauffällig.«

Carl zog eine Braue hoch. »Ich weiß nicht. Würde ich nach Ökoterroristen suchen, würde mir genau so was hier einfallen.

Aber dein neuer Look passt dazu.« Amüsiert musterte er die mit Pins und Aufnähern verzierte Jacke über Dans ebenfalls geliehenem Rage-Against-The-Machine-T-Shirt und gab ihm dann die Hand. »Jedenfalls – mit dem Ding kommen wir auf keinen Fall durch die innere Sicherheit. Dort stehen im Moment auch noch Polizisten, zumindest, solange die Untersuchungen laufen. Parkt den Schrotthaufen neben meinem. Wir lassen ihn hier stehen und nehmen von hier aus den dort.« Er deutete auf den Firmenwagen.

»Und das erregt keine Aufmerksamkeit, wenn Sie mitten in der Nacht einen Ausflug damit machen?«

Carl sah Anna von der Seite an. »Ich bin Sicherheitschef. Wenn ich über das Gelände fahre, um nachzusehen, warum Lichter und Sicherheitskameras hier hinten spinnen, ist das nur mein Job. Steigt ins Auto. Ich komme gleich.« Er wandte sich um und betätigte erneut das Bedienfeld des Tors.

Anna ließ den Bus neben den Geländewagen rollen und öffnete die Seitentür, um ihre Ausrüstung zu holen. Während Dan auf den Rücksitz des Geländewagens kletterte, holte sie eine große Tasche aus dem Bus und verstaute sie im Heck des Firmenwagens.

»Er ist dein persönlicher Assistent und Chef der Sicherheit?«, fragte sie leise, als sie sich neben ihn setzte. »Ist das nicht ein wenig viel Verantwortung?«

»Genau genommen ist er der Chef des Sicherheitschefs. Eine Formalität aus der Anfangszeit der Firma. Ich war schon immer ein wenig paranoid.« Er sah durch das getönte Fenster nach draußen, wo Carl jetzt im Umspannhäuschen herumhantierte. Die fehlenden Lichter gingen wieder an. »Anscheinend immer noch nicht paranoid genug«, murmelte er.

Carl kehrte zurück, kletterte auf den Fahrersitz und warf seine Schlüsselkarte aufs Armaturenbrett. »Bleibt im Schatten. Die Sicherheitskameras sind jetzt wieder aktiv. Und wenn wir ans

Werk kommen – hinter euch liegen Decken. Macht euch da drunter klein.«

»Das ist so sehr Agentenfilmklischee, das funktioniert nie.«

Carl sah Anna im Rückspiegel an und lächelte schmal. »Gerade deshalb funktioniert es. Weil das jeder denkt und als Unsinn ausschließt.« Er ließ den Wagen an und rollte durch die nachtdunklen, endlosen Reihen der Solarfelder, vorbei an den Fronten der Gewächshäuser, die zu dieser Zeit verlassen und ein wenig apokalyptisch wirkten. Nur das schwache Glühen der violetten Pflanzlampen im Nachtbetrieb und hier und dort das Glimmen einer Kontrolllampe gaben einen Hinweis auf die reibungslose Funktionalität der Hightech-Anlagen. Dan musste daran zurückdenken, wie sie vor fast fünfzehn Jahren die erste geschlossene Solarfarm nach diesem Prinzip in Betrieb genommen hatten; ein durchschlagender Erfolg, der den Ausstoß moderner niederländischer Glashäuser schon im ersten Jahr in den Schatten gestellt hatte. Zwölf Monate im Jahr konstante Ernten, energieautark. Ein Meilenstein auf dem Weg zu rentablem InVi-Fleisch. Seitdem war viel passiert. Ein idiotensicheres Erfolgskonzept.

In der Ferne kamen jetzt die Lichter der Hauptanlage in Sicht.

Bis ihm jemand bewiesen hatte, dass nie irgendetwas wirklich sicher vor Idioten war.

»Noch vier Minuten bis zum Auftritt«, sagte Carl über die Schulter.

Dan nickte. »Also gut. Stichpunkte. Frag mich ab.«

Carl nickte. »Welche Bühne?«

»Lieferrampe 12, 2. Untergeschoss der Anlage C.«

»Warum?«

»Beste Ausleuchtung, vollständige Abdeckung durch vier Sicherheitskameras, Zugang zur Liftanlage, Nummer hab ich vergessen, und zu einem Treppenhaus«, antwortete Dan, wobei er auf sein Mobile schielte.

Carl vorn nickte erneut. »Liftanlage 5«, ergänzte er. »Bonus, den ich dir noch gar nicht sagen konnte: In diesem Lieferbereich gingen Lieferungen aus Kühlwagen ein, und wir haben mindestens vier Aufnahmen, auf denen genau dort Fahrzeuge stehen, die wir klar und zweifelsfrei zuordnen können.«

»Und das hilft uns wie?«

»Ich schieb dir die Bilder aufs Mobile. Du kannst sie verwenden, wie du willst. Weiter: Wen treffen wir?«

»Angermann, das verlogene Arschloch.«

Carl schnaubte. »Faktisch korrekt, aber vielleicht nicht der beste Einstieg. Situation?«

Dan konsultierte erneut sein Mobile: »Angermann lässt sich zum Helipad bringen. Er wird eine Assistentin und einen Personenschützer dabeihaben. – Warum eigentlich dort und nicht vor dem Haupteingang?«

»Ich habe ihm klargemacht, dass der Haupteingang mit einer einigermaßen guten Kamera von der Straße – und damit von der Presse – einsehbar ist. Von Drohnen ganz zu schweigen. Er will genauso wenig unabgesprochene Presse wie du.«

»Das ergibt Sinn. Ist viel Presse draußen?«

Carl zuckte erneut mit den Schultern. »Ein halbes Dutzend wartet immer noch da draußen, dass etwas Interessantes passiert. Was weiß ich – dass jemand aus dem Fenster springt oder die Anlage in die Luft fliegt. Im Moment sind alle Erwartungen offen. Weiter: Was wollen wir?«

»Ein Geständnis der Manipulation der Produktionskette. Und idealerweise eine Aussage, die mich vom Verdacht freispricht. Und wenn wir Glück haben: dass er danach von der Laderampe fällt und sich das Genick bricht.«

»Versuch einfach weniger emotional zu sein, okay? Und denk dran – der erste Punkt ist der wichtigste. Damit können wir arbeiten.«

Dan schnaufte, raufte sich die Haare und lockerte seine Nackenmuskulatur. Aus irgendeinem Grund war er vollkommen verkrampft. »Okay. Ich versuch's. Was ist mit der Konzernsicherheit? Die haben mich immerhin verfolgt.«

Carl sah in den Rückspiegel und schüttelte den Kopf. »Ich weiß noch immer nicht genau, wer dich verfolgt hat, aber es war niemand von meinen Leuten. Ich kann nicht genau sagen, ob sich nicht jemand anders in meine Befehlskette gemischt hat, aber ich habe das im Griff.«

»Tatsache?« Dan runzelte die Stirn. »Das sah aber anders aus.«

Der Bodyguard nickte. »Sorry, Dan. Irgendjemand hat vermutlich ein paar der Hilfstruppen unbefugt darauf angesetzt, dich zu überwachen. Das geht auf meine Kappe. Nach meinem derzeitigen Kenntnisstand ging es wahrscheinlich trotzdem nur um deinen Schutz. Aber mach dir keinen Kopf – heute bin ich ja dabei, und ich habe zwei handverlesene Männer in Rufweite. Meine besten Leute. Angermann hat zwar mit Sicherheit seinen eigenen Personenschützer dabei, aber im Zweifelsfall haben wir den im Griff.«

Das Auto rollte jetzt auf das eigentliche Werksgelände und das innere Sicherheitstor zu. Im Schein der Flutlichtscheinwerfer traten zwei Männer aus dem kleinen Wachhaus.

»Noch eins: Es ist möglich, dass Angermann nicht allein kommt. Kann sein, dass er sich den Helikopter mit irgendwem aus dem Aufsichtsrat teilt. Aber auch das sollte kein Problem sein. Mehr Zeugen sind gut für dich, oder?«

Dan wechselte einen Blick mit Anna, die mit zusammengepressten Lippen neben ihm saß. »Wir stehen das durch«, sagte er leise.

»Das ist die richtige Einstellung«, antwortete Carl an ihrer Stelle. »So, unter die Decke. Und bleibt dort, bis ich euch Bescheid sage.«

Dan kauerte sich im Fußraum hinter Carls Sitz zusammen und zog die Decke über Anna und sich. Einen Augenblick später spürte er, wie der Wagen langsamer wurde, und gleich darauf hörte er, wie die Seitenscheibe surrend nach unten glitt.

»Und?«, erkundigte sich jemand von draußen.

»Keine Zeichen für unbefugtes Eindringen. Der Sicherheitszaun war nicht betroffen. Es war nur ein Stromkreis für die Lampen ausgefallen. Sicherung durchgebrannt.« Carl klang vollkommen entspannt, vielleicht sogar etwas müde. Dan war nicht bewusst gewesen, wie viel schauspielerisches Talent sein Assistent hatte.

»Wie kann das passieren?«, fragte eine andere Stimme, etwas argwöhnischer. Vermutlich der Polizist.

»Kommt ständig vor«, sagte Carl gleichmütig. »Hat irgendwas mit den dauernden Stromschwankungen durch die Solaranlagen zu tun. Das halten die Sicherungen nie lange durch.«

»Drei- bis viermal die Woche«, bestätigte die andere Stimme von draußen. »Ich hätte gern als Gehalt, was die hier für Sicherungen ausgeben müssen.«

Die drei Männer teilten ein kurzes Lachen unterbezahlter Angestellter, dann schien Carl durchgewinkt zu werden, denn der Wagen setzte sich wieder in Bewegung. Carl musste das Fenster offen gelassen haben, denn kurz darauf hörte Dan auch unter der Decke, wie sich die Geräuschkulisse änderte, als das Fahrzeug in die firmeneigene Tiefgarage einbog. Eine Schranke öffnete sich mit einem hörbaren Surren, dann fuhr der Wagen nach unten in die gigantische Ladetiefgarage, die nicht nur einigen Hundert Pkw, sondern auch einer ganzen Flotte Lieferlastwagen Platz bot. Mehr Kurven.

»Ich parke einige Meter vom Lift entfernt auf der anderen Seite«, sagte Carl. »Wir sollten ihm Zeit genug geben, vom Lift wegzukommen, damit er nicht den Rückzug antreten kann.« Er hielt das Auto an. »Ihr könnt rauskommen. Aber bleibt im Schatten. Jemand von meinen Leuten sitzt zwar im Überwachungsraum, aber ich kann nicht garantieren, dass da nicht noch jemand ist, der Alarm gibt, falls ihr zu früh auftaucht.«

Dan schob die Decke zurück. Carl hatte wie besprochen im

Verladebereich geparkt. Hier am rückwärtigen Ende waren einige Pkw-Haltebuchten eingerichtet, die hauptsächlich für Kleinanlieferungen gedacht waren. Heute standen hier unten nur vereinzelte Lkw und nur ein oder zwei weitere Autos, alle mit Firmenaufdrucken der Light-Foods-Flotte. Normalerweise herrschte hier unten zu jeder Tages- und Nachtzeit geschäftige Betriebsamkeit, doch jetzt, da die Produktion der Anlagen und die Auslieferung aller Produkte gestoppt war und Polizei, Spurensicherung und Gesundheitsamt durch jede Ecke des quadratkilometergroßen Areals schnüffelten, gab es nur eine Rumpfbelegung, und die riesigen Hallen und Parkdecks waren verwaist. Anna stützte sich auf die Lehne des Beifahrersitzes und musterte nachdenklich die leere Halle. »Warum sollte sich dieser Angermann darauf einlassen, hier auf der Verladeebene aus dem Lift zu steigen?«

»Warum nicht?«, fragte Dans Assistent, ohne sich umzusehen. »Die Security hat ihm mitgeteilt, dass die Polizei das übliche Parkdeck abgesperrt hat und irgendwelche Spuren sichert. Also wartet das Fahrzeug, das ihn zum Helipad bringt, hier.« Er klopfte zur Bestätigung auf das Lenkrad des Fahrzeugs. »Für ihn ist es nur ein anderes Stockwerk, und wir können sichergehen, dass keine Polizei dazwischenfunkt. Glauben Sie mir – der Aufsichtsrat hat wirklich andere Probleme, als sich Gedanken über Parkdecks zu machen.« Jetzt sah er in den Rückspiegel, und Dan hatte das Gefühl, als würde Carl Anna bewusst fest in die Augen sehen. »Vertrauen Sie mir: Es läuft wirklich alles nach Plan. Soweit das unter diesen Voraussetzungen möglich ist.«

Anna starrte ebenfalls in den Spiegel, dann seufzte sie, wischte sich mit der Hand übers Gesicht und ließ sich zurücksinken. »Ich bin einfach nur nervös«, murmelte sie. Carl nickte. »Wer wäre das an Ihrer Stelle nicht. Sind Ihre Geräte bereit?«

Anna öffnete die Tasche mit der Kamera, überprüfte erneut den Ladestand des Akkus und schaltete testweise das Richtmikrofon ein. Es war ein schlankes, erstaunlich kompaktes Gerät aus Micas Bestand, das allerdings normalerweise für Sport- und Naturaufnahmen genutzt wurde und glasklaren Ton lieferte, wie ihr Mica versichert hatte. Alex hatte es mit Annas Mobile verbunden. Es würde nicht nur aufzeichnen, sondern jede Aufnahme zeitgleich mit denen der Kamera auf Alex' Cloudserver hochladen. Was auch immer passierte – sie würden ihre Aufnahmen bekommen. Anna starrte auf ihr Mobile, bevor sie trocken schluckte und nickte. »Alles betriebsbereit.«

Dan warf einen Blick auf die Uhr auf dem Armaturenbrett. »Wie lange wird das dauern?«

Sein Assistent setzte eine Datenbrille auf und tippte einige Male gegen den Rahmen. »Ah«, machte er dann. »Nicht lange. Aber meine Vermutung war richtig: Angermann kommt nicht allein.«

Dan sah alarmiert auf. »Das heißt?«

»Frau Barnett hat sich ihm angeschlossen.«

»Barnett?« Ein Gefühl der Erleichterung durchlief Dan. »Das ist vermutlich das Beste, was uns passieren kann. Frau Barnett sitzt ebenfalls im Aufsichtsrat«, fügte er in Annas Richtung hinzu. »Kanadierin, Risikoanalystin mit Doktorgrad und früher in der Geschäftsleitung beim größten Importeur für unsere Produkte nach Nordamerika. Sie ist genauso tough wie Angermann – aber im Gegensatz zu ihm hat sie keinen Stock im Arsch.«

»Schon«, warf Carl ein. »Aber sie reist mit drei eigenen Personenschützern. Seit dem Presserummel und dann dem Anschlag auf dich ist sie extrem nervös.«

»Sieht ihr gar nicht ähnlich.«

»Sie geht kein Risiko ein«, sagte Carl trocken, und Dan schnaubte unwillkürlich.

Anna teilte seine Belustigung nicht. »Sind diese Leute ein Problem?«

Carl neigte nachdenklich den Kopf. Vermutlich betrachtete er irgendetwas in der Datenbrille. »Ich weiß es nicht«, gab er zu. »Mit zweien davon habe ich noch nicht gearbeitet.« Er sah auf. »An sich kein Thema, wenn sie alle notwendigen Checks durchlaufen haben, um hier arbeiten zu dürfen, sind sie sauber, aber ...« er zögerte. Dann gab er sich einen Ruck, beugte sich vor, öffnete das Handschuhfach und nahm eine Pistole heraus. »Pass auf, Dan. Ich bin mir sicher, dass wir keine Probleme haben werden, aber ich muss sichergehen. Nimm das hier. Nur für den Fall.«

Dan runzelte die Stirn. »Welchen Fall?«

»Egal, welchen.« Carl hielt ihm die Waffe nach hinten. »Selbstschutz. Schauspiel. Was auch immer. Dan, wir brauchen dieses Geständnis.« Er sah Dan in die Augen. »Und du hast nur diesen einen Versuch. Versuch nur, niemanden zu erschießen, in Ordnung?« Er grinste schief. »Im Ernst, nur für den Notfall.«

»Rührend von dir, aber ich bin schon ausgerüstet.« Dan schob die Jacke beiseite und ließ kurz die Pistole sehen, die er an seinem Gürtel trug.

Carl runzelte die Stirn. »Deine?«

»Meine Ersatzwaffe. Lag noch im Safe im Haus an der Müritz.«

Der Assistent nickte langsam. »Okay. Also auf dich zugelassen. Das ist gut. In Ordnung. Du bist der Boss. Aber geh bitte kein Risiko ein.« Er zog die andere Pistole zurück und steckte sie zurück ins Handschuhfach.

»Es ist dein Job, dass es keines wird«, sagte Dan leise.

»Dann versuch ...« Carl unterbrach sich, als über dem Lift weiter vorn ein Licht aufleuchtete und gleich darauf die Türen auseinanderglitten. Zwei Männer traten aus dem Lift, einer in einem unscheinbaren hellgrauen Anzug, der andere in Jeans und schwarzem Hemd. Beide sahen sich in der Ladehalle um und nickten dann, beinahe synchron. »In Ordnung, es geht los.« Carl drehte sich nach vorn, tippte an die Datenbrille und richtete dann sein Jackett. Fast im selben Augenblick tauchten zwei andere Männer in den Uniformen der Konzernsicherheit auf der anderen Seite der Laderampe auf. Einer der beiden hob grüßend die Hand und rief etwas, das Dan nicht verstand. Der Hemdträger nickte, hob ebenfalls die Hand und winkte dann in den Lift hinein, während einer der Securityleute mit dem Daumen auf Carls Geländewagen deutete. Carl betätigte die Lichthupe.

»Wartet unbedingt, bis ich euch das Okay gebe.« Er deutete mit dem Kopf zur Decke. »Angermann muss vom Lift weg sein und in der Ladezone stehen, damit alle Kameras freie Sicht haben. Außerdem haben die am Aufzug keine Mikros. Datenschutzgründe.«

Dan tastete nach dem Türgriff und schluckte. Sein Hals war plötzlich erschreckend trocken. Er warf einen Blick zu Anna, die ihre Augen jedoch starr auf den Lift gerichtet hielt. Ihre Hände waren fest genug um ihr Equipment verkrampft, um die Sehnen auf ihren Handrücken hervortreten zu lassen.

»Vergesst nicht. Erst wenn ich euch das Okay gebe«, sagte Carl.

In der Lifttür tauchte jetzt Angermanns Assistentin auf und ein weiterer, hochgewachsener Kerl, den Dan einen Moment lang für ein Model gehalten hätte, bevor er sah, wie auch der mit dem wachsamen Blick eines Personenschützers die Halle absuchte. Das Model trat einen Schritt beiseite und machte damit Barnett und Angermann Platz.

»Die sind tatsächlich nervös, oder?«, murmelte Dan und räusperte sich, als ihm bewusst wurde, wie rau seine Stimme klang. »Womit rechnen die hier unten?«

»Frag mich was Leichteres«, raunte Carl zurück. Ich denke, die hatten einen echt miesen Tag, mit dem Aktienabsturz, der Polizei im Haus, den Anschlägen auf die Filialen und allem.«

»*Die* hatten einen miesen Tag?« Anna schnaubte.

»Alles eine Frage der Perspektive.« Carl öffnete betont langsam die Tür, stieg aus und hob grüßend die Hand. Dan konnte sehen, wie Angermann für einen kurzen Moment stockte, dann jedoch weiterging, als Carl neben die hintere Tür trat und dienstbeflissen nach dem Türgriff fasste.

»Bereit?« Dan sah Anna an, die verkniffen nickte.

Sie schaltete die Kamera und das Mikrofon ein. »Kann losgehen.«

Angermann, Barnett und ihre Entourage waren inzwischen beinahe bei ihnen eingetroffen, als Carl die Hand hob: »Guten Abend, Herr Angermann. Einen kleinen Moment, bitte.«

Der Aufsichtsratsvorsitzende betrachtete Carl befremdet. »Sie sind immer noch hier, Dubois? Ich dachte, man hätte Sie suspendiert, sie sind doch Lichters persönlicher Assistent, oder?«

»Mein Hauptarbeitsfeld ist derzeit die Sicherheit dieser Anlage«, gab Carl ungerührt zurück. »Und in dieser Eigenschaft haben wir noch einige Fragen, bevor Sie das Areal verlassen.«

Angermann musterte den deutlich kleineren Mann zunehmend irritiert. »Muss das denn jetzt sein? Mein Flug wartet.«

Carl neigte leicht den Kopf. »Ich fürchte, das ist nötig.«

»Können wir das vielleicht auf dem Weg erledigen?«

»Das ist leider nicht möglich, Herr Angermann. Frau Barnett, wenn ich Sie und Ihre Begleiter bitten dürfte, für einen Moment beiseitezutreten?« Auf einen Wink hin flankierten die Sicherheitsleute die kleine Gruppe. Ihre Haltung machte klar, dass sie Angermanns Personenschützer genau im Blick hatten. »Wie gesagt, es handelt sich um eine Formalität im Sinne der Konzernsicherheit. Ich mache hier nur meinen Job. Herr Enders?« Er nickte Angermanns Personenschützer zu, der nach einem Seitenblick auf Angermann seinerseits widerstrebend nickte. Selbst durch die getönten Scheiben des Geländewagens konnte es Dan im Gesicht des Aufsichtsrats zucken sehen.

»Worum geht es hier überhaupt? Was soll das Ganze?«

»Diese Frage stellen Sie doch bitte jemand anderem.« Damit öffnete Carl die Tür und trat beiseite.

Dan rutschte vom Rücksitz und aus dem Auto, genauestens

darauf bedacht, dass jeder seine Hände sehen konnte. Er nickte zuerst Carl und dann Barnett zu, die ihn mit versteinerter Miene anstarrte, bevor sie lediglich zwei Finger hob. Die Anspannung ihrer eigenen Bodyguards wich nicht, doch keiner machte Anstalten, sich zu rühren. Dan atmete innerlich auf – und versuchte gleichzeitig, sich genau das nicht anmerken zu lassen. Stattdessen wandte er seinen Blick Angermann zu und schaltete sein Lächeln ein.

»Dan ... Daniel?«, sprudelte Angermann alarmiert hervor. »Was zum Teufel ist hier los?«

»Hallo, Philip. Ich freue mich auch, dass ich noch am Leben bin«, stellte Dan fröhlich fest. Oder hoffte zumindest, dass er so ähnlich klang.

Barnetts Augen verengten sich. »Das ist tatsächlich eine interessante Entwicklung«, stellte sie fest und trat einen weiteren Schritt zurück.

»Hallo, Kate. Entschuldigen Sie die Störung.« Dan nickte ihr zu, ohne Angermann aus den Augen zu lassen. »Carl hat es ja schon angedeutet: Ich habe einige kurze Fragen, die die Konzernsicherheit betreffen. Das dürfte ja auch im Sinne des Aufsichtsrats sein. Und damit meine ich gar nicht die Frage, wer von deinen Leuten mein Haus ... oder vielmehr das neue Haus meiner Ex-Frau gesprengt hat.«

»Was?« Angermann starrte ihn entgeistert an, und Dan zuckte mit den Schultern.

»Ist mir schon klar, dass du vermutlich gar nicht weißt, wen man dafür geschickt hat. Dafür hat man schließlich Leute, die sich um Details kümmern, nicht wahr, Laura?« Angermanns Assistentin, die seine Laptoptasche vor ihre Brust gedrückt hielt, starrte ihn mit offenem Mund an.

Erst jetzt blinzelte Angermann das erste Mal. Er sah ehrlich erschüttert aus. »Du bist ... ich dachte, du bist tot! Die Polizei ... man sagte mir, dass du tot bist!«

»Da hat sich aber auch wirklich jemand alle Mühe gegeben.« Dan nickte. »Aber wie du selbst gern sagst: Mühe geben allein reicht nicht.«

»Aber ...«

»Aber darum geht es, wie gesagt, nicht, Philip«, unterbrach ihn Dan schneidend und ließ das Lächeln fallen. »Ich will wissen, warum du das Ganze eingefädelt hast.«

»Was eingefädelt?« Für einen Moment schien Angermann komplett verwirrt zu sein, doch er erholte sich schnell, straffte die Schultern und bedachte Dan mit seinem üblichen herablassenden Blick. »Ich freue mich, dass du wider allen Gerüchten doch noch unter den Lebenden bist, Daniel. Auch wenn du mir ein wenig mitgenommen wirkst.« Er deutete nachlässig auf die versorgte Platzwunde an Dans Stirn. »Du bist sicher, dass es dir gut geht? Denn ich verstehe wirklich nicht, worauf du hinauswillst.«

»Spar's dir, Philip. Wir wissen beide, wovon ich rede. Von der Verseuchung unserer Produkte mit TASE. Beziehungsweise der Verschleierung, dass unsere Produkte schuld an Tausenden TASE-Ausbrüchen weltweit sind!«

Angermann sah ihn mit spöttischem Befremden an. »Soweit ich mich erinnere, warst du es, der beim Händedruck mit der Terroristin gefilmt wurde, die das kontaminierte Material bei uns eingeschleust hat. Was willst du hier gerade konstruieren?«

Dan rollte mit den Augen und sah zu Barnett. »Das war eine konstruierte Falle«, sagte er nachdrücklich. »In diesem Lift stand nicht nur ich, sondern auch der Aufsichtsrat, einschließlich ihm. Und das weiß er.«

Barnett sah ihn mit hochgezogenen Brauen an. »Ich war an diesem Tag nicht da, Dan. Und das Video, das ich gesehen habe, zeigt etwas anderes«.

»Aber er weiß es.« Dan deutete auf Angermann. »Jemand hat die Kamera manipuliert. Vor allem aber: Wir alle wissen, dass die Epidemie schon davor anfing. Die ersten Berichte gingen schon mehr als einen Monat vorher durch die Presse. Es ist einfach Unsinn, dass das darauf zurückgeht.« Er wandte sich wieder Angermann zu. »Aber was nachprüfbar ist: Ihr habt schon vor drei Wochen erste Labortests angeordnet. Die entsprechenden Memos tragen die Signaturen deines Büros, Philip.«

»So, jetzt ist es langsam gut. Carl, Sie sind doch Sicherheitschef. Würden Sie Herrn Lichter nach oben zur Polizei begleiten? Wenn er weiter wirre Anschuldigungen machen möchte, kann er das gern dort tun. Ich denke, die Beamten werden sich sehr für alles interessieren, was er so zu sagen hat.«

»Was wir außerdem gefunden haben, ist das kleine Detail, dass es seit Monaten tägliche Anlieferungen von firmenfremden Kühltransportern genau in dieser Ladezone gegeben hat«, fiel Dan seinem Gegenüber ins Wort. Er hob sein Mobile und hielt es so, dass es neben Angermann auch Barnett und der Rest der Männer sehen konnte. Mit dem Daumen blätterte er die Bilder durch, die ihm Carl von den Sicherheitskameras gegeben hatte.

Angermann und Barnett sahen ihn fragend an. »Ich schätze, wir bekommen einen Haufen täglicher Lieferungen«, sagte Angermann abfällig.

»Und genau das ist nicht korrekt«, widersprach Dan triumphierend. »Und du weißt das. Es gehört zu den Kernmerkmalen unserer Marketingaussagen: Wir stellen so gut wie alles selbst her!«

»Aber wir beauftragen immer wieder externe Speditionen, wenn unsere Lieferfahrzeuge nicht ausreichen«, warf Angermanns Assistentin ein. Sie klang ein wenig trotzig. »Die Nachfrage nach unseren Produkten ist enorm gestiegen. Wir arbeiten seit Monaten an den Grenzen unserer Kapazitäten!«

Dan wandte sich ihr zu und grinste triumphierend. »Genau das! Ich habe die Zahlen überprüft. Es ist nicht auf den ersten oder auch zweiten Blick zu erkennen, weil sich jemand – bzw.

sein Team – eine Menge Mühe gegeben hat, das zu verstecken, aber: Wir arbeiten so sehr an den Grenzen unserer Kapazitäten, dass ich mich ernstlich gefragt habe, wie wir überhaupt so viel herstellen können. Wir liefern bereits seit zwei Monaten die maximale Produktionsmenge aus, Kate!« Er wandte den Blick von der Assistentin zu Barnett. »Aber unser Werk ist noch gar nicht vollständig in Betrieb!«

Die Kanadierin sah ihn skeptisch an. »Wie sollte das gehen? Bist du dir da sicher?«

Dan zuckte mit den Schultern. »Ich habe die Zahlen dreimal geprüft.« Er wandte sich Angermann zu. »Und ich habe Sicherheitskopien davon angelegt – die nicht in einem gewissen Haus verbrannt sind. Nur falls du dich fragst. Also habe ich mir die einzelnen Lieferungen genauer angesehen.«

Angermann war gut. Er ließ nicht im Geringsten erkennen, dass ihm Dans Enthüllungen Sorgen bereiteten. Allenfalls wirkte er gereizt und ungeduldig. »Und?«

Plötzlich freute sich Dan regelrecht, diesen überheblichen Ausdruck aus Angermanns Gesicht wischen zu können. »Eine ganze Reihe dieser Fahrzeuge, seit Monaten, kommt aus drei Schlachtbetrieben, von Rask in Mecklenburg-Vorpommern, Noorfleisch in Schleswig-Holstein und Kellinghaus in Niedersachsen.«

Niemand reagierte.

»Und?«, wiederholte Angermann schließlich. Dieses Mal klang er tatsächlich ein wenig verständnislos.

»Natürlich«, sprang ihm seine Assistentin bei. »Ich sagte doch, dass wir Kühlfahrzeuge extern anmieten müssen. Was glauben Sie, wer geeignete Fahrzeuge für unsere Produkte hat?«

Dan schnaufte frustriert. Erneut wandte er sich an Barnett. »Aber nicht alle dieser Fahrzeuge kommen leer!«

Die Kanadierin sah nachdenklich zwischen ihm und Angermann hin und her. »Das soll heißen?«

»Das heißt, dass sie nachweislich voller Fleisch sind. Fleisch, das Philip extern eingekauft hat.«

»Was?«, brach es verblüfft aus Angermann heraus.

Barnett sah Dan zweifelnd an. »Und du glaubst, dass Rask uns allen Ernstes Fleisch verkaufen würde?«

»Bist du jetzt total übergeschnappt, Lichter?«, polterte der Aufsichtsratsvorsitzende dazwischen.

Dan verdrehte die Augen. »Warum nicht? Die sitzen alle auf ihrem Scheiß fest. Der ist seit Ausbruch von TASE spottbillig. Also – noch billiger als ohnehin schon, also fahren sie es hierher, packen es um und ...«

»Hast du dafür Beweise?«, unterbrach ihn Barnett scharf. »Das ist eine wirklich ernste Anschuldigung!«

»Das sollte das kleinste Problem sein.« Dan deutete auf die Verladerampen. »Direkt dahinter sind ganz zufällig die Endverpackungsanlagen. Man könnte Fleisch hier einfach hinein...« Er stockte. »Moment mal. Warum ausgerechnet Rask?«

»Was?«

Dan sah die Aufsichtsrätin argwöhnisch an. »Du hast gerade gefragt, warum uns Rask Fleisch verkaufen sollte? Ich habe drei Konzerne genannt, und Rask ist der einzige davon, der aus dem eigentlichen Schlachtbetrieb ausgestiegen ist. Oder?«

»Hast du Beweise für diese Schwachsinns-Theorie?«, donnerte Angermann.

»Halt doch mal für einen Moment den Mund, Philip«, sagte Dan beiläufig, während er Barnett nicht aus den Augen ließ. »Gibt's da etwas, das ich nicht weiß?«

Ein schmales, ironisches Lächeln schlich sich auf Barnetts Gesicht. Es war dieses Lächeln, das er an der Kanadierin bisher eigentlich immer gemocht hatte, besonders, wenn sie bei einem Cocktail einen gemeinsamen Witz geteilt hatten, der Angermanns rudimentären Sinn für Humor überstieg. Aber es auf sich gerichtet zu sehen machte es deutlich unattraktiver. »Rask.« Da war etwas auf der Liste gewesen, die ihm Carl geschickt hatte, als er ziellos durch Berlin gefahren war. »Ich wusste nicht, dass die Rask Aktien in meiner Firma hat.«

»Wer hat die nicht«, fauchte Angermann gereizt und warf die Hände in die Luft. »Wir alle haben Aktien in der Firma. Die dank dir einen feuchten Scheiß wert sind!«

»Bester Zeitpunkt, welche zu kaufen, oder, Philip? Würde ich schon sagen. Kauf, was du kriegst, dann schieb die gesamte Schuld dem idiotischen Firmengründer in die Schuhe, halte ein paar Reden über Verantwortung und Zukunft, bring den Laden wieder auf Kurs und voilà – Besitzer eines Weltkonzerns.«

Angermann schäumte. »Du bist doch total durchgeknallt!«

»Alles, was es braucht, sind ein paar Lieferungen Gammelfleisch, die dir 'ne alte Bekannte liefert, die dafür Agrarratsvorsitzende wird.« Dan fuhr sich durch die Haare und nickte beeindruckt. »Das ist weit kreativer, als ich dir zugetraut hätte, Philip.« Er warf Barnett einen Seitenblick zu. »Was meinst du, Kate?«

»Es reicht!«, Angermann lief dunkelrot an. »Ich muss mir dieses Geschwätz nicht anhören! Geh mir verdammt noch mal aus dem Weg! Sicherheit, bringen Sie diesen Irren nach oben und ...« Er stieß Dan grob beiseite und hatte jetzt zum ersten Mal freien Blick ins Innere des Fahrzeugs. »Was zum Teufel soll ... ist das diese Terroristin?« Von einem Augenblick auf den nächsten hatten alle, Personenschützer wie Sicherheitsleute, Waffen in den Händen. Angermanns Assistentin schrie auf, ein Laut, der in der riesigen Tiefgarage widerhallte, und Barnetts Wachleute hatten von einem Augenblick zum nächsten eine lebende Wand vor der Kanadierin gebildet. Angermann jedoch fuhr nur herum, ohne auf die Waffen zu achten. »Was sollte das werden, du kleines Arschloch?«, bellte er. Er packte in den Wagen und zerrte Anna mit einer Kraft aus dem Fahrzeug, die ihm Dan gar nicht zugetraut hätte. »Was ist das hier? Eine Kamera? Was glaubst du, was du hier tust? Du hast die Unverfrorenheit, mich in meiner eigenen

Firma zu filmen? Material für deine schwachsinnige Verschwörungstheorie?« Bevor jemand reagieren konnte, hatte er Anna die Kamera entrissen und sie quer durch die Halle geschleudert, wo sie an der nächsten Wand in mehrere Stücke zersprang. »Wie bescheuert muss man eigentlich sein, um auf so eine dämliche Idee zu kommen, Lichter? Und Sie«, blaffte er Carl an, »nehmen Sie die verdammte Waffe aus meinem Gesicht, oder Sie sind gefeuert!«

Dan schüttelte seine Erstarrung ab. »Hör nicht auf ihn, Carl! Erstens ist das immer noch meine Firma. Und der Typ weiß, dass er verloren hat. Ja, wir haben dich aufgenommen, Philip. Hör schon auf, es ist vorbei. Sicherheit, nehmt *diesen* Mann fest. Er hat das Leben von Tausenden auf dem Gewissen!«

»Waffen runter!«, bellte jetzt auch Barnett. »Sicherheit, nehmen Sie diese beiden Männer in Gewahrsam – und wagen Sie es ja nicht, Ihre Waffe auf mich zu richten!«, fügte sie zu Angermanns Bodyguard hinzu.

Carl trat zwischen Dan und die Waffen der Personenschützer Barnetts und verdeckte Dan für einen kurzen Moment vor allen Blicken. Ohne nachzudenken, griff Dan unter seine Jacke, zerrte seine eigene Waffe hervor und richtete sie auf Angermann, der Anna vor sich gezerrt hatte.

»Fuck it, Philip. Lass sie los!«

»Bist du jetzt total übergeschnappt?«, bellte Angermann zurück, doch auf einmal klang er weniger selbstsicher.

Dan grinste düster. »Möglich, aber nicht wahrscheinlich.«

»Dan! Was soll der Mist! Lass die Waffe fallen!«, mischte sich Barnett ein.

»Erst lässt er sie los!« Dan duckte sich hinter Carl, die Pistole unverwandt weiter auf Angermann gerichtet. Der musste irgendetwas in Dans Augen gesehen haben, denn nach einem Moment blinzelte er und stieß Anna von sich weg. Diese duckte sich eilig und ging hastig rückwärts, bis sie an den geparkten Wagen stieß.

»Können wir uns vielleicht alle mal beruhigen?«, rief Carl über das Geschrei der anderen Bewaffneten hinweg. Während Barnetts Personenschützer mit eingespielter Präzision ein Dreieck um ihre Vorgesetzte bildeten, schien vor allem unter den Sicherheitsleuten Verwirrung über die gerade geltende Befehlskette zu herrschen, denn sie schwenkten ihre Waffen gefährlich von einem Ziel zum anderen. »Bevor hier noch jemand verletzt ...«

In diesem Moment löste sich ein Schuss. Der Knall peitschte schmerzhaft laut durch die Halle, Dan zuckte zusammen, und die Waffe in seiner Hand bockte so unerwartet, dass sie ihm beinahe aus der Hand gerissen wurde. Weitere Schüsse hallten, irgendjemand schrie, und Dan stellte fest, dass er, plötzlich zusammengekauert, immer noch auf die Stelle starrte, an der eben noch Angermann gestanden hatte. Irgendwie war der allerdings aus seinem Blickfeld verschwunden. Dafür rempelte ihn im nächsten Moment jemand über den Haufen. Die Waffe wurde aus seiner Hand geschlagen, irgendwer trat ihm auf die Finger, dann traf etwas seinen Hinterkopf, und er prallte mit der Stirn krachend auf den Boden. Sein Sichtfeld flackerte. Gleich darauf wurde er hochgerissen und ein Stück halb über den Boden geschleift, bevor sich jemand auf seinen Rücken warf und ihn auf dem Beton fixierte. Die Schüsse hallten noch immer nach, doch das Schießen selbst hatte so schnell aufgehört, wie es begonnen hatte. Benommen drehte Dan den Kopf zur Seite und sah, einige Schritte entfernt, einige Leute auf dem Boden liegen. Er konnte Angermanns sündhaft teure Herrenschuhe sehen. Von unten. Die Sohlen waren kaum abgelaufen. Nur einen Schritt entfernt lag seine Laptoptasche, direkt neben dem Hosenanzug von Angermanns Assistentin. Sie lag bewegungslos auf dem Gesicht, und irgendwo tief in seinem Hinterkopf vermutete er, dass das nicht bequem sein konnte.

Am Rand seines Gesichtsfelds lag Angermanns Bodyguard. Seinen hellgrauen Anzug zierte ein dunkler Fleck, der langsam größer wurde. Irgendjemand schrie Dan ins Ohr und verdrehte seinen Arm, doch das Klingeln in seinem Kopf verhinderte, dass er etwas verstand. Ob sich die junge Frau im Hosenanzug noch einmal bewegte? Sie war eigentlich ganz nett.

Hände packten ihn, zerrten ihn erneut hoch und weg. Die drei reglosen Gestalten verschwanden aus seinem Blickfeld, und jetzt blinzelte Dan und bewegte den Kiefer, bis es in seinen Ohren knackte. Leute standen vor ihm, und irgendjemand redete auf ihn ein. Der Mann roch nach Zwiebeln. Und hinter dem Zwiebelmann stand Barnett. Sie klopfte Carl auf den Oberarm, eine Geste, die Dan seltsam unwirklich vorkam. Gerade so, als würde sie sich bei ihm bedanken. Carl erwiderte die Geste mit einem Nicken und beugte sich zu ihr, um etwas zu sagen, das wohl unter ihnen bleiben sollte. Dann nickte er dem Model-Bodyguard zu, und während jener mit den anderen beiden mit Barnett in der Tiefgarage verschwand, zog Carl ein Mobile heraus und rief hastig etwas von Schießerei und dringend benötigten Sanitätern hinein, bevor er auflegte und in Dans Richtung sah. Und lächelte.

Dan wurde es eiskalt.

Carl hockte sich vor ihn und musterte ihn. »Hm«, machte er. »Das lief doch ganz gut, oder?«

Dan stellte fest, dass er erneut blinzelte. Mehrmals, weil er das Gefühl hatte, an irgendeiner Stelle den Faden verloren zu haben. Aus irgendeinem Grund atmete er viel zu schnell, und Funken stoben vor seinen Augen.

»Langsamer atmen«, riet Carl ruhig. »Das ist vermutlich nur eine Panikattacke.« Sein Assistent wartete geduldig, während Dan nach Atem rang. »Das – oder ein Herzinfarkt. Das kommt vor. Und bevor du fragst: *Tu quoque, Carl?* – Lass es stecken. Deine Pseudoklugscheißerei geht mir echt auf den Sack. Ach ja: Ich kündige, Danny.« Er deutete mit dem Daumen über die Schulter in die Richtung, in der Barnett gerade verschwand. »Ihr Chef bezahlt ohnehin besser. Und außerdem wissen sie meine Arbeit zu schätzen.« Er tätschelte Dan die Wange. »Weißt du, für einen Moment hatten wir ja Sorge, dass du tatsächlich dahintergekommen wärst. Du warst so knapp dran.« Er deutete mit Daumen und Zeigefinger an, wie knapp. »So knapp. Weißt du, du tust mir fast leid. Du hast erstaunlicherweise mit allem richtiggelegen. Die Fleischlieferungen, die Umverpackung, alles. Und es funktioniert ja auch. Light Foods liefert, was versprochen ist: authentisches Fleisch, das von echtem nicht zu unterscheiden ist. Und wir decken jeden Bedarf. Nur, Angermann? Sorry, aber der doch nicht! Er ist ein Arsch – aber nicht unserer. Danny, du hättest dir deine Freunde wirklich besser aussuchen sollen. Falls du überhaupt je welche hattest.« Er schnaubte. Dann runzelte er kurz die Stirn. »Was mich daran erinnert …« Er sah auf und nickte den Securityleuten zu. »Ich hab das hier unter Kontrolle. Geht nachsehen, ob die Heigen noch lebt, und setzt sie fest. Die Polizei ist jeden Moment hier und …«

In diesem Moment heulte der Motor des Geländewagens auf, und das Fahrzeug setzte sich mit auf dem Beton quietschenden Rädern in Bewegung.

Dan konnte erkennen, dass Anna nur deshalb nicht aus dem Auto fiel, weil sie sich inzwischen angeschnallt hatte. Dann kam der Wagen ruckartig zum Stehen, und die Tür schlug mit einem ohrenbetäubenden Knall zu.

Erneut heulte der Motor auf, und der Wagen machte einen Satz nach vorn, schlingerte kurz, verfehlte nur um Haaresbreite den am Boden liegenden Angermann, beschrieb eine enge Kurve und schoss auf die Securityleute zu.

Carl fuhr hoch. »Verdammt! Stoppt sie! Wie …«

Die Wachleute rissen erneut ihre Waffen hoch, doch dann war der Wagen schon heran und vorbei, streifte eine der Säulen und schoss die Auffahrt hinauf, während die Schüsse der Männer hinter ihm Splitter aus den Betonwänden rissen.

»Fuck!« Carl zog hastig sein Mobile hervor, drückte die Kurzwahl und schrie »Haltet den Wagen auf!« oder etwas Ähnliches hinein. Dann starrte er auf Dan hinunter, und alle Genugtuung war aus seinem Gesicht verschwunden. »Spielt keine Rolle«, sagte er düster. »Die kommt nicht weit. Und die Polizei ist jeden Moment hier. Außerdem wimmelt's draußen von denen.« Er beugte sich nochmals zu Dan hinunter. »Und weißt du, was das Schöne ist? Die Sicherheitskameras werden zeigen, wie du dich mit Angermann streitest, plötzlich eine Waffe ziehst und ihn niederschießt. Kameras, die andere Winkel zeigen, gibt es leider nicht. Irgendwer mit Zugang muss leider die Kameras manipuliert haben, Herr Lichter. Aber was will man von Bioterroristen schon erwarten, hm? Nur gut, dass es zuverlässige Zeugen gibt, die bestätigen, was passiert ist.«

Dan hustete, und irgendwie gelang es ihm, seine Stimme wiederzufinden. »Du bist echt ein Arschloch.«

Carl zuckte mit den Schultern, als hinter ihm die Lifttüren aufgingen. »Darin bist du ja Experte.«

EINUNDZWANZIG

Anna wurde vom Gurt zurückgerissen und schmerzhaft gegen die Tür geschleudert, als Lisa die nächste Kurve des Parkdecks mit viel zu hoher Geschwindigkeit nahm. »Verdammt! Du bringst uns um!«

Lisa warf einen kurzen Blick in den Rückspiegel und zog eine Braue hoch. »Nein, das wollen die Typen da hinten. Die mit den Waffen!« Knapp hinter der letzten Kurve raste der Kartenleser der Tiefgaragenschranke auf sie zu. Der Geländewagen schleuderte dagegen, ließ den Kasten wie ein Geschoss davonfliegen und durchbrach dann mit einem so heftigen Ruck die Schranke, dass Anna schmerzhaft gegen die Sitzlehne vor ihr geworfen wurde. Ohne sich darum zu kümmern, trat Lisa das Gaspedal durch. Die Automatik des Fahrzeugs heulte gequält auf, dann erreichte es das Ende der Auffahrt und schoss mit einem kleinen Hüpfer hinaus auf den großen Vorplatz. Erneut wurden sie herumgeworfen, und Lisa stieß sich an der Scheibe den Kopf und verlor für einen Moment die Kontrolle. Das Auto schlingerte über den Platz, direkt auf das kleine Postenhäuschen zu, aus dem sie ein Wachmann entgeistert anstarrte, unfähig, sich zu bewegen, bevor der Kuhfänger seinen Unterstand zertrümmern würde. Erst im letzten Moment gelang es Lisa, die Kontrolle zurückzuerlangen. Haarscharf schoss sie an dem Wachhäuschen vorbei, verlor dabei auch den zweiten Außenspiegel und verfehlte den zweiten Wachmann und zwei Polizisten in

Uniform nur um Haaresbreite. Mit zusammengebissenen Zähnen beschleunigte sie weiter, raste über den Platz. Die Heckscheibe des Fahrzeugs barst, doch Anna hatte keine Zeit, darüber nachzudenken, warum. Im nächsten Moment schossen sie in die schmale Gasse zwischen den Gewächshäusern, die bei diesem Tempo noch viel enger wirkte. Glaswände und einzelne Lichter rauschten an ihnen vorbei, und die gesamte Zeit zwängte sich Annas Atem nur in abgehackten Zügen durch ihre zugeschnürte Kehle und kam als Schluchzen aus ihr heraus. Die große Quergasse kam so unerwartet schnell, dass Lisa sie um ein Haar verpasst hätte. Sie riss das Steuer herum, schlingerte für einen Moment. Das Heck des Geländewagens prallte in eine Glasfront und ließ sie in einem Schauer aus Scherben bersten. Ein hässliches Kreischen verriet, dass irgendetwas gerade die rechte Seite des Fahrzeugs aufriss. Es gelang ihr jedoch, loszukommen und weiter die Straße hinunterzurasen. Im inneren Rückspiegel sah Anna die flackernden Lichter von Polizeifahrzeugen, die auf nächtlichen Solarfeldern und Gewächshäusern reflektierten und die Dunkelheit hinter ihr in ein flackerndes Lichtermeer verwandelten. Lisa biss die Zähne zusammen und wurde nicht langsamer. Endlich kam der Geländezaun in Sicht. Vor ihnen in der Senke tauchte das Umspannhäuschen auf, und Lisa trat so hart auf die Bremse, dass der ramponierte Wagen erneut schlingerte und erst kurz vor dem Umspannhäuschen zum Stehen kam. Noch bevor der Wagen richtig stand, riss Lisa die Tür auf, sprang hinaus und rannte zu ihrem Bus.

Anna kämpfte für einen Moment mit dem Gurt, der sich gegen ihre zitternden Finger wehrte, befreite sich schließlich davon und war schon dabei auszusteigen, als sie plötzlich innehielt. Auf dem Armaturenbrett lag noch immer Carls Schlüsselkarte. Kurz entschlossen kletterte sie auf den Fahrersitz.

Im Schatten des Häuschens gingen die Lichter des VW-Busses an, und einen Augenblick später hielt Lisa mit heruntergelassener

Scheibe neben ihr. »Was zum Teufel treibst du da?« Sie starrte Anna entgeistert an.

»Ich hab ’ne Idee.« Anna deutete mit dem Daumen auf die Lichter hinter ihr. »Fahr vor! Fahr!« Sie zeigte auf das Tor, startete gleichzeitig den Wagen erneut und ließ ihn neben den Toröffner rollen. Dort fischte sie Carls Schlüsselkarte vom Armaturenbrett und hielt sie gegen den Sensor. Das Kontrollfeld blinkte grün, und das Rolltor begann sich mit leisem Rumpeln zu öffnen. Lisa hielt erneut neben ihr. »Komm jetzt, komm, komm, komm! Wir müssen weg!«

Anna schüttelte den Kopf. Sie sah aus dem Fenster, wo das Blitzen der Lampen stärker wurde. Jetzt waren sich rasch nähernde Fahrzeuge zu hören. »Warte auf der anderen Torseite! Ich bin sofort da!«

Lisa starrte sie entgeistert an, nickte dann jedoch ohne überflüssige Fragen, legte einen Gang ein und fuhr an. Anna setzte den Geländewagen zurück. Dann schnallte sie sich erneut an, setzte die Automatik in den Vorwärtsgang und gab Gas. Der Wagen schoss vorwärts, am Toröffner vorbei und kollidierte direkt dahinter mit dem Rand des Rolltors, schleuderte herum und blieb mit dem Heck am Außenpfeiler des Tores hängen, eingekeilt zwischen den verbogenen Torresten und dem Zaun und eingetaucht in einen Schauer aus Funken des elektrischen Zauns. Aus irgendeinem Grund reagierte der Airbag nicht. Anna schüttelte die Benommenheit des Aufpralls weg, riss das Handschuhfach auf und holte die Pistole heraus, die Carl bei ihrer Ankunft dort hineingeworfen hatte. Dann kletterte sie aus dem Fahrzeug. Auf der anderen Seite des Zauns waren die herannahenden Fahrzeuge inzwischen deutlich zu sehen. Grimmig löste sie die Sicherung der Pistole und schoss in die Reifen des Geländewagens und den Rest des Magazins in den Motorblock. Sie hatte keine Ahnung, was das im Inneren des Fahrzeugs anrichten würde, aber mit Sicherheit nichts Gutes.

Schließlich warf sie die Waffe beiseite und rannte die Straße hinauf, wo Lisas Bus mit laufendem Motor auf sie wartete, während hinter ihr die ersten Fahrzeuge in einer Staubwolke zum Stehen kamen.

»Du bist total irre, weißt du das?« Lisa sah sie kopfschüttelnd an, als sie auf den Beifahrersitz kletterte.

»Das sagt die Richtige. Hast du dich mal fahren sehen?« Lisa grinste breit. Dann gab sie Gas, und der kleine Bus schlingerte die Zufahrtsstraße hinauf in die Nacht.

Gleich darauf waren sie auch schon auf der Landstraße in Richtung Berlin. Sie fuhren schweigend, jede in ihre eigenen Gedanken vertieft, während aus dem Kassettendeck des Busses leise Timmy Cappello »I still believe« knödelte und die Fahrt mit einem unwirklichen Soundteppich unterlegte. Solange sie sich noch in bewohntem Gebiet befanden, hielt sich Lisa streng an die Verkehrsregeln. Doch als die Ortschaft hinter ihnen lag und eine lange, schnurgerade Straße vor ihnen, trat sie aufs Gas. Der Tacho kletterte auf hundertvierzig, und der Fahrtwind rüttelte bedrohlich am Chassis. Anna klammerte sich am Türgriff fest und hoffte, dass das rostige Fahrzeug den Belastungen standhielt. Erst in der nächsten Ortschaft bremste Lisa wieder herunter. Hinter einer Kurve kam ihnen ein Fahrzeug mit Blaulicht entgegen. Lisa reagierte prompt, indem sie das Steuer herumriss und eilig in eine Seitenstraße einbog. Im Rückspiegel sahen sie, wie das Fahrzeug, ohne die Geschwindigkeit zu verringern, über die Kreuzung hinwegschoss und hinter den Häusern verschwand. Sie warteten einige Sekunden atemlos ab, ob es zurückkehrte, ehe Lisa schließlich wendete und wieder auf die Hauptstraße einbog. Sie folgten der Landstraße nach Süden, bis sie nach einiger Zeit ohne weitere Hindernisse Berlin erreichten.

»Wohin jetzt?«, fragte Lisa, als sie sich Reinickendorf näherten.

Es waren die ersten Worte, die eine der beiden sprach, seit sie losgefahren waren. »Sie werden überall nach uns suchen.«

»Ja, vielleicht«, sagte Anna. »Früher oder später sicherlich.«

»In meiner Wohnung werden sie als Erstes nachsehen, und in Peters Wohnung auch.« Lisa hielt an einer roten Ampel. Neben ihnen stand ein schwarzer BMW mit verdunkelten Scheiben. Der Fahrer sah mit finsterer Miene zu ihnen herüber. Anna rutschte in ihrem Sitz nach unten. Als die Ampel auf Grün sprang, gab der BMW-Fahrer Gas und donnerte mit quietschenden Reifen davon.

»Und dein Auto kennen sie auch. Dieser Carl kennt es«, sagte Anna leise

Lisa sah zu ihr hinüber. »Also? Wohin fahren wir?«

Schweigend kaute Anna auf ihrer Unterlippe herum. Sie dachte an das Geschehen im Inneren der Tiefgarage zurück und ärgerte sich über sich selbst. Sie hatte die Situation völlig falsch eingeschätzt. Sie waren nur um Haaresbreite davongekommen. Dabei hätte sie sich doch denken können, dass diese Leute vor nichts zurückschrecken würden.

»Vielleicht sollten wir direkt zur Polizei gehen«, schlug Lisa vor. Unsicherheit lag in ihrer Stimme.

Anna schnaufte. »Und dann?«

»Ich weiß nicht.« Lisa starrte düster auf die nächtliche Straße vor ihnen. »Tun wir das Richtige?«

»Hey, ich habe keine Ahnung! Ich weiß nur, dass wir diese Arschlöcher kriegen müssen. Und zwar so richtig. Das sind wir Peter schuldig – und den vielen Menschen, die sie umgebracht haben.«

»Du klingst schon wie ich …«

»Es gibt Schlimmeres.«

Sie grinsten beide.

»Ins Auge des Orkans«, sagte Anna nach einer Weile.

»Was?«

»Du hast gefragt, wohin wir jetzt fahren sollen. Also fahren wir dorthin, wo uns niemand finden wird. Nämlich direkt vor ihre Nase.«

»Okay«, sagte Lisa und zuckte mit den Schultern. »Wenn schon, dann richtig. Oder nicht?«

ZWEIUNDZWANZIG

Die nächsten Stunden vergingen für Dan wie in einem Albtraum. Er wurde in einen Polizeibus verfrachtet und auf ein Revier in der Innenstadt gefahren. Irgendjemand hatte die Presse vorgewarnt, und bei seinem Eintreffen hockten sie schon wie die Geier vor dem Eingang herum und erwarteten ihn. Als der Bus vorfuhr, ging ein regelrechtes Blitzlichtgewitter über ihn nieder. Die nächsten zwei Tage würde er das Thema Nummer eins in der Stadt sein. Selbst die Geburt der Pandababys im Zoologischen Garten würde da nicht mithalten können.

Ein hochrangiger Polizeibeamter nahm ihn am Eingang in Empfang. Gleichzeitig wurde eine Pressekonferenz anberaumt, um den ersten Hunger der wartenden Meute zu stillen. Dan bekam davon nichts mit. Als der Pressesprecher mit ernster Miene vor die versammelten Kameras trat, saß er bereits im fünften Stock in einem nüchtern gehaltenen Verhörzimmer, das ganz ohne die verspiegelten Fenster und den technischen Firlefanz auskam, den er aus amerikanischen Fernsehserien gewohnt war. Stattdessen herrschte biedere Behördenatmosphäre. Ein Polizist, der sich als Kriminalhauptkommissar Brüderle vorstellte und darüber hinaus auch noch einen schwäbischen Dialekt besaß, führte das Verhör. Er war etwa Mitte fünfzig, übergewichtig und wirkte übermüdet. Er brachte zwei mit Kaffee gefüllte Plastikbecher mit und stellte einen davon vor Dan ab. Kurz darauf kam noch ein jüngerer Kollege dazu, den sie offenbar ebenfalls erst aus dem Bett hatten ziehen müssen. Seine Frisur war zerzaust, und seine müden Augen wurden beim Anblick ihres namhaften Gefangenen groß. Unter anderen Umständen hätte er vermutlich um ein Selfie gebeten.

Die beiden Polizisten machten einen überkorrekten Eindruck, was wohl darauf zurückzuführen war, dass sie in diesem brisanten Fall keine Fehler machen wollten. Sie waren höflich zu Dan, ließen aber keine Zweifel daran, dass sie ihn am Haken hatten. Sämtliche Indizien wiesen auf ihn als Kopf einer terroristischen Vereinigung hin, oder zumindest auf einen Waffen schwingenden Irren, der selbst vor Entführung und Mord nicht zurückschreckte.

Von irgendwoher tauchte ein Aufnahmegerät auf, gegen dessen Einsatz Dan keine Einwände hervorbrachte. Genau genommen war es ihm egal. Das hier war der Anfang vom Ende. Er hatte sich hereinlegen lassen, und jetzt würde er alles ausbaden müssen, was denen einfiel. Und er konnte rein gar nichts dagegen tun.

Dieser Brüderle wies ihn höflich darauf hin, dass er selbstverständlich Anrecht auf einen Rechtsbeistand hatte, und widersinnigerweise war sein erster Gedanke, Carl anzurufen, damit Carl seinen Anwalt ...

Für einen Moment stellte er sich Carls Gesichtsausdruck vor, wenn er ihn tatsächlich anrufen würde, und kicherte wider Willen vor sich hin, was ihm äußerst verwirrte Blicke der beiden Beamten einbrachte.

Schließlich erstarb das Kichern in ihm, und übrig blieb ein Schulterzucken. Wen sollte er schon anrufen? Die Nummer seines Anwalts war in seinem Mobile, und überhaupt – hatte es einen Sinn, seinen Firmenanwalt anzurufen, wenn es sein eigener Aufsichtsrat war, der ihn loswerden wollte? Wem konnte er trauen? Schmerzlich wurde ihm bewusst, dass er sich mit diesen Dingen überhaupt nicht auskannte. Selbst seine Scheidung hatte Carl abgewickelt. Und aus irgendeinem Grund misstraute er der Idee, sich jemandem anzuvertrauen, den Carl besser kannte als er selbst. Andererseits – was spielte es für eine Rolle? Sobald sich herumsprach, dass er festgenommen worden war, würden sich vermutlich einige Promiagenturen darum reißen, ihn vertreten zu dürfen. Im Grunde musste er gar nichts tun. Was ihm nur recht war.

Schließlich besorgte man ihm einen Pflichtanwalt. Man wollte in so einem wichtigen Fall schließlich keinen Fehler machen.

Der eilig herbeigerufene Anwalt wirkte bei Dans Anblick ebenso überrascht wie die beiden Polizisten kurz zuvor. Im ersten Augenblick schien er die Angelegenheit für einen schlechten Scherz zu halten, und es war ihm deutlich anzusehen, dass er lieber die Flucht ergreifen wollte, als sich an so einer Sache die Finger zu verbrennen. Jedenfalls war er keine große Hilfe und hockte die nächsten Stunden über meist nur nervös mit den Füßen wippend auf seinem Stuhl herum und zupfte fahrig an seinem Brillenbügel.

Geduldig ließ Dan die Fragen der Polizisten über sich ergehen. Name, Familienstand, Wohnsitz und so weiter. Nichts, was nicht ohnehin jeder wusste. Nichts, was eine Rolle spielte. Seine Gedanken drehten sich währenddessen unaufhörlich im Kreis. Gelegentlich bohrte er die Fingernägel in die Handfläche, in der Hoffnung, endlich aus diesem Albtraum zu erwachen.

Hin und wieder legte er auch müde Widerspruch ein, doch meist beschränkte er sich darauf, einsilbig zu antworten oder aber gar nicht – schon weil ihm die Fragen egal waren. Ein oder zwei Mal hörte er aus der Ecke seines Pflichtanwalts ein zaghaft eingeworfenes »Mein Mandant möchte darauf nicht antworten« oder einen genuschelten Protest, was Dan milde amüsant fand, wenn er ohnehin nicht geantwortet hatte und weder Brüderle noch sein Kollege allzu sehr nachbohrten. Vermutlich machten die beiden auch nur ihren Pflichtteil und warteten darauf, dass irgendwelche Spitzenermittler kamen und ihnen den Fall ohnehin abnahmen. Nur eben, ohne sich später vorwerfen lassen zu können, sie hätten irgendetwas nicht gemacht, was sie vielleicht hätten tun sollen. Aber wahrscheinlich hatte der Anwalt einfach das Gefühl, irgendwas für sein Geld tun zu müssen, und Dan ließ es ihm.

Die Kaffeebecher leerten sich und wurden mindestens zwei oder drei Mal durch volle ersetzt. Das Zeug war erstaunlich trinkbar, zumindest für eine öffentliche Behörde, und Dan ließ einige Zeit die Gedanken schweifen, indem er darüber nachdachte, ob heutzutage auch Behörden gute Kaffeeautomaten gestellt wurden. Immerhin arbeiteten Leute, die guten Kaffee bekamen, deutlich effizienter. So viel war erwiesen. Glaubte er zumindest. Vielleicht aber hatten die Beamten des Reviers auch einfach nur zusammengelegt und sich ein eigenes Gerät für die Kaffeeküche geleistet, weil der Behördenkaffee aus der Filterkanne seinem legendär schlechten Ruf voll und ganz gerecht wurde?

Als die Polizisten ihr Verhör schließlich beendet hatten, sahen sie völlig verschwitzt aus, und dem Pflichtanwalt war es gelungen, seinen Brillenbügel zu verbiegen.

Wieder verschwammen die Bilder in Dans Gedächtnis. Schwach konnte er sich noch daran erinnern, dass es einen größeren Ortswechsel gab. Ob er gefahren wurde oder nur ein paar Treppen hinuntersteigen und über irgendwelche Gänge laufen musste, wusste er hinterher nicht mehr. Er war völlig übermüdet und gleichzeitig so aufgedreht, als würde er unter Drogen stehen. Unter schlechten Drogen, wirklich unzureichend abgestimmt und vermutlich irgendwo im Görlitzer Park an einer Laterne gekauft. Ein Energydrink wäre jetzt gut gewesen, und vielleicht ein paar Tabletten aus seinem eigenen Vorrat. Wobei – wirklich groß war sein Bedürfnis, mehr mitzubekommen, eigentlich nicht.

Irgendwer legte ihm Handschellen an, und irgendjemand anders nahm sie ihm kurze Zeit später auch schon wieder ab, zusammen mit seinem Gürtel und den Schnürsenkeln.

»Wir wollen ja nicht, dass Sie irgendwelche Dummheiten anstellen«, sagte der Beamte, der ihn sorgfältig abtastete.

Dan lachte trocken. »Noch mehr Dummheiten sind ja wohl nicht möglich.«

»Sie haben keine Ahnung, was hier drin alles möglich ist.«

»Weniger als da draußen, hoffe ich«, murmelte Dan und schwieg dann.

Nach einer schlaflosen Nacht in einer engen Gefängniszelle wurde Dan gleich früh am nächsten Morgen dem Haftrichter vorgeführt, der gekommen war, um die rechtlichen Voraussetzungen für die Verhängung der Untersuchungshaft zu prüfen. Die Staatsanwältin, eine energische Frau Ende fünfzig, war ebenfalls anwesend; außerdem Kriminalhauptkommissar Brüderle, der offenbar noch immer die Ermittlungen leitete und auf Dan ein klein wenig so wirkte, als sei er selbst am meisten erstaunt darüber. Und dann war da noch eine Handvoll weiterer Menschen, die alle ganz begierig darauf waren, an diesem einmaligen Fall beteiligt zu sein. Dans Pflichtanwalt war ebenfalls vor Ort. Er war frisch rasiert und hatte seine Brille notdürftig wieder gerade gebogen. Allerdings war er immer noch genauso verschüchtert wie am Abend zuvor. Die geballte Staatsmacht am anderen Ende des Tisches verunsicherte ihn sichtlich, und Dan konnte es ihm nicht verdenken. Der Mann hatte sich noch am Vortag bei seinem Morgentee nicht träumen lassen, heute dafür verantwortlich zu sein, einen Multimilliardär und potenziellen Massenmörder zu verteidigen. Er war versucht, dem armen Kerl beruhigend den Handrücken zu tätscheln.

Die Staatsanwältin beharrte naturgemäß auf Aufrechterhaltung des Haftbefehls, und Dans Pflichtanwalt hielt nur zaghaft dagegen. Es wurde ein wenig diskutiert, aber im Grunde waren sich alle Anwesenden einig, dass man diesem gefährlichen Irren – also ihm – auf keinen Fall die Gelegenheit geben durfte, unbeaufsichtigt herumzulaufen. Der Haftrichter entschied erwartungsgemäß gegen eine Kaution. Natürlich. Was für eine Kaution sollte man auch für einen Milliardär festsetzen? Dan kicherte bei dem Gedanken, welche rechtlichen und finanziellen Scherereien allein die Verzinsung einer angemessenen Summe machen würde, und hörte erst damit auf, als ihm bewusst wurde, dass ihn alle Anwesenden seltsam ansahen. Also wurden ihm erneut Handschellen angelegt. Dieses Mal wurde er tatsächlich an einen anderen Ort gebracht. Die Pressemeute lauerte zum Zeitpunkt seiner Abfahrt immer noch vor dem Gebäude herum und schoss eifrig Bilder.

DREIUNDZWANZIG

Spätestens seit Dans Verhaftung war der Light-Foods-Skandal auch international in aller Munde. Pressevertreter aus der ganzen Welt gaben sich ihr Stelldichein, Zeitungen schrieben seitenlange Berichte, Radiosender und Podcaster zerrten Experten vor ihre Mikrofone, die Verschwörungstheorien auf YouTube, Reddit, Telegram und zahlreichen mehr oder weniger populären Webseiten überschlugen sich geradezu, und selbst in den Abendnachrichten war Dan Light für mehrere Tage Thema Nummer eins. Noch vor den weltweiten Berichten über TASE selbst. Immerhin gab es jetzt einen Schuldigen. Mitglieder aller Parteien der Regierung griffen das Thema nur zu dankbar auf, bezichtigten sich fast reflexartig gegenseitig einer gewissen Mitschuld, und während im Getöse um den schwankenden Koloss Light Foods Diskussionen um massive Steuerverschwendungen, einen Korruptionsfall oder eine verpatzte Umweltschutzleitlinie plötzlich unwichtig wurden, versprach man vollmundig die rasche Erarbeitung neuer Gesetze und mindestens ein neues Verbraucherschutzsiegel. Die Oppositionsparteien tobten, erklärten die komplette Regierung für verantwortlich, wussten aber die Situation nicht für sich auszuschlachten und verzettelten sich schnell untereinander in Privatgefechten auf verschiedenen Social-Media-Plattformen.

In der Hauptstadt fahndete währenddessen die Polizei weiter unter Hochdruck nach Anna. Tatsächlich wurde Lisas Wohnung gleich als Erstes auf den Kopf gestellt, danach nahm man nochmals Peters Wohnung unter die Lupe und durchleuchtete das Krankenhaus, in dem ihr Bruder immer noch im Koma lag. Die Geschäftsführung von Light Foods beraumte eine weitere Pressekonferenz ein, in der sie ihre uneingeschränkte Kooperation bei der Aufklärung des Skandals versprach, und der Berliner Polizeipräsident unterbrach eilig seinen Urlaub auf den Malediven, um die Lorbeeren für Dans Verhaftung einzustreichen. Währenddessen brannten rund um die Welt weitere Light-Foods-Filialen, und am Ende der Woche fand man das Aufsichtsratsmitglied James Ward tot in seiner Villa auf Rhode Island. Es war nicht eindeutig, ob es sich um Selbstmord, Mord oder einen Unfall handelte.

Kriminalhauptkommissar Brüderle saß in seinem Büro in Berlin Mitte, einer hässlichen kleinen Zelle mit vergilbten Tapeten und Regalwänden voller Aktenstapel, und trank seinen Kaffee.

Der Trubel um Dan Light war ihm herzlich egal, und die ständigen Anrufe des Polizeipräsidenten, der gefühlt alle fünf Minuten über die neuesten Entwicklungen informiert werden wollte, gingen ihm inzwischen gehörig auf die Nerven. Seine Überstunden hatten schwindelerregende Ausmaße angenommen, und seine Ehe, die aus ähnlichen Gründen schon seit einiger Zeit auf der Kippe stand, kam ihm nicht vor, als könnte sie sich inmitten des Ganzen noch einmal erholen. Sein Arzt hatte ihm dringend angeraten, seinen Koffeinkonsum zu reduzieren, aber Koffein war so ziemlich das Einzige, was seinen Motor noch einigermaßen am Laufen hielt.

Als das Gesicht seines jüngeren Kollegen in der Tür auftauchte, der aufgeregt mit seinem Handy herumfuchtelte, hob Brüderle den Zeigefinger und trank bedächtig einen Schluck, ehe er sich seinem Kollegen zuwandte.

»Schauen Sie sich das an.« Ohne seine Zustimmung abzuwarten, startete der jüngere Polizist ein Video auf dem winzigen

Display. Der Schauplatz schien das Innere eines Fabrikgebäudes oder einer futuristischen Tiefgarage zu sein. Die Kamera war auf eine Gruppe Personen gerichtet. Einige waren aufgrund des Winkels nicht genau zu erkennen, aber bei einer handelte es sich ganz eindeutig um diesen Carl Dubois, den Sicherheitschef von Light Foods, bei einer anderen um einen Sicherheitsmann, den Brüderle mindestens dreimal befragt hatte, und bei der dritten um einen äußerst erregten Philip Angermann, den Aufsichtsratsvorsitzenden von Light Foods. Brüderle seufzte. Er kannte diese Aufnahmen quasi auswendig. Immerhin hatte er sie in letzter Zeit oft genug gesehen.

Es war der Moment vor der Schießerei, die Angermanns Personenschützer das Leben gekostet und Daniel Lichter in den Knast gebracht hatte, allerdings von einem anderen Blickwinkel aus und in deutlich besserer Qualität. Wenn Brüderle das richtig sah, müsste in etwa zehn Sekunden der Schusswechsel stattfinden, und eine knappe Minute später würden die ersten der im Gebäude anwesenden Polizisten ins Bild gestürmt kommen, um Daniel Lichter zu überwältigen. Beziehungsweise den bereits überwältigten Lichter in Gewahrsam zu nehmen. Dieser Teil wurde der Presse – aus ermittlungstaktischen Gründen – bisher vorenthalten. Brüderle wusste das so genau, weil er den Tatort direkt auf dem Fuß der ersten Beamten vor Ort betreten hatte. Nur mühsam unterdrückte er ein Gähnen. »Ich kenne die Szene. Was soll ich damit?«

»Oh, sorry«, sagte sein Kollege und spulte das Video mit einem Finger ein paar Minuten zurück. Dann drückte er erneut auf den Startknopf.

Die Szenerie hatte sich verändert. Die Kamera befand sich jetzt – wo? Im Inneren eines Fahrzeugs? Brüderle runzelte die Stirn. Die Aufnahme war von schräg oben auf die Anzeigen einer weiteren Digitalkamera mit vollem Akkustand gerichtet. Dann kam das Display eines Handys ins Aufnahmefeld, das die Uhrzeit und das Datum anzeigte. »Alles betriebsbereit«, sagte eine weibliche Stimme.

»Wie lange wird das dauern?«

Der Kommissar sah auf. »War das gerade Lichter?«

Sein Kollege nickte nur und deutete aufgeregt auf die Aufnahme.

»Ah«, machte eine dritte Stimme. Dubois. »Nicht lange. Aber meine Vermutung war richtig: Angermann kommt nicht allein.«

Die Kamera schwenkte herum und zeigte Daniel Lichter, der mit grimmig entschlossener Miene zurücksah. Dem seltsamen Winkel nach zu urteilen, befand sich die Linse ein kleines Stück unter dem Kopf des Kameramanns oder in diesem Fall der Kamerafrau.

»Eine versteckte Kamera?«, vermutete Brüderle.

Sein Kollege nickte.

»Das heißt?« Lichter sah von der Kamera weg nach vorn, und als sich die Kamerafrau bewegte, war kurz ein Rückspiegel zu sehen, in dem man Carl Dubois erkannte.

»Frau Barnett hat sich ihm angeschlossen«, sagte Dubois.

Brüderle stoppte die Aufnahme und sah fragend auf. »Wer war Barnett noch gleich?«

Sein Kollege schluckte unbehaglich. »Eine der Aufsichtsrätinnen. Kanadierin. Sie ist in der Nacht damals auf dem Flug nach Kopenhagen gewesen. Ich hab's überprüft.«

Der Kommissar starrte ihn an. »Und warum heißt es hier, sie sei bei Angermann?«

»Tja«, machte der Kollege und zuckte mit den Schultern. »Schau's dir weiter an.«

Brüderle schnaufte unwirsch und ließ die Aufnahme weiterlaufen.

Die nächsten Minuten verfolgten die beiden Polizisten schweigend, wie sich die Fahrzeugtür öffnete und Dan Light ausstieg, und danach, wie die unbekannte Kamerafrau aus dem dunklen

Inneren des Autos in die ihnen so bekannte Verladetiefgarage filmte: Daniel Lichter, Carl Dubois, die Sicherheitsleute, Angermann, der noch immer in der Charité lag, seine Assistentin – und vier andere Personen inklusive der Aufsichtsrätin Barnett, die doch angeblich schon halb auf dem Weg nach Dänemark war. Eine winzige Uhrenanzeige am unteren Bildschirmrand bewies, dass es sich um ungeschnittenes Material handelte.

»Okay«, murmelte er abwesend. »Das ist mal was anderes ...«

Als das Video endete, starrte Brüderle eine ganze Weile schweigend auf das leere Display. »Und das ist echt?«, fragte er schließlich tonlos.

»Sieht so aus«, sagte sein Kollege. »Es gibt noch mehr Videos. Mindestens eines können wir jetzt schon der Digitalkamera zuordnen, die hier drauf zu sehen war.«

»Woher haben Sie die?«

»SecretScience – das ist ein kleines Blog, das sich mit politischen Themen auseinandersetzt. Es wird von einer Frau betrieben, einer gewissen ... äh ... Mica Stanic. Sie studiert Journalismus oder Politik oder so was in der Art. Sagt Ihnen der Name etwas?«

»Noch nie gehört. Finden Sie heraus, ob der Name stimmt und wer sich dahinter verbirgt.« Brüderle beugte sich nach vorn, um nach dem Hörer des Telefons auf seinem Schreibtisch zu greifen. »Ich schau derweil, dass wir eine einstweilige Verfügung erwirken, ehe die Presse Wind davon bekommt.«

»Das geht leider nicht.«

Brüderles Hand verharrte über dem Hörer. »Wieso?«

»Weil die Presse bereits Bescheid weiß. Das Video verbreitet sich gerade rasend schnell über das Internet. Ich ...« Der Kollege stockte und räusperte sich. »Ich habe es vorhin von meinen Kindern zugeschickt bekommen. Sie haben Teile davon auf TikTok gesehen.«

»Scheiße.« Brüderles Hand schwenkte vom Telefonhörer zum

Kaffeebecher um. »Das wird dem Polizeipräsidenten aber gar nicht gefallen.«

»Und was machen wir jetzt?«

»Gar nichts.« Brüderle zuckte mit den Schultern und setzte den Kaffeebecher an die Lippen. »Abwarten und Kaffee trinken.«

Quasi über Nacht verbreitete sich das Video des kleinen Blogs wie ein Lauffeuer. Die Mundpropaganda in den sozialen Medien tat ihr Übriges. Die Zugriffszahlen von SecretScience schnellten in schwindelerregende Höhen, und nach wenigen Stunden lief der Server am Limit seiner Kapazitäten. Doch die Seite blieb weiter stabil, so als hätte die Betreiberin bereits mit dem Ansturm gerechnet. Der Lärm, den das Video in den Weiten des Internet verursachte, war so groß, dass gegen Mittag des darauffolgenden Tages schon die ersten traditionellen Medien darauf ansprangen. Zunächst die Boulevard- und Sensationsmedien, dann die überregionalen Publikationen, wenn auch meist hinter Paywalls und zum Schluss, wie immer mit ein wenig mehr Anlaufzeit, auch die öffentlich-rechtlichen Fernsehsender und Online-Angebote. Das Hashtag #Lightgate trendete auf Twitter, Facebook und Instagram, und die Meme-Maschine hatte endlich neuen Brennstoff.

Anna und Lisa beobachteten die Entwicklungen aus ihrer Einsatzzentrale in Frau Nowaks altertümlicher Küche. Auf der Anrichte tuckerte die Kaffeemaschine leise vor sich hin, während sich auf dem Küchentisch mit der geblümten Tischdecke die Laptops und Handys stapelten.

Mica steuerte die Online-Aktivitäten, und die anderen tippten sich abwechselnd die Finger wund oder drückten die Ohren an ihren Handys platt. Sie hatten den Stein erfolgreich ins Rollen gebracht und sorgten nun dafür, dass er nicht mehr aufzuhalten war. Vierundzwanzig Stunden später kannte die halbe Welt die Aufnahmen, die eindeutig bewiesen, dass Kate Barnett und Carl Dubois ihren ehemaligen Mitstreiter, den Visionär Dan Light, böse hintergangen und in eine Falle gelockt hatten, um zu verschleiern, dass sie bei der Produktion der Light-Foods-Produkte Betrug im großen Maßstab betrieben hatten. Und Mica fütterte im Stundentakt weitere Dokumente aus Peters Recherchen nach, die Seite für Seite und Aufnahme für Aufnahme immer weitere und engere Verbindungen zur Europapolitikerin Ylva Rask aufzeigten. Als Sahnehäubchen gab es schließlich ein weiteres Video, dieses Mal aus Sicht einer Kamera, die Dan Light selbst getragen haben musste. Carl Dubois sprach sein Geständnis quasi direkt in das Objektiv, und sein abfälliges Gesicht mit dem Satz »Ich kündige, Danny« wurde quasi über Nacht zum Kult-Meme.

Kein Anwalt und keine noch so hohe Summe an Bestechungsgeldern konnte die Wahrheit jetzt noch unterdrücken. Denn wie wollte man sie schon verklagen – oder bestechen?

Gleichzeitig hatte Lisa einige Stunden damit zugebracht, herauszufinden, welcher Anwalt Dan vor der Staatsanwaltschaft vertreten hatte, ohne ihren Aufenthaltsort zu verraten. Das stellte sich schwieriger heraus, als sie gedacht hatten – bis Anna auf die Idee gekommen war, Lisas ehemaligen Rechtsprofessor zu kontaktieren. Wie sich herausstellte, betrieb der Mann neben seiner Tätigkeit an der Universität auch eine kleine Kanzlei in Köpenick und war nur zu begierig darauf, die Finger in den Fall um Daniel Lichter zu bekommen. Kaum eine Stunde später hatte er nicht nur ermittelt, welcher Pflichtanwalt mit der Verteidigung beauftragt war, sondern hatte den Mann auch gleich eingesammelt und befand sich auf dem Weg zu ihnen. Kurze Zeit später saßen die beiden Herren schon mit je einer Tasse Kaffee und einem Stück von Frau Nowaks berüchtigtem Streuselkuchen bewaffnet am Wohnzimmertisch und wälzten bis spät in die Nacht Akten.

Um sieben Uhr am nächsten Morgen klappten sie schließlich alle Mappen, Ordner und Rechner zu und streckten sich ausgiebig.

»Wir sind so weit.«

»Großartig«, sagte Anna mit einem gezwungenen Lächeln.

»Sie sind bereit, Ihre Aussage zu machen, Frau Heigen?«, fragte der Pflichtverteidiger. Er klang vorsichtig, gerade so, als ob er befürchtete, sie könnte im letzten Moment einen Rückzieher machen.

Seien wir ehrlich – so abwegig ist das nicht. Überhaupt nicht. Anna atmete tief durch. »Ja. Ja, bin ich.«

»Gut. Sehr gut.« Der Professor klang ein klein wenig erleichtert. »Sie sind sich aber im Klaren darüber, dass es nicht wirklich gut für Sie aussieht, egal, wie man es dreht und wendet. Was wir nicht wegreden können, ist die Tatsache, dass Sie bei Light Foods eingebrochen sind und wissentlich und willentlich Giftstoffe in deren Produktion eingebracht haben. Wir werden versuchen, Verschwörung und Bildung einer kriminellen Vereinigung vom Tisch zu bekommen, und natürlich werden einige Faktoren mildernd für Sie sprechen – aber es gibt keine Garantien dafür, dass Ihr Mut und Ihre Motive von den Behörden honoriert werden.«

Anna schluckte und nickte. Ihr war reichlich flau im Magen, und nicht alles konnte sie auf Übermüdung oder Frau Nowaks Streuselkuchen zurückführen.

»Und zwar völlig egal, wie die öffentliche Meinung zu Ihnen steht«, fügte der Verteidiger hinzu und schob seine Brille zurecht.

Sie verzog das Gesicht. »Wissen Sie, vor drei Wochen oder so wäre ich an dieser Stelle bereits aus der Tür gewesen, und Sie hätten mich nie wiedergesehen. Ich kenne in Australien ein paar wirklich schöne Strände. Oder in Thailand. Oder Chile.« Sie grinste Lisa schief an. »Mein Bruder hätte euch bestätigt, dass ich nichts mehr liebe, als Orte, Dinge und Leute hinter mir zu lassen. Möglichst weit.«

Lisa erwiderte ihr Grinsen. »So was hat er erwähnt, ja. Anna, der nichts wichtiger ist als ihre Freiheit.«

»Jup. That's me. Und jetzt stehe ich hier, mit einem Bein im Gefängnis, und sammel gerade den Mut zusammen, das zweite freiwillig nachzuziehen. Für etwas, das mir wichtiger ist als jemals irgendwas anderes. Also bitte, könnten Sie aufhören, mir das mit viel Mühe madig zu machen?« Das Letzte kam schärfer heraus, als sie beabsichtigt hatte, und sie gab sich Mühe, sich zu beherrschen. »Ich mache meine Aussage. Schon Peter zuliebe. Können wir jetzt also los?«

Der Pflichtanwalt putzte umständlich seine Brille. Der Bügel sah ein wenig verbogen aus. Der Professor zog seine Jacke an, ein altertümliches Cordsakko mit Lederflicken an den Ellenbogen, das beinahe schon unangenehm klischeehaft aussah. Sie wirkten nicht gerade wie Team Boston Legal, aber sie waren nun mal das Beste, was ihnen zur Verfügung stand. In den Acht-Uhr-Nachrichten lief das Video aus der Tiefgarage.

VIERUNDZWANZIG

Der Tagesablauf in einer Justizvollzugsanstalt war im Grunde immer gleich. Morgens um sechs Uhr wurde geweckt, und die Gefangenen bekamen ihr Frühstück an der Zellentür überreicht. Gegessen wurde in den eigenen vier Wänden. Brot, ein bisschen Butter und eine Auswahl verschiedener Beläge. Auf religiöse Befindlichkeiten und Allergien wurde natürlich Rücksicht genommen. Deutschland war schließlich ein zivilisiertes Land.

Etwa gegen sieben Uhr begann die Arbeit, die man zugewiesen bekommen hatte. In der Schreinerei, Bibliothek oder in anderen Bereichen. Wer nichts Brauchbares gelernt hatte oder seine Millionen bisher mit dem Verkauf von Laborfleisch-Burgern verdient hatte, bekam diverse Hilfsarbeiten zugewiesen. Zum Beispiel in der Gefängniswäscherei. Um die Mittagszeit gab es eine warme Mahlzeit, und danach wurde weitergearbeitet, bis kurz vor dem Abendessen, wo man noch eine Stunde Freizeit hatte. Im Anschluss an das Essen konnte man aus dem reichhaltigen Angebot an Sportarten oder Kulturprogrammen auswählen. Um neun Uhr ging es dann zurück in die Zelle, in der man die nächsten Stunden bis zum Sonnenaufgang wieder mit sich und seinem Elend allein war. Die Zeit bis zum nächsten Wecken war die mit Abstand schlimmste des ganzen Tages.

Als die Zellentür dröhnend hinter Daniel Lichter ins Schloss fiel und er das erste Mal seit langer Zeit wieder einen klaren

Gedanken fassen konnte, wurde ihm schlagartig bewusst, dass die Welt, die er bis dahin gekannt hatte, wahrscheinlich auf ewig für ihn verloren war. Die Erkenntnis traf ihn wie ein Schlag in die Magengrube. Zum ersten Mal nahm er seine Umgebung ganz bewusst wahr. Das schmale Gefängnisbett, den Wandtisch mit den abgewetzten Kanten, das vergitterte Fenster, den Pressspanschrank, das alte Waschbecken und die Toilette, die trotz regelmäßiger Reinigung einen unauslöschlichen, penetranten Geruch verbreitete. Über allem eine Mischung aus altem Schweiß und Desinfektionsmitteln und der unregelmäßig an- und abschwellende Geräuschpegel seiner Mitgefangenen unter, über und neben ihm. Das wirkliche Elend der Haft aber waren nicht die Bedingungen im Inneren der Zellen. Da gab es wesentlich schlimmere Verhältnisse in anderen Ländern und sogar oft genug auch in den Wohnungen, in denen die Gefangenen vorher gehaust hatten. Das wirkliche Elend war der Gedanke an die verlorene Freiheit, der einen vor allem in den Nachtstunden überfiel. Freiheit wusste man erst dann richtig zu schätzen, wenn man sie nicht mehr besaß.

Dan hatte sich auf dem Bett zusammengerollt und ließ seinen Tränen freien Lauf. Wann hatte er eigentlich zum letzten Mal so richtig geheult? Damals, als sein Vater gestorben war? Ganz sicher nicht, denn der war ohnehin kaum je zu Hause gewesen. Eines Tages war er überhaupt nicht mehr aufgetaucht, und in dem Grab, vor dem die Leute damals Spalier gestanden hatten, um der Familie ihr Beileid auszudrücken, hätte genauso gut ein völlig Fremder liegen können. Der Tod des Schoßhündchens seiner Ex-Frau hatte ihn mehr mitgenommen, obwohl für eine so überzüchtete Kreatur, deren einziger Lebenszweck darin bestand, in einem Designertragekorb vor sich hin zu vegetieren, das Ende vielleicht auch einer Erlösung gleichkam. Die Erkenntnis, dass seine eigene Zukunft verdächtig viel Ähnlichkeit mit dem Schicksal dieses Hunds haben würde, ließ Dan heftig aufschluchzen.

Das Gejammer machte irgendwann die Häftlinge in den anderen Zellen aufmerksam, die sich über den Lärm zu beschweren begannen, obwohl sie tief im Inneren ihre helle Freude daran hatten, einen Neuling heulen zu hören. Die üblichen Beleidigungen wurden laut.

»Der Neue heult!«

»Willst du zu deiner Mama? Dann musst du warten, bis ich mit ihr fertig bin.«

»Soll ich dich trösten kommen?«

Als schließlich irgendjemand fragte, um wen es überhaupt ging, und die Antwort bekam, dass es sich um Dan Light handelte, war die Schadenfreude umso größer. Irgendeiner fragte dennoch, wer denn Dan Light sei, und ein anderer erklärte, dass es sich um den Typen mit den vergifteten Burgern handle Einen Augenblick später brach im gesamten Zellentrakt die Hölle los. Alle schrien und brüllten jetzt wild durcheinander. Einige der Insassen begannen damit, mit Tassen oder Schuhen lautstark gegen die Zellentüren zu schlagen, und ein Vegetarier unter den Insassen stieß immer wieder wüste Morddrohungen aus.

Dan verzichtete darauf, ihn darauf hinzuweisen, dass das Budget der Anstalt wohl kaum ausreichte, um ein qualitativ so hochwertiges Produkt für die Insassen eines so erbärmlichen Gefängnisses einzukaufen. Kurze Zeit später klickten die Türen im Zellentrakt, und ein halbes Dutzend Wärter sorgte für Ruhe. Zehn Minuten später war der Spuk vorbei, und die Häftlinge legten sich wieder zurück in ihre Betten.

Dan hockte auf dem Rand seiner Liege und starrte an die gegenüberliegende Wand, wo im Dunkeln ein schmaler Riss im Putz zu erkennen war, der sich von der Decke bis ganz hinunter zum Boden zog. Er stellte sich vor, wie er die Hände ausstreckte und die Wand an der Stelle des Risses wie einen Vorhang auseinanderzog, um danach auf die andere Seite hinüberzutreten.

Sie hatten ihm zwar die Freiheit genommen, aber das letzte Stückchen war ihm noch geblieben. Die Freiheit, über sein eigenes Schicksal zu entscheiden.

FÜNFUNDZWANZIG

Anna saß in einem nüchternen Verhörraum auf einem Polizeirevier in Berlin Mitte. Ein etwas übergewichtiger Polizeikommissar, der sich ihr mit dem Namen Brüderle vorgestellt hatte, saß ihr gegenüber und schrieb in sein Notizbuch. Er hatte zwei Kaffeebecher mitgebracht und einen davon vor Anna abgestellt. Ein etwas jüngerer Polizist war kurz darauf in den Raum gekommen und hantierte seitdem mit einem altertümlichen Aufnahmegerät herum, das nicht so richtig funktionieren wollte. Annas Blick wanderte zur gegenüberliegenden Wand, die zu ihrem Erstaunen kein Spiegelfenster besaß, wie man es eigentlich immer in amerikanischen Fernsehserien sah. Überhaupt hatte das Gebäude wenig Ähnlichkeiten mit dem, was man sich unter einer modernen Behörde mitten in der Hauptstadt eines der wohlhabendsten Länder der Welt vorstellte.

Auf Annas Seite des Tisches saßen Dans Pflichtanwalt und Lisas ehemaliger Rechtsprofessor, die sich ebenfalls eifrig Notizen machten. Nachdem das Aufnahmegerät endlich einsatzbereit war, schaltete der jüngere Polizist es ein. Brüderle begann mit einer Handvoll grundlegender Fragen zu Annas Alter, Familienstand und Wohnort. Die Formalitäten brachten sie schnell hinter sich. Danach machte Anna ihre Aussage. Sie erzählte lang und ausführlich, und Brüderle unterbrach nur selten. Hin und wieder machte er sich eine Notiz in sein Buch. Sie brauchten den ganzen Vormittag und drei weitere Kaffeebecher, bis sie endlich durch waren. Um vierzehn Uhr legten sie eine Pause ein. Anna hatte von Frau Nowak belegte Brote mitgebracht, die sie auch den beiden Polizisten anbot. Der jüngere lehnte dankend ab, da er befürchtete, dass sie als Bestechung ausgelegt werden könnten. Brüderle griff dagegen eifrig zu.

Um fünfzehn Uhr fuhren sie mit ihrer Arbeit fort.

»Wiederholen wir also noch mal«, sagte Brüderle mit Blick auf seine Notizen. »Wann haben Sie festgestellt, dass einer von ihnen Sie ausspioniert hat?«

»Es gab keinen festen Zeitpunkt. Es war nur so ein Gefühl.«

»Ein Gefühl?«

»Sie können es auch weibliche Intuition nennen, falls Ihnen der Begriff besser gefällt. Jedenfalls waren diese Leute uns von Anfang an einfach immer einen Schritt voraus. Dieser Carl hatte mich ja direkt am Eingang von Light Foods abgefangen. Er musste also genau gewusst haben, wie ich aussehe und wann ich dort auftauchen würde. Ich hatte das in diesem Moment einfach nur für einen glücklichen Zufall gehalten, aber ich denke, er wurde über meine Ankunft informiert. Das würde auch dazu passen, dass er das Problem mit meinem Gastzugang so schnell gelöst hat.«

»Oder er ist ziemlich gut mit Computern«, gab der jüngere Polizist zu bedenken.

Anna bedachte ihn mit einem Seitenblick. »Das ist er, laut Herrn Lichter. Aber er hat nichts programmiert oder gesucht, er hat zielgerichtet die von uns eingespeiste Datei aufgerufen. Mit meinem kompletten Namen. Den er dem Mann am Empfang schon genannt hatte, bevor er zu uns getreten ist.«

»Und es kann nicht sein, dass er ihn schon kannte? Den Namen der Schwester des Mitarbeiters, der einen Unfall hatte?«

Anna nickte. »Das schon. Aber er hat ganz selbstverständlich die Besucher-Identifikationsnummer eingegeben, die wir extra für mich ins System geschmuggelt hatten. Das ist mir damals nur nicht aufgefallen.«

Brüderle sah sie fragend an. Sein Stift schwebte über dem Papier. »Eine Besucher-Identifikationsnummer? Was soll das bitte sein?«

»Eine eindeutig einem Besucher und einem Besuchstermin zugeordnete Nummer, die im System hinterlegt wird, um zu überprüfen, wo sich welcher Besucher wann aufhält.«

Der Kommissar hob die Brauen. »Und das ist datenschutzrechtlich zulässig?«

»Soweit ich weiß.« Anna zuckte mit den Schultern. »Angeblich wird das nur verschlüsselt abgespeichert, um im Bedarfsfall Ermittlungsbehörden übergeben zu werden. Diese Nummer wird bei einer Anmeldung normalerweise vom System generiert und den Besuchern automatisch zugeordnet.«

Brüderle sah seinen Kollegen fragend an. »Haben wir von Light Foods eine solche Nummer bekommen?«

Der jüngere Polizist sah ihn ratlos an. »Ich weiß nicht. Ich glaube …«

»Du sollst nicht glauben. Und nicht wissen schon gar nicht. Mach dich mal schlau.«

»Jetzt?«

»Nein, mach ruhig erst mal eine Pause, geh vielleicht etwas spazieren … Natürlich jetzt.«

»Entschuldige.« Der Jüngere ging ein paar Schritte beiseite, nahm einen Hörer von der Wand ab und sprach leise hinein.

Brüderle wandte sich wieder Anna zu. »Weiter, bitte.«

Sie nickte. »Der entscheidende Punkt ist: Er konnte sie nur eingeben, wenn er sie vorher bereits wusste. Was eigentlich nicht geht. Und dann die anderen Situationen – na ja, das hatten wir ja schon. Er muss alle diese Informationen von irgendjemandem bekommen haben. Ich habe eine ganze Weile gebraucht, um darauf zu kommen. Frau Nowak hat mir schließlich den entscheidenden Hinweis gegeben.«

Brüderle warf einen schnellen Blick auf das Blatt vor ihm und nickte. »Frau Nowak. Die Nachbarin, ja. Was hat die damit zu tun?«

»Sie hat mir erzählt, dass jemand mehrfach in Peters Wohnung gewesen war, wenn Peter selbst gar nicht zu Hause war. Sie hielt ihn für einen Freund, der sich um Peters Pflanzen kümmert.«

»Und?«

»Ich habe ihr ein Bild gezeigt, und sie hat ihn sofort erkannt.«

Jetzt lehnte sich der Kommissar doch interessiert vor. »Ihn? Darf ich jetzt auch erfahren, wer ›er‹ ist?«

»Alexander von Bergen.«

Brüderle zog die Augenbrauen hoch und blätterte in seinen Notizen. »Der junge Mann aus Ihrer Gruppe, der das Überwachungssystem von Light Foods gehackt hat? Was ist ungewöhnlich daran, wenn er Peter besucht?«

»Peter hat keine Pflanzen. In der ganzen Wohnung nicht. Außerdem hatte die Gruppe vereinbart, sich niemals in Peters Wohnung zu treffen, und schließlich ist Alex immer nur dann dorthin gefahren, wenn Peter nicht zu Hause war. Mindestens drei oder vier Mal muss das gewesen. Ich habe mir von Frau Nowak die genauen Daten geben lassen.« Anna schob einen Zettel über den Tisch, den Brüderle kurz überflog und dann zu seinen Unterlagen steckte. »Sie hat ein gutes Gedächtnis für solche Dinge. Sie sind sicher, dass Peter an diesen Terminen nicht ebenfalls anwesend war?«

»Ganz sicher. Ich habe es mir von Lisa bestätigen lassen.«

»Und wie ist er in die Wohnung hineingekommen?«

Anna zuckte mit den Schultern. »Ich vermute, dass er irgendwie einen Nachschlüssel angefertigt hat. Er könnte Peters Ersatzschlüssel gestohlen haben, als sie bei Lisa waren. Die Gelegenheit hätte er gehabt, und solche Schlüssel macht jeder zweite Schlüsseldienst ohne Nachfrage nach. Wir haben es ausprobiert.«

Brüderle nickte und notierte etwas in sein Notizbuch. »Was hat er dort Ihrer Meinung nach getan? Wir haben die Wohnung durchsucht. Was könnte für ihn interessant gewesen sein?«

Wieder zuckte Anna mit den Schultern. »Sie sind der Polizist. Sagen Sie es mir.« Sie starrte Brüderle geradeheraus an.

Brüderle schnaufte und beschäftigte sich eine Minute lang mit der Durchsicht seiner Notizen. Der jüngere Polizist stoppte das Aufnahmegerät, schaltete es nach einem missbilligenden Blick seines Vorgesetzten aber gleich wieder ein. Brüderle tippte mit dem hinteren Ende des Kugelschreibers gegen seinen Nasenflügel.

»Aber das nächste Mal sollten Sie etwas gründlicher durchsuchen«, fügte Anna hinzu, als der Polizist gerade wieder den Mund öffnete. »Dann wäre Ihnen vielleicht aufgefallen, dass es in der Wohnung Wanzen gibt. Und ich meine nicht das Ungeziefer.«

Dieses Mal hatte Brüderle den Anstand, überrascht zu wirken. »Sie meinen – Abhörvorrichtungen?«

Anna nickte knapp, und der Kommissar drehte sich zu seinem Kollegen um, der ratlos mit den Schultern zuckte. »Das hat niemand entdeckt?«

»Ich ... ich schätze nicht, nein.«

»Gehen Sie veranlassen, dass die ganze Wohnung nochmals gründlichst durchsucht wird! Sofort!«

»Aber ...«

»Tempo. Und dann will ich etwas über diese Nummern wissen!«

Der junge Polizist hastete davon.

Brüderle massierte sich mit dem Handballen das rechte Auge, als hätte ihn eine plötzliche Migräne überfallen. Schließlich seufzte er und setzte sich etwas gerader hin. »In Ordnung, eines nach dem anderen. Nachdem Sie also herausgefunden hatten, dass Herr von Bergen in Peters Wohnung eingebrochen ist, haben Sie ihn verdächtigt, der ... Spion zu sein, wie Sie es ausdrückten.«

Anna nickte. »Zunächst war es wirklich nur ein Verdacht. Es hätte ja auch sein können, dass er mit Peter irgendeine Absprache getroffen hatte, von der ich nichts wusste. Und es wäre immerhin möglich gewesen, dass noch jemand anders die Wanze platziert hat. Aber spätestens, als ich die E-Mails in seinem Postfach gefunden hatte, war ich mir sicher.«

»Sie haben also sein E-Mail-Postfach gehackt.« Brüderle sah sie stirnrunzelnd an. »Das ist gar nicht so einfach. Sie sind eine Hackerin oder so etwas in der Art?«

Anna zuckte erneut mit den Schultern. »Ich bin eben ein Multitalent, wenn Sie so wollen.«

Natürlich war das glatt gelogen, und vermutlich wusste der Polizist das auch. Doch nachdem ihre beiden Rechtsvertreter eingeworfen hatten, dass dieser Punkt an dieser Stelle nun wirklich nicht von Belang wäre, ließ der Polizist ihn widerwillig fallen.

In Wirklichkeit hatte Anna vom Hacken etwa so viel Ahnung wie ein Pinguin vom Fliegen. Aber irgendetwas unter den vielen Mails, die sie in jener Nacht an der Müritz eilig auf Dans Laptop durchgescrollt hatten, war ihr im Hinterkopf hängen geblieben. Keine Namen. Alex hatte nie unterschrieben oder Namen genannt. Aber Formulierungen, die ihr das unbestimmte Gefühl gegeben hatten, sie irgendwo schon mal gehört zu haben. Das, und Frau Nowaks Beobachtungen ...

Nachdem sie schließlich Lisa von ihrem Verdacht erzählt hatte, hatten sie sich nach längerer Beratschlagung gemeinsam entschieden, auch Mica einzuweihen. Sie wussten, dass die Bloggerin Alex immer noch misstraute. Mica besaß zwar tatsächlich ein paar brauchbare Programmierkenntnisse, aber die Sache hatte sich zum Glück noch viel einfacher herausgestellt, als sie erhofft hatten. Irgendwann hatte Alex sich nämlich mal über Micas Laptop in sein Postfach eingewählt, um irgendwelche

Dateien abzurufen, die sie brauchten – und es dann nicht gleich geschlossen. Also hatte sie aus einer Laune heraus sein Passwort gespeichert. *Was wollt ihr*, hatte sie gesagt und breit gegrinst. *Ich bin Journalistin. Neugier gehört zum Beruf!* Mica hatte ihnen erzählt, dass so etwas gar nicht mal so selten vorkäme. Ihres Wissens hatte ein hochrangiger Politiker aus einem ähnlichen Grund sogar mal sein Amt verloren.

»Sie haben also in Herrn von Bergens Postfach E-Mails dieses Klaus Dubois, beziehungsweise an diesen, gefunden.«

»Carl ist sein Name«, korrigierte Anna. »Ja, das ist richtig.«

»Warum sind Sie damit nicht gleich zur Polizei gegangen?«

»Weil die E-Mails keine verdächtigen Inhalte hatten. Jedenfalls, wenn man nicht weiß, was vorgefallen ist. Was wäre also passiert? Carl und Alex hätten vermutlich ausgesagt, dass sie sich zusammengetan haben, um eine terroristische Vereinigung aufzuhalten, die Light Foods schaden wollte. Sie hätten diese E-Mails gegen uns verwendet und wären als strahlende Sieger vom Feld gegangen.«

Brüderle nickte. »Das leuchtet mir ein. Deshalb haben Sie also den Plan gefasst, Dubois und von Bergen mit den eigenen Waffen zu schlagen und das Aufeinandertreffen von Daniel Lichter und Philip Angermann, den Sie für den Kopf hinter der von Ihnen vermuteten Verschwörung hielten, heimlich aufzunehmen.« Er sah auf seine Notizen und blickte wieder zu Anna auf. »Sie haben dazu eine Bodycam verwendet, die sich ganz zufällig in Ihrem Besitz befunden hat. Ganz schön … weit hergeholt. Und potenziell verdächtig, finden Sie nicht?«

»Auch dazu möchte Frau Heigen erst mal keine Aussage machen«, sagten ihre beiden Rechtsvertreter freundlich, aber bestimmt.

Brüderle grunzte missbilligend. »Jaja, schon gut. Aber Ihnen ist schon bewusst, dass ich Ihren Fall an die Staatsanwaltschaft übergeben muss?«

»Muss ich ins Gefängnis?« Annas Herz schlug ihr mit einem Mal bis zum Hals.

»Das haben andere zu entscheiden. Aber nach Sicht der Dinge gehe ich davon aus, dass Sie zunächst in Freiheit bleiben. Ich sehe hier nicht, dass irgendeine Fluchtgefahr bestehen würde.« Brüderle schlug sein Notizbuch zu und steckte es ein. Dann streckte er die Hand aus und schaltete das Aufnahmegerät ab. »Und wenn Sie meine ganz persönliche Meinung hören möchten, Frau Heigen: Wenn es nach mir ginge, sollte man Sie nicht nur nach Hause gehen lassen, sondern Ihnen auch noch das Bundesverdienstkreuz verleihen.« Er schnaufte und streckte sich mühsam. »Aber nur, um Sie zu warnen: Nach mir geht es nur sehr selten.«

Um neunzehn Uhr hatten die Staatsanwältin und der Richter einhellig entschieden, Anna ohne irgendwelche größeren Auflagen nach Hause zu schicken.

Um zwanzig Uhr dreißig war sie bereits wieder zurück in Frau Nowaks Wohnung, wo sie mit Leberwurststullen, Gewürzgurken und frisch aufgebrühtem Jasmintee empfangen wurde.

Um Punkt einundzwanzig Uhr einundzwanzig klopfte eine Sondereinheit der Polizei bei Alex an der Wohnungstür, um ihn zu verhaften.

Wenige Stunden später hatte er bereits ein volles Geständnis abgelegt und wurde für eine horrend hohe Kautionssumme wieder freigelassen. Er befand sich bis auf Weiteres unter Hausarrest. Als sein Vater von der Sache erfuhr, war er natürlich mehr als nur empört, und es ging das Gerücht, dass er noch am selben Abend einen Notar angerufen hatte, um seinen Sohn aus dem Testament zu streichen. Wie Anna später erfahren hatte, war Alex nach seiner Verhaftung von Anfang an kooperativ gewesen und hatte bereitwillig über die Zusammenarbeit mit Carl Dubois

Auskunft gegeben: Bei seinem ersten eigenmächtigen Versuch, damals in die Sicherheitssysteme von Light Foods einzusteigen, um Dans Imperium quasi im Alleingang zu stürzen, war er von Dans Assistent auf frischer Tat ertappt worden. Carl hatte seine Hackingversuche eine Weile unbemerkt aus der Ferne beobachtet und alles aufgezeichnet, ehe er ihn schließlich mit den zusammengetragenen Beweisen für den virtuellen Einbruch konfrontiert hatte. Doch statt ihn direkt der Polizei zu übergeben, hatte er ihn vor die Wahl gestellt: Entweder Alex würde die nächsten Jahre wegen Betriebsspionage und Sabotage in einem Berliner Gefängnis versauern und dadurch mit Sicherheit auch sein Erbe verlieren, oder er würde von nun an für Carl arbeiten.

Anscheinend machte Carl Dubois die Drecksarbeit für die Aufsichtsrätin Kate Barnett, und dazu gehörte, eine groß angelegte Sauerei innerhalb von Light Foods zu verschleiern, die tatsächlich etwas mit TASE, vor allem aber mit unglaublich viel Geld zu tun hatte. Geld wiederum war etwas, das Alex verstand, umso mehr, wenn er damit unabhängiger von dem Geldhahn und der Willkür seines Vaters werden konnte. Und für Carl war die viel zu neugierige Aktivistengruppe um Peter und Lisa nicht nur extrem lästig und potenziell gefährlich, sondern gleichzeitig auch ein Glücksfall gewesen: Das geradezu ideale Set-up für eine Geschichte von Ökoterroristen, die einem modernen Zukunftskonzern aus ideologischer Verblendung schaden wollten und dafür über Leichen gingen.

Carl hatte Alex zu diesem Zweck auf Flo angesetzt, den bisherigen Informatiker der Gruppe, der mit Light Foods' IT-Sicherheitssystemen nicht einmal ansatzweise so weit gekommen war wie Alex. Es war einfach genug. Alex war immer noch der Typ, zu dem man ging, wenn man eine Feier etwas würzen wollte. Dann musste Alex Flo nur noch erzählen, wie sehr er Dan Light verabscheute, und er war quasi schon drin. Carl stattete ihn mit allen notwendigen Mitteln, Informationen und vor allem Zugangsdaten aus, um der Gruppe gegenüber glaubhaft darstellen zu können, dass Alex dank seiner brillanten Programmierfähigkeiten die Kontrolle über die Sicherheitssysteme des Konzerns errungen hatte. Im Grunde hatten sie nur noch abwarten müssen, bis die Aktivistengruppe ganz von allein direkt in ihre Falle gelaufen war. Und dann Flos Isolierkanne gegen eine mit verseuchtem Fleischsaft austauschen, die Carl Alex zukommen ließ, als es so weit war.

Kate Barnett war schon bei Erscheinen der ersten Videos von der Kopenhagener Polizei verhaftet worden und hatte, konfrontiert mit Alex' Aussagen, beinahe sofort ihrerseits umfassende Kooperation zugesagt: Ihrer Angabe nach hatte Light Foods vor etwas über sechs Jahren bereits unter dem Druck einer ständig wachsenden Nachfrage vor der Entscheidung gestanden, zuzugeben, nicht so liefern zu können, wie es von Dan Light ständig großspurig verkündet wurde – oder auf anderem Weg zu mehr Fleisch zu kommen.

Philip Angermann selbst war es schließlich gewesen, der – wenn auch unbeabsichtigt – eine Lösung geschaffen hatte: Er hatte den Aufsichtsrat und Dan Light bereits acht Jahre zuvor mit einer alten Bekannten, der dänischen Regionalpolitikerin Ylva Rask, bekannt gemacht. Seine Idee war es gewesen, der Rask mit Spenden und Öffentlichkeitsarbeit zu helfen, den von ihr begehrten Posten im EU-Agrarrat zu erlangen – um im Gegenzug dafür die Vorschriften und Konditionen für Produktion und Vertrieb von InVi-Produkten wesentlich zu erleichtern.

Wie Barnett feststellte, war das, was Rask in den kommenden Jahren allerdings wirklich brauchte, Geld. Fast ihr komplettes Vermögen stammte aus dem Schlachtereikonzern ihrer Familie, der die Umstellung auf Fleischersatzprodukte, allem Schein zum Trotz, finanziell nicht verkraftet hatte. Niemand wollte kaufen, was sie anzubieten hatten, vor allem nicht bei einer viel hochwertigeren Konkurrenz wie Beyond Meat, Rügenwalder, Impossible Foods oder eben Light Foods. Außerdem kauften seit dem ersten TASE-Ausbruch vor vier Jahren merklich weniger Leute Produkte aus herkömmlichem Schlachtfleisch.

An genau das kam Rask damit jedoch reichlich – und sie war es, die Barnett, ihrer Aussage nach, ein Angebot machte, das Light Foods Probleme lösen konnte: Light Foods verkaufte schließlich echtes Fleisch. So echt, dass nicht mal ein Genetiker feststellen konnte, ob dieses Fleisch auf einem Gitter in einem Fass gewachsen war – oder auf vier Beinen in einem Maststall. Und Letzteres konnte Rask liefern – in rauen Mengen und zu Spottpreisen, denn die Produzenten suchten händeringend nach Abnehmern und würden einen Teufel tun, darüber zu reden, wem sie etwas verkauften, solange sie nur überhaupt einen Abnehmer fanden, um sich ein weiteres Jahr über Wasser zu halten. Also sollte Rask ihre Schlachtanlagen reaktivieren und Barnett so lange mit Schlachtfleisch beliefern, das bei Light Foods einfach nur umverpackt und über die offiziellen Lieferwege vertrieben werden konnte. Zumindest so lange, bis die InVi-Anlagen gut genug liefen, damit Light Foods den Bedarf selbst decken konnte.

Das passierte nie, und so wurde aus der Übergangslösung eine Dauereinrichtung und Barnett von Rask abhängig. Denn so schnell Light Foods auch Anlagen ausbaute – die Nachfrage stieg schneller. Barnett sorgte dafür, dass die aufsteigende Politikerin mehr und mehr Anteile an Light Foods erwerben konnte – und Rask lieferte weiter. Bis vor einigen Monaten die zweite Welle der TASE-Fälle ausgebrochen war. Es hatte Wochen gebraucht, bis sich der Verdacht erhärtet hatte, dass das etwas mit dem von Rask gelieferten Fleisch zu tun haben könnte, und weitere Wochen, bis sie die Quelle isoliert und beseitigt hatten. Der Katastrophenfall für Rask und Barnett war jedoch bereits eingetreten: Dass die Verbindung zwischen TASE und Light-Foods-Auslieferungen in absehbarer Zeit entdeckt werden würde, war ihnen klar gewesen, als sich die Krankheitsfälle häuften.

Also hatte Ylva Rask einen Plan entwickelt, wie sie ihre Geschäfte verschleiern und bei dieser Gelegenheit auch noch ihre ärgsten Widersacher aus dem Weg schaffen konnten.

Barnetts Aussage nach hatte Rask mit ihrer und Carl Dubois' Hilfe alle nicht zu verbergenden Spuren auf Angermann und Lichter gelenkt: Philip Angermann, dessen eigene Ambitionen ihn mehrfach viel zu nahe an die heimlichen Geschäfte innerhalb des Konzerns geführt hatten. Barnett hatte ihn immer wieder nur mit Mühe (und bei zwei Gelegenheiten mit Alkohol und Sex) von entscheidenden Entdeckungen abbringen können. Und Dan Light, der allen dreien ein ständiger Dorn im Auge gewesen war, hatte sich quasi von selbst als der ideale Sündenbock angeboten. Barnett und Rask waren sich einig, dass Lichter mit seiner ewigen selbstverliebten Exzentrik und seinem Nimbus als Öko-Superstar maßgeblich schuld an der Popularität und den Lieferengpässen Light Foods war und damit dem Konzern schon viel zu lange geschadet hatte. Und Carl hatte seinen Chef offensichtlich einfach verabscheut. Wer also war besser geeignet gewesen, um ihnen das komplette Desaster mit dem verseuchten Schlachtfleisch in die Schuhe zu schieben, als der Gierige und der Heilige? Die Leute sahen Kapitalisten und Idole nur zu gern tief fallen. Wenn es hart auf hart kam, würden sich die zwei unweigerlich gegenseitig zerfleischen.

Ylva Rask wurde früh am Morgen nach Barnetts Verhaftung auf dem Flughafen Brüssel-Zaventem festgenommen, als sie mit einem Koffer voller Geld eine Maschine Richtung Argentinien besteigen wollte. Wie sich schnell herausstellte, hatte sie in den vergangenen Wochen über Umwege beinahe vierzig Prozent der Light-Foods-Aktien aufgekauft. Bei Bekanntwerden dieser Tatsache verwandelte sich die Talfahrt der Aktie vorübergehend in freien Fall, und binnen Tagen waren die Reste des Konzerns verramscht und im Besitz von Wettbewerbern.

Eine genauere Analyse der Videoaufnahmen zeigte, dass die Schüsse auf Angermann und seinen Leibwächter nicht von Daniel Lichter, sondern von Barnetts Bodyguard ausgeführt worden waren, der kurz darauf tot in einem Hotelzimmer in Marokko aufgefunden wurde.

Angermanns Assistentin erholte sich schnell genug von ihrer Schussverletzung, um auf der Beisetzung seines Personenschützers anwesend zu sein und dann ihre Kündigung einzureichen. Angermann selbst ließ aus seinem Sanatorium in der Schweiz Blumen schicken.

Carl Dubois allerdings war spurlos verschwunden und wurde auf eine internationale Fahndungsliste gesetzt.

Für die Presselandschaft waren die rasend schnell aufeinanderfolgenden Ereignisse ein einziges Weihnachtsgeschenk.

SECHSUNDZWANZIG

Dan war im ersten Augenblick wie betäubt. Er starrte Anna wortlos an und brauchte eine ganze Weile, bis zu ihm durchsickerte, was sie gesagt hatte. Er spürte die Tränen aufsteigen. Ein tiefer Schluchzer entrang sich seiner Kehle. Er machte einen Schritt auf Anna zu und schloss sie in die Arme. Dann versuchte er das Gleiche bei Mica, die ihm geschickt genug auswich, sodass die Ehre schließlich seinem Pflichtanwalt zukam, von dem er nicht einmal den Namen wusste. »Alles Gute«, sagte der Wärter und trat unauffällig einen Schritt zurück, bevor Dan auf die Idee kam, auch ihn noch umarmen zu wollen.

Nachdem sie die Formalitäten erledigt hatten und Dan endlich seine Sachen abholen konnte, traten sie vor die Tür der Haftanstalt und wurden von der Meute wartender Pressevertreter überfallen. Dutzende Mikrofone wurden Dan unter die Nase gehalten, und er wiederholte immer wieder dieselben Worte: »Ich bin überglücklich, aber auch unendlich müde. Ich möchte jetzt einfach nur nach Hause und mich ausschlafen.« Auf weitere Fragen hin hob er nur abwehrend die Hände. »Ich möchte jetzt wirklich nur nach Hause!« Mühsam bahnten sie sich ihren Weg durch die Menge und stiegen in eine von Dans übrig gebliebenen Privatlimousinen, nur um diese im nächsten Parkhaus eilig gegen Lisas VW-Bus zu tauschen, der unbemerkt an den Journalisten vorbeiratterte, die auf der Suche nach der Limousine die Parkdecks stürmten. Unbehelligt verließen sie die Anlage.

Hinter der nächsten Kreuzung sah sich Lisa das erste Mal um und grinste. »Lasst uns von hier verschwinden«, sagte sie und trat gemütlich aufs Gaspedal.

Frau Nowak und der Rest der Gruppe erwarteten sie bereits. Frau Nowak hatte Kuchen gebacken, und Dan ließ es sich nicht nehmen, eine Flasche feinsten Veuve Clicquots zu köpfen, den ihm der französische Botschafter zum vierzigsten Geburtstag geschenkt hatte. Sie stießen ununterbrochen an, und Dan versuchte jede einzelne Person im Raum mindestens drei oder vier Mal zu umarmen und machte selbst vor Herrn Petracek nicht halt.

»Du wirkst glücklich«, sagte Anna, als sie einen Augenblick allein auf dem schmalen Balkon standen, der auf den Hinterhof des Gebäudekomplexes hinausblickte. Es war inzwischen dunkel genug geworden, um hier oben vor den Augen etwaiger Presseleute unsichtbar zu sein, und ein paar Sterne kämpften sich durch den hellen Berliner Nachthimmel. Obwohl es mindestens fünf Grad minus sein mussten, spürte Anna die Kälte kaum.

»Hmhm«, machte Dan. »Geht so. Ich hatte mal eine Firma, die in der Welt wirklich etwas hätte bewegen können. Und ich hab sie nicht mal selbst kaputtmachen dürfen. Aber hey, ich lebe noch, ich hab 'ne ›Du kommst aus dem Gefängnis frei‹-Karte bekommen, und die Arschlöcher, die mich drankriegen wollten, sind dank euch jetzt selbst dran. Wenn das mal kein Grund zum Feiern ist.« Mit einem schmalen Lächeln sah er zu den Sternen hinauf. »Aber im Ernst – ihr hättet mich einweihen können. Wenigstens, dass Lisa mit im Wagen ist. Das war wirklich hinterhältig.«

Anna lachte auf. »Nein, eher nicht. Entschuldige, aber du bist echt nicht der vertrauenswürdigste Typ. Wir konnten schlecht riskieren, dass du sie aus Versehen verrätst.«

»Nicht vertr...? Na danke. Weißt du, wie fertig mich das gemacht hat? Ich dachte, ihr hättet mich einfach den Wölfen zum Fraß vorgeworfen!«

Anna zuckte grinsend mit den Schultern. »Wäre doch ein passendes Ende für Dan Light gewesen, oder?«

»Witzig.« Dan wurde ernst. »Als ich im Gefängnis war, wusste ich wirklich nicht mehr, wie es weitergehen sollte. Ernsthaft, ich war völlig verzweifelt.« Er schwieg einen Moment, bevor er gedämpft weitersprach: »Es gab einen Moment dort drin, da dachte ich, ich mach einfach Schluss. Was soll's. Vorbei und gut. Die einfachste Lösung.« Er musterte den Himmel und leerte dann in einem Zug sein Glas. »Kein Gefängnis mehr, keine Erniedrigungen, keine Schmerzen. Aber dann, auf einmal, da hat sich der Vorhang bewegt und ganz von allein aufgetan. Und dahinter kam ein Leuchten hervor, so überirdisch, dass ...« Er hielt inne und kratzte sich verlegen am Hinterkopf. »Du hältst mich jetzt wahrscheinlich für bescheuert.«

»Natürlich halte ich dich für bescheuert«, sagte Anna grinsend. »Das weißt du doch. Aber erzähl ruhig weiter.«

Dan grinste ebenfalls und schüttelte dann den Kopf. »Ich habe ein Licht gesehen, vielleicht sogar ein ganz besonderes Licht. Ich ... verstehst du?«

»Gott?«

Dan runzelte die Stirn. »Was? Nein. Eigentlich nicht, nein.« Er machte eine unbestimmte Geste mit dem Champagnerglas, hielt dann jedoch inne. »Obwohl ... Vielleicht kann man eine metaphysische Erkenntnis auch so nennen. Daniel Lichter – ich meine, der Name ist doch irgendwo Programm, nicht wahr? Das Licht, das die Dunkelheit durchdringt, das die Welt erhellt, so wie ...«, er stockte, schien nach Worten zu suchen, und Anna sah ihn misstrauisch an.

»Was – wie ein Heiliger? Das wird gerade ziemlich religiös hier. Willst du mir erzählen, dass du einen Kult gründen willst?«

»Hä?« Dan erwiderte ihren Blick verwirrt. »Nein, ich wollte eigentlich so was sagen wie: So wie mein Bruder, der den Kindern in Afrika das Lesen und Schreiben beibringt. So jemand kann sich doch nicht einfach hängen lassen. Der wird doch gebraucht. Der muss ein Vorbild sein.«

»Ah«, sagte Anna. Als Dan wider Erwarten nicht mit einer Pointe nachsetzte, nickte sie langsam. »Das klingt gut. Ich meine, wirklich gut.«

»Nicht wahr?« Dan lächelte und sah wieder zu den Sternen hinauf. »In diesem Kopf hier stecken noch eine Menge brillanter Ideen! Und ich glaube, ich weiß auch schon, wie man damit Geld ...«

Anna runzelte die Stirn und öffnete den Mund. Doch bevor sie etwas sagen konnte, flog die Balkontür auf, und Lisa sah zu ihnen nach draußen. »Hey, da seid ihr ja. Na los, kommt rein, die Nachrichten fangen an! Wir sind das Thema des Tages, Leute!«

»Und außerdem machen wir die nächste Flasche auf«, rief Flo aus dem Hintergrund. »Das Zeug steigt in die Birne wie nix.«

Dan grinste und zuckte mit den Schultern. »Na dann«, sagte er mit belegter Stimme. »Dann lass uns mal wieder reingehen und mittrinken. Der Champagner war schließlich nicht gerade billig.«

SIEBENUNDZWANZIG

Westaustralische Sandwüste, irgendwo im Outback, achtzig Kilometer nordwestlich des Telfer Airport, am Ufer eines flachen Sees, mitten im braunroten Nirgendwo. Eine Landschaft, die, abgesehen vom See, bemerkenswert den Bildern von der Marsoberfläche ähnelte. Was auch genau der Grund war, warum das flache, gesichtslose Gebäude hier errichtet worden war. Im Grunde sah es aus wie eine ineinander verschachtelte Ansammlung grauer Betonblöcke, die der allgegenwärtige Staub langsam, aber sicher in dasselbe Rot färbte wie alles andere hier. Eine kleine Solarfarm erstreckte sich über einige Hundert Meter, und ein hoher, von Stacheldraht gekrönter Maschendrahtzaun umschloss die gesamte Anlage.

Aborigine-Land, offiziell gepachtet von einer indischen Minengesellschaft namens Vedani Ryo Mining. Allerdings gab es hier schon seit Jahren keinen Minenbetrieb mehr, und das Gelände wirkte beinahe verlassen. Was absolut täuschte. Hinter den verspiegelten, staubigen Fenstern des alten Minengebäudes lagen voll klimatisierte Räume, in denen derzeit dreißig Männer und Frauen arbeiteten, nahezu hermetisch von der Außenwelt abgeschlossen, sowohl von der glühend heißen, lebensfeindlichen Landschaft rings umher, als auch vom normalen Leben dort draußen. Sie hätten genauso gut auf dem Mars sein können, und genau das gehörte zum Konzept dieser Anlage. Tief unter ihnen in der ehemaligen Mine befand sich ein biologisches Forschungslabor der Sicherheitsklasse drei, zu dem Versuchsfelder und Wachstumstanks gehörten, die sich über Hunderte Meter durch den Untergrund erstreckten. Neben den dreißig Menschen innerhalb der Anlage wusste nur eine Handvoll Personen über ihre Existenz Bescheid, und noch weniger kannten ihren Zweck. Ein Konzern mit Wurzeln in Europa und Indien hatte diesen Ort geschaffen, um fernab vor neugierigen Augen Forschung zu betreiben, ohne von Auflagen und Kontrollen behindert zu werden.

Was jedoch auch das Outback nicht verhindern konnte, war das Ausbleiben von Geld. Die genauen Zusammenhänge kannte innerhalb der Anlage niemand, aber die Wirren in Folge des Zusammenbruchs von Light Foods hatten irgendwie dafür gesorgt, dass Geldmittel genauso ausblieben wie der Nachschub an dringend benötigten Materialien. Noch erreichte sie der wöchentliche Truck mit Lebensmitteln, Post und dem einfacheren Zubehör, doch irgendetwas stimmte nicht.

Niemandem hier blieb das verborgen. Eventuell wussten die Anlagenleiterin und ihr Stellvertreter mehr, doch beide waren so verschlossen wie nie.

Der Biologe überflog die interne Message auf seinem Monitor erneut. Eine der Labortechnikerinnen hatte ihm einen Tipp gegeben. In fünf Tagen stand ihre nächste Gehaltszahlung an – und sie würde dieses Mal ausfallen. Natürlich würden sie vertröstet werden, aber Ben wollte sich lieber keine Illusionen machen. Man hatte ihnen den Geldhahn endgültig zugedreht, und es war nur eine Frage der Zeit, wann ihre Versetzungen verkündet wurden. Oder ihre Entlassungen. Der Biologe war sich ziemlich sicher, dass er in diese Kategorie gehören würde. Etwas in seiner Wange zuckte, und er verzog das Gesicht. Drei Jahre seines Lebens hier draußen, drei Jahre, in denen er mit niemandem wirklich über das reden durfte, woran sie arbeiteten. Die luxuriöse Ausstattung der Anlage konnte ihn nicht darüber hinwegtäuschen, dass er hier ein Gefangener war. Ein bisher ganz gut bezahlter, aber wenn das auch noch aufhörte …

Nein. Es gab Alternativen, das hatte ihm die Labortechnikerin vor drei Wochen schon klargemacht. Darunter eine besonders lukrative. Es gab andere Unternehmen, die Interesse an den Forschungsarbeiten dieses Labors hier hatten, und die indische Technikerin hatte durchblicken lassen, dass sie Kontakte hatte, die für Proben und Daten angemessene … Aufwandsentschädigungen bieten würden. Und rein hypothetisch böte sich mit dem freitäglichen Versorgungstruck eine Gelegenheit, die Anlage zu verlassen. Heute war Freitag.

Der Biologe betrachtete einige Minuten schweigend das Sicherheitsfenster des Probenraums am anderen Ende seines Büros. Dann lehnte er sich vor und tippte eine Antwort auf den Vorschlag der Technikerin.

Die Reaktion kam beinahe sofort. *Du hast 30 Minuten. Kein Gepäck außer den Probenkoffer, kein Wort zu irgendwem. Treffen uns an der Laderampe. Alle Aufzeichnungen inklusive Nachrichten werden gelöscht. Okay?*

Der Biologe starrte die Nachricht an. Dann tippte er: *Okay.*

Das Nachrichtenfenster blieb für einen Moment unbewegt – dann verschwanden sämtliche Einträge und wurden von der Mitteilung *Keine Nachrichten vorhanden* ersetzt. Das war's dann wohl. Er schloss das Nachrichtenprogramm, schaltete den Bildschirm in Stand-by und ging ohne Hast zur Sicherheitsschleuse, die in den Forschungstrakt führte. Fünf Minuten zum Anlegen der Sicherheitskleidung, zehn Minuten zum Packen der Proben in einen gekühlten Hochsicherheits-Transportkoffer, fünf weitere, um das Labor wieder zu verlassen. Mehr als genug Zeit. Dennoch schwitzte er. Nicht, weil irgendetwas an den Proben toxisch war. Mehr schon, weil er gerade im Begriff war, die Produkte von einem Jahrzehnt Forschung zu entwenden. Bakterien und Algen, deren Genmaterial so verändert war, dass sie auch in Umgebungen gedeihen konnten, die durch Umwelteinflüsse von Versalzung, Hitze oder Kälte über Trockenheit und Überdüngung bis hin sogar zu Strahlung nahezu lebensfeindlich geworden waren. Dieser Stoff konnte die Basis für die Nahrungsproduktion der Zukunft werden – oder der Albtraum jedes Ökosystems. Soweit der Biologe wusste, verboten mindestens ein Dutzend internationaler Abkommen die Arbeit an dieser Art von Produkten – was wenigstens ein halbes Dutzend Staaten nicht davon abhielt, genau das zu tun. Wenn die Labortechnikerin auch nur ansatzweise recht hatte, gab es Konzerne, die für den Inhalt dieses Koffers zweistellige Millionenbeträge ausgeben würden. Wenn es nach ihm ginge, war das das Mindeste.

Er verschloss das innere Siegel des Containers, überprüfte den Stand der Akkus ein letztes Mal und verschloss die äußere Hülle mit einem elektronischen Code. Dann warf er einen letzten Blick auf die Versuchsgärten, die sich unter rosa glühenden Pflanzlampen tief in den hermetisch abgeriegelten Minenschacht zogen, und trat zurück in die Dekontaminationsschleuse. Zwölf Minuten.

Er hängte seinen Anzug auf, verstaute den Koffer auf einem Rollwagen voller Leercontainer und schob ihn in den Lastenaufzug. Fünf Stockwerke bis zu den Lagerräumen. Der Biologe rieb sich die verschwitzten Hände und sah erneut auf die Uhr. Zehn Minuten. Er hatte noch Zeit genug, um in sein Zimmer zu huschen und einige Dinge zusammenzupacken. Nicht viel, aber ein paar Sachen zumindest. Geld, Ausweise, Kreditkarten. Obwohl – brachten die ihm irgendetwas? Konnte er die überhaupt benutzen? Würde er damit eine Spur hinterlassen? Egal. Vielleicht waren sie später nützlich. Seinen Laptop und die Speicherkarten mit seinen Fotos. Und ...

Der Aufzug hielt im ersten Untergeschoss. Er schluckte erneut und schob den Wagen in die nur spärlich von einigen LED-

Bändern erleuchtete Ladehalle. Sie war leer, und er fühlte, wie ihm vor Erleichterung ein Schauer den Rücken hinunterlief. Hastig schob er den Wagen, dessen Räder für seine Ohren viel zu laut ratterten, ans andere Ende der großen Halle, an der der riesige Auflieger des Lastwagens angedockt bereitstand. Vorsichtig schaute er hinein. Wie es aussah, war die heutige Lieferung bereits ausgeladen, denn statt eingeschweißter Paletten lagen im hinteren Teil des Containers vor allem Berge von Müllsäcken. Das bedeutete wohl, dass der Fahrer gerade noch zum Essen in der Kantine war. Gut, das gab ihnen vermutlich noch etwas mehr Zeit. Er stemmte sich erneut gegen den Wagen, um ihn in den Container zu rollen, als ihn jemand ansprach und ihm damit fast einen Herzinfarkt bescherte.

»Was zum Teufel wird das?«

Der Biologe zuckte zusammen und fuhr herum. Die Labortechnikerin stand hinter ihm, eine Reisetasche über der Schulter, und starrte ihn fragend an. »Das da. Mit dem Wagen.«

»Na ja, da ist der Koffer drauf.«

»Und warum nimmst du ihn nicht runter?«

»Ich ...« Der Biologe zögerte und zuckte dann mit den Schultern, um schließlich wortlos den Koffer zwischen den Kisten hervorzuholen.

»Das sind die Proben? Alle?«

»Alle?« Der Biologe schüttelte verwirrt den Kopf. »Wir haben da unten Tausende. Das sind die wichtigsten. Zumindest so viele, wie wir wegschaffen können. Okay. Eigentlich muss ich noch kurz in mein Zimmer. Ich brauche fünf Minuten. Was machen wir dann? Verstecken wir uns im Container?«

Die Technikerin schnaubte. »Und gehen das Risiko ein, dass die das Ding erst mal zwei Tage in der prallen Sonne parken? Wir stehlen den Lastwagen.«

»Was?« Der Biologe riss die Augen auf. »Wir stehlen ... Ich könnte den nicht mal fahren!«

Die Technikerin zuckte mit den Schultern. »Ich schon. Komm jetzt, wir haben keine Zeit mehr.«

»Aber ich muss noch meine Sachen ...!«

»Du wirst nichts mehr davon brauchen. Hundert Millionen! Du kannst dir alles davon kaufen, was du willst!«

»Aber ich ...« Der Biologe schluckte erneut. »Hundert?«

»Für jeden von uns. Mindestens. Kommst du?«

»Wird das nicht auffallen, wenn wir den Truck stehlen? Ich meine, die brauchen nur den Rover nehmen und haben uns in kürzester Zeit.«

»Der Rover fährt nirgendwo hin«, sagte die Technikerin knapp. »Und von denen auch niemand.«

Irgendetwas an ihrem Tonfall ließ den Biologen aufhorchen. »Weil?«

»Weil das Propangaslager leck ist. Jetzt komm schon. Das wird hier gleich heftig knallen.«

Er erstarrte. »Aber ... das ist direkt unter der Küche! Und im Moment sind alle in der Kantine! Wenn das ... wir müssen sie warnen!«

»Müssen wir? Oder müssen wir zweihundert Millionen Dollar verdienen?«

»Aber ... Wenn da etwas explodiert, werden sie sterben!«

Die Technikerin zuckte mit den Schultern. »So was kommt vor. Ziemlich oft sogar, auf der ganzen Welt. Ständig. Man sollte wirklich langsam davon absehen, alles Mögliche mit Gas zu machen.«

»Ist das dein Ernst?« Er machte einen Schritt rückwärts, dann einen weiteren.

»Was meinst denn du, wie wir hier unbemerkt wegkommen, hm? Du klaust hier gerade die wertvollsten Proben Australiens! Und das will was heißen – die bauen hier Diamanten ab. Du glaubst doch nicht, dass die uns in Ruhe lassen, wenn wir einfach so von hier abhauen!«

»Aber das sind Menschen!« Der Biologe umfasste instinktiv den Koffer fester, und sie seufzte.

»Komm, du kannst die doch selbst nicht ausstehen. Die meisten davon sind Arschlöcher, und wir sitzen hier schon viel zu lange aufeinander. Wir werden für unsere Arbeit hier nie Anerkennung bekommen – und Geld jetzt ja offensichtlich auch nicht mehr. Ich mache nur das Beste draus. Und du?«

»Trotzdem! Du redest von Mord, ist dir das klar?«

»Ich rede von einem bedauerlichen Unfall, bei dem sie in 'ner eingestürzten Mine, in einem Labor, das eigentlich gar nicht existiert, wochenlang nach unseren Leichen suchen können.« Die Technikerin verdrehte die Augen. »Und selbst wenn jemand was ahnt, werden sie's auf den Trucker schieben. Zeit genug, für immer unterzutauchen. Komm jetzt.«

Der Biologe schüttelte den Kopf. »Nein. Da mach ich nicht mit.«

Sie sah auf ihre Uhr und seufzte erneut. Dieses Mal klang es gereizt. »Bisschen spät für Gewissensbisse. Wir haben noch drei Minuten. Also pack den Koffer ins Cockpit und steig ein!«

»Vergiss es.« Er umklammerte den Koffer. »Das läuft so nicht.«

Die Technikerin schüttelte den Kopf. »Das läuft nur so. Mit einem Timer.« Sie griff in ihre Reisetasche und holte eine Pistole heraus. Der Biologe erstarrte. »Du hast nur zwei Optionen. Du kannst jetzt mitkommen oder bleiben und mit draufgehen. Letzte Chance.«

»Du bist ja irre.«

»Unhöflich.« Sie schoss ihm ins Knie.

Er schrie auf und ließ den Koffer fallen, als ihn gleißender Schmerz durchfuhr und das Bein unter ihm nachgab. »Deine Sache. Ich hatte wirklich vor, mit dir zu teilen.«

Die Technikerin hob den Koffer auf und ging nach draußen. Eine Minute später legte der Truck ab und rollte die staubige Straße hinauf. Er hatte die erste Hügelkuppe beinahe erreicht, als hinter ihr, unten am Seeufer, eine dumpfe Explosion zu hören war. Das Dach der Anlage sackte nach unten, und eine Rauchwolke stieg in den diesigen Himmel auf. Kurz darauf erschütterte eine weitere Explosion das Gebäude, und mehr Rauch und Flammen quollen daraus hervor. Die Labortechnikerin warf einen letzten Blick in den Rückspiegel, bevor der Hügel die Aussicht auf die brennende Anlage versperrte. Dann blickte sie nie wieder zurück.

Die dritte Explosion erfolgte erst eine Stunde später, als das Feuer die Leitungen der Sauerstofftanks erreicht hatte. Die zweite Explosion hatte nicht nur die komplette Computeranlage mit sämtlichen Aufzeichnungen der Überwachungskameras und alle Forschungsdaten, sondern auch die Elektronik der Löschanlage zerstört, die deshalb auch nicht auslöste, als die Tankexplosionen die Laborebenen erschütterten. Einen Tag später sackte der Seeboden ein, und das Wasser füllte langsam, aber unaufhaltsam die unterirdischen Versuchsfelder und Laborkammern. Einen Monat danach färbte eine ungewöhnliche Algenblüte den abgelegenen Wüstensee pink. Tausende kleiner silberner Fische trieben an seiner Oberfläche.

ACHTUNDZWANZIG

Anna hatte Telefon und Handy abgestellt und sich mit Kopfhörern auf den Ohren in Peters Wohnung verbarrikadiert. Sie wollte an nichts denken und mit niemandem reden. Einfach nur Musik hören und in alten Alben blättern. Das penetrante Klingeln an der Tür ignorierte sie so lange erfolgreich, bis sie darüber hinaus auch noch Herrn Petraceks aufgeregtes Bellen zu hören glaubte. Sie nahm die Kopfhörer von den Ohren und stieß einen Seufzer aus.

Frau Nowak stand vor der Tür. Sie wirkte aufgeregt und besorgt. Lisa hätte versucht, Anna zu erreichen, und als sie sie über das Telefon nicht erreicht hatte, hatte sie Frau Nowak angerufen und ihr ausrichten lassen, dass Anna unverzüglich ins Krankenhaus kommen solle. Genaueres wusste Frau Nowak allerdings nicht.

Hastig zog Anna ihre Jacke über und verließ das Haus. In der S-Bahn zog sie ihr Handy hervor und schaltete es ein. Tausende Nachrichten rauschten über das Display, darunter mehrere Anrufversuche und WhatsApps von Lisa. Sie machte sich Vorwürfe, dass sie nicht erreichbar gewesen war, und schrieb Lisa eine Nachricht, dass sie auf dem Weg wäre. Im Krankenhaus stürzte sie die Treppen hinauf, immer zwei Stufen auf einmal. Sie riss die Tür von Peters Zimmer auf und blieb keuchend stehen.

Lisa saß auf einem Stuhl vor dem Bett. Ihre Schultern bebten.

Weinte sie? Als Anna vorsichtig näher trat, wandte Lisa sich um. Tränen rannen ihr über das Gesicht. Anna öffnete den Mund.

»Ist er …?«

Lisa lächelte. »Er ist aufgewacht.«

Anna schloss die Augen und stieß langsam die Luft aus. »Ihr macht mich alle fertig.«

Peter war schon eine ganze Weile wach gewesen. Zu Anfang hatte er kaum reden können und viel getrunken, weil seine Kehle völlig ausgetrocknet war. Zwischendrin hatte ihn immer wieder mal die Müdigkeit übermannt, und er war eingeschlafen, aber nun hatte er die Augen geöffnet. Er war blass und wirkte erschöpft, doch in seinen Augen lag bereits wieder dieses schelmische Glitzern, das die Leute so an ihm liebten. Anna trat an das Bett heran und sah auf ihn hinab. Sie traute sich nicht, ihn zu umarmen, weil er so gebrechlich aussah. Stattdessen legte sie ihm nur die Hand auf den Arm und schnaufte. »Du siehst scheiße aus, Bruderherz.«

»Du …« Peter räusperte sich. Seine Stimme klang schwach und kratzig. »Du aber auch.«

Sie grinsten beide.

Anna tätschelte ihm unbeholfen den Arm. Die Tränen schossen ihr in die Augen, und eine Zeit lang gelang es ihr nicht, auch nur ein Wort herauszubringen. Lisa drückte ihr ein Taschentuch in die Hand.

Als Peter um ein Glas Wasser bat, sprang Anna dankbar auf, um sich darum zu kümmern. Peter machte kleine Schlucke. Das Trinken fiel ihm sichtlich schwer. Schließlich stellte Anna das Glas behutsam auf dem Nachttisch ab.

Peter räusperte sich. »Ihr wirkt beide ziemlich mitgenommen«, krächzte er. »Ist irgendetwas vorgefallen, während ich … weg war?«

Anna und Lisa sahen sich an.

»Behördenkram«, sagte Anna mit einem Achselzucken.

»Ein kleiner Lebensmittelskandal«, sagte Lisa.

»Und Dan Light wurde aus seiner eigenen Firma rausgeschmissen und hat versucht, mich zu entführen. Danach ist sein Haus an der Müritz in die Luft geflogen ...«

»... und man hat versucht, euch umzubringen«, ergänzte Lisa.

»Ja, aber das Schlimmste war, dass ich mit Dan in einem Hotelzimmer übernachten musste.« Angewidert verzog Anna das Gesicht.

»Das war's im Großen und Ganzen«, sagte Lisa. »Den Rest erzählen wir dir, wenn du wieder auf dem Damm bist.«

Peter sah von einer zur anderen und runzelte die Stirn. »Habt ihr zu viel Jasmintee getrunken?«

Die Stationsärztin, die Anna vor einigen Tagen schon beraten hatte, betrat das Zimmer. Dr. Winkler wäre leider verhindert, da er sich beim Golfspielen den Finger gebrochen habe. Sie hatte ein paar Unterlagen mitgebracht, die sie mit ihnen durchgehen wolle. Die letzten Untersuchungsergebnisse sahen sehr positiv aus. Es würde zwar noch einige Zeit dauern, bis er das Krankenhaus in eine Rehaklinik verlassen konnte, und er würde sicherlich noch das eine oder andere Mal operiert werden müssen, aber seine Fortschritte waren ausgezeichnet. Anna war erleichtert. Nachdem die Stationsärztin fertig war, verließ sie ebenfalls den Raum und ließ Peter und Lisa für eine Weile allein.

Auf dem Weg zum Kaffeeautomaten traf sie auf Georg. Sie freute sich, ihn zu sehen. Dieses Mal allerdings hatte die Cafeteria sogar geöffnet, und so kamen sie beide zu einem tatsächlich einigermaßen brauchbaren Kaffee.

»Du zahlst«, sagte Georg mit einem spöttischen Lächeln.

Anna zog die Augenbrauen hoch. »Du hast es nicht vergessen. Mist.«

»Und ein Sandwich, bitte.«

Georg interpretierte ihren Seitenblick richtig, und sein Lächeln wurde breiter. »Als Entschuldigung«, fügte er hinzu. »Dafür, dass du dich tagelang nicht gemeldet hast.«

»Ich war ... beschäftigt.«

»Ich weiß. Auch wenn ich es nicht von dir erfahren habe. Deswegen ja die Entschuldigung.«

Anna schnaubte in gespielter Entrüstung. »Als ob ich meine Probleme irgendeinem Barmann erzählen würde.«

Georg zuckte mit den Schultern. »Aber genau dafür sind wir doch da. Das ist Teil der Jobbeschreibung. Gute Getränke, zuhören und, wo möglich, ein paar Plattitüden. Ich habe extra ein Buch dafür.«

»Was? Du hast ein Buch über Plattitüden?«

»Klar. Barmann-Grundausstattung. Darauf legen wir unseren Amtseid ab«, erklärte Georg vollkommen ernst. Erst als Anna losprustete, schlich sich ein Grinsen auf sein Gesicht. »Nein, eigentlich war's ein Geschenk von einem Freund.«

»O Gott.«

»Ja. Tomate-Mozzarella, bitte.«

Anna kaufte zwei Sandwiches, zahlte und folgte Georg an einen der Tische. Der Raum war fast leer, abgesehen von zwei älteren Frauen und einem Mann mit Gipsfuß, der in einer Zeitschrift blätterte, auf deren Cover ein Bild von Dan Light prangte. Dieses Mal wieder ohne den Leuchtturm von Mordor im Hintergrund.

»So, und was bringt dich endlich mal wieder hierher?«, fragte Georg, während er sein Sandwich auspackte. »Wie geht's deinem Bruder inzwischen?«

Anna lächelte breit. »Das ist es ja gerade: Er ist heute aufgewacht! Ich habe ihn gerade gesprochen. Ich hab noch keinen der Ärzte gehört, aber seine Witze sind immer noch genauso schlecht wie vorher. Man kann eben nicht alles haben, oder?« Sie lachte über Georgs Gesichtsausdruck. »Im Ernst – es sieht so aus, als hätte er riesiges Glück gehabt und könnte wieder auf die Beine kommen. Mit der Zeit.«

Georg, der gerade sein Sandwich zum Mund führen wollte, erstarrte. »Wow. Das ist ja großartig! Ich ... ich hatte es ja gehofft, aber nicht geglaubt. Ich muss ehrlich sein: Soweit ich gehört habe, ist es gar nicht so häufig, dass Komapatienten wieder aufwachen. Und vor allem so schnell. Manchmal dauert es Jahre und ...«

»... und im Moment ist mir das völlig egal. Er ist wach!«

»Stimmt. Absolut. Und das ist alles, was zählt! Ich freu mich für euch!« Er biss in sein Sandwich, und seine Augen wurden größer. »Wow. Das ist tatsächlich gut!«

Anna nickte mit vollem Mund. »Unerwartet.«

Georg schluckte seinen Bissen. »So. Und du bist jetzt also eine richtige Heldin, wie ich gehört habe.«

»Sagt man das?«, nuschelte Anna.

»Es steht in der Zeitung, da muss es ja wohl stimmen.«

»In der Zeitung steht auch, dass Dan Light ein Wohltäter ist.«

»Wie ist er denn so im echten Leben?«

»Das möchtest du gar nicht wissen.«

»Hattet ihr ...«, er warf einen Seitenblick auf die Zeitschrift, die der Mann mit dem Gipsfuß las, »ich meine ...«

»Eine Affäre?« Sie sah ihn von der Seite an. »Es steht in der Zeitung, da muss es ja wohl stimmen.«

Georg errötete. »Sorry, das war eine dumme Frage.«

Sie kaute eine Weile auf ihrem Sandwich herum und sah dann wieder auf. »Glaubst du denn, dass ich einen so schlechten Geschmack habe?«

»Nein.«

»Das will ich auch hoffen. Wie geht es deiner Großmutter?«, fragte sie, um das Thema zu wechseln.

»Unverändert. Na ja, fast. Ich glaube, sie erkennt mich jetzt gar nicht mehr. Gestern Nachmittag wollte sie mir ein Trinkgeld zustecken, weil ich doch immer so höflich wäre und mich um so viele Gäste auf einmal in diesem Hotel kümmern muss.«

Anna lachte bei dieser Vorstellung unwillkürlich laut auf –

und erschrak gleich darauf über sich selbst. »Entschuldige«, beeilte sie sich zu sagen. »Das war so nicht gemeint. Es tut mir leid. Ich ...«

»Schon in Ordnung.« Georg grinste wehmütig. Ich fand es ja selbst komisch. Auch wenn sie sich an nichts erinnert, ist sie immer noch ein herzensguter Mensch. Irgendwie ist sie also immer noch sie selbst. Das ist tröstlich.«

Der Mann mit dem Gipsfuß sah zu ihnen herüber und runzelte die Stirn. Er versuchte wohl zu ergründen, ob es sich bei der Frau da drüben an dem anderen Tisch um die aus den Nachrichten handelte. Da der Mann neben ihr allerdings nicht wie Dan Light aussah, senkte er wieder den Kopf und vertiefte sich in seine Lektüre. Eine Angestellte der Cafeteria kam mit einem Rollwagen vorbei, um schmutziges Geschirr von den Tischen zu räumen. Anna und Georg reichten ihr ihre leeren Teller.

»Ich glaube, ich muss deine Großmutter mal besuchen«, sagte Anna.

»Du könntest eine Menge Geld an ihr verdienen. Sie sieht dich doch jetzt jeden Tag in den Abendnachrichten. Wahrscheinlich hält sie dich für die Inhaberin des Hotels.«

Anna grinste. »Apropos. Wie läuft es im Café?«

»Es geht.« Georg zuckte mit den Schultern. »Studenten sind nicht gerade die Klientel, die viel Geld dalassen kann. Und seit sie mit Karte zahlen können, geben sie noch viel weniger Trinkgeld als früher. Manchmal gar keins mehr. Drüben in Friedrichshain bieten sie aber ein Café zur Verpachtung an. Es ist ziemlich teuer, aber hat eine gute Lage. Ich denke, ich sehe mir das diese Woche mal an.«

»Du willst ein eigenes Café aufmachen?«

Er zuckte wieder mit den Schultern. »Na ja, das ist jetzt nicht so spannend wie das, was du so in letzter Zeit erlebt hast. Eigentlich ist es ziemlich banal. Ich vermute, du willst die Details jetzt nicht wirklich hören.«

»Doch, natürlich!«, sagte Anna. Und zu ihrer Überraschung stellte sie fest, dass sie es wirklich so meinte. Sie hatte überhaupt keine Lust mehr, über Light Foods und diesen ganzen Mist zu reden. In nächster Zeit würde sie ohnehin noch zur Genüge mit diesem Thema belästigt werden. Vor allem, da der Ärger mit der Staatsanwaltschaft noch nicht ganz ausgestanden war. Sie wurde zwar wie eine Heldin gefeiert, und etliche Politiker hatten sich ihrer Sache angenommen, um ein Stück von ihrem Ruhm abzubekommen, aber nichtsdestotrotz hatte sie ja eine Art Verbrechen begangen. Außerdem musste sie demnächst auch noch gegen Ylva Rask und Alex aussagen und konnte deshalb noch nicht mal die Stadt verlassen. Sie war also froh über jede Ablenkung. »Du kannst mir das Café ja gern mal zeigen, wenn du Zeit hast.«

Georg lächelte. »Morgen?«, fragte er spontan.

»Morgen klingt gut.«

EPILOG

Ich danke Ihnen, dass ich heute Abend hier sein kann«, sagte Dan der Moderatorin zugewandt, die neben ihm in einem sündhaft teuren Bühnensessel saß. Scheinwerfer strahlten von der hohen Studiodecke, leuchteten die Sitzgruppe wohlwollend aus und nahmen Dan beinahe die Sicht auf das Publikum im Dämmerlicht vor der Bühne. Aber nur beinahe, und das war die Hauptsache. Er hatte auf einem Live-Interview bestanden. Dan Light brauchte das Publikum mindestens genauso wie das Publikum ihn. »Und damit meine ich nicht nur Sie, Zeynep, sondern auch all die Menschen im Publikum, die an mich geglaubt und damit dafür gesorgt haben, dass ich eine zweite Chance erhalten habe.«

»Wir sind, ehrlich gesagt, alle ein wenig verwundert, was Sie, Dan Light, nach dem Desaster um Ihren Konzern wieder zurück ins Rampenlicht treibt«, sagte die Moderatorin und wich damit schon jetzt vom vorab besprochenen Fragenkatalog ab.

Dan lächelte sie breit an. »Nennen Sie mich doch Daniel. Wenn ich eines aus den vergangenen Monaten gelernt habe, dann, dass Bescheidenheit und Ehrlichkeit essenziell sind. Also: Daniel Lichter.« Wenn sie improvisieren wollte, dann konnte er das auch. Er trug schließlich auch demonstrativ das »You can't always get what you want«-Stones-T-Shirt, in dem er vor so vielen Monaten verhaftet worden war. Selbst wenn es ihr entging – es würden genug Leute bemerken.

Zeynep quittierte seinen Punkt mit einem knappen Nicken. »Also gut, Daniel. Warum sind Sie zurück? Sie haben sich einmal verbrannt und haben Ihren kompletten Konzern verloren, Ihr Lebenswerk, das jetzt andere fortführen. Und doch haben Sie verkündet, dass Sie zurück seien. Was heißt das?«

»Lebenswerk?« Dan lachte und lehnte sich entspannt zurück. »Das klingt ja gerade so, als wäre ich bereits tot! ›Sein Lebenswerk war es, sich von der Schlachtereimafia über den Tisch ziehen zu lassen und seine Firma an seinen größten Konkurrenten zu verlieren.‹ So in der Art.« Er ahmte den Tonfall der Moderatorin ziemlich gut nach, und eine Welle der Erheiterung lief durch das Publikum. Dan setzte sich wieder ein wenig auf und wurde ernster. »Nein, im Ernst, Zeynep, ich weiß genau, was ich verbockt habe und wo ich zu vertrauensselig war. Aber das heißt noch lange nicht, dass das mein Lebenswerk war. Ich betrachte es vielmehr als einen nicht ganz gelungenen Testlauf. Sie waren ja mal beim Theater, soweit ich weiß. Dann wissen Sie ja, was man sagt: Wenn die Generalprobe ins Wasser fällt, wird die eigentliche Vorstellung ein voller Erfolg.«

»Und was müssen wir uns darunter vorstellen? Was spielen Sie jetzt?«

»Zugegeben, der Vergleich war tatsächlich etwas schief.« Dan hob ergeben die Hände und ließ sie wieder fallen. »Keine Spielchen mehr. FU-Meat hat zwar meinen Konzern und meine Produktionsstätten übernommen ...«

»Sie meinen FutureMeat«, warf Zeynep ein, »den nach der Übernahme der Reste von Light Foods weltweit größten Konzern für InVi-Fleischprodukte.«

»Natürlich. Noch der weltgrößte. Noch. Sehen Sie, die wichtigsten Patente liegen tatsächlich immer noch bei mir. Das heißt: Für die nächsten Jahre ist FU-... FutureMeat Lizenznehmer bei mir. Und wir haben uns darauf geeinigt: FutureMeat kann die

Versorgung der ganzen Welt mit qualitativ hochwertigem, einwandfreiem InVi-Fleisch ruhig ohne Konkurrenz durch mich betreiben. Es wird zwar eine Weile dauern, bis sie den Bedarf vollständig decken können ...«

»Eine reichlich späte Erkenntnis«, fiel ihm die Moderatorin erneut ins Wort, »die ja dazu geführt hat, dass sich der Skandal um Ihren Konzern überhaupt entwickeln konnte. Hätte Ihnen das nicht vorher auffallen können?«

Dan seufzte. Er fand die junge Frau zunehmend anstrengend. Hatte ihr eigentlich niemand gesagt, worum es in diesem Auftritt eigentlich ging? Er war nicht zu seinem ersten Talk seit dem großen Skandal erschienen, um sich erneut zu dem ganzen Mist zu äußern, der bereits lang und breit von Hunderten Reportern und Experten breitgetreten worden war, bis das Publikum das Interesse verloren hatte. »Hätte. Natürlich. Ich habe mich von meiner eigenen, zugegeben eingebildeten Genialität blenden lassen. Und ich habe blind den Aussagen meiner Mitarbeiter vertraut, die die tatsächlichen Zahlen von mir ferngehalten haben. Ich weiß nicht, wie weit Sie informiert sind, aber auch wenn das Augenmerk in diesem Verbrechen auf einer kleinen Handvoll Haupttäter lag, so ist es doch nur möglich gewesen, weil Hunderte von schweigenden Mittätern daran beteiligt waren. Und FutureMeats neuer CEO des Brandenburger Werks, Herr Angermann, und ich sind uns einig, dass wir für umfassende Aufklärung und Rechenschaft jedes und jeder sorgen werden.«

»Der Philip Angermann, den Sie angeblich zu erschießen versucht haben?«

Dan breitete ergeben die Hände aus. »Genau der. Aber erstens habe nicht ich ihn angeschossen – das ist mittlerweile zweifelsfrei bewiesen –, und zweitens sind wir beide Geschäftsleute. Wir wissen, wann es mal härter zugehen kann, und können private Differenzen von Geschäftsinteressen trennen. Und als Geschäftsmann ist er genau der Richtige für den Job. Den er ohnehin immer haben wollte. Was allerdings die Aufarbeitung angeht – das ist ein Prozess, der noch Jahre dauern wird.«

»Sie meinen die private Aufarbeitung zwischen Ihnen.«

»Ich rede nicht über private Dinge, das müssten Sie doch wissen, Zeynep.« Dan grinste verschmitzt. »Also, zurück zum Thema: Ich bin mir sicher, dass FutureMeat als geistiger und materieller Nachfolger von Light Foods das Thema zur Zufriedenheit aller lösen wird. Dafür brauchen die mich nicht – und ich kann es verstehen, wenn mir die Welt in dieser Hinsicht immer noch nicht wieder vertraut. Vermutlich würde ich das selbst nicht.« Einzelne Protestrufe aus dem Publikum, allerdings mehr leises Gelächter. Er zuckte demonstrativ mit den Schultern. »Da muss man realistisch sein.«

»Das heißt also, Sie ziehen sich aus dem Geschäft um das künstliche Fleisch zurück und probieren jetzt etwas völlig anderes?« Die Moderatorin lehnte sich vor. Dan lächelte nur und hob einen Zeigefinger. »Das habe ich nicht gesagt. Ich denke im Gegenteil, dass ich mit meinen Erfahrungen jetzt bereit bin, einen Level höher zu gehen.«

Sie blinzelte irritiert, riss sich aber schnell zusammen, schon weil ihr bewusst war, dass eine Nahaufnahmekamera auf ihr Gesicht gerichtet war.

Dan lächelte. »Ich hatte in meinen Tagen im Gefängnis eine Erkenntnis. Eine Eingebung sozusagen, oder einen ... Licht-Blick.« Er grinste breit in die Kamera und erntete einzelne Lacher aus dem Zuhörerraum. »Sie haben doch mit Sicherheit davon gehört, dass SpaceX einen lukrativen Vertrag zur Belieferung der Gateway-Raumstation im Mondorbit geschlossen hat, deren Bau bereits begonnen hat.«

»Sie haben eine Anstellung bei SpaceX?«

Jetzt lachte Dan, und dieses Mal musste er sich nicht mal bemühen. »Nein, ganz und gar nicht. Himmel, nein!« Erneutes Lachen aus dem Publikum stimmte ein. Es hatte sich hörbar gelohnt, seinen Fanclub vorab über diese Veranstaltung zu informieren. »Wissen Sie, Space Karen und ich haben seit Brandenburg so eine kleine Sache laufen. Und ich denke, dieses Mal kriege ich ihn. Er kann Material und Leute ins All fliegen, wie er will, aber was müssen die Leute dort oben?« Er ließ eine dramatische Pause folgen, und als die Moderatorin ihn nur fragend ansah, griff er einen Zwischenruf aus dem Publikum auf, indem er sich umdrehte und ins Dunkel hinter den Scheinwerfern sah. »Ja, natürlich müssen sie aufs Klo. Aber vorher müssen sie noch etwas anderes: essen. Jetzt kann man natürlich eine Handvoll Astronauten – oder auch ein paar Dutzend – von der Erde aus versorgen, aber merken Sie sich meine Worte: Wir reden hier binnen kürzester Zeit von Hunderten. Und wenn der Bau der Mondstation beginnt, möglicherweise von Tausenden. Die füttern Sie nicht von hier unten aus. Und wer hat die Patente für die weltweit produktivsten, geschlossenen Produktionssysteme für In-vitro-Lebensmittel?« Er hob die Hände von den Lehnen des Sessels und winkte freundlich in die Kameras. »So 'n Typ namens Daniel Lichter.« Lachen, erstaunte Ausrufe und einzelne Pfiffe aus dem Publikum antworteten ihm. Die gute Art von Pfiffen. »Jep. Wir gehen ins All, Zeynep. Da oben bin ich wenigstens vor dem Verdacht gefeit, dass wir nochmals konventionelles Fleisch in unsere Produkte mischen. Es gibt keine Kühe im All. Und nur 'n paar superreiche, aber ungenießbare Rindviecher.« Mehr Lacher, und am Blick der Moderatorin konnte er erkennen, dass sie sich nicht sicher war, ob sie ihn einregeln oder gewähren lassen sollte. Lacher und überlebensgroße Träume waren ja gut für die Quote. Und dafür lud man einen wie Dan Light schließlich ein. Wenn es nicht gerade einen Skandal gab.

Aber Dan hatte Mitleid. »Entschuldigen Sie, Zeynep, ich weiß, ich habe Sie gerade etwas überfahren und mehr Fragen aufgeworfen als vorab verraten, aber ich verspreche, ich werde sie Ihnen alle beantworten.«

»Darauf werde ich zurückkommen«, sagte die Moderatorin. Und dann, zu Dans Verblüffung, lehnte sie sich selbst zurück und legte ihren Stapel vorbereiteter Moderationskarten auf den kleinen Beistelltisch neben sich, eine Geste, die außer ihm kaum jemand gesehen haben dürfte. »Also gut, Daniel, Sie haben bewiesen, dass Sie nach wie vor für Überraschungen gut sind. Große Überraschungen.« Sie tippte mit dem kleinen Finger ihrer Linken nachdenklich gegen ihre Zähne. »Der Mond also. Die Welt ist nicht genug.«

Dan quittierte die Geste und den letzten Satz mit einem Lächeln. Jemand, der Spaß an dummen kleinen Zitaten hatte. Der Abend entwickelte sich langsam unterhaltsam.

»Sie haben also ein neues Unternehmen gegründet? Allein? Oder mit Ihrer Partnerin-in-Crime, Anna Heigen?«

Dan legte mit gespielter Empörung die Hand auf die Brust und sah hinauf zur Studiodecke. »Ja, habe ich, und nein, nicht mit Frau Heigen. Aber wenn ich irgendwann Bedarf an idealistischen Ökoterroristinnen im All haben sollte, weiß ich zumindest, nach wem ich suchen lassen muss.« Das Publikum lachte lauter, und die Moderatorin verdrehte die Augen. Die wohlwollende Art, da war er sich sicher. »Nein, die Firma habe ich mit einigen alten Weggefährten und Vertrauensleuten gegründet. Wir nennen uns«, er klopfte mit den Fingern einen kleinen Trommelwirbel auf die Sessellehne, »EthiFoods. Denn dieses Mal werden wir alles richtig machen. Ethik gehört zu den Grundpfeilern unseres neuen Unternehmens. Und nicht nur die Art, wie jeder Konzern behauptet, mehr als nur Greenwashing zu betreiben. Wir wollen nach wie vor die Welt verbessern. Nur dieses Mal von vornherein verantwortungsvoller. Gerade wir können uns nun wirklich nicht noch einen Skandal leisten.«

»Sicher nicht. Die Welt wird Ihnen genauer auf die Finger sehen als irgendwem sonst«, sagte die Moderatorin.

»Und mit Recht.« Dan nickte zerknirscht, bevor er seine Begeisterung wieder durchblitzen ließ. »Und genau deshalb haben wir uns einen wirklich erfahrenen Partner gesucht, der uns quasi betreuen wird: den Konzern, in dessen Vorstand mein ehemaliger Light-Foods-Aufsichtsrat Kumar jetzt sitzt, einem indischen Top-100-Unternehmen namens Vedari Engineering Solutions.«

»Ihr ehemaliger Aufsichtsrat Herr Kumar?«, warf Zeynep ein. »Das klingt nach einer guten Seilschaft.«

Dan grinste und winkte ab. »Wenn in der Branche eines über Mister Kumar und mich bekannt ist, dann, dass er mich vermutlich noch weniger ausstehen kann als Herr Angermann. Und nach dem Zusammenbruch von Light Foods noch weniger als ohnehin schon. Ich hätte auch nicht gedacht, dass das mal nützlich sein könnte. Aber so ist das Leben.«

Sie blinzelte. »Das ist heute eine Menge Offenheit auf einmal, Herr Lichter.« Dieses Mal hatte sie die Lacher auf ihrer Seite. Gut so.

Dan breitete fatalistisch die Hände aus. »Was soll ich sagen? Jedenfalls: Vedari arbeitet bereits seit einigen Jahren unter anderem erfolgreich an den Grundlagen einer Vielzahl von Bioengineering-Technologien, die in Zukunft auch den heutigen Wüstengebieten der Erde zugutekommen werden. Vedari ist außerdem maßgeblich an den technologischen Entwicklungen für die Besiedlung des Alls und des Monds beteiligt, und auch sie brauchen natürlich eine Lösung des Nahrungsmittelproblems dort oben. Sie alle brauchen das – und ich bin in der Lage, zu liefern. Mit EthiFoods werden wir in Zukunft – großgeschrieben – die Menschheit im Orbit und auf dem Mond versorgen. Und eines Tages auch darüber hinaus. Lassen Sie Elon seine Raketen ruhig auf den Mars schießen. Aber was werden die dort essen?«

»Außer Kartoffeln, die sie auf ihren eigenen Fäkalien ziehen?«, nahm Zeynep seine Frage gekonnt auf. »Ich denke, ich ahne es langsam. Das ist es, woran Sie arbeiten?«

»Genau. Wenn seine Leute dort etwas außer Kartoffeln essen wollen, dann werden EthiFoods und Vedari alles bereitstellen, was sie brauchen. Aber bleiben wir bescheiden: Der erste Schritt führt uns auf den Mond.«

»Ein kleiner Schritt für einen Dan Light.«

»Ein ziemlich großer für einen Daniel Lichter.« Das Publikum war jetzt vollkommen entspannt, und Dans Lächeln wurde breiter. »Und um die nächste Frage gleich vorwegzunehmen – nein, ich habe kein Interesse daran, selbst dort hochzufliegen.«

Nein, er war wieder genau dort, wo er sein sollte.

GLOSSAR

BestBurgers – Eine der vier Restaurantketten des Light-Foods-Konzerns; servieren ausschließlich vegane und Vat-Grown-Produkte

Coffiship – Kleinere Coffeeshop-Kette mit Wurzeln in Dänemark

Cultured Meat – In Laborkulturen als Lebensmittel gezüchtetes Stammzellenfleisch

Elektrochrome Verglasung – Glas, das undurchsichtig wird, wenn man es unter Strom setzt

EthiFoods – Vat-Grown-Nahrungsmittelkonzern in der Raumfahrt

FutureMeat – Vat-Grown-Nahrungsmittelkonzern, größter Konkurrent von Light Foods

In-vitro-/InVi-Lebensmittel – Bezeichnung für Lebensmittel, die im Labor gezüchtet wurden; nicht nur Fleisch, sondern auch Eier, Milch und andere Produkte sonst tierischen Ursprungs

Light Foods – Lebensmittelkonzern, der mithilfe von Solarfarmen Hightech-Lebensmittel wie zum Beispiel bezahlbare Vat Grown Meats herstellt und weltweit vertreibt

Lizzy Lind af Hageby – Schwedisch-britische Autorin, Rednerin und Aktivistin für den Tierschutz

New Food – Sammelbegriff für eine Reihe Lebensmittel aus neuen Technologien, meist vegan, aber auch genetisch modifizierte Lebensmittel oder z.B. aus Insektenprotein

Plant Based Meat – Veganer Fleischersatz aus Pflanzenprotein

Prionen – Falsch gefaltete Proteine, die sich an Nerven anlagern und sie unbrauchbar machen; sie regen andere Zellen an, ebenfalls falsche Proteine herzustellen

Protigreen – Hersteller von auf Pflanzenprotein basierenden Fleischersatz-Nahrungsmitteln

Rockhammer IPA – Craftbier aus Hessen

SecretScience – Blog, der sich mit geheim gehaltenen Forschungsprojekten und dem Debunking von Verschwörungsmythen beschäftigt

TASE – Transmissible aggressive spongiforme Enzephalopathie; eine übertragbare, schnell fortschreitende degenerative Nervenerkrankung, verursacht durch Prionen; verwandt mit BSE oder Creutzfeldt-Jakob-Krankheit

Vat Grown Meat – Weiteres Synonym für Cultured Meat, benannt nach den Zuchttanks

Vedari Engineering Solutions (VES) – Indischer Großkonzern zur Erforschung neuer Technologien von Bioengineering über Terraforming bis Nanotech

Vedari Ryo Mining – Tochtergesellschaft von VES, hauptsächlich in Australien operierendes Bergbauunternehmen

Zoonose – Von Tieren auf Menschen (oder umgekehrt) übergesprungene Erkrankung

DANKSAGUNG

Es ist Anfang 2023, und wir hängen wie alle immer noch in den Nachwehen der Pandemie, die uns schon durch unsere vorherigen beiden Bücher begleitet hat – egal, ob wir in die Weiten des Alls geflüchtet sind oder uns in die literarische Vergangenheit des frühen 19. Jahrhunderts zurückgezogen haben. Also haben wir 2022 den Roman in Angriff genommen, der uns jetzt schon seit einigen Jahren immer wieder in den Köpfen herumgespukt hat. Natürlich hätte sich der auch allegorisch verpackt als Fantasy oder Science-Fiction präsentieren lassen, doch letztendlich wollten wir dieses wichtige Thema so anfassen, wie es tatsächlich passieren kann.

Schon seit einigen Jahren arbeiten Firmen auf der ganzen Welt an Technologien, die einen Ausweg aus immer größeren Tierhaltungsfabriken sucht, aus Landschwund, Waldrodung und all den hässlichen Begleiterscheinungen der industriellen Tierhaltung. Gleichzeitig ist unsere Weltbevölkerung auf über 8 Milliarden angewachsen, und all diese Menschen wollen nicht nur ernährt werden, sondern am Konsum der westlichen Welt teilhaben. Was verständlich ist, aber auch problematisch.

Vegetarische und vegane Fleischersatzprodukte sind natürlich ein Weg, dieses Problem anzugehen, doch eine ganze Reihe vonStart-ups erkundet andere Wege. Einige davon klingen vielleicht wie Science-Fiction, doch sie sind heute schon real. Welches Potenzial in ihnen liegt, wird die Zukunft zeigen – für uns bieten sie allerdings den idealen Nährboden für unseren ersten Thriller. Immerhin haben wir den unschätzbaren Vorteil, Probleme und Gefahren in der relativen Sicherheit unserer Schreibtische und Köpfe durchspielen zu können – mit dem Ziel, zu unterhalten, und immer in der Hoffnung, dass die Realität sich ausnahmsweise mal nicht Mühe gibt, die Fiktion noch zu überbieten. Zumindest, was den Unfug angeht, den wir uns zu eurer Unterhaltung ausdenken. Wobei einige der seltsameren Details dieses Romans tatsächlich der Wirklichkeit entnommen sind – und wir sogar das eine oder andere weggelassen haben, weil es zwar der Realität entspricht, es aber für einen Roman zu ausgedacht gewirkt hätte. Dieser Roman ist immerhin Fiktion, weshalb wir uns die Freiheit genommen haben, die Wirklichkeit zugunsten unserer Geschichte zurechtzubiegen. Wenigstens ein bisschen.

Deswegen an dieser Stelle auch ein Dankeschön an unsere technischen Berater, unsere ortskundigen Führerinnen durch Berlin, Brandenburg und die Mecklenburgische Seenplatte sowie durch den Dschungel der Biotechnologie. Besonderen Dank gebührt in diesem Zusammenhang unserer Lektorin Catherine Beck, die uns nicht nur mit wertvollen Details zu Berlin versorgt, sondern bereits zum elften Mal einen unserer Romane definitiv verbessert und dieses Mal in besonderem Maß dazu angetrieben hat, das Beste aus unserem Text zu holen. Gleiches gilt natürlich auch für unseren langjährigen Partner in Crime, unseren Lektor Sebastian Pirling und das Team bei Heyne. Vielen Dank auch an die vielen Fachleute, die wir in der Plot- und Schreibperiode online und in den sozialen Medien zu kleinen und großen Wissensbrocken aus ihrer Arbeit befragen konnten, egal, ob es um die Ortbarkeit moderner Autos, die Schwächen von IT-Anlagen, die Möglichkeiten moderner Solartechnik, die traditionellen Mahlzeiten der brandenburgischen Provinz oder eines der vielen anderen Details ging, die so einem Roman die richtige Tiefe verleihen. Und das Gleiche gilt natürlich für unsere Leserschaft, die offenbar nie müde wird, nach einem weiteren Roman von uns zu fragen, uns zu lesen, uns zuzuhören und mit den seltsamen Gestalten aus unseren Köpfen mitzufiebern. Wir wissen das absolut zu schätzen!

Vielen Dank und – lasst's euch ock gudd schmecken!

»Der Weg zur Gesundheit führt durch die Küche, nicht durch die Apotheke«, sagte schon Sebastian Kneipp vor circa zweihundert Jahren. Diese Weisheit kann man auch heute noch so stehen lassen. In diesem Sinne geht Stephans Danksagung an all diejenigen, die sich über das Essen ein bisschen Gedanken machen. Und natürlich an Judith, weil sie mit ihm zusammen jeden Abend in der Küche steht, um sich ein bisschen mehr Gedanken über das Essen zu machen.

Tom schließlich dankt zwischen Familienpizza und Overcooked-2-Sessions denen, die es ihm nach wie vor möglich machen, seiner Leidenschaft für Pfannkuchen zu Mittag und dem Schreiben am Abend nachzugehen: Ich danke also meinen Jungs und meiner wundervollen Frau, ohne deren Unterstützung und Ansporn ich vermutlich so langsam zwischen Rechner und Ketchup-Nudeln verlottern würde. Nein, im Ernst: Danke, Leo, Mattis und Simon, für die beste Familie, die ich mir wünschen kann!

Übrigens, mehr von und über uns und unsere bisherigen und zukünftigen Bücher findet ihr im Übrigen auf unserer Webseite unter TS-Orgel.de oder zum Beispiel auf Facebook, Instagram oder Twitter. Wir freuen uns, von euch zu hören!